北京大学"双一流"建设成果
方李邦琴北京大学人文学科文库出版基金赞助

北京大学人文学科文库 | 北大中国文学研究丛书

叩问石兄
曹雪芹与《红楼梦》新论

Inquiring of Brother Stone: A New Study on
Cao Xueqin and *A Dream of Red Mansions*

李鹏飞 著

图书在版编目(CIP)数据

叩问石兄：曹雪芹与《红楼梦》新论 / 李鹏飞著. 北京：北京大学出版社, 2024.11. -- (北京大学人文学科文库). -- ISBN 978-7-301-35736-1

Ⅰ. I207.411

中国国家版本馆 CIP 数据核字第 2024AU0757 号

书　　　　名	叩问石兄：曹雪芹与《红楼梦》新论 KOUWEN SHIXIONG：CAO XUEQIN YU《HONGLOUMENG》XINLUN
著作责任者	李鹏飞　著
责 任 编 辑	徐　迈
标 准 书 号	ISBN 978-7-301-35736-1
出 版 发 行	北京大学出版社
地　　　址	北京市海淀区成府路 205 号　100871
网　　　址	http://www.pup.cn　新浪微博：@ 北京大学出版社
电 子 邮 箱	编辑部 wsz@ pup.cn　总编室 zpup@ pup.cn
电　　　话	邮购部 010-62752015　发行部 010-62750672 编辑部 010-62752022
印　刷　者	北京中科印刷有限公司
经　销　者	新华书店
	650 毫米×980 毫米　16 开本　24.75 印张　435 千字 2024 年 11 月第 1 版　2024 年 11 月第 1 次印刷
定　　　价	98.00 元

未经许可，不得以任何方式复制或抄袭本书之部分或全部内容。
版权所有，侵权必究
举报电话：010-62752024　电子邮箱：fd@ pup.cn
图书如有印装质量问题，请与出版部联系，电话：010-62756370

总 序
袁行霈

　　人文学科是北京大学的传统优势学科。早在京师大学堂建立之初，就设立了经学科、文学科，预科学生必须在5种外语中选修一种。京师大学堂于1912年改为现名，1917年，蔡元培先生出任北京大学校长，他"循思想自由原则，取兼容并包主义"，促进了思想解放和学术繁荣。1921年北大成立了四个全校性的研究所，下设自然科学、社会科学、国学和外国文学四门，人文学科仍然居于重要地位，广受社会的关注。这个传统一直沿袭下来，中华人民共和国成立后，1952年北京大学与清华大学、燕京大学三校的文、理科合并为现在的北京大学，大师云集，人文荟萃，成果斐然。改革开放后，北京大学的历史翻开了新的一页。

　　近十几年来，人文学科在学科建设、人才培养、师资队伍建设、教学科研等各方面改善了条件，取得了显著成绩。北大的人文学科门类齐全，在国内整体上居于优势地位，在世界上也占有引人瞩目的地位，相继出版了《中华文明史》《世界文明史》《世界现代化历程》《中国儒学史》《中国美学通史》《欧洲文学史》等高水平的著作，并主持了许多重大的考古项目，这些成果发挥着引领学术前进的作用。目前北大还承担着《儒藏》《中华文明探源》《北京大学藏西汉竹书》的整理与研究工作，以及《新编新注十三经》等重要项目。

　　与此同时，我们也清醒地看到，北大人文学科整体的绝对优势正在减弱，有的学科只具备相对优势了；有的成果规模优势明显，高度优势还有待提升。北大出了许多成果，但还要出思想，要产生影响人类命运和前途的思想理论。我们距离理想的目标还有相当长的距离，需要人文学科的老师和同学们加倍努力。

我曾经说过：与自然科学或社会科学相比，人文学科的成果，难以直接转化为生产力，给社会带来财富，人们或以为无用。其实，人文学科力求揭示人生的意义和价值、塑造理想的人格，指点人生趋向完美的境地。它能丰富人的精神，美化人的心灵，提升人的品德，协调人和自然的关系以及人和人的关系，促使人把自己掌握的知识和技术用到造福于人类的正道上来，这是人文无用之大用！试想，如果我们的心灵中没有诗意，我们的记忆中没有历史，我们的思考中没有哲理，我们的生活将成为什么样子？国家的强盛与否，将来不仅要看经济实力、国防实力，也要看国民的精神世界是否丰富，活得充实不充实，愉快不愉快，自在不自在，美不美。

一个民族，如果从根本上丧失了对人文学科的热情，丧失了对人文精神的追求和坚守，这个民族就丧失了进步的精神源泉。文化是一个民族的标志，是一个民族的根，在经济全球化的大趋势中，拥有几千年文化传统的中华民族，必须自觉维护自己的根，并以开放的态度吸取世界上其他民族的优秀文化，以跟上世界的潮流。站在这样的高度看待人文学科，我们深感责任之重大与紧迫。

北大人文学科的老师们蕴藏着巨大的潜力和创造性。我相信，只要使老师们的潜力充分发挥出来，北大人文学科便能克服种种障碍，在国内外开辟出一片新天地。

人文学科的研究主要是著书立说，以个体撰写著作为一大特点。除了需要协同研究的集体大项目外，我们还希望为教师独立探索，撰写、出版专著搭建平台，形成既具个体思想，又汇聚集体智慧的系列研究成果。为此，北京大学人文学部决定编辑出版"北京大学人文学科文库"，旨在汇集新时代北大人文学科的优秀成果，弘扬北大人文学科的学术传统，展示北大人文学科的整体实力和研究特色，为推动北大世界一流大学建设、促进人文学术发展做出贡献。

我们需要努力营造宽松的学术环境、浓厚的研究气氛。既要提倡教师根据国家的需要选择研究课题，集中人力物力进行研究，也鼓励教师按照自己的兴趣自由地选择课题。鼓励自由选题是"北京大学人文学科文库"的一个特点。

我们不可满足于泛泛的议论，也不可追求热闹，而应沉潜下来，认真钻研，将切实的成果贡献给社会。学术质量是"北京大学人文学科文库"的一大追求。文库的撰稿者会力求通过自己潜心研究、多年积累而成的优秀成果，来展示自己的学术水平。

我们要保持优良的学风，进一步突出北大的个性与特色。北大人要有大志气、大眼光、大手笔、大格局、大气象，做一些符合北大地位的事，做一些开风气之先的事。北大不能随波逐流，不能甘于平庸，不能跟在别人后面小打小闹。北大的学者要有与北大相称的气质、气节、气派、气势、气宇、气度、气韵和气象。北大的学者要致力于弘扬民族精神和时代精神，以提升国民的人文素质为己任。而承担这样的使命，首先要有谦逊的态度，向人民群众学习，向兄弟院校学习。切不可妄自尊大，目空一切。这也是"北京大学人文学科文库"力求展现的北大的人文素质。

这个文库目前有以下17套丛书：

"北大中国文学研究丛书"

"北大中国语言学研究丛书"

"北大比较文学与世界文学研究丛书"

"北大中国史研究丛书"

"北大世界史研究丛书"

"北大考古学研究丛书"

"北大马克思主义哲学研究丛书"

"北大中国哲学研究丛书"

"北大外国哲学研究丛书"

"北大东方文学研究丛书"

"北大欧美文学研究丛书"

"北大外国语言学研究丛书"

"北大艺术学研究丛书"

"北大对外汉语研究丛书"

"北大古典学研究丛书"

"北大人文学古今融通研究丛书"

"北大人文跨学科研究丛书"①

  这17套丛书仅收入学术新作，涵盖了北大人文学科的多个领域，它们的推出有利于读者整体了解当下北大人文学者的科研动态、学术实力和研究特色。这一文库将持续编辑出版，我们相信通过老中青学者的不断努力，其影响会越来越大，并将对北大人文学科的建设和北大创建世界一流大学起到积极作用，进而引起国际学术界的瞩目。

---

① 本文库中获得国家社科基金后期资助或入选国家社科基金成果文库的专著，因出版设计另有要求，因此加星号注标，在文库中存目。

丛书序言
陈平原

不同学科的国际化，步调很不一致。自然科学全世界评价标准接近，学者们都在追求诺贝尔物理学奖、化学奖；社会科学次一等，但学术趣味、理论模型以及研究方法等，也都比较容易接轨。最麻烦的是人文学，各有自己的一套，所有的论述都跟自家的历史文化传统甚至"一方水土"有密切的联系，很难截然割舍。人文学里面的文学专业，因对各自所使用的"语言"有很深的依赖性，应该是最难"接轨"的了。文学研究者的"不接轨""有隔阂"，不一定就是我们的问题。非要向美国大学看齐，用人家的语言及评价标准来规范自家行为，即便经过一番励精图治，收获若干掌声，也得扪心自问：我们是否过于委曲求全，乃至丧失了自家立场与根基？

这么说，显得理直气壮；可问题还有另外一面——若过分强调"一方水土"的制约，是否会形成某种自我保护机制，减少突围的欲望与动力？想当然地以为本国学者研究本国文学最为"本色当行"，那是不妥的。我们的任务，不是关起门来称老大，而是努力在全球化大潮中站稳自家脚跟，追求国际视野与本土情怀的合一。这么做学问，方才有可能实现鲁迅当年"要出而参与世界的事业"（《而已集·当陶元庆君的绘画展览时》）的期许。

既然打出"北大"的旗帜，出学术精品，那应该是起码的要求。放眼世界，"本国文学研究"做得好的话，是可以出原理、出思想、出精神的。

比如你我不做外国文学研究，但照样读巴赫金、德里达、萨义德、哈贝马斯的书。而目前我们最好的人文学著作，在国际上也只是作为"中国研究"成果来征引，极少被当作理论、方法或研究模式。

随着中国政治、经济、社会、文化的迅速崛起，总有一天，我们不仅能为国际学界提供"案例"，还能提供"原理"。能不能做到是一回事，敢不敢想或者说心里是否存有这么个大目标，决定了"北大中国文学研究丛书"的视野、标杆与境界。

2017年7月22日于京西圆明园花园

目　录

引　言 ... 1

第一章　曹雪芹生卒年再考察 ... 4
第一节　卒年论争的各家观点及其论证 ... 5
第二节　对曹雪芹卒年与生年的重新推断 ... 47

第二章　脂砚斋与畸笏叟 ... 79
第一节　脂畸二人说与一人说之重审
　　　　——没有靖批我们能否证明脂畸二人说 ... 79
第二节　对脂畸二人说的进一步论证 ... 99
第三节　脂砚斋和畸笏叟身份研究的回顾与再思考 ... 109

第三章　自叙传说与《红楼梦》的创作性质 ... 130
第一节　胡适、俞平伯、周汝昌等人的观点：自叙传或自叙传的小说 ... 131
第二节　吴世昌、赵冈、李希凡、皮述民、余英时与张爱玲等人对自传说的反驳 ... 138
第三节　对小说中家史与自传成分的重新评估 ... 144
第四节　对《红楼梦》中非作者经验成分的估计 ... 164

第五节	经验的叠加与重构：艺术形象矛盾复杂性的成因	171
附 录	《红楼梦》借鉴《金瓶梅》实例举隅	179

第四章　神奇的来历：《石头记》"成书故事"的来龙去脉　189

- 第一节　引子：《石头记》与"石头上的故事"　189
- 第二节　神奇的来历："成书故事"的文化与文学渊源　190
- 第三节　神奇的来历：《石头记》之后的余音　201
- 第四节　"神奇的来历"的文化、文学与美学意义　206

第五章　人莫不饮食也，鲜能知味也：《红楼》饮食的文化与思想意蕴　208

- 第一节　《红楼梦》饮食描写概况　208
- 第二节　物质文化层面上的《红楼》饮食　211
- 第三节　从物质上升到精神：《红楼》饮食的文化、文学与哲理意蕴　217

第六章　历史退化论、末世论与《红楼梦》中的末世图景　239

- 第一节　历史退化论与末世论思想的渊源　239
- 第二节　明清小说对退化论与末世论的表达　243
- 第三节　《红楼梦》中的家族退化与末世图景　247
- 第四节　《红楼梦》中退化论与末世论的现实背景　269

第七章　青灯古佛忆红楼：惜春作画的文学功能与主题内涵　271

- 第一节　《大观园行乐图》的设置及其结构功能　272
- 第二节　惜春作画、大观园图与惜春其人　276
- 第三节　《大观园行乐图》的主题内涵与情感意义　282
- 第四节　《大观园行乐图》结构意义与艺术渊源　285

第八章　赤条条来去无牵挂：《红楼梦》中的孤独感　291
  第一节　作者的孤独感　292
  第二节　贾宝玉的孤独感　293
  第三节　林黛玉的孤独感　304
  第四节　其他人的孤独感　309

第九章　莫失莫忘、不离不弃：释"反认他乡是故乡"　317
  第一节　中国文学史上的"故乡""他乡"及其含义的演变　319
  第二节　老子、禅宗、心学思想与"故乡"的哲学意义　323
  第三节　《红楼梦》中"他乡"与"故乡"的主题意义　326

第十章　"今古未有之一人"：贾宝玉的性格及其情感　336
  第一节　"正邪两赋"：赤子与痴人　337
  第二节　宝黛之爱：不灭的真情　348

余　论　《红楼梦》为什么说不尽？　356

附　录　363
  读《红楼梦》札记（六则）　363
  经典不可回避，以《红楼梦》观生命哲学
  ——访北京大学中国语言文学系长聘副教授李鹏飞　369

后　记　381

引 言

　　曹雪芹是中国文学史上最伟大、最复杂的作家，《红楼梦》也是中国文学史上最伟大、最复杂的一部作品，这一点已成学界的共识。过去一百年，围绕《红楼梦》及其作者曹雪芹的一些基本问题，比如作者的家世和生平、作品的版本和批点、小说的主题思想和艺术成就，学界进行了持久而深入的研究，形成了曹学、脂学、版本学、探佚学等诸多专门的学术领域，并构筑起了博大精深的红学学术体系。①

　　至于红学著述的数量，我们几乎无法精确统计，但大体而言，它们超过《红楼梦》本身体量的千百倍是自不待言的了。② 这么庞大的红学史，本身就值得好好研究总结一下。最近二十年来，这方面的论著、论文迅速增多，或就整个红学发展史，或就某一具体红学论题，加以梳理、总结和考辨。笔者翻阅这些著作后，在对红学史有了整体了解的同时，也深深感到了红学研究的极度复杂性，这主要表现在：几乎任何一个比较重要的问题，其中包括那些最重要、最根本性的问题，即使经过长期的研究和反复的论争之后，也仍然难以获得一致的结论。比如曹雪芹的生卒年、名号、生父，他跟脂砚斋、畸笏叟的关系，他有没有经历过曹家在金陵的一

---

① 参见刘梦溪：《红楼梦与百年中国》，河北教育出版社1999年版，第三、四、五、六章。
② 据笔者所知，北京曹雪芹学会下属的《红楼梦》资料馆是目前收藏红学资料最全的机构，据学会的胡鹏先生2024年1月所提供的最新数据，该馆收藏红学图书资料共10014册（套），其中期刊88种，计2106册。除了《红楼梦》的文本、版本之外，研究性书籍（包括杂志刊物）一共有8002册。

段生活等问题,都仍然是问题;还有《红楼梦》的版本问题——如甲戌本、己卯本、庚辰本三大抄本之间的关系,以及它们与其他各本之间的关系,脂批的批者身份和批点时间,批语的形态演变等问题,学界投入的研究精力实不可谓不多,花费的力气也不可谓不大,然而它们依旧扑朔迷离,疑点重重,不同的乃至彼此截然对立的观点也数不胜数,令人感觉找到真相的希望十分渺茫。① 此外,《红楼梦》的创作性质,它是一部自叙传,还是一部小说,这一问题从新红学诞生之初就被提出来了,到今天也并没有完全讲清楚。

为什么会出现如此复杂而奇特的局面?为什么这么多问题,经过一百年来一代代学者的努力,依然得不出多少确定的结论?资料的缺乏当然是一个众所周知的原因,这个无须多说。但还有没有什么其他的原因呢?此外,更重要的则是:那些至今还没有确定结论的问题,究竟还能不能得出一个结论,或者尽量离那结论更近一点?带着寻找答案的强烈好奇心,笔者尝试着选定了几个最重要也最具争议性的问题,暂且搁置已有红学史论述的影响(当然,这并不意味着不参考前辈和时贤的著作),从最原始的文献资料和研究论著入手,试图原原本本地梳理清楚它们的研究史脉络,辨析其中的失误和教训,也确定一些比较可靠的支点,在此基础上,试探一下能否努力再往前移动一小步。这就是本书前三章论题的由来。

在这一过程中,笔者有一个深刻的感受,那就是:当一个研究对象被很多人加以极大关注并激烈论争的时候,很容易出现一些违反常理的对文献的误解、毫无根据的主观臆测、深文罗织的引申裁断。有时候细到一个字词典故也会产生截然不同的解释,而有些解释显然是十分牵强的。还有一个感受也比较鲜明,那就是:有些研究不那么讲究基本的逻辑性。复杂的逻辑问题自然不容易理清,不能苛求,但一些基本的逻辑规则理应遵守。红学研究史上,以上两个方面的问题看起来比较突出,虽贤者亦所不

---

① 用刘梦溪先生的话来说,就是"很多问题形成了死结",甚至成为一些"不解之谜"。见其《红楼梦与百年中国》,第11、12页。

免,这是造成红学研究复杂局面的一个重要原因。

  过去一百年,红学考证的成果实可谓汗牛充栋,而从文学批评的角度对《红楼梦》本身所作的研究反而不多。俞平伯在二十世纪八十年代就特别强调《红楼梦》本身属于文艺的范畴,毕竟是小说;论它的思想性,又关乎哲学。今后应多从文、哲两方面加以探讨。他还明确说到,评价《红楼梦》文学方面的巨著,"似迄今未见"。① 到如今,四十多年过去了,这方面值得一提的著作比当年自然要多了许多,但俞先生所称的"巨著",似乎也仍未见到。在笔者看来,对《红楼梦》进行文、哲方面的研究,比起考证来,或许还要更难一些。这既需要研究者具备精深的古代文、哲素养,也需要对文学艺术具有不凡的悟性。这两个条件,笔者自认都不具备,却仍要勉力踵武前贤,从事《红楼梦》的文学与思想的研究,完全是自不量力之举。因此,本书对《红楼梦》主题思想与艺术成就的研究,大概也以鄙陋之见居多。

  不过值得一提的是,在这一研究过程中,笔者有一个感受也愈发强烈,那就是《红楼梦》的艺术与思想意蕴,的确是说不尽,也道不完的。冯其庸曾说:"大哉《红楼梦》,再论一千年。"我很认同他的这一观点。

---

① 俞平伯:《旧时月色》,原载《文学评论》1986 年第 2 期,收入《俞平伯全集》第六卷,花山文艺出版社 1997 年版,第 428 页。但此处所引观点发表于 1980 年 5 月的国际《红楼梦》研讨会上。

第一章　曹雪芹生卒年再考察

中国古代六大章回小说（《三国演义》《水浒传》《西游记》《金瓶梅》《儒林外史》《红楼梦》）的作者中，除了《儒林外史》的作者吴敬梓之外，其他五位作者的生平我们都所知甚少。而其中《红楼梦》因被公认为中国古典小说的巅峰之作，故作者曹雪芹的生平受到的关注尤多。但因资料所限，即使经过学界多年来的倾力考证，目前我们对曹雪芹身世的了解也并不多，就连最基本的生卒年问题也依然悬而未决。这对我们深入研究《红楼梦》的素材来源与创作机制是一个不小的障碍。众所周知，红学史上，考证派红学的两位重要代表人物胡适和周汝昌早年曾有过一个著名的争论：曹雪芹有没有经历过曹家在江宁织造府中的富贵繁华生活。这一问题关乎小说中高度写实性的贵族生活内容从何处取材的问题。虽然胡、周二人都是自传说的坚定主张者，但他们对这一问题的答案却是完全相反的：胡适认为曹雪芹经历过曹家在江宁的繁华，而周汝昌则认为没有经历过。到底有没有经历过呢？这就取决于曹雪芹出生在哪一年。

在红学史上，关于曹雪芹卒年的材料较早就被发现了，而关于生年的材料至今也没有出现，所以学界也更多地从卒年研究入手，先考定其卒年，然后再设法来推断其生年。但是，对卒年材料如何理解和使用，学界发生了长期而激烈的争论，这导致大家对卒年的判断出现了一些不同的观点，概而言之，至少有壬午除夕（1763年2月12日）、癸未除夕（1764

年2月1日)、甲申（1764）岁首这三种主要的意见。至于生年，则歧说纷纭，最早的有康熙乙未（1715），最晚的则为雍正甲辰（1724）。也还有其他说法，但明显是错误的，这里先不涉及。

从卒年来看，不同的意见其实只相差一年，而生年的不同说法相差则比较大。卒年推断上的分歧对理解小说创作影响并不大，但对了解作者生平则颇有关系。而且关于卒年的论争对于我们了解古代文学考证研究的方法、经验和教训也颇为有益。因此本章拟对曹雪芹卒年的研究史先做一回顾①，在此基础上再提出笔者对曹雪芹卒年和生年的一些看法。

第一节　卒年论争的各家观点及其论证

（一）壬午说与癸未说的论争及其主要论题

最早考证曹雪芹生卒年的是胡适。他在《〈红楼梦〉考证》一文的初稿（1921）中粗略推断曹雪芹生年为康熙三十五或三十六年（1696或1697），但未考证卒年。这一推断缺乏有力证据，显然是靠不住的。胡适也很快就在《〈红楼梦〉考证》的改定稿（1921）中修改了他的观点，他根据从《熙朝雅颂集》中发现的清宗室敦敏、敦诚兄弟的四首关于曹雪芹的诗重新推断曹雪芹卒于乾隆三十年（1765）左右，大约生于康熙末叶（约1715—1720）。②两年后，他又找到了敦诚的《四松堂集》付刻底本，其中收录了《挽曹雪芹》一诗，题下标注了"甲申"二字。于是他在《跋〈红楼梦考证〉》（1923）中根据这一证据认定雪芹卒于甲申，即

---

① 关于这一问题的综述和辨析已经有了不少，比较重要的有：赵冈、陈钟毅：《红楼梦新探》第一章第四节，文化艺术出版社1991年版（此书1970年初版于香港）；刘梦溪：《红楼梦与百年中国》第八章"拥挤的红学世界"之"第七次论争"，河北教育出版社1999年版；陈维昭：《红学通史》第五章第一节、第十一章第一节，上海人民出版社2005年版；逍海（孙玉明）：《曹雪芹生卒年研究述要》，载《红楼梦学刊》1991年第一辑。各家综述的侧重点、详略和目的均有所不同，无法互相替代。本章的概述与各位前贤相比，也自有侧重与详略，目的则在于进一步考察相关文献与研究成果，以寻求更为可靠的结论，读者可以比照参看。

② 宋广波编校：《胡适论红楼梦》，商务印书馆2021年版，第162—163页。

乾隆二十九年（1764）。他又进一步根据这首诗的第一句"四十年华付杳冥"指出：这自然是个整数，不限定整四十岁，假定雪芹死时是四十五岁，那么他生于康熙五十八年（1719）。他未及见到其祖父曹寅，但随他父亲曹頫在江宁织造任上大约有十年（1719—1728）。①几年后，胡适又购到了甲戌本，此本第一回"满纸荒唐言，一把辛酸泪"上方有两段朱笔眉批：

  能解者方有辛酸之泪 哭成此书 壬午除夕 书未成 芹为泪尽而逝 余尝哭芹 泪亦待尽 每意觅青埂峰再问石兄 余（奈）不遇獭（癞）头和尚何 怅怅

  今而后惟愿造化主再出一芹一脂 是书何本（幸）余二人亦大快遂心于九泉矣 甲午八日泪笔②

胡适随即撰《考证〈红楼梦〉的新材料》（1928）一文，据上引批语中的"壬午除夕 书未成 芹为泪尽而逝"这几句话修正了他对卒年的看法，指出：雪芹死于壬午除夕（1763年2月12日），次日已进入癸未年，再次年才是甲申，敦诚的挽诗作于一年之后，故编在甲申年。如此，如果仍然假定雪芹享年四十五岁的话，则其生年大概为康熙五十六年（1717）。那么到雍正六年（1728），他父亲曹頫卸任江宁织造时（雪芹之父是否曹頫也有很大分歧，详后），雪芹已十二岁，是见过曹家盛时的了。③

胡适这一次对曹雪芹卒年的判定有了明确的文献依据，所以在比较长的时间内都没有人再提出异议。但其生年判定乃是基于一个假设，则难称定论。1931年，时任故宫博物院秘书长的李玄伯提出了关于曹雪芹生年的新看法，他根据故宫所藏的康熙五十四年（1715）的一道曹頫奏折指出：当曹颙去世时（曹颙是曹寅独子，曹頫之堂兄），其妻马氏怀孕已七个月，此遗腹子当生于该年五六月间，这一年距乾隆二十七年（即壬午，他

---

① 宋广波编校：《胡适论红楼梦》，第207—209页。
② 《脂砚斋重评石头记》（甲戌本）影印本，人民文学出版社2010年版，第16、17页。原批乃竖行批写，无句读，因其句读问题后来成为争论的焦点之一，所以此处也不施加标点，以尽量呈现其原貌。另外，胡适认为批语署时"甲午八日"应为"甲午八月"，后人多从之。
③ 宋广波编校：《胡适论红楼梦》，第242、243页。

接受了胡适对卒年的判定）凡四十七年，证以敦诚"四十年华付杳冥"的诗句，此子或即雪芹耶？① 这就是说，李玄伯认为：曹雪芹可能生于1715年，卒于1762年。但他的话说得并不是很肯定，而且后来学界普遍认为曹雪芹非曹颙遗腹子，他这一说法也自然不能成立了。

胡适的壬午除夕说遭到的最大挑战来自当时的燕京大学学生周汝昌。1947年初，周汝昌发表了《曹雪芹生卒年之新推定——〈懋斋诗钞〉中之曹雪芹》一文，② 提到他在燕大图书馆发现了敦敏的《懋斋诗钞》抄本（现藏哈佛燕京学社图书馆），其中有一首《小诗代简寄曹雪芹》的诗：

　　东风吹杏雨，又早落花辰。好枉故人驾，来看小院春。诗才忆曹植，酒盏愧陈遵。上巳前三日，相劳醉碧茵。

周汝昌对该抄本中各诗的写作年月加以考察后认为：《懋斋诗钞》是按作诗的先后次序排列的，《小诗代简寄曹雪芹》的写作时间当在癸未（乾隆二十八年，乃壬午的下一年）。而敦诚的《挽曹雪芹》诗又注明是甲申（即癸未的下一年）所作，《懋斋诗钞》中另有一首敦敏的《河干集饮题壁兼吊雪芹》诗也应作于甲申春天，他由此推测曹雪芹大概卒于癸未除夕（乾隆二十八年，1764年2月1日）。脂砚斋批语中所说的"壬午除夕"，乃是因为日久年深，不免误记了一年。至于敦诚挽诗第一句"四十年华付杳冥"，周汝昌认为理解为四十岁最接近事实，他由此推定雪芹当生于雍正二年（1724）。

在1953年出版的《红楼梦新证》第五章"雪芹生卒与红楼年表"中，周汝昌重申了他1947年提出的观点：曹雪芹卒于"癸未除夕"，而不是卒于"壬午除夕"。"壬午除夕"这条批语写于甲午（1774）八月，距雪芹去世已经十年，批者误记干支，但除夕这个时间点则不会误记，是可信的。而在《红楼梦新证》第六章"史料编年"中，当他提到《小诗代简寄曹雪芹》这一癸未说的重要证据时，第一次提到了"此诗前三首题下

---

① 载1931年《故宫周刊》第84、85期。收入吕启祥、林东海主编：《红楼梦研究稀见资料汇编（上）》，人民文学出版社2001年版，第375、376页。
② 载1947年12月5日天津《民国日报》"图书"副刊，收入周汝昌：《献芹集：红楼梦赏析丛话》，中华书局2006年版。

注‘癸未’”，但未提到"此诗"的标题是什么——这其实就是能帮助他证明《小诗代简寄曹雪芹》一诗作于癸未的最重要证据《古刹小憩》一诗——此诗题下明确标注了"癸未"二字（周汝昌1947年的论文中没有提到这一证据）。他又根据敦诚挽诗所说的"四十年华付杳冥"认为雪芹享年四十岁，则可推断其生年为雍正二年（1724）。那么到雍正五年（1727）曹𬟁被革职、雍正六年（1728）曹家被查抄后迁回北京时，雪芹才虚岁五岁左右（实岁仅三岁）。他没有赶上曹家的繁华，对江宁织造府中的生活也没有什么印象。①

　　胡适看到周汝昌1947年的文章之后，曾给周写信，认可周对雪芹卒年的推断，但表示关于曹雪芹的年岁（即四十五岁之假定），自己还不愿改动。他的理由是：雪芹若生得太晚，就赶不上亲见曹家繁华的时代了。

　　周汝昌1948年又在同一报纸副刊发表答胡适的长篇书信，信中指出：

　　（1）若胡适接受雪芹卒于癸未除夕的说法，又不愿意更改雪芹年岁的话，则其生年应重新推定为康熙五十七年（1718），这样的话，到1728年，雪芹十一岁，则雪芹就赶上了曹家的繁华。但是，周汝昌表示疑惑的是：为什么《红楼梦》中毫无一点写江南实景的地方呢？即便故意躲避抄家一事，开头就从北京写起，那么为什么书中几次写人南来北往，沿路上景物为何一点点缀也没有呢？另外，周汝昌从自传说立场出发（即认为宝玉的原型是雪芹自己），认为如果按照胡适的推断，那么曹雪芹回北京后已经十几岁，到小说中写到黛玉进贾府，宝玉应该十三四岁了，但小说中的宝、黛却只有七八岁的样子，两者之间差别太大了。周汝昌又援引俞平伯《红楼梦辨》的观点（认为小说所写地点非江南）指出"雪芹实不记得江南"，所以他无从写起。

　　（2）周汝昌根据小说列出年表，认为这年表跟他所推定的雪芹生卒年更相符合。依胡适所推，总嫌早了四五年。他由此强调：曹家的繁华，雪芹实未赶上。曹家在江南的往事，雪芹能从老人口中不时听到提念讲说，自然有所憧憬，然而他实是未见过。所以八十回书，一些江南的真事

---

① 周汝昌：《红楼梦新证》第五章，棠棣出版社1953年版，第435、167—169页。

写不出。所谓江南，扬州、金陵、秦淮，对于他始终是个模糊的"残梦"而已。①

从此以后，周汝昌始终坚持癸未除夕说，未再改变。但胡适则从接受癸未除夕说最终又改回了壬午除夕说。

1961年2月，胡适在《跋〈红楼梦书录〉》后的"补记"中说：他看了《懋斋诗钞》原本的影印本②之后，觉得似不是严格依年月编次的，又不记叶数，装订时更容易倒乱。因此，他认为：敦敏的"代简"诗即使是癸未年作的，未必即能证实雪芹之死不在壬午除夕，因为可能这时敦敏还不知道雪芹已经死了。③ 1961年5月在《跋乾隆甲戌〈脂砚斋重评石头记〉影印本》一文中，胡适重申了这一看法，并声明他回到甲戌本的记载，主张雪芹死在壬午除夕。④

周汝昌对癸未除夕说的坚持，是跟1949年以后大陆学界对曹雪芹生卒年的论争相伴随的，他也亲自参加了这一论争。而胡适的改变也与这一论争密切相关，只不过他没再参与争论，而是信从了其中一派的观点，作为他调整自己观点的依据。

应该说，1949年以后海内外学界（主要是大陆学界）对曹雪芹生卒年（主要是卒年）长达数十年的论争（至今也还有人在讨论这一问题）的基本格局是由胡适和周汝昌1949年之前对这一问题的讨论所奠定的。尤其是自1962年3月起，为确定曹雪芹逝世二百周年的纪念日，大陆红学界展开了一场关于曹雪芹卒年的"大论战"，很多著名学者都参与了这场论战。概而言之，其核心论题仍不出胡、周当年讨论的范畴，这主要包括如下两个方面：

首先，敦敏的《懋斋诗钞》是不是一部严格编年的诗集？其中所录的

---

① 周汝昌：《曹雪芹的生平——答胡适之先生》，收入《献芹集：红楼梦赏析丛话》。
② 即文学古籍刊行社1955年出版的《懋斋诗钞》原抄本的影印本，此本问题很多，详后文。
③ 宋广波编校：《胡适论红楼梦》，第445、446页。据赵冈在《红楼梦新探》中说，他很久之前跟胡适通信，曾提醒胡适不要轻易放弃壬午除夕说，因此时雪芹跟敦敏兄弟来往已少，他去世之事敦敏未必知情，故而写了那首《小诗代简寄曹雪芹》，写诗的时间距壬午除夕仅一个多月；另外，此诗后隔了两首诗有一首写敦敏等七人聚会的诗，雪芹未与，或已前卒。胡适听了他的话，便改回了壬午除夕说。赵冈、陈钟毅：《红楼梦新探》，第57页。
④ 同上书，第473页。

《小诗代简寄曹雪芹》一诗的编排究竟有没有错乱？这首诗到底是不是癸未年所作？

其次，敦诚的《挽曹雪芹》一诗（此诗有初、改稿两个不同版本）应如何理解？此诗能说明曹雪芹卒于何时，葬于何时吗？

在围绕这些问题展开论争的过程中，又引出了一些其他相关的问题，诸如《懋斋诗钞》和《四松堂集》的版本与编次问题、脂批的理解问题、清代旗人的丧葬制度问题等等，论争所达到的深细度和复杂程度都是空前的，恐怕也会是绝后的。下文的研究史回顾将围绕上述核心问题来加以论述，同时也适当涉及其他相关问题。

1. 《懋斋诗钞》等重要文献的概况与论争的开始

为了后文论述的方便，这里有必要先介绍一下敦敏的《懋斋诗钞》和敦诚的《四松堂集》等重要文献的基本情况。

1947 年，周汝昌在燕京大学图书馆看到了一部《懋斋诗钞》。据他描述，这部书不是作者敦敏的底稿本，而是一个抄本，被收入《八旗丛书》中。此抄本外面题作《懋斋诗钞》，里面题作《东皋集》。书的首页有敦敏一篇自序，说从戊寅年（1758）到癸未年（1763），他常常来往于东皋（即北京东郊敦敏、敦诚祖茔所在地），于癸未年夏编成这个诗集。但诗却包括癸未年以后的。诗是按年编的，有条不紊。① 其中有《小诗代简寄曹雪芹》一诗，周汝昌推断其作于癸未（该诗题下并未注明写作年份），并据此提出了曹雪芹卒于癸未除夕一说。这部抄本大约在 1948 年随《八旗丛书》一起被运到了美国，保存在哈佛燕京学社图书馆善本室。② 此后很多年中大陆学者都没有人再见过这部书。1954 年夏，吴恩裕在北京又发现了一部不同于燕大藏本（即周汝昌所见本）的《懋斋诗钞》手稿本，吴先生认为，这是著者敦敏的手抄本，当年周汝昌所见的燕大抄本只是个一

---

① 周汝昌：《红楼梦新证》，棠棣出版社 1953 年版，第 35 页。
② 1976 年，余英时偶然在哈佛发现了这部书，认为这是一部年代很晚的清抄本。见余英时：《"懋斋诗钞"中有关曹雪芹生平的两首诗考释》，收入《红楼梦的两个世界》，上海社会科学出版社 2002 年版，第 187、188 页。但在他之前，赵冈已经看到此书，并撰文加以论述，参见《红楼梦新探》一书"外篇"所收《〈懋斋诗钞〉的流传》一文。

般抄本（详见后文）。这个敦敏手稿本后归藏北京图书馆（即今中国国家图书馆）。1955 年，文学古籍刊行社出版了此稿本的影印本，但影印时做了一些技术处理，导致原本的一些重要特征消失了。

敦诚的《四松堂集》则是 1922 年由胡适发现的。他先是购到了此书的付刻底本，其中的诗都有刻或不刻的标记，有的诗题下注有干支年份。此本收有跟曹雪芹有关的四首诗，其中《挽曹雪芹》一诗，题下注"甲申"二字，且贴有白笺，表明这是编者要删去的。不久胡适又找到了此书的刻本，凡付刻底本中有不刻入标记的诗都未收入其中，① 原有的干支年份也都被删去了。此付刻底本现藏中国国家图书馆，北京图书馆出版社 2006 年出版了此本的线装影印本，其书眉上有胡适标注的年份干支及其相应的公元纪年。此书刻本在 1955 年也由文学古籍刊行社出版了影印本。到 1956 年、1957 年，吴恩裕又发现了敦诚诗的两个抄本——《四松堂诗钞》和《鹪鹩庵杂诗》（也有人把此本称作《鹪鹩庵杂志》，其实该集所收都是诗）。《四松堂诗钞》也是编年的，收录了《挽曹雪芹》一诗，也标注了是甲申年的诗，其文字跟付刻底本所收的《挽曹雪芹》诗相同。《鹪鹩庵杂诗》没有编年标记，其中收录了两首《挽曹雪芹》诗，被一致认为是付刻底本和《四松堂诗钞》中所收《挽曹雪芹》诗的初稿，因为两者不仅诗意相近，还有两句诗也完全相同。② 《四松堂诗钞》和《鹪鹩庵杂诗》中都有一些不见于付刻底本和刻本的诗，吴恩裕都把它们辑出发布了。③

1949 年之后的很长一段时间内，大陆红学界围绕着周汝昌的癸未除夕说和《懋斋诗钞》的编次问题，展开了激烈的论争。

1954 年 3 月，俞平伯发表《曹雪芹的卒年》④ 一文，根据甲戌本批语重申壬午说，认为那首被周汝昌认定作于癸未的"代简"诗并未题癸

---

① 见《四松堂集付刻底本》书前胡适题记，北京图书馆出版社 2006 年版。此文又收入宋广波编校：《胡适论红楼梦》，第 204、205 页。
② 吴恩裕：《有关曹雪芹八种》，古典文学出版社 1958 年版；吴恩裕：《曹雪芹丛考》，上海古籍出版社 1980 年版。
③ 参见吴恩裕《有关曹雪芹八种》或《曹雪芹丛考》。
④ 原载 1954 年 3 月 1 日《光明日报·文学遗产》第 1 期。收入《俞平伯全集》第六卷。

未,未必不是作于壬午而错编在癸未。与其把脂批明明白白的话认为误记一年,不如将本无题署年月的诗认为误编在次年,较为合理。俞先生的论述颇为简单,并未对其观点给出任何具体的论证。

1954年4月,历法学家曾次亮撰文对俞平伯的观点提出了异议,谈了他对敦诚挽诗和敦敏《小诗代简寄曹雪芹》诗写作时间的看法,这里先只谈后一方面。曾先生指出,从诗所说时间看,敦敏邀约雪芹赏春的时间是在"上巳前三日",应为二月末一天,那么写诗时间应更早一些,从诗中所写的景色看,应该是"落花时节近清明",杏花盛开的时候了。夏历各年交节的时间是早晚不齐的,北京气候较寒,花事相当地迟。他根据当年的《时宪历》列出了乾隆二十七年壬午和二十八年癸未的节气后发现:壬午年清明是三月十二日,癸未年清明则是二月二十二日,癸未的清明比壬午的清明早十八天。这就意味着,壬午二月底北京可能还春寒料峭,甚至冰还未尽融化;癸未二月底则杏花可能已经盛开,赏春是相当适宜的。由此他认为敦敏的诗是写于癸未,而不是壬午。①

1954年夏,吴恩裕因为发现了《懋斋诗钞》的手稿本,便写了一篇《〈懋斋诗钞〉稿本考》②,该文指出:(1)《诗钞》是敦敏誊清的手稿,上面的眉批是敦诚写的(后来吴世昌也提出了相同的看法)。(2)由纸色判断稿本为"乾隆抄本"。(3)指出了该稿本收藏者燕野顽民在扉页题识中所说收诗起讫年代("自乾隆二十九年戊寅起,至三十一年庚辰止")的错误,指出其中诗歌应始于乾隆二十三年戊寅,终于乾隆二十九年甲申,"编年次季,大体不差"。文中说:"据我所看到的原稿本《诗钞》,'癸未夏,长日如年'(引者按:这是《懋斋诗钞》首叶《东皋集》敦敏自序中语)句中的'癸未'二字是后黏上去的,原来本作'庚辰夏'。"他认为这是作者自己贴改的(后来王佩璋、陈毓罴反对这一说法),原本只抄到癸未,后来又抄入甲申年的诗,但未再继续贴改了。(4)《诗钞》并没有包括敦敏所有的诗,是残本。(5)《诗钞》眉批有

---

① 《曹雪芹卒年问题的商讨》,载1954年4月26日《光明日报·文学遗产》第5期。
② 见吴恩裕《有关曹雪芹八种》或《曹雪芹丛考》卷六第二篇。

"选""抄"等字样，有的诗则被整个勾掉或剪掉，应是另一个真正选本所根据的底稿本。吴恩裕这篇文章虽然没有明确表示赞同癸未除夕说，但对癸未除夕说显然是一个强有力的支持，而对壬午除夕说则是颇为不利的。

1957年，俞平伯的助手王佩璋女士发表《曹雪芹的生卒年及其他》一文，进一步重申俞平伯的壬午除夕说，反驳周汝昌等人关于癸未说的观点。王佩璋所做的一个关键工作是去北京图书馆查阅了《懋斋诗钞》的原稿本，发现原稿上有粘接（把诗剪成一首一首，甚至一行一行粘接在一起，计有二十七处）、留空和缺叶（原本中留有一些空行或空白叶，是粘接留出的白纸，影印本有的做了处理，看不到了）、贴改（序文诗文都有贴改，字迹有的跟原抄相同，有的不同，可见非一时一人所改。尤其是那首《古刹小憩》题下所署"癸未"也是后人贴补的）、文字残缺（原有文字被挖去）、错装（有一处书叶错装，导致前后叶被隔断，但影印本做了处理后，也看不出来了）等情形。应该说，她对此本特征的观察和描述比吴恩裕要细致、全面得多，也发现了此本的影印本中存在的不少问题。她又排了一下《诗钞》中能看出时间的诗的次序，发现庚辰除夕和辛巳上元之间的时序是：除夕、春、夏、秋、春、秋、春、秋、春、上元，于是对周汝昌提出的"诗是按年编的，有条不紊"的说法发生了怀疑。此文最后得出的结论的是：

> 敦敏自序之"庚辰夏""两年间"被粘改成了"癸未夏""数年间"；《古刹小憩》诗题下注被挖改成"癸未"；《东皋集》下起讫之年也被挖去。所以诗的时序颠倒紊乱如时序表所示（引者按：指王佩璋所排《诗钞》中诗歌的时序），所包括的诗的年月也与原序文不合（与挖改后的序文也不合）（引者按：这是指《诗钞》所收诗超出了序文所说的时间范围）。
>
> ……
>
> 总之，《懋斋诗钞》原是一个残本，后来又被后人剪贴挖改过的，有许多颠倒紊乱之处，因之诗钞"诗是按年编的，有条不紊"的

说法是不能成立的，所以《小诗代柬（应作"简"——引者）寄曹雪芹》之前第三首诗题下虽注"癸未"也不能证明这诗是癸未所作，何况这"癸未"还至少是一八〇二年之后挖改的！所以曹雪芹的卒年还是以卒于壬午之说较为可信。①

当年周汝昌根据燕大藏本得出了《懋斋诗钞》编年"有条不紊"与《小诗代简寄曹雪芹》一诗作于癸未的结论，吴恩裕根据新发现的稿本得出了同样的结论，在此都遭到了王佩璋的反驳。有意思的是，吴、王二人所据的还是同一抄本，却得出了相反的结论。

王佩璋对曾次亮从《时宪历》角度所作的考证也给予了回应，她说："至于这首诗如曾次亮所言不适合作于壬午，这可能是对的；但这对雪芹卒于壬午并无影响，因为这首诗虽不作于癸未，也不必一定作于壬午，可能作于壬午以前如己卯、庚辰、辛巳等年。"她的这一反驳也正是建立在她认为《懋斋诗钞》编年"颠倒紊乱"的基础之上的。

1962 年，因为曹雪芹二百年诞辰纪念日临近，吴恩裕又发表了《曹雪芹的卒年问题》② 一文，重申《懋斋诗钞》是严格编年的，是逐年逐月随写随抄的，并未经作者或旁人大加编整。具体到《小诗代简寄曹雪芹》一诗，从它向上数第三首诗《古刹小憩》题下署"癸未"，表示该诗是癸未年第一首诗。又自《小诗代简寄曹雪芹》向下数至第二十四题《十月二日谒先慈墓感赋》一诗内自注云："先慈自丁丑见弃，迄今七载。"从丁丑（1757）到癸未（1763）恰是七年。那么夹在这两首癸未诗之间的《小诗代简寄曹雪芹》当然是癸未的诗。既然癸未二月末敦敏还请过曹雪芹去他家里喝酒赏春，他哪里会死于前一年壬午的除夕呢？因此，他赞同曹雪芹卒于癸未除夕说。

至此为止，关于《懋斋诗钞》编年问题和《小诗代简寄曹雪芹》的写作年份问题，双方都初步表达了他们的观点。当时因曹雪芹诞辰纪念日的临近以及时任文化部部长的茅盾的关注和推动，更多的学者随后也加入

---

① 北京大学文学研究所编：《文学研究集刊》第五册，人民文学出版社 1957 年版，第 225、226 页。
② 载 1962 年 3 月 10 日《光明日报》，收入吴恩裕：《曹雪芹丛考》卷五第一篇。

了对这一问题的讨论。从 1962 年到 1964 年，参与讨论的大陆学者主要有周绍良、陈毓罴、邓允建（即邓绍基）、吴恩裕、周汝昌、吴世昌等人，其中前三者主壬午说，后三者主癸未说；到二十世纪七十年代，海外学者赵冈、陈钟毅（主壬午说）和余英时也撰写了相关论著或论文，发表了他们对这一问题的看法；2006 年，冯其庸写了一篇总结性的文章，重申壬午说。此后仍不断有人讨论这一问题。下文将对双方观点加以概括介绍，并作必要辨析。

2. 《懋斋诗钞》的文献形态以及是否严格编年

吴恩裕的《曹雪芹的卒年问题》一文发表后不久，周绍良即发表《关于曹雪芹的卒年》① 一文，此文主要反驳曾次亮从历法角度对癸未说的论证（详后），关于《懋斋诗钞》稿本，只简单说此本曾经剪贴，不完全可靠。如果只凭《小诗代简寄曹雪芹》前第三首《古刹小憩》下有"癸未"二字就断定《小诗代简寄曹雪芹》也是癸未作品，而其后第四首（即《题画四首》）是壬午作品，那又如何解说？

周文发表后一个月，陈毓罴发表《有关曹雪芹卒年问题的商榷》② 一文，接续王佩璋的论述，更深入地论证《懋斋诗钞》的编次问题。他指出，从北图藏《懋斋诗钞》原稿本来看，剪接粘改处不少，有五十几处（比王佩璋统计的结果多，后来吴世昌的统计也没有这么多），有的是好几首诗抄在一张纸上，或一首诗抄在一张纸上，彼此粘接在一起。有的是一张白纸，只描出了上下栏，有的是直接把两张诗稿粘接在一起。很可能是作者死后其亲友加以剪贴的。也可能是后人得到敦敏的零页诗稿或原稿本的残本，加以剪贴裱修而成。因此他怀疑这不是严格意义上的原稿本，既如此，则必然已经过了一番整理。现在看来，诗的排列次序是按春夏秋冬，可以承认它们是大致编年。但不能保证里边的诗在编年及粘接上不发生错误。他举出了三首排错的诗：

---

① 1962 年 3 月 14 日《文汇报》。
② 1962 年 4 月 8 日《光明日报·文学遗产》第 409 期。

(1)《题画四首》(93页),① 这组诗跟《小诗代简寄曹雪芹》一样,排在《古刹小憩》和《十月二日谒先慈墓感赋》之间,似要算癸未年(1763)的作品。但实际上它是壬午年(1762)的诗。据敦敏胞弟敦诚的《四松堂集》付刻底本(陈先生认为这部书是严格编年的),其中有《东轩雅集,主人出所藏旧画数十轴,同人分题,得四首》,跟敦敏《题画四首》所题之画相重者有三首。这说明他们是在同一次聚会上写了这两首诗。敦诚这首诗在《四松堂集》付刻底本中排在壬午,故敦敏的《题画四首》自然也应该是壬午年所作。(原稿本中,《题画四首》排在《题朱大川画菊花枝上一雀》这首诗的诗题跟正文之间,这是全书最明显的一处错乱,但文学古籍刊行社1955年影印本做了处理后,已经看不出这一问题了。上海古籍出版社1984年重印本也同样存在这一问题。)

(2)《河干集饮题壁兼吊雪芹》(120页),吴恩裕认为是甲申早春之作,《懋斋诗钞》却放在乙酉年(1765,后来学界多认为此诗就是乙酉之作,故吴说本误,陈不察。亦即《诗钞》编次并未错)。这首诗之前第三个诗题《九日同敬亭子谦登道院斗姆阁》是甲申重阳所作。这次序显然是颠倒了。

(3)《小雨访天元上人》(75页),按《懋斋诗钞》排列位置,要算壬午年(1762)所作。但敦诚《四松堂集》中收了一首《一月中闻罗介昌李迂甫两先生天元上人皆作古人,感而有作》,是排在己卯(1759)。可知天元上人己卯已经去世,敦敏壬午如何还会去访他?显然是《小雨访天元上人》这首诗排错了。而由于剪贴的关系,此诗后面的《村雨晓起》《瓶桃限韵》跟它抄在一张纸上,因此也跟着排错了。

邓允建(即邓绍基)在陈文发表约十天后也发表《曹雪芹卒年问题商兑》② 一文,指出《懋斋诗钞》编年确实有错,也举了《小雨访天元上

---

① 《懋斋诗钞》曾由文学古籍刊行社于1955年影印出版,1984年上海古籍出版社又据1955年版影印再版过一次。这个影印本在最初出版时做了一些不恰当的技术处理,导致稿本上的很多重要信息丢失,原来的页次也被打乱了。而且这两个影印版本的页码也不一致(注意:《懋斋诗钞》原稿本并无页码,这里说的是影印本所标页码),二十世纪五六十年代的学者所提大多为1955年影印本,所以他们提及此书中的诗作时,所标注的页码会比上海古籍出版社的影印本要多两到三页。本书则按上海古籍出版社1984年版随文以括号简注页码,以便于读者查找原文。现在此书原稿本在中国国家图书馆"中华古籍资源库"网站上有高清图像版,基本复现了抄本原貌,查核起来极为方便。

② 1962年4月17日《文汇报》。

人》错编在壬午年这个例子。

因此,他们一致认为:《小诗代简寄曹雪芹》一诗作于癸未的说法,是值得怀疑的。

吴恩裕随即撰《曹雪芹卒于壬午说质疑——答陈毓罴和邓允建两同志》[①] 一文对陈、邓二人的质疑做出答复,他承认陈、邓二人考出的一些错编的诗是事实,因此调整了他的看法,认为《懋斋诗钞》的"原本"(指作者最早稿本)是按年次季编的,是逐年逐月随写随编的。燕野顽民粘补过的本子(简称燕本)大体上保留原本编年次季的情况,亦即除了有特别证据证明编错了的某几首诗外,其余作品应该都是编年次季的。在此基础上,他进一步论证了《小诗代简寄曹雪芹》作于癸未的观点,他指出:

在燕本中,《题画四首》(陈、邓认为作于壬午而错置于癸未)这一叶跟前叶页都不合牙,一看就知道是从别处调来的。即使无《四松堂集》作为参照,也会令人生疑。但《小诗代简寄曹雪芹》却不是如此。它跟前叶毗连(笔者按:所谓"毗连",特指前后叶文字是连接在一起的,比如前叶末是诗题,诗的正文到了后一叶上,或一首诗的正文分布在前后两叶上),若来自他处,则前叶也来自他处,但事实上并非如此。因为从下署"癸未"二字的《古刹小憩》(88页)到第二十六首《以宁自松关载酒遗敬亭,敬亭以诗见寄,依韵奉酬,并简以宁》(105页,这首也是癸未诗)止,一共二十六个诗题(《题画四首》除外),有的在《小诗代简寄曹雪芹》之前,有的在它之后,一共有七首诗可断为癸未年的诗。这样,《诗钞》大致编年,《小诗代简寄曹雪芹》前后邻诗又都是癸未诗,那么认为它本身也是癸未诗显然更合理一些。《古刹小憩》下的"癸未"二字虽然是粘改,但作者自粘的可能性更大。与其说是错粘的,不如说是为了改正什么错误而粘改的。况且《古刹小憩》前一首是壬午冬日诗,下面一首是癸未诗,则其本身为癸未春日诗,当不致有问题。

为了更容易看清吴恩裕的论证逻辑,在此需要特别加以指明的是,在

---

① 1962年4月22日《光明日报·文学遗产》第413期。

《懋斋诗钞》中，从《古刹小憩》（88 页，题下有"癸未"二字，是贴改的）开始，往下依次是《过贻谋东轩同敬亭题壁分得轩字》（88—89 页）、《典裘》（89—90 页）、《小诗代简寄曹雪芹》（90 页）、《月下梨花》（90 页），一共五首诗。在原稿本中，这五首诗是抄在毗连的两叶（共四面）上，可以被视为一个整体，这个整体跟前后叶都不毗连：《古刹小憩》之前另叶上紧挨着的一首诗《雪后访易堂不值即题其壁上》是壬午冬之作无疑，《月下梨花》后的一首诗《风中杨花》也在另一叶上。吴恩裕此番论证的关键点在于：他认为《小诗代简寄曹雪芹》之前第三首《古刹小憩》题下有"癸未"年份（虽然是贴改的，但他认为应是作者所为），之前第二首《过贻谋东轩同敬亭题壁分得轩字》也可以证明作于癸未，其后则还有六首诗可以证明作于癸未，由此就可推断《小诗代简寄曹雪芹》也应作于癸未。而且如前所交代的，《小诗代简寄曹雪芹》与《古刹小憩》《过贻谋东轩同敬亭题壁分得轩字》这三首诗是抄在前后毗连的两叶上，它们是一个无法分离的整体（这个整体还包括另两首《典裘》和《月下梨花》），如果编错就都错了，如果没错就都没错，如果其中两首确是癸未之作，则其余三首自然也都是癸未之作无疑了（更何况它们后面还有五首是癸未的）。但问题在于：《古刹小憩》题下的"癸未"二字是贴改的，它可靠吗？还有就是，《过贻谋东轩同敬亭题壁分得轩字》这首诗，吴恩裕推断它是癸未之作，那他的推断又可靠吗？事实上，这两首诗的作年都遭到了质疑，《古刹小憩》自不必说，这里有必要说一下《过贻谋东轩同敬亭题壁分得轩字》一诗的考证问题，因为后面还会多次谈到这首诗的作年问题。为论述方便，先引原作如下：

> 十五年前事漫论，春来依旧绿盈轩。焚囊惭负东山教，嗜酒频劳北阮樽。柳已作花初到雁，气凭鸣剑欲凌鲲。伤心满壁图书在，遗迹先人手泽存。

这首诗是敦敏、敦诚（即诗题中的"敬亭"）过访他们从堂弟贻谋的东轩时所作。敦敏兄弟少年时曾从他们的从叔父，亦即贻谋之父月山（爱新觉罗·恒仁）求学，地点大概就是在东轩。月山于乾隆十二年

(1747)英年早逝（享年三十五岁）。他去世前一年，曾作《三叠前韵示敦敏》一诗，其中有句云"应笑谢元（玄）空颖悟，正烦赌取紫罗焚"，① 这正是敦敏诗中"焚囊惭负东山教"一句之所指。那么，现在的问题是：敦敏这首诗第一句"十五年前事漫论"中的"十五年前"该从何时算起？此诗又是作于哪一年呢？吴恩裕是从月山去世时算起的，即从乾隆十二年（1747）五月十一日算起（据《月山诗集》后附沈廷芳撰《墓志铭》可知②），算到乾隆二十八年（1763）早春，历十五年零六个多月，于是他断定此诗作于癸未（1763）。但他这种算法后来遭到了质疑（详后）。

随后周绍良撰《再谈曹雪芹的卒年》③ 一文反驳吴恩裕之说，说《懋斋诗钞》稿本编次错乱，情况十分复杂，陈毓罴已经指出了不少。既然有错，那就不能以《小诗代简寄曹雪芹》来做决定性的依据。在此文中，周先生提到一个很重要的情况：他说《古刹小憩》下面的"癸未"二字是贴改过的，但贴掉的仍然是"癸未"二字（这一点只有他提过），故这首诗，作者本意是要系于癸未年的，但此诗已被勾去（此诗被打了括号，应为不选刻之意），是否牵涉以下各诗的编年，不知道；另外，这首诗后面那一首的标题《过贻谋东轩同敬亭题壁分得轩字》也是经贴改的，贴掉的是一个叫《桃花》的诗题。这首诗牵涉后面的几首，包括《小诗代简寄曹雪芹》，它们会不会是从别处挪来的呢？周绍良还顺带反驳了吴恩裕认为《四松堂集》的抄本严格编年的观点，这里不再详述。

到1962年5月，周汝昌发表长文《曹雪芹卒年辩》（上、下）④，对从王佩璋到陈毓罴等人的诸多观点集中予以反驳。

针对王佩璋认为《懋斋诗钞》剪贴挖改过，有许多颠倒紊乱之处等说

---

① 《丛书集成初编》本《月山诗集》三，商务印书馆1939年版，第45页。"正烦赌取紫罗焚"一句典出《世说新语·假谲》，云谢玄少年时喜欢佩戴紫罗香囊，谢安不欲他为此妇人之行，便假装跟他赌博，把紫罗香囊赢过来，然后烧掉了。此典暗含着长辈巧妙教导晚辈之意。《丛书集成初编》本"赌"误作"睹"。

② 《丛书集成初编》本《月山诗集》，第57、58页。

③ 此文未查到原始发表刊物，应作于1962年，收入周绍良：《红楼梦研究论集》，山西人民出版社1983年版。

④ 1962年5月4日至6日《文汇报》。

法，周先生指出：剪贴挖改者，一个是敦诚，是积极的整理加工，而非破坏；二是收藏者燕野顽民，只是略加粘补，以免零落脱散。他又指出王佩璋的"时序表"排错了，错误的原因在于：（1）采用所谓"最新周岁核实法"（王佩璋是采用从前一年跨入下一年就计一年的算法，周先生则认为按古人算法，从前一年进入下一年，要算两年），故计算时间有误；（2）凡看见诗中写到花就判定为春日，不知北京的野花，多开于夏秋二季。笔者认为，王佩璋的"时序表"的确有误，周先生指出的原因也基本正确，但时间计算法则是一个很复杂的问题，未可一概而论。

  近来有学者专门对这一问题做了研究，指出古人有两种时间算法，即"柳州算法"和"香山算法"。所谓"柳州算法"，连头带尾都算进去，但有时则举成数（十一年说成十年）。所谓"香山算法"，连头而不带尾。① 其实换个说法可能更准确，若以古人的干支纪年法来论，"柳州算法"就是从起点的干支年份开始，到终点的干支年份，一个干支就是一年，而"香山算法"就是从上一个干支进入下一个干支算一年，即必须跨了年才算一年。例如从乾隆二十四年己卯（1759）到乾隆二十五年庚辰（1760），按"柳州算法"，是过了两年；按"香山算法"，则只能算过了一年。不过据笔者看来，这只是最常见的两种时间间隔计算法而已，也不应绝对化，认为就只此两种算法，更无其他算法了。时间间隔的计算还受具体情境和特殊条件的约束，未可一概而论，比如从己卯元旦算到庚辰元旦，这怎么算也不好说是过了两年，而从己卯元旦到庚辰除夕，则怎么算也不好说只过了一年，还有其他具体特殊情形，也难以尽举。而从时间的表达来看，不同文体的方式也有差异，有的精确，有的随意，甚至有的粗疏，学者们从考证角度进行精确的时间推算，就难免有时会发生求之过深的问题了。更麻烦的是，同一个时间记载，此以"柳州法"计之，彼以"香山法"计之，各是其所是，非其所非，彼此攻讦，论难不已，难得确论。因为时间计算法在曹雪芹卒年论争中后来成了一个造成分歧的焦点问题，故在此先略做论析。以下仍言归正传。

---

① 沈治钧：《敦敏〈懋斋诗钞〉校札》，载《红楼梦学刊》2020年第二辑。

周汝昌针对陈毓罴指出的《懋斋诗钞》中三首诗错编的问题，只承认《题画四首》的确错编了，但辩解说这是"错简"，不足以证明《懋斋诗钞》之错乱。至于《河干集饮题壁兼吊雪芹》一诗，陈毓罴认为是甲申早春诗，错排在乙酉，其前又有甲申重阳的诗，岂非错乱？周先生原本也认为这是甲申春的诗①，但这里却改变了看法，说此诗是敦敏甲申冬日回忆癸未暮春集饮之作（周先生应该是认为，癸未暮春雪芹尚与敦敏等人登楼共饮，而今已作古人矣）。窃以为，周先生所论颇迂曲牵强，对诗意的分析也很成问题，诗中写的是北方早春景色，绝无回忆之意，也无今昔之感。从前面的诗推算下来，这首诗应该就是乙酉之作。吴恩裕认为是甲申早春，误算了一年，陈先生认为排在乙酉，其实是对的。

　　再说到《小雨访天元上人》一诗，《懋斋诗钞》排在壬午，陈毓罴根据敦诚《四松堂集》中一首编在己卯的诗（即《一月中闻罗介昌李迂甫两先生天元上人皆作古人，感而有作》），推定《小雨访天元上人》亦为己卯或己卯前之诗，故《诗钞》中此诗错排。因为天元上人己卯年（1759）已去世，敦敏壬午（1762）如何还能访他？周先生则举敦诚《鹪鹩庵笔麈》中一段关于上人的记载（"癸未再过禅房，而上人示寂矣"）②来说明敦诚己卯时乃误听讹传，他实际上到癸未（1763）才知道上人去世了。③ 后来吴世昌也利用同一则材料来证明敦诚直到癸未才知道上人去世了，他认为陈毓罴所云《四松堂集》付刻底本中《一月中……》一诗编在己卯全非事实，此诗应作于癸未。④ 但事实上，此诗（即《一月中……》）前一首《送易堂南归》题下原有"己卯"二字，被贴去，但仍然可见，故《一月中……》系年己卯应属无误。⑤ 由此可证《懋斋诗钞》中《小雨访天元上人》编在壬午的确有误。周、吴二先生对《鹪鹩

---

① 周汝昌：《红楼梦新证》，棠棣出版社1953年版，第449页。
② 这条记载见于《四松堂集》刻本卷五，上海古籍出版社1984年影印本《懋斋诗钞 四松堂集》，第416页。
③ 1962年5月4日至6日《文汇报》。
④ 吴世昌：《综论曹雪芹卒年问题》，载1963年6月号《新建设》。
⑤ 北京图书馆2006年版线装影印本《四松堂集》付刻底本上，此诗题下的"己卯"二字仍隐约可见。

庵笔麈》中那条关于天元上人的记载明显误解,其说应不可信。

周先生又通过笔迹对比指出,《懋斋诗钞》是敦敏自己的手抄本,清抄、贴改、补写都是他本人所为,非后人之所为也。从笔迹入手来断定《懋斋诗钞》是敦敏手抄本和敦诚手批本,吴恩裕早就这么做过了,也早就提出过周先生的这些看法。① 这一问题比较复杂,这里先不多论。

总之,周先生经过一番论证,再次强调《懋斋诗钞》编年次序分明,毫无错乱,《小诗代简寄曹雪芹》是癸未诗。"壬午除夕"是脂砚斋的误记。

周先生这篇文章发表后,邓允建和陈毓罴两人很快就同时发文进行了反驳。

邓允建的《再谈曹雪芹的卒年问题》②指出,《懋斋诗钞》编年错误的有十三题,除了之前陈毓罴所举出的三首,他又举了三例错编的:(1)《上元夜同人集子谦潇洒轩征歌,回忆丙子上元同秋园徐先生妹倩以宁饮潇洒轩,迄今已五阅岁矣,因感志事,兼怀秋园以宁》(41页),根据古人算法(按:他采用的其实是所谓的"柳州算法"),此诗应作于庚辰(1760),但被抄入辛巳(1761)。但对这一说法笔者表示怀疑:《上元夜同人集子谦潇洒轩征歌……》这首诗的前面两首,一写"入春才十日",一写"人日输君醉野花",皆辛巳之作,紧承其后的这首《上元夜同人集子谦潇洒轩征歌……》恐怕写的也正是辛巳上元,因为这一年刚开始,不好算一年,也可能作者用的是跨年算一岁的算法(即所谓"香山算法"),那就是到辛巳,正好也是"五阅岁"。故其编次未必有误。否则孤零零一首庚辰上元的诗如何会错编入辛巳年初的诗里?(2)《二弟南村与李秀才作泛水之戏有作依韵却寄》(55页),当是癸未之作,却排在辛巳。邓先生对此诗作年的推定过程比较复杂,笔者对其论证也深表怀疑,但周汝昌对此有反驳(详后),这里就不做辨析了。(3)《偶检箧笥得月山叔窗课数篇感赋二绝》(61页)应为辛巳之作,却被编在壬午春。

---

① 《懋斋诗钞稿本考》,收入吴恩裕:《有关曹雪芹八种》。
② 1962年6月10日《光明日报·文学遗产》第418期。

笔者按：邓先生此说恐非。敦敏这首诗的意思很明显，是追怀其叔父月山的，最后一句"宿草寒烟十五年"，是说叔父故去已经十五年了。前文已说过，月山卒于乾隆十二年（1747）五月，那他过世十五年后该是哪一年呢？若按"香山算法"来算的话，正是壬午，《懋斋诗钞》编在壬午年初，且其前一首是壬午人日诗（此二诗还是毗连的），后隔一首是壬午二月十五日诗，如此紧凑有序，岂能轻易就说其编错了？由此看来，邓先生新举出的三首所谓错编的诗，其实都没有错。

跟邓允建完全同步，陈毓罴在同一天、同一报纸上发表了《曹雪芹卒年问题再商榷——答周汝昌、吴恩裕两先生》①一文，重申《懋斋诗钞》编年有误，反驳周汝昌对陈毓罴所举三例错排的反驳。最重要的是，这一次他推断《小诗代简寄曹雪芹》作于庚辰（吴恩裕推定为癸未，详前）。这是一个重要的判断，他的理由是：敦敏《过贻谋东轩同敬亭题壁分得轩字》诗中用到了"焚囊"之典，故"十五年前事"应从月山赠敦敏诗（该诗用了"紫罗囊"之典）的乾隆十一年（1746）开始算起，他按"柳州算法"算下来，十五年后乃是庚辰，故该诗乃庚辰之作。其之前的《古刹小憩》应该也是庚辰之作，其下被挖改的也是"庚辰"二字，否则燕野顽民不会在题识中说《懋斋诗钞》存诗从戊寅到庚辰。而《古刹小憩》《过贻谋东轩同敬亭题壁分得轩字》《典裘》《小诗代简寄曹雪芹》这四首诗是抄在一处的，它们都应是同时之作，即都作于庚辰。《古刹小憩》和前面的《雪后访易堂不值即题其壁上》，《小诗代简寄曹雪芹》和后面的《月下梨花》，都是剪接起来的，中间都有一道接缝。剪接都可能发生错误。陈先生的意思是，从《古刹小憩》到《小诗代简寄曹雪芹》这四首诗是一个整体，跟其前后诗之间又有接缝，故它们可能是从别处错移置此处的。而如果《小诗代简寄曹雪芹》是庚辰（二月）之作，那么在《懋斋诗钞》中另有一首《芹圃曹君霑别来已一载余矣，偶过明君琳养石轩……》（37页），被公认为是庚辰秋作，题中明说"芹圃曹君霑别来已一载余矣"，这说明敦敏庚辰"上巳前三日"并未见到曹雪芹。这又是何

---

① 1962年6月10日《光明日报·文学遗产》第418期。

故呢？对此陈先生的解释是：雪芹接到《小诗代简寄曹雪芹》的邀请后并未赴约。应该说，陈毓罴这篇文章提出了一个事关重大的判断，如果这个判断能成立，那么癸未说就被彻底推翻了。但问题并不如此简单，对此笔者将在后文详论，此处暂且按下不表。让我们再回到当年的论争上来。

陈、邓二人的论文发表后不久，吴恩裕即撰《考证曹雪芹卒年我见——再答陈毓罴和邓允建两同志》①一文予以回应，他承认燕野顽民藏本（燕本）中，的确有地方做了调动，如《题画四首》。因此，燕本只是大致编年。除了可以确证编排有误之处外，其余作品仍应被认为是有序编排的。此文的重点是反驳陈毓罴认为《小诗代简寄曹雪芹》等四首诗是庚辰之作的说法。吴先生指出：如果这四首诗是庚辰诗，那么从《古刹小憩》到《九日过东皋吊问亭将军》这十九个诗题就应一并抽出（他认为这一部分作品都是连在一起的），放到庚辰年内去，但考庚辰年诗，都是上下页毗连分割不开的。即使有两处似可安置，但诗的季节则前合后不合。他又指出：持壬午说者指出《小诗代简寄曹雪芹》一诗后有剪贴痕迹，不能算连接着的，那么我们就应该考查一下这剪痕是否不对口。若此一诗来自他处而此处诗被移到他处，则绝不可能对口。吴先生这一反驳的思路有其正确之处，但也有问题，对此后文再详论。

此后不久，周汝昌也发表《再商曹雪芹卒年》②一文，专驳陈、邓二人之文。他的反驳有些是有道理的，有些则未必。

如陈先生认为《东皋集》序中"庚辰"被贴改为"癸未"，《古刹小憩》下原注也应是"庚辰"，被贴改为"癸未"。周先生重申序的贴改是作者所为，《古刹小憩》下"癸未"注是因诗作既然排到癸未，就如实注明之。但周先生未解释燕野顽民题识中的"庚辰"从何而来（陈先生则做了解释），因此他的反驳不足以服人。对《河干集饮题壁兼吊雪芹》和《小雨访天元上人》二诗的系年，周先生仍维持原来的看法，其说之非，前文已论，此不重复。

---

① 1962 年 7 月 2 日《光明日报·文学遗产》第 422 期。
② 1962 年 7 月 8 日《光明日报》。

陈毓罴把《过贻谋东轩同敬亭题壁分得轩字》《小诗代简寄曹雪芹》等几首诗归为庚辰之作，周先生认为其理由都不充足。邓允建认为《上元夜同人集子谦潇洒轩征歌……》是庚辰之作，错排在辛巳。周先生根据《四松堂集》中《潇洒轩宴集》一诗排在辛巳断定此诗编年无误（笔者认同此说，详前）。邓认为《偶检箧笥得月山叔窗课数篇感赋二绝》一诗应作于辛巳，却排在壬午。周先生认为辛巳跟壬午春相差不多，举成数而言，并无错误。（笔者亦认同此说，但理由与周不同，详前）。邓还认为《二弟以南村与李秀才作泛水之戏……》应作于癸未（根据敦诚丁酉秋作《南村记》中"记与李秀才乘筏捕鱼于此，已十五年矣"推断），却排在辛巳。周先生认为根据敦诚《四松堂集》中《同李秀才饮水次》一诗（排在壬午）来看，他跟李秀才同游之事不止一次。这种小事，多年之后，也有记错年份之可能。笔者认为此说有理，不再多作辨析。

总之，周先生认为，从证据看，《懋斋诗钞》只经燕野顽民粘补过，但其态度十分谨慎。因此，他不同意陈、邓所提出的该书经多人之手整理，故编年发生错乱的说法。

此后双方的争论一度趋于消歇，大约周汝昌发文一年后，吴世昌发表《综论曹雪芹卒年问题》①一文，对以上诸位学者的一些观点加以反驳或赞同，也对癸未说再做论证。跟此前的诸家论文相比，此文比较新的说法是指出陈毓罴商榷一文所据以论证《题画四首》和《小雨访天元上人》编年有误的敦诚《四松堂集》抄本并非严格编年，并举出误编的一例。吴先生由此论证《题画四首》和《小雨访天元上人》编年无误，并说他经过对勘，证明《懋斋诗钞》中与雪芹卒年有关的诗编年都不误，亦即《小诗代简寄曹雪芹》作于癸未之说也无误了。在此基础上，吴先生又提出一个所谓的新证据：他先根据敦诚《鹪鹩庵笔麈》中对天元上人的那段记载（前文曾提及）推定敦诚的《一月中闻……天元上人皆作古人，感而有作》应作于癸未（原本编在己卯），再进而推断敦诚的《佩刀质酒歌》

---

① 1963年6月号《新建设》。吴世昌曾先后在《红楼梦探源》之"作者的生卒年"（可参见《吴世昌全集》）以及《曹雪芹的生卒年》（1962年4月2日《光明日报》）中论述曹雪芹生卒问题，但《综论曹雪芹卒年问题》代表他对此问题的最终意见，故以此篇为准来加以介绍。

（诗序中说他在敦敏家遇到了雪芹）作于癸未秋，如此，就算《小诗代简寄曹雪芹》不作于癸未，也无害于癸未除夕说的正确性。在吴先生这些观点中，除了《四松堂集》抄本编年不免有误这一点，其他的观点都颇值得商榷，陈毓罴也很快就撰文对吴文进行了反驳（详后）。

　　值得一提的是，吴先生此文的"附录"提到了两个重要的情况：一是曾次亮曾说癸未痘疫流行（笔者未查到曾说正式出处，可能是在座谈会上提到过，未正式发表），敦诚、敦敏、张宜泉家都有幼儿死去，关于此疫的文献不少，吴先生由此认定雪芹之子当也死于此时，雪芹则死于其子之后，自然不会在壬午除夕即已死去。二是周汝昌认为《小诗代简寄曹雪芹》是敦敏为邀请雪芹赴敦诚寿宴而作①（余英时反对此说，详后），吴世昌也找到《小诗代简寄曹雪芹》后第三首《饮集敬亭松堂同墨香叔、汝猷、贻谋二弟暨朱大川、汪易堂即席以杜句"蓬门今始为君开"分韵得蓬字》，认为此诗写的正是这次寿宴，但雪芹没有来，至于其原因，吴先生只有一些很靠不住的推测，这里就不提了。

　　吴世昌上文发表后，陈毓罴即撰《曹雪芹卒于癸未除夕新证质疑》② 一文，专门予以反驳，并重申了他以前的一些观点。

　　陈先生指出《四松堂集》付刻底本、刻本都是编年的。《四松堂诗钞》偶有错编。据《四松堂集》付刻底本可证敦诚吊天元上人诗的确作于己卯，从而可证敦敏《小雨访天元上人》编年有误。

　　陈先生再次论证《题画四首》作于壬午，非癸未。他仍从证明《四松堂集》中的《东轩雅集，主人出所藏旧画数十轴，同人分题，得四首》作于壬午入手。陈先生论证颇烦琐，其实查《四松堂集》付刻底本，在这首诗（即《东轩雅集……》）之后第九个诗题《南村清明》题下明注"癸未"，而此诗之前至少有两首诗被吴恩裕、余英时等人证明是壬午之作，加上陈先生所证明的一首，基本可以确证夹在这些壬午诗之间的《东轩雅集……》也是壬午诗。因而跟此诗有连带关系的敦敏的《题画四首》

---

① 周汝昌：《红楼梦新证》，人民文学出版社1976年版，第174页。
② 《新建设》1964年3月号。

应该也是壬午诗,但《懋斋诗钞》编在癸未,当然错了。他也反驳了吴世昌认为敦诚的《佩刀质酒歌》作于癸未的观点,强调此诗作于壬午。笔者认为,陈先生的结论是正确的。

陈先生重验了《懋斋诗钞》原本,对其特征做了更详细的描述,指出其中剪接有五十一处之多:所谓剪接,是把原来的零散抄稿(敦诚在上面加过批语及圈选)剪贴粘接在一起。粘接时或者在中间补上一行至一面不等的空白纸张,在纸上用墨笔描出上下栏;或者什么也不补,只在背面衬以纸张,直接把两张诗稿粘在一起,中间留下一道接缝。最末有三首诗还是将作者亲笔写的原稿一行行剪贴上去的。有的诗缺上文,只有后面几句;有的诗缺下文,只有前面几句;有的有题无诗,但题上有敦诚的圈选;有的有诗无题,诗句却经敦诚的圈点。这一切情形都使人怀疑它不是一个原抄本,而是后人整理过的本子。看起来春夏秋冬的次序,大体还顺,但在编年和粘接上是否不会发生错误很难保证,因为一则不像《四松堂集》有刻本可以对证;二则经过仔细研究,也的确发现了一些错排了年代的诗。除了反复论证过的《小雨访天元上人》《题画四首》之外,他又举出一例——《送和怡斋牧马塞上》(30页),认为其本为己卯诗(《四松堂集》付刻底本中有一首相关的诗就排在己卯秋),却误排在庚辰春。正因为有这些错排,促使我们要谨慎对待它所收的诗。

陈先生重申《过贻谋东轩同敬亭题壁分得轩字》作于庚辰,他以敦敏所撰《敬亭小传》和敦诚的《感怀十首》(其中一首中有两句"一事未忘公训勖,卅年不佩紫罗囊")为证,认为"十五年前事"应指乾隆十一年(1746)月山赠敦敏诗一事,故"十五年前"应从此年开始算起,止于庚辰,亦即《过贻谋东轩同敬亭题壁分得轩字》应作于庚辰。既如此,则其后的《小诗代简寄曹雪芹》自然也作于庚辰。不过,根据编排于庚辰秋的《过明琳养石轩》诗题中小注可知,当时敦敏已经一年余未见雪芹了,故这次雪芹并未赴约。

陈先生反驳了周汝昌所说的敦敏是用小诗代简邀请雪芹参加敦诚生日宴会的观点,认为时间、地点都不对。敦诚的那次家宴在他的松堂举办,而敦敏则是邀请雪芹去他的小院赏春,当时敦诚早已出继(十五岁出继给其叔父英新为嗣），跟敦敏并没有住在一起。

笔者认为，除了《过贻谋东轩同敬亭题壁分得轩字》作于庚辰这一说法仍可商榷之外，陈先生的反驳都是有道理的。尤其是反驳周汝昌所说的敦敏是用小诗代简邀请雪芹参加敦诚生日宴会的观点，很有说服力。后来余英时的《"懋斋诗钞"中有关曹雪芹生平的两首诗考释》一文进一步确证了陈先生的这一观点。①

周汝昌最先注意到敦敏有《饮集敬亭松堂……得蓬字》（91、92页，在《小诗代简寄曹雪芹》与《风中杨花》二诗之后）一诗，认为此次"饮集"乃敦诚三月一日举行的寿宴，《小诗代简寄曹雪芹》正是邀请雪芹来参加此次宴集，而雪芹未来。主癸未说者据此认为雪芹此时还在世。但赵冈等主壬午说者则认为雪芹或已前卒。② 余英时则指出：《饮集敬亭松堂……得蓬字》诗中所言宴集地点是敦诚的松堂，诗中"中和连上巳"一句则说明宴集的时间应为二月中旬，故无论从宴集时间、地点来看，均跟《小诗代简寄曹雪芹》一诗所说不符（《小诗代简寄曹雪芹》中，敦敏是邀请雪芹到他的槐园赏春）。因此，他断言此二诗并无联系。那么敦诚这次家宴的性质是什么？他根据以下二诗做了推断：

（1）《懋斋诗钞》中《二月十五日过松轩，忽忆去岁亦此日同敬亭、贻谋、大川小集松轩，用阮亭集中韵，各赋七律一首，转瞬一年矣。因用杜句"花枝欲动春风寒"分韵，余得花字》（63页）（根据下诗，"松轩"当为"松堂"之误）。

（2）《四松堂集》卷一《仲春望日草堂集饮分韵，得枝字。去年此日诸公过草堂，用王阮亭韵纪事，瞬息一载。今年此日诸公复集草堂，追念昔欢，恍如昨日。未卜明春风光人事，更复何如，因以"花枝欲动春风寒"平声字分韵》。

余英时指出，此二诗显然指的是同一次诗会。时间是"仲春望日"，即二月十五日。把这两首诗跟《饮集敬亭松堂……得蓬字》一诗配

---

① 余英时此文作于1976年，收入其《红楼梦的两个世界》，上海社会科学院出版社2002年版。
② 赵冈的观点见《红楼梦新探》第一章第四节，第57页。

合起来看，可知后者中的"中和连上巳"正是指二月十五日。可见，他们一连三年举行过二月十五日的松堂分韵诗会。那么由此可以来探讨一下这些诗的写作年份了。

余英时经过比较严密的推算，断定敦敏《二月十五日过松轩……》为壬午之作（余先生推定的方法比较麻烦，其实跟敦敏这首诗有紧密关联的敦诚的《仲春望日草堂集饮分韵……》一诗可以很容易确定是壬午之作；因此诗在《四松堂集》付刻底本中处于辛巳和癸未之间，当为壬午诗无疑），这首壬午之作提及去年此日用王渔洋句分韵赋诗，可见辛巳二月十五日是他们第一次举行这样的诗会。这首诗中又提到"更期明岁今朝约"，可推知《饮集敬亭松堂……得蓬字》正是他们壬午二月十五日即预定要在癸未二月十五日举行的那场诗会了。这就是说，《小诗代简寄曹雪芹》与《饮集敬亭松堂……得蓬字》二者之间并不如周汝昌等人所认为的存在着前后关联，而是完全无关的。

余先生由此断定，《懋斋诗钞》是一部大体编年的集子，无论《古刹小憩》下的"癸未"二字的贴补是怎么来的，总之，自《古刹小憩》以下的诗大体上应属癸未的作品。但这种大体的编年并不能排除有偶然误编的可能性。《小诗代简寄曹雪芹》既与《饮集敬亭松堂……得蓬字》完全无涉，它当然也有可能是壬午之作误编入癸未年之内的。故不能由此诗断定雪芹卒于癸未。余先生对几首诗作年的推定无疑是能成立的，但他由此引申而来的说法无疑有点草率：《古刹小憩》下的"癸未"二字一直有争议，其下的几首诗是不是癸未之作也存在争议（陈毓罴即认为它们都是庚辰之作）。而《小诗代简寄曹雪芹》能否被证明是癸未之作，也不完全系于它是否跟《饮集敬亭松堂……得蓬字》有关这一点上。

这场激烈的争论从余英时的文章发表之后基本上趋于沉寂了，至少在此后近三十年的时间里再没有重量级的学者撰写有分量的文章来讨论这一问题了。直到 2006 年，当年并未参与论争的冯其庸发表了《初读〈四松堂集〉付刻底本——重论曹雪芹卒于"壬午除夕"》[①] 一文，此文先探讨

---

① 《红楼梦学刊》2006 年第四辑。又见北京图书馆出版社 2006 年版《四松堂集付刻底本》序言。

了《四松堂集》付刻底本是否严格编年的问题（结论是并不严格编年），随后即谈了他对二十世纪六十年代那场论争中一些问题的看法，最后重申壬午除夕说是正确的。

  冯先生跟其他主壬午说者不同的是，他经过对《懋斋诗钞》全书时间的排比后认为：《懋斋诗钞》基本上是编年且依季节编排的，①《小诗代简寄曹雪芹》一诗也确是癸未之作，再下面的《饮集敬亭松堂……得蓬字》应该就是《小诗代简寄曹雪芹》中的邀宴，②但他根据《饮集敬亭松堂……得蓬字》断定雪芹没有回音，未参加聚饮。这就令人不能不想到他是否已经不在人世了。而且癸未、甲申两年中众人都未提到雪芹，也值得注意，他可能已不在人世了。后文冯先生更明确地指出：《小诗代简寄曹雪芹》是敦敏在不知道雪芹已卒于壬午除夕的情况下发出的（胡适、赵冈、陈钟毅也曾提出此说）。冯先生说：雪芹死时只剩下一个飘零的"新妇"，在当时的条件下，如何传递信息呢？不要说在当时，就是在今天也常会发生类似的情况。总之，癸未说的证据一是理证，不是直证、实证，二是孤证，没有其他可靠的证据，全凭推测，这就难以成为可信的结论了。而壬午说有三条证据：（1）甲戌本上的脂批；（2）1964年发现的"夕葵书屋《石头记》"残页脂批；③（3）1968年发现、1992年公布的曹雪芹墓石。④冯先生据此认为：雪芹卒于壬午除夕，完全可以定论。但冯先生的这些观点也不无可议之处，后文还会谈到，这里就先不详论了。

  以上就是从二十世纪五十年代到2006年学界围绕《懋斋诗钞》及其相关问题所发生的论争的主要内容，此后也还有一些相关文章陆续发表，后文将在必要时有所提及。

---

① 当然书中也有误差。他举《上元夜同人集子谦潇洒轩征歌……》为例，认为应为庚辰诗，但被排入了辛巳（但此例其实不误，详前）。
② 周汝昌也持此说，但陈毓罴、余英时皆做了有力的反驳，证明此说并不能成立，详前。
③ 可参见俞平伯：《记"夕葵书屋〈石头记〉卷一"的批语》，原载《红楼梦研究集刊》第一辑。收入《俞平伯全集》第六卷。
④ 曹雪芹墓石一事也是红学史上一桩疑案，引起过很大的争议，具体情况可参见冯其庸主编：《曹雪芹墓石论争集》，文化艺术出版社1994年版。

3.《古刹小憩》诗题下所注"癸未"二字是否可靠

在过去数十年间围绕曹雪芹卒年问题的论争中,除了上述的《懋斋诗钞》的编次问题外,还有一个细节问题被反复谈到,那就是《诗钞》中《古刹小憩》一诗题下的"癸未"这个干支到底可不可靠?这个问题看起来只是个小问题,却十分关键,因为《古刹小憩》之后第三首诗就是《小诗代简寄曹雪芹》,此诗题下及正文中都无任何年份标记,只能依据其前后诗作的写作时间来进行推测。如果《古刹小憩》作于"癸未"是可以确定的,那么《小诗代简寄曹雪芹》作于癸未的可能性就非常大了。然而,正是在这一关键问题上,学界发生了很大的分歧。这里也有必要简要回顾一下相关分歧的主要内容。

最早提到《古刹小憩》下有"癸未"干支的是周汝昌的《红楼梦新证》,① 周先生当时看到的是藏于燕大图书馆的《懋斋诗钞》清抄本(现藏哈佛燕京学社图书馆),上面没有贴改、粘接、空白等情况,《古刹小憩》下的"癸未"二字也没有什么特别的异常之处。

最早提出"癸未"二字有问题的是陈毓羆,他在《有关曹雪芹卒年问题的商榷》② 一文中指出,细看《懋斋诗钞》原稿(现藏国图,跟周汝昌先生当年所见版本不同),《古刹小憩》诗题下所注"癸未"二字并非敦敏原注,而是后人写在一张纸上贴上去的,原题年月已挖去。这个"癸未"的笔迹跟抄诗的笔迹不同,而跟《东皋集序》中所贴改的"癸未"二字笔迹相近。这两处贴改时间大概在同治元年(1862)以后,燕野顽民在同治元年写题识时,尚未发生,所以他根据《东皋集序》说《懋斋诗钞》所收诗止于庚辰。《古刹小憩》是以前的作品,因为剪接而被错放在现在的位置上,后人又以为作者原来注错了年代,就加以挖补贴改。《小诗代简寄曹雪芹》题下则并无年代,其之前的《古刹小憩》的年代现在又不能确定,其后的《十月二日谒先慈墓感赋》(104 页,从此诗中小注"先慈自丁丑见弃,迄今七载"可断定其作于癸未)又相隔二十多个诗

---

① 但周先生只说:"此诗(即《小诗代简寄曹雪芹》)前三首(即《古刹小憩》)题下注'癸未'。"他并未提到《古刹小憩》一诗的标题。见该书棠棣出版社1953年版,第435页。
② 1962年4月8日《光明日报·文学遗产》第409期。

题，中间也有好几处剪贴、粘接，也不足为据。因此，《小诗代简寄曹雪芹》的编年必须存疑。

邓允建的《曹雪芹卒年问题商兑》①也认为《古刹小憩》下的"癸未"二字是谁挖改的，还是个谜，因此不能遽断其定是写于癸未。他此后又在《再谈曹雪芹的卒年问题》中指出，《古刹小憩》题下被挖改的字很可能跟《东皋集序》一样，是庚辰。②燕野顽民以为《东皋集》即《懋斋诗钞》（实际上《东皋集》只是《懋斋诗钞》的一部分），故其题识云《懋斋诗钞》存诗是从戊寅到庚辰。其后某人发现集中存诗不止到庚辰，但以为到癸未为止，遂改《古刹小憩》下的"庚辰"为"癸未"。此人同样以为《东皋集》即《懋斋诗钞》。③

随后周绍良撰《再谈曹雪芹的卒年》一文，提到一个很重要的情况：他说《古刹小憩》下面的"癸未"二字是贴改过的，但贴掉的仍然是"癸未"二字，故这首诗作者本意是要系于癸未年的，但此诗已被勾去，不知是否牵涉以下各诗的编年。④周先生提到贴掉的仍是"癸未"这一点相当可疑，如果原来就是"癸未"，那为何还要贴改呢？

周汝昌在《曹雪芹卒年辩》（上、下）中对"癸未"贴改的问题做了解释。⑤他认为，《东皋集序》中贴去的"癸未"，原是庚辰，说明作者第一次结集作序时，是在庚辰年；但后来继续做诗，又接写下去，到癸未重新整理时，不得不将庚辰改为癸未。《懋斋诗钞》中也有癸未以后的诗，但作者没来得及做第三次整理。《古刹小憩》题下的"癸未"的挖改，是初次错写，次后更正。但燕野顽民的"题识"说集中诗是止于庚辰。周先生认为是此人搞糊涂了，他还认为两处"癸未"字迹相同，都是原手抄的。

---

① 1962年4月17日《文汇报》。
② 《懋斋诗钞》稿本第一页的a、b面就是敦敏的《东皋集序》，序言中说到他把从"戊寅夏"（此三字是旁添的，但影印本上这"三个字"不见了）到"庚辰夏"这"两年"的诗进行了整理。后来"庚辰夏"被贴改成了"癸未夏"，但原来的"庚辰"二字仍能看出来。
③ 1962年6月10日《光明日报·文学遗产》第418期。
④ 此文未查到原始发表刊物，应作于1962年，收入周绍良：《红楼梦研究论集》。
⑤ 见1962年5月4日至6日《文汇报》。

此后，针对邓允建提出下述说法：《东皋集序》中的"庚辰"被贴改为"癸未"，《古刹小憩》下原注可能也是"庚辰"，被贴改为"癸未"。周先生在《再商曹雪芹卒年》一文中重申序的贴改是作者所为。《古刹小憩》下"癸未"根据诗作既然排到癸未，就如实注明之。但正如前文已经提到的，周先生未能对燕野顽民的"题识"中提到的"庚辰"做出令人信服的解释。

陈毓罴的《曹雪芹卒于癸未除夕新证质疑》反驳了周汝昌对挖改原因的解释，认为《古刹小憩》下的"癸未"二字字迹跟所抄诗并不一样。他指出持癸未说的几位学者对笔迹究竟是谁的，实则也有分歧（吴恩裕、周汝昌认为是敦敏的，吴世昌认为是敦诚的）。他认为这笔迹跟《东皋集序》上贴改的"癸未"二字笔迹相同，而序言的贴改应在燕野顽民写题识之后，否则他不会说《懋斋诗钞》收诗止于庚辰。《古刹小憩》题下贴掉的原注很可能就是"庚辰"，否则燕野顽民看到这个"癸未"，不会说《诗钞》收诗止于庚辰。①

赵冈、陈钟毅《红楼梦新探》则指出，《古刹小憩》下既系挖改成"癸未"，则原来一定不是"癸未"。包括序中的"癸未"，都是燕野顽民之后某人所改。挖改署年之人，是编《八旗丛书》的那个人（即富察恩丰）。他得到《东皋集》和敦敏庚辰以后的诗，合在一起，使之成为名副其实的《懋斋诗钞》，书中的粘贴剪接多半也是他的杰作。《古刹小憩》题下署年和序中署年同被改为癸未，可能表示原来两处同作"庚辰"。换言之，《古刹小憩》原属《东皋集》，是庚辰年第一首诗，但被整理者断为癸未诗，跟其他几首诗一并移置到了后面。赵、陈之说有一定道理，但有的说法则纯属臆测，比如他们说恩丰合《东皋集》和敦敏庚辰以后的诗为一书并加以粘贴剪接的话就是不可信的。②

《懋斋诗钞》稿本封皮上燕野顽民的题识提到"蕴辉阁藏"，此阁不知其详，落款署年"壬戌"，此前学界一直都认为是嘉庆七年（1802）。兰

---

① 《新建设》1964年3月号。
② 赵冈、陈钟毅：《红楼梦新探》，第60、61、64页。

良永提出了一个重要的发现，他据孙殿起《琉璃厂小志》判断燕野顽民题识中提到的"蕴辉阁主人"是民国朱玉群、岳金贵（亦即燕野顽民），《懋斋诗钞》乃其所藏，题识署年"壬戌"是民国十一年（1922）。敦敏自序中的"癸未"和《古刹小憩》下的"癸未"贴改都是这一年之后才发生的。① 其说颇值得注意。

4. 对敦诚《挽曹雪芹》诗的解释及相关论争

1922年，胡适觅得敦诚的《四松堂集》付刻底本，撰《跋〈红楼梦考证〉》一文，公布了付刻底本中收录的一首敦诚的《挽曹雪芹》诗，并提到题下标注了"甲申"这一年份，今将诗抄录如下：

> 四十年华付杳冥，哀旌一片阿谁铭？孤儿渺漠魂应逐（前数月，伊子殇，因感伤成疾——原注），新妇飘零目岂瞑？牛鬼遗文悲李贺，鹿车荷锸葬刘伶。故人惟有青衫泪，絮酒生刍上旧坰。

胡适据此认定曹雪芹死在乾隆二十九年甲申（1764），再根据诗中"四十年华付杳冥"假定雪芹享年四十五岁，则其生年当在康熙五十八年（1719）。同时，胡适又据该诗第三句下的小注"前数月，伊子殇，因感伤成疾"指出："雪芹的儿子先死了，雪芹感伤成病，不久也死了。"② 但到1928年，胡适得到了《石头记》甲戌抄本，随即撰《考证〈红楼梦〉的新材料》一文，根据该抄本第一回那条"壬午除夕"的批语修正了他对卒年的看法，指出雪芹死于壬午除夕，次日进入癸未，再次年才是甲申，敦诚挽诗作于一年之后，故编在甲申年，怪不得诗中有"絮酒生刍上旧坰"的话了。③ 胡适对这首诗的理解，有几点值得注意：一是他把"四十年华"视为"成数"，实际上曹雪芹活了不止四十岁；二是他认为"前数月，伊子殇，因感伤成疾"是指雪芹是因丧子而得病去世的；三是他认为

---

① 《也说曹雪芹卒于壬午除夕——为曹雪芹逝世二百五十周年纪念作》，《红楼梦学刊》2012年第三辑。
② 宋广波编校：《胡适论红楼梦》，第208、209页。
③ 同上书，第242、243页。

"旧垌"是指旧坟之意;四是他认为挽诗作于雪芹于壬午除夕死去一年后的甲申。这些问题,后来都成为争论的焦点,尤其第四点,甲戌本脂批所说的雪芹卒年跟敦诚挽诗的写作时间有一年的间隔,这如何解释?胡适给出了他的解释,但未加深思,留下了一些疑问。

周汝昌在《曹雪芹生卒年之新推定》一文中根据他发现的《小诗代简寄曹雪芹》(他推定此诗作于癸未)怀疑"壬午除夕"一说,提出雪芹当卒于癸未除夕之说,所以敦诚的挽诗作于甲申,敦敏的《河干集饮题壁兼吊雪芹》也作于甲申春天(此说误,详前文)。他又根据"四十年华付杳冥"一句定雪芹享年为整四十岁,并从卒年逆推其生年为雍正二年(甲辰,1724)。他在《红楼梦新证》(1953年初版本)中重申了这一观点。①

俞平伯在《曹雪芹卒于一七六三年》②中对周汝昌的观点进行质疑,认为脂评的"壬午除夕"本无可疑之处,癸未说的证据反而可疑。至于敦诚挽诗,末两句分明是隔了一年来上坟的口气,"旧垌"即旧坟,《礼记》所谓"朋友之墓有宿草而不哭焉"。③俞先生后来又撰《曹雪芹的卒年》一文重申他的观点(他跟胡适的看法完全相同),并特别指出:癸未说要成立,必须先把"壬午除夕"四字完全推翻了才行。

随后,曾次亮发表《曹雪芹卒年问题的商讨》④一文,反驳俞先生的对"旧垌"的解释,认为"垌"是郊野之义,不能解释为坟地。"旧垌"固然可以有旧坟地之义,但指的是曹家的祖茔所在地,而非雪芹一个人的坟墓。他又指出,敦诚挽诗的写作时间应在雪芹去世后不久,挽诗只能通过一定仪节来呈现;挽诗写作时间为甲申,挽诗的措辞也符合卒于癸未这一点,壬午则不合。他还从历法角度推断《小诗代简寄曹雪芹》一诗所写景物符合癸未而不符合壬午(详前)。

上述俞、曾二人的两篇文章,是围绕敦诚挽诗的初步论争,到1962

---

① 周汝昌:《红楼梦新证》第五章,棠棣出版社1953年版,第167、168页。
② 1954年3月1日《光明日报·文学遗产》第1期,收入《俞平伯全集》第六卷。
③ 这是《读〈红楼梦〉随笔》中的一篇,1954年发表于《大公报》,收入《俞平伯全集》第六卷。
④ 1954年4月26日《光明日报·文学遗产》第5期。

年,为了弄清曹雪芹的卒年到底是哪一年,这一论争就跟围绕《懋斋诗钞》的论争一起更激烈地展开了。

在回顾这场论争之前,有必要先提一下吴恩裕 1957 年发现的敦诚诗抄本《鹪鹩庵杂诗》,其中收有敦诚挽诗两首,今抄录如下:

> 四十萧然太瘦生,晓风昨日拂铭旌。肠回故垄孤儿泣(前数月,伊子殇,因感伤成疾——原注),泪迸荒天寡妇声。牛鬼遗文悲李贺,鹿车荷锸葬刘伶。故人欲有生刍吊,何处招魂赋楚蘅?

> 开箧犹存冰雪文,故交零落散如云。三年下第曾怜我,一病无医竟负君。邺下才人应有恨,山阳残笛不堪闻。他时瘦马西州路,宿草寒烟对落曛。

此前,学界所知的敦诚挽诗就是收在《四松堂集》付刻底本中的那首《挽曹雪芹》,其题下标注了"甲申"。1956 年,吴恩裕发现了一部《四松堂诗钞》,其中也收了《挽曹雪芹》一诗,也标注了是甲申年的诗,而且还是甲申年的第一首诗。这次发现的这部《鹪鹩庵杂诗》中所收的挽诗则是两首,其中第一首跟之前所见的《挽曹雪芹》一诗词句颇为相近,尤其五、六两句完全相同。吴先生推断这是挽诗的初稿,此前流传的那首挽诗则是比较晚的定稿。从初稿中的"晓风昨日拂铭旌"一句可见敦诚的挽诗是癸未除夕雪芹死后刚刚过了年到甲申正月送葬时所写,距离雪芹死期是极近的。事实上,这也可能是敦诚在甲申正月初八日所作的本年第一首诗。吴先生据此反驳了俞平伯对"旧坰"的解释和挽诗隔年而作的说法。吴先生对挽诗第二首也做了一些解说,他根据"他时瘦马西州路"一句推断雪芹死后即葬于北京西郊寓处附近。①

---

① 吴恩裕:《曹雪芹丛考》卷六第一篇《敦诚挽曹雪芹诗的两首初稿》,此文未见公开发表。但两首挽诗初稿文本在《有关曹雪芹八种》中即已公布,见该书第 17 页。

到 1962 年，吴恩裕发表《曹雪芹的卒年问题》①一文，再次指出，敦诚挽诗是送葬归后所写的诗，而不是上坟的诗。挽诗原稿中尤其有送葬诗的明显证据。吴先生认为，壬午除夕死后停灵年余才葬是不可能的（似未见主壬午说者先提出这一说法，应是吴先生所拟想的对方可能会做出的反驳）；"前数月，伊子殇"，说明雪芹死期极近。"旧坰"也非旧坟（暗指曾次亮驳俞平伯之意）。

但周绍良《关于曹雪芹的卒年》一文提出了一个出人意料的说法，即认为挽诗初稿可能是癸未所作，而改定稿是乾隆三十九年（1774）以后所改（因为收录挽诗初稿的《鹪鹩庵杂诗》收诗止于 1774 年），"甲申"之年或为编集者宜兴所加，或作者自己所加，但时间很晚，此时追记日期，难免有误（即误记为"甲申"）。因此，周先生相信雪芹卒于壬午除夕。这样，癸未敦诚写挽诗也顺理成章。② 不久后，周先生又撰《再谈曹雪芹的卒年》③一文，指出：既然《挽曹雪芹》一诗题下注明了"甲申"，不妨暂定其为甲申年所作。但它是在曹雪芹死后什么时候写的呢？"挽"字在一般使用上讲，是没有什么时间性的。故从诗题无法判断其写作时间。典故可以灵活处理，也无法作为判断依据。但《挽曹雪芹》初稿二首，有"晓风昨日拂铭旌"一句，从中可以窥见写诗的时间："铭旌"是出殡时才能用到的。当然出殡不一定就等于立即下葬。但按惯例，旗人一般都是速葬的，更何况雪芹穷得"举家食粥"，所以家人必然迫不及待地在雪芹死后不久就下葬了，敦诚的诗正是在听到雪芹已下葬的消息时写的。这个"昨日"是指今天之前的很多天。因此可以断定：这首诗的初稿不会距雪芹之死有多久，而且是在雪芹埋葬之后写的。言下之意，雪芹卒于壬午除夕，未通知朋友即下葬，敦诚后来听到消息时写了挽诗初稿，时间当然是在癸未，而署甲申年份的就只能是改定稿了。

陈毓黑《有关曹雪芹卒年问题的商榷》一文也认同周绍良的观点，他指出，敦诚挽诗在《四松堂诗钞》抄本和《四松堂集》付刻底本上都注

---

① 1962 年 3 月 10 日《文汇报》。
② 1962 年 3 月 14 日《文汇报》。
③ 此文未查到原始发表刊物，应作于 1962 年，收入周绍良：《红楼梦研究论集》。

明是甲申之作,由于此二书都是比较严格编年的,所以这首挽诗作于甲申是可信的。但这是送殡的诗,跟雪芹卒于壬午除夕并不矛盾:雪芹壬午除夕去世后,停灵一年,甲申年初才下葬,此时敦诚写了这首挽诗。经年而葬,是因为无钱下葬,不得不然也。至于"前数月,伊子殇,因感伤成疾",是指雪芹去世前数月其子夭折,不能证明雪芹去世日期跟敦诚写诗的日期极近。

邓允建《曹雪芹卒年问题商兑》① 也认为雪芹死后两个月敦敏不知消息是可能的。挽诗可能写于癸未春,甲申改定,故署甲申。如果挽诗作于甲申,那么停灵一年而葬也是可能的,乃因为贫穷负不起丧葬费用之故。他基本是重申了周、陈二人的观点。但他很快就在《再谈曹雪芹的卒年问题》② 中修正了他上面的说法,认为挽诗改定应在乙未(1775)到甲辰(1784)年之间,乙未距雪芹卒年更远,干支弄错(即把壬午记成了甲申)的可能性是存在的。但他对此观点的论证显然是靠不住的,故几乎无人响应,这里也不再详述其理由了。

此后不久,吴恩裕即发表《曹雪芹卒于壬午说质疑——答陈毓罴和邓允建两同志》③ 一文,对挽诗作于雪芹卒后不久的观点做了进一步深入论述。他指出,由《四松堂集》底稿本可知,挽诗作于甲申;由《四松堂诗钞》中此诗是甲申第一首诗可知其大概是甲申年初所作。由此诗下接着的《遣小婢病归永平山庄,未数月,闻已溘然淹逝,感而有作》一诗中的"满山风雪葬孤魂"一句,可知挽诗还可能是甲申正月所作。其次,挽诗是初丧时所作,似不应是停灵一年后所作。停灵一年后所作能否叫挽诗?他引吴世昌《红楼梦探源》的解释说,"絮酒""生刍"是指新丧赴吊。"鹿车荷锸葬刘伶",也不是停灵一年后下葬。"他时瘦马西州路,宿草寒烟对落曛",也是挽刚死的人的话。"孤儿渺漠魂应逐,新妇飘零目岂瞑""一病无医竟负君"也都是雪芹刚死才适合说的话。"前数月,伊子殇",主壬午说者认为指雪芹死前数月,是对的,但同时也和敦诚写诗的

---

① 1962年4月17日《文汇报》。
② 1962年6月10日《光明日报·文学遗产》第418期。
③ 1962年4月22日《光明日报·文学遗产》第413期。

时间大致吻合，否则不当如此表达。另，雪芹壬午子殇也不可能。他反驳了陈毓罴停灵一年为等葬费一说，因为停灵也需费用。还有就算壬午除夕死，隔年下葬，为何偏偏选在甲申正月天寒地冻时节呢？

周汝昌的《曹雪芹卒年辩》（上、下）赞同俞平伯解挽诗之"旧坰"为"旧坟"，认为曾次亮解释为"旧坟地"不对。但他指出俞先生对该句句意理解有误，认为末二句（"故人惟有青衫泪，絮酒生刍上旧坰"）应指想象将来的事。根据乾隆重修《大清会典》卷五十三、卷五十四"丧礼"的规定，亲王、世子、官员等才可以"期年而葬"，故曹雪芹不可能经年而葬。而挽诗是送葬时之作，只能挽一次。敦诚曾送葬，敦敏不可能雪芹死后两个月还不知道（此驳胡适之说）。因此，他强调说，雪芹卒于癸未除夕（1764年2月1日），转年不久殡葬，敦诚作诗相挽。"前数月，伊子殇"应理解为：雪芹死前数月，也就是作诗之前数月，其子夭折了。必须是人死和挽葬距离很近，可作为一个单位时间来看待，才能总起来泛言"前数月"。

陈毓罴随即发表《曹雪芹卒年问题再商榷——答周汝昌、吴恩裕两先生》反驳周汝昌依据《大清会典》的丧葬规定对"经年而葬"的反驳，指出《大清会典》的规定跟平民无关。因此曹雪芹家贫不能下葬，停灵一年也是有可能的。他还同意周汝昌把"故人惟有青衫泪，絮酒生刍上旧坰"解释为展望将来上坟之意，但反对吴恩裕等人认为"絮酒""生刍"只能指新丧的解释，说这是把典故看得太死了。

此后吴世昌发表《敦诚挽曹雪芹诗笺释》，集中论证挽诗乃敦诚在雪芹新丧时所写：（1）《鹪鹩庵杂诗》所载挽诗初稿第三联五、六两句（即"牛鬼遗文悲李贺，鹿车荷锸葬刘伶"）极好，但出韵："刘伶"的"伶"是九青韵，其余几个韵字是八庚韵，所以修改为全部都用九青韵。改稿除了保留五、六两句，其余六句都改了，为何敦诚一定要保留这两句呢？因为这两句保留了一个重要信息：敦诚为雪芹经营了葬事。（2）从初稿的"晓风昨日拂铭旌"来看，"书名于旌"是初丧之事，绝无人死了一年多，再为亡者灵柩制旌题铭之理。挽诗改稿说明题铭之人正是敦诚自己。（3）改稿第四句"新妇飘零目岂瞑"，也是死时情景。若人死了一年多,还有何瞑目不瞑目之说!"新妇"也不能用来称丈夫死了一年的妇人。(4)"絮酒""生刍"也是指初丧时赴吊的典故。敦诚也不会等雪芹死了一年多才作挽诗。(5)初稿第二首"故交零落""一病无医"等句,都不是雪芹死后一年多才说的话。末句"他时瘦马西州路"也是指初丧的典故,乃初丧时预言将来的情形。

吴恩裕则再撰《考证曹雪芹卒年我见——再答陈毓罴和邓允建两同志》一文回应陈、邓二人对他的反驳,继续论述并重申以下几点:①

(1)挽诗的年代。《鹪鹩庵杂诗》中抄入的挽诗初稿未注明年代,不意味着它所依据的敦诚的底本没有年代。《四松堂诗钞》的底稿本则是严格编年的,挽诗也不容易编错年代。

(2)反驳邓允建所说的,直到《鹪鹩庵杂诗》编、抄的甲午或乙未,挽诗还未改写,也未编年的观点。因为即使有了改稿,原稿也可能流出去。又反驳从《四松堂诗钞》抄于甲辰推断挽诗改写于乙未到甲辰之间的说法。因为《四松堂诗钞》可能是根据敦诚保存改后挽诗的那个本子抄的。

(3)强调其《曹雪芹卒于壬午说质疑答陈毓罴和邓允建两同志》一文对挽诗的解说,诗是挽刚死的人;雪芹也是死后即葬。

(4)从壬午年雪芹的活动来证明其不可能此年下半年有一子夭折(据脂批:壬午九月,索书甚迫。但索书者究竟是不是雪芹?这一问题存在较大争议)。吴先生提到曾次亮考出癸未年夏秋之际北京痘疹流行,敦敏家族就有五个人死去。雪芹之子卒于此年的可能性比较大(其子死后,雪芹伤心致病而死)。

到1964年,陈毓罴发表《曹雪芹卒于癸未除夕新证质疑》,② 专驳吴世昌《综论曹雪芹卒年问题》一文(此文也对挽诗做了解说,观点均同其《敦诚挽曹雪芹诗笺释》一文),其中重申了他对挽诗的几点意见:经年而葬并不违反满洲礼制。挽诗也可以在所挽对象死后多年再写。铭旌、絮

---

① 见1962年7月2日《光明日报·文学遗产》第422期。
② 《新建设》1964年3月号。

酒、生刍都不一定指新丧,以及死后即葬,实际上都只能指新葬(这不等于新丧)而已。他也反驳了曾次亮提出的雪芹之子或死于痘疹的观点,理由是癸未虽然因为痘疹死了很多人,并不代表壬午年就不死人。这只是从逻辑上加以反驳而已,并没有什么真凭实据。这一篇文章,算是二十世纪六十年代这一场论争的尾声了。

到 1980 年,以香港学者梅节发表《曹雪芹卒年新考》为始(此文认为挽诗作于甲申春),① 学界又开始了对挽诗的新的讨论,也提出了一些新观点。

徐恭时《文星陨落是何年?——曹雪芹卒年新探》② 从敦诚《四松堂集》中的其他挽诗、哀辞入手论证《挽曹雪芹》一诗也是写于雪芹新丧不久之后。他更进一步从诗中用语以及跟敦诚、敦敏、张宜泉等人诗歌的相互参证之中论证这首诗作于甲申年仲春二月十八日春分日,也就是阳历 1764 年 3 月 20 日。但其论据和论证过程,显然是完全靠不住的。这一说法也基本没有得到学界的响应。

沈治钧的《曹雪芹卒年辨》③ 专驳甲申说,重申壬午说。文章指出:癸未说、壬午说都认为初稿时间和修改时间是甲申春,这是不合乎常理的,改稿字句改动如此之大,不可能还维持初稿时间不变。从初、改稿对比来看,二者相隔时间是很长的。他通过对挽诗的解读,认为从挽诗初稿到改定稿至少隔了四五个月,且转了年。改稿既可能作于甲申春(沈文从假设出发,推算挽诗改定时间是正月下旬),则初稿或作于甲申春,或作于更早的癸未年。沈文对挽诗的词句也做了一些分析:认为从"泪迸荒天寡妇声"到"新妇飘零目岂瞑",就经过了很大的变化(但他把"飘零"一词理解为漂泊流离,恐不妥),至少隔了两个月。按甲申说(梅节提出此说)的假设,改稿至少也要到三月初。甲申说给一连串的事情(新妇办理丧事,出五七,收拾东西等)只留了一个多月时间,这是其最大的破绽。"旧坰"也被解释为"旧坟",敦诚去雪芹的旧坟祭奠,这离去世下

---

① 《红楼梦学刊》1980 年第三辑。
② 《红楼梦学刊》1981 年第二辑。
③ 《红楼梦学刊》2006 年第五辑。

葬的时间都比较远了。甲申说如何处理这一点？沈先生最后的结论是：敦诚挽诗初稿写于癸未秋，在雪芹下葬后不久，改稿则作于甲申春。沈先生此文试图论证挽诗初稿跟改稿之间存在四五个月的时间差，以为壬午说提供新的支持。但仔细审查其论据和论证过程，其说服力也明显不足。

但沈先生对挽诗中另一个存在分歧的问题——"四十年华付杳冥"的"四十年华"究竟如何理解的问题——基本上做了论定。如前所述，胡适认为"四十年华"是用的整数，实际上曹雪芹活了四十多岁（沈先生假定为四十五岁），但周汝昌则认为"四十年华"就是四十岁。① 后来又进一步指出挽诗提到亡者岁数时是不能"减寿"的。② 多年来，学界大都认同胡适的说法，支持周先生说法的人很少，笔者只看到蔡义江曾撰文论证"四十年华"就是指四十整岁之说，并进一步强调挽诗是不能给人减少岁数的。③ 沈先生为此跟蔡先生进行了一场小规模的论争，列举出了不少古代挽诗中给人"减寿"的例子，这一问题应该说基本上得到了论定。④

2006年，冯其庸发表《初读〈四松堂集〉付刻底本——重论曹雪芹卒于"壬午除夕"》，此文对上述这一场围绕挽诗持续多年的论争做了一个阶段性的总结，他的观点撮述如下：

首先，《四松堂集》付刻底本中的《挽曹雪芹》题下的"甲申"二字，被用小纸片贴掉（胡适曾提及这一点），后来又不知何故，在题上书眉加了个"×"，表示删去，但原来有个圈，表示入选的。是否有纪年不确等情节？

其次，对挽诗的解读：（1）挽诗不是雪芹刚死时写的，而是癸未上巳

---

① 见周汝昌：《曹雪芹生卒年之新推定》，载1947年12月5日天津《民国日报》"图书"副刊，收入周汝昌：《献芹集：红楼梦赏析丛话》。
② 见周汝昌：《红楼梦新证（增订版）》，人民文学出版社1976年版，第175页。
③ 见蔡义江：《〈红楼梦〉是怎样写成的》，载《红楼梦学刊》2003年第三辑。
④ 两人论争的文章如下：沈治钧：《曹雪芹年寿辨》，收入《纪念曹雪芹逝世240周年——2004扬州国际红楼梦学术研讨会论文集》，文化艺术出版社2004年版。蔡义江：《挽诗中说年寿能否举成数？——与沈治钧先生讨论曹雪芹享年》，《红楼梦学刊》2005年第一辑。沈治钧：《挽诗中说年寿可以举成数——向蔡义江先生请教曹雪芹享年》，《红楼梦学刊》2005年第五辑。但最后蔡先生也并未被说服，在其《曹雪芹卒于甲申享年四十重议——纪念曹雪芹逝世250周年》（《中国文化研究》2013年冬之卷）一文中，仍维持他原来的观点。

之后某个时间敦诚听到雪芹死讯时写的，写诗时他还不知道雪芹丧葬病故等具体情况；（2）"四十萧然太瘦生"，"四十"不是实指四十整数；（3）"昨日"是泛指已经过去的时间；（4）"肠回故垄孤儿泣"的"故垄"，是指旧坟，即张家湾曹家祖坟。（5）"前数月，伊子殇"是指雪芹死前数月；（6）"遗文"是指《红楼梦》，可能还有部分诗稿。（7）"鹿车荷锸"说明雪芹死后不久便埋葬（这跟其他主壬午说者看法不同），而且是埋在张家湾的祖坟，与他的"孤儿"在一起。（8）"何处招魂"说明敦诚对雪芹的丧葬情况还不清楚，这正是初得雪芹死讯时的情景。（9）"一病无医"句说明雪芹从病到死，敦诚都不知道，故感到十分歉疚。（10）付刻底本上署年"甲申"的挽诗是后来的改稿，修改相隔已久。"哀旐一片阿谁铭"更说明他对雪芹的丧事事先一点也不知道。（11）"絮酒生刍"一句，说明雪芹葬在曹家祖坟，买不起棺材，是裸葬，正符合"鹿车荷锸葬刘伶"之典故。（12）雪芹的诗友寅圃、贻谋也都在潞河之滨，离雪芹墓地不远，这可与敦诚的《哭复斋文》、敦敏的《河干集饮题壁兼吊雪芹》对看互证。（13）张宜泉的《伤芹溪居士》中"翠叠空山"一句说明雪芹不是葬在西山，故曰"空山"也。

冯先生的这些观点有的是可信的，但有些也颇值得商榷，比如他对挽诗的写作时间、雪芹的埋葬地点和方式、敦诚对雪芹之死一事是否得知较晚等问题的判断，还有对一些挽诗词句的解释，恐怕都不足信。具体理由笔者后文还将谈到，这里就不多说了。

（二）甲申说的由来、观点及其具体论证

在曹雪芹卒年研究史上，争论最激烈的是壬午说和癸未说，但提出最早的其实是甲申说。1922年，胡适在《跋〈红楼梦考证〉》一文中根据敦诚《挽曹雪芹》诗题下所注的"甲申"年份断定曹雪芹卒于甲申（乾隆二十九年，1764）。但到了1928年，他购得了《石头记》甲戌本，看到第一回那条"壬午除夕"的批语，遂撰《考证〈红楼梦〉的新材料》一

文,推翻了甲申说,提出了壬午除夕说。① 此后,壬午说跟癸未说陷入了长期的争论,甲申说也不再有人提起,似乎完全被人遗忘了。②

但到 1980 年,香港的梅挺秀(即梅节)发表《曹雪芹卒年新考》,③ 论证曹雪芹卒于甲申春,跟胡适当年最早提出的观点一致。但其理由却有一条与众不同之处,认为甲戌本上那条批语中的"壬午除夕"本来是"能解者方有辛酸之泪,哭成此书"这一批语撰写的时间,却被抄成了批语正文。抄成正文后,不仅在语气上与前批不连贯,且在语法上先后次序混乱。他对误抄的原因也有分析,概括来说,就是甲戌本上的批语是从很多别的本子辗转过录而来,在这一过程中,内容有关或位置相近的批语便往往被抄在了一起,两三条合并成一条,成为"复合批语",此类例子不少。"壬午除夕"和"芹为泪尽而逝"两批就是这样被合二为一了。梅节再从敦诚挽诗作于甲申断定雪芹应卒于甲申。他据"晓风昨日拂铭旌"一句认为敦诚的挽诗就是送葬的第二天作的。梅氏对壬午说、癸未说都进行了反驳,指出壬午说有明文作为证据,但又跟其他材料冲突,如敦敏的《小诗代简寄曹雪芹》和敦诚的《挽曹雪芹》诗;而癸未说则缺乏明文证据,其主要证据《小诗代简寄曹雪芹》是不是作于癸未、《懋斋诗钞》是不是严格编年都还是有疑问。而甲申说则没有这些问题,他认为在确认"壬午除夕"是批语写作时间的前提下提出甲申说,所有相关材料之间的矛盾便都消失了:比如敦诚挽诗作于甲申,敦敏的《河干集饮题壁兼吊雪芹》也作于甲申(其实应作于乙酉,详前),甲戌本上"芹为泪尽而逝"这条批语则作于"甲申八月"(此据所谓"夕葵书屋《石头记》"上的批语,④ 但这个材料存在很大争议),《小诗代简寄曹雪芹》则作于癸未——彼此之间全无矛盾。

---

① 胡适二文均见于宋广波编校《胡适论红楼梦》。
② 沈治钧《曹雪芹卒年辨》一文对甲申说的发展历史有介绍,可参看。
③ 载《红楼梦学刊》1980 年第三辑,收入《海角红楼——梅节红学文存》,国家图书馆出版社 2013 年版。
④ 参见俞平伯:《记"夕葵书屋〈石头记〉卷一"的批语》,作于 1964 年,收入《俞平伯全集》第六卷。

梅文发表后，徐恭时很快发文对其观点表示支持，① 徐先生先对壬午除夕说的主要证据进行了辨析：

（1）他通过将甲戌本批语跟庚辰本批语比较，指出甲戌本批语在抄录过程中出现的一些问题（比如畸笏叟评语后面的系年和署名被删去，还有抄漏、抄错、合并的情况），由此证明"能解者方有辛酸之泪"这一大段批语后面必有评者系年和署名。徐恭时赞同梅挺秀的意见，认为"壬午除夕"四字乃批语系年，系抄写者漏删而留存下来的。他也认为那一大段批语是传抄者把两条批语合二为一了，因为"壬午除夕"四字的上下文一曰"哭成此书"，一曰"书未成"，词意矛盾，评者不会把自相抵牾的句子写在一句之内。徐恭时结合郭沫若的意见认为"壬午"二字偏右书写，② 且字迹较小，"字小不贯行"，这正是批语系年书写的特征。徐先生又指出：壬午年之批语都是畸笏叟所写，庚辰本第十二到二十八回中有关壬午的批语之特征可以证明"壬午除夕"这一条批语跟它们是同一类。

（2）徐先生将甲戌本批语"能解者方有辛酸之泪，哭成此书"定为独立的第一则批语，批者是畸笏叟，批点时间是"壬午除夕"；将"书未成"至"怅怅"定为独立的第二则批语，认为批者也是畸笏叟，批写时间当为"甲申仲春"，但署名和系年已被删除；将"今而后，惟愿造化主再出一芹一脂"至"甲午（申）八月泪笔"视为独立的第三则批语，以往学者认为这一则批语是脂砚斋所写的，徐先生认为其仍为畸笏叟所写，理由是：从靖藏本第二十二回的一则批语可以断定脂砚斋和畸笏叟是两人（以前吴世昌等人认为是同一人），③ 且脂砚斋在丁亥年之前已经去世了。如果这条批语写于甲午年（1774），那么当然不会是脂砚斋所写；如果写于甲申年（1764），也不会是脂砚斋所写，因为脂砚斋怎么会在自己还活着的时候说自己"再生"呢？他认为这条批语中的"余二人"不当

---

① 见徐恭时：《文星陨落是何年？——曹雪芹卒年新探》，载《红楼梦学刊》1981年第二辑。
② 郭沫若意见可参看吴世昌：《郭沫若院长谈曹雪芹卒年问题》，载《社会科学战线》1978年第3期。
③ 此则"靖藏本"批语原文是："前批知者聊聊（寥寥），不数年，芹溪、脂砚、杏斋诸子皆相继别去，今丁亥夏，只剩朽物一枚，宁不痛杀！""靖藏本"的问题十分复杂，本书第二章有所涉及，此处不赘述。

指"一芹一脂",而是指余与芹、脂二人,但被抄写者漏夺几个字,造成解释不通的现象。徐文指出:既然"壬午除夕"是畸笏叟批语的系年,那么"壬午除夕"跟"癸未除夕"二说均失去依托,自然都不能够成立。

徐先生对"壬午除夕"那一段批语的解读存在明显的主观臆断色彩,尤其是他对批语的"校改",有类于"增字解经",殊不可信,后来也遭到了学界的批驳。① 他又把曹雪芹的卒年考证精确到了月和日的地步,但证据明显不足,论证也缺乏说服力。

支持甲申说的还有蔡义江,他曾先后两次阐述过他的观点。第一次是二十世纪九十年代初进行所谓"曹雪芹墓石"真伪论争时,他为了论证墓石是伪造的,重提甲申说,从敦诚挽诗和敦敏的《小诗代简寄曹雪芹》诗入手加以论证,具体分析大抵是重申前人之说。但他在另两方面有所推进。一是在徐恭时的基础上,又举了一些甲戌本上的"复合批语",这些批语竟然把不同批者的话抄成了一条批。二是他在梅文基础上,对"壬午除夕"作为正文所导致的语法、语义问题做了进一步分析后,指出:首先,"壬午除夕"作为时间状语,让整个句式的行文与今人写白话文喜欢用较多的状语、定语的习惯一样了,古文一般不如此行文。其次,"壬午除夕"置入正文,似乎意味着雪芹一直都在以辛酸之泪写书,直至他在"壬午除夕"去世之前还在写,但这并不符合《石头记》的成书情况。因为甲戌(1754)之前,他写完全书交给脂砚等人批阅之后,因有五六回被借阅者迷失,他就一直在等待找回失稿而没有及时补写或重写缺失的部分,以致造成了重大的遗憾。因此,说他一直到去世前都在以泪写书,是不符合实际情况的。这一分析很有启发性,当然也存在明显的问题,比如把批语带有文学意味的说法完全凿实了来看待,对书稿残缺原因的推想也缺乏根据。蔡先生第二次论证甲申说是近二十年之后,主要论据、论证跟第一次大致相同,谈到了敦诚挽诗和敦敏《小诗代简寄曹雪芹》是甲申说的重要证据、张宜泉诗不可据(关于此诗的问题,详后)以及"壬午除

---

① 沈治钧《曹雪芹卒年辨》对徐恭时的文章做了批驳,见《红楼梦学刊》2006年第五辑。

夕"是对批语的误解等。①

对甲申说加以批驳的主要是沈治钧,他的《曹雪芹卒年辨》②的主要观点是:(1)反驳梅挺秀对甲戌本"甲午八月泪笔"脂批的分段和分析,也反驳了其所说的"壬午除夕"抄成正文导致了"语无伦次"及语法不对的问题,认为把"壬午除夕"视为批语署年,破坏了原来连贯通畅的语气,原来的读法并无语法不当的问题。(2)举例反驳蔡义江所说的"壬午除夕"作为批语正文违反文言表达习惯的说法。(3)反驳徐恭时对脂批的校改。(4)反驳甲申说提出的脂批中存在大量"复合批"的问题,指出庚辰本中保留的畸笏壬午批语大部分都没有选录到甲戌本上,即使选录过来的也都删去了署年署名,"壬午除夕"这一条批被孤零零保留下来的可能性很小。从庚辰本第二十一回上壬午九月"索书甚迫"的批语来看,书被索走,壬午这一年,畸笏自九月以后就没再批书了。"壬午除夕"还在批书是一条孤证,靠不住。(5)反驳徐恭时认为张宜泉《伤芹溪居士》作于甲申春的说法。认为此诗可能作于癸未春,但其写作时间最好存疑。(6)敦敏的《河干集饮题壁兼吊雪芹》一诗,梅挺秀认为作于甲申春,周汝昌认为是乙酉回忆甲申事,徐恭时确定为乙酉作,蔡义江认可其说。沈治钧认为这首诗作于乙酉春,因此无法作为甲申说的证据。

甲申说的情况大抵如上。总的说来,此说的影响并不大。不过,这并不意味着这一观点就不值得重视,就没有进一步讨论的空间了。

第二节 对曹雪芹卒年与生年的重新推断

通过对曹雪芹卒年问题研究史的追溯可知,壬午除夕说的最重要证据是甲戌本上的那句"壬午除夕 书未成 芹为泪尽而逝"的批语;其次还有

---

① 蔡义江:《西山文字在,焉得葬通州?——"曹雪芹墓石"辨伪》,载《文学遗产》1994年第1期。蔡义江:《曹雪芹卒于甲申享年四十重议——纪念曹雪芹逝世250周年》,载《中国文化研究》2013年冬之卷。
② 《红楼梦学刊》2006年第五辑。

1964年发现的"夕葵书屋《石头记》"残页脂批,以及1968年发现、1992年公布的曹雪芹墓石。但后二者疑点重重,极不可信。而壬午除夕说之所以遭到质疑,甚至一度有被癸未除夕说取代之势,主要是因为敦敏的《小诗代简寄曹雪芹》和敦诚《挽曹雪芹》二诗的出现,癸未除夕说者从前者得出癸未二月雪芹还健在的结论,从后者得出了甲申年初他已经去世了的结论。如果这两个结论可靠,则"壬午除夕"的批语自然值得怀疑,壬午除夕说也应该被推翻。甲申说则是从敦诚挽诗署年"甲申"以及甲戌本批语可疑这两点出发,来论证甲申说的。如果真如甲申说者所认为的,"壬午除夕"是批语署年,则壬午除夕说自然就不能成立了,而且这一时间跟雪芹卒年也全然无关了。而癸未除夕说虽然反对壬午除夕说,其实反对的只是"壬午",而不是"除夕",遂不取壬午而取除夕,并提出批者年久误记干支一说来加以解释。但实际上,如果"壬午除夕"只是批语署年的话,则癸未除夕说之"除夕"这一时间点也就失去了依托。既非壬午除夕,也非癸未除夕,难道甲申说是正确的吗?或者是还有其他的可能?下文拟在前辈今人研究的基础上对这一问题再做进一步的探讨,希望能有微小之推进。

(一) 甲戌本"壬午除夕"之批语是否值得怀疑

主张壬午除夕说的如俞平伯、陈毓罴、邓允建等学者一直都在强调这条批语是"明文",是可信的。但主癸未说的周汝昌、吴恩裕、吴世昌等人则认为此批中年份干支有误。主甲申说的梅挺秀、徐恭时、蔡义江等学者则认为"壬午除夕"四字乃是"能解者方有辛酸之泪,哭成此书"这句批语的批点时间,被误抄入批语正文了,主壬午说者则竭力否认有这种可能性。那么这种可能性到底存不存在呢?

笔者的看法是:这种可能性是存在的,而且还可能比较大。

主甲申说的几位学者都举出了甲戌本上几条不同的批语,甚至不同批者的批语被抄成了一条的若干例子,笔者在此再补充批语被抄入小说正文的两个例子:

(1) 第一回"满纸荒唐言"这首诗之后有一句"至脂砚斋甲戌抄阅

再评仍用《石头记》",是作为正文抄写的,这句话只见于甲戌本,其他各抄本和刻本中均未见。

多年来,学界基本上都把这句话视为正文,只有吴世昌和刘梦溪认为这是脂砚斋后来在整理小说时添加进去的。① 但笔者认为,这句话其实是一条批语,绝非曹雪芹原文,也不会是脂砚斋添加进去的,而是一位跟脂砚斋一起批阅《石头记》的人写下的(也不排除是脂砚斋本人所写),但后来被误抄入了正文。这句话意思跟前后文完全脱节,所讲的又是批书的事,而且还是甲戌年的事,要知道这可是小说的第一回,是曹雪芹最早写出的一回,他怎么可能写下这样一句话呢?作者后来添入当然也不可能,一则抄阅批书的事有何必要写入正文?二则就算要写入,也不应写在这儿,导致前言不搭后语。但把这一句视为批语,从正文中拿出来,前后文就完全通顺了。在"满纸荒唐言"一诗的前面,作者写到了小说的五个不同的书名,以及谁题名的等语,其中就有《石头记》一名,因此,"至脂砚斋甲戌抄阅再评仍用《石头记》"一定是原本写在这个地方的一句批语,被误抄入了正文,这是绝无疑问的。

(2) 第十三回写秦可卿死,庚辰本(己卯本、蒙府本、戚序本同)正文是:

> 凤姐还欲问时,只听二门上传事云板连叩四下,将凤姐惊醒。人回:"东府蓉大奶奶没了。"凤姐闻听,吓了一身冷汗,出了一回神,只得忙忙的穿衣,往王夫人处来。

甲戌本、程甲本、程乙本、甲辰本、梦稿本则作:

> 凤姐还欲问时,只听二门上传事云牌连叩四下,**正是丧音**,将凤姐惊醒。人回:"东府蓉大奶奶没了。"凤姐闻听,吓了一身冷汗,出了一回神,只得忙忙的穿衣,往王夫人处来。

舒序本"正是丧音"作"正是报丧事",列藏本则作"正是报丧"。

---

① 吴世昌:《红楼梦探源外编》之《残本脂评〈石头记〉的底本及其年代》,载1964年《文学研究集刊》,收入《吴世昌全集》第八卷,河北教育出版社2003年版。其所谓"残本"即指甲戌本。刘梦溪:《论甲戌本〈石头记〉的〈凡例〉》,收入《红楼梦新论》,中国社会科学出版社1982年版。

有学者指出:"正是丧音"乃批语误入正文。① 这一说法是完全正确的。

甲戌本之外,庚辰本中还有一个批语误入正文的著名例子,那就是第一回开篇的"作者自云"那一大段,在甲戌本中是"凡例"的第五条,到了庚辰本中却成了正文,陈毓罴早就指出了这一点。②

从形式来看,批语跟正文有十分明显的区别,竟然在传抄过程中被抄入了正文! 那么,批语的署年被误抄入批语正文自然也不是不可能的。主壬午说者曾经提出两个理由来反驳这种可能性:一是从庚辰本保存的有署名、署年的批语来看,署年、署名都不会紧接在批语后面,而是会另起一行,这就很难发生把署年、署名跟批语抄成一体的情况;二是甲戌本把批语的署年、署名都删除干净了,不会单单遗漏这个"壬午除夕"的署年。应该说,这两条理由大体上不算错,但是也有例外。比如说,庚辰本中就有署年直接接着批语抄写的,③ 还有一些批语原本是写在行间,此即所谓行间夹批,因为行间空间极小,署年、署名不可能另起一行,而只能紧接着抄在批语正文之后,正好甲戌本第一回中就残留了一条这样的批语,④ 这个例子也有学者已经注意到了。此例正好也说明甲戌本并没有把署年都删光。而像这种有署年的行间夹批如果后面正好紧接着另一条批,在被人移抄到别处时,两条批就有可能被误抄成一条批。甲戌本的眉批和回前、回末批语中就有不少这种所谓的"复合批语",这已经是学界的共识。

由此看来,"壬午除夕"四字原本是"能解者方有辛酸之泪,哭成此书"的署年,但被误抄成批语正文,且跟另一条批语("书未成,芹为泪尽而逝")连了一起的可能性也还是有的。当然,从逻辑上而言,这一说法还远不足以服人,笔者也不将其视为可以动摇壬午除夕说的根据。但这至少说明,"壬午除夕"之批看上去是"明文",却未必是铁证了。

---

① 徐乃为:《甲戌本石头记辨误》,中国文联出版社2003年版,第67、68页。
② 陈毓罴:《〈红楼梦〉是怎样开头的?》,载《文史》1963年第三辑。
③ 见《脂砚斋重评石头记》(庚辰本)影印本,人民文学出版社2006年版,第573、580页眉批。
④ 见《脂砚斋重评石头记》(甲戌本)影印本,人民文学出版社2010年版,第20页。

此外，主甲申说者从古文语法和句法角度指出"壬午除夕"作为批语正文导致了语意矛盾、不符合文言表达习惯等问题，主壬午说者却认为并不存在这些问题，还认为包含这四字的批语语气连贯，浑然一体，如果拿掉这四个字，反倒把完整的话给割裂了。平心而论，双方的这些说法都说得过去，也都不足以驳倒对方。窃以为，"壬午除夕"这四个字作为批语正文令人疑惑之处其实在于：批语的作者（不管是脂砚还是畸笏）在这里提到雪芹去世的时间究竟有何必要？他是要把这件事告诉谁呢？当时《石头记》主要是脂砚和畸笏在批阅，他们也能看到彼此的批语，他们当然也都知道雪芹去世的具体时间，都没必要特意写出这么一个时间来给对方看，所以设身处地想一想，这一点才是真正令人起疑的。

不过，说来说去，真正对壬午除夕说构成冲击的还是敦敏和敦诚的诗，因此下文主要还是要来谈一谈这两首诗。

（二）《古刹小憩》和《小诗代简寄曹雪芹》是不是作于癸未

在进入对以上问题的讨论之前，有必要参照相关研究史确定以下几个前提：第一，讨论必须以今国家图书馆所藏《懋斋诗钞》手稿本原本或其图像文本为主，而不能以影印本为主，①同时，哈佛燕京学社图书馆所藏的《八旗丛书》本《懋斋诗钞》也是一个重要的参照本。第二，前辈学者经过反复论争，双方都基本认为《懋斋诗钞》不是严格编年的（只有周汝昌、吴世昌一直认为是严格编年的），而是大体编年的（论争双方的代表人物吴恩裕、陈毓罴都认可这一点，冯其庸晚年也认可这一点），尤其是陈毓罴指出的《题画四首》《小雨访天元上人》二诗编排有误，这一点笔者也经反复核查，认为是无可怀疑的。因此，本书不再进一步讨论《懋

---

① 此书影印本有文学古籍刊行社 1955 年版和上海古籍出版社 1984 年版，后者是以前者为底本重印的，除了页码有变动外，其他完全相同。这个影印本因为做过一些不应有的技术处理，导致跟原手稿本有了很大的不同，完全无法用来从事考证研究，其详情此处不能多说。本书提到《懋斋诗钞》中的作品时，为了便于读者迅速查到原文，一般会随文标注其在上海古籍出版社影印本中的页码（跟文学古籍刊行社版本页码相差大约两页），但进行讨论时，则主要依据国图图像本及原稿本。原稿本现藏国图古籍善本室，因为书页已变得极为脆弱，不再提供借阅服务，笔者只好写出要核查的问题，先后三次请国图善本室的专业人员代我入库目验原本，反复详细核查该稿本的一些细节，获得了不少前辈研究者没有看到或未提到过的版本信息。

斋诗钞》是否严格编年的问题。第三，过去论争的焦点还有《古刹小憩》题下的"癸未"二字是否可靠以及《小诗代简寄曹雪芹》是否癸未（二月）之作这两个问题，后者的判断又以前者的判断为前提。也就是说，如果《古刹小憩》题下的"癸未"二字可靠，则《小诗代简寄曹雪芹》应该就是癸未之作（前文已说过，《小诗代简寄曹雪芹》乃《古刹小憩》后第三首诗，它们是毗连的，不可分割），那么曹雪芹至少到癸未二月还健在，当然不可能卒于壬午除夕；但"癸未"二字是否可靠的问题最终也没有得到一个定论，这就直接影响到对曹雪芹卒年问题的判断了。因此，下文就先从《古刹小憩》题下的"癸未"二字是否可靠这一问题入手来加以讨论。

这一问题之所以会成为问题，就是因为主壬午说者核验《懋斋诗钞》的原稿本后发现，《古刹小憩》题下的"癸未"二字是贴改上去的，也就是写在一个贴上去的小纸笺上的，至于贴掉的是什么字，只有周绍良《再谈曹雪芹的卒年》一文中说贴掉的还是"癸未"二字，其他人都没有看见是什么字。据说冯其庸曾到国图用照光法反复看过，确认纸笺下空无一字，是贴在空白处。① 笔者也反复请国图善本室的工作人员帮忙核查，也没看到下面有字。

《懋斋诗钞》中贴改之处原本不少，跟这一处有明显关联的乃是全书首叶《东皋集》的敦敏自序中也有一处贴改而成的"癸未夏"（1763），可以看出原来的字是"庚辰夏"（1760），敦敏在序中说到他从"戊寅夏"（1758）回京以后，经常来往于东皋，作诗盈箧，到"庚辰夏"便加以整理，编成了《东皋集》。序中还有"数年间"的"数"也是贴改的，原来是"两"，这自然是说从戊寅夏到庚辰夏这两年。但"庚辰"贴改为"癸未"后，"两"自然也要改掉。

王佩璋最早认为，这几处贴改都是后人所为，其字迹彼此相同，而跟原抄字迹不同，也就是说，这些贴改的文字跟未贴改的那些部分字迹不

---

① 季稚跃：《曹雪芹卒于"壬午除夕"再考》，收入《读红随考录》，北京图书馆出版社2003年版，第331页。

同。她判断这是敦诚身后某个人所为,不是敦诚、敦敏所为,时间应在1802年(嘉庆七年,壬戌)之后。① 她之所以把时间断在1802年之后,是因为《懋斋诗钞》扉页上的一个"题识",为了能把问题说清楚,有必要把这篇"题识"先引录出来:

> 蕴辉阁藏。自乾隆二十九年戊寅起至三十一年庚辰止②,共二百四十首,其割裂不完之篇,想皆删而不留者,然草本惜只一卷,约不止此也。予有《四松堂集》,今又得此残本,故略为粘补成卷,因并识之。壬戌仲春二十九日燕野顽民。

这段话是《懋斋诗钞》的一个收藏者"燕野顽民"所题,其中说到《懋斋诗钞》收诗是从戊寅到庚辰,这显然是看了《东皋集》未贴改前的序才这么说的。这就说明,燕野顽民写这篇"题识"时,序中的"庚辰"二字尚未被贴改成"癸未"。而这段"题识"最后所署的时间是"壬戌仲春",由此可以推断,贴改应在这一时间之后,亦即"壬戌"之后。但"壬戌"是指哪一年,很多人的看法跟王佩璋并不一致,认为应该是1862年(即同治元年;王佩璋认为是1802年)。也就是说,有些主壬午说者认为贴改是1862年后发生的,这当然也是后人所为。请注意这段"题识"中的"蕴辉阁"和"燕野顽民",其具体所指,当年都没有人弄清楚。

那么《古刹小憩》下到底有没有贴掉或挖改掉什么字?当年陈毓罴根据《东皋集》序中的"庚辰"被贴改为"癸未"推断《古刹小憩》下原来也是"庚辰"二字,陈先生是看过原本的,他应该并未看见贴改的纸笺下有字,于是推断挖改掉了"庚辰"二字(当然,陈先生对此还有更深入论证,详前)。很多其他没看过原本的人也接受了他这个说法,比如赵冈、陈钟毅就曾说,既然贴改为"癸未",则原来一定不是癸未,他也认为原来应该是"庚辰",被挖改成了"癸未"。③ 但如前所说,冯其庸以照光法查看后认为下面没有字,是贴在空白上,这一点也很奇怪,如果下面是空

---

① 王佩璋:《曹雪芹的生卒年及其他》,收入北京大学文学研究所编:《文学研究集刊》第五册,第224、225页。
② 此处年号纪年和干支纪年的对应有很大出入,此为论者所共知。
③ 赵冈、陈钟毅:《红楼梦新探》,第61页。

白,那为何不直接写在上面?看起来,这个问题仍然有疑点,如果想要弄清楚,非采取比冯先生的照光法更有效的方法不可,但目前还无法去做这种尝试。

不过,近年来关于《懋斋诗钞》研究有一些新进展,或许有助于我们重新来思考上述的"癸未"贴改问题。2012年,兰良永发表《也说曹雪芹卒于壬午除夕》①,提到他从孙殿起的《琉璃厂小志》中发现了一家叫"蕴辉阁"的古玩字画店,大概开设于民国十一年(1922年,也是壬戌年),其两位店主都是河北人,由清入民,符合"燕野顽民"这一名号的含义。兰先生认为,应该正是他们搜罗到了《懋斋诗钞》手稿本,并在上面写了那段"题识",后来此书流入旗人藏书家富察恩丰之手,恩丰又将其抄录编入了《八旗丛书》之中(此即哈佛燕京学社图书馆所藏抄本,周汝昌当年在燕大图书馆看过的也是此本)。恩丰卒于1930年,因此,两处"癸未"的贴改或挖改应该发生于1922—1930年之间。

兰先生对"蕴辉阁"和"燕野顽民"的发现很重要,笔者也同意他对《懋斋诗钞》递藏过程的判断,以及对《东皋集》序贴改时间是在1922年之后的判断。但《古刹小憩》题下的"癸未"二字是否也是1922年之后改的,这一问题则还有必要重新讨论。在这里笔者不妨先把自己的结论提出来,那就是:《古刹小憩》下的"癸未"二字是很早之前就改了的,贴改者很可能是敦诚,《东皋集》序中的"癸未"二字是根据《古刹小憩》下的"癸未"贴改的。这个贴改者我认为是介于燕野顽民与恩丰之间的某个收藏者,也可能是恩丰本人。下面我尽量简要地阐述我的理由。

首先要确定的一点是,《懋斋诗钞》手稿本的形成并不是如赵冈、陈钟毅所说的,最早只存一卷《东皋集》,从蕴辉阁主人传到燕野顽民,最后进入恩丰之手,恩丰又找到了《东皋集》之后的敦敏诗集,将它们合订成我们今天所看到的抄本。②之所以反对赵、陈二人的判断,道理很简单:

---

① 《红楼梦学刊》2012年第三辑。
② 赵冈、陈钟毅:《红楼梦新探》,第64页。

从燕野顽民的"题识"看，他当时得到的所谓《懋斋诗钞》残本收诗240首（这个数字其实也未必就那么准确），我们今天所看到的稿本还有232首，相差很少。若如赵冈所言，燕野顽民写"题识"的"残本"就只是一卷《东皋集》，那么其收诗年份就该是从戊寅夏到庚辰夏，此时尚存诗240首，如何等到恩丰收集到了《东皋集》之外的诗与之合订为一本后，反倒只剩下230多首了呢？从今存国图原稿本来看，从戊寅到庚辰的诗（即《东皋集》，庚辰夏以后的诗，这里姑且都算上）大约只有66首，难道从燕野顽民"粘补"后到流入恩丰之手的短短数年里，《东皋集》竟然丢失了将近四分之三的作品？这可能性应该说实在是太小了。因此，笔者倾向于认为，经燕野顽民收藏的"残本"就是我们今天所看到的国图藏原稿本，其收诗的数量后来变化并不大。哈佛燕京学社所藏的《八旗丛书》本《懋斋诗钞》（后文简称哈佛本）就是以此本为底本抄录的。①

而且，正如吴恩裕很早就指出过的，国图藏《懋斋诗钞》原稿本就是经敦诚手批的敦敏手写本。② 这一观点应该是完全正确的。笔者发现，敦敏至晚在乾隆五十一年（1786）就已经把《懋斋诗钞》编成了，因为他的堂弟宜兴在这一年编成其父遗著《月山诗集》，其中的《三叠前韵示敦敏》题下有对敦敏的简介说："先八伯父长子，号懋斋，有《懋斋诗集》。"③ 敦敏编此诗集，用的是书口刻有"懋斋诗钞"四字的专用笺纸。从国图原稿本来看，首页第一行顶格抄写"懋斋诗钞"四字，第二行下方抄写"宗室敦敏子明"六字，第三行上面空一格抄写了"东皋集"三字，从第四行开始，每行空二格抄写了《东皋集》的序，此后就是抄写诗作，今存232首。可见，敦敏在编集之始，是把《东皋集》作为《懋斋诗钞》的一部分来处理的，也并未将其单独成卷。若从《东皋集》序来

---

① 余英时在《"懋斋诗钞"中有关曹雪芹生平的两首诗考释》一文的"后记"中提出，《八旗丛书》本《懋斋诗钞》的底本是比国图手稿本还早的一个本子。赵冈、陈钟毅在《红楼梦新探》中则认为，其底本是国图本。沈治钧《敦敏〈懋斋诗钞〉校札》(《红楼梦学刊》2020年第二辑）则认为，哈佛本的原始祖本是国图本，但从国图本到哈佛本，还经过了一两个过录环节。笔者经过亲自比对二本后认同赵、陈二人的观点。

② 参见吴恩裕：《曹雪芹丛考》卷六第二篇，第194页。

③ 见《月山诗集》，第45页。另见《月山诗集》的宜兴跋，所署年份是乾隆五十一年丙午，第60页。

看，似乎应该编到庚辰夏的诗就算一个段落，此后的诗应该跟它做一下区隔，但他显然没有这么做，而是继续接抄庚辰秋的诗了，而且一直抄到了乙酉才结束。

最值得我们注意的是《懋斋诗钞》中的编年线索：《东皋集》序中的"戊寅夏""庚辰夏"和"两年间"等不必再说，还有其第四叶 A 面有一首《清明东郊》，① 题下注明了"已下己卯"四字，从字迹看，这四个字是最早抄写时就有的，应该就是敦敏自己的手笔。这说明：这首诗之前的诗都是戊寅的诗。但《东皋集》序后紧接（就是二者抄在同一叶，无缝连接，之间肯定没有脱落）的《水南庄》一诗下却并未注明"戊寅"年份。而《东郊清明》之后，从己卯进入庚辰、辛巳、壬午，也都未再出现年份的标注（当然，有学者认为《古刹小憩》题下原来标注了"庚辰"，是庚辰年第一首诗，后来被错排到了后面，且被贴改了，但这只是一个推断，笔者不同意这一说法，详后）。直到《古刹小憩》一诗，题下才出现一个贴改的"癸未"。癸未之后，还有甲申、乙酉年的诗，也都未标注干支年份。这种诗题下标或不标年份的情况也见于敦诚的《四松堂集》付刻底本中（该集中断续标注了八个干支年份，但有四个又被贴掉或被圈涂）。何以会如此的原因难以遽断，但比较合理的一个猜测是：这些标注干支年份的地方，应该是标注者对写作时间有确定不疑的根据之处。否则，他本可以选择不标注的。

由此看来，《古刹小憩》下的"癸未"按说也应属于此种情形，否则为何要贴改？但有学者认为《懋斋诗钞》的编排有错乱，故怀疑这一贴改是不可靠的，他们认为《古刹小憩》原本应该是庚辰年的诗（甚至是第一首诗），后来被错放到癸未年的开头。有人发现了这一点，遂把原来的"庚辰"年份给贴改或挖改成了"癸未"，顺带着把《东皋集》序中的"庚辰"也贴改成了"癸未"。但笔者认为，这一说法从情理上来说是难以说通的。

---

① 古籍页码计数方式皆以国图藏本为准，以大写数字配英文字母表示，影印本页码则用阿拉伯数字表示。

让我们姑且承认上述的说法是正确的，也就是承认《古刹小憩》题下原来是"庚辰"二字，那么我们想一想：燕野顽民之后的收藏者（或即恩丰）得到此书后，他看到的"题识"（燕野顽民显然是根据《东皋集》序来写这个"题识"的）写的是收诗止于"庚辰"，《东皋集》序中说的也是止于"庚辰夏"，翻到正文中看到《古刹小憩》下也写着"庚辰"，此时他有何必要去怀疑作者稿本上的这个年份标注呢？而且他又费力从头推算了一番（1922年之后的人距乾隆中期有了一个半世纪的时间），然后把两处"庚辰"都改成了"癸未"？他既然推算了一番，为何己卯到癸未之间他不重加标注，"癸未"之后还有甲申、乙酉，他为何不也推算一下、标注一下，甚至把序中的"庚辰"改成甲申或乙酉？这些疑问，从情理上、逻辑上都是难以解释得通的。

但是如果我们承认《古刹小憩》下的"癸未"二字在燕野顽民收藏之前早就有了，这些疑问就很容易消除了：燕野顽民不必说，他只是琉璃厂的一名书店主人，看了《东皋集》的序写了一个"题识"，其中的年号纪年和干支对应还错得一塌糊涂，他自然不会认真去关注书的内容，甚至去进行诗作的排比编年这种复杂的推算了。他除了将残破的书卷"粘补"成卷之外，自然也不会擅改书中文字。此人之后，《懋斋诗钞》流入一位比较认真，也有学问的收藏者（比如恩丰）之手，他发现了《古刹小憩》下的"癸未"年份，以为跟《东皋集》序所说的时间不一致。经过大致推算，他发现诗题下的"癸未"无误，断定序言有误，于是把序言中的"庚辰"改成了"癸未"。如此，他显然也犯下了一个大错，即他一开始就没搞清楚《东皋集》跟《懋斋诗钞》的关系，将二者混为一谈，把那篇序当成整个《懋斋诗钞》的序了。而如果此人看到《古刹小憩》下原本写的就是"庚辰"，他经过推算认为那个位置的诗应该是癸未年的，那么他比较正常的反应显然不应该认为这是写错了而进行贴改（此书是作者手稿本，这一点很容易判断出来，作者怎能轻易写错），而应该首先想到这是庚辰年的诗窜入了此处，而将其恢复到庚辰年开始的位置。因为他既然进行过推算，那应该就会发现《古刹小憩》之前还有壬午、辛巳、庚辰的诗。因此，此人看到《古刹小憩》下原来是"庚辰"的可能性也是很小的。而从哈佛所藏本来看，恩丰在把《懋斋诗钞》抄入《八旗丛书》时，还是花了一些整理功夫的，①哈佛本也是按贴改后的文字抄写的，因此笔者认为恩丰贴改的可能性比较大。

此外，前辈学者提到的笔迹问题也有必要再说一说。吴恩裕、周汝昌等先生认为贴改者就是作者敦敏本人，王佩璋等人则持相反的看法。笔者经反复比对之后，认为三处贴改的笔迹都不应该是敦敏的，而且《古刹小憩》题下的"癸未"二字跟《东皋集》序中的"癸未"二字显然也不是同一个人的。按上文所论，后者自然是1922年之后某人（或恩丰）的字迹，而前者笔者认为是敦诚的字迹。在敦诚的《鹪鹩庵杂志》第三条（"记丙戌秋七月"）的第八行开头有"尚未"二字，②拿这个"未"字跟《古刹小憩》题下的"癸未"的"未"字比较，如出一手。但仅此一字看着相近，并不足以服人，笔者也不敢认定这一定是敦诚笔迹。此外，在最近一次笔者调查国图藏《懋斋诗钞》原稿本时获知一个此前没有人提过的情况，即《古刹小憩》这一标题其实也是贴改的，但贴掉了什么字不可见。也就是说，"古刹小憩"四字和其下的"癸未"二字是分别写在两个不同的纸签上，然后贴上去的。从字迹看，"古刹小憩"显然跟原抄字迹完全一致，应该是敦敏自己贴改的。至于贴改原因，那只能是诗题抄错了进行改正。这令人不得不想到其下的"癸未"二字的贴改也与此有关，但具体细节已难确知了。

总的来说，笔者认为，《古刹小憩》下的"癸未"二字应该早就有了，不可能如有些前辈学者所认为的是1802年或1862年以后某人所改，到1922年后，有人根据这个"癸未"贴改了《东皋集》的序言中的"庚辰"二字。《古刹小憩》下的"癸未"二字究竟是谁贴改的，还很难断定。但正如余英时所言，不管《古刹小憩》下的"癸未"二字是怎么来的，自它以下的诗大体应属癸未的作品，这一点应当不成问题。但余先生又说，即使如此，也并不能证明《小诗代简寄曹雪芹》一诗就没有误编

---

① 可参看沈治钧：《敦敏〈懋斋诗钞〉校札》，《红楼梦学刊》2020年第二辑。笔者也对二本做过仔细比对，此处不能详论。

② 见《懋斋诗钞 四松堂集》，上海古籍出版社1984年影印本，第434页第四行。

的可能性。①

下面笔者就试着来讨论一下这首诗有没有被误编，它究竟是不是作于癸未。

如前文对研究史的追溯所显示的，这个问题是过去数十年中论争的核心问题，论争双方各执一词，观点截然相反：癸未论者认为此诗排在《古刹小憩》后第三首，其前后还有一些诗也是癸未之作，那它自然也是癸未之作；壬午论者则认为《古刹小憩》本是庚辰之作，其前面一首《过贻谋东轩同敬亭题壁分得轩字》也是庚辰之作，故此诗也是庚辰之作，是从庚辰年的诗脱落后，窜入了癸未。

为了对以上的论争进行辨析并提出笔者自己的论证，这里先把跟《小诗代简寄曹雪芹》有关联的前后诗作题目依次罗列如下，并根据笔者对国图藏原稿本的调查和对原稿本图像文本的阅读交代一些版本方面的特点：

（1）《雪后访易堂不值即题其壁上》（《古刹小憩》前一叶B面最后一首诗，乃壬午冬之作，也是壬午年的最后一首诗）。

（2）《古刹小憩》（此诗题是贴改的，题下又贴一纸签，上写"癸未"二字。另外，此面前半，即左侧，是三行无栏线白宣纸和两行有栏线空白，白宣纸处可能有破损断裂，故粘连之）。

（3）《过贻谋东轩同敬亭题壁分得轩字》（此诗题在《古刹小憩》同面最后一行，也是贴改的，可看见贴掉的是"桃花"二字，此诗正文抄在这一叶的B面），此诗写作年份存在很大争议，有癸未和庚辰两说，确定其写作年份对于确定《小诗代简寄曹雪芹》一诗的写作年份有着十分重要的意义。

（4）《典裘》（此诗跟《过贻谋东轩同敬亭题壁分得轩字》的正文抄在同一面，但其最后一句"春服尚可捐"抄到了下一叶的A面）。

（5）《小诗代简寄曹雪芹》（跟《典裘》最后一句抄在同一面）。

（6）《月下梨花》（此诗诗题是贴改的，贴掉的是"过东轩同贻谋小

---

① 见《"懋斋诗钞"中有关曹雪芹生平的两首诗考释》，收入余英时：《红楼梦的两个世界》，第183、184页。

酌"八字，此诗全诗都跟《小诗代简寄曹雪芹》抄在同一面，其所在叶的 B 面全都是有栏线空白行，但一字也无。请注意：此诗正文并无贴改）。

（7）《风中杨花》（此诗所在叶最左侧贴了两行宽度的白宣纸）。

（8）紧接《风中杨花》后的是《饮集敬亭松堂，同墨香叔、汝猷、贻谋二弟暨朱大川、汪易堂即席以杜句"蓬门今始为君开"分韵，得蓬字》诗题（正文在该叶 B 面），此诗余英时考定是癸未二月十五之作，《风中杨花》跟此诗是一体连抄的，中间绝无分隔，故必然也是癸未之作。

（9）《题朱大川画菊花枝上一雀》（此诗题跟《饮集敬亭松堂……得蓬字》的正文抄在同一面，即所在叶的 B 面，在最后一行，其正文抄在隔了一整叶后的那叶的 A 面，所隔之叶上抄的乃是公认的"错简"——《题画四首》，这组诗本是壬午之作，窜入了癸未年）。

（10）"错简"《题画四首》之后的这一叶 A 面有《观刘麦》一诗，敦诚《四松堂集》中收有一首同题诗，编在癸未，可知是二人同时同题之作，因此敦敏此诗也应作于癸未。

此后还有若干首公认的癸未之作，跟我们的讨论关系不大，这里就不再一一罗列了。关于以上罗列的这些诗，有必要强调两点：第一，其中的（2）（3）（4）（5）（6）这五首诗是毗连的，抄在相邻两叶上，是一个无法分割的整体，但这个整体跟前后叶没有毗连关系；第二，上述凡有贴改的，除"癸未"二字外，字迹都跟原抄一致，应是编集时作者之所为，并无后人窜乱之嫌疑。尤其是《月下梨花》一诗，陈毓罴等人曾指出其跟《小诗代简寄曹雪芹》一诗之间有贴缝，有可能是从别处剪贴来的，但实际上此诗只有标题是贴改的，贴掉的是"过东轩同贻谋小酌"八字，显然是原来抄错了，所以贴改掉了。贴改字迹跟原抄一致，乃作者敦敏所为，所以必无窜乱之可能，它跟《小诗代简寄曹雪芹》一诗也是毗连关系，不能分割。如此一来，要确认《小诗代简寄曹雪芹》的写作年份是不是癸未，就只要确认其前后的诗是不是癸未之作了。其前第三首《古刹小憩》应为癸未之作，前文已论，现在需要进一步证明的就只剩下两个问题了：一是其前一首即存在争议的《过贻谋东轩同敬亭题壁分得轩字》到底是作于癸未还是作于庚辰？二是其后一首《月下梨花》跟后面的诗《风中杨花》（两者之间隔了半叶空白）是不是毗连关系？

先来看第一个问题，这是以往吴恩裕和陈毓罴有过激烈争论和很大分歧的问题，那么他们分歧的原因究竟何在？让我们再来看一下《过贻谋东轩同敬亭题壁分得轩字》的全文：

> 十五年前事漫论，春来依旧绿盈轩。焚囊惭负东山教，嗜酒频劳北阮樽。柳已作花初到雁，气凭鸣剑欲凌鲲。伤心满壁图书在，遗迹先人手泽存。

此诗诗题中的"贻谋"（名宜孙），乃敦敏、敦诚的从叔父月山长子。敦敏兄弟幼年时曾从学于月山，颇得其赏识。月山卒于乾隆十二年（1747），他去世前一年（1746），曾作《三叠前韵示敦敏》一诗，其中有句云"应笑谢元（玄）空颖悟，正烦赌取紫罗焚"，① 这正是此诗中"焚囊惭负东山教"一句之所指。那么，敦敏这首诗第一句"十五年前事漫论"中的"十五年前事"究竟指的是哪件事？此诗又是作于哪一年呢？吴恩裕认为是指月山去世一事，故"十五年前"应从月山去世时算起，即从乾隆十二年五月十一日算起（据《月山诗集》后附沈廷芳撰《墓志铭》可知这一日期），算到乾隆二十八年早春，历十五年零六个多月，诗中取整数"十五年"，于是他断定此诗作于癸未（1763），并进一步断定《小诗代简寄曹雪芹》也作于癸未。但陈毓罴则认为"十五年前事"是指月山赠诗一事，故"十五年前"应从乾隆十一年算起，他按一个干支算一年的方法，从乾隆十一年丙寅算到第十五个干支，正是乾隆二十五年庚辰，于是他断定此诗作于庚辰（1760），并进一步断定《小诗代简寄曹雪芹》也作于庚辰。

那么他们到底谁对谁错呢？要弄清这个问题，先要搞清楚古人是如何来计算和表达时间间隔的，但这一问题十分复杂，前文提到过沈治钧对这个问题的研究，他从古诗中总结出了两种计算时间间隔的方法，即所谓"柳州算法"和"香山算法"，其实说白了就是：若以古人的干支纪年法

---

① 见《丛书集成初编》本《月山诗集》三，商务印书馆 1939 年版，第 45 页。"正烦赌取紫罗焚"一句典出《世说新语·假谲》，此典暗含着长辈巧妙教导晚辈之意。

来论,"柳州算法"就是从起点的干支年份开始,到终点的干支年份,一个干支就是一年,不妨叫作"逐年算法",而"香山算法"就是从上一个干支进入下一个干支算一年,即必须跨了年才算一年,不妨叫作"跨年算法"。在敦敏的诗中,这两种算法都有。另外,沈先生还提到,诗歌有时候也可以举成数,比如把十一年说成十年。

在前文追溯论争史时笔者发现,前辈学者们的算法各不一样,即使同主壬午说或癸未说的学者,彼此所用的计算方法也不一样,这就导致他们在推断作品作年以及判断《懋斋诗钞》编年问题时发生了很大的分歧。

应该说,关于时间计算和表达的方法,未必就只有上述的两种。书面的、口头的、宽泛的、严格的、取成数的、不取成数的、普遍化的、个人化的,也不排除还有因表达模糊或记忆误差导致无法准确计算的,等等。在敦敏的诗中,时间的计算和表达其实还有一种情况,那就是吴恩裕所使用的那一种,精确计算到月份,但表达时取成数,而这成数还有不同的取法,有时是往多里取,有时则往少里取。确切地说,这也不是吴先生的方法,而是敦敏所使用的方法。下面就通过敦敏自己的诗来看看这种方法是如何使用的。

有一首跟《过贻谋东轩同敬亭题壁分得轩字》有着紧密关联的诗——《偶检箧笥得月山叔窗课数篇感赋二绝》其一(影印本61页)——此诗编在《懋斋诗钞》壬午年的第三首:

> 败蠹凋残倍黯然,挑灯和泪读遗篇。闲清书屋重回首,宿草寒烟十五年。

很显然,敦敏这首诗是追怀其叔父月山的,最后一句"宿草寒烟十五年",是说他叔父故去已经十五年了。前文已提到,月山卒于乾隆十二年五月,那他过世十五年后该是哪一年?此诗又该编在哪一年呢?邓允建认为这首诗应为辛巳年之作,被误编在壬午,那他显然用的是"逐年算法"。然而若按"跨年算法"来算的话,则正是壬午之作,《懋斋诗钞》也是编在壬午年初。且其前一首是壬午人日诗(此二诗还是毗连的),前第二首(也是壬午年第一首诗)第一句是"帝京重新岁,人事喜奔走",显然是刚入壬午新年的诗,其后隔一首是壬午二月十五日诗,衔接如此紧凑有序,很难说其编错了。而且值得注意的是,虽然按跨年算法是十五年,实际上若精确计算,此时距月山逝世应该是十四年零八个月,还不到十五年,但敦敏说成"十五年",我们可以认为这是往多里取了个成数,这当然没问题。接下来我们再来看《过贻谋东轩同敬亭题壁分得轩字》一诗的写作时间该如何推算。

我们首先应该确定推算的起点"十五年前事"到底是指哪件事?对这一问题,笔者认为吴恩裕和周汝昌的意见是正确的,亦即此事是指敦敏叔父月山去世一事。这从"十五年前事漫论,春来依旧绿盈轩"和"伤心满壁图书在,遗迹先人手泽存"四句可以做出十分肯定的判断。后二句不必说了,悼亡之意更明显,前两句其实也是悼亡诗中常见的写法,意思是说春天不管人世间的生离死别,依旧按时到来了。虽然当年东轩的主人已逝,但当春天来了,东轩依旧绿意盎然,这正是感慨人世沧桑、时间无情的常见思路,因此"十五年前事"无论如何是指十五年前月山去世一事,绝不会指月山赠诗之事。陈毓羆曾说,叔父去世之事未可"漫论",我不知陈先生是如何理解"漫论"一词的,但既然叔父去世之事未可"漫论",难道叔父郑重赠诗之事就可"漫论"?窃以为,"漫论"乃伤心之语,即往事不堪回首,就不要提起了吧。这一点应该是可以确定的。

确定了推算的起点之后,如果我们按照陈毓羆所用的"逐年算法"来推算,则此诗当作于辛巳,若按"跨年算法",则作于壬午,都不是陈先生所认为的庚辰。要是按吴恩裕精确到月份的算法,而表达上又取"十五年"的成数的话,则或是壬午,如前所说的,算到壬午,月山去世十四年零八个月,往多里取成数,就是"十五年";或是癸未,算到癸未二月末"柳已作花初到雁"之时,月山去世了十五年零十个月,①若往少里取成数,也是"十五年",若往多里取,也可以是"十六年"。至于如何取,笔者认为这是作者的自由,不能由别人根据一些规则去要求他。总

---

① 吴恩裕先生只算到癸未春初,此时恐怕柳树也未开花,绿意也不会"盈轩"。所以我算到癸未二月末。

之,不到十五年,说十五年;超过了十五年,不到十六年,仍然取十五年:这两种做法在现实生活中至少都不应算错误吧!

有人也许会说,《偶检箧笥得月山叔窗课数篇感赋二绝》一诗也是怀念月山的,距月山去世十四年零八个月,诗中说"十五年",被编入了壬午年初;《过贻谋东轩同敬亭题壁分得轩字》也是悼念月山,诗中也说的是"十五年",却被编在了癸未;这岂不是敦敏自己就不一致了吗?其实这一问题本不是个问题,而是从研究者的角度制造出来的问题,让我们从敦敏的角度来考虑一下这个问题:壬午年初,他写《偶检箧笥得月山叔窗课数篇感赋二绝》一诗时,月山去世了十四年零八个月,他按成数说成"十五年",这自然是没问题的;到癸未二月,他又写了《过贻谋东轩同敬亭题壁分得轩字》,此时月山去世了十五年零十个月,他也按成数说成"十五年",这也没什么不可以的。但这样一来,两首看上去包含完全相同时间表达的诗其实对应着不同的时间间隔,其写作时间也不同,因而被编在不同的年份(壬午和癸未)了。

如果我们按照一成不变的规则来推算这两首诗的作年,就会认为它们的编排有错误或被后人弄乱了:《偶检箧笥得月山叔窗课数篇感赋二绝》本应是辛巳年的诗,却被排在壬午初;《过贻谋东轩同敬亭题壁分得轩字》则会出现更多的可能,至少庚辰、辛巳、壬午、癸未这四种可能都有了。但如前所论,《偶检箧笥得月山叔窗课数篇感赋二绝》是作者自己编排的,前后连接紧凑,次序分明,焉能有错?而《过贻谋东轩同敬亭题壁分得轩字》如果编排有错,那么跟它前后毗连、成为难以分割整体的那五首诗就都一起错了,陈毓罴即持这一看法,认为它们都应是庚辰年的诗,吴恩裕在反驳这一说法时曾说,如果它们整体编排有错,那就该可以整体搬回原处,但实际上搬不回去。笔者也发现,从庚辰年最初的《春柳十咏》开始,已经有十多首春天的诗。再搬五首过去,这年春天的诗就何其多矣!而相应的,这五首诗搬走后,癸未春天的诗就只剩两首了(《风中杨花》和《饮集敬亭松堂……得蓬字》),又何其少矣!

另外,笔者还按《懋斋诗钞》国图本的图像文本细检过庚辰年的诗,发现总的来说,这一年的诗连接紧凑,无脱落、空白与前后脱榫处，这一点吴恩裕当年就指出过。不过笔者发现，在《春柳十咏》的开篇存在一个值得注意的问题：① 这组诗开始叶的 A 面前四行是空白（贴了白宣纸），然后才是《春柳十咏》的标题、题注及其第一首《隋堤》的题目，一共五行，从笔迹看跟正文笔迹颇为不同（周汝昌认为相同，恐非），应是补抄而成。笔者又请国图善本室专业人员帮忙目验此叶，被告知"春柳十咏"这四字是贴改的，诗下小序中"十咏者镇"和"讽咏之余"八字也是贴改的。不过，在笔者看来，这补抄和贴改应是有十分可靠的依据的，否则别人绝无可能杜撰出一个诗序来。但既然存在抄补的情况，那这一叶的前面有无可能接从《古刹小憩》到《月下梨花》这五首诗呢？经笔者核查图像文本，发现这五首诗正好占相对独立的两叶，跟前后都不毗连，《小诗代简寄曹雪芹》《月下梨花》所在这一叶的 B 面是整面空白，跟其后一叶（即《风中杨花》所在叶）也无毗连关系。看上去也不是不存在从别处脱落后误装到此处之可能。但如果这五首诗是从《春柳十咏》前脱落的，那《小诗代简寄曹雪芹》《月下梨花》这一叶的 B 面为何会有半叶空白？为何没有抄写《春柳十咏》的标题、题注及《隋堤》题目那几行？就算《春柳十咏》之前还脱落了其他叶，即它跟这半叶空白原非紧相连接的，那这半叶空白也应抄上庚辰年的其他诗才对，为何没有抄呢？这是一个很大的疑点。这一疑点加上上述的其他理由，让笔者相信：包括《小诗代简寄曹雪芹》在内的那五首诗不会是从庚辰年初的诗中脱落的，陈毓罴的庚辰之说应该是不能成立的。

同样地，要把这五首诗搬到辛巳年初也无可能，这一点很明显，不必多论。但壬午年初第二叶的 B 面是空白的，且有贴补（白宣纸），第三叶 A 面是《二月十五日过松轩……》一诗，如果有脱落，此诗之前似有可能（即第三叶跟第二叶之间），但《月下梨花》一诗写的应该是北京农历三月初梨花盛开的景色，不可能反而放在二月十五日的诗之前。壬午年后半部分的诗页破损粘补较多，也不无脱落之可能，但《古刹小憩》题下既然

---

① 目前这组诗是庚辰年最早的诗，其前一首诗《丁丑榆关除夕……》可以绝对确认作于己卯除夕，包括周汝昌、冯其庸在内的很多学者都认可这一点。

有署年，则以其为首的那五首诗自然应该是放在某年开始的位置，不应放在后面部分。

所以，论来论去，笔者认为，《过贻谋东轩同敬亭题壁分得轩字》编排无误，就是癸未之作，与它有毗连关系的其他四首，包括《小诗代简寄曹雪芹》一诗，也都是癸未之作无疑。在此，笔者还可以补充一个证据：那就是《月下梨花》这首诗跟其后一页上的《风中杨花》应该是差不多同时之作。为了说明这一点，我们把这两首诗都引录出来：

月下梨花

院落溶溶暗自芳，是空是色费评章。画栏幽隔花无影，皓魄光摇雪有香。好向晶帘看漠漠，疑从云路梦茫茫。天然合作婵娟伴，沽酒何须更洗妆。

风中杨花

半天晴雪隔帘栊，直欲飘飘上碧空。淡荡自应随化境，飞扬岂必借春风。愧余岑寂如沾蒂，似尔逍遥忽转篷。一望弥漫猜色相，不妨真幻有无中。

这两首诗之间隔了半叶带栏线空白，① 但从诗题、诗句、诗意到意象，无不相似，因此笔者认为它们应该是大体同时之作。

而《风中杨花》又跟那首可以确定作于癸未的《饮集敬亭松堂……得蓬字》抄在同一面上，② 《饮集敬亭松堂……得蓬字》又跟隔了一叶（即"错简"《题画四首》所在叶，应抽去不算）、可以确定作于癸未的《刈麦行》是毗连关系，③ 如此，则《风中杨花》也应作于癸未，那《月下梨花》自然也是癸未之作。《月下梨花》作于癸未，则跟它紧挨着抄在同一面上的《小诗代简寄曹雪芹》还能不是癸未之作吗？

---

① 请务必看国图藏原稿本或其图像文本，方能看到这半页空白，文学古籍刊行社和上海古籍出版社影印本经过处理后，已无此半页空白了。

② 余英时《〈懋斋诗钞〉中有关曹雪芹生平的两首诗考释》已经有力证明了《饮集敬亭松堂……得蓬字》一诗作于癸未。见《红楼梦的两个世界》，第183页。

③ 在敦诚《四松堂集》中也有一首《刈麦行》，编在癸未。另外，这一毗连关系也必须以《懋斋诗钞》国图本为依据才能看出来，影印本完全看不出来。

其实，主壬午说的周绍良和冯其庸两位先生也都认为此诗是癸未之作，冯先生更反复强调过这一点，不过他认为这首诗是敦敏在不知曹雪芹已卒于壬午除夕的情况下寄出去的。① 赵冈、胡适等人也都提过这一观点。但笔者认为这一说法显然是毫无根据的猜测：就算当时曹雪芹已逝而敦敏不知，但不必过多久，他自然也就知道了。

从此前的研究史回溯中，笔者发现，当代的学者们不免夸大了乾隆时京城交通和信息传递的不便程度，让人觉得城内跟城郊似乎隔得十分遥远，信息传递也极为困难。实际上恐怕并不如此。笔者在敦诚的《四松堂集》中看到一首编在癸未的诗，题目叫《偶忆西山慧云寺龙泉水，因令小奴驰骑往取一瓶，适友人惠以湖井露芽，松下煎之，亦复清况自怡》。西山慧云寺在今天北京西山的八大处内，离城中心大概23公里，敦诚让他的小奴骑马去取这里的泉水煮茶，一日之内尽可往返。而曹雪芹当时住在香山附近，距离城中也跟这差不多。敦敏要给雪芹送一封信，一天内完全可以得到回信。如果当时雪芹已逝，他怎能不知？如果知道了，怎么还会把这首诗编入诗集中，又不做任何说明呢？除此之外，更有一疑：当时曹雪芹居处并非与世隔绝，他跟脂砚斋、畸笏叟等人往来十分密切，并且他理应还跟一些亲友们有来往。如果他去世了，按古代一般的做法，不管他生活曾经多么穷困，他的家人总会要设法把这一消息通知亲友们。如何一个多月之后，敦敏这些人还毫不知情，以至于还在给他寄诗柬邀他来聚会呢？无论如何，这种可能性都太小了！

因此，确定《小诗代简寄曹雪芹》一诗作于癸未后，就可以确认他当时还健在，并未卒于壬午除夕，甲戌本上那条批语中的"壬午除夕"四字是批语时间的可能性极大。

那么，雪芹究竟卒于何时呢？这就要从另一个证据——敦诚的挽诗——来进行判断了。

---

① 冯其庸：《初读〈四松堂集〉付刻底本——重论曹雪芹卒于"壬午除夕"》，载《红楼梦学刊》2006年第四辑。

（三）敦诚的《挽曹雪芹》诗可以说明什么

在敦诚的《四松堂集》中收了一首《挽曹雪芹》诗，题下明确标注了"甲申"，另有一个抄本《四松堂诗钞》中收了同一首诗，也标注了"甲申"；而在抄本《鹪鹩庵杂诗》中则收了这一首诗的初稿本，却是两首诗，未标注作诗时间。但既有两处标注了"甲申"，已足以说明问题。这一时间跟壬午除夕说有很大矛盾，为了解决这一矛盾，于是主其说者不得不从各个角度进行解释，其观点主要有如下几点：

（1）雪芹卒于壬午除夕，但停灵一年，甲申年初才下葬，敦诚挽诗即作于下葬后；

（2）雪芹卒于壬午除夕，敦诚挽诗初稿作于癸未，甲申初修改，署上了这一时间；

（3）雪芹卒于壬午除夕，敦诚挽诗初稿作于癸未，多年后修改，记错了，署年甲申；

（4）雪芹卒于壬午除夕，敦诚在癸未年某个时候知道了这个消息，作了挽诗初稿，甲申初改定，遂署了甲申；

（5）雪芹卒于壬午除夕，挽诗作于癸未秋，在雪芹下葬后不久，挽诗修改于甲申，遂署了这一年份；

（6）也有人认为敦诚并未参加雪芹葬礼，挽诗初稿作于癸未二月底，有失实之处，甲申年初予以纠正，遂署甲申；

主癸未说者对这些观点都进行了反驳，其主要理由可以归纳为：停灵一年不可能，也无必要，雪芹是卒后即葬，敦诚挽诗也是葬后即作，署年甲申就是初稿写作时间，离雪芹去世时间很近。从对挽诗的解读来证明其写作时间就在雪芹卒后。

可以看到，双方都认为挽诗是作于雪芹葬后，但一方认为卒后即葬即写了挽诗，另一方则认为卒后一年才下葬，才写挽诗，或者卒后即葬即写了挽诗，但甲申修改了一次，署上的是修改稿的时间。另外，还有一些附加的争论，比如诗中小注"前数月，伊子殇，因感伤成疾"究竟如何理解，雪芹卒后一年敦诚还能否给他写挽诗，等等。

平心而论，壬午说者提出的这些说法都没什么根据，而且解释方式五花八门，这从一个侧面说明这些解释大都有问题，甚至是难以成立的，而癸未论者的反驳也都不无道理。有一些值得在此重提一下：

雪芹卒后停灵一年，试问是停尸还是停棺？这是蔡义江提出的问题，① 壬午说者显然很难回答这个问题：停尸一年如何可能？若是停棺一年，筹措葬费，或等待葬入祖坟，这又何须一年？后来冯其庸之所以主张雪芹是卒后即葬，而且是裸葬，应该是意识到停灵一年的说法实在是说不过去了而找到的新的解释（当然也有所谓"曹雪芹墓石"的发现对他的启发）。

笔者也有一个疑问：敦诚挽诗的修改，为何要等那么久？挽诗初稿第一首存在出韵的问题，第六句的"伶"属九青韵，其余都是八庚韵。但敦诚比较得意于第五、六句，② 故予以保留，而改动其他各句。③ 但不过改一首诗而已，为什么要等一年后或几个月后？还有，修改并非重写，为何署年也要改？难道每改一次就要把做诗时间也改一下？

既不能停灵一年，自然是卒后即葬，挽诗既被公认为是葬后所作，自然也就是卒后不久所作。如果卒于壬午除夕，挽诗自然作于癸未年初，为何一年后才修改？即使修改，也仍应署年癸未，以保存并尊重一个基本的事实，亦即雪芹去世、下葬和作者作挽诗的真实时间。否则保存一个修改作品的时间又有何意义呢？作诗修改本是常事，《懋斋诗钞》原稿本和《四松堂集》的付刻底本上都有不少作者修改的诗句（有的是旁改，有的是贴改），但未见编年有变动，而且也不应该有变动，如果改诗后要改动编年，那么十年前的诗经修改后岂不是就要编到十年后去吗？这显然是极不合情理的。由此看来，"甲申"一定就是挽诗初稿写作的时间，而改稿的时间也不会在初稿写作后太久，因而也不存在要修改署年的问题。初稿未署时间，应该是被抄录者删去了（《鹪鹩庵杂诗》中的诗都没署时间）。

因此，结合前文对《小诗代简寄曹雪芹》一诗的论证，笔者认为，曹

---

① 蔡义江：《西山文字在，焉得葬通州？——"曹雪芹墓石"辨伪》，载《文学遗产》1994年第1期。
② 其《鹪鹩庵笔麈》中还曾特意提到过这两句，见《懋斋诗钞 四松堂集》影印本，第409页。
③ 见吴世昌：《敦诚挽曹雪芹诗笺释》，收入《吴世昌全集》第八卷，河北教育出版社2003年版，第52页。

雪芹应该卒于癸未年底到甲申年初之间这段时间内，甲申年初的可能性更大一些，也就是说，梅挺秀当年提出的甲申春之说是最有可能的。按公历算，就该是1764年了。

（四）曹雪芹生于何时

应该说，相对于卒年来说，搞清楚曹雪芹的生年更重要，因为这直接关系到曹雪芹写作《红楼梦》的素材是不是有一部分来自其早年生活经历这一问题。但相对于围绕卒年问题的激烈论争而言，生年的研究却显得比较冷清。其中的原因也不难推知：卒年问题牵涉原始文献的版本考证、作品系年等诸多复杂的方面，但生年问题的文献则比较少，也不涉及版本、系年考证等问题，而只涉及文献如何解释的问题；其次，卒年有望得出一个确切的年份，故大家全力求证，但生年最终恐怕也得不到一个确切的年份，所以大家论争的热情也没那么高。不过，卒年问题虽然存在分歧，但实际上壬午说、癸未说、甲申说之间的差别最多也就是一年而已，对于曹雪芹和《红楼梦》研究的大局或许并无太大影响，[①] 但生年的不同观点之间却相差很大，就主要的乙未说（1715）和甲辰说（1724）而言，就差了九年，关系甚大。因此这一问题也仍有进一步讨论的必要。

关于曹雪芹生年的推断，学界一直以来的做法是先确定其卒年，然后根据敦诚挽诗中"四十萧然太瘦生"和"四十年华付杳冥"中的"四十"这一说法来进行推算。但因为对"四十"这一表达的理解有所不同而发生了推断结果的很大差别，而对卒年的不同推定对生年的推断结果也有一定影响，比如胡适认为"四十"是诗中用了成数（整数），实际年龄当不止四十，他假定是四十五岁，而卒年他先认为是甲申，此后又认为是壬午，一度还认为是癸未，因此对雪芹生年的推定就出现了己亥（1719）和丁酉（1717）等不同的结果。[②] 周汝昌和蔡义江等人则认为"四十"就是

---

① 当然，曹雪芹卒年问题的论争牵涉面很广，最后的成果也远不止是搞清一个卒年而已，所以就此而言，其意义也是相当大的。

② 张锦池对此有详细介绍，参见《曹雪芹生年考论——兼谈曹雪芹的卒年问题》，载《红楼梦学刊》1995年第一辑，后收入《红楼梦考论》一书，改题为《曹雪芹生年考》，内容也有修订，黑龙江教育出版社2009年版。

整四十岁，卒年则取癸未除夕或甲申春（1764），如此逆推生年为甲辰（1724）。但正如前文已论及的，后来沈治钧反复论证了挽诗可以把逝者享年往少里说，也论证了古诗中的"四十"可以指33—48年这一时间范围，① 再加上张宜泉诗稿的发现（详后），认同周、蔡二位观点的人就很少了。

乙未说是1931年由李玄伯提出来的，他指出康熙五十四年（1715）三月初七日曹頫给康熙的一道奏折中说到"奴才之嫂马氏（即曹颙遗孀——引者），因现怀妊孕，已及七月"——他认为这个曹颙遗腹子可能就是曹雪芹，如此，雪芹当生于康熙五十四年，到壬午除夕去世，活了四十七岁。②

到1955年7月，王利器在《重新考虑曹雪芹的生平》③ 一文中公布了他新发现的张宜泉《春柳堂诗稿》中几首涉及曹雪芹的诗，其中一首《伤芹溪居士》题下小注提到曹雪芹"年未五旬而卒"。王先生同样认为康熙五十四年三月初七日曹頫奏折提到的曹颙遗腹子可能就是曹雪芹，如此，雪芹当生于1715年，距他去世的1763年（取壬午除夕说），其年龄实为四十八岁。这样的话，曹雪芹就在江宁生活了十三年（曹家被抄后，于1728年从金陵返回北京），这跟《红楼梦》第二十五回写到癞头和尚和道士来探视宝玉之病时所说的"青埂峰一别，展眼已过十三载矣"，有着隐秘的联系。

此外，认同乙未说的还有高阳、吴恩裕、吴世昌、贾生、朱淡文等人。④ 但正如张锦池所言，后来的研究证明曹雪芹并非曹颙遗腹子，这样一来，乙未说就不能成立了。⑤

1995年，张锦池提出了一个新说，即戊戌说，推定曹雪芹生于康熙五

---

① 参见沈治钧《曹雪芹年寿辨》《曹雪芹卒年辨》《挽诗中说年寿可以举成数？——向蔡义江先生请教曹雪芹享年》等文，前文已引。
② 《曹雪芹家世新考》，载《故宫周刊》1931年第84、85期。
③ 《重新考虑曹雪芹的生平》载1955年7月3日《光明日报·文学遗产》第61期。
④ 高阳、吴恩裕、吴世昌的观点及论据可参见张锦池：《曹雪芹生年考论——兼谈曹雪芹的卒年问题》，载《红楼梦学刊》1995年第一辑。另见贾生：《论曹雪芹的生年及其他》，载《红楼梦研究集刊》第十三辑，1986年版；朱淡文：《曹氏家族年谱简编（上）》，载《红楼梦学刊》1990年第二辑。
⑤ 张锦池：《曹雪芹生年考论——兼谈曹雪芹的卒年问题》，载《红楼梦学刊》1995年第一辑。

十七年（戊戌，1718），卒年则取壬午说。如此，则曹雪芹享年四十五岁，1728年离开南京时正好十岁。张先生的推定方法可谓独辟蹊径，有必要在此认真检验一下。

他是从以下几段批语入手进行推断的：

（1）第十三回王熙凤协理宁国府，细思府中五大积弊时，庚辰本有眉批云（甲戌本无此批）：

> 读五件事未完，余不禁失声大哭；三十年前作书人在何处耶？①

张先生指出对这条批语的两种解释："三十年前"的作书人，现在已经死了；另一解释是，三十年前，作书人还没有出生呢！张先生认为应该取后者，因此当批书人写这条批语时，作者还不超过三十岁或正好三十岁。这一说法看上去没有问题，但"三十年前"是不是正好就是三十年？这却是一个问题。

（2）甲戌本第十三回之末也有一条眉批：

> 旧族后辈受此五病者颇多，余家更甚，三十年前事见书于三十年后，今（令）余想（悲）恸，血泪盈（腮）。（"腮"字原本缺，今从俞平伯《脂砚斋红楼梦辑评》添。）②

（3）甲戌本、庚辰本在同回"应了那句'树倒猢狲散'的俗语"一语处有眉批云：

> 树倒猢狲散之语，余（今）犹在耳，屈指三十五年矣，哀哉伤哉，宁不痛杀！（甲戌本眉批无"哀哉"，"余"作"全"，"屈"作"曲"，"痛"作"恸"，余同。）③

张先生认为这三条批语都是脂砚斋所写，写于同一年，甚至可能写在同一天。而第三条批语缅怀的是逝世于康熙五十一年（1712）的曹寅——

---

① 《脂砚斋重评石头记》（庚辰本）影印本，第284页。
② 《脂砚斋重评石头记》（甲戌本）影印本，第274页。括号内文字均为引者所加，下同。
③ 《脂砚斋重评石头记》（甲戌本）影印本，第255页。《脂砚斋重评石头记》（庚辰本）影印本，第270页。

"树倒猢狲散"是他的口头禅,有旁证可以证明——从曹寅去世那一年下推三十五年是乾隆十二年(1747),这是这条批语的写作时间,这一年曹雪芹三十岁,那么由此推断曹雪芹的生年应该是康熙五十七年(1718)。[①]

蔡义江反对张锦池对批语写作时间的推断,认为批者感到哀痛不已的是曹家被查抄一事,故"三十五年"应从雍正五年(1727)曹家被查抄算起,则批写时间应为壬午年(1762)。[②] 戴不凡也持此说。[③]

另外,这条批语在甲戌、庚辰本上都未见署名,那么究竟是谁批的呢?张锦池认为是脂砚斋。戴不凡和蔡义江都认为是畸笏叟,亦即曹頫。笔者认为这一问题上戴、蔡二人的看法应该是正确的,从上引第三条批语来看,批者曾亲耳听曹寅说过"树倒猢狲散"这句话,三十多年后记忆犹新,那么曹寅去世前批者年纪就应该已经不会太小了(按常理而言,应在六岁以上),而学界普遍认为脂砚斋跟曹雪芹是兄弟辈,两人年纪相差不会太大。如果脂砚斋在曹寅去世前就已六岁以上,那他应该比曹雪芹大十岁以上(这还是按雪芹生于康熙乙未来算的),目前我们在曹雪芹的兄弟辈中还没有发现这么一个人。从此人见过曹寅,又对三十多年前曹家的情况如此熟悉来看,他应该就是畸笏叟,也就是曹頫。

但如此一来,张锦池把批语(3)的写作时间断为乾隆十二年(1747)就有些问题了:一是到这一年《石头记》曹雪芹写出了多少回?二是这一年畸笏叟有没有参与小说的批点?红学界有人认为小说的写作始于1743年(如俞平伯),[④] 到1747年自然也能写出一些部分了;而畸笏叟却未必那时就参与了批点,学界普遍认为畸笏是从壬午年才开始批点《石头记》的(当然,这一普遍看法也未必对)。而且,早期的批语一般都认为被抄入了庚辰本的双行小字夹批,而上述三条批语都是甲戌或庚辰本上的眉批,可能是比较晚的时候批下的。

[①] 参见《曹雪芹生年考论——兼谈曹雪芹的卒年问题》,载《红楼梦学刊》1995年第一辑。
[②] 蔡义江:《畸笏叟应是曹雪芹的父亲曹頫》,收入《追踪石头——蔡义江论红楼梦》,文化艺术出版社2006年版,第469、470页。
[③] 戴不凡:《畸笏即曹頫辩——脂批考之一》,收入《红学评议·外篇》,文化艺术出版社1991年版,第116页。
[④] 见《〈红楼梦〉的著作年代》(发表于1953年),收入《俞平伯全集》第五卷,第527页。

如果这三条批语按张锦池所说的，是脂砚斋批于 1747 年，则有种种窒碍难通之处。如果按戴不凡、蔡义江两人的说法，则主要是批语（3）的解释略有问题：这条批语原也说得含糊，理解成缅怀曹寅或痛惜曹家被抄没都说得通，但细细体会，或仍以前者为是更合适一些，意思是说："树倒猢狲散"这句话至今还回响在耳边，但屈指算来，说这话的人已经故去三十五年了，岂不令人痛杀！这么说，意思是十分通畅的。但如果理解成："树倒猢狲散"这句话至今还回响在耳边，而屈指算来，曹家被抄没（即应了"树倒猢狲散"这话）已经三十五年了，岂不令人痛杀！这意思却不那么通畅。曹寅当年说这句佛语，应该不是在预言曹家的抄没，因此也说不上应验不应验的话。另外，曹頫对曹家抄没的感受也不应该是"哀哉伤哉，宁不痛杀"，而应是屈辱、震惊、不甘心吧。不过，后面这一种解释虽然有问题，倒也不是多大的问题。

　　细案上述三条批语，从它们的位置和内容来判断，它们的批写次序大概应该是：（3）→（2）→（1）。也就是说，畸笏叟在第十三回开头先看到了"树倒猢狲散"这句话，于是写下了批语（3）。到第十三回末尾，他又读到旧日大家族的五大弊端，痛感曹家也为此五弊所害，便写下了批语（2）。此批跟批语（3）写在同一天的可能性比较大，因为畸笏叟很可能会在一天内看完这一回，且情绪十分激动，忍不住写下了多条批语。批语（2）中，有一个令人疑惑之处，那就是：畸笏叟为什么要特别强调"三十年"这个时间？笔者的看法是：这个时间应该是上承批语（3）中的"三十五年"这一时间而来，因为涉及的是家族弊端，本不只特指某一年份，跟计算特定重大事件发生的时间间隔不同，不必说得那么精确，于是就只说了一个成数"三十年"。而最令人困惑的还是批语（1）中的"三十年前作书人在何处耶"这一句，似乎凭空又来了一个"三十年前"，笔者认为，这应该是以批语（2）中的"三十年前事见书于三十年后"为前提写出来的，言下之意是说：作者如此熟悉这些弊端，他当时在哪里呢？他怎么跟亲眼看见了这些事一样的？如此看来，不管这几条批语写于哪一年，它们所指的都应该是雍正五年（1727）年底之前曹家的事，因为雍正六年（1728）年初曹家就返京了，从此一蹶不振，不再是一个大家族了。由此推测这几条批语写下的时间,大概在1758—1762年之间。

因此,张锦池先生的戊戌说大概也还不是一个"最后的定论"。应该说,就目前的材料来看,我们还是无法在生年问题上更进一步。

从前面的研究史追溯来看,当年胡适和周汝昌关于曹雪芹生年的争论中其实有一个重要目的,那就是要搞清楚曹雪芹究竟有没有经历过曹家在金陵的富贵繁华生活?胡适坚持认为曹雪芹离开金陵时已经十二岁,是见过曹家盛时的了。① 周先生则认为曹雪芹离开金陵时虚岁五岁,实岁只有三岁,那他当然对金陵的繁华没什么印象了。蔡义江也持这一看法。他们也一直都没再改变自己的观点。

这里有必要概要介绍一下吴世昌对这个问题的看法。吴先生赞同周先生提出的癸未说,但不赞同周先生对曹雪芹生年的推定,认为曹雪芹绝不可能是生于雍正二年(1724),他转而从张宜泉诗的自注"年未五旬而卒"入手,假定雪芹卒时是四十八九岁——那么他应当生于康熙五十四或五十五年(1715或1716,以前者可能性更大),曹家被抄时他虚岁十三四岁,随家人迁回北京。这个推定的生年跟敦敏作于1761年(乾隆二十六年,辛巳)的《赠芹圃》中所云"燕市狂歌(一作"哭歌")悲遇合,秦淮风月(一作"残梦")忆繁华"大致相符——如果他离开南京时才四岁,如何能记得秦淮残梦或繁华?作为雪芹密切的诗友,敦敏不会连雪芹的年龄、他几岁到北京,都不知道。吴世昌又举出雪芹另一诗友——满洲诗人明义《绿烟琐窗集》中的《题红楼梦》七绝二十首的题下注为证据做进一步论证:

> 曹子雪芹,出所撰《红楼梦》一部,备记风月繁华之盛。盖其先人为江宁织府。其所谓大观园者,即今随园故址。惜其书未传,世鲜知者,余见其抄钞焉。

吴先生认为从这条注文可以看出两层意思:首先,作者同时人确定小

---

① 见《考证〈红楼梦〉的新材料》,收入宋广波编校:《胡适论红楼梦》,第243页。

说的背景是南京织造府的花园。其次，雪芹在南京住到一个年龄，可以使他记得当时的繁华盛况。这就是说：他不可能生于1724年，四岁时就离开了南京。①

在学界所熟知的敦敏的《赠芹圃》《芹圃曹君别来已一载余矣……》、敦诚的《寄怀曹雪芹》等诗中也有"秦淮风月忆繁华""秦淮旧梦人犹在"以及"扬州旧梦久已觉"这样的话，也说明曹雪芹曾经历过金陵的繁华生活，而且多年后仍难以忘怀，跟朋友们说起过。如果有人非要说这些都不过是诗中的套语而已，那么笔者还可以举出一个证据，就是庚辰本第一回开篇的"作者自云"中的这几句话：

> 自又云：今风尘碌碌，一事无成，忽念及当日所有之女子，一一细考较去，觉其行止见识，皆出于我之上。何我堂堂须眉，诚不若彼裙钗哉？实愧则有余，悔又无益之大无可如何之日也！**当此，则自欲将已往所赖天恩祖德，锦衣纨袴之时，饫甘餍肥之日，背父兄教育之恩，负师友规训之德**，以至今日一技无成，半生潦倒之罪，编述一集，以告天下人：我之罪固不免，然闺阁中本自历历有人，万不可因我之不肖，自护己短，一并使其泯灭也。②

笔者思考上述问题时注意到这几句话，后来在查阅资料时发现冯其庸早已注意到这段话，并做了十分精辟的论述，他说：

> 这里值得注意的有几个问题：一是"欲将已往所赖"几句。这说明作者确是经历过百年世家的豪华生活的，所谓"锦衣纨袴，饫甘餍肥"的这种生活，叫一个三四岁的小孩是无法体会，也不可能有什么理解的。作者沉痛地写到这一点，足见他经历过豪华富贵，也经历过家破人亡，那末，他当时的年龄也应该有十多岁了，所以对"已往所赖天恩祖德"，已经有很深刻的记忆了。
>
> 二是"背父兄教育之恩"两句。说明他在抄家败落之前，已经入

---

① 1961年吴世昌在牛津大学出版社出版英文版《红楼梦探源》，这里要介绍的内容完成于1956年。中文版《红楼梦探源》，收入《吴世昌全集》第七卷。
② 《脂砚斋重评石头记》（庚辰本）影印本，第3页。

学读书，已经有老师和同学了。那末抄家时，他决不可能只是三四岁的幼儿。①

冯先生这些话我认为是不可辩驳的。此外，脂批中也透露了作者早年在江宁织造府中的不少情况，让我们知道他在那儿生活到比较大的年纪才离开，绝不会是实岁三四岁就离开了，这里不妨列举几条批语来说明这一点：

第八回写宝玉去探望宝钗，为了不遇见他父亲，宁愿绕远路，此处甲戌本有一条侧批：

> 本意正传，实是囊时苦恼，叹叹。（226 页）②

同回写贾母给秦钟一个荷包、一个金魁星处，甲戌本有一条眉批：

> 作者今尚记金魁星之事乎？抚今思昔，肠断心摧。（250 页）

第十七、十八回写宝玉带着奶娘、小厮去大观园散心，听说贾政来了，便带着众人一溜烟出园来，庚辰本此处有一条侧批：

> 不肖子弟来看形容。余初看之，不觉怒焉，盖谓作者形容余幼年往事，因思彼亦自写其照，何独余哉？信笔书之，供诸大众同一发笑。（349 页）

第二十回写莺儿说跟宝玉赌钱，宝玉输了好些也没着急，此处庚辰有一条侧批：

> 倒卷帘法。实写幼时往事，可伤。（445 页）

同回写凤姐教训贾环输了一二百钱就计较处，庚辰本有一条侧批：

> 几（作）者当（尚）记一大百乎？笑笑。（448 页）

第二十一回写四儿是个聪敏乖巧的丫头处，庚辰本有一条双行小字

---

① 见冯其庸：《曹、李两家的败落和〈红楼梦〉的诞生》，收入《曹雪芹家世新考》，文化艺术出版社 2008 年版，第 485 页。

② 从此处到本节末，引甲戌本、庚辰本较多，前者据人民文学出版社 2010 年影印本，后者则据人民文学出版社 2006 年影印本。随文注出页码，不再说明。

夹批：

> 又是一个有害无益者。作者一生为此所误，批者一生亦为此所误，于开卷凡见如此人，世人故为喜，余犯（反）抱恨，盖四字误人甚矣。被误者深感此批。（467页）（"被误者深感此批"这一句应是另一人看了前面批语后的应和，此人或即雪芹。）

第二十五回写马道婆怂恿贾母施舍灯油处，甲戌本上有一条侧批：

> 一段无伦无理信口开河的浑话，却句句都是耳闻目睹者，并非杜撰而有，作者与余实实经过。（364页）

第七十四回写平儿和凤姐说起贾琏典当贾母物品，贾母装不知道处，庚辰本有一条双行小字夹批：

> ……盖此等事作者曾经，批者曾经，实系一写往事，非特造出，故弄新笔……（1768页）

第七十七回写王夫人说明年要把众人都搬出大观园处，庚辰本有一条双行小字夹批：

> ……况此亦是（原作"此"，不通，引者校改）余旧日目睹亲闻、作者身历之现成文字，非搜造而成者，故迥不与小说之离合悲欢窠旧（白）相对……（1874页）

这些批语提到的生活细节，都应是作者幼年、少年时代在江宁织造府中的真实经历，据此判断他当时已经十岁左右，还是比较合乎情理的。这一段时间曹家虽然已不复曹寅在世时之繁盛，但"百足之虫死而不僵"，其架子尚未倒，富贵气象也还未尽失，曹雪芹亲历了这一时期，这成为其创作素材来源之一部分，这一点应该是无可怀疑的。

第二章　脂砚斋与畸笏叟

在《红楼梦》的版本史上,有所谓的早期三大抄本——甲戌本、己卯本和庚辰本,它们保留下来大量批语,① 其中署名脂砚斋和畸笏叟的批语数量最多。从这些批语的内容来看,批者跟曹雪芹关系十分密切,非常了解作者的家世和生平,也熟悉小说的创作情况,对小说素材的来源了如指掌。他们甚至还对小说的具体写作和修改提出了一些建议,并被作者所接纳。可以说,除了曹雪芹之外,他们跟《红楼梦》的关系最为紧密。因此,红学界历来很重视此二人身份的研究,对于他们是两人还是一人,以及他们跟曹雪芹究竟是什么关系,都提出了不同的意见,形成了激烈的争论。

第一节　脂畸二人说与一人说之重审
　　——没有靖批我们能否证明脂畸二人说

1953 年,周汝昌的《红楼梦新证》出版,提出并论证了脂畸一人说。不久后,俞平伯撰《〈脂砚斋红楼梦辑评〉引言》② 一文,认为没有证据

---

① 周汝昌曾统计出甲戌、庚辰本上的朱批数量(去掉重复的)有 1823 条,如果再加上墨笔抄写的双行夹批等批语,恐怕至少也有几千数之多。见《红楼梦新证》(增订本)下册第九章"脂砚斋批",中华书局 2012 年版,第 707 页。

② 该文作于 1953 年 10 月,收入《俞平伯论红楼梦》下册,上海古籍出版社 1988 年版,第 927 页。

也没有必要将二人牵合混同为一人,这可以算是提出了脂畸二人说,但他几乎未做论证。此后吴世昌支持一人说,并加以论证,一人说相对而言占了上风。① 但到1964年,横空出世的"靖藏本"却让这一局面发生了改变,② 二人说渐占上风。俞平伯1964年所撰《记毛国瑶所见靖应鹍藏本〈红楼梦〉》即指出:③ 根据靖本上的批语可知脂砚斋和畸笏叟非一人,④ 脂砚斋在曹雪芹卒后不久也就死了。此后,吴恩裕、孙逊、郑庆山等众多学者相继撰文论证脂畸二人说,或多或少都凭借了靖藏本批语,相关讨论一直持续到二十世纪九十年代。其中海外学者赵冈、陈钟毅原本持一人说,后看到靖藏本批语,也改主二人说。⑤

关于靖藏本及其批语的真伪问题,学界有过很多的争论,有不少人认为是真本,⑥ 但斥其为伪的声音也很高。⑦ 其实,俞平伯当年也未尝没想过靖藏本作伪的可能性,但他最终还是相信了其真实性。最近又有学者极力出来论证靖藏本是毛国瑶伪造的,其伪造是为了证明脂畸二人说,也就是为了支持俞平伯的观点。靖藏本既然是伪造的,则其所支持的脂畸二人说也就站不住脚了。⑧ 靖藏本的真伪问题,笔者未做深入研究,不持任何立场。本节只想讨论一个问题:在完全不依靠靖藏本批语、只依靠早期抄

---

① 见吴世昌:《红楼梦探源》第六章第一节"脂砚斋即是畸笏叟",收入《吴世昌全集》第七卷。
② 所谓"靖藏本",原为靖应鹍所藏《红楼梦》抄本,1959年被南京毛国瑶看到,但后来下落不明。据毛国瑶称,他曾将靖藏本批语与戚序本对勘,把戚本所无的批语150条予以摘录。1964年,他将这些批语寄给了俞平伯等人。后来,这些批语正式发表在南京师范学院中文系资料室主编的《文教资料简报》1974年8、9月号上,以及1976年5月出版的《红楼梦版本论丛》上。
③ 见裴世安、柏秀英、沈柏松辑:"红学论争专题资料库"第一辑《靖本资料》,2005年版(非正式出版物)。此文乃俞平伯未刊遗文,后分四次连载于1998年4月的《文汇读书周报》。
④ 《红楼梦》第二十二回写凤姐知贾母喜热闹,更喜谑笑科诨,便点了一出《刘二当衣》。此处庚辰本眉批云:"凤姐点戏,脂砚执笔事,今知者聊聊(寥寥)矣,不怨夫?"又有另一眉批云:"前批书(此字有学者校改为'知')者聊聊(寥寥),今丁亥夏只剩朽物一枚,宁不悲乎!"但靖藏本上此眉批作:"前批书者聊聊(寥寥),不数年,芹溪、脂砚、杏斋诸子相继别去,今丁亥夏,只剩朽物一枚,宁不痛杀!"因这条批语公认是畸笏所写,故靖藏本多出来的"芹溪、脂砚、杏斋诸子皆相继别去"这一句,便成了脂畸二人说的铁证。
⑤ 赵冈、陈钟毅:《红楼梦新探》,第109—112页。
⑥ 如蔡义江:《靖本靖批能伪造吗?》,载《红楼梦研究辑刊》2012年总第四辑。萧凤芝:《靖本证真的初步尝试》,载《红楼梦学刊》2022年第五辑。
⑦ 见裴世安、柏秀英、沈柏松辑:"红学论争专题资料库"第一辑《靖本资料》。
⑧ 高树伟:《毛国瑶辑"靖藏本〈石头记〉"批语辨伪》,载《文史》2022年第四辑。此文对靖藏本的真伪研究史有比较全面的介绍,可参看。

本批语的情况下，我们能否对脂畸的身份做出一个比较可靠的判断？这个问题是《红楼梦》早期抄本和批语研究中的基本问题，如果这个问题不能得出一个比较明确的结论，那么后续的其他研究都将是空中楼阁，失去了前提和基础。

（一）周汝昌的脂畸一人说重审

主脂畸一人说的代表人物是周汝昌和吴世昌等人，① 其中论证最力的也是周、吴二先生。吴先生全面接受了周先生的观点，并提出九条证据进行论证，但吴先生对脂批的理解和论证的逻辑都存在重大失误，② 笔者完全不能认同他的观点，故这里不评述，只着重介绍一下周先生的观点。

周先生在其《红楼梦新证》中从两方面来对他的观点加以论证：

首先，看有没有反面证据足证畸笏绝不可能是脂砚。周先生的看法是：无论从文法、用字、题材、感慨、口气哪一方面去分析脂畸二人的批语，都找不出微不相同的地方来。言下之意是：从批语的风格和内容不但找不出反面证据可以证明畸笏绝不可能是脂砚，反而能证明畸笏可能就是脂砚。这样一来，批语都成了正面证据，可以拿来证明脂畸是一个人了。

其次，看能不能寻出正面证据来证明畸笏即是脂砚。周先生从批语中找出了四条证据来论证他的观点，这些证据看上去颇为有力，故至今仍被有的学者视为脂畸一人说的四条铁证。

周先生又通过对脂批时间的排比，发现署名脂砚的批语都出现在己卯、庚辰以前，署名畸笏的批语则始于壬午（集中于壬午和丁亥年），而且自从畸笏出现后，就再也不见脂砚署名了。周先生由此得出一个看法：从首至尾，屡次批阅的主要人物，原只有一个脂砚，所谓"畸笏"这个怪

---

① 请参看周汝昌：《红楼梦新证》（增订本）下册第九章第一节"脂批概况"，中华书局 2012 年版，第 709—718 页。此书初版于 1953 年 9 月，本章之讨论以增订本为主。其实，对于脂畸一人说之论证，增订本与初版本并无多大差别。

② 参见吴世昌：《论脂砚斋重评〈石头记〉（七十八回本）的构成、年代和评语》，收入《吴世昌全集》第八卷《红楼梦探源外编》，第 181—186 页。另见《吴世昌全集》第七卷《红楼梦探源》第二卷第六章，内容基本相同。对吴先生论证上的错误，孙逊先生有过辨析，参见《红楼梦脂评初探》，上海古籍出版社 1981 年版，第 52、53 页。

号,是他从壬午年才起的,自用了这个号,他便不再直署脂砚了。这就是著名的改号说。

我们先看周先生所说的反面证据:脂畸二人的批语风格是否真找不出微不相同之处来?

俞平伯在《记毛国瑶所见靖应鹍藏本〈红楼梦〉》中曾指出:以文章风格论,脂斋与畸笏也有些区别。脂斋的评比较曲折细致,畸笏的口气比较直率,老气横秋;脂斋看上去跟雪芹平辈,而畸笏则是长辈。戴不凡则对署名脂砚和畸笏的批语专门研究后指出它们"明明各有特征",所表达的思想、感情以及文风、语言等等都是彼此不同的,并对它们的特征做了一些总结。① 他们虽然并未明言针对哪家观点,但笔者认为他们都应该是针对周先生所谓的反面证据而发的。我也很认同俞、戴二先生的判断。但文章风格和文体特征的辨别要靠敏锐的文字和文学感觉,不容易说清楚,也不容易达成共识,故本书暂置不论。这里只重点讨论周先生提出的四条重要证据,它们包括四组八条批语。

第一组:庚辰本第十八回首次提到妙玉时,有一段未署名的墨笔双行夹批云:②

> 妙卿出现。至此细数十二钗,以贾家四艳再加薛林二冠有六,添秦可卿有七,熙凤有八,李纨有九,今又加妙玉,仅得十人矣。后有史湘云与熙凤之女巧姐儿者,共十二人,雪芹题曰"金陵十二钗",盖本宗《红楼梦》十二曲之义。后宝琴、岫烟、李纹、李绮皆陪客也,《红楼梦》中所谓副十二钗是也。又有又副册三段词,乃晴雯、袭人、香菱三人而已,余未多及,想为金钏、玉钏、鸳鸯、茜雪、平儿等人无疑矣。观者不待言可知,故不必多费笔墨。(庚一376页)③

---

① 戴不凡:《畸笏即曹頫辩——脂批考之一》《说脂砚斋——脂批考之二》,收入《红学评议·外篇》。
② 庚辰本上的墨笔双行夹批是随正文一起抄写的,以双行小字形式系于相应的正文之下,非在正文之侧,也不在书眉之上,这一位置说明这类批语是脂砚斋(也有别人的批语,但极少)早期所写,这一点红学界基本达成了共识。
③ 《脂砚斋重评石头记》(庚辰本)影印本,第一册376、377页。此章引庚辰本批语颇多,为节省篇幅,均随文简注,如此处"庚一376"即表示庚辰本影印本第一册376页。甲戌本亦同此,不再出注。

这条批语上方有一条署"壬午季春畸笏"的朱笔眉批则云：

> 树（"树"各家多校改为"前"；鄙意这个字也可能是"此"）处引十二钗总未的确，皆系漫拟也。至末回警幻情榜，方知正副、再副及三四副芳讳。壬午季春，畸笏。（庚一377页）

第二组：第二十七回写红玉说跟着凤姐可以"学些眉眼高低，出入上下大小的事也得见识见识"处，庚辰本有一条署"己卯冬夜"（己卯批语都是脂砚所写，已成学界共识）的朱笔眉批云：

> 奸邪婢岂是怡红应答者，故即逐之。前良儿，后篆儿，便是却（确）证。作者又不得可（？）也。己卯冬夜。（庚二618页）

在这条批语的左侧另有一条署"丁亥夏畸笏"的朱笔眉批云：

> 此系未见抄没狱神庙诸事，故有是批。丁亥夏，畸笏。（庚二618页）

周汝昌认为，以上两组批语都是前一批为脂砚所写，后一批为畸笏所写，"最为分明"，而两组批语的关系"皆似前后自注说明，而并非二人彼此辩驳攻击"。① 换一句话说就是：这两组批语的署名虽然一为脂砚，一为畸笏，但实际上只是同一个人。两组批语的内部关系则是：后批是对前批的自我注解和说明，而不是不同的批者在相互辩驳诘难。

第三组：第二十二回写贾母给宝钗过生日，众人点戏，凤姐点了一出《刘二当衣》。此处庚辰本有一条不署名的朱笔眉批云：

> 凤姐点戏，脂砚执笔事，今知者聊聊（有学者校改为"寥寥"）矣，不怨夫？（庚二487、488页）

在上面这条批语左侧又有一条未署名的朱笔眉批云：

> 前批书（"书"或校改为"知"；鄙意此处当脱一"知"字）者聊聊（有学者校改为"寥寥"），今丁亥夏只剩朽物一枚，宁不痛乎（有学者校改为"杀"）！（庚二488页）

---

① 周汝昌：《红楼梦新证》（增订本），中华书局2012年版，第713页。

这组批语的第二条因为写于丁亥夏，且自称"朽物"，当属畸笏无疑，学界对此已有共识，可不必再论。但第一条是谁写的呢？周汝昌和大部分学者都认为是脂砚写的，但戴不凡认为此批是畸笏写的，因为符合他所总结的畸笏批语的一些特征。① 孙逊也指出这条批语应该是畸笏写的，因为如果是脂砚所写，他不会说"脂砚执笔"，而应该说"批书人执笔"。②

第四组：第二十三回写黛玉葬花，庚辰本上有两条朱笔眉批，一条是：

> 此图欲画之心久矣，誓不遇仙笔不写，恐亵我颦卿故也。己卯冬。（庚二 523 页）

这是己卯冬的批语，属脂砚无疑。另一条是丁亥夏畸笏所批：

> 丁亥春间，偶识一浙省（新）发，其白描美人，真神品物，甚合余意。奈彼因宦缘所缠，无暇，且不能久留都下，未几南行矣。余至今耿耿，怅然之至。恨与阿颦结一笔墨缘之难若此！叹叹！丁亥夏，畸笏叟。（庚二 523、524 页）

以上这两组批语，周汝昌认为从内容上看，应是同一人所批而前后照应。

为了后文讨论的方便，笔者给上述这些彼此有着明显联系的成组批语命名为"关联性批语"。下面我们要来讨论一下上面这几组"关联性批语"的相互关系究竟是不是如周先生所断定的那样，是同一个人的"自注说明"或"前后照应"。

自从周汝昌提出脂畸一人说的四大证据以来，对这些证据进行过认真深入辨析的当属孙逊。孙先生在他的《红楼梦脂评初探》中认为周先生所举出的第一组和第四组批语属于"两方面理解都可以的"，③ 既可以理解成同一个人的前批和后批，也可以理解成两个人的"相互辩驳攻击"。

---

① 戴不凡：《畸笏即曹頫辩——脂批考之一》，收入《红学评议·外篇》，第 114 页。
② 孙逊：《红楼梦脂评初探》，第 44 页。
③ 同上书，第 51、52 页。

孙先生也谈到了上述第三组批语，但这组批语的第二条批语他引的是毛国瑶抄录的靖藏本上的文字（前文已引，此处从略），因为笔者已经限定本书的讨论要排除靖藏本的任何影响，因此凡依靠靖本资料所得出的结论本书一律不予采用。孙先生对于第二组批语的讨论是这里要重点介绍的。

这组批语的前一条署年为己卯冬夜，是脂砚之批，他认为红玉是个"奸邪婢"，不配待在怡红院，所以作者让她跟凤姐去了，这等于是把她从怡红院赶走了。后一条批则是畸笏叟在丁亥夏所写，说己卯冬夜批书人之所以写下这条指责红玉的批语，是因为他没看到后面的抄家和狱神庙等情节。言下之意是，如果他看到了，就不会指责红玉了。

因相关原稿已迷失，故抄没及狱神庙情节的具体内容已不可知，但我们从庚辰本第二十回和二十六回的两条丁亥夏的畸笏批语可以得知其内容之一斑：贾府抄没后，宝玉、凤姐等人被拘押在狱神庙，红玉、茜雪等人曾前去探望慰问。①

若依据周汝昌先生的脂畸一人说来理解这组批语，则前一条批语是脂砚斋己卯冬夜所批，当时他还没看到后面的抄没及狱神庙等情节，所以说红玉是"奸邪婢"；到丁亥夏，已经改称畸笏叟的脂砚斋看到了这些情节，所以写下了第二条批语，解释一下自己当年为何会斥责红玉。

但孙逊对这种理解进行了有力的反驳，他的主要理由如下：在脂砚斋的许多早期批语中，多次提到了八十回后的一些情节，比如庚辰本第二十一回的双行夹批提到了"悬崖撒手"一回，甲戌本第八回一条朱笔眉批、庚辰本第十九回的双行夹批和第二十二回一条"己卯冬夜"的眉批都提到了最后一回的"警幻情榜"。② 还有，己卯本第四十回前的总目页上就已经有"脂砚斋凡四阅评过"的题记。另外，从创作时间来看，至己卯冬曹雪芹理应已经完成了全部初稿，以脂砚和他的关系，也不可能没看到全部

---

① 两条批语分别见于庚辰本影印本第一册第439、440页，乃朱笔眉批，以及第二册第586页，乃墨笔眉批。

② 四批分别见于庚辰本影印本第二册第468页、第二册第502页、第一册第417页及甲戌本影印本第248页。

的初稿。由此可见，脂砚斋在己卯以及己卯前数次批阅中，肯定已经看到了八十回之后的原稿。因此，认为脂砚在己卯冬还没看到抄没、狱神庙等情节的说法无论如何是说不过去的。

窃以为，孙先生提出的这一理由是极有说服力的。由此来看周汝昌先生的观点，显然陷入了逻辑上的困境：如果畸笏就是脂砚的话，那他明明己卯年（1759）就已经看过小说全稿，而且应该还看过不止一次，当然也看过抄没和狱神庙诸故事情节，为何到丁亥夏（1767）他却说自己当时还没看到过这些情节呢？

因此，光是这一条理由，就足以证明脂砚和畸笏绝不可能是同一个人！在这一前提下，我们就可以再来解释这组批语：脂砚斋对小说第二十四、二十五、二十七回等回中红玉的种种表现（与贾芸有私情、私下传递手帕、不安其职、想攀高枝儿）是有所不满的，故视之为"奸邪婢"，即使他看过狱神庙等故事情节，也仍持这种看法。而畸笏叟看到这条批语，觉得脂砚斋不应有这样的看法，就猜测脂砚斋写下此批时应该还没看到狱神庙的故事，这完全是畸笏叟个人的主观臆测。这正跟畸笏叟看到秦可卿托梦凤姐的情节，就"姑赦之"，因命雪芹删去她"淫丧天香楼"的情节一样，出于类似的心态。

或许主一人说者还会质疑说：庚辰本上那些提到八十回后情节（包括情榜）的批语都没有署时间和批者名号，万一它们都写于己卯之后呢？这样不就没法证明己卯冬夜脂砚斋写下斥骂红玉的那条批语时他已经看完了小说全稿了吗？

这种质疑实际上是很难成立的。就算脂砚即畸笏，就算己卯冬夜脂砚写那条斥骂红玉的批语时他还没看到狱神庙等故事，但两年半以后的壬午季春他在小说第十八回写下了那条提到"警幻情榜"的批语（庚一377页），说明他此时已看过了小说全稿，而且壬午夏他又写了不少批语，其中就有写在第二十七回的批语。既然此时他肯定已经看过小说全稿，而且他自然也应该记得自己写过那条斥骂红玉为"奸邪婢"的批语。那这时他为何不说明自己己卯冬夜写下这条批语时尚未看到狱神庙故事，而非要到己卯之后八年的丁亥才说呢？这种情况只能有一种解释：那就是脂砚斋和畸笏叟并不是一个人，畸笏在壬午夏日没有注意到脂砚在己卯冬夜的这条批语，或者虽然看到了，却没有产生脂砚写批时未看过狱神庙故事的想法，直到丁亥年他再评时，才注意到这条批语，产生了这个想法，于是写下了那条猜测脂砚没有看到狱神庙故事的批语。

或许有人还会提出如下质疑：畸笏批语中不是几次提到抄没、狱神庙那几回原稿被借阅者迷失了吗？那有没有可能脂砚（畸笏）自始至终就没见过这几回稿子呢？这种说法显然也是难以成立的：

第一，脂砚斋至己卯、庚辰年已经四次评阅过《石头记》，对小说的创作进程保持着密切关注，难道抄没、狱神庙等原稿在脂砚尚未寓目时就被借阅者遗失了吗？就算是他还没来得及看就被遗失，以他跟雪芹的密切关系，难道他就没从雪芹口中了解一下遗失部分的情节吗？

第二，畸笏批语几次提到抄没、狱神庙诸事，也提到红玉、茜雪狱神庙慰问宝玉的事，其中有些批语透露出他知道这些回的具体内容，比如下面这几条批语：

第二十七回甲戌本上的一条墨笔回后批云：

> 凤姐用小红，可知晴雯等理（埋）没其人久矣，无怪有私心、私情。且红玉后有宝玉大得力处，此于千里外伏线也。（甲戌本448页）

同回甲戌本上两条朱笔侧批云：

> 红玉今日方遂心如意，却为宝玉后伏线。（甲戌本433页）
>
> 且系本心本意，"狱神庙"回内方见。（甲戌本436页）

由此可知，畸笏不可能没看到过抄没、狱神庙等情节，既然他看到过，那脂砚不管跟畸笏是不是一个人，他当然更应该看过这些情节了。

因此，经过反复推究，可以得出如下结论，那就是：周汝昌先生所举出的第二组批语不但不能证明脂畸一人说，反而是脂畸二人说的一条有力证据了。

接下来需要讨论一下的是周汝昌所举的第三组评语，周先生认为前一条的作者是脂砚斋，这也是很多学者的看法。① 后一条的作者是畸笏，这也是学界的共识。但周先生认为二批虽署二名，实出一人。

前文已经提到，孙逊认为前一条批语的作者并非脂砚，而是畸笏，其理由已如前所述。如果这两条批语的作者确实都是畸笏的话，② 那么畸笏在批语中说"凤姐点戏，脂砚执笔"云云，自然可以说明他跟脂砚不是一个人。因此，问题的关键在于"凤姐点戏，脂砚执笔"这条批语到底是谁写的？这里从以下几个方面试做讨论：

首先，孙逊指出，如果此批是脂砚所批，那么他不当自称"脂砚"，而应该自称"批书人"。笔者检索全部脂批，批语中出现"脂砚斋"的共有三处，除了此处讨论的这条之外，还有甲戌本第二回一条朱笔眉批，云"且诸公之批，自是诸公眼界；脂斋之批，亦有脂斋取乐处"③，这里的"脂斋"显然是脂砚斋的自称。此外，庚辰本第十九回还有一条墨笔双行夹批，云："脂砚斋所谓'不知是何心思，始得口出此等不成话之至奇至妙之话'，诸公请如何解得，如何评论？"（庚一 424 页）这显然是他人转述脂砚斋的评论，而非脂砚斋自称。从这些例子来看，批语中出现"脂砚斋"这一名称，可能是脂砚斋自称，也可能不是。另据笔者检索统计，批书者自称"批书人"的批语大约有 14 条，但即使如此，也不能证明他们的全部自称都必定会用这一称谓，而不使用其他的称谓。因此，孙逊这一说法虽然有道理，但也不能凭他所提供的理由而得以成立。

其次，这组批语的第二条中有"前批"一词，周汝昌先生认为这正是畸笏跟脂砚为同一人的证据。④ 因为说"前批""后批"，正是同一个人说起自己不同时间所写批语的口气。笔者检索全部脂批，共找到 9 条包含"前批"一词的批语，确实都是同一个人在提及自己的前后两批时使用

---

① 吴恩裕则认为第一条批语极可能是脂砚斋批的，也可能是畸笏叟所批。其实就是认为无法确定到底是谁了。见吴恩裕：《曹雪芹丛考》卷八第一篇第一节，第 273、274 页。
② 蔡义江也持同样的看法，参见《脂评选释》第二十二回，收入《蔡义江论〈红楼梦〉》，宁波出版社 1997 年版，第 561 页。
③ 《脂砚斋重评石头记》（甲戌本）影印本，第 42 页。
④ 周汝昌：《红楼梦新证》（增订本），中华书局 2012 年版，第 714 页。

的，且绝大部分都是脂砚写的，只有一例是畸笏所写（即这里讨论的"前批书者聊聊"）。因此，周先生认为"前批"这个用法可以说明这组批语是出自一人之手的观点是可以成立的。但这同一个人是前脂后畸，还是都是畸笏呢？从一般情理而言，如果畸笏是脂砚改号之后的称号，他应该隐藏自己曾叫脂砚这一事实，不应再以"前批"这样的说法暴露自己的身份；而且，既然他是在"丁亥夏畸笏"的"后批"里用了"前批"这样的提法，那逆推一下，这个"前批"自然也应该是畸笏所批，才能算是他所谓的"前批"。但这只是一个推测，无法当成硬证。

总之，目前来看，第三组批语的第一条批并不必然如周先生等人所认为的，是脂砚的批语；也难以确证一定是畸笏的批语（但平心而论，畸笏的可能性更大）。因此这一条证据只能暂且搁置不用了。如此一来，周先生所提出的四大证据中，有三条是无效的，另一条适足以证明脂畸非一人，而是二人。

（二）脂畸一人说所面临的主要问题

1. "一芹一脂"如何解释

周先生首倡的脂畸一人说的一个关键点在于：他认为脂砚斋壬午以后改号畸笏，此后就不再署名脂砚了。但是这一关键说法需要对以下两条甲戌本第一回的著名批语进行合理解释：

> 能解者方有辛酸之泪，哭成此书。壬午除夕，书未成，芹为泪尽而逝。余尝哭芹，泪亦待尽。每意觅青埂峰再问石兄，余（奈）不遇獭（癞）头和尚何！怅怅！

> 今而后，惟愿造化主再出一芹一脂，是书何本（幸），余二人亦大快遂心于九泉矣。甲午八日泪笔。①

学界对这两条批语有很多的研究，这里只谈一下跟本书的讨论有关的

---

① 《脂砚斋重评石头记》（甲戌本）影印本，第16页。原文有误字，义不可通，括号中文字乃红学界公认的校改字。

两个问题:

首先,这两条批语是什么时候写的?第二批的末尾署了一个"甲午八日泪笔",甲午是乾隆三十九年(1774),此时离曹雪芹辞世已有十一年或十二年。二十世纪六十年代,曾随着靖藏本出现过一个所谓的"夕葵书屋《石头记》残页",上有一条批语,跟上批几乎完全相同,但末尾署的时间则是"甲申八月泪笔","甲申"乃乾隆二十九年(1764),是曹雪芹逝世的第二年或第三年。因本书不拟利用靖藏本的批语来讨论问题,因此不考虑"甲申"这一署年,而以"甲午八日"为准来进行讨论。

其次,这两条批语的批者是谁?红学界很多人的一个共识是,这两条前后相接的朱笔眉批是出自同一人之手,但出自畸笏还是脂砚呢?学界的看法就有了比较大的分歧。

戴不凡认为出自畸笏,因为此批符合他总结出来的畸笏批语的一些特征;批语中的"余二人",他认为是指畸笏和石兄(即所谓《石头记》旧稿的作者)。① 但所谓"石兄"其人其事,是戴先生个人的独特看法,② 臆测成分过多,很难服人。蔡义江也认为此批出自畸笏,③ 但他认为批语中所云"余二人"是指畸笏和杏斋。

而包括周汝昌在内的很多学者,则认为这一批语的作者是脂砚,"余二人"指的是曹雪芹和脂砚。④ 这样一来,就出现了一个很大的疑问:既然周先生认为脂砚从壬午(1762)开始改称畸笏,为何到了十二年之后的甲午(1774),畸笏却还在批语中说"一芹一脂"这样的话,也就是仍在自称为"脂砚斋"呢?是他十二年之后又从畸笏改回了脂砚,或者虽然改为了畸笏,却心中仍不能忘怀自己是脂砚吗?我们不妨更进一步设想一下:这条批语如果要署名,应该怎么署?如果署脂砚,表达上顺理成

---

① 戴不凡:《畸笏即曹頫辩——脂批考之一》,收入《红学评议·外篇》,第121、122页。
② 其具体观点请见戴不凡:《揭开〈红楼梦〉作者之谜——论曹雪芹是在石兄〈风月宝鉴〉旧稿基础上巧手新裁改作成书的》及《石兄和曹雪芹——〈揭开〈红楼梦〉作者之谜〉第二篇》二文,收入《红学评议·外篇》。
③ 参见《脂评选释》第一回,收入《蔡义江论〈红楼梦〉》,宁波出版社1997年版,第454、455页。
④ 周先生的观点请参看《红楼梦新证》(增订本)第九章第二节"脂砚何人",中华书局2012年版,第721页。

章，但岂不是直接跟周先生的壬午改名说相违背了？难道脂砚壬午改号为畸笏后，又在甲午改回了脂砚？他为何要这么改来改去，不惮烦若此？如果这条批署畸笏，就更让周先生的改名说陷入了逻辑上的困境：既然改叫了畸笏，署的也是畸笏，那他为何不说"一芹一畸"，非要说"一芹一脂"，如果他对脂砚这一名号如此难舍难弃，又为何要把它改掉呢？这些矛盾，以周先生为代表的脂畸一人说的主张者未能进行任何解释，① 但如果不能有效解答这一疑问，一人说和改号说就都是无从谈起的了。

2. 为何要署名，以及为何会出现不同的署名？

在《红楼梦》早期三大抄本所存留下来的数千条批语中，署名者主要有四人：脂砚、梅溪、松斋、畸笏。其中梅溪和松斋各只一条批语（均为庚一271页朱笔眉批）。署名脂砚（或脂砚斋、脂研）的大约32条（未署名而能断定是脂砚的更多，但此处不计在内），大部分都出现在庚辰本的墨笔双行夹批中，被认为是脂砚斋早期的批语。署名畸笏的批语大概有45条（还有从批语署年可以推断为畸笏的也有数十条，但因未署名，此处也不计算在内），绝大部分为庚辰本朱笔眉批，集中出现在壬午和丁亥，乙酉也有一条。此外，还有一些靖藏本保留的畸笏批语，时间分布在壬午前和丁亥后，但因跟靖藏本有关，此处先不予考虑。

如果我们认同周先生的脂畸一人说，那么上述的署名现象就有一些不可理解之处：

既然早期抄本叫作《脂砚斋重评石头记》，这说明脂砚斋手中有一个他本人抄录整理的自用本，他自从有了这个自用本后，自然应该会一直在上面写批语，到一定阶段，重新整理一遍（包括整理批语，增入雪芹新完成的章回等），形成一个新的自用批阅本。若如周先生所言，脂砚从壬午开始改称了畸笏，他仍然应该会在他手中的自用本上加批。那么，在自用本上加批，为何还要如此频繁地署下"畸笏""畸笏叟""畸笏老人"这样的名号呢？他是要跟谁的批语进行区分呢？

---

① 周先生也注意到了"一芹一脂"的问题，但他径直认定"一脂"即畸笏，并不认为这种表述跟他的主张有矛盾。参见周祜昌、周汝昌：《石头记鉴真》，书目文献出版社1985年版，第209、210页。

这种最基本的疑问，持脂畸一人说者从未认真面对，更未加以合理解释。

　　中国古代小说的评点史上，也曾出现过同一个人使用不同的名号来施加评点的情况，比如评点《型世言》的陆云龙，就曾使用多个化名。但《型世言》刊刻行世，要面对广大读者，伪装多个评点者，多少有些自高身价、促进销售的作用。① 但《石头记》仅在小圈子内流传，如果主要评点者原本只有一个脂砚斋的话，他为何要改号，又为何要频频署名呢？②

　　这个疑问，笔者以为，持一人说者大概很难给出自然而合理的解释。但脂畸二人说则比较容易解释这一问题：脂砚斋从己卯、庚辰以后，大概因为身体或心情等原因，没再继续批阅小说，他的自用本也转入畸笏手中。畸笏从壬午开始，一直到丁亥，几次加批，因为他是在脂砚斋的自用本上加批，为了不让人误把他的批语当成脂砚之批，也不让二者相混，所以才有必要频频署名。这是显而易见的事实。所以俞平伯才说，既然有两个署名，就认为是两个人好了，没有牵合混同的必要。③

（三）脂畸二人说回顾

　　主张脂畸二人说的学者主要有俞平伯、吴恩裕、孙逊、赵冈（从一人说转为二人说）④、丁淦、郑庆山、蔡义江等人。其中丁淦连续发表《脂砚斋辨》和《畸笏叟辨》二文，主张脂砚可能是雪芹外戚之兄长，即苏州李家子弟；畸笏则是脂砚的舅舅；另外他又明确指出脂砚和畸笏是两人，但可惜的是，他所使用的证据乃是靖本批语，其余论证也无说服

---

① 井玉贵认为：陆云龙为每一回小说都起一个别号来点评，不一定是为了自高身价、促进销售。其别号很特别，一般都是由两部分组成，前半部分往往跟故事发生的地点有关，如"鲁国奇男子评""秣陵不易才评""锦江浣花人评""江右明眼人评""吴兴逃名客评"等等。读者在阅读每一回小说时，估计一眼便能看出这些所谓的评点人，都是出自一个人的编造，实际上出版人不可能找来这么多人进行评点。看来陆云龙搞出这么多假造的评点人，主要是为了帮助读者更好地理解每个故事，商业促销考虑可能还在其次。这里所引的是玉贵兄最近赐告的看法。另请参见其《陆人龙、陆云龙小说创作研究》，中国社会科学出版社2008年版，第201页。
② 这一疑问戴不凡早就提出来过，见《畸笏即曹頫辨——脂批考之一》，收入《红学评议·外篇》，第99页。
③ 《俞平伯论红楼梦》下册，第927页。
④ 参见赵冈、陈钟毅：《红楼梦新探》第二章第二节"脂砚斋与畸笏叟"，第110—112页。

力,故本书对他的观点不做更多介绍。① 郑庆山没有正面论证脂畸二人说,但他全力证明脂砚是雪芹的平辈人,甚至就是曹颙的遗腹子曹天佑,而畸笏就是曹頫,即雪芹之父。这当然就无异于主张脂畸二人说了。② 蔡义江则论证畸笏就是雪芹之父曹頫,认为他跟脂砚不是一个人,但他对此也未有深入论证。③ 因为他们两位都没有直接讨论二人说的问题,故本章也暂不论及。下文主要讨论一下吴恩裕和孙逊两位先生的观点。

1972年,吴恩裕撰文从两个方面来论证脂畸为二人:④

一是从靖本和他本批语的年代及署名证明脂畸是两人。鉴于这一证明主要借重了靖本那条"不数年,芹溪、脂砚、杏斋诸子皆相继别去"的批语,笔者暂不接受这一论证。

二是从批语中对某些人和事物看法的不同来证明脂砚斋、畸笏叟是两人。吴先生主要利用了前述关于红玉是否"奸邪婢"的那两条批语以及其他几条未署名的关于红玉的批语来探讨这一问题。

吴先生对"奸邪婢"二批的讨论远不如后来孙逊深入,且又依托未署名批语来立论,故其论证的说服力不足,这里也不再多论。下文将主要讨论孙逊的观点。

孙先生的《红楼梦脂评初探》有一部分论证依托了靖本批语,⑤ 笔者暂不接受其结论,也不作讨论。但孙先生意识到了靖批或不可靠,故另从评语的观点、内容、语气等方面来寻找脂畸二人说的证据,这个方法跟周汝昌用来证明其脂畸一人说的方法是相同的。

他找到的第一个证据乃是周汝昌所举四大证据的第二组批语,孙先生对这组批语进行了深入考证,最后认为这组批语正足以证明脂畸二人说。

---

① 参看丁淦《脂砚斋辨》和《畸笏叟辨》两文,分别刊载于《红楼梦学刊》1996年第三辑、第四辑。
② 郑庆山:《曹雪芹·畸笏·脂砚斋》,收入《红楼梦的版本及其校勘》,北京图书馆出版社2002年版。
③ 见蔡义江《畸笏叟考》,载《红楼梦学刊》2004年第一辑。后收入《追踪石头——蔡义江论红楼梦》,改题《畸笏叟应是曹雪芹的父亲曹頫》,文化艺术出版社2006年版,第460、467页。
④ 吴恩裕:《曹雪芹丛考》卷八第一篇的第一、二节,第273—274、276—279页。
⑤ 孙逊:《红楼梦脂评初探》,第44—46页。

笔者对他的论证做了一些补充。这在前文已经详论，此处不再重复。

他的第二个证据是庚辰本第二十一回写宝玉酒后续《庄子》处的两条朱笔眉批：

> 趁着酒兴不禁而续，是作者自站地步处：谓余何人耶，敢续《庄子》？然奇极怪极之笔，从何设想，怎不令人叫绝？己卯冬夜。（庚二468页）

> 这亦暗露玉兄闲窗净几、不寂（即）不离之工（功）业。壬午孟夏。（庚二469页）

这两条批语，从所署时间来看，前批可以确定属脂砚，后批属畸笏。①孙逊认为，前批中，脂砚以宝玉的模特儿自居，声明自己并不敢续《庄子》；后一条批语则完全是不相干的第三者的语气。因此，两人口气之不同是很清楚的。但笔者认为，孙先生这里对前批的理解存在着一个明显的失误，即把批语中的"余"理解成了脂砚的自称，但这个"余"实际上应理解成脂砚站在作者的立场，来揣测作者的心理，即作者为了不让人觉得他狂妄到可以续《庄子》的程度（虽然小说写的是宝玉续，实际上不还是作者自己续的吗），于是安排了宝玉趁着酒兴来续《庄子》的情节。此批如果翻译成白话，应该是这样的：

> 作者写宝玉趁着酒兴（即在不清醒的状况下，酒乱了性，也壮了胆），禁不住续了《庄子》。这么写，是作者给自己留下余地，等于在说：我是什么人，（不趁着酒劲）难道敢续《庄子》？（末句是脂砚拟想的作者的内心独白）

而且作者似乎觉得这么安排还不够，后文又安排林黛玉写了四句诗，嘲笑宝玉续《庄子》之举是"作践南华《庄子因》"，庚辰本在此处又有一条脂砚的批语：

---

① 己卯年的批语属脂砚，壬午和丁亥的批语属畸笏，周汝昌、吴世昌、吴恩裕等学者皆持此看法，获得很多学者的共识。从逻辑上来看，这一共识不能说没有问题（戴不凡《畸笏即曹頫辩——脂批考之一》即提出反对），但目前也难以对这些批语的归属进行准确判定，笔者也姑且在此共识的基础上来进行讨论。

又借阿颦诗自相鄙驳，可见余前批不谬。己卯冬夜。（庚二 472 页）

"前批"显然是指上面说作者"自站地步"的那条批，而这条批在"前批"基础上进一步认为：作者写黛玉嘲笑宝玉，其实是作者借此"自相鄙驳"，即自我贬低，说他续《庄子》续得不好，从而不让人觉得他太狂妄了。①

因此，孙先生在误解的基础上利用这组批语来论证脂畸二人说，没有达到应有的效果。但他找到这组"关联性批语"仍然有意义，这一点后文还要讨论。

除此之外，孙先生还找到第十五回的一组"关联性批语"：小说写凤姐接受尼姑的三千两贿赂，却表示她并不在意这些银两，此处有三条批语，均未署名，但第一条是墨笔双行夹批（"阿凤欺人如此"），公认是属于脂砚早期批语；第二条批是行侧批（"欺人太甚"），第三条批是朱笔眉批（"对如是之奸尼，阿凤不得不如是语"）；孙先生认为这种眉批多为畸笏后期批语，故认为这条批语既跟脂砚批意见不一致，那么自然可以由此断定他们不是一个人。这一论证中，第三条批的作者存在不确定性，不一定就是畸笏，但他认为这条批的作者跟脂砚不是一个人，这个结论是完全可靠的。

另外，孙先生还找到第十四回的一组"关联性批语"：小说写到凤姐吩咐彩明定造簿册和念花名册，这里庚辰本有三条眉批：第一条未署名，误以为彩明是贴身丫头（实为男童），批评曹雪芹写丫头跟贾府男人交接，是个疏忽；第二条也未署名，嘲笑前一批的作者连彩明是男是女都没弄清，就瞎批评作者，实在"可笑"；第三条则署"壬午春"，是畸笏的批语，云"且明写阿凤不识字之故"。孙先生认为，这三条批语从内容看，显然出自不同人之手，只要前两条有一条是脂砚所写，那么他跟第三条的作者畸笏自然就不是一个人了。

以上两组"关联性批语"，孙先生的分析都有一定道理，如果他的分

---

① 笔者写完此段论述后一日，偶阅吴恩裕《"壬午九月索书甚迫"解——答吴小如同志》一篇（收入《曹雪芹丛考》卷八第四篇），发现吴先生早已提出相同的看法。因确属本人思考所得，偶合前贤高见，故仍予保留。

析成立，那么脂畸二人说也能成立；如果他的分析不能成立，原因在于其中有的批语不能确定批者是谁，那么这两组批语就不能证明脂畸二人说。但是，他认为这些批语不是出自同一人之手的结论还是不可动摇的。这两组批语既非出自同一人之手，自然出自不同的人之手，那么，从上述第一组批可得出一个结论，那就是其中有个批者跟脂砚不是一个人；从第二组批也可得出一个结论，那就是其中有个批者跟畸笏不是一个人。如果真如周汝昌所言，脂畸是同一个人，从头到尾，主要的批者就是脂砚（或他的化身畸笏），那么，这个跟脂砚不同的人，以及这个跟畸笏不同的人，他到底是谁呢？这个问题，是脂畸一人说必须重新考虑，也应该进行解答的。

（四）脂畸二人说面临的问题

脂畸二人说也面临着难以解决的矛盾，这一点，俞平伯当年就谈到过。这矛盾就存在于下面这几条批语里：①

第一条就是"凤姐点戏，脂砚执笔事，今知者聊聊矣，（能）不怨（或当作'悲'）夫"，其归属或认为是脂砚，或认为是畸笏；第二条批语说"前批书者聊聊……今丁亥夏只剩朽物一枚，宁不痛乎（杀）"，这被认定是畸笏的批。如果按照脂畸二人说来理解这两条批，大部分学者都认为，从中可以看出一个重要信息，那就是到丁亥（1767）夏脂砚已经不在世了②。这就跟下面甲戌本第一回这条批语矛盾了：

> 今而后，惟愿造化主再出一芹一脂，是书何幸，余二人亦大快遂心于九泉矣。甲午八日泪笔。

这条批大多数学者都认为是脂砚的。既然脂砚丁亥夏就已经不在世了，为何他到"甲午（1774）八日"还在写批语呢？这确实是一个很大的矛盾。此前，俞平伯、吴恩裕、孙逊等人都利用了靖应鹍所提供的"夕葵

---

① 参见《记"夕葵书屋〈石头记〉卷一"的批语》，收入《俞平伯论红楼梦》下册，第1113、1114页。此文写于1964年，发表于1979年。

② 而如果使用靖本批语中那条独有的"不数年，芹溪、脂砚、杏斋诸子皆相继别去，今丁亥夏只剩朽物一枚"的批语，则更能说明丁亥夏脂砚已经去世了。

书屋《石头记》残页"上所署的"甲申八月泪笔"这个时间来解决上述矛盾。但既然靖本和残页都被怀疑作伪，我们现在当然就不应该再用这些资料了。

对于这个问题，笔者试提出以下几种可能的解释：

第一种解释。"甲午八日"这个时间确实是值得高度怀疑的：从庚辰以后，我们就没再看到过脂砚的批，壬午、乙酉、丁亥的署名批一律都是畸笏的，畸笏的批最晚截止于丁亥。但为何到离丁亥七年之久的甲午突然又冒出来这么一条脂砚的批呢？退一万步讲，就算接受蔡义江的说法，认为这条批出自畸笏之手，或者接受周汝昌的看法，视脂畸为一人，那么这个疑问也依然存在，即为什么从丁亥到甲午，时隔七年后，他会写下这么一条孤零零的批？

而如果结合跟以上这条批有紧密关联的前一批"余尝哭芹，泪亦待尽"来看，更有一疑存焉：雪芹卒于壬午除夕，到甲午已经过去十年有余，十年之后，批书人竟然还对雪芹之死如此悲伤，似乎也有点不合乎情理。①

因此，"甲午"被误抄的可能性还是存在的，至于正确的文字是什么，就难以妄加推测了。②

第二种解释。"甲午八日"是甲戌本上固有的写法，胡适曾在这几个字左侧用墨笔批了一句"此是八月"，意思是说"八日"应为"八月"，是抄手把它抄错了。此后几乎所有的学者都接受了胡适这一看法。但这里是不是也还有一种可能性，那就是：抄手根本就没有抄错，原批就是"甲午八日"呢！如果是这样的话，那么"甲午"就不能看成年份的干支，而是月份的干支了。而"甲午"作为月份，只能是以丙、辛为首的年份中的五月。不管曹雪芹逝世于壬午还是癸未，这两个年份之后，紧接着的只有丙戌年（1766）五月的月份干支是甲午。因此，"甲午八日"就

---

① 以上两个疑问乃笔者自己思索而得，后拜读俞先生《记"夕葵书屋〈石头记〉卷一"的批语》一文（收入《俞平伯论红楼梦》），看到他多年前就已经提出同样的疑问，并做了精辟的论述。特此说明，以示此一疑问之客观与显明，非某一个人故意钻牛角尖也。

② 俞平伯利用"夕葵书屋《石头记》卷一"的批语来论说"甲午八日"乃"甲申八月"之误，这是毛国瑶、靖应鹍所提供的一个可疑的证据，笔者不取这一观点。

可以理解成丙戌年的五月八日了。①

第三个可能的解释。学者们从"凤姐点戏，脂砚执笔"那两条"关联性批语"中得出丁亥夏脂砚已去世的结论或许根本就是错误的。这两条批语如果确如前文所论，都出自畸笏之手，那么它们完全可以理解成：那些知道"凤姐点戏，脂砚执笔"的寥寥数人中，其实是不包括脂砚本人的。脂砚本人是其他人"知"的对象，畸笏所说的寥寥数人，是指脂砚之外的那些人。这些人到丁亥夏只剩下他畸笏这"一枚朽物"了。

第四个可能的解释，那就是如戴不凡、梅节和蔡义江诸先生所主张的，"甲午八日泪笔"两条批出自畸笏之手。② 他批书时看到"满纸荒唐言，一把辛酸泪"这首诗，不由想起当年雪芹泪尽而逝的往事，他自己也行将就木，脂砚此时也已不在人世，于是希望造物主能再出一芹一脂，完成未完之书，那他和雪芹二人也将"大快遂心于九泉矣"。因为第一段批语提到已逝的雪芹和将逝的自己，故第二段批语就紧接着说他们两人"亦大快遂心于九泉矣"，也就是说，"余二人"指的是畸笏和雪芹两人。这么解释，也不会再有脂砚自我标榜的嫌疑，否则，脂砚自己呼吁造物主"再出一芹一脂"，似乎他自认对《石头记》的写作和整理起到了很大的作用，未免显得太夸口了。但从畸笏这个第三者的口吻来说这句话，就很合理、也很得体了。另外，如果考虑到畸笏很可能就是曹頫，也可能是雪芹之父（详后文），那么我们把他所说的"余二人"理解成他和雪芹二人，就更合理而自然了。

还有第五种可能的解释，那就是从"书未成"到"怅怅"这一段批语是脂砚写的，其时间不能确定是何时，而从"今而后"到"余二人亦大快遂心于九泉矣"则是畸笏写的，时间是"甲午八月"，到了他的晚年。

---

① 此观点原是笔者自己想到的，但此章单独发表后我查阅曹雪芹卒年研究论文时，看到了崔川荣《曹雪芹生年被埋没的原因——辩"甲午八日泪笔"》早已提出过同样的结论，但他是从算命术角度来推断的，与我并不相同。崔文载《红楼梦学刊》1992年第一辑。很多年后，崔先生又发表《再谈"甲午八日"及其使用价值——关于红学研究中的几个难题》，提出了几条"书证"来证明"甲午八日"可以指月、日，载《红楼梦学刊》2005年第二辑。但他所谓的"书证"跟"甲午八日"并不完全相同，我对他的论证持保留态度。

② 梅节：《曹雪芹卒年新考》，刊《红楼梦学刊》1980年第三辑。

"余二人"则是指畸笏和脂砚。这么解释,既不存在时间上的任何矛盾,也不存在脂砚自我标榜的问题了。

如果上述的第四或第五种解释可以成立的话,那么脂畸二人说面临的唯一困难也将不复存在了。

第二节　对脂畸二人说的进一步论证

(一) 利用"关联性批语"来进行论证

周汝昌和孙逊在论证脂畸一人说或二人说时,都利用了批语中的"关联性批语"。其实,在批语中还有不少不署名或署名不同的"关联性批语",利用这些批语,我们还可以对脂畸二人说做进一步的论证。

(1) 第十八回写到宝钗跟宝玉说:"唐钱珝咏芭蕉诗头一句'冷烛无烟绿蜡干',你都忘了不成?"庚辰本此处有墨笔双行夹批云:"此等处便用硬证实处,最是大力量,但不知是何心思,是从何落想,穿插到如此玲珑锦绣地步。"(庚一394页)这自然是脂砚较早的批。在这一页上,还有一条朱笔眉批云:"如此穿插安得不令人拍案叫绝!壬午季春。"(庚一394页)既署"壬午季春",这是畸笏的批无疑。我们仔细观察后可以知道,前一批说"穿插到如此玲珑锦绣地步",是夸作者穿插笔法用得精巧;后一批同样夸作者的穿插笔法,但措辞不一样。试问:如果脂砚、畸笏是同一个人,他对同一个笔法,夸过一次了,还用得着再夸一次吗?如果认为脂畸是两个人,那么这一不合理之处就不存在了:畸笏看到脂砚夸作者,他表示赞同和附和,也说了一句差不多的话,这就顺理成章了。

(2) 第十八回写到林黛玉代宝玉作诗处。庚辰本上有一条墨笔双行夹批云:"写黛卿之情思,待宝玉却又如此,是与前文特犯不犯之处。"(庚一395页)同页有一条朱笔眉批云:"偏又写一样,是何心意构思而得?畸笏。"(庚一395页)前一条批应是脂砚较早之批,是说黛玉也跟宝钗一样,想到要帮宝玉作诗,这种写法叫作"特犯不犯",这是借自金圣叹的一个批点术语，是指某个情节跟前面的情节同中有异。后一条批是畸笏的，显然是看了脂砚的"特犯不犯"之后，表示同意，说偏又写得一样，即对"特犯"之意表示了赞同和附和。试问：如果脂砚和畸笏是一个人，这后一批还有何必要写呢？

（3）第十九回，写袭人冷笑道："这我可不希罕的。有那个福气，没有那个道理。纵坐了，也没甚趣。"此处庚辰本有一条墨笔双行夹批说："调侃不浅，然在袭人能作是语，实可爱可敬可服之至，所谓'花解语'也。"（庚一 426 页）同页上有一条朱笔眉批说："'花解语'一段，乃袭卿满心满意将玉兄为终身得靠，千妥万当，故有是。余阅至此，余为袭卿一叹。丁亥春。畸笏叟。"（庚一 426 页）前一批当为脂砚早期之批，对袭人本分明理的答话表示赞赏，认为这就是"花解语"的含义所在；此后畸笏丁亥的批也关注"花解语"一段，这应该是受到脂砚批的影响，就同一个情节谈自己的看法，但他的看法显然跟前一批不同：袭人原本满心满意、死心塌地追随宝玉，但最后却不得不琵琶别抱，嫁了蒋玉菡，故畸笏要为袭人一叹。

（4）第二十一回写湘云发现宝玉头发上的四颗珠子丢了一颗，就说道："必定是外头去掉下来，不防被人拣了去，到便宜他。"庚辰本此处有一条墨笔双行夹批云："妙谈！道'到便宜他'四字，是大家千金口吻。近日多用'可惜了的'四字。今失一珠，不闻此四字。妙极！是极！"（庚二 462 页）同一页上有一条署名畸笏的朱笔眉批说："'到便宜他'四字与'忘了'二字是一气而来，将一侯府千金白描矣。畸笏。"（庚二 462 页）我们看到，这两条批除了关注点一致，又表达了差不多相同的内容，都是指出"到便宜他"这句话写出了湘云这么一个千金小姐的身份。畸笏的批语跟脂砚批语的前一半基本上是重复的（仅多提了一下湘云说的"如今我忘了"这句话），如果是同一人写的，则何必如此重复呢？但如果理解成畸笏对脂砚表示赞同和附和，那就没有任何问题了。

（5）第二十一回写到袭人见宝玉在黛玉处洗漱了回来，心中不悦，跟宝玉怄气，宝玉不解，进行盘问，袭人道："你心里还不明白，还等我说呢！"此处庚辰本上有一朱笔侧批云："亦是囫囵语，却从有生以来肺腑中出,千斤重。"(庚二466页)这条批没有署名,又不是墨笔双行夹批,那么是谁批的呢?笔者检索全部脂批,找到至少十一处批语中都提到"囫囵语"这样的说法,绝大部分都出现在庚辰本的墨笔双行夹批中,也就是脂砚的早期批语中,可以断定这是脂砚对小说中一类特殊写法的一贯看法,因此这里所说的"亦是囫囵语",当出自脂砚无疑。庚辰本同一页上另有一朱笔眉批,显然是针对上一批而发:"《石头记》每用囫囵语处,无不精绝奇绝,且总不觉相犯。壬午九月。畸笏。"(庚二466页)这显然是畸笏看到脂砚屡屡提到这类看法,于是替他做了一个总结。喜欢感叹和总结,可以说本来就是畸笏的一个特点。

(6)第二十一回写黛玉见宝玉续《庄子》,作诗嘲讽:"无端弄笔是何人?作践南华《庄子因》。不悔自己无见识,却将丑语怪他人。"此处庚辰本上有四条批语:其中一条墨笔双行夹批(庚二471页)和一条己卯冬夜的朱笔眉批(庚二472页),都出自脂砚之手无疑。这条朱笔眉批云:"又借阿颦诗自相鄙驳,可见余前批不谬①。己卯冬夜。"(庚二472页)

此处还有一条朱笔侧批云:"不用('用'或当作'写')宝玉见此诗若长若短,亦是大手法(庚二471页)。"此批未署名号和时间,但可以证明为脂砚所批:后面第二十二回写到宝玉参禅而遭黛玉、宝钗盘诘嘲笑处,有一条己卯冬夜的朱笔眉批云:"前以《庄子》为引,故偶续之。又借颦儿诗一鄙驳,兼不写着落,以为瞒过看官矣……"(庚二500页)此批也作于己卯冬夜,自然是脂砚批,其中提到的"又借颦儿诗一鄙驳"显然是指上面所引己卯冬夜批语中的"又借阿颦诗自相鄙驳"这句话无疑;"兼不写着落"一句则是指"不用宝玉见此诗若长若短"这一句无疑。如前所言,这一句批语未署时间和名号,但我们从三处批语的时间关联可以断定:这句批语既在己卯冬夜被脂砚跟另一条他同在己卯冬夜写的批语相提并论,那么它一定也是脂砚在己卯冬夜或之前所批,而己卯所批的可能性要更大一些。论定"不用宝玉见此诗若长若短,亦是大手法"这

---

① 这句批中的"前批"是指庚辰本上(庚二468、469页)一条己卯冬夜的朱笔眉批,提到作者写宝玉趁着酒兴续《庄子》是自站地步云云,前文已引,并有讨论。

条批的作者为脂砚后,我们再来看一下庚辰本上隔页的一条朱笔眉批:"宝玉不见诗,是后文余步也,《石头记》得力所在。丁亥夏。畸笏叟。"(庚二 473 页)很显然,这条批语是畸笏看了脂砚"不用宝玉见此诗若长若短"这条批语之后,表示赞同附和而写的,意思跟脂砚的批也差不多,只不过略微具体了一些。如果畸笏就是脂砚,这种对自己之前批语的赞同附和就是一种重复,实在看不出有什么必要。

(7)第二十一回写贾琏跟多姑娘偷情,那媳妇越浪,贾琏越丑态毕露。此处庚辰本上有一条己卯冬夜的朱笔眉批云:"一部书中,只有此一段丑极太露之文,写于贾琏身上。己卯冬夜。"(庚二 473、474 页)同页又有一条朱笔眉批云:"看官熟思:写珍、琏辈当以何等文方妥方恰也?壬午孟夏。"(庚二 474 页)我们可以看到,前一批(脂砚所写)明白地说了:这一段"丑极太露之文"放在贾琏身上"恰极当极"。后一批(畸笏所写)则让看官好好想想写贾珍、贾琏之流该用什么文字才妥当,这无异于又在赞同脂砚那句批语了,只不过换了一种表达方式而已。试问:如果畸笏就是脂砚,他有何必要如此自我赞同和重复呢?

(8)第二十二回写凤姐说那个小旦像一个人,众人都不吭声,只有史湘云笑道:"倒像林妹妹的模样儿。"此处庚辰本上有一条墨笔双行夹批云:"口直心快,无有不可说之事。"(庚二 490 页)这是脂砚早期的批语。同页上又有一条朱笔侧批:"事无不可对人言。"(庚二 490 页)这条批未署名,但是朱笔侧批,为脂砚所写的可能性比较大。这暂且不谈,再来看一下同页另一条朱笔眉批:"湘云、探春二卿,正'事无不可对人言'芳(之)性。丁亥夏。畸笏叟。"(庚二 490 页)这条畸笏的批语又一次重复甚至照抄了前一条朱笔侧批,如果这条朱笔侧批也是他自己写下的,那么他为何又要来重复自己?这也反过来证明前一条批绝不会是畸笏所写。既不是畸笏所写,那脂砚所写的可能性就更大了。脂砚所写的可能性更大,则脂畸为二人的可能性也相应地更大了。

(9)第二十七回写宝玉听到黛玉吟诵《葬花词》,心中想道:"这不知是那房里的丫头,受了委曲,跑到这个地方来哭。"一面想,一面煞住脚步,听他哭道是……甲戌本此处有一条无署名朱笔眉批云:"'开生面'

'立新场',是书多多矣,惟此回处(更)生更新。非颦儿断无是佳吟,非石兄断无是情聆。难为了作者了,故留数字以慰之。"(甲戌本443页)庚辰本此处则有一条署名畸笏的朱笔眉批:"'开生面''立新场'是书不止'红楼梦'一回,惟是回更生更新,且读去非阿颦无是佳吟,非石兄断无是章法行文,愧杀古今小说家也。畸笏。"(庚二623页)

比较此二批,可以发现它们原本应该是畸笏一条批语的两个不同版本,这两个版本的文字同中有异,差异还不小。从这一现象可以得出如下的结论和推断:

第一,甲戌本上的"难为了作者了,故留数字以慰之",这一句话说明,畸笏写这条批语时,作者曹雪芹还在世。而目前所见署名畸笏的批语,主要集中于壬午和丁亥,乙酉仅存一条。壬午时,雪芹还在世;乙酉和丁亥时,雪芹已去世。故这条批语的写作时间可以推定为壬午。[1]

那么,这条批语是批在哪个本子上呢?前辈学者吴恩裕认为:这条批语是"留"给作者雪芹的,"慰"也是慰作者雪芹,当然也是批在雪芹自己的稿本上。联系庚辰本第二十一回一条朱笔眉批所云"壬午九月,因索书甚迫,姑志于此,非批《石头记》也"云云(庚二470—472页),吴先生认为,壬午九月,畸笏就把稿本还给了雪芹。[2] 所以我们看到畸笏壬午的批语截至壬午重阳日(庚二643、649页朱眉)。壬午从春到秋,雪芹稿本一直在畸笏手里。

第二,为什么后来畸笏要把"难为了作者了,故留数字以慰之"两句改成"非石兄断无是章法行文,愧杀古今小说家也"呢?吴先生认为,甲戌本的这条批语写得比较早,是畸笏跟雪芹之间的个人交流。后来庚辰本上的批语则要面向读者,所以删改。[3]

---

[1] 吴恩裕也认为此批写于壬午,但他未作论证。见吴恩裕:《曹雪芹丛考》卷八第一篇第五节,第289、290页。

[2] 吴恩裕的《"壬午九月索书甚迫"解——答吴小如同志》认为壬午九月索书甚迫的就是曹雪芹,这一点跟后来蔡义江的看法不同。请参看吴恩裕:《曹雪芹丛考》卷八第四篇,第315—317页。另外,吴先生认为壬午从春到秋,雪芹稿本一直在畸笏手里。但其论证跟笔者不同。见吴恩裕:《曹雪芹丛考》卷八第一篇第五节,第287页。

[3] 见吴恩裕:《曹雪芹丛考》卷八第一篇第五节,第290页。

吴先生的说法值得商榷。如果我们仔细研究批语将会发现：畸笏壬午写批的这个本子上应该有脂砚己卯写下的批语，因为畸笏壬午的批语有的跟脂砚己卯的批语有明显的关联，如上面第（7）条所论。另外，畸笏丁亥的有些批语跟脂砚己卯的批语也形成了紧密关联（如第二十三回庚辰本那两条提到要画黛玉葬花图的朱笔眉批，庚二 523 页）。由此看来，这个本子似乎是脂砚的批阅本，畸笏壬午批阅的也是同一个本子。而且，以常理来推断，脂砚在自己拥有批阅本的情况下，也不应又把雪芹的稿本拿来加批，尔后这个本子又被畸笏借去批阅半年之久。如此一来，我们似乎应该考虑如下的可能性：畸笏借阅的是脂砚手中的本子，壬午九月"索书甚迫"的也应该是脂砚。考虑到脂砚跟雪芹的密切关系，畸笏认为他写在这个本子上以慰劳雪芹的批语雪芹应该会看到，或者脂砚会转告他。

在脂砚去世之后，这部稿本可能转入了畸笏之手，畸笏对自己壬午所写之批做了一些修改，其中之一就是把"难为了作者了，故留数字以慰之"两句改成了"非石兄断无是章法行文，愧杀古今小说家也"，因为此时雪芹已经去世，他觉得原来的批语已经无法告慰死者，于是做了修改。①

以上两说，是非难以遽断。如果吴恩裕的观点可以成立，则我们可以由此推断畸笏和脂砚绝不可能是一个人。其理由是：己卯冬月和庚辰秋月的定本上都题写了"脂砚斋凡四阅评过"的字样，且己卯、庚辰本（也包括甲戌本）每回回目前都有"脂砚斋重评石头记"的题名，甲戌本上也有一句'至脂砚斋甲戌抄阅再评仍用《石头记》'。另外，甲戌本所存十六回每页中缝都有"脂砚斋"三字——凡此皆说明：脂砚斋手头有一部（或一部以上）他亲手抄阅加批的《石头记》。这就意味着，他不必去借阅雪芹自己的稿本，更不可能一借就是半年多（从壬午春到壬午重阳日）。因此，壬午年借阅雪芹稿本并写下慰劳之语，借阅书稿半年多以致作者"索书甚迫"的人，绝不会是脂砚或脂砚的化身畸笏，而是一个跟脂砚完全不同的畸笏。

---

① 吴恩裕对此的解释跟笔者颇不同，见吴恩裕：《曹雪芹丛考》卷八第五篇，第 290 页。蔡义江提出过相同的看法，见于他的《畸笏叟考》，载《红楼梦学刊》2004 年第一辑，后收入《追踪石头——蔡义江论红楼梦》，改题《畸笏叟应是曹雪芹的父亲曹頫》，第 475 页。

如果笔者的观点可以成立，则同样也可以推断：脂砚和畸笏绝不会是同一个人。道理很简单，借书、还书这种事当然是发生在不同的两个人之间才是合理的，难道畸笏会自己跟自己借书、还书吗？

总之，这里最不可能的情况就是脂砚和畸笏是同一人！如果他们是同一人，那么其手头自然有一部或一部以上的抄阅评点本，为何还要找作者（在这种情况下，只能是作者了）借阅书稿，一借就是半年多呢？

（二）另两条新证据：第二十二回结尾和"悬崖撒手"一回

第一条新证据。熟悉《红楼梦》各抄本情况的人都知道如下一个特别的事实：庚辰本第二十二回结尾是残缺的。这一回写贾母带着众人猜灯谜，她命贾政猜猜几位姑娘所制灯谜，贾政一连猜出了元春、迎春、探春的谜语，但当他看到第四个谜语时，小说只写出了此谜的谜面，就戛然而止，没有了下文。庚辰本在此谜上方有一朱笔眉批云："此后破失，俟再补。"隔一页则有墨笔在另页所写的两条批，其一为"暂记宝钗制谜：朝罢谁携两袖烟……"云云；其二则为"此回未成而芹逝矣，叹叹。丁亥夏，畸笏叟"。

在《红楼梦》各抄本和刻本中，甲戌本、己卯本、郑藏本均无此回，可不讨论。其他各主要版本中此回结尾的情况如下：①

（1）列藏本大致同庚辰本，但无朱笔眉批和两条墨批；

（2）蒙府本、戚序本、舒序本此回有完整结尾，写贾政猜出了惜春的谜底，但还没猜出宝钗的谜语，贾母就让他歇息去了。（需要注意的是，惜春的谜是贾政所猜的第四个谜，但庚辰本正文没说这是惜春的谜，只有该谜最后一句下的双行小字批语说"此惜春为尼之谶也"）。

（3）甲辰本此回也有结尾，但无惜春灯谜，并把庚辰本上所记宝钗灯谜放到了黛玉名下，还给出了谜底。又制"镜"谜，归于宝玉；制"竹夫人"谜，归于宝钗。另有简短结尾。

---

① 下文的介绍参考了蔡义江：《红楼梦诗词曲赋鉴赏》，中华书局 2001 年版，第 177 页；以及王旭初：《惜春诗谜与二十二回结尾关系新说》，载《红楼梦学刊》2012 年第二辑。

（4）程甲本和杨藏本（即《红楼梦》稿本）此回结尾把甲辰本和戚序本的结尾融合为一，看上去比较完满，却发生了很大的矛盾：因为明明写到了宝玉作了"镜"谜，后文却又写凤姐打趣宝玉说刚才当着贾政忘了"撺掇叫你也作诗谜儿"。

红学界对于这些结尾的看法大致可分为三派：一派以梅节为代表，认为甲辰本此回结尾是作者原稿，其他各本则不是。但他的说法遭到了蔡义江的有力反驳，显然难以成立。① 第二派以蔡义江为代表，认为庚辰本、列藏本之外各本此回结尾均为后人所补。② 第三派以张爱玲为代表，认为戚序本"此回可靠，是最早的早本"，即曹雪芹的原稿了。③

笔者赞同张爱玲的看法。但她的理由比较薄弱，只指出戚序本这个结尾中贾政说话用到了"嗄"这个道地苏白，充分显示此回可靠。笔者相信张爱玲不只是根据这个语气词做出了上述判断，她真正靠的应该还是她敏锐的文学感受力。的确，戚序本这个结尾无论是文章的生动、情节的周密和叙事的高明，还是贾政、凤姐、宝钗、宝玉、贾母等人的言行和心理活动特点，都无不跟曹雪芹的原稿手笔极度符合。尤其是写贾政离开后，宝玉顽劣之态复萌，宝钗委婉规劝，凤姐嘲笑打趣，都跟这些人物一贯的性格特点完全一致，也体现出曹雪芹文笔传神的特色。这绝不是其他人所能做到的。

但上述结论是凭借文学感受力而得出的，难以成为令人信服的论证。因此戚序本此回结尾为雪芹原稿的看法在这里只作为一种可能性。也就是说，在这一可能性成立的基础上，我们再来看看脂砚和畸笏是一个人还是两个人。

有一个基本的事实可以先确认：雪芹原稿中的第二十二回肯定有过完整的结尾，这是任何人都无法否认的。第二个可以确认的事实是：脂砚斋肯定看过这个完整的结尾，他的抄阅本也应该有此完整的结尾。理由是：现存庚辰本在元春、迎春、探春的灯谜下都有一段脂砚的批语，指出谜语

---

① 参见蔡义江：《红楼梦诗词曲赋鉴赏》，第176—190页。
② 参见上书，第177页。
③ 张爱玲：《红楼梦魇》，北京十月文艺出版社2009年版，第247页。

对制谜人未来命运的暗示。在探春谜语后，第二十二回写到贾政看了第四个谜语的谜面，此后就没有下文了。我们看不到这个谜语是谁制的，也不知道谜底是什么。但这个谜面下面同样有一句脂砚之批："此惜春为尼之谶也。公府千金至缁衣乞食，宁不悲乎！"脂砚写出这句批语，说明他看到过下文——此回的完整结尾。如果他从一开始就没看到过这个结尾，他凭什么这么肯定地说：这个谜语预示着惜春将来要出家为尼呢？脂砚斋曾至少四次评阅过《石头记》，如果他最早（甲戌之前）看到第二十二回时，其结尾就是残缺的，那他为何不督促雪芹修补一下残缺，以至于如此靠前的一回在他初评、再评、三评、四评时都维持着残缺的状态呢？我们确实很难相信，此回残缺后的若干年中，雪芹竟然一直没补上这个原已写出、只是后来丢失了的一段小尾巴！这跟第七十五回缺中秋诗的情况并不一样，第七十五回比较靠后，且中秋诗原来就未写出，雪芹去世前没来得及补上，这是可以理解的。因此，笔者认为，脂砚评阅过第二十二回的结尾部分，这个结尾在他手头的批阅本中原本也是存在的。我们无法想象这个结尾在雪芹原稿中就已经丢失以至于脂砚都没来得及抄入他的评阅本中这种情况。

庚辰本在惜春谜语上方有一条朱笔眉批："此后破失，俟再补。"这说的应该就是他手头的批阅本中这个结尾"破失"了，要再补抄一下——只有本来就有，但后来纸张破损而文字丢失，这才叫"破失"；也只有曾经抄录过，现在又要重抄一次，才能叫"再"补。他绝不可能是在说雪芹原稿此回结尾即已"破失"，① 要等雪芹来补写！请注意："破失"这个词，其意思除了丢失之外，显然还有作为文字载体的纸张破损之意。而说纸张破损，只能是指批语所在的书稿纸张破损，且看到此批语的人也能看到书稿纸张破损，这么说才有意义，否则谁知道是什么"破"了呢？若是雪芹原稿纸张破损，又何必要在脂砚的批阅本上提起？他何不说得更明白一点，说此后原稿破失？因此，"此后破失"一句，理解成脂砚的批阅本

---

① 蔡义江认为"破失"的是雪芹原稿，参见《红楼梦诗词曲赋鉴赏》，第179页。对这一看法笔者不敢苟同。

从惜春谜语后破毁丢失了，是最自然的。① 另，庚辰本上的这种朱笔眉批公认为是比较晚出的批语，或晚于庚辰秋月。因此，第二十二回结尾的"破失"很可能就是发生在庚辰秋月之后。我们今天看到的庚辰本（其实是庚辰本的过录本）把残缺的结尾和提示这一残缺事实的批语都照录了。

这样一来，我们就可以进一步推出如下两个可能：第一，雪芹手中原稿上的第二十二回，应该是有完整结尾的。后来的戚序本、蒙府本、舒序本就保留了这个结尾。第二，脂砚斋当然知道雪芹写出了这个结尾，也知道他的原稿上有此完整结尾。既然如此，在丁亥夏写下"此回未成而芹逝矣"的畸笏叟，自然就不可能是脂砚！"未成"是尚未完成，是根本就没写完过，这跟写成了而"破失"的意思截然不同；而更重要的则是，雪芹不但写成了这个结尾，还流传下来了。但畸笏却对这一情况全然不知，竟然说雪芹未写成就去世了！

那么，畸笏为什么会说这么一句话呢？笔者的猜测是：他手头拿着的《石头记》应该正是脂砚尚未补抄上这个"破失"结尾的本子。因为他跟雪芹的关系应不如脂砚跟雪芹那么密切，故他对于二十二回结尾的情况并不是很清楚，看到那条"此后破失，俟再补"的眉批，又看到依然残缺的结尾，所以就说了一句违背事实的话。

第二条新证据。庚辰本第二十一回有一条文中墨笔双行小字批语云："宝玉之情，今古无人可比，固矣。然宝玉有情极之毒，亦世人莫忍为者，看至后半部则洞明矣。此是宝玉第三大病也。宝玉有此世人莫忍为之毒，故后文方有'悬崖撒手'一回。若他人得宝钗之妻、麝月之婢，岂能弃而为（原作'而'，不通，当作'为'）僧哉？（此宝）玉一生偏僻处。"（庚二 468 页）这是脂砚的早期批语，从中可知他看过"悬崖撒手"一回，且知道具体内容。但庚辰本第二十五回另有一条朱笔眉批则云："叹不能得见宝玉'悬崖撒手'文字为恨。丁亥夏畸笏叟。"（庚二 581 页）从中可见畸笏没看过"悬崖撒手"一回。那么他跟

---

① 这种情况在庚辰本第二十八回写到云儿唱曲处也发生过，此后缺失 150 字，但甲戌本等各本不缺。冯其庸认为庚辰本原应有此段文字，后来因破或其他缘故丢失，遂导致我们今天看到的庚辰本的过录本上缺了这段文字。参见冯其庸：《石头记脂本研究》，人民文学出版社 2016 年版，第 279 页。

脂砚怎会是一个人？

总之，经过以上论证，笔者认为：脂砚斋和畸笏叟是两个人的可能性要远超过他们是一个人的可能性。二人说面临的唯一困难就是"甲午八日泪笔"这条批语（很可能这一困难也是根本不存在的）。而一人说面临的困难则比二人说要多得多。因此，笔者的结论是：一人说应不能成立，二人说虽还存在一些困难，但可能性极大。①

第三节 脂砚斋和畸笏叟身份研究的回顾与再思考

既然脂畸为二人，那么他们究竟是谁呢？这一问题同时也牵涉到曹雪芹的身世问题，具体来说，就是曹寅兄弟儿孙辈诸成员及其相互关系问题，因此一直备受关注。这里也有必要对这一问题的研究先做一简单回顾，然后再尝试在此基础上做更进一步的探讨。

（一）关于脂砚斋身份的主要观点

关于脂砚斋是谁，第一种同时也是最主要的观点，认为他是曹雪芹的兄弟或堂兄弟辈。这最早是由胡适提出来的。他先是在《红楼梦考证（改定稿）》（1921）一文中排出了一个曹家的世系表②，指出曹寅有一弟曹宜，又有一从弟曹荃。曹寅生曹颙、曹𫖯，曹宜生曹顺，曹荃生曹天祐；③曹寅死后，曹颙、曹𫖯兄弟二人相继接任江宁织造。而曹雪芹乃曹

---

① 本章第一节主要内容曾以《脂畸二人说与一人说之重审——没有靖批我们能否证明脂畸二人说？》为题发表于《红楼梦学刊》2022年第二辑。高树伟的《重论脂砚斋与畸笏叟之关系》一文于《中国文化研究》2022年春之卷发表，重证脂畸一人说，与笔者论文几乎同时发表，而观点则完全相反。我们就彼此的观点做过一些交流，均无法说服对方，但都尊重彼此表达不同观点之自由。笔者对于高文论证和观点的看法，从本章第一、二节即可大略见出，故此处不再多说了。

② 今天看来，这个表当然错得厉害，比如现在公认曹𫖯是曹寅之弟曹宣（又名曹荃）之子，曹颙死后，在康熙主持下，曹𫖯过继曹寅为嗣。具体情况此处不必详论。

③ 胡适应是据《八旗满洲氏族通谱》稿本卷七十四定曹锡远玄孙之名为"曹天祐"（刻本作"天祐"），但不知他何所据而定其为曹荃之子。

頫之子，《红楼梦》中的贾政即是曹頫，贾宝玉即是曹雪芹。① 至于脂砚斋，胡适后来在《考证〈红楼梦〉的新材料》（1928）中指出，他"是曹雪芹很亲的族人"，"大概是雪芹的嫡堂弟兄或从堂弟兄，——也许是曹颙或曹颀的儿子"。② 他举出的证据是小说第十三回的几条批语，认为其中透露出脂砚斋对曹家的情况和作者的生平都颇为熟悉。胡适虽因材料所限，对曹寅兄弟子侄等成员及其相互关系的说法错误颇多，但他对脂砚斋身份的推测却有其合理之处，后来跟他观点相同或相近者颇不乏人。

大约四十年后，海外学者赵冈、陈钟毅在《红楼梦新探》中指出：脂砚就是曹天佑③，即曹颙的遗腹子。他幼年丧母，有一姊，其姊比天佑大6岁，教过他认字读书，未嫁而卒。④ 因为他们认为曹雪芹是曹頫之子，所以脂砚跟他自然就是堂兄弟关系了。

此后，杨光汉也认为脂砚乃曹天祐，是曹颙之遗腹子，生于1715年，跟雪芹同岁。杨先生的主要证据也是一些脂批，这些脂批说明脂砚跟雪芹是同辈人，熟悉彼此幼年往事。⑤ 其中最重要的一条批语是第十七、十八回写宝玉带着奶娘、小厮去刚竣工的大观园玩耍，听说贾政要来，连忙一溜烟地出园来，此处庚辰本有一条侧批：

>不肖子弟来看形容。余初看之，不觉怒焉，盖谓作者形容余幼年往事，因思彼亦自写其照，何独余哉？⑥

从这条批语可以看出，曹雪芹很熟悉脂砚的"幼年往事"，但如果脂砚是雪芹长辈，那他这些"幼年往事"雪芹从何得知？是从他祖母口中听说的吗？这虽然也不是不可能，但终觉有些牵强。而且从脂砚的口气来看，似乎雪芹了解他的"幼年往事"是一件自然而然的事情，这应该是共

---

① 宋广波编校：《胡适论红楼梦》，第158、167页。
② 同上书，第245页。
③ 关于曹颙之子，《五庆堂重修辽东曹氏宗谱》（后文简称《五庆堂曹氏宗谱》）记作"曹天佑"，而《八旗满洲氏族通谱》乾隆刻本（卷七十四）则作"曹天祐"，且其并非曹颙之子。学者们因所据不同而写法不一，本书引述时也不作统一。
④ 赵冈、陈钟毅：《红楼梦新探》，第119、127、128页。
⑤ 杨光汉：《脂砚斋与畸笏叟考》，载《社会科学研究》1980年第2期。
⑥ 《脂砚斋重评石头记》（庚辰本）影印本，第349页。

同生活过的平辈之间才会有的一种心理意识。否则一个长辈看了晚辈写的小说，就立刻觉得他写的是自己幼年的事，似乎这晚辈必定熟悉他早年的经历一样，这于情于理都是不太可能的。

孙逊则深入讨论了脂砚和畸笏身份的问题，对于脂砚身份的两种比较有可能的观点——叔父说与兄弟说——进行了辨析，列举了一些脂批来证明脂砚跟雪芹更像是堂兄弟，而非叔侄。但他并不十分确定，也不知脂砚具体为何人。① 后来，孙逊又撰文重申脂砚跟雪芹应是兄弟或堂兄弟关系，二人分别为曹𫖯和曹颙之子，至于究竟谁是谁之子，尚难遽断。孙先生指出，雪芹和脂砚幼年似都曾经严父之训（他举了脂批为证），不像是遗腹子，但也可能曹颙之子由曹𫖯抚养，也被严加管教，曹𫖯不是严父，但跟严父差不多。②

郑庆山认为曹雪芹是曹𫖯之子。脂砚斋是曹雪芹的堂兄曹天佑，即曹颙遗腹子。从脂批可看出脂砚幼丧父母，但曾经其叔父曹𫖯严格管教。他的观点跟杨光汉和孙逊各有一些相同之处。③

关于脂砚斋身份的第二种看法认为他是曹雪芹的叔辈。这一看法的源头在清人裕瑞《枣窗闲笔》之"《后红楼梦》书后"条所说的一句话：

> 曾见抄本卷额本本有其叔脂研斋之批语，引其当年事甚确，易其名曰《红楼梦》。④

这一说法被不少后代学者所认可，但众人对这位雪芹叔父具体身份的判定却歧见纷出，迄无定论。如王利器认为曹雪芹是曹颙遗腹子，⑤ 脂砚斋则是曹颙堂弟、雪芹之叔曹𫖯。脂砚斋评语中提到的早逝的"先姊"就是曹寅长女、平郡王讷尔苏之妃曹佳氏。⑥

吴世昌是脂畸一人说的赞同者，他认为脂砚（亦即畸笏）是曹雪芹叔

---

① 孙逊：《红楼梦脂评初探》，第 63—68 页。
② 孙逊：《曹雪芹、脂砚斋、畸笏叟三者关系之探寻》，载《红楼梦学刊》1991 年第三辑。
③ 郑庆山：《曹雪芹·畸笏·脂砚斋》，收入《红楼梦的版本及其校勘》。
④ 爱新觉罗·裕瑞：《枣窗闲笔》，上海古籍出版社 1984 年版影印本，第 173、174 页。
⑤ 但此说与曹家族谱所载曹颙之子乃曹天佑不合，此处不能详论。
⑥ 王利器：《重新考虑曹雪芹的生平》，刊于 1955 年 7 月 3 日《光明日报·文学遗产》第 61 期，收入《耐雪堂集》。

父,所以其口气有时倚老卖老,自称"老朽",呼作者为"雪芹"或简称"芹"。他可以命芹溪删去秦可卿淫丧天香楼等情节,这都不是平辈的"从堂兄弟"说话的口气。他进一步考证出曹寅的兄弟曹宣有四子:曹颀(吴先生认为他是雪芹之父)、曹颅(曹寅诗中提过的老三,善画)、竹磵(曹寅诗中所说的四侄,能诗),另一人不知姓名。吴先生认为:脂砚就是老四竹磵,他的真名叫曹硕,小说前部宝玉的主要原型就是这个曹硕。从他提到"南巡"之事的批语中可知他可能生于康熙三十六年(1697)或早几年,否则他不会看到康熙四十六年(1707)的末次南巡。他比雪芹大二十一岁左右。① 杨光汉受到吴世昌这一说法的影响,但他主脂畸二人说,认为脂砚乃曹天祐,畸笏叟是曹硕,他是曹宣第三子(大排行第四),比雪芹大二十多岁,生于1695年前后,壬午年为六十八岁,丁亥年为七十三岁。②

关于竹磵其人,曹寅在康熙四十八年曾作《和竹磵侄上巳韵》一诗,此外又有《赋得桃花红近竹林边和竹涧侄韵》一诗,分别提到"竹磵"或"竹涧",虽有一字之不同,自应是一人无疑。胡绍棠为此二诗所撰题解皆云:竹磵,曹寅某侄。吴世昌推断其人叫曹硕,但据已发现的资料,曹寅侄无名硕者。胡绍棠认为"竹磵"或即曹颅之字号,③ 但证据也不足。高树伟考证后指出:"竹磵"(或竹涧)实即康雍时期的曹曰瑚,字仲经,浙江嘉兴人。他并非曹宣之子,也非曹寅之侄。他跟曹寅有过交游,从年龄而言,为曹寅之侄辈,故曹寅呼其为侄。④ 这一说法笔者认为是可信的。故吴世昌关于脂砚是曹硕的推断完全可以被否决掉了。

孙逊认为裕瑞所说的脂砚为雪芹叔父的说法有一定的可靠性,但吴世昌认为脂砚乃曹荃第四子竹磵之说则是错误的。孙先生提出了脂砚为雪芹叔父的三种可能性,且一一加以分析:

(1)曹雪芹为曹颙遗腹子,脂砚即曹颀。但此说跟《五庆堂曹氏宗

---

① 见《吴世昌全集》第七卷《红楼梦探源》第九章"脂砚斋是谁",河北教育出版社2003年版。
② 杨光汉:《脂砚斋与畸笏叟考》,《社会科学研究》1980年第2期。
③ 曹寅著,胡绍棠笺注:《楝亭集笺注》,北京图书馆出版社2007年版,第269、497页。
④ 高树伟:《曹寅"竹磵侄"考》,载《曹雪芹研究》2012年第一辑。

谱》所记曹颙遗腹子叫曹天佑不符。而从脂批看，雪芹应有父，也断非遗腹子。另，脂砚在第五十二回批语中不避曹寅讳，跟他为曹寅嗣子的身份也不符。

（2）曹雪芹为曹頫之子，脂砚为一个尚未考出的雪芹之叔。雪芹为曹頫之子看来无问题，但据现有资料看，曹頫为曹荃幼子，曹頫之下似乎不可能再有弟，如此则雪芹只有伯父而无叔父。

（3）曹雪芹为曹頫之子，脂砚则为曹宜一支的某个叔父。或雪芹为曹宜一支的孙辈，脂砚为曹頫或曹頫的兄弟。但这种可能性更小。①

如前所说，孙逊后来更倾向于认为脂砚是雪芹的兄弟或堂兄弟，因此他最后放弃了叔父说。

此外，台湾的皮述民提出脂砚斋可能是苏州织造李煦之子李鼎，也是早年贾宝玉的原型。他认为既然在曹家找不出脂砚斋究竟为何人，不如把眼光投向曹家之外。他指出，小说以发生在姑苏的故事为起始，书中又有很多吴语词汇，脂批提到的脂砚的生活经历跟李鼎也吻合（比如年轻时曾跟戏子厮混），都可作为脂砚是李鼎的证据。② 但他的观点面临一个最大的疑问：脂砚的批语中透露出他很熟悉曹家的日常生活，李鼎作为曹雪芹的表叔或表伯，③ 又长期住在苏州，他何以能如此熟悉曹家之事，提起曹家的人与事，他又何以那么悲痛欲绝？同样地，曹雪芹作为晚辈，比李鼎小了二十多岁，他又何以能熟悉李鼎到那种程度，以至于能拿他做贾宝玉的原型呢？至于皮述民提出的《石头记》由脂砚斋发起，并写了初稿若干回，后来由雪芹完成全书云云，更是无稽之谈，不值一驳了。

综上所述，我们可以看到，脂砚为雪芹兄弟或堂兄弟的观点明显占了上风，相关证据也比较充分一些。而且不少学者都认为脂砚就是曹颙的遗

---

① 孙逊：《红楼梦脂评初探》，第58—63页。
② 皮述民：《脂砚斋应是李鼎考》一文，收入《苏州李家与红楼梦》，台北，新文丰出版公司1996年版。
③ 曹颙生于康熙二十八年（1689），曹頫生于康熙三十六年（1697），李鼎生于康熙三十三年（1694）。分别参见朱淡文：《曹氏家族年谱简编（上）》，载《红楼梦学刊》1990年第二辑；皮述民：《李煦李鼎父子年谱初稿》，收入《苏州李家与红楼梦》。皮述民对曹颙、曹頫生年的推断跟朱淡文等人不一致，然而无论如何，李鼎总是曹雪芹的表叔或表伯。

腹子曹天佑。但这一说法面临的问题是：从脂批来看，脂砚幼年曾经严父管教，还有一位早逝的"先姊"。如果他是遗腹子，何得有父？如果他有一位"先姊"，则理应为曹颙之女，但又未看到文献记载上的任何蛛丝马迹。当然，也可以如孙逊和郑庆山解释的那样，那位曾经管教过他的严父其实就是他的叔父曹頫，如此，这位"先姊"也未尝不可以是曹頫之女。不过，这一种解释也不无迂曲牵强之处，仍然是不完美的。

（二）关于畸笏叟身份的主要观点

至于畸笏叟的身份，学界的看法同样存在着分歧。由于主脂畸一人说者认为畸笏就是脂砚，故不必再多说。这里主要回顾一下脂畸二人说者的观点。

俞平伯曾提出畸笏是雪芹的舅舅之说，但仅以一条脂批为证，且未进行多少论证，难以令人信服。① 赵冈、陈钟毅则指出，畸笏叟有两个合适的人选：一是雪芹之叔，即曹頫之弟，曹荃幼子。曹頫袭职承祧以后，曾把这个幼弟接到南京住过几年，他对南京的情形并不生疏。一是李煦之子李鼎。从李鼎的年龄来看，他赶上了亲见曹寅，并经历了康熙南巡。而李家的盛衰变迁几乎与曹家完全相同，他对书中事感慨深切是极自然的事。此外，他虽然住在苏州，但两家来往密切，所以熟悉对方家庭的人事。② 其实，还有赵、陈二人未提及的一点，即李家被抄、李煦被发往打牲乌拉之后，李鼎就一直在北京生活，③ 他跟曹雪芹理当会有来往，批阅《石头记》自不无可能。但即使如此，窃以为畸笏是李鼎之说仍很牵强，至少证据不足。皮述民则认为畸笏是曹頫，其理由主要还是一些畸笏批语所涉事件只有曹頫可能经历过（但有的批语无署名，未必是畸笏的），并且会有强烈的情感反应（如对"树倒猢狲散"一语的记忆及哀痛反应，对"西"字的极度敏感，经历过康熙南巡曹家接驾事等），而其口

---

① 俞平伯：《辑录脂砚斋本〈红楼梦〉评注的经过》，载《光明日报·文学遗产》1954年第11期。
② 赵冈、陈钟毅：《红楼梦新探》第二章第二节"脂砚斋与畸笏叟"，第128—130页。
③ 王利器：《李士桢李煦父子年谱》，北京出版社1983年版，第555页"雍正七年"下引李果所撰《李公行状》。

气有些也是雪芹之父的口气（如"因命芹溪删去"秦可卿"淫丧"情节）。① 应该说，这些理由有相当的合理性。但很有意思的一点是，皮述民拿来证明畸笏是曹頫的这些理由，却被赵冈、陈钟毅用来证明畸笏是李鼎。②

戴不凡也认为畸笏基本上是曹頫，但他不是雪芹之父。③ 他认为畸笏是曹頫的理由大致有如下几条：（1）他是曹寅家西堂生活的过来人，他跟曹寅的关系是极其亲近密切的，这有两条关键的批语为证。甲戌本第二十八回写到"有不遵（酒令）者连罚十大海"句旁有朱批云："谁曾经过？叹叹！——西堂故事。"庚辰本此处则有朱笔眉批云："大海饮酒，西堂产九台灵芝日也。批书至此，宁不悲乎！壬午重阳日。"（2）畸笏在批语中提到的早逝的"先姊"是讷尔苏王妃，也就是说，畸笏是王妃之弟。（3）他对曹家被抄没之事记忆异常清晰。（4）畸笏对于曹家的败落怀着刻骨铭心之痛，批书时看到相关描写不止一次呼天抢地痛哭。由此可以看出，畸笏是曹寅家的亲人是无可置疑的。在此基础上，戴先生进一步推断畸笏就是曹頫。④

戴不凡论证的一个前提是，先根据那些署名批语总结出一些鉴别标准，以此来鉴别大量未署名批语哪些是脂砚的，哪些是畸笏的。⑤ 而这一鉴别标准本身却不太靠得住，也就是说，脂砚批和畸笏批的风格虽然不太相同，但也并不是每一条批都能加以明确区分的。这就导致戴先生对一些

---

① 皮述民：《补论畸笏叟即曹頫说》，载《南洋大学学报》1975年第八、九期合刊，收入《红楼梦考论集》，台北，联经出版事业公司1984年版。其另有《畸笏回应脂砚批语选释——兼论畸笏即曹頫、脂砚即李鼎》则在认定了畸笏是曹頫、脂砚是李鼎的前提下，对一些畸笏、脂砚批语加以解释，认为原有的矛盾都消失了，该文收入《苏州李家与红楼梦》。

② 赵冈、陈钟毅：《红楼梦新探》第二章第二节"脂砚斋与畸笏叟"，第130—132页。值得注意的是，赵冈、陈钟毅对畸笏身份的认识其实经历了三个阶段：早期他们持脂畸一人说，认为脂砚、畸笏是曹天佑；靖批出现后，他们改持脂畸二人说，认为畸笏即曹頫；最后又认为畸笏是雪芹叔父或李鼎。畸笏即曹頫的观点可参见其论文《从靖应鹍藏钞本〈石头记〉谈红学考证的新问题》，收入胡文彬、周雷编：《海外红学论集》，上海古籍出版社1982年版。

③ 戴不凡：《石兄和曹雪芹——〈揭开《红楼梦》作者之谜〉第二篇》，载《北方论丛》1977年第3期。此文认为《风月宝鉴》旧稿作者石兄是曹荃次子，但无法确定其名字。雪芹修改旧稿，但雪芹不是曹寅、曹荃的嫡系子孙。他究竟是谁的嫡系子孙，戴不凡认为还无法确认。窃以为此文颇多对材料和小说文本的误解、误用，观点应不可信。

④ 戴不凡：《畸笏即曹頫辩——脂批考之一》，载《红楼梦研究集刊》第一辑，收入《红学评议·外篇》，第114—117、123页。

⑤ 戴不凡：《畸笏即曹頫辩——脂批考之一》《说脂砚斋——脂批考之二》，收入《红学评议·外篇》。

关键批语的归属认定跟红学界的普遍看法发生了分歧。比如他论证畸笏是曹𫖯时提出的那些作为证据的批语，有一些就被其他学者认为是脂砚斋所写的。

孙逊也认为，如果畸笏是曹𫖯，那么雪芹就不会是曹𫖯之子，因为从畸笏批语提到雪芹的语气来看，二人绝不会是父子关系。如雪芹是曹𫖯之子，则畸笏就不大可能是曹𫖯。可以肯定的是，畸笏是雪芹的长辈，很可能是伯叔辈。① 但后来孙先生又指出畸笏叟是曹𫖯的可能性最大。而脂砚斋和曹雪芹分别为曹𫖯和曹颙之子，至于他们究竟谁是谁之子，尚难遽断。② 郑庆山则主张畸笏是曹𫖯，而曹雪芹是曹𫖯之子，③ 蔡义江也跟他持同样的看法。④

综上所论，大多数学者都认为畸笏就是曹𫖯，至于他是不是雪芹之父，则存在不同的意见。也有少数人认为他是雪芹的舅舅或伯叔。但总的说来，脂砚斋、畸笏叟的身份仍然是一个未彻底解决的问题，曹雪芹的身份也还有疑问，在没有新材料出现的情况下，我们还能否对这些问题进行探讨并有所推进呢？笔者就再尝试着来做一次努力吧。

（三）曹寅主要亲属成员及其相互关系之分疏

我们先来确定一些不会引发争论的事实，并在此基础上做进一步讨论：

1. 曹寅和曹宣（又名曹荃）

曹寅和曹宣（荃）是同父异母的亲兄弟，关系比较亲密，这一点周汝昌在《红楼梦新证》中曾专门指出过，他甚至认为他们两人是孪生兄弟，⑤ 当然，后来周先生纠正了这一说法。⑥ 这种亲密的兄弟之情我们今天从《楝亭集》中还可以看出来，据笔者统计，曹寅明确题赠曹宣（即子

---

① 孙逊：《红楼梦脂评初探》，第70、71页。
② 孙逊：《曹雪芹、脂砚斋、畸笏叟三者关系之探寻》，《红楼梦学刊》1991年第三辑。
③ 郑庆山：《曹雪芹·畸笏·脂砚斋》（1999年写成），收入《红楼梦的版本及其校勘》。
④ 蔡义江：《畸笏叟考》，载《红楼梦学刊》2004年第一辑。
⑤ 周汝昌：《红楼梦新证》，棠棣出版社1953年版，第59—61页。
⑥ 周汝昌：《红楼梦新证》（增订本），中华书局2012年版，第37—44页。

獃）或表达对曹宣的思念、缅怀的诗作至少有 25 首（这只是按照诗题来统计，事实上，大多数情况下，这些诗都是一题之下有若干首诗）。但朱淡文的《曹寅小考》《曹宣小考》则认为二人关系并不好，原因在于曹寅跟曹宣并非一母所生，曹寅之母是曹玺的妾室，故曹寅要算庶长子。但曹玺去世后，康熙却让曹寅继任江宁织造，而曹宣只不过在京管册府，任侍卫，到晚年还只是个物林达（司库），从而造成了曹寅跟曹宣母子的不和。作为理学家的曹寅，曾费尽心力来维护他们兄弟母子之间的和谐关系。①

2. 曹颙、曹頫这一辈，亦即曹寅和曹宣（荃）的子侄这一辈

根据《关于江宁织造曹家档案史料》中多篇文献的记载，曹寅之子乃是曹颙，这是确凿无疑的事实，对此可无须再论。而曹颙生年，据康熙二十九年（1690）四月初四日《总管内务府为曹顺等人捐纳监生事咨户部文》载（此文中人物关系有错误，但所记各人年龄不应有误）："三格佐领下南巡图监画曹荃之子曹颙，情愿捐纳监生，二岁。"②（朱淡文认为此文抄写时将曹颙和曹颜调错了位置），可知曹颙生于康熙二十八年（1689），其卒年则在康熙五十三年底或五十四年初（1715），③ 享年二十七岁。

又据康熙五十一年（1712）九月初四日《曹寅之子连生奏曹寅故后情形折》中曹颙（即连生）对康熙奏云："奴才年当弱冠，正犬马效力之秋，又蒙皇恩怜念先臣止生奴才一人，俾携任所教养……"④ 可知曹寅卒后，所遗子息只有曹颙一人（已出嫁之二女不计）。

有学者认为，康熙五十年（1711），曹寅曾有一子叫"珍儿"者夭亡。⑤ 这是根据康熙五十年曹寅作《辛卯三月二十六日闻珍儿殇，书此忍

---

① 朱淡文：《曹寅小考》，刊《红楼梦学刊》1982 年第三辑；《曹宣小考》刊《曹学论丛》，群众出版社 1986 年版。
② 中国第一历史档案馆：《新发现的一件曹雪芹家世档案史料》，载《红楼梦学刊》1984 年第一辑。
③ 这是据康熙五十四年正月十二日的《内务府奏请将曹頫给曹寅之妻为嗣并补江宁织造折》来推断的，见故宫博物院明清档案部编：《关于江宁织造曹家档案史料》，中华书局 1975 年版，第 125 页。
④ 《关于江宁织造曹家档案史料》，第 103 页。
⑤ 周汝昌：《红楼梦新证》（增订本）中册，中华书局 2012 年版，第 426 页。张书才认为此"珍儿"是曹寅长子，横死京城，曹雪芹是他的遗腹子。见《曹雪芹生父新考》，载《红楼梦学刊》2008 年第五辑。但张先生的这一说法跟雪芹"四十年华付杳冥"或"年未五旬而卒"等比较可靠的材料有明显矛盾，恐难成立。

恸，兼示四侄寄西轩诸友三首》一诗推断的，其一有两句云"零丁摧亚子，孤弱例寒门"，意颇显豁，原无可疑之处。①但查曹寅传世诗文以及曹寅、曹颙所上奏折，未见这个"珍儿"的任何蛛丝马迹，且前引曹颙奏折中明明说"先臣只生奴才一人"，说明曹寅身后除了曹颙，再无其他儿子了。但也不排除他还有一子夭亡了。

此外，曹寅还有两个女儿，长女曹佳氏于康熙四十五年（1706）嫁平郡王讷尔苏（康熙四十五年八月初四日、十二月初五日奏折均提到），②生福彭、福秀、福静、福端。次女于康熙四十八年（1709）嫁某侍卫（康熙四十八年二月初八日奏折中提及）。③

曹寅之弟曹宣则至少有四子，④其第四子是曹頫，这一点也有确凿证据，无可怀疑。据康熙五十四年正月十二日《内务府奏请将曹頫给曹寅之妻为嗣并补江宁织造折》：

> 本日李煦来称：奉旨问我，曹荃之子谁好？我奏，曹荃第四子曹頫好，若给曹寅之妻为嗣，可以奉养。⑤

由此可知，在曹寅之子曹颙卒后，曹宣第四子曹頫过继给了曹寅为嗣，这一点乃是绝无可疑的。此外，曹宣还有如下几个儿子：

曹宣第三子名曹顺。曹寅《喜三侄顺能画长干，为题四绝句》，其三末尾有小注云："子猷画梅家藏无一幅"。胡绍棠在《楝亭集笺注》中对此诗的题解云：杨钟羲《雪桥诗话三集》卷四著录曹寅此诗云："子猷故善画，喜顺能世其业也。"⑥曹宣善画，曾任康熙南巡图监画（见《总管内务府为曹顺等人捐纳监生事咨户部文》），而他尤善画梅，曹顺继承了其父的艺术才能，也能画长干梅花，故曹寅诗注中会提到曹宣画梅事。另

---

① 胡绍棠笺注《楝亭集笺注》中此诗之"题解"说云："珍儿盖为曹寅幼子。"第509页。
② 《关于江宁织造曹家档案史料》，第42、44页。
③ 同上书，第63页。
④ 朱淡文、胡绍棠对此问题的考证结果有不同之处，此处参酌两人所考来进行论述。朱淡文：《曹宣小考》，载《曹学论丛》，群众出版社1986年版；胡绍棠：《关于曹顺》，载《红楼梦学刊》1983年第三辑。
⑤ 《关于江宁织造曹家档案史料》，第125页。
⑥ 曹寅著，胡绍棠笺注：《楝亭集笺注》，第239页。

外，康熙五十一年九月初四日《曹寅之子连生奏曹寅故后情形折》中，曹頫也明确提到"九月初三日，奴才堂兄曹颀来南"等语。① 由此我们可以得出一个确切结论：曹颀是曹宣的第三子。但《总管内务府为曹顺等人捐纳监生事咨户部文》中却未见曹颀，② 笔者认为很可能是抄写者把"曹颀"抄成了"曹颜"，而这个"曹颜"很可能并无其人。关于曹颀的履历，据胡绍棠考证，他在康熙五十五年曾补放"茶房总领"，③ 雍正时，曹頫遭查抄，曹颀却受到雍正眷顾，因此胡绍棠推断曹颀和曹頫的关系原本不好，后来他又跟过继给曹寅的曹頫不和，故曹頫被雍正裁抑时，曹颀却反受恩顾。④

桑额。康熙五十年四月初十日《内务府总管赫奕等奏带领桑额连生等引见折》云："又具奏：原任物林达曹荃之子桑额、郎中曹寅之子连生，曾奉旨：著具奏引见。""奉旨：曹荃之子桑额，录取在宁寿宫茶房。"⑤ 胡绍棠认为桑额即曹颀，而朱淡文则认为桑额是曹颜，笔者比较赞同胡绍棠的意见。

曹颙。曹寅作于康熙四十五年的《途次示侄骥》："执射吾家事，儿童慎挽强。"胡绍棠题解云：骥为曹荃之子曹颙乳名。所据为康熙二十九年四月初四日《总管内务府为曹顺等人捐纳监生事咨户部文》，其时曹颙五岁。另曹寅《楝亭词钞别集》中之《浣溪沙·丙寅重五戏作和令彰》有句云"骥儿新戴虎头盔"，乃康熙二十五年曹颙出生时所作。则曹寅作《途次示侄骥》时，曹颙已经二十一岁。时曹寅进京述职南返，颙随行。⑥

朱淡文"曹氏家族世系表"所列曹宣之子还有曹顺和曹颜，曹顺在《内务府奏曹寅办铜尚欠节银应速完结并请再交接办折》中提到过两

---

① 《关于江宁织造曹家档案史料》，第103页。
② 朱淡文据此认为曹颀非曹宣之子，又据《五庆堂曹氏宗谱》所载，考定其为曹宣之子。见《曹宣小考》，载《曹学论丛》，第33—35页。故其《曹氏家族年谱简编（下）》所附"曹氏家族世系表"中，曹宣之子无曹颀，见《红楼梦学刊》1990年第三辑，第267页。关于曹颀，胡绍棠考之甚确，其观点跟朱淡文颇不同，见其《关于曹颀》一文，载《红楼梦学刊》1983年第三辑。
③ 《关于江宁织造曹家档案史料》，第140页。
④ 胡绍棠：《关于曹颀》，载《红楼梦学刊》1983年第三辑，第330、331页。
⑤ 《关于江宁织造曹家档案史料》，第84页。
⑥ 曹寅著，胡绍棠笺注：《楝亭集笺注》，第227页。

次,都明确说他是"曹寅弟弟之子",他也称曹寅为"伯父",① 其身份是十分清楚的。朱淡文认为曹顺跟曹寅、曹颙父子关系不和,② 但此说的证据还比较薄弱,恐难信从。曹颜则只在《总管内务府为曹顺等人捐纳监生事咨户部文》中被提到过,咨文说他是曹寅之子,但这显然是错误的,也跟上引内务府的奏折相抵触。这篇咨文错误不少,曹颜其人也不见其他记载,如前所言,恐怕是误抄所致,这个人可能根本就是子虚乌有的。

据曹𫖯在康熙五十四年七月十六日《江宁织造曹𫖯覆奏家务家产折》中云"窃奴才自幼蒙故父曹寅带在江南抚养长大,今复荷蒙天高地厚洪恩,俾令承嗣父职……"又康熙五十四年正月十二日《内务府奏请将曹𫖯给曹寅之妻为嗣并补江宁织造折》中云"据(曹颙之家人老汉)禀称:我主人所养曹荃(宣)的诸子都好,其中曹𫖯为人忠厚老实,孝顺我的女主人,我女主人也疼爱他……"③ 由此可知,曹𫖯自幼即跟曹寅在江宁生活,而且曹宣诸子应该都由曹寅抚养过。之所以如此,大概是因为曹宣于康熙四十四年(1705)去世时,诸子尚未成人,此时曹𫖯大约只有九岁。这就意味着曹顺、曹颙、曹颀、曹𫖯、桑额、竹礀等人都见过曹寅,也了解江宁织造府盛时的境况。

朱淡文曾论及曹寅与曹宣(荃)母子不和的问题,其最直接的证据是康熙五十四年正月十二日《内务府奏请将曹𫖯给曹寅之妻为嗣并补江宁织造折》中所录的一段康熙的圣旨:

> 李煦现在此地,着内务府总管去问李煦,务必在曹荃之诸子中,找到能奉养曹颙之母如同生母之人才好。他们弟兄原也不和,倘若使不和者去做其子,反而不好。汝等对此,应详细考查选择。④

那么,这段话中所说的"他们弟兄原也不和"究竟是指谁呢?朱淡文认为是指曹寅、曹宣兄弟(见《曹寅小考》),另外如上所言,她认为曹

---

① 《关于江宁织造曹家档案史料》,第68、69页。
② 朱淡文:《曹宣小考》,载《曹学论丛》,第38—42页。
③ 《关于江宁织造曹家档案史料》,第132、126页。
④ 同上书,第125页。

顺跟曹寅、曹颙也不和。此外，胡绍棠认为曹頔跟曹颙也不和。但细参这段话的上下文，笔者认为应该是指曹宣诸子中有人跟曹颙不和，故康熙叮嘱不能让跟曹颙不和者出嗣曹寅，以免其不能妥善照顾曹寅之妻（即曹颙之母）。曹颙跟曹宣之子不和的原因，可能是由他们父辈之间的不和延续而来。此后，曹𫖯因过继给曹寅，可能也同时继承了曹颙跟他的兄弟们之间的矛盾，曹𫖯被查抄回京后枷号追赔所欠银两（443两2钱）长达七年零四个月之久，而无人施以援手，可以看出他的兄弟们对他的冷漠。① 小说第二回写甄宝玉被打吃疼不过时就"姐姐""妹妹"乱叫起来处，甲戌本有一条朱笔眉批云：

> 以自古未闻之奇语，故写成自古未有之奇文，此是一部书中大调侃寓意处。盖作者实因鹡鸰之悲、棠棣之威，故撰此闺阁庭帏之传。②

"鹡鸰之悲、棠棣之威"出自《诗·小雅·棠棣》，暗指兄弟之间的不和，再结合小说中所写贾赦、邢夫人跟贾母、贾政、王夫人的矛盾，与抄检大观园所揭示的家族内部之相杀相斗，可以明白曹雪芹写《红楼梦》的一部分原因就是受到家族内部不和的刺激。而他能够亲身经历感受到的自然也是他父辈之间的不和，祖父那一辈不和的事他应该是比较生疏的了。

3. 曹颙、曹𫖯的后代

周汝昌《红楼梦新证》（增订本）第七章"史事稽年"引张云章《朴村诗集》卷十《闻曹荔轩银台得孙却寄兼送入都》（周先生系此诗于康熙五十年冬）：③

> 天上惊传降石麟（时令子在京师，以充闾④信至），先生谒帝戒兹辰。傲装继相萧为侣，取印提戈彬作伦。书带小同开叶细，凤毛灵运出池新。归时汤饼应招我，祖砚传看入座宾。

---

① 张书才：《新发现的曹𫖯获罪档案史料考析——关于曹𫖯获罪的原因与被枷号及其家属回京后的生活状况和住址问题》，载《历史档案》1983年第2期。
② 见《脂砚斋重评石头记》（甲戌本）影印本，第60页。
③ 笔者查《朴村诗集》的编排，大体按照年代排序。但是否全部诗作都严格按此标准排列，毫无舛乱，则未能详考。
④ 充闾之庆，指光大门庭的喜事。

如前所言，曹寅只有曹颙一子（即使有过一"珍儿"，也夭折了），此诗既曰曹寅得孙，则此孙必为曹颙所出无疑。但康熙五十四年（1715）曹颙卒后，曹荃（宣）之子曹頫遵康熙之命过继给曹寅之妻为嗣时，他在上给康熙的奏折中说：

> 奴才之嫂马氏（即曹颙妻），因现怀妊孕，已及七月。……将来倘幸而生男，则奴才之兄嗣有在矣。①

由此看来，曹颙卒后，只留下一个遗腹子。故周汝昌推断，张云章诗提到的曹颙之子——曹寅之孙——后来夭折了。② 笔者认为，周先生这一说法是很有道理的。有学者认为曹颙此子并未夭折，他就是曹雪芹。③ 但如果曹雪芹生于康熙五十年（1711），那么到他去世的壬午（1763）除夕或甲申（1764）岁首，④ 他至少享年五十二或五十三岁，这跟敦诚所说的"四十萧然太瘦生"（《挽曹雪芹》）以及张宜泉所说的"年未五旬而卒"（《伤芹溪居士》）均不相符，又与上引曹頫给康熙的奏折直接抵触，显然不能成立。

而据《五庆堂曹氏宗谱》记载：天佑，颙子，官州同。⑤ 如此，则曹颙这个遗腹子名叫曹天佑。王利器认为曹天佑就是曹天祐，曹家被抄后改名为曹霑，他也就是曹雪芹。⑥ 刘梦溪和朱淡文都认同这一看法，⑦ 但也有人持不同的意见（详下）。至于《五庆堂曹氏宗谱》所说的"官州同"

---

① 见康熙五十四年三月初七日《江宁织造曹頫代母陈情折》，载《关于江宁织造曹家档案史料》，第128、129页。
② 周汝昌：《红楼梦新证》（增订本）中册，中华书局2012年版，第428、429页。
③ 吴新雷：《〈朴村集〉所反映的曹家事迹——兼考曹雪芹的生年和生父》，收入吴新雷、黄进德：《曹雪芹江南家世新考》，黑龙江教育出版社2009年版。
④ 曹雪芹卒于甲申岁首乃梅节《曹雪芹卒年新考》一文提出的观点，载《红楼梦学刊》1980年第三辑。
⑤ 《五庆堂曹氏宗谱》所载见冯其庸《曹雪芹家世新考》图106，以及第二章第二节"世系表"。
⑥ 王利器：《马氏遗腹子·曹天佑·曹霑》，《红楼梦学刊》1980年第四辑，收入《耐雪堂集》。王先生因《八旗满洲氏族通谱》（简称《通谱》）"天佑"作"天祐"，而径改"曹天佑"为"曹天祐"。据笔者核查国图藏《通谱》稿本（卷七十四），乃作"曹天祐"，而《通谱》乾隆九年刻本则作"曹天祐"。王先生所据当为刻本。
⑦ 刘梦溪：《曹雪芹的时代和〈红楼梦〉的创作》正文及注2，载《社会科学辑刊》1980年第5期，收入刘梦溪：《红楼梦新论》，第25页。以及朱淡文：《曹氏家族年谱简编（上）》，载《红楼梦学刊》1990年第二辑，第303页。

云云，王先生认为只是个未实授的赠官或捐官（如贾琏捐了个同知），并无实际意义。① 曹颙的这个遗腹子曹天佑应生于康熙五十四年（1715），他在江宁织造府中大概生活了十三年，雍正五年（1727）回到北京。

那么，曹颙的遗腹子曹天佑究竟是不是曹雪芹呢？据敦诚《寄怀曹雪芹霑》一诗中"扬州旧梦久已觉"一句后的小注云"雪芹曾随其先祖寅织造之任"，则雪芹为曹寅之孙当无可疑。而曹寅之子只有嫡子曹颙和嗣子曹頫，因而雪芹之父也只能是曹颙或曹頫。而从雪芹有父兄也有弟这一点来说（第一回前"作者自云"有"背父兄教育之恩"等语，第一回有眉批云"雪芹旧有《风月宝鉴》之书，乃其弟棠村序也"，第二十二回脂批也说作者是"世家曾经严父之训者"），他应该不会是曹颙之遗腹子，那他就只能是曹頫之子了。陈毓罴即力主此说。② 而且曹雪芹作为曹頫之子，也更有写作《红楼梦》的心理动机。但这一观点却找不到任何文献上的直接证据，只能是一个推断而得的结论。不过因其论证逻辑较强之故，笔者目前更倾向于这一结论。

曹頫之子曹雪芹跟曹颙之子曹天佑自然是堂兄弟关系，因曹頫比曹颙年纪大概要小七到八岁，我们不妨认为曹雪芹也比曹天佑要小一些，但也不会小太多。他在江宁织造府中也应该生活到雍正五年才离开，大概待了十年到十二年。

这兄弟二人都没有经历曹寅的时代，也没见过曹寅。但在曹頫担任江宁织造时，他们在织造府中度过了他们的童年和少年时代，这算一段不短的时间。

在曹氏家族中，曹寅、曹宣还有一个堂弟曹宜，长期在北京内务府和正白旗任职，跟曹寅一族关系并不密切，跟《石头记》似乎也无甚关

---

① 王利器：《马氏遗腹子·曹天佑·曹霑》，《红楼梦学刊》1980年第四辑，收入《耐雪堂集》。但《八旗满洲氏族通谱》稿本卷七十四所载"曹天祐"则是"现官州同"，这跟捐的官显然是不一样的。

② 陈毓罴：《曹雪芹并非遗腹子》一文举出四条证据，其中三条是可信的：第一回甲戌本眉批云其有弟棠村，为《风月宝鉴》作序；第二十二回双行批云"非世家曾经严父之训者，断写不出此一句"；第一回前的"作者自云"说"背父兄教育之恩"云云。这证明曹雪芹有父有弟，所以他不是曹颙遗腹子，也不是曹天佑。该文原署名"王怀湘"，载《红楼梦研究集刊》第三辑，上海古籍出版社1980年版。

联,这里就不再论及了。但曹寅妻兄李煦还有必要在此略做交代。此人曾担任苏州织造达三十年(1693—1723)之久,跟曹寅关系极为密切。他跟曹寅一同接待过康熙南巡,落下巨额亏空。雍正元年(1723)被革职抄家。李煦被发往打牲乌拉,后来病殁于此地。李煦之子李鼎跟曹颙年岁大致相当,据载此人"性奢华,好串戏,延名师以教习梨园,演《长生殿》传奇,衣装费至数万"。李家被查抄后,他从苏州返京居住。① 李煦家族被认为是《石头记》中史侯家的原型,李鼎则或被认为是脂砚斋(皮述民说),或被认为是畸笏叟(赵冈、陈钟毅说)。

(四) 脂砚斋和畸笏叟身份的再确认

在把曹寅最主要的亲属关系做了一番梳理之后,接下来我们就来讨论一下脂砚斋和畸笏叟两人身份的问题。

以往研究这一问题的基本方法即从《石头记》早期抄本上所保留的大量批语入手,来分析批语作者跟曹家与曹雪芹的关系,并由此判定他们的身份。红学界公认脂砚斋是《石头记》最重要的批点者和整理者,这从早期抄本几乎都叫《脂砚斋重评石头记》就可以看出来。其次重要的批点者就是畸笏叟。他们两人留下的署名或署时的批语也最多。此外,还有梅溪、松斋这两位署名的批点者,他们的批语大概各仅有两条(在第一回、第十三回)。另外,如果靖藏本可靠的话,则还有一条署名"常(棠)村"的批语(在第十三回)。在脂砚斋的批语中曾多次提到"诸公之批"或"诸公"如何如何(大约15次),不知所谓的"诸公",除了以上这些人之外,是否还有其他人。不过此处只谈脂砚斋和畸笏叟两人之批。此二人之批除了有署名和署时因而容易辨别者之外,还有大量没有署名和署时因而难以辨别者,这造成了研究上的混乱和困难。对一些关键批语的归属判断和理解也言人人殊,导致对一些重要问题的看法发生了很大分歧。笔者将在反复甄辨学界已有观点的基础上试着提出一点自己的浅见。

---

① 王利器:《李士桢李煦父子年谱》,北京出版社 1983 年版;皮述民:《李煦李鼎父子年谱初稿》,收入《苏州李家与红楼梦》;朱淡文:《曹氏家族年谱简编(下)》,载《红楼梦学刊》1990 年第三辑;赵冈、陈钟毅:《红楼梦新探》,第 131 页。

先从留下批语最多的脂砚斋谈起。前文已经提到，关于脂砚的身份，达成了较高共识的一个看法是：他跟雪芹是同辈人，是兄弟或堂兄弟关系。对此，赵冈和孙逊等人从批语中找到了很多有力的证据，① 这一基本结论笔者完全认同，这里也不必再重复列举他们的证据。但如果进一步探讨脂砚究竟是谁，那么赵冈等很多学者都认为他是曹天佑，即曹颙的遗腹子；而孙逊则认为曹雪芹和脂砚斋到底谁是曹颙的遗腹子，很难判断，只能存疑。因为孙先生认为从批语中看出曹雪芹和脂砚斋似乎都曾经严父管教，不像是遗腹子。而如果把"严父"做宽泛的理解，视为父辈之同义，那么雪芹和脂砚谁是遗腹子仍难以判定。笔者认为，说曹雪芹有严父管教，不是遗腹子，这一点证据确凿（前文已举过相关证据），应该是没什么问题的了。但脂砚斋的情况还有再讨论的必要。孙先生所举的看出脂砚不像遗腹子的批语有两条，一条是庚辰本第十七、十八回的侧批，批在"宝玉听了，带着奶娘小厮们，一溜烟就出园来"旁边：

> 不肖子弟来看形容。余初看之，不觉怒焉，盖谓作者形容余幼年往事，因思彼亦自写其照，何独余哉？信笔书之，供诸大众同一发笑。

另一条批在第二十三回，宝玉正和贾母盘算搬入大观园的事，忽然丫鬟来说："老爷叫宝玉。"宝玉听了，好似打了个焦雷，登时扫去兴头，脸上转了颜色，批语谓：

> 余亦惊骇，况宝玉乎！回思十二三时，亦曾有是病来。想时不再至，不禁泪下。②

平心而论，从这两条批语并不能看出脂砚幼年所畏惧的必定是一位严父，也可以是一位严厉的父辈，正如孙逊所指出的，不管谁是曹颙遗腹子，曹𫖯理应视如己子，严加管教，而在这位遗腹子心目中，他跟严父也

---

① 参见赵冈、陈钟毅：《红楼梦新探》第二章第二节"脂砚斋与畸笏叟"；孙逊：《曹雪芹、脂砚斋、畸笏叟三者关系之探寻》，载《红楼梦学刊》1991年第三辑。从批语中可以看出，脂砚了解不少曹家的日常生活细节，这一点应该可以排除皮述民极力主张的脂砚即李鼎说，这里不详述。

② 两批分别见于《脂砚斋重评石头记》（庚辰本）影印本，第349、515页。

差不多。① 另外，笔者发现，"回思十二三时，亦曾有是病来。想时不再至，不禁泪下"这一句批语有值得特别注意之处：脂砚所提到的"十二三时"究竟有没有什么特殊的意义呢？为了分析这一问题，我们不妨先确定一个时间节点，那就是雍正五年（1727）年底曹家被查抄的时候。那么脂砚所说的他"十二三时"是在雍正五年之前还是之后？笔者以为，理应是在此之前，因为此后曹家搬回北京，曹𫖯被枷号追赔亏空银两，他家人的生活也陷入困顿，小说所描写的生活情境跟脂砚等人已经毫无关系了。既然是在之前，那么雍正五年之前已经十二三岁的脂砚，就非曹颙遗腹子不可了。因为前文已经提到，曹颙遗腹子应生于康熙五十四年（1715），到雍正五年（1727）正好十二三岁，而曹𫖯诸子应该都比他要小一些。②

此外，脂砚不但是遗腹子，他可能还幼年丧母，这从脂批大致可以看出来，比如第十六回写贾政被宣入朝，回府时看到贾母伫立悬望，此处庚辰本有一条侧批云"慈母爱子写尽……余掩卷而泣"；第二十五回写宝玉、王夫人母子亲热情形，此处甲戌本有两条侧批说"余几几失声哭出""慈母娇儿写尽矣"，庚辰本此处则有一条行间双行小字夹批云"普天下幼年丧母者齐来一哭"；同回写宝玉、凤姐二人中邪后苏醒处，甲戌本有一侧批云"昊天罔极之恩如何报得？哭杀幼而丧亲者"；③——脂砚看到这些描写母子情深的场景，竟然如此情不能已，这似乎不能泛泛地视作他只是为小说的描写而感动，恐怕他确实有幼年丧母或幼而丧亲的遭遇。虽然曹𫖯、曹颙二人之妻如何去世并未见任何文献记载，但曹颙之妻生下遗腹子不久后即去世的可能性还是存在的，这都说明脂砚不大可能是曹𫖯之子，而应是曹颙之子。

另外，有学者认为脂砚还有一个曾教他识字念书的早逝的姐姐，这是

---

① 孙逊：《曹雪芹、脂砚斋、畸笏叟三者关系之探寻》，载《红楼梦学刊》1991年第三辑，第32页。
② 康熙五十四年曹颙去世时，年二十七岁，其遗腹子曹天佑也生于此年。这一年曹𫖯年仅十九岁，未闻有子，其后来生子（如雪芹）自然都比曹天佑要小。
③ 以上各批依次见于《脂砚斋重评石头记》庚辰本影印本，第321页；甲戌本影印本，第359页；庚辰本影印本，第560、581页。

根据第十七、十八回写宝玉三四岁时已由元妃教他认了数千字处的一条著名批语来判定的,① 赵冈、陈钟毅就据此猜测脂砚（即曹天佑）应有一个比他大五六岁的姐姐,未嫁而亡了。但也有一些学者认为这条批语是畸笏所批,他这位"仙逝太早"的"先姊"就是曹寅之长女曹佳氏、平郡王讷尔苏的王妃。赵、陈二人批驳了这种说法,② 然而,脂砚的"先姊"恐怕也不是他们强行给他找出来的那位姐姐。此事的真相究竟如何,目前恐怕已难以弄清,这对探究脂砚斋的身份也并无实质性的影响,这里就不再多论了。

接下来再说一下畸笏叟。如前所说,认为畸笏就是曹頫的观点具有很高的共识度,而其最重要的理由就是从畸笏批语中可以看出他见过曹寅（比如他听过曹寅说"树倒猢狲散"这句禅语）,也经历过曹寅生前的一些事情（比如西堂产九台灵芝日用大海饮酒庆贺之事）,对曹家被查抄败落的遭遇和家族管理上的种种弊端,很多年后也记忆犹新,并感到痛彻心扉,这些理由前人都曾反复论及,这里就不再重复了。笔者大体上认同这一结论。虽然从上文对曹寅、曹宣兄弟子嗣的考察来看,曹宣卒后,其诸子都曾被曹寅接到江南抚养,应该说,他们都见过曹寅,也了解曹寅生前织造府中的生活内容,但跟曹寅关系最密切、也最为曹寅等人所认可的还是曹頫。他也因为出嗣曹寅,而跟江宁织造府这个曹家荣辱与共、休戚相关,所以才会屡屡因小说情节触动而想起往事,并在批语中流露出极其强烈的悲伤痛惜之情。因此,综合衡量的话,我们目前也的确再找不出比曹頫更符合畸笏批语特征的人选了。

然而畸笏批语也仍有一些令人疑惑之处,正如孙逊曾经说过的:从现存可靠的畸笏批的口气看,畸笏和雪芹绝不可能是父子关系。比如畸笏在批语中常常极力称赞作者的手段高明,提到雪芹之死似乎也并不多么悲痛。③ 虽然后来孙逊对他的观点有所修正,认为畸笏是曹頫的可能性比较大,④ 但笔者认为他之前的说法还是有一定道理的,恐怕不容轻易否定。

---

① 此批见于《脂砚斋重评石头记》:"批书人领至（过）此教,故批至此,竟放声大哭。俺先姊先（仙）逝太早,不然,余何得为废人耶?"庚辰本影印本第383页。
② 赵冈、陈钟毅:《红楼梦新探》第二章第二节,第127、128页。
③ 孙逊:《红楼梦脂评初探》,第70页。
④ 孙逊:《曹雪芹、脂砚斋、畸笏叟三者关系之探寻》,载《红楼梦学刊》1991年第三辑。

这里试举几条批语来加以分析。如第十六回写贾琏、凤姐、赵嬷嬷议论省亲事处，庚辰本有一条眉批：

> ……其千头万绪，合笋（榫）贯连，无一毫痕迹，如此等，是书多多，不能枚举。想兄在青埂峰上，经煅炼后，参透重关至恒河沙数。如否，余曰万不能有此机括，有此笔力，恨不得面问果否。叹叹！丁亥春。畸笏叟。①

这条批语对作者文思、笔力的夸奖，不似严父对儿子的态度，这是自不待言的。但更值得注意的是，其中提到"兄"如何如何——这个"兄"，在脂批和畸笏批中屡见不鲜，其直接所指自然是"石兄"，带有一丝戏谑的口吻。但脂砚和畸笏应该都明白，这个"石兄"其实是作者的一个替身、一个代号，畸笏若是雪芹之父，那他屡次用"兄"或"石兄"来称呼自己的儿子，多少令人觉得有些奇怪。当然，这个"石兄"也是书中空空道人对顽石的一个戏称，是一个虚拟的小说作者，畸笏如此称呼似乎也未尝不可。又如庚辰本第二十二回写宝黛口角一段，也有两条眉批夸奖作者的天分与文思：

> 此书如此等文章多多，不能枚举，机括神思自从天分而有。其毛锥写人口气传神摄魄处，怎不令人拍案称奇叫绝！丁亥夏，畸笏叟。
>
> 神工乎，鬼工乎？文思至此尽矣。丁亥夏，畸笏。②

这里的夸奖力度已经达到无以复加的地步了，一位父亲会不会这么夸儿子？按理说似不太可能，但于情而言，倒也不无可能，尤其是考虑到畸笏写批语的时间，雪芹已经去世，畸笏带着怀念之情来写批语，难免把话说到极致。但这种话终究令人觉得有些疑惑。类似的批语还有一些，这里就不再一一列举了。

孙逊还提到一点，就是畸笏对雪芹之死也并不多么悲痛。对这一说法，笔者最初也是认同的。但后来想法有一些改变，这跟对一些批语的理

---

① 《脂砚斋重评石头记》庚辰本影印本，第331—333页。
② 同上书，第493页。

解有关。如甲戌本第一回那条"余尝哭芹，泪亦待尽"的著名批语，其批者笔者现在认为应非畸笏莫属，这样一来，畸笏对雪芹之死其实是很悲痛的，而把这种悲痛视为丧子之痛也是最为合理的。

总而言之，目前阶段，综合考虑各家之说及其证据，脂砚是曹颙遗腹子曹天佑、畸笏是雪芹之父曹頫的说法还是最有说服力的。① 当然这一认识也不是完美的、无懈可击的，还存在一些疑问，不排除还有其他的可能性。

---

① 关于曹天佑其人其名，这里还有必要做一个补充说明：记载曹颙遗腹子叫曹天佑的是《五庆堂重修辽东曹氏宗谱》（简称《宗谱》），《宗谱》还说他"官州同"。而乾隆时官修的《八旗满洲氏族通谱》（简称《通谱》）卷七十四"曹锡远"名下则记载了一个"曹天祐"，跟曹颙、曹頫等人是同辈，并列为曹锡远之玄孙，且此人"现官州同"。另外还有一个《通谱》的稿本（现藏国图），其中"曹天祐"作"曹天佑"。看起来，这三处记载的应该是同一个人，但究竟哪个记载更可信呢？长期以来，学界大多数人都采用了《宗谱》的记载，少数人采用了《通谱》刻本记载的名字，同时又采用了《宗谱》所记载的人物关系（如王利器）。蔡义江则采用了《通谱》稿本的记载，据此认为曹天祐就是曹顺，即曹雪芹的堂叔，其理由见蔡义江：《曹雪芹卒于甲申享年四十重议——纪念曹雪芹逝世250周年》，载《中国文化研究》2013年冬之卷。如果蔡先生所言成立的话，那么作为曹颙遗腹子的脂砚，其名字就不能是天佑了。到底哪家观点正确，还有待进一步研究，本书暂且信从多数人的意见。

第三章　自叙传说与
《红楼梦》的创作性质

　　在红学史上，清代的裕瑞最早指出《红楼梦》中的一些重要人物都有生活原型。到 1921 年，胡适在对曹雪芹家世和生平加以考证的基础上，提出了自叙传说，并得到了俞平伯、周汝昌等人的支持。这一重要判断对曹雪芹和《红楼梦》的研究发生了持久而深入的影响。但随着时间的推移，自叙传说也受到了不少质疑，学界对《红楼梦》的性质以及研究方法都提出了一些新观点和新思路，也因此出现了很多争论。但对自叙传说究竟该如何评价？其合理性和不合理性都有哪些？这一说法对我们全面准确理解《红楼梦》的性质有何意义？最重要的则是，我们究竟该如何来看待这部小说的性质？它如果不是一部自叙传，那么是不是一部纯虚构之作，或者它属于一种更为复杂多元的独特形态？这些问题都是《红楼梦》研究中的基本问题，本章仍拟从相关研究史入手，来追寻学界对这一问题的认识过程，并在此基础上尝试着提出一些新的看法。

第一节　胡适、俞平伯、周汝昌等人的观点：
自叙传或自叙传的小说

　　胡适是现代红学的奠基者，也是自叙传说的拥护者，他毕生多次强调《红楼梦》是曹雪芹的"自叙传"，到晚年才调整为"自传性质的一个小说"。

　　他的《红楼梦考证》（1921）一文指出："我们看了这些材料，大概可以明白《红楼梦》这部书是曹雪芹的自叙传了。""这些材料"主要指这篇文章对曹寅和曹雪芹生平的只能算比较简单的发掘，比如：曹家祖孙四代连任江宁织造；曹寅四次接待康熙南巡；曹雪芹跟敦诚兄弟的交往，他的困窘生活；等等。文章又考证出了关于曹雪芹的"六条结论"，跟上述"材料"相比，新增了三条：（1）根据曹寅妻兄李煦被查抄败落的遭遇断定曹家（包括雪芹）也是如此败落的，这跟小说对贾府和宝玉遭遇的安排是一致的。（2）从"作者自云"可以看出那个深自忏悔的作者就是贾宝玉的底本；从小说第一回中石头所说看出书中写的是作者自己的事体情理，是他半世亲见亲闻的几个女子的故事。（3）将第二回冷子兴所说的贾府世系，跟曹家世系对比，认为贾政就是曹頫，贾宝玉就是曹雪芹，就是曹頫之子。胡适由此进一步指出：《红楼梦》是一部隐去真事的自叙：里面的甄、假宝玉就是曹雪芹自己的化身，甄、贾两府即是当日曹家的影子。① 在《考证〈红楼梦〉的新材料》（1928）一文中，他根据对新发现的甲戌本的研究，再一次强调了上述观点："故《红楼梦》是写曹家的事，这一点现在得了许多新证据，更是颠扑不破的了。"②

　　他晚年所写的《谈〈红楼梦〉作者的背景》（1959）一文指出："懂得曹家这个背景，就可以晓得这部小说是个写实的小说，他写的人物，他

---

①　《红楼梦考证》（改定稿），收入宋广波编校：《胡适论红楼梦》，第172页。
②　宋广波编校：《胡适论红楼梦》，第246页。

写王凤姐，这个王凤姐一定是真的，他要是没有这样的观察，王凤姐是个了不得的一个女人，他一定写不出来王凤姐。比如他写薛宝钗，写林黛玉，他写的秦可卿，一定是他的的确确是认识的。所以懂得这一点，才晓得他这部小说，是一个'自传'，至少带着自传性质的一个小说。"①

周策纵《胡适的新红学及其得失》则记载了二十世纪五十年代胡适对其提问的答复："我相信文学作品都有作者的经验做底子，所以广泛一点说，本来可说：一切文学作品都是作者的自叙传。""不过《红楼梦》的作者曹雪芹在书前早就说过：这书是'只按自己的事体情理'，是记载'我这半世亲见亲闻的'；并且我考证出书中的确记有曹家的事。所以我强调说是'一部隐去真事的自叙'。""其实我既然已承认隐去了真事，就必然有虚构的部分了。况且我后来也曾经指出过：大观园本不是实有其地，贾元春做皇妃并没有这个人，省亲也不是实事。②《红楼梦》里自然有许多虚构的情节。不过我以为这些都不能否定主要故事是写曹家的。""我的研究，只是要指出《红楼梦》描写的故事和人物，不完全是假的，许多是有事实做根据的，《红楼梦》是一部写实的小说，虽然也有许多虚构的成分，但实人实事总是最基本的主体。当然，我如果说《红楼梦》是一个自传性质的小说，不单单说是自传，也许就不会引起许多误会了。不过我说是自传，那是从主要部分来说的。"③

可以看到，胡适晚年稍微调整了他的观点，勉强承认这部书是一部小说，认为其中包含了一些虚构的情节，不过这些情节并不是主要的。他仍然一再强调《红楼梦》的"自传性质"，强调"实人实事"是其"最基本的主体"。他的观点本质上就是认为《红楼梦》是由大部分写实性的自传加上小部分虚构性的情节组合而成的。这种看法颇有些机械，但我们不能否认小说史上也确有这样的一类作品，至于他的看法是否符合《红楼梦》的实际情况，那就另当别论了。

---

① 宋广波编校：《胡适论红楼梦》，第401页。
② 胡适在《考证〈红楼梦〉的新材料》一文中指出："至如大观园的问题，我现在认为不成问题。贾妃本无其人，省亲也无其事，大观园也不过是雪芹的'秦淮残梦'的一境而已。"宋广波编校：《胡适论红楼梦》，第252页。
③ 《红楼梦学刊》1997年第4期。

跟胡适同时代的鲁迅也接受了胡适的观点，其所撰《中国小说史略》第二十四篇"清之人情小说"谈到《红楼梦》时说"盖叙述皆存本真，闻见悉所亲历，正因写实，转成新鲜"。又说"然谓《红楼梦》乃作者自叙，与本书开篇契合者，其说之出实最先，而确定反最后"。鲁迅引了小说第一回正文和正文前之"作者自云"，以及胡适的考证为据。① 其《中国小说的历史的变迁》也说：《红楼梦》一书，说是大部分为作者自叙，实是最为可信的一说。② 在《〈出关〉的"关"》一文中鲁迅又说：纵使谁整个的进了小说，例如《红楼梦》里贾宝玉的模特儿是作者自己曹霑，《儒林外史》里马二先生的模特儿是冯执中，云云③——看来鲁迅认为贾宝玉就是以作者本人为原型来写的。后来，鲁迅也没再对他的观点做任何修正了。

跟鲁迅一样，俞平伯对《红楼梦》性质的认识也受胡适影响，最初也持自叙传说，但后来改为"自叙传的小说"这一说法。追溯俞先生对这一问题的思考，有一些比较复杂的情况值得我们注意。

俞平伯在《〈红楼梦〉辨》（1923）中卷"作者的态度"中指出："书原名《石头记》，正是自传底一个铁证。"论"《红楼梦》底风格"时则说："我们有一个最主要的观念，《红楼梦》是作者底自传。……既晓得是自传，当然书中底人物事情都是实有而非虚构；既有实事作蓝本，所以《红楼梦》作者底惟一手段是写生。"俞平伯还编了《〈红楼梦〉底年表》，把现实中的曹家跟小说中的贾家等而视之，混为一谈了。④

俞先生不久后就在《〈红楼梦辨〉的修正》（1925）一文中"修正"了他的观点，但"修正"后的观点究竟为何，却不容易把握。他说"最先要修正的""是《红楼梦》为作者的自叙传这一句话"。但又说"所谓修正只是给它一个新解释，一个新看法，并不是全盘推翻它"。他说"《红楼梦》系作者自叙其生平，有感而作的，事本昭明不容疑虑"，但紧接着又

---

① 鲁迅：《中国小说史略》，人民文学出版社1973年版，第205—207页。
② 同上书，第306页。
③ 《鲁迅全集》第六卷，人民文学出版社1991年版，第519页。
④ 《俞平伯全集》第五卷《〈红楼梦〉辨》，花山文艺出版社1997年版，第154、162、173—177页。

说:"我在那本书里有一点难辩解的胡涂,似乎不曾确定自叙传与自叙传的文学的区别;换句话说,无异不分析历史与历史的小说的界线。……本来说《红楼梦》是自叙传的文学或小说则可,说就是作者的自叙传或小史则不可。"从这些不免有些矛盾的论述来看,俞先生"修正"后的观点应该是认为《红楼梦》是一部自叙传的小说。在确认这一点之后,俞先生认为"现在所应当仔细考虑的,是自叙生平的分子在全书究有若干?(我想,决不如《红楼梦辨》中所假拟的这样多。)换言之,《红楼梦》一书中,虚构和叙实的分子其分配比率若何?"他大概意识到这一问题难免有机械论之嫌疑,于是又"修正"说这一分配比率当然不能用算式来表示,只能凭我们的观察和判断,"正确的程度须看各人观察判断的力而定"——这就不免有些不可知论或主观主义的嫌疑了。

在这篇论文中,俞先生从理论上指出所谓"真文艺"的"创造"乃在于"经验的重构",而非"重现",他说"经验们在作品中究竟是怎样一种光景?我以为是复合错综的映现,而非单纯的回现"。具体到《红楼梦》中的某一事件或某个人物,都部分地取材于作者真实的经验,但也融合了一些非作者真实经验的成分,故我们不能说这一事件或人物就是作者真实经验中的某件事或某个人。这种把小说跟现实加以机械比附的做法应该彻底抛弃。需要注意的是,俞先生显然认为,在《红楼梦》的"重构的经验"中,作者"原经验的轮廓保留得略多","故说《红楼梦》是自叙传的文学非但没有错,且可以说是比较的'是'"。也就是说,在此文中,俞先生仍然主张《红楼梦》中包含的作者的"原经验"占了主导地位,作为小说,其"自叙传"的性质仍然是无可置疑的。①

1954年,俞先生发表《读〈红楼梦〉随笔》,其中《著书的情况》一篇对当时"过于拘滞"的红学考证研究提出了批评,说他们把贾府跟曹家等同,把宝玉跟作者视为一人,把小说当成作者的自传,"失却小说所以为小说的意义"等(他虽未明言,但这明显是针对周汝昌当时刚出版不久的《红楼梦新证》而发的)。俞先生认为书中人物虽有模特儿,但经过作

---

① 《俞平伯全集》第五卷《〈红楼梦辨〉的修正》,第285—292页。

者文学的手腕修饰以后，已经大大改变了原貌。贾宝玉自然最多地代表了作者，但他和曹雪芹也并不能等同。① 而他在《大观园地点问题》这一篇中，则指出大观园固然包含了现实的成分，但回忆想象的成分也不少。"作者把这一点点的影踪，扩大了多少倍，用笔墨渲染，幻出一个天上人间的蜃楼乐园来。"②

俞先生晚年仍持续对自传说（包括跟自传说关系密切的红学考证）进行反思。他的《乐知儿语说〈红楼〉》（1978）中有四段文字涉及此一问题，如其中"索隐、考证，分立门庭"一段说："自传说在本文得到有力的支持矣，然以之读全书，则往往发生障碍，令人不惬；而作者用笔狡猾之甚，大有为其所愚之嫌疑。"他甚至认为红学是反《红楼梦》的，"真事隐去，必欲索之，此一反也。假语村言，必欲实之，此二反也"。这话的前一半针对索隐派，后一半针对自传派。③

他在《索隐与自传说闲评》（1978）中对《红楼梦》的性质有了跟早年很不相同的认识：

夫小说非他，虚构是也。虚构原不必排斥实在，如所谓"亲睹亲闻"者是。但这些素材已被统一于作者意图之下而化实为虚。故以虚为主，而实从之；以实为宾，而虚运之。此种分寸，必须掌握，若颠倒虚实，喧宾夺主，化灵活为板滞，变微宛以质直，又不几成黑漆断纹琴耶。④

他此后不久所作的《旧时月色》（1980）一文则说得更明确："《红楼梦》可从历史、政治、社会各个角度来看，但它本身属于文艺的范畴，毕竟是小说；论它的思想性，又有关哲学。这应是主要的，而过去似乎说得较少。""今后似应多从文、哲两方面加以探讨，未知然否。"⑤

---

① 《俞平伯全集》第六卷《读〈红楼梦〉随笔》，第 15、16 页。
② 同上书，第 26、27 页。
③ 《俞平伯全集》第六卷《乐知儿语说〈红楼〉》，第 412 页。
④ 《俞平伯全集》第六卷《索隐与自传说闲评》，第 435—436 页。据文末注可知此文作于 1978 年 10 月，整理重抄于 1986 年 8 月，可以说是俞先生对这一问题的最终看法了。
⑤ 《俞平伯全集》第六卷《旧时月色》，第 428 页。

可以看到，俞先生晚年已不再重提《红楼梦》的"自叙传"性质或者写实性，而认为其是"以虚为主""以实为宾"的，归根结底是文艺作品，是小说。① 后来一些学者接过他的话头，大力主张让红学研究回归文学与小说本位，更多地关注其艺术性和思想性。俞先生自己在这一方面也颇多建树，这里就不再赘述了。

而周汝昌作为胡适的学生辈，同样深受胡适影响，成为自叙传说的长期而坚定的支持者。他在《真本石头记之脂砚斋评》（1949）中说："《石头记》如果不是百分之百的实写，那只是文学上手法技术的问题，而绝不是材料和立意上的虚伪。譬如大荒山下的顽石，宝玉梦中的警幻，秦钟临死时的鬼卒……我虽至愚，也还不至于连这个真当作历史看。但除了这一类之外，我觉得若说曹雪芹的小说虽非流水账式的日记年表，却是精裁细剪的生活实录，这话并无语病。"② 脂批是周先生坚定地视小说为作者自传的重要依据。此后，周先生更把他的这一观点发展到极致，认为"曹雪芹的小说原是当年表写，脂砚斋也当年表看"，"不独人物情节是'追踪蹑迹'，连年月日也竟都是真真确确"。③

此后，一直到周先生晚年，他的基本立场应该说都没有什么改变。④ 但他为了回应学界对自传说的广泛批评，对他的观点做了进一步阐发，其中也出现了一些微妙的变化，有些看法还值得我们予以特别的重视。他晚年最重要的著作《红楼梦与中华文化》以整个"上编"共七章的篇幅集中阐述了自传说的内涵及其历史渊源，⑤ 为他的观点做理论上的辩护。周先生对《红楼梦》性质的看法仍然是以自叙传或自传说为主

---

① 余英时在《红楼梦的两个世界》的"增订版序"（1981）中提到他在1978年跟俞平伯的一次面谈："他（指俞平伯）说他自1920年代以后便不相信《红楼梦》是曹雪芹的自传了。但是由于'自传说'因脂砚斋评语的发现而大为流行，他已无力遏止这一狂潮了。因此他一直是以沉默来表示他的异议的。"上海社会科学院出版社2002年版，第1页。不过，实际上，俞先生并没有一直以沉默表示抗议，他晚年的几篇文章很明确地表达了他对自传说的怀疑与反思。
② 《燕京学报》1950年第37期，148页。
③ 周汝昌：《红楼梦新证》第五章"雪芹生卒与红楼年表"，棠棣出版社1953年初版。
④ 1955年，在批评俞平伯红学观点的风潮中，周先生曾撰《我对俞平伯研究红楼梦的错误观点的看法》一文，对他的自传说观点及相关研究方法做了自我批判。参见《红楼梦问题讨论集》一集，作家出版社1955年版，第102页。
⑤ 此书由工人出版社1989年初版，中华书局2009年出版增订本。本书之讨论均以增订本为准。

的，比如他说如果有人认为他的"自传说"比胡适还"彻底"，还"坚决"，那他是欣然承认的；① 他偶尔也仍把《红楼梦》称为"自叙传"。② 但同时，他又一再地提到《红楼梦》是一部"具有自传性质的小说"，③ 是"自传性小说"，④ 或者"是以真人真事作为素材的自叙传小说"，⑤ 并不否认小说中还有一小部分虚构的内容（甚至一些神鬼的内容）。⑥ 但周先生重申他早年的看法，认为非写实的、虚构性的内容只是文学技法上的问题，不是材料和立意上的虚伪，并不影响小说整体上的"实录"性质。⑦ 即使是明明似虚的，"自传说""考证派"的职责也只侧重在"虚中藏实"的一面。⑧ 该书第三章考证了小说第三回和第五十三回两副"假对联"中包含的历史的真事实，或者"真家史"，认为这是曹雪芹一贯的独特手法，即似虚而实，虽虚亦实。用虚，所以存实。如果只能看见虚的，忘记了事情的复杂性和深厚度，自然就会嘲笑自传说看事太拘了。虚构和写实之间，还有一个"夹空"地带，雪芹的奇才，正是在这种"夹空"中恢恢游刃，一切手段手法，都是为了传达那个"真"——他心中的真。⑨ 应该说，周先生竭尽全力，遍举从清末直至巴金、鲁迅、夏志清诸人之说，皆为论证自传说之合理性，为此甚至不惜曲解材料，⑩ 未免固执己说，但他提出《红楼梦》具有"虚中藏实""似虚而实"等特点，虚构和写实之间还有一个"夹空"地带，这些说法还是颇具合理性和启发性的，提醒我们不要过于机械地看待小说中的虚实关系问题。

如果说，周先生在他的《红楼梦新证》（初版）中试图通过"人物考""史料编年""新索隐"等考证工作来为自传说提供事实依据，⑪ 那么

---

① 周汝昌：《红楼梦与中华文化》（增订本），第35页。
② 同上书，第19、63页。
③ 同上书，第20页。
④ 同上书，第32、75、77页。
⑤ 同上书，第39—40页。
⑥ 同上书，第40页。
⑦ 同上书，第42页。
⑧ 同上书，第44页。
⑨ 同上书，第44—48页。
⑩ 《红楼梦与中华文化》（增订本）对巴金、鲁迅的话有着明显的曲解，见第19、20、36页。
⑪ 《红楼梦新证》（增订本）内容有增减，但大局未变。

《红楼梦与中华文化》一书则力图从理论上为自传说进行阐发和辩护。虽然他的一些观点笔者未必能够认同,但他的研究仍然是我们继续思考这一问题的重要基础和前提。后文我们还将借助他的考证成果来继续探讨这一问题。

第二节 吴世昌、赵冈、李希凡、皮述民、余英时与张爱玲等人对自传说的反驳

如前所述,俞平伯对自传说的反思开始得相当早,他主要是从一般文学理论的角度来进行论述的,并未如他当年论证自传说一样,以考证的手段来质疑或推翻自传说。

到二十世纪五十年代,学界即不断有人出来批判自传说。较早的如李希凡、蓝翎的《评〈红楼梦研究〉》,批评俞平伯的考证研究把《红楼梦》这样一部现实主义杰作还原为事实的"真的记录",认为这部作品只是作者被动地毫无选择地写出自己所经历的某些事实。这样一来,《红楼梦》就成为曹雪芹的自传,因而处处将书中人物与作者的身世混为一谈,从而造成了一些原则性的错误,比如无法说明贾府这样一个封建贵族家庭衰败的真正原因,抽去了它的丰富的社会内容的见解,也不能阐明《红楼梦》伟大的现实意义。① 类似的观点他们还在《走什么样的路?》《"新红学派"的功过在哪里?》《评〈红楼梦新证〉》等文章中谈到过。② 李希凡为1973年8月人民文学出版社重印的《红楼梦》撰写的"前言"则将胡适、俞平伯一并加以批判,指出自传说之失误及其所造成的学术后果。③ 抛开特定时代的行文风格不谈,李、蓝二人对自传说的批评可以说相当能击中要害。④ 不过,俞平伯当时对自传说已经做了一些反

---

① 原载《光明日报》"文学遗产"第24期,1954年10月10日。收入《红楼梦评论集》,人民文学出版社1973年版,第23、24、35页。
② 此三文都收入《红楼梦评论集》。
③ 见由此序改写而成的单行本《曹雪芹和他的〈红楼梦〉》,北京人民出版社1973年版,第55、56页。
④ 余英时:《近代红学的发展与红学革命——一个学术史的分析》,收入《红楼梦的两个世界》,第14页。

思，二人却视而不见，这也是不够全面公正的。

当时批判自传说的还有身在英伦的吴世昌，他利用脂批等文献进行了大量考证后指出：脂砚是书中宝玉的主要模特儿，作者非宝玉的模特儿，自传说至此可以全部宣告破产。吴先生还考出脂砚是曹宣之第四子曹硕，乃作者之叔。① 但曹硕其人完全找不到任何确切的文献依据，只能说是吴先生考证出来的一个人物，很难令人信服（前文已经提到这一说法被证明是错的了）。他还指出书中元春姊妹等人的模特儿"毫无可疑"是雪芹诸姑辈（采用裕瑞《枣窗闲笔》之说），但也不必拘泥某一模特儿必为书中某人，只是大致如此而已。② 可见，吴先生虽然反对视宝玉为雪芹的自传说，但他仍然认为宝玉等人有一个真实的模特儿。此后到二十世纪七十年代，赵冈、陈钟毅的《红楼梦新探》出版，也明确反对自传说，但也认为作者是以大量的曹家史料和个人的经历为基本素材，加以剪裁虚构而合成《红楼梦》这部作品的。他们全力论证书中素材的真实性，论证大观园的真实性，指出大观园就是江宁织造府为了南巡接驾而扩建的花园；指出书中人物跟现实中人物的对应关系，如宝玉是雪芹与脂砚兄弟两人的写照，雪芹是曹𫖯之子，脂砚则是曹颙的遗腹子曹天佑，贾政则相当于曹寅，王子腾相当于李煦（曹寅妻兄），王夫人相当于李煦之妹，凤姐的爷爷相当于李煦之父李士桢；他们还推想宁国府的很多事迹是影射苏州李煦一家；等等。但赵、陈二人也特别指出，作者为了把真事委婉地写出，故意安排了许多虚伪的布局和错综的穿插，人物方面也是有的确有其人，有的是杜撰而得（如黛玉），有的则是集合数人事迹于一身，人物关系和辈分也是穿插配置，并不能与实际人物一一对应。③ 不能不说，赵、陈二人虽然极力反对自传说，但他们的观点似乎仍是一种调整与扩大了的自传说。不过，值得注意的是，他们特别强调了作者在真实素材基础上的剪裁虚构与穿插错综等文学手法的运用，这就跟胡适等人当初所主张的自传说不太一样了。

---

① 《吴世昌全集》第七卷《红楼梦探源》第九章"脂砚斋是谁"，第129、130、137页。
② 同上书，第132、133页。
③ 赵冈、陈钟毅：《红楼梦新探》第三章"《红楼梦》的素材与创作"。

台湾学者皮述民也是自传说的反对者。他最初在《略论〈红楼梦〉的家史成份》一文中批评周汝昌《红楼梦新证》把小说纪年跟作者前十五年生平等同，活像《红楼梦》就是作者的日记一般。事实上，想把曹家的史事，一一跟小说的描写排比印证的人，没有不弄到焦头烂额，前合后不合，此对彼不对的。根据脂批来做考证的人，也遇到同样的麻烦。①此后，他又在《脂砚斋应是李鼎考》一文中提出如下观点：甄贾两家乃是影射曹寅、李煦家族，甄、贾宝玉则是影射李鼎（李煦之子）和曹頫，而脂砚斋作为宝玉的主要原型，自然就非李鼎莫属了。② 这样一来，胡适当年提出的自叙传说自然就成了子虚乌有之论，甄、贾两宝玉是雪芹化身的说法也完全不能成立，甄、贾两府是当日曹家影子的说法也只说对了一半。③ 认为《红楼梦》中有苏州李煦家族的素材，这是红学界已经达成的共识，皮述民也做了进一步的论证，但他说宝玉是影射李鼎和曹頫，脂砚应是李鼎，未免标新立异，证据明显不足，对一些关键脂批也存在着误解，故其结论是靠不住的。

窃以为，皮述民真正值得重视的是他在《略论〈红楼梦〉的家史成份》中提出的小说的家史成分极不纯粹，其中包含不少非家史的成分，也就是虚构成分的观点。他论列的非家史成分包括如下六个方面：（1）事件虚构例。如第十三回原为用"史笔"所写的"秦可卿淫丧天香楼"，后被删去，改成"死封龙禁卫"。其他原本就被删汰，根本未能写入者，正不知凡几。（2）人物虚构例。《红楼梦》中绝大多数不重要的人物，乃为写小说的方便，信手拈来。即使一些重要人物，也多半无法拿来跟曹家家史比照而明确其身份。女性人物，从贾母起，都无法考证。就算可考的曹寅之女、平郡王讷尔苏之妃，也找不到小说中的对应者。宝钗、黛玉是否确有其人，很难说了。至于作为"黛影"的晴雯，"钗副"的袭人，属于虚构人物。贾珠、贾宝玉兄弟，是曹家的何人，也无人考出。如果宝玉是雪芹和脂砚的合传，那更是虚构的人物了。（3）时间虚构例。人物年龄是很

---

① 该文于1972年3月发表于新加坡《新社季刊》，后收入皮述民：《红楼梦考论集》，第2页。
② 该文收入皮述民：《苏州李家与红楼梦》。
③ 皮述民：《苏州李家与〈红楼梦〉的关系》，载《红楼梦学刊》1991年第四辑，第47页。

紊乱的。人物、事件，虚构杂凑，所以乱成一团。（4）空间虚构例。不论贾府还是大观园，都是作者的虚构，或有当年曹家的成分（如天香楼），但已经不纯粹了。（5）物件虚构例。通灵玉、金锁之类便是。（6）其他虚构例。书中绝口不提满、汉界限。曹家几代做江宁织造，跟贾府完全不同，看不出任何家史成分。书中诗词歌赋，全出雪芹手笔，而非家史上某人所作，故脂批说雪芹做此书也为传诗也。宝玉出家的结局，跟雪芹、脂砚、畸笏等人都不相合。他认为作者将真事隐去、以假语村言来写小说的原因是：（1）家族的丑事不宜张扬，如秦可卿事。（2）伏笔、照应精细到连不重要的人物也不遗漏，是作者完全控制了故事发展，而非家史的实录。正因为如此才倍增写作之困难。如果写家史，不至于要"批阅十载，增删五次"。（3）曹家身份特殊，康熙朝深受皇帝眷顾，至顺治朝则受打击，为避祸，这些历史都被隐去。①

应该说，如此具体而集中地指出《红楼梦》的虚构成分，皮述民大概是第一个。虽然他并不反对小说中包含了曹家（也包括李家）的家史，但似乎不再认为家史是主要的了，也不再认为实录的写法是主要的，而把虚构放到了重要的位置上。这一方面他的论述虽然不多，也不深入，但很值得学界就此展开进一步的研究，以获得对《红楼梦》创作性质的更准确的认识。

二十世纪七十年代，余英时治史之余涉足红学研究，出版了《红楼梦的两个世界》一书，② 其中收录了两篇重要论文：《近代红学的发展与红学革命———一个学术史的分析》和《红楼梦的两个世界》。前者借用库恩的"典范"与"危机"理论，从学术史角度追溯了红学研究的两大"典范"———索隐派和考证派（自传说就是这一派的基本主张）的兴衰及其原因，指出自传说这一"典范"由胡适创立，至周汝昌而登峰造极，遂使红学蜕变成曹学，这一"典范"的效用也发挥到极限，面临着"技术崩溃"的"危机"。当时，自传说面临着来自三方面的挑战：一是索隐派的复活；

---

① 见皮述民：《红楼梦考论集》，第4—15页。
② 台湾联经出版事业公司1978年初版，笔者所依据为上海社会科学出版社版。

二是李希凡、蓝翎所鼓吹的"封建社会阶级斗争论";三是新典范的出现,这一新典范,余英时没有明确命名,但指出其基本特点在于强调《红楼梦》是一部小说,因此特别强调其中所包含的理想性与虚构性,强调从小说的内在结构之中去寻求作者的本意。其学术旨趣在于突破自传说的牢笼而进入作者的精神天地或理想世界,属于广义的文学批评的范围,而不复为史学的界限所囿。对于自传说的考证成绩,新典范表示尊重并加以合理利用,但认为自传说的研究潜力已经耗尽,需要接受新典范所代表的新的红学革命。① 余英时在新典范的观念与方法指导下对《红楼梦》中"乌托邦的世界"(即大观园)与"现实世界"(大观园之外的世界)的安排设置、相互关系及其主题意义做了深入探讨。他由此指出《红楼梦》主要是描写一个理想世界的兴起、发展及其最后的幻灭,理想世界建筑在现实世界之上,也无时不承受着现实世界的冲击。干净既从肮脏来,最后又要无可奈何地回到肮脏去。在他看来,这是《红楼梦》悲剧的中心意义,也是曹雪芹所见到的人世间最大的悲剧。余先生认为这也就是"作者在创作企图方面的中心意义"。② 应该说,余先生的研究为理解《红楼梦》复杂的主题思想提供了一个重要的角度,观念和方法上也更多地关注小说的虚构艺术与由此表达出来的作者的思想主张,的确别开生面,发人深省。但要说他所揭示的就一定是《红楼梦》的"中心意义",就是作者的主要意图,恐怕也不尽然。因为这一问题不是本书的关注重点,这里就不再多说了。

跟余英时几乎同时,张爱玲在台湾出版《红楼梦魇》一书,③ 其《三详红楼梦——是创作不是自传》一篇即通过对小说创作修改过程的探索追寻来证明此书不是自传,而是创作。因为道理很简单,如果是自传,照实写就可以了,犯不着改来改去。但实际上,张爱玲的很多结论都是经不起推敲的,这里只简单提一下她的几个主要证据:

---

① 《近代红学的发展与红学革命——一个学术史的分析》,收入《红楼梦的两个世界》,第8、9、10、18、19、32、33页。
② 余英时:《红楼梦的两个世界》,收入《红楼梦的两个世界》,第58、36页。
③ 台湾皇冠杂志社1977年初版,后来大陆多次再版,笔者所据为北京十月文艺出版社2009年版《红楼梦魇》。

（1）梦稿本上第三回黛玉说她十三岁了（第二回才五岁，从扬州进京，路上走了八年），张爱玲认为这是早期的版本。① 宝玉挨打期间接见傅试家的两个婆子，宝玉大约十八九岁，比傅秋芳小不了多少（傅秋芳二十三岁，在庚辰本等版本中，宝玉比她小了八九岁，她哥哥竟然想把她许配给宝玉）。早期本子能容许一二十岁的宝玉住在大观园里，作者越写下去越觉得不妥，唯有将宝黛的年龄一次次减低。

（2）宝玉大致是脂砚的画像，但是个性中也有作者的成分在内。他们共同的家庭背景与一些纪实的细节都用了进去，也间或有作者亲身的经验，如出园与袭人别嫁，但是绝大部分的故事内容都是虚构的。延迟元妃之死，获罪的主犯自贾珍改为贾赦、贾政，加上抄家，都纯粹由于艺术上的要求。金钏儿从晴雯脱化出来的经过，也就是创造的过程。黛玉的个性轮廓根据脂砚早年的恋人，较重要的写宝黛的文字却都是虚构的。正如麝月实有其人，麝月正传却是虚构的。

由此，张爱玲认为《红楼梦》是创作，不是自传性小说。② 虽然她断定小说中绝大部分故事内容都是虚构的，但这一判断并无可靠的论证作为基础，她指出的那些具体例子恐怕也大都是经不起推敲的。

红学史上主张自传说或反对自传说的主要观点大抵如上所述，其他提出类似看法的学者还有不少，这里都不再一一介绍了。从以上的概述中我们可以看到：即使是最坚定执着的自传说的主张者，也并不否认小说中含有虚构的成分，只不过他们认为自传的部分占了主导地位，但到底所占比重有多少？似乎并没有人能够说清楚。同样的，即使是自传说最坚定的反对者，也并不否认小说中包含了自传的成分，只是认为虚构创作的成分是主要的。但虚构创作的成分究竟又占了几分？似乎也没有人说清楚。这两个问题看起来提得有些无理，却仍然令人感到困惑和好奇。正如前引俞平伯多年前所问的：《红楼梦》一书中，虚构和叙实的分子其分配比率若何？后来，周汝昌也提出过同样的问题：

---

① 更早、更接近原稿的甲戌本与此不同，且文字并无可疑之处。而晚于甲戌本的己卯本此段文字跟梦稿本相同，或是后来的某一次修改所致。张爱玲的说法可能有问题。

② 张爱玲：《红楼梦魇》，第155、190页。

若像胡适只于我们能考证出来的零零碎碎、一星半点的地方，信为写实，而于雪芹费了若许气力大事铺写的两回书（指第十七、十八回）却一笔抹杀！若都这样，我却大感惶惑，一部大书，何处是实，何处是虚，以何标准来分疏呢？且如何判定是写实处多呢？还是虚构处多呢？若是虚构多于写实时，那么胡适自己主张的雪芹自传的说法还能成立呢？不能成立呢？①

　　这个问题，正是后文所要重点探讨的问题。把这个问题尽量研究得更清楚一些，或将更有助于我们深入了解《红楼梦》的创作过程与文本特点，对作者的创作意图和艺术手段或许也将有更进一步的理解。

第三节　对小说中家史与自传成分的重新评估

　　从前文对自传说历史的回顾可以看到，胡适当年提出自叙传说的证据其实是很少的，以如此有限的证据（有的证据还不完整）来证明一部差不多90万字的长篇小说是作者的"自叙传"，显然不太有说服力。但长久以来，这一观点得到了广泛的认同，直至今日也依然如此，其故安在？

　　实际上，正如周汝昌所言，"自叙传"之说晚清的涂瀛、诸联、江顺怡等人就已经提出来了，胡适只是恢复或明确了它。②周先生指出，直至民初时代，把一部小说视同史编，把曹雪芹视为高超的史家，这种观念还很有代表性。从本国文化传统（中国小说的本源与本质是"史"，是史的一支）来认识，自然就能领会曹雪芹自题其书名《金陵十二钗》，就是"十二钗列传"的意思。略转一个角度来看，石头下凡归来之后而自作的"记"，也就自然是他的"自叙传"。③俞平伯也多次谈到过自传说发生的根源在于第一回前的"作者自云"，将自己负罪往事，编述一集以告天下，又说"闺阁中本自历历有人"，万不可使其泯灭。此即本书有"自传

---

① 周汝昌：《红楼梦新证》，棠棣出版社1953年版，第574、575页。
② 周汝昌：《红楼梦与中华文化》（增订本）上编第四章，第51—56页。
③ 同上书，第63、64页。

说"之明证,而为其昔日立说之依据。① 胡适在《红楼梦考证》(改定稿,1921)中举了自传说的五条重要的证据,第一条就是"作者自云",第二条就是第一回那石头所说的一番话(诸如"事体情理""亲睹亲闻"之类),可称为"石头自云"。② 看来,大家都把这两处"自云"完全当了真(两处"自云"究竟应如何看待,这里暂不讨论),也因此认定了《红楼梦》是作者的自传,也正是在此前提下考证派的学者们努力去寻找更多的证据来支持这一看法。胡适之后,在这一方面做出比较大的贡献的首推周汝昌的《红楼梦新证》。此外,则有冯其庸、赵冈、皮述民、黄一农等人,虽然他们并不主张自传说,但都认为小说中包含着曹雪芹本人与曹家、李家的一些实事,也试图找到这些实事来跟小说相印证。我们不妨将他们放到一起来讨论,看一看作者究竟使用了多少真实的素材。

我们先来看一下胡适所提出的六条证据中最重要的那三条:第三、四、五条。先看第三条,《红楼梦》第十六回谈论太祖皇帝南巡接驾一段,提到贾府在扬州接驾一次,江南甄家接驾四次,还有王家也接驾一次。胡适考证出康熙南巡六次,曹寅当了四次接驾的差,所以认为小说中提到的甄家和贾家都是指曹家。后来有人考出王家是苏州李煦家。这些自然都是正确的,包括接驾的巨额花销(银子花得像淌海水,成了粪土)也都是真实的,因此胡适认为这是很可靠的证据,后来主张自传说的学者都一再提到这一条证据。第四条,以第二回所叙贾家的世系跟曹家的世系做对比,认为贾政与曹頫相合,故贾政就是曹頫,贾宝玉即是曹雪芹,是曹頫之子。第五条,也是最重要的证据,还是曹雪芹自己的历史和他家的历史跟贾宝玉及贾府的历史相似。最明显的比如曹雪芹跟贾宝玉都曾经历过富贵繁华,后来都变得穷困潦倒;曹家最后因亏空而被查抄,贾府也是亏空破产抄家。③

笔者猜想胡适当年的论证思路应该是:从两处"自云"(即第一、二

---

① 俞平伯:《乐知儿语说〈红楼〉》之"从索隐派到考证派"及"索隐、考证,分立门庭"两节,《俞平伯全集》第六卷,第 406、412 页。
② 宋广波编校:《胡适论红楼梦》,第 164 页。
③ 同上书,第 165—172 页。

两条证据）就已经判定小说是作者的自叙传了，那么小说与作者家世、生平之间的其他相似或相同处就自然都算是证据了。他也不再去注意这些相似处之外那更多的不相似的部分了。比如：曹家、贾家都曾接驾，这是一点相似处，但曹家祖孙三代四个人从曹玺开始直到曹頫，共做了五十八年的江宁织造，这是胡适自己考证出来且予以强调了的；① 我们看小说中的曹家之所为，却完全看不出曹家人担任江宁织造的任何痕迹，而明显是在京城为官，这是两者之间很大的一个差别。这样一来，我们如何能够说贾府是当日曹家的影子呢？至于江南甄家，一直隐在幕后，并无多少具体的描写，只是一笔带过地提到他们曾接驾四次（后面又提到他们被抄家，调取进京治罪，派人转移财产等），就那么几句话，难道就可以说是描出了一个家族的影子吗？② 再看两个家族世系的比较：贾政和曹頫两人确有一些相似点，都是次子，都不袭爵，也都是员外郎。两大家族的结构也有一些相同之处。结合后来周汝昌、冯其庸、朱淡文等人的考证还可知，曹家的祖先是军功起家，跟贾府荣、宁二公也一样。曹家有位老祖母（曹寅遗孀李氏），贾府也有一位老祖母；曹家出了一位平郡王妃（曹寅长女曹佳氏），贾府则出了一位皇妃。但纵使有这些零散的相似点，两大家族仍存在很大的差异。

根据周汝昌《红楼梦新证》（增订本）第七章"史事稽年"和朱淡文《曹氏家族年谱简编（上、下）》可知曹家世系、成员构成和仕宦概况：③ 这可以从曹雪芹的高祖曹振彦说起。此人在满洲入关的战争中立了军功，这一点跟小说中荣、宁二公出过兵的经历是相同的。入清后，他曾任多尔衮属下的满洲正白旗的旗鼓佐领、山西平阳府吉州知州、阳和府知

---

① 宋广波编校：《胡适论红楼梦》，第159页。
② 笔者在读《红楼梦考证》（改订本）时注意到，胡适在论述南巡接驾事时说了一句很值得玩味的话："《红楼梦》差不多全不提起历史上的事实，但此处却郑重地说起'太祖皇帝仿舜巡的故事'，大概是因为曹家四次接驾乃是很不常见的盛事，故曹雪芹不知不觉的——或是有意的——把他家这桩最阔的大典说了出来。"宋广波编校：《胡适论红楼梦》，第165、166页。既然小说"差不多全不提起历史上的事实"，四次接驾之事也只是偶露一丝真消息，那么我们该如何理解胡适所说的"自叙传"或"自叙传的小说"？真人真事以"化身"和"影子"的形式现身书中，难道也是一种"自叙传"或"自叙传的小说"？
③ 周汝昌：《红楼梦新证》（增订本），中华书局2012年版；朱淡文：《曹氏家族年谱简编（上、下）》，载《红楼梦学刊》1990年第二、三辑。

府、两浙都转盐运司运使等职。曹振彦生二子：曹玺（本名曹尔玉，因康熙误认"尔玉"为"玺"，遂改名"玺"）和曹尔正。曹玺是雪芹曾祖，担任过銮仪卫二等侍卫、内务府郎中和江宁织造；曹玺之妻孙氏二十三岁时曾入宫任皇子玄烨（即后来的康熙）的保姆。曹玺之弟曹尔正可能曾任过正白旗包衣第五佐领第一旗鼓佐领，外派管理税务或盐务，从征噶尔丹。而从康熙二年（1663）曹玺出任江宁织造开始，他这一支即长期居住在江南，曹尔正这一支应在京城。由此看来，曹玺、曹尔正两兄弟绝不可能跟小说中的荣、宁二公对应起来，而且因为他们的官爵级别不够高，也绝无在金陵或京城建立国公府且比邻而居之可能。

曹玺生子曹寅和曹宣（后改名曹荃）。曹玺赴任江宁时，曹寅六岁，曹宣两岁。到康熙十二年（1673），曹寅十六岁，根据包衣子弟成年后应入朝当差的规定，他大概此年入朝任侍卫，曾先后担任御前侍卫、康熙帝南书房及经筵伴读、銮仪卫治仪正、内务府慎刑司郎中等职务。到康熙二十九年（1690），曹寅三十三岁，出任苏州织造。两年后，又兼任江宁织造，旋即赴江宁上任。他从此担任此职，一直到康熙五十一年（1712）病逝为止。他的弟弟曹宣成年后也入朝任侍卫、从征噶尔丹、筹备康熙南巡事宜、与曹寅合办五关铜觔等；康熙四十四年（1705）去世，享年四十四岁。他的生平，我们了解得不如曹寅那么详细。此外，曹寅、曹宣还有一妹，我们所知更少。从以上所述两人经历来看，这两兄弟共同生活的时间主要是童年、少年时期在曹玺的江宁织造任上，一共大概十年。此后二人先后入京当差，后来曹寅离京到苏州和江宁担任织造一职，曹宣仍在京当差，偶尔南下，兄弟二人可以短暂聚首。我们可以很清楚地看到，曹寅、曹宣兄弟辈这种简单的人物构成跟《红楼梦》所写荣、宁二府内部复杂的人物构成及其相互关系是绝不相同的。另外，他们两兄弟也没有在金陵和京城长期比邻而居的经历，跟贾府荣、宁二公一辈，贾敬、贾政、贾赦一辈，贾琏、贾珍、宝玉一辈兄弟共处的方式也截然不同。而且，他们的仕宦经历在贾府一众人物身上完全看不到任何相似之处。因此，除了胡适勉强拉扯到一起的曹頫跟贾政之外，曹家跟贾家在家族和仕宦这两方面几乎没有任何共同之处。那么我们究竟凭什么说，贾家是曹家的影子呢？又凭什么说曹雪芹写的是他自己家族的历史呢？需要强调的一点是，客观地说，胡适当年受文献材料和研究状况所限，他很难看出两个家族之间的这些差异，但我们今天借助于周汝昌等人对曹家世系的深入考证，应该能看得比较清楚了。但周汝昌精熟于曹家家史与小说文本，却也未从这一角度来思考问题，仍然坚持自传说，就不免令人感到有些奇怪了。

　　自传说很重要的理由当然是指出小说包含了作者本人的人生经历，这就涉及胡适提出的第五条证据。他根据较为可靠的材料概括曹雪芹一生的历史为：（1）他是做过繁华旧梦的人。（2）他有美术和文学的天才，能作诗，能绘画。（3）他晚年的境况贫穷潦倒。此外，又补充说明曹家富贵与藏书之丰在当时罕见；曹寅刻过谈饮食的书，贾府讲究吃食，也是曹寅遗风；曹家败落，是因为挥霍浪费，招待皇帝，导致亏空，破产抄家，跟贾府一样。① 如果粗略地看，雪芹跟宝玉、曹家跟贾府在以上这些方面确实是相似的，这作为自传说的根据似乎是没有问题的。但仔细考虑，却发现在这些粗略相似点以外，作为小说重要部分的贾府没落历程和宝玉的生活内容是很难跟曹家家史以及曹雪芹的人生联系起来的：

　　首先，曹家被查抄败落的原因跟贾府实则大异而小同，曹家是雍正继位之后打击异己，借曹頫家人骚扰驿站以及亏欠帑银等故查抄了曹家，遂致其败落；② 贾府查抄败落的原因，从前八十回看，大概是因为长期"安富尊荣"，不知节俭，彼此不和，内部争斗，兼以子弟不肖（贾赦、凤姐等人），干犯法纪（跟平安州节度勾结），触犯权贵（如忠顺王府），最后招致抄没败落。胡适对曹家败落的原因其实是不甚了然的（对此无须深责），他是根据苏州李家败落之故以及曹寅的交游、仕宦等方面情况来推断曹家败落跟贾府大体是出于相同的原因，③ 殊不知这一推断并不符合历史事实。

----

① 宋广波编校：《胡适论红楼梦》，第167—172页。
② 参见周汝昌：《红楼梦新证》（增订本）"史事稽年"之"末期"部分中关于曹頫的考述；冯其庸：《曹、李两家的败落和〈红楼梦〉的诞生》，收入《曹雪芹家世新考》。
③ 宋广波编校：《胡适论红楼梦》，第168—172页。

其次，雪芹晚年穷愁病死的结局跟宝玉少年即潦倒出家的结局也并不相同，这还是细处，大处在于我们从曹雪芹的人生经历中无法找到小说中浓墨重彩、不厌其烦叙述描写的贾宝玉那样的童年和少年生活经历，也看不到当时曹家家族和现实社会环境中有那样一种生活存在之可能。这一点事关重大，以前学界也有过一些研究，但并未得到正确的结论，有必要做更进一步的探讨。

《红楼梦》中最重要的主人公贾宝玉，生当百年贵族世家贾府之末世，备受宠爱，安富尊荣，目睹胞姐元妃省亲的烈火烹油之盛，也亲历侄媳秦可卿病逝后哀荣之备极。他有四个姊妹，亲姐妹是元春和探春（这是他同父异母的妹妹），姑表妹林黛玉幼年丧母，来依外家，与宝玉从小耳鬓厮磨、青梅竹马，后来又来了一位姨表姐薛宝钗，跟他们朝夕相处。因为元妃省亲之故，贾府建起了一座大观园，宝玉与钗黛、迎探惜姊妹、妙玉、湘云、岫烟、宝琴、李纹、李绮、香菱、李纨等一众贵族女子共居其中，加上各人房中的一大群年轻丫头，竟成了一个庞大的女儿国，宝玉是其中唯一的男性。在这个女儿国中，上演了一出出起诗社、吃螃蟹、赏雪景、烤鹿肉、开夜宴的青春的盛会，其间也免不了爱情的纠葛与烦恼，也少不了如何经管这片园林的功利算计，还发生了家族矛盾激化而导致的全园大抄检，以及丢失的原稿中的大观园的颓败没落等等。那么，现在我们要追问的是：所有这一切——小说连篇累牍加以叙述描写的这一切，有多少是从曹雪芹的人生经历中取来的素材？或者换一个角度发问：作者当年曾经经历过这样一种生活吗？如果他没有经历过，他又是从何处取材的呢？

先说一下大观园的问题，这是小说中人物主要的活动舞台，那么曹家是否真的有过这么一个园林？作者曾在其中生活过吗？这样的问题，从胡适、俞平伯开始，红学家们就一直在探讨和争论。① 这里只从考证派的几位主要代表人物入手来谈一谈这个问题。

---

① 较详细的研究史梳理可参看王人恩：《大观园的原型究竟在哪里——对红学史的一个检讨》，载《东南学术》2006 年第 2 期。

胡适最初接受了袁枚在《随园诗话》中的说法，认为大观园就是随园（即原来的江宁织造府旧址）。① 但若干年后，胡适就在《考证〈红楼梦〉的新材料》（1928）一文中指出："至如大观园的问题，我现在认为不成问题。贾妃本无其人，省亲也无其事，大观园也不过是雪芹的'秦淮残梦'的一境而已。"② 此后一直到1950年他接受周策纵采访时，仍然强调"大观园本无其地"。③ 但胡适并没有提出具体的理由。

俞平伯对这一问题的看法跟胡适一样，也经历了一个变化，他先是提出了一个"根本的假定"，那就是《红楼梦》所叙的各处，都确有其地，大观园也绝不是空中楼阁。其根据之一是"看书中叙述宁荣两府及大观园秩序井井，不像是由想象构成的"。④ 但经过一番考证后他又指出，《红楼梦》写的地方是北京，但大观园中某些景物则是属于南方的，具体如窗纱、青苔、芭蕉、桂花、荼蘼、红梅、用旧年蠲的雨水泡茶等，都不很像北方的景象。他在给顾颉刚的信中说，从书中房屋树木等等看来，也或南或北，可南可北，毫无线索，自相矛盾，此等处皆是所谓"荒唐言"，颇难加以考订。⑤ 这就从小说内部找到了一些有力的证据，说明大观园既不在金陵，也不在北京，可能并不存在于现实中。⑥ 时隔三十年后，俞平伯在《读〈红楼梦〉随笔》的第六篇又专门谈"大观园地点问题"，他指出小说第十六回提到大观园从东边到西北，丈量了一共三里半，虽然南北长度不知，俞先生认为这个面积已经很大了，在北京城里是个奇迹。十二钗朝夕步行于其间，岂不都要累坏！所以《红楼梦》有些话真是所谓"荒唐言"。俞先生可谓心细如发，竟然从这么一个大家都不注意的细节中发现了问题：就算大观园是一个东西狭长的园林（长三里半，相当于1.75公里），当年的江宁织造府或北京的曹家宅院中也不可能

---

① 胡适在《红楼梦考证》中说："袁枚在《随园诗话》里说《红楼梦》里的大观园即是他的随园。我们考随园的历史，可以信此话不是假的。"宋广波编校：《胡适论红楼梦》，第169页。
② 宋广波编校：《胡适论红楼梦》，第252页。
③ 周策纵：《胡适的新红学及其得失》，载《红楼梦学刊》1997年第4期。
④ 俞平伯：《红楼梦辨》中卷〈红楼梦〉底地点问题，见《俞平伯全集》第五卷，第178、179页。
⑤ 同上书，第180—183页。
⑥ 《红楼梦新证》（增订本）第四章第一节对俞先生的观点进行了反驳，认为地点还是北京，中华书局2012年版，第111—113页。

有这么一个园林吧。俞先生由此指出,作者回忆他家的盛时,在金陵曾有一个大大的花园,这可能性依然是很大的。曹家回京后,他们的住宅有一个小小的庭园也自属可能。这就是大观园的模型,事实上确有过的一个影儿,但作者把这一点点的影踪,扩大了多少倍,用笔墨渲染,幻出一个天上人间的蜃楼乐园来。这是其中所包含的理想因素,以此而论,空中楼阁,亦即无所谓南北。① 俞先生的话说得很灵活,但意思还是很清楚的,那就是大观园有一点现实的影儿,但经过作者以文学的手腕渲染夸大后,当然不再是现实中真实的园林了。后来赵冈、陈钟毅的《红楼梦新探》论证大观园就是江宁织造署,② 周汝昌、顾平旦等人论证大观园就是恭王府,③ 都试图证明大观园是以某个真实的园林为蓝图来进行描写的,这些观点在俞平伯的论证面前都是站不住脚的。尤其是恭王府说,周先生下了大力进行考证,也不乏一些支持者,但就算这一说法有些道理,也只能说恭王府是大观园的原型之一,它不属于曹家,曹雪芹也从未在其中生活过。

而更重要的问题还在于就算如俞平伯、赵冈等所推断的,在江宁织造府或北京的曹宅中有一个花园作为大观园的蓝图,那么,贾宝玉在大观园中所过的那种生活曹雪芹有无可能经历过呢?如果按照周汝昌对作者生年的推断,曹家被雍正查抄后回京时,雪芹虚岁五岁(实岁仅三岁),那么他在金陵当然就无法经历这种生活了。返京后,所谓曹家曾一度中兴也并无任何证据,④ 他们住在崇文门外蒜市口的"十七间半房"内,⑤ 要过大

---

① 俞平伯:《读〈红楼梦〉随笔》第六篇"大观园地点问题",《俞平伯全集》第五卷,第25—27页。
② 赵冈、陈钟毅:《红楼梦新探》第三章第一节,第149—153页。
③ 周汝昌:《恭王府考——红楼梦背景素材探讨》,上海古籍出版社1980年版;顾平旦:《大观园》,文化艺术出版社1981年版;周汝昌、周月苓:《恭王府与红楼梦——通往大观园之路》,北京燕山出版社1992年版。
④ 周汝昌在《红楼梦新证》(初版)的"史料编年"的雍正十三年、乾隆元年条下提出曹家中兴之说,见该版第423、424页。《红楼梦新证》(增订版)中他仍维持旧说,且对反对意见加以反驳,见中华书局2012年版,第566—569页。赵冈、陈钟毅《红楼梦新探》第一章第三节驳斥了中兴说,见第36、37页。
⑤ 雍正七年(1729)七月二十九日刑部移会引总管内务府五月七日咨文:"查曹𫖯因骚扰驿站获罪,现今枷号。曹𫖯之京城家产人口及江省家产人口,俱奉旨赏给隋赫德。后因隋赫德见曹寅之妻孀妇无力,不能度日,将赏伊之家产人口内,于京城崇文门外蒜市口地方房十七间半、家仆三对,给与曹寅之妻孀妇度命。"载《历史档案》1983年第2期。

观园中那种生活就更无可能了。不过,周汝昌所推定的作者生年并不可信,曹家被抄家后离开金陵时曹雪芹已十岁左右(详见本书第一章),他在江宁织造府中大概生活了十年。这十年的生活大致情形如何?我们可以从以下几个方面来进行推测:

  首先,我们来看曹家的人口构成:曹寅、曹颙都已经去世了,留下两位遗孀李氏(曹寅妻,即李煦堂妹)和马氏(曹颙妻),马氏于康熙五十四年(1715)生了一个遗腹子,即曹天佑(此子非曹雪芹,详见本书第二章)。① 此时继任江宁织造的是曹寅嗣子曹頫(本为曹宣之子)。曹頫之妻儿虽然未见诸文献记载,但理应同在江宁,学界多认为雪芹即曹頫之子。另据甲戌本第一回脂批知雪芹有弟棠村,脂砚若是曹天佑,则其还有一姊(即曹颙女)。② 曹家可确考者大约即此 8 人,如有未能计入者,也应为曹頫之子女,或姬妾,人数必不至太多。此外,曹家在江宁的家仆有 114 人。③ 仅从曹家"主子"的人数来看,离《红楼梦》中荣、宁二府"主子"的人数(超过了 20 人)差得太远了。若以家族来比,则江宁曹家规模并不大,而荣、宁二府加上旁支侧系,规模十分庞大,双方更不可同日而语了。曹家被抄返京在蒜市口居住时,家仆只剩下三对,其余都被雍正赏给继任江宁织造隋赫德了。他们返京后,也并未见有跟曹家其他在京同族人聚居的迹象,尤其跟曹宣一支,关系可能还颇为紧张,不会有聚族而居的可能。④ 因此,我们从曹家的历史实在看不出他们有过如同贾府那种

---

  ① 康熙五十四年三月初七日《江宁织造曹頫代母陈情折》说:"奴才之嫂马氏,因现怀妊孕,已及七月,恐长途劳顿,未得北上奔丧,将来倘幸而生男,则奴才之兄嗣有在矣。"故宫博物院明清档案部编:《关于江宁织造曹家档案史料》,第 129 页。

  ② 甲戌本原第八页朱笔眉批云:"雪芹旧有《风月宝鉴》之书,乃其弟棠村序也……"《脂砚斋重评石头记》(甲戌本)影印本,第 15 页。庚辰本第十七、十八回有一侧批云:"俺先姊先(仙)逝太早,不然,余何得为废人耶?"影印本第 383 页。

  ③ 《江宁织造隋赫德奏细查曹頫房地产及家人情形折》,故宫博物院明清档案部编:《关于江宁织造曹家档案史料》,第 187 页。

  ④ 康熙五十四年正月十二日《内务府奏请将曹頫给曹寅之妻为嗣并补江宁织造折》中引康熙谕旨,命问李煦曹荃(即曹宣)诸子中谁可以奉养曹寅之妻,康熙云"他们弟兄原不和,倘若使不和者去做其子,反而不好",从康熙的话来看,似乎是指曹寅、曹荃诸子有不和的,也就是曹颙和曹荃的某几个儿子不和。但曹頫(曹荃第四子)自幼由曹寅在江宁抚养长大,跟曹颙关系应该不错,故最后让曹頫继嗣。此外,有学者认为曹寅跟曹宣两支不和,参看赵冈、陈钟毅:《红楼梦新探》第一章第二节,第 32、33 页。

大家族聚居的情况出现，曹雪芹自然也不会有这样的生活经历，这是他跟贾宝玉的一个重大的差别。

其次，我们要看一下曹雪芹童年、少年时代有无跟众多贵族女子长期共处的经历。庚辰本第一回前的"作者自云"提到"忽念及当日所有之女子"，又说"闺阁中本自历历有人"，似乎小说中所写的众多女性都是作者当年所"亲睹亲闻"的。但这话其实说得很含糊，究竟如何理解也是个问题。我们不妨先考虑一下曹雪芹在金陵生活的时间，如果按周汝昌所说的虚岁五岁（实则为三岁），一个三岁的幼儿能对身边的女性有何判断力？即使按笔者所判断的作者离开金陵时十岁左右，那还是有同样的问题。再退一步，我们姑且相信所谓的"作者自云"，那么我们就来看看他身边究竟会不会有那么多优秀的年轻女性？

先从江宁曹家说起。根据上文所述，可以确考的曹家女性主要是曹寅之遗孀李氏（雪芹祖母）、曹颙之遗孀马氏（雪芹伯母），以及曹頫之妻，亦即雪芹之母，这些都是长辈。同辈的女性除了可能有一个脂砚所谓的"先姊"（即雪芹堂姊），其他均无可考。就算还有，也不会有多少。这样一来，能跟小说中的元、迎、探、惜四姐妹相对应的女性就没有着落了。再说到家仆，曹家一共有114名家丁，其中自然会有一些年轻的女孩子在织造府担任丫鬟之职，雪芹身边也会有，但这一批人完全找不到记载，而且曹家被抄以后，她们绝大部分被雍正赏给了隋赫德，回京后仍然追随雪芹左右的就几乎一个也没有了。

我们再查考一下曹家的亲戚。从文献来看，离金陵曹家最近且必定有来往的就是苏州李煦家族了（有学者认为李家对应的是小说中的史侯家）。但李煦家族的情况也难以详考，根据李家被查抄后内务府上给雍正的奏折所说，李煦家属共有15人，押解入京途中病故男子一、妇人一及幼女一，只剩下"妇孺十口"；① 仆人225人，被全部发卖。② 若按原本15人来算，李家人口也并不多，其中可以确定的成员有李煦长子李鼎，乃李妻

---

① 当时李煦、李鼎另行拘押候审，不计入。
② 参见雍正元年六月十四日、雍正二年十月十六日内务府总管给雍正上的奏折，故宫博物院明清档案部编：《关于江宁织造曹家档案史料》，第205、208页。

韩氏所生，抄家时大概二十九岁（此时韩氏已身故）；李煦次子李鼐，乃李煦的某个妾所生，抄家时才七岁；另有一子，李煦第三妾所生，早夭；李煦还有一女，早已适人（不计入）；此外据李鼎年龄来判断，他此时应有妻妾子女，但详情已不可考——因此能确定的大概8人，① 返京后所剩的10人中主要也是这些人，其中似乎没有符合史湘云等人身份特征的年轻女性。而且苏州离金陵四百多里，距离也不近，李家的女眷显然不可能频繁往返于两地，更没有跑到江宁织造府去久住之可能。当李家被抄返京后，妇孺只剩10人，此后李煦被遣打牲乌拉，病死其地，其二子居京师，家道已败落，曹、李两家即使往来，也绝不可能出现大观园中那般的盛况了。

此外，曹家的亲戚还有曹颙之妻马氏的娘家一族，曹𫖯之妻某氏的娘家一族（雪芹的外家），如果这两家住在金陵，理应有来往，但文献无征，无从讨论。曹家另有一门重要的亲戚就是曹寅的长女曹佳氏（她是雪芹的姑妈），她嫁给了平郡王讷尔苏，生四子一女；曹寅还有一女，嫁给某王子，情况不详；但这两家都在京城。雪芹还在金陵时，这两位姑妈的子女应该不太可能来金陵。曹家北返后，三家应该会有往来，但显然也不会发生姑妈之女跑到曹家来长住这种事，曹雪芹去他姑妈家做客倒是很有可能的。

综上所论，《红楼梦》中十二钗正册、副册、又副册那么多自家和亲戚家的女子齐聚大观园的盛况在现实中的曹家绝不会发生，作者也不可能会有跟众多年轻女性共住一处的经历。

事实上，这种情况在现实中还面临着是否符合礼教的问题。张爱玲即曾指出：

> 早期本子白日梦成分较多，所以能容许一二十岁的宝玉住在大观园里，越写下去越觉得不妥，惟有将宝黛的年龄一次次减低。中国人的伊甸园是儿童乐园。个人唯一抵制的方法是早熟。因此宝黛初见面

---

① 以上数字是根据皮述民《李煦李鼎父子年谱初稿》和《"秦可卿淫丧天香楼"史事探源》两文推断出来的，收入《苏州李家与红楼梦》。

的时候一个才六七岁，一个五六岁，而在赋体描写中都是十几岁的人的状貌，这是早期本子的遗迹。①

周汝昌在《曹雪芹的生平——答胡适之先生》中也说："所以人们心目之中的宝玉、黛玉，尽管是一对青年少女，实际雪芹开头所写却是'小小子'和'小姑娘'。"②

他的《红楼梦新证》（增订本）之"红楼纪历"第十一年（第十五回）说：北静王"携手问宝玉几岁"，只曰"几岁"，而不曰"十几了"，可见此时尚属幼小，非如一般人心目中之宝玉出场即为成童少年。第十三年（第十九回）：宝玉与黛玉闲话，问："几岁上京？"可见黛玉来时亦只有"几岁"，亦非如一般人心目中之黛玉，出场即是少女。③

作者既要让自己的叙述符合现实的礼教规范，又不能让他的小说变成儿童文学，于是采取了这一种无可奈何的处理手段：他交代宝黛等人的年龄还是儿童，而他们的外貌、情感、才能与心智却已是十几岁的少男少女，两者很难协调一致。这其实就暴露了小说中所写的情形绝不是现实中曾经有过的，更不是作者自己的真实经历。有学者仍试图证明大观园这个女儿国有现实生活的蓝本，如台湾学者黄一农就曾指出：入住大观园的众角色，颇近纳兰明珠嫡孙永寿之妻关思柏所抚养的纳兰家的一子六女。康熙权相明珠生三子：成德、揆叙、揆方。其中揆叙无子，康熙命揆方之子永寿、永福先后过继给揆叙。永寿妻关思柏生四女，无子，永福有一子宁琇及二女，雍正命宁琇过继给永寿，永福夫妇死，关思柏也抚养其二女，遂有六女。其长女嫁雪芹二表哥福秀（曹寅之女曹佳氏所生），另五人分别嫁给弘历（乾隆）、傅恒、希布禅、弘庆、永憲，其嫁弘历者为舒妃。④

这一类比不能不说颇有些道理（比如有了一位真正的皇妃），但这也

---

① 张爱玲：《红楼梦魇》之"三详红楼梦——是创作不是自传"，第155页。
② 1948年5月21日天津《民国日报》，收入宋广波编校《胡适论红楼梦》，第316页。
③ 周汝昌：《红楼梦新证》（增订本）第六章"红楼纪历"，中华书局2012年版，第159、160页。
④ 黄一农：《二重奏——红学与清史的对话》第六章，中华书局2015年版。

并不是作者自己的生活经历。其次，这种对比也有很勉强之处：关思柏所抚养的六女跟大观园中众女儿的复杂构成及人数之众完全不能相提并论；另外，曹雪芹也很难对永寿家六女的情况有多么具体的了解，他能从中汲取多少素材就更难说了。

总之，大观园这个女儿国所发生的具体生活事件，大都不会是作者亲身经历过的，也就是说，我们不能从自叙传的角度来看待大观园中的生活。这些内容可能另有来历，经过作者的虚构融裁之后，才成为我们所看到的独特形态。

胡适之后，自传说一度被周汝昌推向了极致，他的有关观点前文已经介绍了，这里还要看一下他所提出的证据。在《红楼梦新证》（增订本）第十章"新索隐"中，[①] 周先生一共列出了74条"索隐"，经笔者仔细辨析，发现这些"索隐"大致可以分为三大类：

第一类为确有曹家相关事实或雪芹生平可据者，包括第1、2、5、11、12、22、25、35、37、43、44、52、64、66、72条等，一共15条。这一类很容易被视为自传说的证据。为便于看清这些证据的性质，这里略举几条稍作分析。比如第5条，小说中说贾府是百年贵族世家，而曹家自曹振彦至雍正末已八十五年矣；第11条说"树倒猢狲散"一语乃曹寅生前最喜拈举者；第25条"大同孙家"，曹振彦于顺治九年（1652）至十三年任大同府知府；第35条"续琵琶"，小说第五十回贾母提到《续琵琶记》，乃曹寅之作品；第43条"绘画"，曹宣、曹顒、曹寅、曹雪芹皆能画，小说第四十二回借宝钗之口论画，第四十五回后楼底下收藏有画具；第44条"射鹄子"，满洲世家重骑射，以曹寅诗证曹家也世代重骑射，且曹寅诗之有关细节也可与小说相参照；第64条"温都里纳"，雪芹能道法文单字，方豪曾考曹家与洋人教士有交接关系；第66条宝玉"爱红"，曹寅诗有《咏红述事》，每句用红色典故；等等。我们将会发现，周汝昌（包括其他自传说的主张者）使用这些证据的方法是攻其一点不及其余：比如曹

[①] "新索隐"在《红楼梦新证》1953年初版本中为第七章，此处以中华书局2012年版为准，其内容较初版有所增减。

家和贾家固然同为百年大族，但曹家是包衣世家，论地位也完全未有公侯之荣贵，甚至可以说是比较低微的；而贾府则是地道百年贵族世家，出了两位国公爷，还出了一位皇妃，亲朋好友中有不少王侯达官，论地位之尊贵，在清代恐怕只有满洲宗室才能到此地步，曹家焉能与之相比！再论家族内部构成，曹家跟贾府也大不相同（前文已论），两大家族之间除了延续百年这一点之外，还能有多少相同之处呢？再看绘画这一条，曹家有多人善画，这自然是毋庸置疑的，然而小说中写到的却是惜春一女子能画，宝钗一女子懂画，跟贾府的任何男性无关，也跟曹家的任何女性无关，只能说是作者把他自己对绘画的造诣移诸小说人物之身了，这人物也不能说是他本人了，这如何还能说是自传？跟曹寅有关的那些证据则都只涉及或借用了一个点，用作小说中人物或情节的构成因素，比如"树倒猢狲散"在小说中明明出自秦可卿托梦时所说，跟曹寅已经毫无关系了。也就是说，小说在一些细枝末节上借用了曹家家史和作者生平的一些碎片，都只是点缀而已，并非成线或成面地使用。到目前来看，最大面积的使用仍然是接驾和抄家两件事，但也被拆成了一些片段，并以人物口头闲谈的形式表现出来，在整部小说中所占的比重是非常之小的。

周先生"新索隐"的第二类为以小说内容比附曹家事实者，这包括第7、8、9、14、15、21、39等条，都是以小说所写内容去跟曹家史实随意对应，多为臆测，不可信，比如第7条，第四十四回赖嬷嬷跟宝玉说起的"你爷爷"，表面似指曹寅，实际上是他亲爷爷曹宣，"那边大老爷"也指曹宣，第六十二回提到的"太祖太爷生日冥寿"，指曹玺；第七回焦大所说的往祠堂里哭"太爷"去，"太爷"指曹尔正，即贾珍之祖。第21条认为第六十三回所云"我家已经有了一位王妃"之"王妃"非指元春，而是暗指曹寅之女、平郡王讷尔苏之妃，等等。这就完全把研究的次序给颠倒了，也没有任何依据。因为不管是索隐说，还是自传说，都应该先从史实中找到某个明确的记叙，再来跟小说的叙述比对，如果高度相似或完全相同，然后才说得上可能存在影射或者传写之类的情况。因此周先生的这一类"新索隐"是没有什么意义的。

"新索隐"的其他条目都可以归入第三类,可以视为小说所可能采用之素材,有些来自现实,有些则来源于载籍,跟曹家或曹雪芹的关系已经不大了。比如第 4 条贾雨村娶娇杏事或取自当时传闻,此一传闻在《章实斋先生遗稿》中有记载。第 14 条说第十六回元妃省亲,虽不无夸张,必系实事,乾隆时即有允许先帝妃嫔出宫省亲事。① 第 17 条"借景",提到第十七回"杏帘在望"或借径敦敏《敬亭小传》所记"别构小屋效村垆式,悬一帘";榆荫堂之名和怡红院之"蕉棠两植"则或借自敦诚《鹪鹩庵杂诗》所载之榆荫亭及《四松堂文集》中"榆柳荫其阳,蕉棠芳其阴"一句。第 32 条"玫瑰露、桂花露",在康熙三十七年李煦请安折后所附贡单上即有此二物。这些都是从现实生活中所取素材,可以说明小说的写实性,但跟自传说显然已经无涉了。还有从前代文献中取材的,如第 60 条"取径说部"认为通灵玉来历与《西游记》第一回花果山仙石相似,而第六十四回尤二姐九龙佩事与《聊斋志异·王桂庵》一篇略同。其实类此者甚多,非止此二例,这就涉及小说中纯虚构的部分了,这一问题后文将集中讨论,这里就不再多说了。

在自传说的发展史上,脂批的出现起了推波助澜的作用。胡适最早在《跋乾隆庚辰本〈脂砚斋重评石头记〉钞本》中就用脂批支持并强调他的自叙传的观点。周汝昌则在《红楼梦新证》(1953 年版)第八章第三节"从脂批看红楼梦之写实性"中首次专门利用脂批来论证《红楼梦》"虽非流水账式的日记年表,却是精裁细剪的生活实录","顽石""宝

---

① 黄一农《二重奏——红学与清史的对话》第七章"大观园'元妃省亲'本事考"指出:中国历朝历代似无允许当朝妃嫔归省者,清代宫规亦无省亲之规定,且严格限制宫中女性的出入及其与本家的往来。故小说所描述当朝妃嫔归省的情景,应不存在于真实世界。然雍正即位后尝准许年老的先朝妃嫔出宫,于其子之府邸就养。乾隆即位后,曾发布允许先朝妃嫔定期归省的恩诏,康熙的顺懿密太妃王氏就是获允归省的第一位先朝妃嫔。密妃王氏曾在康熙三十八年(1699)随康熙第三次南巡时顺路寻亲,在苏州找到了已失去音讯二十年的父母。黄一农认为元妃省亲的故事乃是以密妃的经历为主要原型创作而成的(不排除杂糅了其他女性的成分,如曹寅女),曹雪芹大概是从亲友处了解到了密妃随同康熙南巡并寻获父母的故事以及密妃等妃嫔出宫省亲的细节。前者可从家中长辈处听闻(曹寅、李煦均曾参与康熙南巡接驾事宜,密妃找到父母的事曹、李两家的人必然熟知),后者则可能间接得自亲友——雪芹二表哥福秀与敦诚好友永䕫共同的连襟是弘庆,而弘庆乃密妃之孙。除密妃之外,当时出宫省亲的还有至少六位先朝妃嫔,雪芹的朋友中有人跟这些妃嫔所属家族有密切联系。

玉"，皆即作者雪芹，足证此书是雪芹自传。① 比如他举脂批来论证以下诸事皆实有（有些乃明显误解，笔者删去）：

第八回贾母给秦钟金魁星之事，脂批云作者尚记金魁星之事乎；第十七回写宝玉遇贾政，躲之不及，只得一边站了，脂批云："余初看之，不觉怒焉，盖谓作者形容余幼年往事。因思彼亦自写其照，何独余哉"；第二十回莺儿说宝玉输了钱不但不急，还分给小丫头们——脂批说"实写幼时往事"；第二十二回宝钗生日，凤姐点戏，脂批说当时是脂砚执笔；第二十五回马道婆向贾母说鬼话，脂批云"作者与余，实实经过"；第二十八回宝玉说王夫人被金刚菩萨支使糊涂了，脂批说"是语甚对余幼时所闻之语合符，哀哉，伤哉"；第二十八回宝玉饮酒发令事——脂批云是"西堂故事"；第三十八回咏菊花诗时宝玉要饮合欢花浸的酒，脂批云作者犹记二十年前矮䫜舫前以合欢花酿酒乎。②若此之类，引不胜引，这里不再备举。

周先生由此指出，凡此可见书中人物声口，以至极细微的闲事闲话，也皆系写实，而非虚构。③ 赵冈、陈钟毅的《红楼梦新探》是明确反对自传说的，但也仍认为作者是以大量曹家史实和个人经历为基础所写成的一部作品，他们穷尽式地列举了78条脂批，以证明书中素材的真实性。④ 那么，对于这些脂批我们该如何看待？

总的来说，大部分此类脂批是可信的，确实指明了作者采用了不少曹家家史和个人生活的经历入小说，但问题的关键还在于，这些素材是如何被使用的，在小说中所占比重有多大，这虽然很难进行精确估计，但进行大概估计也还是可以做到的。对这些批语逐条辨析并无必要，也无可能，这里只能举例进行分析。

先看第三十八回咏菊花诗时宝玉要饮合欢花浸的酒，脂批云作者犹记二十年前矮䫜舫前以合欢花酿酒之事这一条：脂砚斋写批，至"甲戌

---

① 周汝昌：《红楼梦新证》第八章第三节，棠棣出版社1953年版，第579页。
② 同上书第八章第二节、第三节，第547—582页。
③ 同上书第八章第三节，第573页。
④ 赵冈、陈钟毅：《红楼梦新探》第三章第一节，第135—141页。

第三章 自叙传说与《红楼梦》的创作性质 | 159

（1754，乾隆十九年）抄阅再评"（第二次写批），是公认的事实。我们权且假定合欢花酿酒这条批就是这一次写的，那么从这一年往前推二十年，是1734年（为明了起见，这里直接用公元纪年），此时曹家被抄家后返回北京已经七年了，合欢花酿酒之事也应发生在北京的曹宅（从前文所述曹家返京后情形推断，他们不可能是在如贾府或大观园一样的豪华宅邸中酿酒）。如果这条批是甲戌之后写的，那么合欢花酿酒一事就只会更晚，此时所酿之酒也不可能会在一个大观园咏菊花诗那样的盛会上享用。也就是说，合欢花酿酒一事自然是真有过的，但大观园诗会则并不存在，是作者把这一件事嫁接到了虚拟的大观园诗会上去了。那么还有一种可能，就是合欢花酿酒一事发生在江宁织造府中，那么这一条批语的写作时间就要提早到1747年左右，比甲戌要早七年，虽然从作者年龄、写作时间等角度考虑，这一可能性比较小，我们也姑且接受这一假定，这样一来，当时作者年纪是十岁左右（按张锦池推断作者生于1718年算），最多不超过十二岁（按胡适推断作者生于1715年算）。按照笔者前文所论，此时江宁织造府中不可能有这种众少女云集的盛会，就算有之，那么多诗才出众的少男少女（准确地说，还是儿童）又从何而来？因此，我们仍然只能得出跟上面相同的结论，那就是作者不过是把合欢花酿的酒这一真实的物件嫁接到大观园诗会上来了，相对于整个大观园诗会，这一物件只用几个字提了一下，所占比重有多大，不是明摆着的吗？

我们再看第二十五回马道婆向贾母说鬼话，脂批云"作者与余，实实经过"这一例。这当然是说脂砚跟雪芹曾经听到过马道婆式的人物怂恿他们的长辈做功德，但也就这一段文字是真实的，跟其连在一起的"逢五鬼""遇双真"这场搅得家反宅乱的怪力乱神式闹剧，自然绝不会是发生在当年曹家的真事了。这两段文字放在一起比较，孰多孰少，孰轻孰重，也是自不待言的了。还有第二十八回宝玉饮酒发令先喝一大海事——甲戌侧批云是"西堂故事"，庚辰眉批则说"大海饮酒，西堂产九台灵芝日也。批书至此，宁不悲乎"，这是畸笏叟"壬午重阳日"所写的批，

"西堂"是江宁织造署中的斋名，①"西堂产九台灵芝日"用"大海饮酒"来欢庆一事，必定发生在曹寅生前，作为长辈的畸笏叟应该是亲身经历了此事的，但曹雪芹那时尚未出生，他只能是听人提起过此事，如果他确实是把这件事当成了素材，那也只是截取了其中一个极小的碎片，然后把它嫁接到了宝玉跟薛蟠、蒋玉菡等人饮酒行令这一场景之上，而这一场景跟"西堂故事"相去何止天壤！其他此类批语，大都可作如是观，不必再——一细述。

因此，周先生所说的，书中人物声口，甚至极细微的闲事闲话，皆系写实，而非虚构——这句话言下之意是，连极细微的闲事闲话都是写实，更何况大场景、大情节呢。但经过以上的讨论后我们可以看到，实际情况恰恰应该是：小说的细枝末节处往往用了一些真实片段，大情节、大场景却大多是从虚构或是变形而来的。若要论虚实之比重，显然是虚的比重大，实的比重小，所以俞平伯晚年所说的"以虚为主，而实从之；以实为宾，而虚运之"，② 实可谓切中肯綮，也为自传说之无法成立做了最终的判决。

自传说虽然遭到了很多红学家的反对，但其不能成立的理由并没有人进行过较深入的追究，很多人其实只是从理论出发，认定《红楼梦》既然是小说，那自然应该是虚构而成的了。虽然很多人反对自传说，但还是认为书中包含了作者家世和生平的成分，这一点本身并没有什么错，至于这成分到底有多少，谁也说不清。鉴于以上的原因，故笔者不避烦琐，进行了以上的一些探讨。

其实在红学史上，自传说之外，还有他传说与合传说两种观点，其影响不大，这里只略说几句。所谓"他传说"，应源自清人裕瑞《枣窗闲笔》之"《后红楼梦》书后"条所云：

---

① 清代施瑮《随村先生遗集》卷六《病中杂赋》云："楝子花开满院香，幽魂夜夜楝亭旁。廿年树倒西堂闭，不待西州泪万行。"其注云："曹楝亭公时拈佛语对坐客云：'树倒猢狲散。'今忆斯言，车轮腹转。以瑮受公知最深也。楝亭、西堂皆署中斋名也。"乾隆四年（1739）刻本，收入《四库全书存目丛书》集部272，别集类。

② 俞平伯：《索隐与自传说闲评》，收入《俞平伯全集》第六卷，第435页。

其先人曾为江宁织造，颇裕，又与平郡王府姻戚往来。书中所托诸邸甚多，皆不可考，因以备知府第旧时规矩。其书中所假托诸人，皆隐寓其家某某，凡情性遭际，一一默写之，惟非真姓名耳。闻其所谓宝玉者，尚系指其叔辈某人，非自己写照也。所谓元迎探惜者，隐寓原应叹息四字，皆诸姑辈也。其原书开卷有云，作者自经历一番等语，反为狡狯托言，非实迹也。①

吴世昌《红楼梦探源》第九章"脂砚斋是谁"一节继承了裕瑞这一说法，明确指出宝玉的模特儿是脂砚，即作者叔父（详见前文）。台湾学者皮述民也认为宝玉的模特儿是脂砚，而脂砚则是苏州织造李煦之子李鼎，② 笔者以为这一说法漏洞实在太多（最关键的就是李鼎生平跟脂批内容严重不符），绝无成立之可能。所谓"合传说"，也是吴世昌提出来的，他在《红楼梦探源》第九章"脂砚斋是谁"中说：书中的主角不必即是作者自己，关于主角的一部分故事，可以是脂砚或别人的缘由，经作者加以改造融合而成；作者在创造过程中自可用选择、提炼、增减、融合、分化等艺术技巧，重新塑造，不必拘泥某一模特儿必为书中某人，只是大致如此而已。③ 这一说法自然有一定的合理性。赵冈、陈钟毅则认为，宝玉似乎不完全是曹雪芹自己的写照，而是雪芹与脂砚兄弟两人的共同写照，他们从脂批中找了一些证据来支持这一说法。④ 这要算是更标准的合传说了。

此外，他传说与合传说也可以从家史角度来看。自传说认为小说写的是曹家家史，而他传说与合传说则认为写的不是或不只是曹家家史，前者以索隐派的张侯家事说、明珠家事说为代表，后者以裕瑞《枣窗闲笔》所说的"书中所托诸邸甚多"为代表，赵冈、陈钟毅也认为，小说除了写了曹家在南京的事迹之外，还把北京朋友家的景物、人物和社会传闻融化进

---

① 爱新觉罗·裕瑞：《枣窗闲笔》影印本，第 176、177 页。
② 皮述民：《脂砚斋应是李鼎考》，收入《苏州李家与红楼梦》。
③ 吴世昌：《红楼梦探源》第九章，收入《吴世昌全集》第七卷，第 124、132 页。
④ 赵冈、陈钟毅：《红楼梦新探》第三章第一节，第 164 页。

去了。① 近年来，台湾学者黄一农也试图再次证明小说中化入了若干贵族世家的家史。虽然其索隐式考证也仍多有不合理之处，② 但他的有些观点还是很值得重视的，比如他指出：雍正从元年到五年（1723—1727）对卷入夺嫡政争的政敌进行秋后算账，曹𫖯及其亲友年羹尧（初娶成德之女，乃福秀妻之堂姑，后娶阿济格后裔之女，乃敦诚、敦敏的堂姑）、延信（明珠二女婿延寿之弟）、李煦等均被抄家，曹家之旗主及家主阿济格更早于顺治八年（1651）也遭籍没。故曹家人对此类痛苦经历刻骨铭心，小说中也几次出现抄家情节。书中有表格列出了从雍正元年到六年被抄家及处罚的家族名录，包括曹家在内共四家被查抄。③

黄一农指出，作者很可能是以其本身或自亲友处听闻之代善、阿济格、多尔衮、多铎、弘庆、明珠、傅恒等人的一些家事作为创作素材，以无系统的方式松散地在《红楼梦》中借题发挥，并将其家族、主家以及姻亲的一些特出人物与事迹，用替换或隐喻等艺术手法化入虚拟的小说故事，故我们或许不应期望找到一对一的清楚的比附。裕瑞所谓的"书中所托诸邸甚多，皆不可考"，或最贴近实情。④

应该说，黄一农考证出来的这些史实让我们看到了贾府查抄败落的遭遇在清代确实具有很大的普遍性，小说第一回借空空道人与石头的对话指出小说所蕴含的事体情理都是真实的，非具体的朝代年纪、地舆邦国所能限制——这强调的不正是这部作品的典型性与概括性吗？贵族世家绵延日久难免腐化堕落，也难逃政治斗争的旋涡，这一历史与时代共性曹雪芹不

---

① 赵冈、陈钟毅：《红楼梦新探》第三章第一节，第168、169页。
② 比如，他指出小说第六十三回湘云把葵官改名为大英云云，背后却隐喻着英亲王阿济格人格之伟大。又说阿济格兄弟的生平有许多可与《红楼梦》的情节相呼应：荣宁二公、贾赦贾政关系及其遭遇跟阿济格、多尔衮两支也相似，均遭革爵、抄没；"赦""政"与多尔衮曾任摄政王之"摄政"同音；多铎出天花而死跟贾敬猝死相似。又如他指出小说服饰中的秋香色与贾家所使用的八人大轿、翠幄青绸车、黑狐皮、妆缎、蟒缎、香露，以及宅邸中出现的九重广宇、丹墀等，宝玉抹额上的二龙抢珠、排穗褂上的八饼图案、太医入府看视、秦可卿丧礼仪制、寿材等，均明显违制，只有皇族才可以使用。如果荣宁二府反映的是多尔衮兄弟的生平，则疑问可以冰释（小说明言无朝代年纪可考，无妨以汉唐等朝代添缀。黄一农完全以清代制度来比附，恐非）。还有其他说法，这里不能备举。总之，都有些牵强，难以令人相信。以上引述参见黄一农：《二重奏——红学与清史的对话》第十一章，第530、532—537页。
③ 黄一农：《二重奏——红学与清史的对话》第十一章，第520、521页。
④ 同上书，第558、541页。

可能不了解,① 《红楼梦》以一贾府概括了众多贵族世家的普遍命运,其意义就更重大了。

此外,就研究方法而言,黄一农提倡"理性且有节制的索隐",② 把考证的范围大体局限在跟曹家有直接关系的家族圈子之内,获得了一些比旧索隐派更为合理的结论,对自传说也起到了一定的匡正作用。他对《红楼梦》创作性质的认识跟旧索隐派的观点也有了根本的不同。

第四节　对《红楼梦》中非作者经验成分的估计

不管是胡适还是周汝昌,在坚持自传说的同时,也都不否认《红楼梦》中包含了虚构的成分,如前文曾引胡适所说的贾妃本无其人,省亲也无其事,大观园也不过是雪芹秦淮残梦之一境而已;周汝昌也说"大荒山下的顽石,宝玉梦中的警幻,秦钟临死时的鬼卒……我虽至愚,也还不至于连这个真当作历史看"。③ 只不过这些虚构的成分在他们看来只占了很小的一部分,真实的成分则占了很大部分。此后反对自传说的学者其实主要是反对把小说视为作者和其家族自传这一比较极端的看法,而并不反对小说整体上的写实性或其素材的真实性。比如吴世昌、皮述民、赵冈、冯其庸、黄一农等人,都反对自传说,但都承认《红楼梦》是作者对真实的人物和事件加以剪裁、增减、移接、替换、重塑、变形、隐喻等一系列处理之后形成的艺术作品。俞平伯则指出小说是作者经验的重构,认为《红楼梦》是"以虚为主,而实从之;以实为宾,而虚运之",也是强调作者对

---

① 脂批曾屡屡指出这一点,如第二回冷子兴说到"主仆上下,安富尊荣者尽多,运筹谋画者无一",甲戌本有一条夹批说:"二语乃今古富贵世家之大病。"在"如今的儿孙,竟一代不如一代了"处又有一条眉批说:"文是极好之文,理是必有之理,话则极痛极悲之话。"第十三回写凤姐思索宁府五大弊端处有一条眉批说:"旧族后辈受此五病者颇多,余家更甚。"这些都可以说是代表了批者跟作者的共识。见《脂砚斋重评石头记》甲戌本影印本,第 51、274 页。
② 黄一农:《二重奏——红学与清史的对话》第十一章,第 558 页。
③ 周汝昌:《红楼梦新证》,棠棣出版社 1953 年版,第 570 页。

真实经验和素材的艺术处理,这大概也正是以上诸位学者所理解的《红楼梦》艺术虚构的基本特点,这跟全无真材实料做依据的无中生有式的虚构是很不一样的。从这一角度来看,主张自传说和反对自传说的人其实都有一个共同的心理,那就是惊讶于《红楼梦》极高的真实感,那么这种真实感的来源是什么呢? 很显然,主张自传说的人都认为是来自真实的素材,尤其是作者自身的生活经历。在《红楼梦》早期抄本的批语中就已经有这一类的说法了,如庚辰本第十七、十八回写到元妃挽着贾母、王夫人呜咽对泣处有一条畸笏叟壬午春的眉批说:"非经历过,如何写得出!"第二十六回写到宝玉要给薛蟠送寿礼处有一条侧批:"谁说的(得)出? 经过者方说得出。叹叹!"① 裕瑞的《枣窗闲笔》中有一段话,也道出了这一心理:

> 殊不知雪芹原因托写其家事,感慨不胜,呕心始成此书,原非局外旁观人也。若局外人徒以他人甘苦浇己块垒,泛泛之言,必不恳切逼真,如其书者。②

俞平伯说大观园是作者理想中的"蜃楼乐园",但也认为它"在当时事实上确有过一个影儿"(前文已引)。宋淇则一边说"不论大观园在曹雪芹笔下,如何生动,如何精雕细琢,终究是空中楼阁、纸上园林",一边又说曹雪芹"利用他所见到的、回忆中的、听来的、书本上看来的,再加上他的想象,糅合在一起,描绘成洋洋大观的园林",③ 也是一面强调小说的虚构性,一面也不得不承认作者的生动创造中有见闻和回忆的成分。大概正是因为《红楼梦》在写实艺术上达到了"追魂摄魄""传神摹影"之极境,④ 才会让人们不得不相信它一定是建筑在作者真实经历与见闻基础之上的。从这个意义上说,自传说也可以被视为对这种极度真实感的最直接的一个反映。但问题在于,真实感就必然来自于作者直接的生活经验

---

① 《脂砚斋重评石头记》(庚辰本)影印本,第386、598页。
② 爱新觉罗·裕瑞:《枣窗闲笔》影印本,第182、183页。
③ 宋淇:《论大观园》,收入《红楼梦识要——宋淇红学论集》,中国书店2000年版,第15页。
④ "追魂摄魄""传神摹影"见《脂砚斋重评石头记》(庚辰本)影印本第十七、十八回夹批,第386页。

吗？本无其事，本无其人，完全虚构，无中生有，是否就一定不能造成同样强度的真实感呢？这一问题颇不容易回答，这里也不做讨论，只是借此引出《红楼梦》中的一个现象：在曹雪芹笔下，其实存在着大量跟他的现实经验找不出联系，甚至可以断定毫无关系的情节、场景和细节（此处不包含那些明显虚构的神话、鬼怪与梦幻内容，也不包括那些直接引用戏文、讲述故事笑话的内容），它们渊源有自，取自其他文本，我们说它们是素材也好，本事也好，是挪移也好，化用也好，它们也一律给了我们同样强烈的真实感，但这就跟自传说的主张背道而驰了。

先看跟《金瓶梅》有关的部分。众所周知，《红楼梦》受《金瓶梅》的影响很深，这一点最早是脂批提出来的。① 此后，从晚清至今日，学界陆续发现了大量具体的实例，笔者自己也找到了一些这方面的例子，证明《红楼梦》对《金瓶梅》的模仿和化用之多、之细达到了令人吃惊的地步。为了更直观地说明问题，笔者以一定的标准（或能明显看出，或者大家公认）筛选出比较可靠的那些例子加以统计，所得至少有76个（见本章"附录"）。此处只从中选取几个有代表性的例子来看一下《红楼梦》是如何借鉴模仿《金瓶梅》的。②

《金瓶梅》第九回写潘金莲嫁入西门府中，第二天拜见众人时，从她的眼睛看月娘、李娇儿、孟玉楼众人外貌；③《红楼梦》第三回写林黛玉进贾府，也从她的眼睛看元春、迎春、惜春等人，这一著名段落跟《金瓶梅》第九回非常相近。

《金瓶梅》第六十四回玳安跟傅伙计说金莲、娇儿当家之刻，而多赞瓶儿；④《红楼梦》第六十五回兴儿则对尤二姐说诸钗之性情，骂凤姐之狠毒，而面谀尤二姐。⑤ 这两处文字的写法几乎完全相同，毫无疑问是

---

① 《脂砚斋重评石头记》甲戌本第十三回眉批："写个个皆知，全无安逸之笔，深得《金瓶》壸奥。"第二十八回眉批："此段与《金瓶梅》内西门庆、应伯爵在李桂姐家饮酒一回对看，未知孰家生动活泼？"影印本第262、473页。己卯本第六十六回夹批："极奇之文！极趣之文！《金瓶梅》中有云'把忘八的脸打绿了'，已奇之至，此云'剩忘八'，岂不更奇！"影印本，第1152页。
② 此处所举诸例，有的是别人发现的，有的是笔者发现的，详见本章"附录"，这里不一一注明。
③ 陶慕宁校注：《金瓶梅词话》，人民文学出版社2000年版，第104页。
④ 同上书，第899、900页。
⑤ 中国艺术研究院红楼梦研究所校注：《红楼梦》，人民文学出版社2022年版，第916、917、919页。

《红楼梦》借鉴了《金瓶梅》。

《金瓶梅》第三十四回写西门庆狎娈童,①从场景到细节,都被《红楼梦》第七回贾琏戏熙凤套用了。②《金瓶梅》第六十四回书童和玉箫在花园书房内偷情被潘金莲撞破,两人吓得跪地求情,书童见不妙,卷了一些银两等物逃回家乡去了。③《红楼梦》第十五回写秦钟与智能儿云雨,被宝玉撞破;第十九回茗烟跟卍儿在书房内偷情也被宝玉撞破,二人也忙跪下不迭。《红楼梦》第七十一、七十二回司棋跟潘又安偷情事被鸳鸯撞破,潘又安也畏罪逃跑了。④这三处,《红楼梦》显然都模仿了《金瓶梅》。

人物描写艺术上二书也有许多类似之处。《金瓶梅》第三十回写李瓶儿即将生子,合家欢喜,独潘金莲心中不悦,"手扶着庭柱儿,一只脚跐着门槛儿,口里嗑着瓜子儿",辱骂不休。⑤《红楼梦》第二十八回写凤姐"蹬着门槛子,拿耳挖子剔牙,看着十来个小厮们挪花盆呢";同回写宝玉对着宝钗的膀子看呆了,宝钗羞得转身要走,"只见黛玉蹬着门槛子,嘴里咬着手帕子笑呢";第三十六回凤姐被人抱怨克扣了月钱,她"袖子挽了几挽,跐着那角门的门槛子,笑道"云云。⑥二书相似之处也极为明显。

《金瓶梅》第三十四回写书童儿买金华酒和烧鸭儿感谢李瓶儿,李瓶儿赏书童儿喝酒吃鸭子,二人共吃两杯。此事被潘金莲知道了。到第三十五回,众人吃螃蟹,潘金莲语带双关嘲讽李瓶儿,说道:"吃螃蟹,得些金华酒吃才好。"又道:"只刚一味螃蟹就着酒吃,得只烧鸭儿撕了来下酒。"那席上李瓶儿听了,把脸飞红了。⑦《红楼梦》第三十九回,宝玉心中只记挂着抽柴的故事,探春跟他商议邀社还席,宝玉说等下头场雪,大

---

① 《金瓶梅词话》,第443页。
② 《红楼梦》,第108页。
③ 《金瓶梅词话》,第901、902页。
④ 《红楼梦》,第994、996页。
⑤ 《金瓶梅词话》,第385页。
⑥ 《红楼梦》,第381、392、480页。
⑦ 《金瓶梅词话》,第441、459、460页。

家雪下吟诗,更有趣。林黛玉忙笑道"还不如弄一捆柴火,雪下抽柴,还更有趣儿呢"。① ——这跟《金瓶梅》写潘金莲口齿极为相似(这类例子还有,参见本章"附录"),有学者曾指出黛玉似金莲,应该主要就表现在这一方面。

《红楼梦》还从《金瓶梅》借用了不少现成的语言,学界指出的例子极多,这里只举两例。《金瓶梅》第二十二回写应伯爵夸春梅、玉箫、兰香、迎春四个"水葱儿的一般,一个赛一个";《红楼梦》第四十九回,晴雯夸邢岫烟、宝琴、李纹、李绮"倒像一把子四根水葱儿"。《金瓶梅》第四十一回,春梅道"俺每一个一个,只像烧糊了卷子一般,平白出去惹人家笑话";《红楼梦》第四十六回,凤姐说自己跟平儿是一对烧糊了的卷子,第五十一回同样的话凤姐还说过一次。②

以上所举的只是《红楼梦》在比较小的场景、情节乃至细节上对《金瓶梅》的袭用、模仿与借鉴。如前所说,这种例子的数量是相当大的(应该还有不少未被发现的),跟自传说所提供的证据大体旗鼓相当,是对自传说的一个强有力的反驳,也是对只看到小说采用了真实素材的人的一个重要提醒。

实际上,《红楼梦》还有一些重要故事情节也有可能是在借鉴其他故事文本的基础上虚构出来的。这里只举两个例子来进行说明。

比如清初青心才人的《金云翘传》,对《红楼梦》产生过很大影响,其第十三回"别心苦何忍分离 醋意深全不说破",第十四回"宦鹰犬移花接木 王美人百折千磨",讲述了男主人公束守瞒着妻子宦氏在外地娶妓女王翠翘为妾,后来宦氏得知此事,虽醋海兴波,而绝不露声色,还严禁家人议论此事。束守回家,宦氏也不露出丝毫形迹,骗得束守以为宦氏绝不知情,遂放下心来,也不提起娶妾之事。此后宦氏趁束守远离之际,派心腹仆人设计将王翠翘从临淄掳回无锡家中,百般折磨,以贱仆视之,还对束守说这是她父母为她买的丫头。束守因未对宦氏说明娶妾之

---

① 《红楼梦》,第 529 页。
② 《金瓶梅词话》,第 281、535 页。以及《红楼梦》,第 628、695 页。

事,至此也无法补救,眼睁睁看着翠翘受苦而不敢施以援手,后翠翘逃走,才跳出苦海。——已经有学者指出:翠翘、宦氏故事跟《红楼梦》第六十八、六十九回"苦尤娘赚入大观园""弄小巧用借剑杀人"的故事极为相似,宦氏跟王熙凤的性格也颇为相近。① 笔者认为,后者的基本情节构架应该就是从前者挪移而来的,但又跟来自作者生活经验的内容有机地融合到了一起,这也应该算是虚构的一种重要形式。

还有《红楼梦》第十二回"王熙凤毒设相思局"这一著名故事,很可能也有一些来头。我们先来看一下意大利作家薄伽丘(1313—1375)《十日谈》中第八天的第七个故事:佛罗伦萨贵族青年、学者里涅里爱上了寡妇埃莱娜,热烈地追求她。但埃莱娜另有所爱,却又要故意吊里涅里的胃口,让他觉得自己对他有意。这事后来被她的情夫知道了,情夫很不高兴。埃莱娜为了向情夫表明自己用情专一,便计划当着情夫的面耍弄一下里涅里。她派使女约里涅里圣诞节第二天晚上来她家的院子里等她,她找机会出来跟他相会。里涅里不由心花怒放,如期赴约,使女把她带进一个院子,锁上门,叫他耐心等待。埃莱娜跟她的情夫在屋里寻欢作乐。当时刚下了大雪,寒气袭人,书生想到不久可以进入温柔乡,便咬牙忍受严寒。埃莱娜派使女跟里涅里说:女主人的弟弟来了,一直在谈话。里涅里在院子里找不到避寒的地方,只得来回踱步取暖,他诅咒寡妇的弟弟待了这么久还不走,听到一点动静就以为是那女人出来开门,但希望总是落空。结果足足冻了一夜,全身都僵了,又困又累,天亮以后使女来打开门,他才回到了家里。

此寡妇所设"相思局"与王熙凤所设"相思局",在情节与细节上均极为相似。②《十日谈》中这一故事后为巴尔扎克《都兰趣话》第一卷之《斥夫记》所袭取,并增加女主人公丈夫从楼上泼下一缸冷水浇中前来幽

---

① 董文成:《论〈金云翘传〉对〈红楼梦〉艺术创新的多重影响(下)》之"六、塑造人物形象艺术经验的影响",载《红楼梦学刊》1999年第4期。

② 黄龙《莎士比亚与曹雪芹》一文指出"王熙凤毒设相思局"与莎翁的《温莎的风流妇》情节正相契合,载《青海师范学院学报(哲学社会科学版)》1983年第4期。另施梓云《"毒设相思局"——比较文学札记》曾指出"王熙凤毒设相思局"跟《十日谈》寡妇故事的相似性,载《淮阴师专学报(社科版)》1983年第4期。

会之情郎等细节。曹雪芹当然不可能读过十九世纪的《都兰趣话》,也不可能读过十四世纪的《十日谈》,但《十日谈》中的故事在明中期以后随着西方来华传教士传入中国却不无可能。①

《红楼梦》对前代小说的借鉴与改编当然远不止上述这些例子,它还从唐代小说、《西游记》《聊斋志异》以及前代诗赋、戏曲或杂家类书籍中取材,对此,俞平伯、周汝昌、赵冈等前辈学者也多有揭示,这里不再一一介绍了。

《红楼梦》第十七回写贾政带领众人进入怡红院,此处己卯本和庚辰本都有一条夹批说:"所谓集小说之大成,游戏笔墨,雕虫之技,无所不备,可谓善戏者矣。"② 后来俞平伯曾一再提到这一说法,认为《红楼梦》之所以成为第一部奇书,不仅仅在其"独创"上,也在其"集大成"这一点上。③ 所谓"集小说之大成",应该说,内容之丰富、技巧之多样、素材之广泛,都应包括在内。而它的很多素材则并非来源于作者自己的生活经历,这说明了这部小说有非写实的、纯虚构性的一面,所谓"游戏笔墨"大概也包含了这一方面的含义。徐朔方曾言:只有艺术虚构才有模拟和移植的可能。④ 前文举出的那么多的模拟和移植的段落,看上去都跟取材于自传性素材的段落一样真实生动,看不出有丝毫的差别,然而它们确确实实都是完全虚构出来的。胡适曾说:曹雪芹写王凤姐,这个王凤姐一

---

① 方豪《从红楼梦所记西洋物品考故事的背景》一文指出:曹雪芹先人在南京时,可能会有一些机会遇见外国贡使。此外,康熙南巡时,有传教士在南京行宫觐见,雪芹祖父曹寅时任江宁织造,多次负责接驾事宜,康熙更有四次驻跸织造署。曹寅等人跟传教士也可能有接触。该文收入《红楼梦西洋名物考》,浙江人民美术出版社 2017 年版,第 52、65、122 页。另黄龙《曹雪芹与莎士比亚》一文提到他曾见一本英国人威廉·温斯顿所著《龙之帝国》的英文书,摘录其中一段,提到温斯顿的祖父腓立普赴华经商,结识曹頫,与之"宣教《圣经》,纵谈莎剧","但听众之中却无妇孺,曹君之娇子竟因窃听而受笞责"。黄龙认为此"娇子"即曹雪芹,并由此推断《红楼梦》受到《圣经》与莎剧之影响。文载南京师范学院图书馆暨中文系资料室编《文教资料简报》1982 年 6 月号,第 93—98 页。但《龙之帝国》一书,迄今未有下落,竟成一桩疑案,具体情况请参见严中《江宁织造曹家与〈红楼梦〉》一文,收入《红楼丛话》,南京大学出版社 1991 年版。

② 见《脂砚斋重评石头记》(己卯本),人民文学出版社 2010 年影印本,第 357 页。《脂砚斋重评石头记》(庚辰本)影印本,第 370 页。

③ 俞平伯:《读〈红楼梦〉随笔》第一篇《〈红楼梦〉的传统性》,第四篇《〈红楼梦〉与其他古典文艺》,收入《俞平伯全集》第六卷,第 5、22 页。

④ 徐朔方:《〈金瓶梅〉和〈红楼梦〉》,载《红楼梦研究集刊》1981 年第七辑,收入《徐朔方〈金瓶梅〉研究精选集》,台北,台湾学生书局 2015 年版,第 163—164 页。

定是真的，他要是没有这样的观察，王凤姐是个了不得的一个女人，他一定写不出来王凤姐。① 畸笏叟的批语也说他曾亲见"凤姐点戏，脂砚执笔"，可见，曹雪芹的生活中应该确有这么一个人，这是这个人物真实的一面（当然不必如胡适所言，小说中的凤姐就是生活中的那个真人），但如果我们想一想"王熙凤毒设相思局""弄小巧用借剑杀人"这些精彩的故事很可能是模拟移植而来的，是完全虚构而成的——其实考虑到前文谈到过的江宁织造府和北京曹家的人员构成与宅第格局，我们也能明白，这两个跟王熙凤有关的重要故事在现实中的曹家是绝对不可能发生的，我们也完全找不出凤姐之外的其他人物的真实原型，找不到故事发生的环境场所，连大观园原本也是虚构的，又何来"苦尤娘赚入大观园"呢——真实的与虚构的就是如此完美地结合在一起，令人丝毫觉察不到虚构的存在，而这种情况在《红楼梦》中还十分普遍！一想到这一点，笔者心中不禁油然而生一种奇异的陌生感，对作者的创作艺术与小说的艺术形态也有了一种全新的领悟。

第五节　经验的叠加与重构：
　　　　艺术形象矛盾复杂性的成因

在《红楼梦》的创作艺术中，或许还有一种特殊的手段，笔者姑且名之曰经验的叠加与重构，即作者把他成年后的生活经验跟他童年、少年时的记忆和印象叠加在一起，创造出全新的艺术形象，也导致了这一艺术形象的复杂性与矛盾性，并进而形成了《红楼梦》独特的艺术形态与文本性质，让我们很难以写实与虚构这样的单一标准来衡量它。这一现象前辈学者也已经注意到了，并有过一些论述，但如何来解释这一现象的成因，则还有进一步讨论之必要。

首先就是小说的地点问题。当年俞平伯在《红楼梦辨》中最早提出这

---

① 胡适：《谈〈红楼梦〉作者的背景》，收入宋广波编校：《胡适论红楼梦》，第401页。

个问题来专门加以讨论:"《红楼梦》一书所写的各事,是在南或在北?再进一步,亦只问是在南京或在北京?"他跟顾颉刚经过一番探究之后,据书中所写的人物的移徙、京城的风土人情,以及曹家一家的踪迹和雪芹的生平判断:小说"叙的是北京底事"。但他同时也提出一些反面的证据来质疑上述的判断:小说所写的大观园有不少南方的风物,从曹家踪迹来看,曹𬱖免官北归之后,雪芹年尚幼小,怎么会有那样温柔富贵的环境,如书中所写?敦敏、敦诚所说的雪芹的"秦淮残梦""扬州旧梦",也应在江南,而绝不在北京。所以,俞先生最后的结论是:终究不知道《红楼梦》是在南或是在北。① 但后来他又在《红楼梦研究》的"《红楼梦》地点问题底商讨"中修正他的结论:小说所记的事应当在北京,却掺杂许多回忆想象的成分,所以有很多江南的风光。②

对于地点问题,胡适也谈过他的看法。他注意到甲戌本的"凡例"中对《金陵十二钗》这个书名的解释,认为雪芹本意要写金陵,但他北归已久,记忆模糊,故不能不用北京做背景,所以贾家在北京,而甄家始终在江南。因此他对地点问题的答案是:雪芹写的是北京,而他心里要写的是金陵;金陵是事实所在,而北京只是文学的背景。③

吴世昌也专门讨论过这一问题,他指出学界对地点问题的困惑是由小说本身某些不可调和的矛盾引起的,比如从小说的一些叙述看,故事的背景明明是北京或都城,但大观园中的花草植被却明明不是北京所有的,他还指出一个很有说服力的细节,那就是元妃省亲时竟然还能乘船,还看见"清流一带,势如游龙",元宵河流不结冰,非南方不可。吴世昌最后得出的结论是:"大观园"是以江宁织造府(即所谓随园故址)为蓝本的,但这并不意味着小说中全部故事都发生在南京。作者在十三岁(吴先生认为曹雪芹在南京生活了十三年)以前不像能有如此丰富的经历。南京的旧园,在他的旧梦中只起到背景的作用,使他在上面画出了复杂的社会和家

---

① 俞平伯:《红楼梦辨》中卷"《红楼梦》底地点问题",收入《俞平伯全集》第五卷,第178—188页。
② 俞平伯:《红楼梦研究》之"《红楼梦》地点问题底商讨"一节,收入《俞平伯全集》第五卷,第423页。
③ 胡适:《考证〈红楼梦〉的新材料》,收入宋广波编校:《胡适论红楼梦》,第252页。

庭生活的全景。他甚至把这个背景也纳入他成年后的北京生活这一更为宽广的视野之中。因此，大观园里的家具陈设是北方风格的，但为了保留这一活生生的背景，花草植被仍是长江流域的。至于小说的大环境，则肯定在"都"中，书中有些街名也和北京相同。作者不考虑时间顺序，也不拘泥于空间关系，把不同的底片重叠起来，使映像产生相融而不相扰的效果。①

　　三位学者的观点各不相同，但都看到了《红楼梦》艺术世界内在的矛盾之处，对此矛盾的解释，俞平伯和胡适所言比较浅显，吴世昌的认识则比较深入，他最先注意到了"重叠"的现象，指出作者把不同的"底片"叠加在一起，使之完美融合。他的这一观点极富启发性，但也有语焉不详和不符实情之处。要对这一问题做出比较透彻的解释，可能有必要联系书中另一矛盾现象一并加以考虑。

　　这就是小说人物年龄忽大忽小以及年龄跟外表、心智不相称的问题。周汝昌很早就指出书中所写宝、黛年龄（儿童）跟读者所获印象（少男少女）不一致（前文已引）；张爱玲也指出黛玉年龄忽大忽小以及宝、黛心智早熟的问题，认为作者为让宝玉跟诸钗共处一园，不得不把他们的年龄一再降低（前文已引）。自从他们提出这个问题之后，学界越来越注意到，书中人物年龄幼小与其才能、心智、情感过于成熟早慧之间的矛盾是如此普遍而明显，比如他们过人的诗才、渊博的学识、练达的人情、精明的管理能力等，都跟其年龄颇不相称。学界对此讨论颇多，但均未能做出合理的解释。笔者在吴世昌观点的启发下试对这一现象提出一个新的解释。

　　笔者认为，以上各种矛盾发生的根源其实在于：曹雪芹试图从人物童年、少年的视角来讲述他一生的经历、见闻、情感和思想，其中既包含了自传性与非自传性的素材，也蕴含了自传性与非自传性的视角。如果完全按照自传的形式来写，那就应该从传主的幼年开始依时间次序来进行叙述，如此就应该做到有条不紊，秩序井然，结构清晰，绝不会发生空间和

---

① 吴世昌：《红楼梦探源》第十二章"大观园的原址"，收入《吴世昌全集》，第180、181、186页。

时间上的错乱与矛盾（姑且这么说，这并不是一个价值判断）。或者他也可以按照某些小说的写法，将回忆过去和叙述当下轮番交替进行，这样处理的话，也不会造成错乱和矛盾。但曹雪芹采取了一种极具创造性的做法：即把他一生的重要经历高度压缩、集聚到一个特定的虚拟时空中来加以表现，而由于特别的原因（详后），这一虚拟时空的基点被设置在人物的童年和少年时代。同时，因为自传性因素（家族的变迁与作者的遭遇）的影响，这一虚拟时空中发生了一些矛盾现象：作者有过南北两处生活的经验，故虚拟的"大观园"也具备了南方和北方风物混合杂糅的特征——这一问题本可以不必追究，因为作者明确声明过书中"地舆邦国失落无考"，批者也指出过作者"不欲着迹于方向也"（甲戌本"凡例"第二条），更何况小说本是虚构而成的呢。然而问题并不如此简单，一则书中地点的叙述本已启人疑窦（如吴世昌所言），二则此问题涉及创作心理与艺术处理的问题，也不容我们视而不见。从作者角度考虑，金陵跟京城的空间混同叠加既跟他的经历有关，也跟他的创作心理与创作意图有关：他童年、少年时期经历并熟悉了金陵和江宁织造府的一段生活，故反映到小说中，贾府也还有着大家族末世的短暂繁华，大观园也具有浓郁的江南园林特色，成为书中少年男女生活的"理想国"和"伊甸园"。成年后，他熟悉了京城和更广大的社会，故贾府和大观园之外的人物活动和人际交往只有放在京城，作者才能信手拈来，叙述自如。这样一来，为了艺术形式上高度压缩和集中之需要，代表作者早年富贵荣华生活经历的贾府和大观园一方面须兼具南北地域的特征，另一方面它又须跟他成年后所处的京城这个大环境结合在一起。

　　而从小说的时间、情节和人物来看，作者同样也把他童年、少年与成年后的经历叠加压缩到了一起。甲戌本的"凡例"引"作者自云"，说他要写的是"当日所有之女子"和"当日闺友闺情"，似乎都是主人公童年、少年时代的事情，但实际上并非如此。小说第一回借石头的话有了另一番交代，说它所写的乃是它"半世亲见亲闻的这几个女子"，如果把石头视为作者的化身，则所谓"半世"当然不能只包括他的童年和少年时期了。因此，笔者认为，这两处说法应该合而观之，也就是说，作者既从他童年、少年时代的金陵生活中汲取了一些创作素材，也从他成年后在北京的生活经历中汲取了一些素材，而且后一方面应该还是占主导地位的。这一点前文也谈到过，如果我们假定曹雪芹十三岁时离开金陵，那他作为一个儿童和少年，对曹家内部的人际关系、对他身边的那些女性了解能有多深呢？能达到小说中所写的那种深度吗？他又焉能长久地保持着那么深细的记忆？因此，笔者认为，小说中的宝玉及诸钗等人物的早熟早慧，是作者把他年少时的人生经历与成年后的"行止见识"相叠加之后创造出来的，所以这些人最初看着是小孩儿，在并没有经历多少年的时间跨度之后，他们的情感、心智和才能却突然发生了跨越式的成长，大大超出了一般的儿童，变成了少男少女，甚至青年男女，从而造成了明显的不相称。

还有一点值得强调的是，作者应该也把他成年之后的才能、思想与学识赋予了书中的少男少女，比如把他绘画的造诣赋予了惜春和宝钗，把他的诗才赋予了黛玉、湘云、宝钗、宝玉等人，书中人物所作诗词歌赋，应该大都是成年的曹雪芹所代拟而加诸小说人物身上的。所以，小说第一回写贾雨村"对月有怀，因而口占五言一律"处，甲戌本有一条夹批云："这是第一首诗，后文香奁闺情皆不落空。余谓雪芹撰此书，中亦为（当作'有'）传诗之意。"① 他还将一些其他诗人的作品假托成书中人物所作，如著名的《葬花词》，乃改造唐伯虎之诗而加诸黛玉之上；② "冷月葬花魂"则剿袭明末吴江才女叶小鸾的诗；③ 与此相类者还有不少，这里就不再一一指出了。

在此基础上，我们可以对曹雪芹的创作动机、艺术构思和《红楼梦》的文本性质获得以下的一些认识：

曹雪芹在江宁织造府中大概生活了十年，最长不会超过十三年，而绝不可能如周汝昌所言只生活了三年左右（按他离开金陵时虚岁五岁计算）。

---

① 《脂砚斋重评石头记》（甲戌本）影印本，第26页。
② 俞平伯：《红楼梦辨》下卷附录《唐六如与林黛玉》，收入《俞平伯全集》第五卷，第265—268页。
③ 蔡义江：《"冷月葬花魂"——〈红楼梦〉小札之一》，收入《追踪石头——蔡义江论红楼梦》，第378页。

冯其庸在《曹、李两家的败落和〈红楼梦〉的诞生》一文中根据庚辰本开篇的"作者自云"指出：作者经历过豪华富贵，也经历过家破人亡，抄家败落前已经入学读书，也应该有十多岁了。① 笔者在拜读此文之前也从"作者自云"得出了同样的看法，因此极其认同冯先生的这一观点，并认为即使曹雪芹的生卒年还未能得到明确的结论，这一观点也是完全正确的，完全可以成为我们讨论曹雪芹早年经历的基本出发点。

十年左右的江宁织造府生活正是作者人生最美好的童年、少年时代，但随着江宁曹家被查抄和败落，家庭的富贵荣华与他人生最美好快乐的时光都成了一去不返的秦淮残梦，这在少年时代的作者心底必然留下了深重的创伤。因此，怀念家族抄没前的荣光与他个人的美好年华，反思家族败落的原因，并在其中融入他复杂的人生经验与深刻的命运感，这应该是曹雪芹撰写《红楼梦》最重要的创作动机之一。

甲戌本第二回的一条眉批说："盖作者实因鹡鸰之悲、棠棣之威，故撰此闺阁庭帏之传。"② 甲戌本"凡例"云：开卷即云"风尘怀闺秀"，则知作者本意原为记述当日闺友闺情，并非怨世骂时之书矣。又云：此书只是着意于闺中，故叙闺中之事切，略涉于外事者则简，不得谓其不均也。③ 如果我们结合小说内容来看这一些批语，可以认为作者乃是痛感于大家族内部成员之间的龃龉纷争、自杀自灭，尤其是痛感家族男性成员的平庸、堕落、不成器、不和睦导致了家族的衰败，从而特意要写一部为"闺阁昭传"的作品，以与男性的无能形成鲜明的对比。从这一角度，我们也可以更深入地理解"作者自云"中所说的"今风尘碌碌，一事无成，忽念及当日所有之女子，一一细考较去，觉其行止见识，皆出于我之上。何我堂堂须眉，诚不若彼裙钗哉？实愧则有余，悔又无益之大无可如何之日也"，以及"我之罪固不免，然闺阁中本自历历有人，万不可因我之不肖，自护己短，一并使其泯灭也"，④ 这些话语背后的含义：正是我辈

---

① 冯其庸：《曹雪芹家世新考》，第485页。
② 《脂砚斋重评石头记》（甲戌本）影印本，第60页。
③ 同上书，第2、5页。
④ 《脂砚斋重评石头记》（庚辰本）影印本，第3页。

(不能认为作者只是在谴责他自己一个人)"堂堂须眉","行止见识"反不如"彼裙钗",在家族之末世不仅不能挽狂澜于既倒,反而安富尊荣,毫无作为,从而造成了家族的彻底败落,其罪岂可轻恕哉!脂批曾多次指出作者在书中表达了他的自愧自悔之情,① 也有力地佐证和说明了这一创作意图。

或许有人要质疑:小说中所描写的贾府内部的纷争不是主要发生在女人之间吗?贾府的男人虽然不成器,似乎也没犯什么大错,更说不上有多大的罪过了,"作者自云"岂不是有些言过其实了吗?这话看似有道理,但实则经不起深入推敲。我们要知道:在作者生活的时代,家族命运的担当者主要是男性,而不是女性。根据作者在小说中所表达的特定观念来看,那些导致纷争不睦的女人其实都是成年女性,早就沾染了男人的各种恶劣习性,她们犯错的根源仍在她们所依附的男人身上,她们跟男人其实是同一类人!作者要拿来跟"我堂堂须眉"对照并要为之昭传的并不是这一类成年女性,而是那些纯真天然、未出闺阁的年轻女子!

更进一步,我们不妨大胆地猜测:在作者的童年、少年时代,以及此后回北京之后的岁月里,他从各个不同的方面所接触、所了解的很多年轻女性都曾带给他美好的、爱慕的、尊崇的情感体验,这些女子以及这些情感体验成为他后来抵抗俗世,尤其是成人男性世界功利主义恶浊习气的重要精神力量。更重要的是,这些女性中可能还有他曾经刻骨铭心爱过的人!但是,她们最终都没能逃过被时间的洪流和成人世界所埋没、吞噬和毁灭的命运!作者为之深感痛惜和不平,于是希望把她们曾经年轻、鲜活而又美丽的生命凝固到他的文字之中,以传诸后世,甚至进入永恒。

如此一来,作者既要追忆他十多岁以前的美好时光与难忘岁月,也要传述并赞美他半世所亲见亲闻的那些美丽聪慧的女性,要通过她们的对比

---

① 《脂砚斋重评石头记》(戚序本)第五回批语:"看他忽转笔作此语,则知此后皆是自悔。"人民文学出版社 2006 年版影印本,第 198 页。庚辰本第十二回眉批:"处处点父母痴心,子孙不肖,此书亦自愧而成。"庚辰本第十六回眉批:"读此则知全是悔迟之恨。"第 258、343 页。

映衬来强烈地表达他对功利的、淫靡的、颓废的、没有任何灵性之美的世俗成人世界的厌恶与鄙弃,于是便设计了一个大观园,一个理想的女儿国,一个虚拟的艺术时空,把他童年至少年的难忘记忆、成人之后的美好理想、大半辈子的人生经验,都浓缩到一起,集中表现出来。作者为了让他心目中的理想人物贾宝玉跟那些女孩子们生活在大观园这个空间里,也为了配合主人公童年、少年这一叙述视角,他就只能让他们都在孩提时代进入贾府和大观园,并尽量让时间不要流逝得太快,甚至在很长的篇幅里令人根本感觉不到时间的流逝,从而让我们感到他们一直都没有长大,一直都是小孩子。但如果真要按照小孩子的真实情形来展开故事情节,则小说势必无法顺利往前推进,或者会写成一部少儿题材的作品,因此作者只能按照年龄较大一些的少男少女甚至是青年男女的情感和心智来展开他们之间的人际交往与情感纠葛,刻画他们的外貌、性格、才能和心理。而且,更重要的是,作者还把他成年之后的思想情感、生活经验与人生阅历赋予了这些少年男女,以至于让我们感到人物的年龄跟他们的成熟心智之间难以协调统一起来。总而言之,这乃是作者人生前期的经历、经验跟后期的经历、经验作为素材被混合叠加之后难以完美融合所带来的必然后果,这对于作者实现他的创作意图并无任何实质性的影响,也不影响《红楼梦》卓越的艺术成就。① 我们真正应该重视的是,作者如何运用一种叠加的技巧来高度浓缩地表达他丰富的人生经历和复杂深邃的情感与思想,如何把真实的自传性素材加以改造和变形,并跟非自传性的素材或纯虚构性的成分完美融合在一起,从而创造出一种不可方物、难以归类也难以轻易评说的小说形态与艺术类型。

---

① 吕启祥在《老庄哲学与〈红楼梦〉的思辨魅力》一文中指出:小说中的醒人和迷人是一对矛盾,由醒人这一方去观察迷人,当然比迷人对自身的观察更深刻。小说所展示的现实生活中,始终贯注着这样一束"醒人"的目光。见《红楼梦学刊》1993年第一辑,收入《〈红楼梦〉校读文存》,北京时代华文书局2016年版,第240、241页。她又在《人生之谜和超验之美——体悟〈红楼梦〉》一文中指出:《红楼梦》有一种超越性,是"今日之我"与"昨日之我"由于时间的流逝而拉开了距离,得以在更高一层的人生阶梯上俯视过去。见《红楼梦学刊》1997年增刊,收入《〈红楼梦〉校读文存》,第292页。这些说法从类似角度解释了小说中浓厚的怀旧感、宿命感、彻悟感与超越感之成因,给人以很深的启示。

附录　《红楼梦》借鉴《金瓶梅》实例举隅[①]

阚铎《红楼梦抉微》[②]：（原混数事为一条者，皆离析为若干条；重出者按第一次提到者收录，其余皆不再录，但有评述差别较大且有助于研究者，则酌情予以保留）

1. 宝钗扑蝶撞见丫头说秘事（《红》第二十七回），颇似金莲扑蝶遇陈经济（《金》第十九、五十五回）。[③]

2. 芸儿拾小红手帕（《红》第二十四、二十六回），极似陈经济拾金莲绣鞋（《金》第二十八回）。

3. 可卿寿木与瓶儿寿木二事颇近似（《红》第十三回、《金》第六十二回、六十四回）。

4. 可卿丧事与瓶儿丧事逐事比较，颇多相似（《红》第十三回，《金》第六十三回、六十四回）。

5. 《金》第二十九回吴神仙冰鉴定终身，将书中要人全予点明；《红》第五回宝玉入太虚幻境，见册子，橐栝全书。

6. 《金》第二十一回、《红》第四十三回均写攒金凑份子。

7. 《红》第四十六回凤姐说自己跟平儿是一对烧糊了的卷子（第五十一回凤姐还说过一次，阚铎漏提），《金》第四十一回春梅也说过这句话。

8. 凤姐说张道士叫我修寿（《红》第二十九回，凤姐笑道："我们爷儿们不相干。他怎么常常的说我该积阴鸷，迟了就短命呢！"说

[①] 例中《红》《金》分别为《红楼梦》《金瓶梅》之简称。

[②] 《红楼梦抉微》影印本收入王振良编：《民国红学要籍汇刊》第三卷，南开大学出版社2017年版。周钧韬编《金瓶梅资料续编（1919—1949）》收其节录本，乃据姚灵犀编《瓶外卮言》转录，北京大学出版社1991年版。

[③] 为简便起见，此"附录"中，《红楼梦》均简称《红》，《金瓶梅》均简称《金》。《红》以人民文学出版社2022年版红研所整理本为据，《金》以人民文学出版社2000年版陶慕宁校注《金瓶梅词话》本为据。所引资料原未指明回数者，笔者查找补充，置入相应条目后括号中。

此话的应为贾琏，阙铎有误），金莲亦云道士说我短命（《金》第四十六回）。

9. 可卿凤姐之病为血崩（可卿未云是此病，《红》第七十二回鸳鸯说凤姐是血山崩），与瓶儿一样（《金》第六十回）。

10. 《红》第六十五回兴儿对尤二姐说诸钗之性情，骂凤姐之狠毒，而面谀尤二姐，即《金》第六十四回玳安说金莲娇儿当家之刻，而多赞瓶儿。

11. 鲍二家的似宋惠莲（都跟主人通奸，后皆自缢而死。《金》第二十五回、二十六回，《红》第四十四回）。

12. 两书魇魔法之相似：《金》第十二回刘理星魇胜求财，《红》第二十五回马道婆魇宝玉、凤姐得财。

13. 两书之清客。《金》之清客为应伯爵、常峙节、卜志道等，《红》之清客为詹光、单聘仁等，皆是一流人物。

14. 《金》第六十四回书童和玉箫在花园书房内偷情，被潘金莲撞破，两人也吓得跪地求情。《红》第十五回秦钟与智能儿云雨，被宝玉撞破；第十九回茗烟跟卍儿在书房内偷情也被宝玉撞破，二人忙跪下不迭。

15. 黛玉即金莲（主要指黛玉口齿似金莲，详后）。

16. 《金》有琴、棋、书、画四童仆；《红》有抱琴、司棋、侍书、入画四丫头。

灵犀《〈金〉〈红〉脞语》：①

1. 《金》第二十五回来旺儿吃醉了大骂"由他，只休要撞到我手里；我教他白刀子进去，红刀子出来。"第三十八回韩二捣鬼醉后跟王六儿也说"我教你这不值钱的淫妇，白刀子进去，红刀子出来"。《红楼梦》中第七回末尾焦大醉骂亦用此语（甲戌本如此，庚辰本"白""红"二字位

---

① 原载姚灵犀：《瓶外卮言》，1940年天津书局版，收入周钧韬编：《金瓶梅资料续编（1919—1949）》。

置互换，乃旁改，学界多认为此语应以庚辰本为原稿，其说可从）。

2. 《金》第十三回、十四回李瓶儿送宫里出来的寿字金簪儿给吴月娘等人；《红》第七回送宫花与之类似。

3. 《红》第七回贾琏戏熙凤与《金》第三十四回西门庆狎娈童同一笔墨。

4. 单聘仁、卜固修等人，即应伯爵、卜志道之辈，一为清客，一为帮闲，两书有同名者，如来旺、金钏是也。

5. "蹑手蹑脚""不当家花拉""乌眼鸡""妻贤夫祸少""表壮不如里壮""耗子尾巴上的疮，多少脓血儿""眼睛里揉不下沙子去"等口头俗语，两书都有。

6. 《金》第二十一回孟玉楼众人凑份子为西门庆、吴月娘和解摆酒，丫头唱曲，吴月娘又扫雪烹茶；《红》第四十三回中贾母等人凑钱给凤姐过生日及茶品梅花雪等仿之。

徐朔方《〈金瓶梅〉和〈红楼梦〉》：①

1. 《红》第十三回给秦可卿买棺事与《金》第六十二回、六十四回一小段雷同。

2. 《金》第二十五回、二十六回来旺儿女人的故事跟《红》第四十四回鲍二妻的遭遇相似，她们都为了同主人私通，得罪泼辣的妻妾，因而自尽。

3. 《金》第五十二回潘金莲扑蝶和《红楼梦》第二十七回宝钗扑蝶有关联。

王汝梅《〈金瓶梅〉〈红楼梦〉合璧阅读》：②

1. 《红楼梦》对女性形象塑造，借鉴了《金瓶梅》。王熙凤有潘金莲的影子，王夫人形象有吴月娘的影子，晴雯形象有春梅的影子。

---

① 《红楼梦研究集刊》，1981年第七辑。收入《徐朔方〈金瓶梅〉研究精选集》，台北，台湾学生书局2015年版。
② 《光明日报》2013年1月7日。收入《王汝梅〈金瓶梅〉研究精选集》，台北，台湾学生书局2015年版。

2. 《金》善用生动鲜活的俗语、歇后语、成语，这一点完全为《红楼梦》所继承。《红楼梦》中的一些话："千里搭长棚，没有不散的筵席""拚着一身剐，敢把皇帝拉下马""前人撒土迷了后人的眼""打旋磨儿""不当家花花的"，都是《金瓶梅》中的语言。

孙逊《〈红楼梦〉与〈金瓶梅〉》：①

1. 《金》第七十回"群僚庭参朱太尉"关于朱太尉出行仪仗的描写，跟《红》第十七回、十八回中对于元妃省亲仪仗的描写，在重视细节描写这一方面有着惊人的相似。

2. 《金》写李瓶儿之死与《红》写秦氏之丧一段文字，有着明显借鉴关系（《金》第六十二回、六十三回，《红》第十三回、十四回、十五回）。

3. 文学语言方面，继承和发展也很明显。两书都用到的方言俗语就有好些。列举了十二例（灵犀《〈金〉〈红〉脞语》也提到了，其他人也有提到的）。

曦钟《"深得〈金瓶〉壶奥"——略谈曹雪芹对〈金瓶梅〉的艺术借鉴》：②

此文也谈到《红楼梦》从《金》继承了一些俗语，如"拚着一身剐，敢把皇帝拉下马""千里搭长棚，没有不散的筵席""一个个都像乌眼鸡似的"。

张俊《试论〈红楼梦〉与〈金瓶梅〉》：③

1. 用小物件来连接或转换情节，如《金》中潘金莲丢失的绣鞋引发一系列情节（第二十八回），《红》中的绣春囊也引发抄检大观园（第七

---

① 孙逊、陈诏：《〈红楼梦〉与〈金瓶梅〉》，宁夏人民出版社1982年版。
② 原载《求是学刊》1982年第4期。收入《复旦学报》编辑部编：《金瓶梅研究》，复旦大学出版社1984年版。
③ 原载《北京师范大学学报》（社会科学版）1981年第3期，收入《复旦学报》编辑部编：《金瓶梅研究》。

十三回、七十四回）。

2."《红楼梦》的场面描写，跟《金瓶梅》有许多类似之处。或仿效，或借鉴，或暗合，痕迹宛然。"《金》第十九回，西门家盖了花园卷棚，吴月娘众人游赏时，突出了几个人物的活动；《红楼梦》第三十八回写黛玉等人构思菊花诗的场景与此极为类似，而《红》更胜一筹。

3. 关于李瓶儿、秦可卿丧事过程中寿木、奠礼、吊客、题旌、丧仪、出殡、路祭、分定执事、僧道诵经等描写，确是"如出一手"。

4. 两书中一些人物加以比较，不难发现他们在某一些方面或某一点上有着惊人的相似，如贾琏之于西门庆，凤姐之于潘金莲，尤氏之于吴月娘，尤二姐之于李瓶儿，贾雨村之于吴典恩。

5. 人物描写艺术上二书也有许多类似之处。《金》第三十回写李瓶儿将生子，合家欢喜，独潘金莲心中不悦，"手扶着庭柱儿，一只脚跐着门槛儿，口里磕着瓜子儿"，辱骂不休。《红》第二十八回宝玉对着宝钗的膀子看呆了，宝钗羞得转身要走，"只见黛玉蹬着门槛子，嘴里咬着手帕子笑呢"；同回写凤姐"蹬着门槛子，拿耳挖子剔牙，看着十来个小厮们挪花盆呢"；第三十六回凤姐被人抱怨克扣了月钱，她"袖子挽了几挽，跐着那角门的门槛子，笑道……"

6.《金》第三十七回王六儿屋里挂着"张生遇鸳鸯"的吊屏儿，暗示她跟西门庆的勾搭；第八十四回碧霞宫女道士吴伯才方丈里供着"吕洞宾戏白牡丹"的图画，影指他藏蓄无耻之徒调戏妇女的恶行。这跟《红楼梦》第五回秦可卿卧房的陈设描写颇为相似。

7.《金》第九回潘金莲嫁入西门府，第二日拜见众人时，从她眼睛看月娘、李娇儿、孟玉楼众人外貌；《红》第三回黛玉进贾府从她眼睛看元春、迎春、惜春的描述，两处非常相近。

8. 用谶语式的方法橐栝人物的行径，暗示人物的归宿。两书均有，前人已提到。

9. 语言艺术。提到一些二书都有的日常用语，《红》的效果更好。这一点前人也提过。

10.《红》第三十一回翠缕跟湘云论阴阳，跟《金》第八十八回小玉跟月娘关于"佛爷儿女"一段笑谈,语态酷似,神情宛肖。

11.《金》的色空、宿命论思想也影响了《红》(俞平伯也有此论)。《金》第七十八回西门庆纵欲得病时,书中云"乐极悲生,否极泰来","天道恶盈"。"乐极悲生"一语,《红》中两次提到(第一回、第十三回),《红》第十三回也提到"月满则亏,水满则盈"。

痴云《〈金瓶梅〉与〈水浒传〉〈红楼梦〉之演变》:①

1. 贾珍见棺木甚喜(《红》第十三回),西门庆见棺木也满心欢喜(《金》第六十二回),写法完全相同。
2. 西门庆哭李瓶儿"长伸脚去了"(《金》第六十二回),贾珍哭秦可卿"伸腿去了"(《红》第十三回),皆如出一辙。
3. 张太医、胡庸医论脉开方(《红》第十回、五十一回),与何老人、赵捣鬼用药打诨等事(《金》第六十一回),皆有线索可寻。
4. 两书俱有僧尼穿插其中,与僧人相始终。

徐君慧《从〈金瓶梅〉到〈红楼梦〉》:②

1. 《红》第七十七回王夫人驱逐丫鬟,跟《金》第八十五回、八十六回吴月娘发卖潘金莲、春梅相似。
2. 《红》王熙凤害死尤二姐,借鉴了《金》中潘金莲害死李瓶儿。

牧惠《金瓶风月话》:③

1. 凤姐这个人物的塑造,也有潘金莲的影子,甚至在一些细节的描写上,两个人物的口吻和动作也有着惊人的相似。《金》第四十六回别人卜卦,潘金莲不卜,说"算的着命,算不着行";《红》第十五回凤姐也对净虚说她从来不信阴司地狱报应。

---

① 周钧韬编:《金瓶梅资料续编(1919—1949)》,北京大学出版社1991年版。
② 徐君慧:《从〈金瓶梅〉到〈红楼梦〉》之"世情小说的顶峰《红楼梦》"下之"情节设置的相似"与"或浓或淡的人影"两节,广西人民出版社1987年版。
③ 牧惠:《金瓶风月话》之"从潘金莲到凤姐、黛玉"一节与"《金瓶梅》与《红楼梦》"一节,江苏古籍出版社1992年版。

2. 潘金莲的口角锋芒，不时在林黛玉这里重见。

3. 潘金莲"性格多疑，专一听篱察壁，寻些头脑厮闹"，《红》中的林黛玉，虽然作者和书中人物都没有说她有这癖好，但其实黛玉的"听篱察壁"大都在暗场中带过，且没有潘金莲那种小市民的心机。

4. 《金》第十一回，西门庆因早餐事，并春梅挑拨，而踢骂孙雪娥，孙雪娥跟吴月娘告状，又跟潘金莲吵闹；《红》第六十一回大观园厨房风波与此类似。

5. 《金》第六十二回，写李瓶儿被潘金莲气病了，王姑子来探病，跟奶子聊天，奶子提防有人偷听的场景，《红》第二十五回赵姨娘对马道婆议论凤姐一段，与此相似。

6. 《金》第五十二回李桂姐唱曲时，应伯爵不断插嘴打断，《红》第二十八回云儿说酒令时，薛蟠也从中插话，此处脂批提到了《金》中这一段落。

7. 《金》第三十一回琴童藏执壶，第四十三回瓶儿房里遗失金镯子，《红》第四十九回、五十二回丢虾须镯、第六十二回丢玫瑰露，均与之类似。

葛永海《营构生命之幻——〈红楼梦〉与〈金瓶梅〉梦幻描写之比较》：[①]

1. 《金》中吴月娘梦见潘金莲夺红绒袍儿（第七十九回），《红》中凤姐梦见人夺她的锦（第七十二回）。

2. 《金》中迎春梦醒惊觉瓶儿之逝（第六十二回），《红》中凤姐梦醒惊觉可卿之逝（第十三回）。

唐援朝《"深得金瓶壶奥"——〈红楼梦〉借鉴〈金瓶梅〉举隅》：[②]

1. 《红》直接挪用《金》中的人名：迎春、来旺儿（西门庆仆人、凤姐陪房）、来招儿、来兴儿（西门庆仆人、贾琏小厮）、琴棋书画四童。因时因事以谐音命名，例子颇多。

---

① 载《红楼梦学刊》2000年第二辑。
② 《河西学院学报》2003年第3期。

2. 用谶语暗示人物命运：《金》第四十六回潘金莲说"随他明日街死街埋，路死路埋"，后果然如此；《红》第七回，惜春说"明儿也剃了头同他作姑子去"，后果然；《红》第三十回，金钏儿说"金簪子掉在井里头，有你的只是有你的"，结果没多久金钏儿就投井自杀了。

林亚莉《〈金瓶梅〉〈红楼梦〉文本相似性的诠释》：①

《金》第四十一回"嫌人家是房里养的，谁家是房外养的"；第六十七回"李瓶儿是心上的，奶子是心下的，俺每是心外的人，入不上数"；《红》第十六回"我们看着是'外人'，你却看着是'内人'一样呢"；

刘鹏《从游戏描写看〈红楼梦〉对〈金瓶梅〉的借鉴与超越》：②

1. 《金》第二十一回、六十回酒令，《红》第二十八回、四十回、六十二回、六十三回酒令对之有借鉴，但更有超越。酒令扣合各人性格，两书也相似。

2. 第六十回，应伯爵说绕口令之后，西门庆笑骂道："你这贼㐁断了肠子的天杀的……"《红》第六十二回，湘云说酒令，说的众人都笑了，说："好个㐁断了肠子的。怪道他出这个令，故意惹人笑。"

笔者发现的例子：

1. 第七十九回吴月娘梦见"大厦将倾"，《红》第五回"聪明累"中则有"忽喇喇似大厦倾"之语。

2. 《金》第六十四回，书童跟玉箫偷情，被潘金莲撞破，玉箫哀求潘金莲不要泄露，潘提出交换条件。书童见不妙，卷了一些银两等物逃回家乡去了。《红楼梦》第七十一回、七十二回司棋、潘又安偷情事显然仿此而作。

3. 《金》第九十四回春梅要吃酸笋鸡尖汤儿，《红》第八回酸笋鸡

---

① 《小说评论》2010 年第 2 期。
② 《怀化学院》2014 年第 2 期。

皮汤。

4.《金》第八十回，李家桂卿、桂姐悄悄对李娇儿说"自古千里长棚，没个不散的筵席"，第八十六回王婆对潘金莲道"自古没个不散的筵席"，孟玉楼跟潘金莲说"自古道：千里长蓬，也没个不散的筵席"。《红》第二十六回，红玉跟佳蕙说"俗语说的好：千里搭长棚，没有个不散的筵席"，第七十二回司棋对鸳鸯说"再俗语说，千里搭长棚，没有不散的筵席"。

5.《金》第二十一回西门庆跟月娘灯前和好一段，《红》第四十四回写贾琏、凤姐和好一段仿此。

6.《金》第七十八回写蓝氏"比花花解语，比玉玉生香"，《红》第十九回回目用此赞美袭人和黛玉。

7.《红》第十五回秦钟与智能儿幽会，被宝玉暗中按住，不敢动弹；《金》第五十二回西门庆和李桂姐在花园山洞里淫乱，被应伯爵拿住调谑。

8.《金》第二十七回，西门庆跟李瓶儿在翡翠轩私语，说喜欢李瓶儿的白屁股，李瓶儿又说她怀孕了。这些话都被潘金莲偷听到了，当西门庆等丫头拿肥皂洗脸时，潘金莲嘲笑说："寻那肥皂洗脸，怪不的你的脸洗的比人家屁股还白！"她坐豆青瓷凉墩儿，玉楼让她坐椅子上，免得凉着了，潘金莲说："不妨事，我老人家不怕冰了胎。"《红》第二十八回宝钗说黛玉心里不自在，宝玉道："理他呢，过一会子就好了。"随后宝玉去找黛玉，黛玉跟一个丫头在熨绸子，丫头说绸子角儿还得再熨一熨，黛玉道："理他呢，过一会子就好了。"这时宝钗来了，跟黛玉说刚才宝玉心里不受用，黛玉又说："理他呢，过会子就好了。"黛玉口齿跟潘金莲如出一辙。

9.《金》第三十四回书童儿买金华酒和烧鸭儿感谢李瓶儿，李瓶儿赏书童儿喝酒吃鸭子，二人共吃两杯。此事被潘金莲知道了。到第三十五回，众人吃螃蟹，潘金莲语带双关嘲讽李瓶儿，说道："吃螃蟹，得些金华酒吃才好。"又道："只刚一味螃蟹就着酒吃，得只烧鸭儿撕了来下酒。"《红》第三十九回，宝玉心中只记挂着抽柴的故事，探春跟他商议邀社还席，宝玉说等下头场雪，大家雪下吟诗，更有趣。林黛玉忙笑道"还不如弄一捆柴火，雪下抽柴，还更有趣儿呢"。二者极为相似。

10.《金》第二十二回西门庆和宋惠莲在藏春坞山子洞儿里偷情，被潘金莲撞破一段，《红》中第七回贾琏戏熙凤一段、第四十四回凤姐泼醋一段跟这一段有渊源关系。

11.《金》第二十二回，应伯爵夸春梅、玉箫、兰香、迎春四个"水葱儿的一般，一个赛一个"；《红》第四十九回，晴雯夸邢岫烟、宝琴、李纹、李绮"倒像一把子四根水葱儿"。

12.《金》第二十七回，西门庆摘下几枝瑞香花浸在一只翠磁胆瓶内，给潘金莲、李瓶儿、月娘、李娇儿、孟玉楼戴。《红》第四十回，李纨撷了菊花盛在一个大荷叶式的翡翠盘子里，给贾母、刘姥姥戴；第四十九回，妙玉每人送一枝梅花，宝玉派人送到各人房内。

13.《金》第三十九回，看看腊月时分，玉皇庙吴道官使徒弟送了四盒礼物，并天地疏，新春符，谢灶诰。《红》第六十二回，宝玉生日，张道士送了四样礼，换的寄名符儿；还有几处僧尼庙的和尚姑子送了供尖儿，并寿星纸马疏头，并本命星官值年太岁周年换的锁儿。

14.《金》第六十一回"月娘见前边乱着请太医"云云。《红》第二十一回"谁知凤姐之女大姐病了，正乱着请大夫来诊脉"，第三十二回"他们家里还只管乱着要救活"。"乱着"一词，《金》用了二十次，《红》以相同的用法用了六次，《儿女英雄传》用了四次。其他小说如《歧路灯》《水浒后传》《品花宝鉴》《花月痕》《金云翘传》一次也没用过。

第四章　神奇的来历:《石头记》"成书故事"的来龙去脉

在前三章对曹雪芹和《红楼梦》的一些基本问题做了一番探讨之后,从本章开始,笔者将回归小说文本,从不同侧面对其文化渊源、主题思想和艺术手法等问题加以探讨,以期更深入、更具体地理解这部伟大作品的杰出成就。让我们先从《石头记》的"成书故事"说起吧。

第一节　引子:《石头记》与"石头上的故事"

众所周知,《红楼梦》这部伟大的小说有一个伟大的开篇,它交代了这部小说十分神奇的来历:这是一个写在大荒山青埂峰无稽崖下一块大石头上的故事。这块大石头的身世也颇为不凡,它是当年女娲炼石补天时弃去未用的一块石头,因凡心偶炽,蒙茫茫大士、渺渺真人携入红尘,历尽悲欢离合之后,重归青埂峰无稽崖。又过了很多年,世外高人空空道人经过此地,意外发现石头上刻着一大篇故事,他与石头一番问答之后,便将其传抄问世。此后曹雪芹又在悼红轩中"披阅十载,增删五次,纂成目录,分出章回",并和他的友人各自为之题写了不同的书名,其中包括《石头记》和《红楼梦》,这就是这部小说的神奇的来历,也就是它的

"成书故事"。

　　这个"成书故事"让后世的很多学者对这部小说的作者究竟是谁发生了怀疑,一种很有代表性的说法认为它的原始作者并非曹雪芹,而是另有其人,曹雪芹只是它的修改者和写定者——持这种看法的人基本上把小说开篇的这个故事当了真(当然他们还有其他的证据)。但是,更多的人还是相信这部小说的作者就是曹雪芹——持这种看法的人认为这个故事只是小说家言,并不能当真(当然他们也还有更多的其他证据)。

　　在此,笔者不想来评论这一场持续了很多年的论争的是非,而只是想指出:《红楼梦》开篇这个"成书故事"其实渊源有自,有着深远的文化与文学传统,曹雪芹正是在这一传统的启示下才产生了这一精彩的构思,而且,他的这一构思也加入并丰富了他所继承的这一文学传统,并对后来的小说产生了深远的影响。

第二节　神奇的来历:"成书故事"的文化与文学渊源

　　已经有学者指出:《红楼梦》开篇所交代的"成书故事"乃是对中国古代河图洛书故事结构的"套用"。① "河洛故事"最原始的出处在《周易·系辞上》中:

　　　　是故天生神物,圣人则之;天地变化,圣人效之;天垂象,见吉凶,圣人象之;河出图,洛出书,圣人则之。

　　对这段话中的"河出图,洛出书,圣人则之"这一句,历代学者有不同的解释:一种以汉初孔安国为代表,认为河图乃是出于黄河中的龙马身上的图像,伏羲氏效法这个图像画出了"八卦";洛书则是洛水中的玄龟背上的纹路,大禹按照这些纹路而作了"九畴"。还有一种说法也出自汉

---

① 刘斌:《"出则既明"辨——兼论〈红楼梦〉楔子对"河洛故事"结构的套用》,《红楼梦研究辑刊》第十辑,上海市作家协会·华语文学网主办,2015年5月版。

代，认为河图、洛书乃书名，一为九篇，一为六篇，一者为"天苞",一者为"地符"。① 今人则认为，河图、洛书当是古人关于《周易》卦形及《尚书·洪范》"九畴"创作过程的一种传说，假托龙马神龟，添上了神话的色彩，应属对两书的崇拜心理所致。② 还有学者在系统研究了汉代有关河洛故事的各种说法后指出：这些神话故事，不仅包含着受命的政治神话，而且还包含着一个文化神话。伏羲、大禹、仓颉和孔子这些古代的名人，或者成为河图洛书的接受者和启示者，或者成为它们的领悟者，从而成为文化圣人或文化英雄。③

那么，将曹雪芹所提供的《石头记》的"来历故事"与历史上的"河洛故事"加以比较，我们确实可以看到二者之间"在结构上存在着一一对应关系",④ 但若据此就断定《石头记》开篇的创作灵感就只是来源于"河洛故事"，恐怕也是不妥当的。因为，在"河洛故事"之后，中国古代的叙事文学形成了一个源远流长的传统，即叙述者们或者在故事中设置一个具备神秘出处的文本，或者给他们所讲述的故事本身设置一个神奇的来历，从而把这一故事神秘化。这一传统在小说中表现得更为顽强，我们很难说，曹雪芹没有受到这一传统的影响。以下笔者将对这一传统的概略加以论述。

带有比较明显的河洛故事影响痕迹的较早例子乃是东汉赵晔（或云唐初皇甫遵合赵晔等人之书而撰）的《吴越春秋》之"越王无余外传第六"中所载的一则故事：大禹治水，因未得其法，故其功未成。这时，他翻阅《黄帝中经历》一书，其中提到了一本神奇的金简玉字之书：

> 在于九山东南天柱，号曰宛委（在会稽县东南十五里，一名玉笥山），赤帝左阙，其岩之巅，承以文玉，覆以磐石，其书金简，青玉为字，编以白银，皆瑑其文。⑤

---

① 黄寿祺、张善文：《周易译注》，上海古籍出版社2001年版，第562页。
② 同上书，第562页。
③ 徐兴无：《谶纬文献与汉代文化构建》，中华书局2003年版，第272—273页。
④ 刘斌：《"出则既明"辨——兼论〈红楼梦〉楔子对"河洛故事"结构的套用》，《红楼梦研究辑刊》第十辑。
⑤ 周生春：《吴越春秋辑校汇考》，上海古籍出版社1997年版，第102页。

于是禹东巡访书，梦中经神人指点，乃获阅此书，遂得"通水之理"。这一故事显然跟河洛故事一脉相承，而且"东南天柱""其岩之巅""覆以磐石"这样的场景和细节，都跟"大荒山青埂峰无稽崖"这个所在以及那块顽石颇有一些相似之处。

据载，《吴楚春秋》及《越绝书》（今本无）又都记载过另一个关于大禹治水的故事，他乃是从神人处受"灵宝五符"，迨治水功成，乃藏此符于洞庭苞山之穴。至吴王阖闾时，有人献之于吴王，但群臣莫之能识，王乃命人问之于孔丘，方知其始末。① 这可以说是前述大禹寻访金简玉字之书故事的一个延伸。

这样的故事在后代小说中也留下了明显的影响痕迹。唐代李公佐的《古岳渎经》的后半部分提到，李公佐访古东吴，泛洞庭，登包山，入灵洞，探仙书，石穴间得《古岳渎经》第八卷，"文字古奇，编次蠹毁，不能解"。公佐与道士焦君一起释读此残篇，原来记载的乃是大禹治水时制服淮涡水神无支祁的故事，颇具神话色彩。② 然而，这个故事显然是李公佐受到前代大禹治水神话的启发而虚构出来的，而且，他所虚构的这个故事仍跟其所自出的源头有着密切的血缘关系，也就是说，他所虚构的仍然是一个神话性质的文本。从他的这种做法中，我们已经可以看到后来曹雪芹艺术构思的一丝苗头了。

上述的故事都以相同的手法赋予其中所提到的文本以神秘感和权威性，后世凡是运用类似叙事套路的作者，或多或少也都是为了获得相同的表达效果。比较有代表性的一个例证是梁代道士周子良的《周氏冥通记》。这本书的主要内容是以日记的形式记录周子良梦中"通神"的故事，他梦见道教的各路神仙纷纷前来教他如何修炼，最后他年纪轻轻（年仅二十）即服丹药"仙去"，身后留下了一部所谓的"冥通"的记录稿。周子良的老师、梁代著名道士陶弘景将此文稿整理成《周氏冥通记》，进献给了梁

---

① 玄嶷：《甄正论》卷中，收入《大正新修大藏经》第52卷，东京大正一切经刊行会昭和二年（1927）刊行，第564页上栏、中栏。
② 见《太平广记》卷四百六十七引《李汤》，此以《鲁迅辑录古籍丛编》第二卷所录该文为据，人民文学出版社1999年版。

武帝。这里值得我们特别注意的乃是：在此书前面缀有一篇陶弘景所写的长篇序文，交代了周子良服药"仙去"的始末，其中提到他临死前烧毁了一些文稿。于是陶弘景登上茅山的"燕口山洞寻看"，"果见封投一大函，登崎岳钩取，拜请将还，开视，即是从来受旨"——这也就是周子良"亲笔"记录的他梦中通神的经历。接下来，陶弘景又煞有介事且不厌其烦地交代一番：

> 五月，唯有夏至日后四事，六月七月并具足，从八月后至今年七月末，止疏目录，略举事端，称云而已，未测其亦并有事如六七月而不存录，为当不复备记，止径略如此邪？今以意求，恐是不复疏之。何知尔？寻初降数旬中，已得闲静，后既混糅，恒亲纷务，不展避人，题之纸墨，直止录条领耳。想此十余月中，训谕何限，惜乎弗问，此师之咎矣。（所封函中皆散纸杂糅，今依日月次第相连如法也。）①

这段话相当于一篇详尽的"整理者序"，以一种极其朴拙写实的笔法告诉我们，《周氏冥通记》乃是周子良藏在茅山山洞中一个"大函"中的遗稿，由陶弘景整理成篇，得以面世。

长期以来，研究界都将《周氏冥通记》视为一部实录性的宗教修炼记录，但笔者高度怀疑其真实性，仅从常理来判断，这不可能是周子良真实经历的记录，极有可能是陶弘景伪托周子良而杜撰出来的。最近有学者提出了跟笔者颇为相近的看法，并提供了更为具体的论证。这位学者指出，陶弘景乃是为了让笃信佛法的梁武帝能够相信道教修炼体验与成仙之事的真实性，也为了替自己的某些行为进行辩解，于是趁周子良自杀的机会，假托其口吻和视角，伪撰出了这部"冥通记"。因为陶弘景的伪造技巧十分高超，几乎令人看不出任何漏洞，不仅梁武帝本人认为其"真言显然，符验前诰"（"前诰"乃指陶弘景本人所撰的《真诰》一书），② 后代

---

① 参见陶弘景:《周氏冥通记》之"周传"部分，即周子良传，商务印书馆1936年版《丛书集成初编》本，第10、11页。请注意：引文的最后一句原以双行夹注出之，这里处理不便，仅用括注表示。
② 参见《周氏冥通记》卷首所载之"陶贞白进周氏冥通记启"及"梁武帝诏答"，第1页。

的研究者也大多认可了其真实性。① 但此书看来充其量也只不过是陶弘景伪托周子良而杜撰的,而且还被赋予了一个神秘的出处:出自茅山山洞中之大函——陶弘景作为实际的撰写者,却把他自己伪装成了一个整理者,这运用的仍然是跟河洛故事大体相似的思路。但一个明显的变化则是:跟河洛故事的神话性相比,陶弘景所编造的茅山故事已经带上了鲜明的世俗气息,并为一种个人化的功利动机而服务了。此外,《周氏冥通记》中还出现了一个重要的变化,即被叙述者赋予神奇来历的文本已是一个长篇文本,而且此文本成为全书的主体部分。

此后从唐代到明代,由《周氏冥通记》所继承和开创的叙事套路在小说中就屡见不鲜了。

收入晚唐张读的小说集《宣室志》的《陈岩》(又名《猿妇传》)② 一篇,云陈岩娶妻袁氏,原本为刘君之妻,但被刘君之妾卢氏所欺,遂离家出走,归于陈岩。未几,袁氏忽发狂疾,道士以符厌之,乃化为一猿而死。陈岩寻访刘君,知袁氏乃刘君所蓄之一猿猴,猿为其黑犬所啮,遁去。刘君听陈岩讲述了袁氏之事,"因录以传之"。后来,"客有游于太原者,偶于铜锅店精舍解鞍憩焉。于精舍佛书中,得刘君所传之事,而文甚鄙。而亡其本,客为余道之如是"。这是一篇包含动物变形情节的精怪小说,根据文末交代,似乎是某位叫刘君的人自述其见闻,后来其文遗落于佛寺经书中,为某客所得,述之于张读,再由张读记叙成文。这一番交代看上去言之凿凿,来历分明,实则绝不可信。笔者多年前已陈述过详细理由,其中最重要的一条是:根据文中所述年代来看,从刘君"录而传之"到张读又加以载录,已经过去了大约一百五十年,刘君的这个故事写本竟然还能保留下来,这个可能性应该说是太小了。此外,笔者在此还可以补充的一个理由是:中晚唐小说的作者交代某篇小说乃渊源有自、辗转得来的这种套路实可谓屡见不鲜,有的是可信的,有的则绝不可信,纯属文人故弄狡狯,刻意伪托。这篇《陈岩》应该也是张读本人所作,但伪托于刘

---

① 王家葵:《〈周氏冥通记〉析疑》,载《文史》2019 年第一辑,总第 126 辑。
② 李昉等编,张国风会校:《太平广记会校》卷四百四十四,北京燕山出版社 2011 年版,第 7955 页。

君,诡秘其出处罢了。

中晚唐时还出现过一篇被宋人题为颜师古(581—645)所作的《大业拾遗记》①,所述乃大业十二年至十四年(616—618)隋炀帝游江都的风流逸事。值得注意的是,此《记》末尾所附的一篇"跋文"云武宗会昌年间灭佛,诏拆上元县瓦棺寺浮图,寺僧于数千荀笔之中发现一部《隋书》遗稿,中有生白藤纸数幅,题为《南部烟花录》,乃颜鲁公(即颜真卿,709—784)手书。原文缺落几十七八,至大中年间,某佚名者加以整理补充,遂编成《大业拾遗记》。这篇跋文对此《记》发现、流传及编撰的过程也交代得颇为翔实,凿凿有据,故自宋以后颇有认为此《记》作者乃唐初史学家、《隋书》编撰者之一的颜师古者,然而怀疑该跋文的真实性者亦复不少,如鲁迅和李剑国即认为正文与跋似一手所为,乃作者故弄狡狯,托之前贤,以求征信耳。具体理由详参李剑国之考辨,② 此处无须赘言。笔者完全认同他们两位的意见。

唐人小说在开篇或结尾交代故事来历者极多,但有的是确有来历,有的则并无特定来历,却被作者虚构出一个来历。而在各种虚构的来历中,大部分都是使用了辗转口述、最后才被记录成文的这一种套路,有少数则是运用了跟河洛故事一脉相承的这种套路。这一套路的关键要素乃是其中出现了一个来历不凡的文本,此文本因意外的机缘被发现后,经人整理,成为小说的主体内容。

唐以后的此类例子还可举出宋人秦醇的《赵飞燕别传》、③ 明人杨慎的《汉杂事秘辛》、④ 明人徐𤊾的《金凤外传》等。前二文作者皆云得之于他人书箧中,后由其编次成文,详情此处不拟细述。值得特别提一下的是《金凤外传》这一篇,此篇所讲述的乃是五代十国时闽国的后宫淫乱史,及其与朝政之间的种种纠葛。就其内容而论,与《大业拾遗记》比较近似。需要注意的乃是此文末尾所缀之"王宇"跋文:

---

① 鲁迅辑:《唐宋传奇集》,收入《鲁迅辑录古籍丛编》第二卷,人民文学出版社 1999 年版,第 193 页。但鲁迅用的是《隋遗录》这个标题,这是《宋史·艺文志》改题的。
② 李剑国:《唐五代志怪传奇叙录》(增订本),中华书局 2017 年版,中册第 704—705 页。
③ 鲁迅辑:《唐宋传奇集》,收入《鲁迅辑录古籍丛编》第二卷,第 259 页。
④ 董斯张辑:《广博物志》卷十一,上海古籍出版社 1992 年影印《四库全书》本,第 229—232 页。

予居高盖山中，有农家握（应作"掘"）地，遇土穴，得银钱数枚，色黑如漆，石砚一，铜炉、铜刀各一，有篆文"乾德五年造（963—967年宋太祖在位）"。又石匣一，启视有抄书一帙，为《陈后金凤外传》，不著作者姓名，楮墨漫灭，而字迹犹可句读。农家弗能省，予闻，亟往索归，参诸史乘诸书，始末多不异，因与友人徐𤊹订正之。夫《飞燕别传》，出诸坏墙；《南部烟花》，检之废阁。前人藏秘，后人搜传，均有意焉。况诸王纵欲召乱，竟亡其国，尤后世之明戒也，是宜传之，以存野史之一。万历甲辰（1604）夏五闽邑王宇识。①

《金凤外传》今见于明人徐𤊹所编撰的文言小说集《榕阴新检》卷十五，据徐𤊹之子徐存永亲口告诉周亮工，此文乃其伯父徐熥所撰②。但据上引王宇跋文，则该文似当为王宇得自一农夫手中，后与徐𤊹"订正"而成。陈国军认为：原传乃由徐熥所作，后由王宇、徐𤊹共同托古作伪后推出。③ 笔者的看法是：周亮工所记徐存永之语未必可信，不排除原传乃是由王宇所撰并伪托前人的可能性。但无论属于何种情况，此传都应是明人所撰并伪托前人，且杜撰了此传颇为神奇的来历。从跋文来看，则所设定的原传写成的时间当在北宋初年，距万历年间已经超过六百年。该文竟然在地下沉埋了六百多年始获重见天日，这跟《大业拾遗记》相比，所托之古时更为久远，且石匣埋于深山地穴，也给予人更为荒古悠渺的感受。

在这篇王宇跋文中还有一处值得注意，即文中明确说道："《飞燕别传》，出诸坏墙；《南部烟花》，检之废阁。前人藏秘，后人搜传，均有意焉"④——这一说法无异于告诉我们，《金凤外传》的作者这种伪托古人的做法乃是从前人那儿得到了启发，而且，这一做法已经形成一个受人关注的传统了。

---

① 徐𤊹辑：《榕阴新检》卷十五，收入《四库全书存目丛书》史部第111册，齐鲁书社1994—1997年版，第252页。
② 周亮工：《闽小记》下卷"金凤传"，收入《中国方志丛书》"华南地方"第241号"福建省"名下，台北，成文出版有限公司1975年影印乾隆间《龙威秘书》刊本，第63、64页。
③ 陈国军：《明代志怪传奇小说叙录》，商务印书馆国际有限公司2016年版，第321页。
④ 徐𤊹辑：《榕阴新检》卷十五，收入《四库全书存目丛书》史部第111册，第252页。

王宇跋文大体上是从正面来论述这一传统的，即所谓"前人藏秘，后人搜传，均有意焉"。但明清时代另有一些学者则将这种做法径直视为一种伪托行为，一如周亮工在记叙《金凤外传》为徐𤏡所撰这一事实之后即云：

> 乃知近今撰托之书，不独《天禄外史》为然，传之后世，谁复辨之耶？①

乾隆时期著名学者邵晋涵则云：

> 世之以伪相尚也久矣。王逢年之《外史》，徐𤏡之《金凤传》，至今疑信相半。②

在这里，他们都提到伪托风气之流行并非只是出于一时之偶然。确实，除了他们都提到了的《天禄阁外史》一书乃明人王逢年（字舜华）伪托东汉黄宪所作之外，还有明末姚士粦伪托战国隐士陈仲子而撰《於陵子》一书，③以及明末人陈忱伪托"古宋遗民"而撰《水浒后传》一书。值得特别注意的是《天禄阁外史》一书的伪托手法：此书篇首冠以嘉靖名士王鏊的一篇《秘传天禄阁外史序》，文末云：此书乃其初见于翰林三山林公处，林公云该书乃其家"三世家藏"也，检出以示人，"一时学者，争手抄而私宝之"。其后又有一篇《先贤评外史》，收录了所谓晋谢安、唐田宏与陆贽诸家之题词。若非朱国桢《涌幢小品》所载徐应雷文明确指出《天禄阁外史》乃明嘉靖末昆山王逢年所撰而伪托前贤，则世人或真为其所惑矣。李诩《戒庵漫笔》即记载当时某御史即为其所欺，以为该书真是东汉黄宪所撰，竟将其颁于苏常四郡学官，令诸生诵习之。④

而陈忱所撰《水浒后传》，其康熙三年（1664）刊本则署"古宋遗民著""雁宕山樵评"，内封则题"元人遗本"，所缀"识语"则谓古宋遗民

---

① 周亮工：《闽小记》下卷，第64页。
② 邵晋涵：《南江文钞》卷八《书坊本伪斜川集后》，收入《邵晋涵集》第七册，浙江古籍出版社2016年版，第1934页。
③ 收入《四库全书存目丛书》子部第83册。
④ 见《天禄阁外史》卷首序及书末所附提要，《四库全书存目丛书》子部第83册，第15、16、17、106页。

"不知何许人,大约与施、罗同时"云云;书首又有一篇"万历戊申(1608)秋杪雁宕山樵撰"的《水浒后传序》。① 其伪托前人的手法跟王逢年如出一辙,真可谓是煞费苦心,也显得煞有介事。

那么,他们这种手法也不禁令人联想到曹雪芹在交代《红楼梦》成书过程时曾提及空空道人改《石头记》为《情僧录》,东鲁孔梅溪则题曰《风月宝鉴》,最后此书经曹雪芹增删改定之后,则题曰《金陵十二钗》——这一过程和这一交代本身岂不是跟明人著述伪托前人题词并伪撰序跋的手法颇有一些异曲同工之妙吗?

以上是"神奇的来历"这一构思在纯文本范畴内演变的大致过程,虽然难以断定《红楼梦》具体受到了哪一个文本的影响,但其受到了这一传统的影响,这应该是毫无疑问的。

此外,中国古代还有两个重要文化现象或许也对《红楼梦》开篇的构思有所启发,这就是藏书名山与摩崖刻石的观念和行为。学界对这两个问题都已经有了不少研究,因此,此处只结合本书的研究目的略做讨论。

藏书名山以期传诸后世的最著名表述当出自司马迁的《报任安书》与《史记·太史公自序》,如前者谓"仆诚以著此书,藏之名山,传之其人,通邑大都"云云。这一说法被后人反复引用,影响十分深远。同时,中国古人出于保存图籍之目的而藏书于深山洞穴石室的做法亦屡见诸文献记载,而且,这种做法从古至今一直绵延不绝,对此有人做过专门研究,② 在此无须赘述。笔者需要补充说明的乃是一个特殊的事例,既跟古代藏书传世的观念和行为有关,也跟前述明代伪托之风颇有些瓜葛,更跟小说家们将文本来历神秘化的艺术构思有关联。这就是明末崇祯年间苏州承天寺井中发现南宋郑思肖《心史》书稿一事:该书盛以铁函锡匣,实以石灰生漆封固严密,其内外缄封处均有题辞,可知乃南宋灭亡后,宋遗民郑思肖所封存并沉入井底。此书之出,在明末至清代引起了很多著名文人

---

① 参见袁世硕:《古本小说集成》影印《水浒后传》"前言",上海古籍出版社1990年版,第1页。又参见舒穆:《中国古代小说总目·白话卷》之"《水浒后传》"条,山西教育出版社2004年版,第341、342页。
② 杨琳:《藏书于山的传统与〈史记〉的"藏之名山"》,《文学与文化》2014年第一期。

的注意，也引发了长期的争论。争论的焦点主要集中在《心史》的真伪问题上。虽然时至今日，学界的看法已基本达成一致，即认为该书确实是南宋遗民郑思肖的遗著，而非出自明末人伪托，但明末清初时，却颇有人认为此书乃是出自明末浙人姚士粦之伪托者。姚氏曾伪撰《於陵子》一书之事，前文已经论及，因《於陵子》系姚氏伪托一事为当时人所熟知，而姚氏又将《心史》抄本从苏州携归浙江，流传于世，且姚氏云该书出于承天寺井中，事颇不经，遂为人所疑。这也是一时风气使然，乃令《心史》蒙上伪书之恶名。对《心史》之真伪以及相关论争，余嘉锡已辨之甚悉，[①] 这里也不再多论。笔者主要想说明的是：第一，《心史》的秘藏及传世过程正是古人固有藏书传世之观念与行为的一种典型表现；第二，真实的《心史》故事与伪托的《金凤外传》等故事竟然如出一辙，看起来，小说家的艺术构思跟现实生活的逻辑仍然是息息相通的；第三，《心史》这一真实的故事对此后作家的影响或许并不亚于《金凤外传》这类小说，其所表现出来的思维方式跟曹雪芹所创作的神秘开篇故事也有相当一致之处。

另外，可能影响《红楼梦》开篇构思的另一文化现象乃是中国古代石刻艺术的一种重要形式——摩崖石刻。青埂峰无稽崖大石上所刻之历历分明的一篇文字很容易让人联想到摩崖石刻。这类石刻自东汉时期始较多地出现，其形式都是在山崖上凿平一块岩面，然后在上面镌刻铭文。今天所知的一些著名的东汉摩崖石刻便都是如此，比如陕西汉中以北，秦岭山脉褒斜道石门附近峭壁上，即有不少汉代至明清石刻，虽历经千百年风雨剥蚀，大部分字迹仍清晰可辨。这样的石刻在甘肃、新疆的一些崖壁上也还有一些遗存。它们的内容往往兼具叙述性与歌颂性，篇幅亦不算短小，被后世史家视为珍贵的历史资料。[②] 自宋代开始，金石之学兴起，各类石刻大量进入文人学者视野，其辗转而影响及作家的艺术构思，也完全是情理之中的事了。

---

① 余嘉锡：《心史四库提要辨证》，收入陈福康校点《郑思肖集》"附录四 辨证"，上海古籍出版社1991年版。
② 赵超：《石刻史话》，社会科学文献出版社2011年版，第57—59页。

事实上，宋以前的六朝隋唐时代，石刻艺术即已进入小说，比如六朝小说《神怪录》中的益州太守王果一则，讲的就是一个跟石刻铭文有关的故事：这道铭文是一个神秘的预言，预见了三百年后的王果将会看到这个铭文。① 更著名的一个同类故事则是唐人李吉甫所撰的《编次郑钦悦辨大同古铭论》②，讲的是梁大同四年（538）有人从"钟山悬岸圮圹之中"获得一段神秘铭文，历二百年都无人读懂，后经唐人郑钦悦破解，乃知其铭刻者为汉光武帝时人，离梁大同间墓室坍塌、铭文出世的时间整整五百一十一年，而铭文内容竟然正是预言墓室坍塌的具体年月时日。此外，明代长篇通俗小说如《水浒传》第一回写到江西龙虎山上"伏魔之殿"内石碑上所刻"遇洪而开"四个大字，也算是一个惊人的四字预言。那么，以上这些出现在小说中的石刻铭文的一个共同点乃在于它们都具有预言性，也很有神秘感。这让我们联想到《石头记》的第一回和第五回，以及其他各回中所密布的各种大大小小的暗示性预言设置，它们跟前述这些小说中的相关情节，以及跟更早的那些符瑞性质的文本之间，岂不是也存在着一丝内在的联系吗？

那么，通过以上对河洛故事传统、藏书名山传诸后世之传统以及石刻艺术传统的追溯，我们大致可以看到，在曹雪芹创作《石头记》时，他能够取资的文化与文学资源是相当丰富的，他必然从中获得灵感，完成了他的伟大创造。但讨论曹雪芹的创造体现在何处非本书之重点，这里只略微指出以下几点：

第一，他借助女娲炼石补天的神话，虚构出一方所谓无材补天的"弃石"作为小说文本的载体，这就在比以往更为复杂深厚的文化语境中创造出了一个意蕴极为丰富的艺术意象。

---

① 东晋干宝撰《搜神记》中著名的"郭巨"一则，云郭巨欲埋儿，凿地得石盖，下有金一釜，中有丹书曰：孝子郭巨，黄金一釜，以用赐汝。这个"丹书"也是一段具有预言性质的文字，应该是用朱笔书写的，故曰"丹书"。这个词语很容易令人联想到秦汉典籍中"丹书"的含义：一是指周文王兴起的符瑞之"丹书"；另一个就是指"洛书"。这个"丹书"虽然不算石刻，但跟王果故事中石刻铭文的功能十分相近，故作为参照提及。

② 参见鲁迅辑：《唐宋传奇集》，收入《鲁迅辑录古籍丛编》第二卷，第37页。《新唐书·艺文志》"总集类"著录为《梁大同古铭记》，《太平广记》卷三百九十一改题为《郑钦悦》，《全唐文》卷五一二题为《编次郑钦悦辨大同古铭论》。

第二，这块成为小说文本载体的石头先借助佛道二家的法术幻形入世，又去而复返，成为小说文本的创造者，这更是一个前所未有的天才的构思——如果要勉强为之找到一个略相仿佛的先例，那么《西游记》中的"石猴"孙悟空跟这块"幻形入世"的石头或许还有几分相似之处。这块青埂峰下的顽石虽然既不具人形，也不具猴状，却有思想，有意识，还能口吐人言。更神奇的是，它还具备强大的记忆力和创造力，能把自身的见闻经历编述成文字。

第三，在古代的神话与河洛故事中，存在着诸如女娲、天帝这些超越人类的更高的视角人物，《石头记》中的警幻仙姑、茫茫大士、渺渺真人等人物的视角跟他们的视角大体处于同一层次，此外，曹雪芹又天才地创造出了低于他们却又高于普通人的通灵的石头视角，它可以入乎人世之内而又出乎其外，成为人世生活的参与者、观察者、记录者与反思者，这一点似乎仍然跟"石猴"孙悟空的变形能力所承担的功能相一致。无论如何，这块石头身上的"灵性"都跟"石猴"身上的神性与魔性有着难以斩断的联系了。

第三节　神奇的来历：《石头记》之后的余音

《石头记》继承前代文化与文学传统，将"神奇的来历"这一构思推向极致，成为一个当之无愧的伟大的艺术创造。在它之后，中国古代小说中仍可屡见类似的构思，以笔者之所见，有汪寄的《希夷梦》、邗上蒙人的《风月梦》、文康的《儿女英雄传》、魏子安的《花月痕》、吴趼人的《二十年目睹之怪现状》、张肇桐的《自由结婚》、郑权的《瓜分惨祸预言记》、怀仁的《卢梭魂》、陈天华的《狮子吼》与萧然郁生的《乌托邦游记》等。

创作于乾隆年间的《希夷梦》，卷首有《南游两经蜉蝣墓并获〈希夷梦〉稿记》一文，[①] 稿记云"予"入蜀途中，道出雉山（在今浙江淳安县

[①] 参见《古本小说丛刊》第二十七辑所收嘉庆十四年（1809）版《希夷梦》之影印本，中华书局1991年版，第251—260页。

境内），月夜登岸，信步入山，遇一老者，云有蜉蝣汪子撰《希夷梦》一书。言未毕，舟子寻踪而至，促"予"返舟。至新安，竟偶于市中购得《希夷梦》稿，携归展诵，叹其瑰异。《希夷梦》一书未署撰人，但卷首另有一篇署名"新安蜉蝣氏汪寄志原"的序，故有人推测该书的作者即汪寄，他以他人之口吻杜撰了上述那篇获《希夷梦》稿记，以寓言的形式把小说的来历予以神秘化了。

《风月梦》一书则撰于道光年间，乃仿《红楼梦》而作。其第一回叙述"在下"某日闲步郊外，进入"自迷山"，遇到两位老者，一曰月下老人，一曰过来仁。过来仁将其平生流连烟花之见闻经历撰成《风月梦》一书，赠与"在下"，"在下"携归观览，所览即《风月梦》小说之正文也。①

文康的《儿女英雄传》大约完成于咸丰年间，对《红楼梦》借鉴极多，不胜枚举，其"弁言"和"缘起首回"以"东海吾了翁"的名义交代了小说来历：该书是他得之于"春明市上"（指京城的市场），题曰《正法眼藏五十三参》，原以为是佛书，其实是一部"稗史"，作者是燕北闲人。此人幼年时梦入他化自在天，见到帝释天尊、悦意夫人正发落一桩人间儿女英雄的公案，后来据此写成了《正法眼藏五十三参》，吾了翁得到此书后又加以重订，题曰《儿女英雄传评话》。很显然，作者对小说来历的交代刻意模仿了《红楼梦》。②

魏子安的《花月痕》亦模仿《红楼梦》而作，这一点也是显而易见的。而且魏子安的模仿是全方位的，这自然也包括对文本来历的设定。小说一开头就交代了叙述者"小子"寻亲不遇，流落临汾县姑射山中，春天锄地，从地穴中发现一个铁匣，内藏书数本，其书名曰《花月痕》，无作者姓氏及作者年代，乃悟天授此书。此后"小子"前往太原，因手抄该书一遍，日往茶坊中说之，以为生计。此后即接全书之正文。至全书结尾处，则云书中某人梦中观演传奇《花月痕》，醒后枕边竟有一部书，正

---

① 邗上蒙人：《风月梦》，北京大学出版社1990年版。
② 文康：《儿女英雄传》，人民文学出版社1983年版。

《花月痕》小说也。此人死后，此书随葬，被埋入地下，直至被"小子"掘出，重见天日。①此一构思的前一半显然是在模仿《石头记》，但采取的具体形式则完全袭自《金凤外传》。盖魏子安乃闽人，《金凤外传》所设定的文本出处是"高盖山中"，正在闽中（今福州市仓山区盖山镇），故这一构思被身为闽人的作者所袭用。此一构思的后一半则为作者之独创：书中人梦见同题之戏曲传奇，醒后却见同名之小说在枕畔，死后该书被埋入地下，却又重睹天日于临汾之姑射山中——这一构思颇有惝恍迷离、循环钩锁之艺术美感，也显得格外巧妙。

《二十年目睹之怪现状》则将书的来历设定为一个叫"九死一生"者的"笔记"，这部笔记为别号"死里逃生"者所获，遂改成小说体裁，剖作若干回，加上评语，寄给横滨的《新小说》社，予以刊布。这就已经把古典式的神奇来历与近代化的传播形式结合起来了。

《自由结婚》（1903），署犹太遗民万古恨著，震旦女士自由花译，实则是假托为译本。书前的"弁言"交代此书乃一犹太遗民所著之英文小说，"译者"自由花留学瑞士，与此犹太遗民相过从，因读其书，译成中文，欲以之唤醒中国国民也。"弁言"还煞有介事地言及翻译原则、宗旨及评点手法诸事，其刻意伪托的手段实在是别出心裁，颇令人有推陈出新之感。②

《瓜分惨祸预言记》（1904），也假托为译本，署日本女士中江笃济藏本，中国男儿轩辕正裔译述。书前也附"例言"一篇，说明译书宗旨、原则及该书叙事特色等事项，这跟前述《自由结婚》一样，显然是对《红楼梦》之"作者自云"和石头自我辩白之言的模仿。书的第一回也交代了此书之由来：有一热血少年黄勃，为挽救国家危亡，乘船前往东瀛求学，在轮船上偶遇日本女子中江笃济和中江大望姊妹二人。此二人共读一书，其内容乃预言中国未来之沦亡者。黄勃询问此书来历，原来大望游天台山

---

① 魏子安：《花月痕》，福建人民出版社1981年版。
② 《自由结婚》《瓜分惨祸预言记》《卢梭魂》《多少头颅》四篇小说均收入《中国近代小说大系》第25册，百花洲文艺出版社1991年版。文中所论及的相关情节均见于各篇小说之开篇与末回，不再一一出注。《狮子吼》则见于《陈天华集》，湖南人民出版社2008年版。

时,在深山中邂逅一隐士家族,自明亡后即避世隐居。大望留宿一晚,在其藏书楼之书簏中发现《甲辰年瓜分惨祸预言》一书,乃偷录一本,携归寓所,译成日文。汉文原本却被人借阅时遗失。黄勃乃从中江姊妹手中借来此日文本,请同胞轩辕正裔再回译成汉文。正裔在翻译之中发现,此书把黄勃得书与自己译书之事竟然也早都已写进去了,此后即转入小说正文,讲述爱国志士曾子兴、华永年等人救国图存的事迹。据这个类似楔子的第一回交代,此书还有两个异名,分别叫作《赔泪录》和《醒魂夺命散》。从以上这些内容来看,此书无疑受到《红楼梦》第一回很深影响,几乎是亦步亦趋地模仿《红楼梦》,只不过伪托译本的做法则完全是晚清这个新的时代所赋予的新的叙事因素了。

这种伪托为译本的小说,还有《多少头颅》(1904)一书,署亡国遗民之友著。因无关乎本书论旨,这里就不多论了。

此外还有《卢梭魂》(1905)一书,署怀仁编述。第一回楔子叙述法人卢梭之阴魂来到东方,与黄宗羲等人结成党羽,筹划推翻阴曹地府的君主专制,但被阎王逐往人间,遂演成一段故事,题曰《卢梭魂》。此后进入小说正文,以象征手法讲述一众英雄豪杰试图光复中华,建立自由独立王国的故事。末回呼应楔子,说学究怀仁梦入自由峡,见一神王,授其《卢梭魂》一书,命其去长街短巷当评话讲说。怀仁醒来后,其书仍在手中,因向众人讲述书中故事。这一写法显然更多受到了《花月痕》结尾之影响。

清末陈天华的《狮子吼》则是古典式"神奇来历"的几种主要形式的一个集大成者:他融合了《石头记》《花月痕》《二十年目睹之怪现状》乃至《西游记》的一些相关元素而奏响了这一传统最后也是最重的一声余音。同时,此书也融入了新时代的因素。

书中的叙述者"小子"心系天下兴亡,忧心如焚。一日忽得友人来信,云其前两月入山樵采,见一座石屏,拔地独立,高有数丈,忽然石破天惊,飞出一铁函,用斧头劈开,见其中有残书一卷,字迹漫漶,努力辨识,方知是混沌人种的历史,乃该种族最后一人所作。友人因将此手稿寄给"小子",命其"斧裁",以行于世。所谓混沌人种的历史遗稿,乃是小说中所设定的第一个来历神秘的文本。很显然，这一段情节的设置是融合了《石头记》《花月痕》《西游记》中的相关元素而成的。接下来，"小子"翻阅了此混沌人种的灭绝史，原来此人种本是一大文明种族，却遭四夷入侵而亡。"小子"读毕，为之题诗，精神倦怠入梦，却正逢英俄入侵东三省及长江流域，他梦中与洋人作战，跌入深沟，又为虎狼所噬而长号，不料惊醒山中一多年睡狮，驱走虎狼。此时轩辕黄帝又从天而降，宣布"逆胡"之数已终，送"小子"入一都会，以重睹光复盛事。"小子"先参加了"光复五十年纪念会"，又闯入"共和国图书馆"，看到了《共和国年鉴》和《光复纪事本末》，乃将后者携出馆外，不料遭馆员追逐，遂从梦中惊寤，但此书竟然已在枕边，于是将其改为章回演义体，这就是《狮子吼》一书的由来，这也就是作者为小说正文文本所设定的一个神奇的来历。这个构思吸收了《花月痕》结尾的模式，又加入了近代化的新元素，比如《光复纪事本末》出自"共和国图书馆"，这就跟出自深山洞穴或地下铁函之类的情节大不一样了。

萧然郁生的《乌托邦游记》乃一游记体小说，其主人公"我"酷嗜旅游，全球皆已游历殆遍，忽闻英国某人撰《乌托邦》小说一部，因颇思一游其国。一日梦中为人引入荒岛"何有乡"，中有高山，乃登其顶，睹一石碑，上镌"大荒山无稽崖之绝顶"，山顶有一"皆空寺"，寺中老僧云其著《乌托邦游记》一部，贮于寺后空谷中之一匣内，"我"往而开视之，见其中有三部书，题曰"乌有生第一、二、三次游记"云云，乃坐于石上读之，后文即进入此游记之正文，亦即小说之正文也。此书跟《狮子吼》都刊发于1906年，但陈天华1905年12月自杀，故其《狮子吼》必完成于这个时间之前，因此，《乌托邦游记》的创作可能略晚于《狮子吼》。

从《希夷梦》等书到陈天华的《狮子吼》，我们可以看到，为文本设置神奇来历这一构思向近现代小说迁移的趋势。如果再关注一下当代小说，则会看到当代小说中也有这类写法。

现代小说中最著名者如鲁迅的《狂人日记》（1918），被设定为从

"狂人"病中"日记""撮录"而出之一篇，叙述者并无改动云云①。此后茅盾的《腐蚀》（1941），则被设定为从重庆防空洞深处岩壁洞窟中所获之日记一束，作者加以移写整抄以传世。而近年当代著名作家张炜的《独药师》（2016）则将小说文本设定为从某档案馆尘封的密档中发现的一部神秘手稿，多年之后，档案解密，遂由"我"整理出版。这些作品对文本来历的设定或许跟唐宋至晚清的一些小说均有相承之处，跟西方小说如陀思妥耶夫斯基《死屋手记》之类亦颇为近似，而其演变的趋势则是趋于平常化与世俗化，古代此类小说所具备的原始神秘气息，以及跟传统文化之间的密切的血缘联系，都已经明显地变得淡薄，甚至已经完全消失了。

第四节　"神奇的来历"的文化、文学与美学意义

"神奇的来历"这一手法在古代叙事文学（尤其是小说）中的运用情况已如上所述，如果要进一步考察其文化、文学与美学意义，或有如下两个方面：

第一，在神话色彩比较鲜明的例子中，叙述者把某个经典文本的本源归因于大自然，或者归因于隐藏在大自然这个表象之后的更高的神祇，大自然或这位神祇把他们的意旨以某种方式显现出来，人类中的圣贤再对之予以领会和创制，便形成了某个书面形态的文本，如此一来，这一文本自然就具备了很高的神圣性和权威性，也就具备了被经典化的重要理由之一。

实际上，这些经典文本的创造，其真实情形正如《周易・系辞下》所云："古者包牺氏之王天下也，仰则观象于天，俯则观法于地，观鸟兽之文，与地之宜，近取诸身，远取诸物，于是始作八卦，以通神明之德，以

---

① 鲁迅自己承认此文曾受到俄国作家果戈理《狂人日记》之影响，参见鲁迅：《中国新文学大系・小说二集》"序"，收入《且介亭杂文二集》，编入《鲁迅全集》第六卷，人民文学出版社1999年版，第246页。

类万物之情。"这一说法祛除了文化崇拜的神秘色彩，突出了文化英雄的重要性，告诉我们，正是这些文化圣人对大自然与人类社会的深入体察成为经典文本的真正来源。

即使如此，经典文本具备神秘来源这一观念却成为一种文化原型，渗入了后世文人的艺术思维之中，使之在创作某个通俗化文本时，也会赋予其以神奇的来历，从而试图让这一通俗文本也获得近似于文化经典的神圣性，或者至少获得一种通常意义上的重要性。属于前者的作品基本上只有一部《红楼梦》，作者赋予其神奇的来历以强烈的神话色彩，足见他对自己这部作品的高度自信，时至今日，《红楼梦》确实也已经无可争辩地进入了文化与文学经典的行列之中。

第二，对于大部分小说文本而言，神奇的来历除了赋予其一般意义上的重要性与真实性之外，更赋予其叙事学与美学上的意义。

首先，神奇的来历将文本产生的时空推向久远的过去，令人感到某个故事或文本穿过了历史的悠长暗道来到了现在，似乎承载着更加浓重的宿命与神秘意味。同时，这么做似乎也意味着，这个文本具有了超时空的普遍意义。

其次，神奇的来历也将文本的作者设定为某个过去时代的无名氏，而真正的作者似乎反而成了这一文本的发现者、整理者和传播者。这一设定既能让作者金蝉脱壳，如释重负，获得更多的写作自由，也让文本获得了一个转述者视角和一个套层式结构，这当然不只是形式上的变化而已，更带来了文本意义的变化。比如《红楼梦》明明是曹雪芹创作的，却被设定为"石头"历练红尘之后的见闻记录，这就让小说获得了一个超越人类之外的特殊视角：在永恒的"通灵"的"石头"眼中，人类的悲欢离合、盛衰兴亡又意味着什么呢？

最后，神奇的来历背后，可能还隐藏着中国古人保存与传递文献的苦心孤诣。不管他们写下了什么，也不管通过何种隐秘的方式，他们都希望自己的精神产品能藏之名山，传诸后世，并找到真正的知音。因此，在小说文本的神奇的来历背后，隐藏着的应该也是作者的美好心愿，希望自己的创作也能在后世的人们那里成为一个神奇的存在吧。

第五章　人莫不饮食也，鲜能知味也：《红楼》饮食的文化与思想意蕴

古人云："食色，性也。"（《孟子·告子上》）饮食作为人类生活最重要的内容，自然也是文学艺术作品所要表现的重要对象。尤其是小说这一文体，更是跟饮食描写须臾不能相离。但即使如此，饮食本身也很难成为一篇小说中的重要角色（除少数专以美食为题材的小说之外），更难以获得重要的意义。但《红楼梦》是个例外，其中的饮食种类、饮食描写及其文学和思想意义都极为丰富，成为十分引人注目的现象。相关的研究也有了不少，本章即拟在已有研究基础上对《红楼梦》饮食描写的艺术手法与丰富意义做进一步探讨。

第一节　《红楼梦》饮食描写概况

中国的古典小说，不管是文言还是白话，短篇还是长篇，都包含了不少饮食方面的内容。比如文言笔记小说中很早就出现了对饮食名目的专门记载，如《酉阳杂俎》（前集卷七）、《东京梦华录》（卷四）、《梦粱录》（卷十六）、《武林旧事》（卷六）就是如此。从宋代开始，笔记小说中所记饮食内容明显增多，专门的食谱类著作（如南宋林洪的《山家清供》一

类的书）也开始多起来了。但这些跟饮食相关的内容或书籍都只是一种简略的记载，还不能算是文学性的饮食描写。而且文言短篇小说篇幅有限，文笔简洁，饮食描写也难以展开，往往只能对饮食行为和场景简要叙述。白话小说——尤其是长篇白话小说产生后，这一情况就大为改观。比如《水浒传》的饮食描写就给人留下了很深的印象，梁山好汉"大碗喝酒，大块吃肉"的粗豪饮食行为几乎成了好汉的一个标志。武松景阳冈打虎之前，在路边酒店里吃了四斤熟牛肉，喝了十五大碗酒：这一段经典的饮食描写就十分生动地刻画出了武松与众不同的英雄气概。不过，总的来说，《水浒传》中的饮食描写并不算多，也显得比较粗略和模式化。到《金瓶梅》中，饮食描写就比较多了。据统计，该书提到了三百多种食物，名目繁多，品类丰富，还写到了具体的烹饪方法。其中饮食描写和跟饮食相关的情节也很多，成为这部小说写实性和日常性风格特征的重要成因。但总的来说，《金瓶梅》的饮食描写市井气和世俗味都很重，基本是就饮食而写饮食，没有多少艺术美感和文化内涵。《儒林外史》中的饮食描写也不少，比如第十三回，写蘧公孙招待马二先生，"里面捧出饭来，果是家常肴馔：一碗炖鸭，一碗煮鸡，一尾鱼，一大碗煨的稀烂的猪肉"；第十四回马二先生游西湖，吃了橘饼、芝麻糖、粽子、烧饼、处片、黑枣、煮栗子、蓑衣饼、烫面饼、熟牛肉等各种杭州的特色食物；第三十一回写杜少卿招待韦四太爷等人，"那肴馔都是自己家里整治的，极其精洁。内中有陈过三年的火腿，半斤一个的竹蟹，都剥出来脍了蟹羹"。这一次，他们喝光了一大坛在地下埋了近十年的好酒，韦四太爷喝得大醉，从此逢人便要说起，将此事视为他毕生的第一大快事。但这些描写大体近乎白描，大多也只提一下食物类名，文化意味也很淡薄，且平民气息特重。

　　《红楼梦》中的饮食描写跟这些作品都不同，这首先表现在书中饮食描写的篇幅多，内容广，文笔也很细腻。红学家胡文彬曾指出：小说用了将近三分之一的篇幅，描写了众多人物丰富多彩的饮食文化活动，创造了一个完整的红楼饮食文化体系，展示了十八世纪中叶的饮食风貌。他指出，《红楼梦》所表现的饮食文化体系有如下的"架构"：（1）食品名目繁多。据《红楼美食大观》一书统计，一百二十回本中写到的食品有186种。而笔者据胡文彬所制《红楼梦中肴馔名目一览表》统计，前八十回中，人工制作饮食有80种，干鲜果品有14种。(2)食具华美。(3)饮食活动丰富多彩，大的饮食场景有13次。①

而在笔者看来，《红楼》饮食更重要的特点还在于其贵族气息重，文化内涵深，真正表现了一种饮食文化，反映出人的情感、思想、观念、风俗或制度特征。对此，本章难以面面俱到地详谈，只拟从若干侧面略加论述。

首先，有必要提一下的是：曹雪芹对饮食文化的精通，大概兼有家族传统和时代风气影响方面的原因。他的祖父曹寅曾辑《居常饮馔录》一书，为前代饮馔著述之汇编，收录《糖霜谱》《粥品》《粉面品》《泉史》《制脯鲊法》《酿录》《茗笈》《蔬香谱》《制蔬品法》等著作，此书有清刻本传世。②

另外，明末著名文人张岱、李渔入清后，分别著有《陶庵梦忆》和《闲情偶寄》二书，其中都有大量关于江南美食的记载与描写。跟曹雪芹同时代的著名诗人袁枚，则撰写了美食名著《随园食单》，历四十余年而始成（成于1792年），全书分为须知单、戒单、海鲜单、江鲜单、特牲单、杂牲单、羽族单、水族有鳞单、水族无鳞单、杂素菜单、小菜单、点心单、饭粥单、茶酒单，共14单，含明清两代300多种菜肴。其中大部分为江南美食，有不少可以跟《红楼梦》中的饮食描写相印证。③

此外，笔者对《中国饮食典籍史》一书的著录进行大略统计，发现目前存世的饮食类典籍以明清两代居多，内容也最为丰富。我们虽不能因此就断定明清两代崇尚美食之风必定超越前代，但至少可以看出，在这两个时期，中国古代的美食文化已经发展到了很高的水平，而这正是《红楼梦》中饮食描写的时代背景。

---

① 胡文彬：《红楼梦与中国文化论稿》，中国书店2005年版，第475页。
② 纪昀等：《四库全书总目》卷一百一十六"子部二十六·谱录类存目"，中华书局1965年版。
③ 参见姚伟钧、刘朴兵、鞠明库《中国饮食典籍史》一书的著录，上海古籍出版社2011年版。

第二节　物质文化层面上的《红楼》饮食

（一）贾府饮食的南方习惯

周汝昌曾在《红楼饮馔谈》一文中指出：贾府有南方习惯，主食吃米饭，所以曹雪芹写"饭"特别见长；他又指出贾家人特别喜欢吃禽鸟类食物，比如蒸鸭、腌鹅、糟鹌鹑之类。① 他这一发现可谓独具慧眼，但可惜点到即止，并未深论。笔者循此思路进一步查考，发现贾府的饮食习惯有着更多、更细微的南方特点。

先说贾府对禽鸟类食物的热爱。据笔者统计，小说前八十回写到的此类食品有：糟鹅掌鸭信（第八回宝玉在薛姨妈处吃饭吃到的）、野鸡崽子汤（第四十三回凤姐孝敬贾母的）、野鸡瓜齑（第四十九回，宝玉就着这道菜吃泡饭）、糟鹌鹑（第五十回，贾母让李纨撕一点腿子来）、希嫩的野鸡（第五十回，凤姐请贾母吃晚饭时提到有这道菜）、鸭子肉粥（第五十四回贾府过元宵，夜深时备了此粥）、腌胭脂鹅脯和酒酿清蒸鸭子（第六十二回柳嫂给芳官做的那顿便饭中有这两道菜）等。

在这些禽鸟类食物中，吃野鸡和鹌鹑不一定有特定地域性，但对鹅和鸭的嗜好却不得不说更多地具有南方的特点。贾府吃鸭、鹅特别多，第五十三回乌进孝交年租的单子上就有活鸡、鸭、鹅各二百只，风鸡、鸭、鹅各二百只。第六十二回中还提到一个细节，说柳嫂儿给芳官做了四样菜肴，芳官只拣了两块腌鹅吃了，芳官是苏州人，而腌鹅正是一道历史悠久的苏州名菜。

据秦一民《红楼饮食谱》，苏州腌鹅历史悠久，十分著名。② 曹雪芹祖父曹寅曾任苏州织造（1690—1692）③，应该熟悉这道苏州名菜，他的诗

---

① 周汝昌著，周伦玲编：《周汝昌梦解红楼》，漓江出版社2005年版，第98、99页。
② 秦一民：《红楼梦饮食谱》，山东画报出版社2003年版，第130—133页。
③ 朱淡文：《曹氏家族年谱简编（上）》，载《红楼梦学刊》1990年第二辑，第297—298页。

中也写过"红鹅催送酒"这样的句子,"红鹅"应该就是指胭脂鹅,也就是腌鹅。因腌鹅正是红色,色近胭脂之故。① 此外,曹雪芹祖上任江宁织造的时间更长,江宁人爱吃鸭子,贾府爱吃各种跟鸭子有关的食物,大概也是金陵遗风。

此外,笔者还注意到,贾府吃笋也很多:比如酸笋鸡皮汤(第八回)、火腿鲜笋汤(第五十八回)、鸡髓笋(第七十五回),茄鲞(四十一回)也要用新笋来炒。这里值得特别说一下的是鸡髓笋。

第七十五回写中秋前一天,贾母吃晚饭时,贾赦和贾政按惯例各自给贾母孝敬了两样菜,贾赦的两样看不出是什么菜,被贾母给退了回去。贾政的一样就是鸡髓笋,贾母留下了。她自己略尝了两点,就给黛玉和宝玉送去了。很显然,这个鸡髓笋是道美味佳肴。那它究竟是一道什么菜呢?

据秦一民《红楼饮食谱》介绍,鸡髓笋是浙江天目山出产的优质竹笋,有白鸡笋和乌鸡笋(黑壳笋)之分,书中加了个"髓"字,是形容其材质鲜嫩之意。但书中贾母吃到这道菜的时间是中秋,这显然不是鲜笋,而是笋干了。这种笋干的做法,秦一民根据《随园食单》介绍的制笋法进行推测,认为应该是先用水浸泡发透,稍晾干之后,再用鸡汤加佐料煨之。② 这样烹制而成的笋,不用说,味道自然是十分细嫩鲜美的。

笋这种食物,其产地主要在南方,比如江苏、浙江、福建、江西等地,尤以浙江、福建的笋最为有名。这些地方的人也比较喜欢吃笋。曹雪芹在小说中多次写到吃笋,应该也是曹家在江南长期生活所养成的饮食偏好在小说中的反映。

笋的滋味之美、烹制之法,由明入清的浙籍文人李渔在《闲情偶寄》"饮馔部"的"蔬食"类中论之甚详:

> 此蔬食中第一品也,肥羊嫩豕,何足比肩。但将笋肉齐烹,合盛一簋,人止食笋而遗肉,则肉为鱼而笋为熊掌可知矣。……笋之为物,不止孤行并用各见其美,凡食物中无论荤素,皆当用作调和。菜

---

① 曹寅《过海屋李昼公给事出家伶小酌留题》:"造次不辞过,知君怜我真。红鹅催送酒,苍鹘解留人。……"曹寅著,胡绍棠笺注:《楝亭集笺注》"楝亭诗钞"卷六,第252页。
② 秦一民:《红楼梦饮食谱》,第141—142页。

中之笋与药中之甘草，同是必需之物，有此则诸味皆鲜。……庖人之善治具者，凡有焯笋之汤，悉留不去，每作一馔，必以和之，食者但知他物之鲜，而不知有所以鲜之者在也。《本草》中所载诸食物，益人者不尽可口，可口者未必益人，求能两擅其长者，莫过于此。①

林语堂《吾国与吾民》一书也指出：

中国烹饪别于欧洲式者有两个原则。其一，吾们的东西吃它的组织肌理，它所抵达于吾们牙齿上的松脆或弹性的感觉，并其味香色。……组织肌理的意思，不大容易懂得，可是竹笋一物所以如此流行，即为其嫩笋所给予吾人牙齿上的精美的抵抗力。一般人之爱好竹笋，可为吾人善辨滋味的典型例证，它既不油腻，却有一种不可言辞形容的肥美之质。不过其最重要者，为它倘与肉类共烹能增进肉类（尤其是猪肉）的滋味，而其本身又能摄取肉类的鲜味。②

林语堂这段话，其实是因袭并发展了李渔关于吃笋的观点，但也让我们明白了贾府对笋的爱好确实是体现出了饮食上很高的品味，尤其是食用鸡髓笋这类高级笋干，多少也是一种贵族家庭才能有的奢侈享受。

另外，值得一提的是，袁枚的《随园食单》中记载笋类食品特多，共达九品，如笋脯、天目笋、玉兰片、煨三笋、问政笋丝之类。③ 当时江南食笋风气之盛行，也应该正是曹雪芹在小说中多次提到吃笋这一生活细节的时代背景了。

贾府饮食跟南方（尤其是江南）的联系远不止以上两个例子，根据秦一民的《红楼梦饮食谱》对书中食品的研究来统计，这方面的例子还有不少。简单罗列一下的话，计有：

六安茶、老君眉、龙井茶、普洱茶，这些都是南方出产的茶。

茯苓霜，第六十二回写到一个"粤东的官儿"来拜访贾府时赠送的。

---

① 李渔：《闲情偶寄》"饮馔部"之"蔬食第一"，上海古籍出版社2000年版，第263、264页。
② 林语堂：《吾国与吾民》第九章"生活的艺术"之"饮食"一节，收入《林语堂名著全集》第二十卷，东北师范大学出版社1994年版，第327—328页。
③ 袁枚：《随园食单》之"小菜单"，收入《袁枚全集》（五），江苏古籍出版社1993年版，第71、72页。

这一细节的出现可能跟曹寅的岳父李士桢做过粤东巡抚有关。

木樨清露、玫瑰清露，第六十回提到此二物。跟曹雪芹同时的医学家赵学敏所撰《本草纲目拾遗》介绍了这两种清露的蒸取法。康熙三十六年（1697），曹寅曾向康熙进献两种玫瑰露八罐；① 曹寅诗《瓶中月季花戏题》其七提到过用野蔷薇制露的事。②

酸梅汤，梅子的产地主要在江南诸省。

鸭子肉粥，曹寅《赴淮舟行杂诗十二首》其八"凫臇来方物，车螯上食单"③ 中的"凫臇"是野鸭肉羹，是苏北的地方风味食品；《随园食单》也提到过鸭子肉粥。

红稻米粥、江米粥，康熙年间，曹寅内兄苏州织造李煦曾在苏州试种红稻米，④ 江米主要产于南方。

桂花糖蒸新栗粉糕，第三十七回提到这种糕点，《随园食单》《清稗类钞》都提到过栗粉糕的做法。

藕粉桂糖糕，第四十一回提到这种糕点，是杭州特产，《本草纲目拾遗》《随息居饮食谱》都提到这种糕点的做法。

菱粉糕，第三十九回提到这两种糕点，菱粉主要产于江、浙。

螃蟹小饺，第四十一回提到这种食品，体现着苏、杭、镇、扬、淮各地点心的精华。

大芋头，第五十回提到。主要产于南方，往往蒸食，《随园食单》提到芋头的做法。

火腿炖肘子，第十六回提到。以火腿炖，是江浙做法；

糟鹅掌鸭信、糟鹌鹑，第八回、第五十回分别提到。用糟油加工食物也是江浙做法。

酸笋鸡皮汤，第八回提到。酸笋也是南方食物。

野鸡瓜齑，第四十九回提到。曹寅诗中数次提到齑类食品。

---

① 故宫博物院明清档案部编：《关于江宁织造曹家档案史料》，第9页。
② 曹寅著，胡绍棠笺注：《楝亭集笺注》之"楝亭诗钞"卷七，第335页。
③ 同上书卷三，第118页。
④ 故宫博物院明清档案部编：《关于江宁织造曹家档案史料》，第209页。

椒油莼齑酱，第七十五提到。莼菜主要是江南食物。

虾丸鸡皮汤，第六十二回提到。《随园食单》提到虾丸及虾丸汤的做法。

酒酿清蒸鸭子，第六十二回提到。《随园食单》讲了其做法，这是一道标准南方菜。

风腌果子狸，广东产，江浙亦有，其做法在《随园食单》中也有记载。

黄酒、惠泉酒，这两种酒主要也是江浙地区酿造的，惠泉酒出于无锡。

从以上的统计可以看出：贾府的日常饮食确实保留着十分鲜明的江南饮食文化特色，这跟现实中曹家长期的江南生活经历自然有着密切的关系，也跟曹雪芹本人早年的江南生活经历有关。而秦一民从营养学、养生学角度对《红楼》饮食所做的深入研究表明，曹雪芹和他的家族对饮食文化的深层内涵有着颇为精深的理解，反映到小说中，有关饮食的描写就绝非泛泛而谈了。而从曹雪芹对各种食物烹制法的描写，以及各种食物跟具体人物的联系的描写来看，小说同样表现出高度的精确性与真实性，这也是《红楼梦》伟大艺术成就的一个重要表现吧。

（二）贾府的烹饪技艺与曹雪芹的烹饪美学

周汝昌在《红楼饮馔谈》一文中又指出："真会讲饭菜的，只是在最普通的常品中显示心思智慧、手段技巧。"[①] 脍炙人口的《红楼》名菜"茄鲞"（第四十一回）就充分体现了贾府烹饪艺术之高妙：

> 凤姐儿笑道："这也不难。你把才下来的茄子把皮削了，只要净肉，切成碎钉子，用鸡油炸了，再用鸡脯子肉并香蕈、新笋、蘑菇、五香腐干、各色干果子，俱切成钉子，用鸡汤煨干，将香油一收，外加糟油一拌，盛在瓷罐子里封严，要吃时拿出来，用炒的鸡瓜一拌就是。"刘姥姥听了，摇头吐舌说道："我的佛祖！倒得十来只鸡来配

---

① 周汝昌著，周伦玲编：《周汝昌梦解红楼》，第96页。

他,怪道这个味儿!"

看来,茄子这种普通不过的蔬菜要烹调成美味佳肴,奥妙就在于如何高明地配料和借味。周先生由此提到了当年康熙皇帝特别得意的曾拿来赏赐臣下的一道御膳豆腐——这道菜周先生没有提到其名目和出处,据笔者查找,此菜肴恰好收在袁枚《随园食单》的"杂素菜单"中:

> 王太守八宝豆腐
>
> 用嫩片切粉碎,加香蕈屑、蘑菇屑、松子仁屑、瓜子仁屑、鸡屑、火腿屑,同入浓鸡汁中,炒滚起锅。用腐脑亦可。用瓢不用箸。孟亭太守云:"此圣祖赐徐健庵尚书方也。尚书取方时,御膳房费一千两。"太守之祖楼村先生为尚书门生,故得之。①

可见,茄鲞的做法跟这道御膳豆腐的做法如出一辙。所以周先生说"康熙那豆腐怎么做法,内务府的曹家人氏肯定是明白的",意思是曹家人了解这道菜的做法,曹雪芹大概从中受到了启发,写出了茄鲞这么一道"《红楼》名菜"。

笔者也由此想起了很久以前看过的一个故事,讲到慈禧御膳萝卜的做法:用鸡鸭鱼肉、干贝、海鲜、火腿熬成高汤,再用这汤来炖萝卜,可令萝卜鲜美无比。可惜这故事的出处我已经忘记了,费了一番查考之功,也没找到,姑录此以备考吧。

周先生《红楼饮馔谈》又论及《红楼梦》中一道特别的汤品:

> 联带可以想到莲叶羹。这本无甚稀奇,也非贵重难得之物,只不过四个字:别致、考究,并且不俗,没有"肠肥脑满"气味。当薛姨妈说"你们府上也都想绝了,吃碗汤还有这些样子"时,凤姐答道:"借点新荷叶的清香,全仗好汤,究竟没意思……"我以为,要想理

---

① 袁枚:《随园食单》之"杂素菜单",收入王英志校点:《袁枚全集》(五),第61页。徐健庵尚书,乃徐乾学,官至刑部尚书,江苏昆山人。孟亭太守,即王箴舆,号孟亭。王箴舆祖父王式丹,号楼村。

解曹雪芹的烹饪美学,须向此中参会方可。①

这里提到的是小说第三十五回写到的莲叶羹这种汤,其做法的要义是花样翻新,还要借新荷叶的清香,由此周先生总结出了曹雪芹的"烹饪美学":别致、考究,并且不俗,没有"肠肥脑满"气味。

而现代著名作家林语堂的《吾国与吾民》一书则从理论上总结了"借味"这种烹调技艺的基本原则:

> 中国烹饪别于欧洲式者有两个原则……这第二个原则,便是滋味的调和。中国的全部烹调艺术即依仗调和的手法。虽中国人也认为有许多东西,像鱼,应该在它本身的原汤里烹煮,大体上他们把各种滋味混合,远甚于西式烹调。例如白菜必须与鸡或肉类共烹才有好的滋味,那时鸡肉的滋味渗入白菜,白菜的滋味渗入鸡肉,从此调和原则引申,可以制造出无限的精美混合法。②

第三节 从物质上升到精神:《红楼》饮食的文化、文学与哲理意蕴

(一)《红楼》宴饮与酒令、诗歌等艺术形式的结合

《红楼梦》中的饮食描写,单纯描写食物本身的内容其实并不多,更多的是描写跟饮食相关的各种活动。而这些饮食活动又包括日常性的、庆典性的与娱乐性的三大类。日常性的饮食活动主要是一日三餐的常规饮食,庆典性的饮食活动则主要是指节日、祝寿等场合举行的大型宴饮集会,娱乐性的饮食活动则指纯粹为了取乐而举行的餐饮聚会。第一类饮食活动书中写得也不多,但第三回、六十一回、六十二回、七十五回等处也

---

① 周汝昌著,周伦玲编:《周汝昌梦解红楼》,第97页。
② 林语堂:《吾国与吾民》第九章"生活的艺术"之"饮食"一节,收入《林语堂名著全集》第二十卷,第327—328页。

还是进行了一些正面描写，尤其第三回、七十五回对贾母进餐场景的描写，反映了贵族家庭森严的日常饮食礼仪，成为另两类饮食活动一个具有对照意义的背景。庆典性与娱乐性的饮食活动是书中浓墨重彩加以描写的内容，且大都跟文学艺术活动相联系，这里先把相关章回及其大致内容列举如下：

第十一回，贾敬生日（看戏，打十番）。

第十七回、十八回，荣国府归省庆元宵（看戏，考试作诗）。

第二十二回，宝钗生日（听曲文宝玉悟禅机，看戏）。

第二十八回，冯紫英家宴，饮酒行令。

第三十八回，薛蘅芜讽和螃蟹咏（诗社活动，创作咏物诗）。

第四十回、四十一回，史太君两宴大观园（行酒令，说骨牌副儿）。

第四十三回，闲取乐偶攒金庆寿，凤姐儿生日（看戏）。

第四十九回、五十回，脂粉香娃割腥啖膻（联诗）。

第五十三回，荣国府元宵开夜宴（看戏、说书、击鼓传花讲笑话）。

第六十二回、六十三回，憨湘云醉眠芍药裀（酒令：射覆、拇战），寿怡红群芳开夜宴，宝玉、宝琴、岫烟、平儿生日，众人聚饮（占花名儿，唱曲儿）。

第七十一回，贾母八十大寿，摆酒唱戏。

第七十五回、七十六回，开夜宴异兆发悲音（吹箫），凸碧堂品笛感凄清（讲笑话，闻笛，黛玉、湘云联诗）。

从以上这十四次比较重要的宴饮活动来看，它们大部分都跟行酒令、作诗或看戏相结合，归根结底，是跟诗相结合。从小说史来看，宴饮活动跟酒令、诗词和歌舞的结合在唐代小说中就已经大量出现了，但唐代小说都是文言短篇之作，只能表现一些十分短小的宴饮活动场景，不过，这些已足以让我们看到，这种具有浓厚文学艺术气息的饮食风俗在唐代就比较常见了。这种饮食风俗的特点在于：饮食参与者与小说作者的兴趣都不在饮食本身，而在于通过饮食活动组织起来的文学艺术活动上，在于宴席上众人所表现出的才气与机智上。虽然这些宴饮活动的参与者并不能代表大多数普通民众，但他们的这种生活态度却体现出当时文学艺术素养比较高的一批文人，已经把原本只是满足口腹之欲的饮食行为变成了一种艺术活动，或使之艺术化了。

唐以后，从宋到明，这种艺术化的饮食活动在生活中仍然在延续，但小说中却并没有多少表现。就长篇小说而言，《金瓶梅》所写到的一些餐饮活动是跟酒令、歌舞相结合的，但跟诗意的氛围却完全无缘，更遑论表现参与者的诗才与机智了。跟《红楼梦》同时代的《儒林外史》也没有表现饮食行为跟文学艺术活动的结合，只有《红楼梦》在这方面的表现达到了空前绝后的规模。此前的情况自不必说，文言短篇、话本、拟话本和几部长篇小说都没法跟它相比，此后呢，据我所见，大规模模仿它来写饮食场景的，只有一部《镜花缘》（此书第七十八回，第八十二至第九十三回，一共十三回，集中描写了宴会上的酒令和吟咏活动），但无论其内容，还是艺术成就，跟《红楼梦》都是无法相提并论的。

从文化渊源来看，《红楼梦》继承了唐代即已形成的诗酒风流的传统，并加以发扬光大。在曹雪芹笔下，同时也是在他的创作观念中，宴饮场景的功能在于能够组织贯串起频繁的文学艺术活动。而从现实生活基础来看，在曹家尚未败落的时期，尤其是曹寅在世的时期，这种宴集吟咏的活动在曹家也是比较常见的，这从《楝亭诗钞》和《楝亭诗别集》所收的数量众多的宴集吟咏之作就可以看出来。从目前所知的曹雪芹生平来看，他离开南京时年纪尚幼，未必参与过很多这样的场合，但他从家人的追忆和曹寅的诗文集中应该可以了解当年曹家诗酒风流的盛况，再加上他本人在京城文人圈的生活经验，都有助于他写出书中如此众多的艺术化的宴饮活动。比较遗憾的是，因为缺乏康雍乾时代贵族家庭日常生活的具体史料作为参照，我们无法判断这些描写中究竟想象虚构的成分多还是写实性的成分多。但从常理来推断，在那个时代，一群十五六岁的少男少女，尤其是少女群体，成为这类场合中的主体，显示出如此高度的诗歌艺术才华，还是令人难以置信的。因此，笔者还是更倾向于认为，曹雪芹只是通过这么一种形式来表达他对艺术化的贵族生活的赞美与怀恋，这种生活的本质乃是在物质生活已经丰富餍足的基础上对高雅精神生活的追求。在这种情况下，饮食已不再是追求的主要目的，而只是一种手段罢了。

（二）饮食与饮酒场景的文学旨归与哲理意蕴

庆典性和娱乐性饮食活动的一个重要目的，正如小说第四十三回回目"闲取乐偶攒金庆寿"所说的，就是为了自在和"取乐"。第二十二回写贾母、贾政率众人设宴猜灯谜，一连五次提到"取乐"这个词。因为贾政在座，大家"拘束不乐"，贾母还撵他先走了。第六十二回，写到众人"因贾母王夫人不在家，没了管束，便任意取乐，呼三喝四，喊七叫八。满厅中红飞翠舞，玉动珠摇，真是十分热闹"。《红楼梦》中最快乐、最自由、最纵情的饮食活动大概要数第三十七回、三十八回的螃蟹宴，第四十回史太君两宴大观园，第四十九回的烤鹿肉宴，第六十二回憨湘云醉眠芍药裀和第六十三回的寿怡红群芳开夜宴。

我们先来看螃蟹宴。为什么曹雪芹在大观园第一次大聚会中会安排一个螃蟹宴？这个缘故不见有人谈过。窃以为，这不外乎以下两个原因：

第一，螃蟹虽为一普通食物，但也凝聚着颇深的文化内涵，可以视为超逸洒脱、纵情享乐的人生态度的一个象征，这种内涵的形成跟《世说新语》"任诞"篇中所载东晋名士毕卓的逸事有关：

> 毕茂世（毕卓）云："一手持蟹螯，一手持酒杯，拍浮酒池中，便足了一生。"①

此后，历代诗词以此入为典故者很多，其中不乏苏、辛等名家的佳作。曹雪芹对历史上积淀下来的这种文化内涵自然是很熟悉的，这从第三十八回结尾宝玉和宝钗所写的两首螃蟹咏就可以看出来——"持螯更喜桂阴凉""桂霭桐阴坐举觞"这样的诗句，显然就隐含着毕卓的典故。因此，吃蟹在崇尚魏晋风流的曹雪芹心目中，应该是一种任诞且不失风雅的行为。

第二，螃蟹是一种适合于众人自由自在、聚会共享的美味佳肴，对于这一点，在古代饮食文化史上，具有高度的共识。明代刘若愚的《酌中

---

① 刘义庆著，余嘉锡笺疏：《世说新语笺疏》"任诞第二十三"，上海古籍出版社1993年版，第739页。

志》记载了明代宫中的食蟹习俗：

> 八月……始造新酒，蟹始肥。凡宫眷内臣吃蟹，活洗净，蒸熟，五六成群，攒坐共食，嬉嬉笑笑。自揭脐盖，细将指甲挑剔，蘸醋蒜以佐酒。或剔蟹胸骨，八路完整如蝴蝶式者，以示巧焉。食毕，饮苏叶汤，用苏叶等件洗手，为盛会也。①

从这段话中我们还可以看到，螃蟹自来就比较适合众人聚会共食，而且很容易形成一种自在、和谐与欢乐的氛围。正如著名学者邓云乡所说，《红楼梦》中关于吃蟹的有关细节描写跟这段记载极为神似。② 接下来，请再看明末清初著名文人李渔在其《闲情偶寄》"饮馔部"中论他吃蟹的心得体会：

> ……世间好物，利在孤行。蟹之鲜而肥，甘而腻，白似玉而黄似金，已造色香味三者之至极，更无一物可以上之。……凡食蟹者，只合全其故体，蒸而熟之，贮以冰盘，列之几上，听客自取自食。剖一筐，食一筐，断一螯，食一螯，则气与味纤毫不漏。出于蟹之躯壳者，即入于人之口腹，饮食之三昧，再有深入于此者哉？凡治他具，皆可人任其劳，我享其逸，独蟹与瓜子、菱角三种，必须自任其劳。旋剥旋食则有味，人剥而我食之，不特味同嚼蜡，且似不成其为蟹与瓜子、菱角，而别是一物者。此与好香必须自焚，好茶必须自斟，僮仆虽多，不能任其力者，同出一理。讲饮食清供之道者，皆不可不知也。③

李渔所讲的食蟹体会，在《红楼梦》中也有细致生动的表现，比如写薛姨妈吃蟹时说："我自己掰着吃香甜，不用人让。"林黛玉吃了螃蟹后要饮酒，也是自己斟，不让丫鬟帮忙，她说"让我自斟，这才有趣儿"。这说的不正是吃蟹时那种自由自在、亲力亲为的乐趣？这也就是李渔所说食蟹的精髓了。我们看贾府的日常饮食，主子进餐，都有一大堆仆人伺

---

① 刘若愚：《酌中志》卷六"饮食好尚纪略第二十"之"八月"条，国家图书馆藏清初抄本。
② 邓云乡：《红楼识小录》，山西人民出版社1984年版，第294页。
③ 李渔：《闲情偶寄》"饮馔部"之"肉食第三"，第284、285页。

候,上菜盛饭,倒水端茶,无不由人代劳,但吃蟹则不同,必须本人亲自动手剥食,才让人觉得格外鲜美,且兴致盎然。

这次螃蟹宴一开始就调动起了贾府上下很高的兴致来。组织者湘云和宝钗把宴会的地点选在沁芳溪上藕香榭的亭子里,有点儿搞露天自助餐的味道。贾母一看这种形式就特别高兴,兴致勃勃地说起了自己小时候掉在河里碰破头的陈年往事,凤姐儿趁机拿寿星老儿打趣贾母,惹得众人都笑软了。王夫人嗔怪贾母宠坏了凤姐,贾母说"家常没人,娘儿们原该这样",横竖礼体不错就行了。我们可以看到,这样一次别致的螃蟹宴让贾母兴致高昂,认为为了这种快乐,也不必那么在意礼节的问题了。接下来,主仆众人就在贾母这种自由娱乐精神的鼓舞下,开始了兴高采烈、无拘无束的螃蟹宴。主人们摆了三桌,大丫头们在长廊上也摆了两桌,众婆子和小丫头们也在山坡上桂树下铺下花毡,大家团团围坐,随意大吃大喝起来。凤姐代行鸳鸯、湘云之责,照顾贾母,张罗众人。但很快她也加入了鸳鸯、平儿这帮丫头们的队伍,开始吃喝玩笑起来。小说在这里专门集中笔墨写了凤姐、鸳鸯、琥珀、平儿几个人之间开玩笑的场面,这些玩笑在平时都是不可能开的,但螃蟹宴营造的快乐、平等、自由氛围让她们暂时忘记了主仆上下之分,肆意玩乐起来。贾母、王夫人也被她们的快乐感染,都忍不住笑了起来。

他们吃完一轮,贾母、王夫人、凤姐等人先走了。湘云、宝玉一干人等又开始了形式自由的菊花诗写作大赛,写了诗又评诗,然后又围桌吃蟹。宝玉这时说"今日持螯赏桂,亦不可无诗",于是提笔写出一首螃蟹咏,黛玉跟宝玉竞争,也写了一首,紧跟着宝钗也写出一首,众人公推为食螃蟹绝唱。最后又有李纨搂着平儿夸她,又夸鸳鸯,这些半是调侃半是当真的话也是平日不会随便说的,但螃蟹宴上的欢快气氛带来了说笑打闹的自由,也打破了日常礼仪这些清规戒律的约束。

说完了螃蟹宴,再来看第四十九、五十回写的另一次类似于集体野餐的饮食活动——"脂粉香娃割腥啖膻",这是一个大雪天里,大观园众人在芦雪广举行的另一场更别致的烤鹿肉联诗大会。曹雪芹为什么要写这么一次连书中人物李婶和宝琴都深以为罕的饮食活动呢?这个问题邓云乡在

《红楼风俗谭》中谈到过他的看法。他指出,我国很早就有了猎鹿、吃鹿肉的风尚,而历朝历代中,清朝最讲究吃鹿肉,这跟八旗满洲起源于东北地区有关。东北盛产麋鹿,清人入关后,把猎鹿和吃鹿肉的习惯都带到了北京。他又引用《鄂尔泰年谱》和《林则徐日记》说明清代朝廷有每年腊月对三品以上官员赏赐鹿肉的惯例,他引用的资料主要是雍正朝、道光朝的。① 笔者在康熙御批奏折中同样看到大量当时的大臣谢赐鹿肉的奏折,② 可以佐证邓先生的这一说法。邓先生又指出,清代北京,每到冬季,大量鹿肉从东北运来,鹿肉并非难得之物。因此,小说写吃鹿肉,也是客观地反映了当时的社会生活的。③ 这一说法从生活来源的角度很好地解释了作者写这一段情节的原因。但笔者认为,除此之外,很可能还有历史文化方面的原因促使作者写了这一段情节。

从明代以来的一些记载饮食的资料来看,明清的北京,甚至包括宫廷,其实也很盛行吃羊肉,比如刘若愚的《酌中志》"饮食好尚纪略"就提到当时"凡遇雪,则暖室赏梅,吃炙羊肉、羊肉包、浑酒、牛乳"④,这里的"炙羊肉"不就是烤羊肉吗?袁枚的《随园食单》"杂牲单"也记载了"烧羊肉"这一美味。⑤ 那为什么曹雪芹不写宝玉、湘云他们吃烤羊肉呢?

窃以为,这首先当然是因为鹿肉远比羊肉要珍贵、鲜美,档次也高,符合贵族家庭的身份和地位。⑥ 吃烤羊肉则听起来有一种浓重的市井气和世俗味,有些不上档次,跟宝玉、湘云这些贵族公子与小姐们的身份太不相称了。

其次,这还应该跟鹿这种动物身上所积淀下来的文化与审美意蕴有关。在中国文化史上,长久以来,大概因为鹿类天然的美丽俊逸形象,使

---

① 邓云乡:《红楼风俗谭》之"鹿肉"条,中华书局 2015 年版,第 125、126 页。
② 中国第一历史档案馆编:《康熙朝汉文朱批奏折汇编》,档案出版社 1984—1985 年版。
③ 邓云乡:《红楼风俗谭》之"鹿肉"条,第 127 页。
④ 刘若愚《酌中志》卷六"饮食好尚纪略第二十"之"正月"条,国家图书馆藏清初抄本。
⑤ 袁枚:《随园食单》卷二"杂牲单"之"烧羊肉"条,收入王英志校点:《袁枚全集》(五)。
⑥ 袁枚:《随园食单》卷二"杂牲单"之"鹿肉"条云:"鹿肉不可轻得。得而制之,其嫩鲜在獐肉之上。烧食可,煨食亦可。"收入王英志校点:《袁枚全集》(五)。

之跟神仙隐逸之士结下了不解之缘，比如白鹿、鹿车、鹿裘、鹿皮冠、鹿皮巾这些名目都是仙人隐士的标志性配置，仙人乘白鹿更成为神仙故事中的经典要素，《列子·周穆王》中的"蕉叶覆鹿"故事更是赋予这种美丽的动物以梦幻色彩和哲理意味，《红楼梦》第三十七回写众人起别号时，探春的别号叫"蕉下客"，竟然暗合了"蕉叶覆鹿"的典故，被林黛玉一语道破，作者的这一安排应该是隐含着某种深意的。此外，鹿在古代文学作品和绘画作品中出现的频率也比较高，这就赋予了其比较丰富的文学与美学的意蕴。总之，鹿类身上所积淀的这些文化内涵使之彻底洗去了作为肉类动物所难免的世俗气息而具有了高雅的特质。因此，宝玉、湘云等人在银装素裹的大观园芦雪广大烤其鹿肉，不但不令人觉得有任何腥膻之感，反而有一种难以言喻的美感暗含其中，其奥妙恐怕就在这里了。

那么现在我们再来看小说中如何描写芦雪广的这一次烤鹿肉和联诗活动。小说先写了一夜大雪，天亮还没停歇，宝玉起来穿戴洗漱完毕，就"忙忙的往芦雪广来"：

> 出了院门，四顾一望，并无二色，远远的是青松翠竹，自己却如装在玻璃盒内一般。于是走至山坡之下，顺着山脚，刚转过去，已闻得一股寒香拂鼻。回头一看，恰是妙玉门前栊翠庵中有十数株红梅如胭脂一般，映着雪色，分外显得精神，好不有趣！宝玉便立住，细细的赏玩一回方走。只见蜂腰板桥上一个人打着伞走来，是李纨打发了请凤姐儿去的人。
>
> 宝玉来至芦雪广，只见丫鬟婆子正在那里扫雪开径。原来这芦雪广盖在傍山临水河滩之上，一带几间，茅檐土壁，槿篱竹牖，推窗便可垂钓，四面都是芦苇掩覆，一条去径逶迤穿芦度苇过去，便是藕香榭的竹桥了。①

真是好一派琼宫玉宇、天地苍茫的隆冬雪景！河滩之上的芦雪广，被四面芦苇和白雪包围着，恰似一处与世隔绝的荒寒野地。在这样的天气和

---

① 本书凡引《红楼梦》原文，皆据中国艺术研究院与红楼梦研究所校注本，人民文学出版社2022年版，不再另注。

这样的所在烤鹿肉联诗，真是绝佳的安排。而且，在这里，如果非要烤肉的话，除了烤鹿肉之外，还能烤什么呢！可以说，这样安排，人的行为跟环境景物达到了一种高度的和谐，具有了一种艺术的美感。

  再来看小说对众人烤鹿肉场景的描写。烤鹿肉，最大的乐趣，正如邓云乡所说，在于自烤自吃，这是一种带有原始遗意和草原风俗的吃法。① 烤鹿肉的发起者是宝玉和湘云，但很快平儿、探春、宝琴和凤姐等人也陆续加入，她们围着火炉儿，亲自动手，边烤边吃，乐在其中。林黛玉没有加入，但据宝钗说来，黛玉是因为体弱，吃了不消化，要不然她也爱吃。黛玉自己不吃，却故意在一边嘲笑湘云，说她作践了芦雪广这么个好所在，是芦雪广的大劫难。这时，湘云的回答很值得注意，她说："你知道什么！'是真名士自风流'，你们都是假清高，最可厌的。我们这会子腥膻大吃大嚼，回来却是锦心绣口。"湘云说的"是真名士自风流"这句话，是一句名言，出自明代洪应明的《菜根谭》，这话其实还有前半句，叫"惟大英雄能本色"。这半句，曹雪芹在第六十三回借湘云给葵官改名为"韦大英"时，特意提了出来。看起来，曹雪芹很重视这两句话所表达的人生态度。归根结底，这乃是一种在魏晋名士中盛行过的反名教、重自然的人生态度。他们中间最典型的代表是阮籍，他是曹雪芹极为推崇的人物（这从曹雪芹的字叫梦阮即可知），《世说新语》和《晋书》中记载了阮籍很多的惊世骇俗之举，都是有悖礼教，却可见出其率真自然的性情。用晋人王羲之在《兰亭集序》中的话来说，就叫作"放浪形骸之外"，不拘小节，言行放纵，这才是真正的名士风流。那么小说中所写的吃烤鹿肉，自然也要算是一种放浪形骸之外的出格之举与名士风流了。而且，对湘云来说，这还不只是"是真名士自风流"这么简单，更是她获得自由与创造力的必由之路，且看她跟李纨说的这一句话："我吃这个方爱吃酒，吃了酒才有诗。若不是这鹿肉，今儿断不能作诗。"到进入第五十回后，众人"限韵即景联诗"，果然湘云联的诗句最多。众人都笑称是那块鹿肉的功劳。这话看似是句笑谈，但作者或许正想要借此表达一番深

---

① 邓云乡：《红楼风俗谭》之"鹿肉"条，第129页。

意：烤鹿肉和吃酒，看起来只不过是一种满足口腹之欲的世俗行为罢了，却能让人借此摆脱礼教的束缚，获得自由的精神和诗意的创造力，这颇有类于一种促使人进入迷狂状态的宗教仪式。从这个意义上来看吃鹿肉这个行为，我们可以认为，它把来自白山黑水间的满族人的原始奔放自由与汉民族神仙隐逸之士的超逸洒脱的自由结合起来，并赋予了这些平日被重重礼教束缚的贵族少年男女，使他们生命中自由创造的天性得以充分地释放出来了。

虽然湘云在这里提到她吃了鹿肉才能吃酒，吃了酒才能作诗，但第四十九、五十回并没有写他们吃酒的情节。吃酒的情节到第六十二、六十三回才浓墨重彩地得以表现。第六十二回"憨湘云醉眠芍药裀"写湘云跟众人划拳，连连败北被罚，以至于喝醉，在山子后头一块青板石凳上睡着了：

> 众人听说，都笑道："快别吵嚷。"说着，都走来看时，果见湘云卧于山石僻处一个石凳子上，业经香梦沉酣，四面芍药花飞了一身，满头脸衣襟上皆是红香散乱，手中的扇子在地下，也半被落花埋了，一群蜂蝶闹穰穰的围着他，又用鲛帕包了一包芍药花瓣枕着。众人看了，又是爱，又是笑，忙上来推唤挽扶。湘云口内犹作睡语说酒令，唧唧嘟嘟说：

> 泉香而酒冽，玉碗盛来琥珀光，直饮到梅梢月上，醉扶归，却为宜会亲友。

这是书中十分著名的一段情节，其内涵之丰富，值得深入分析，此处且不必赘言。只强调一点，那就是这段文字跟湘云吃鹿肉那一段虽然相隔比较远，但彼此之间却有着紧密的关联：吃鹿肉吟诗，刻画的是湘云自由自在、无拘无束的自由天性，但在这里，她划拳吃酒，则进一步表现出她英豪阔大的性格，她喝酒至于沉醉，竟醉眠石凳之上，则更加脱略形骸，彻底摆脱了当时的世俗礼仪对女性的约束，恣意地展露出了青春少女热烈丰腴的生命之美。而这，完全是饮酒所带来的一个最直接的"后果"。在此，这个"后果"只跟湘云一人有关。但到第六十三回"寿怡红群芳开夜宴",所写的醉酒行为就跟众人都有关了:先是大观园众人在怡红院纵情饮酒行令,到二更天,探春、黛玉等人离去后,宝玉又跟怡红院众人继续行令饮酒至四更天,最后都吃得大醉,便胡乱睡下了:

> 大家黑甜一觉,不知所之。及至天明,袭人睁眼一看,只见天色晶明,忙说:"可迟了。"向对面床上瞧了一瞧,只见芳官头枕着炕沿上,睡犹未醒,连忙起来叫他。……那芳官坐起来,犹发怔揉眼睛。袭人笑道:"不害羞,你吃醉了,怎么也不拣地方儿乱挺下了。"芳官听了,瞧了一瞧,方知道和宝玉同榻,忙笑的下地来,说:"我怎么吃的不知道了。"……袭人笑道:"……昨儿都好上来了,晴雯连臊也忘了,我记得他还唱了一个。"四儿笑道:"姐姐忘了,连姐姐还唱了一个呢。在席的谁没唱过!"众人听了,俱红了脸,用两手握着笑个不住。……(这时平儿来怡红院)问:"你们夜里做什么来?"袭人便说:"告诉不得你。昨儿夜里热闹非常,连往日老太太、太太带着众人顽也不及昨儿这一顽。一坛酒我们都鼓捣光了,一个个吃的把臊都丢了,三不知的又都唱起来。四更多天才横三竖四的打了一个盹儿。"

这段话里袭人说的"一个个吃的把臊都丢了,三不知的又都唱起来",这一句话值得特别注意,因为它十分生动地道出了饮酒这一行为所带来的一个结果:那就是打破日常礼仪的束缚和人的自我约束,甚至消除了人性本能的羞涩感,或者换个说法,饮酒让人的情感、思想与行为进入自由与放纵之境,击碎了现实中与人们头脑中的种种界限、等级和成见。借用南宋著名词人张元幹《瑞鹧鸪》中的两句词,那就是:"雨后飞花知底数,醉来赢取自由身。"醉了,就可以抛开一切烦恼和束缚,获得短暂的身心自由。这种感受,魏晋以来的文人有过很多精彩生动的表达,最著名的自然莫过于魏晋名士刘伶的《酒德颂》,其中写到某大人先生"唯酒是务,焉知其余",于是就有两位礼法之士跑来辩论他这样做的是非:

> 先生于是方捧罂承槽,衔杯漱醪;奋髯踑踞,枕曲藉糟;无思无虑,其乐陶陶。兀然而醉,豁尔而醒。静听不闻雷霆之声,熟视不睹

泰山之形。不觉寒暑之切肌，利欲之感情。俯观万物，扰扰焉，如江汉之载浮萍；二豪侍侧焉，如蜾蠃之与螟蛉。①

著名诗人陶渊明的《连雨独饮》对这种饮酒的乐趣有更精辟的概括：

> 故老赠余酒，乃言饮得仙。试酌百情远，重觞忽忘天。天岂去此哉，任真无所先。②

而唐代大诗人杜甫的《饮中八仙歌》则更为后代的读者所熟知：

> 知章骑马似乘船，眼花落井水底眠。汝阳三斗始朝天，道逢曲车口流涎，恨不移封向酒泉。左相日兴费万钱，饮如长鲸吸百川，衔杯乐圣称避贤。宗之潇洒美少年，举觞白眼望青天，皎如玉树临风前。苏晋长斋绣佛前，醉中往往爱逃禅。李白一斗诗百篇，长安市上酒家眠。天子呼来不上船，自称臣是酒中仙。张旭三杯草圣传，脱帽露顶王公前，挥毫落纸如云烟。焦遂五斗方卓然，高谈雄辩惊四筵。③

如果借用一个西方文论的术语，是不是也可以说，他们这些诗文表达的就是中国古代悠久的酒神精神？在酒的作用下，人们可以抛开世俗的礼法、功利和荣辱，进入生命的自由之境。尼采在《酒神世界观》中说过这样一段话：

> 在这两种状态（醉与迷狂）中，principium individuationis（个体化原理）被彻底打破，面对汹涌而至的普遍人性和普遍自然性的巨大力量，主体性完全消失。酒神节不但使人与人结盟，而且使人与自然和解。……贫困和专制在人与人之间设置的一切等级界线皆已泯灭，奴隶成为自由人，贵族和贱民统一为同一个巴克斯（即酒神）合唱队。人群越聚越多，到处传播着"大同"福音，每个人皆已忘言废步，载歌载舞地表明自己是一个更高更理想的共同体的成员。④

---

① 萧统编，李善注：《文选》卷四十七"颂"，上海古籍出版社1986年版，第2099页。
② 袁行霈：《陶渊明集笺注》，中华书局2003年版，第125页。
③ 仇兆鳌：《杜诗详注》卷二，中华书局1979年版，第81—84页。
④ 尼采：《酒神世界观》，收入周国平译：《悲剧的诞生》，译林出版社2014年版，第171页。

如果借用这段话来阐述湘云醉眠和怡红院众人醉酒的意义，"虽不中，不远矣"。

在此基础上，第四十回、四十一回"史太君两宴大观园"中写到的刘姥姥醉卧怡红院这一情节也就同样值得我们注意了。

这两回主要写贾母在大观园两番宴请刘姥姥，刘姥姥以她村野之人的憨厚朴拙把贾府众人都逗得乐不可支，造成了近乎狂欢般的快乐场面，刘姥姥也被凤姐和鸳鸯合谋灌了不少酒。酒后，众人又在贾母率领下，先到栊翠庵品茶，这里值得我们注意的一个细节是素有洁癖的妙玉嫌刘姥姥脏，把她喝过茶的一只珍贵成窑杯子打算丢掉不要了，但宝玉把杯子要了过来，准备送给刘姥姥，叫她卖了度日。接下来，刘姥姥因为吃酒坏了肚子如厕，从厕所出来迷了路，误入怡红院，扎手舞脚睡倒在宝玉卧床上，鼾声如雷，弄得一屋的酒屁臭气。幸被袭人及时发现，加以遮掩才罢。此前的第四十回中，曾写到贾母带领刘姥姥等人去探春屋里小坐，贾母开玩笑说不能坐太久，她姊妹们都不喜欢人来坐，怕脏了屋子。探春连忙笑着辩解，贾母又说探春很好，只有两个玉儿可恶，回头吃了酒，偏上他们两个屋里闹去。请注意，贾母这句玩笑话透露出了大观园众姐妹和宝玉都是颇有洁癖的，而尤以宝玉和黛玉为重。这里又横空杀出一个妙玉，其洁癖远过于"两个玉儿"。

小说第四十回、四十一这两回集中写了刘姥姥对大观园中洁癖最重的两个人物——妙玉和宝玉的冒犯，这很显然是出自作者极具匠心的一个安排。妙玉的洁癖，体现在她的生活方式上，她连喝个茶都那么讲究，要用最洁净的梅花上的雪水来冲泡，她对刘姥姥的厌恶自然也暗含着她对刘姥姥所代表的那么一种不洁净，更谈不上高雅精致的乡村生活方式的排斥；而宝玉的洁癖，最典型的表现自然是他对纯洁天真、未染尘滓的少女的无条件的热爱与对已经出嫁、涉世已深的中老年女性的深恶痛绝。因此，他的洁癖的本质乃是对人的社会性，包括对人的异化的排斥上——他们这种厌恶与排斥的情感，在宗教哲学的意义上，比如佛教的某些宗派看来——其实也是一种"脏"，一种精神意识层面上的"脏"。如今，曹雪芹让刘姥姥在酒后先是无意中冒犯了妙玉，接着又在酒力的作用之下，粗暴地侵入了宝玉的生活领地——怡红院。宝玉本来就很厌恶那些成了"死珠子"和"死鱼眼睛"的老婆子,现在这么个老婆子不但闯入了他的怡红院,还公然在他的卧榻之上酣然入睡,弄了一屋的酒屁臭气,连袭人看到了,也吃"这一惊不小"。

那么这一段情节,究竟有何深意呢?这一问题自来少有人深究。笔者目前只看到台湾大学的欧丽娟教授对此有过比较深入的分析。她借用德国心理学家埃利希·诺伊曼的"大母神原型分析"理论来剖析元春、王夫人、贾母和刘姥姥这几位女性人物的文化内涵,她指出:刘姥姥身上展现出一种具有原始生命力的大地气息,是一位真正的大地之母。她酒后在大观园中的种种表现(包括排泄秽物和醉卧怡红院),都可以从神话学意义上的母体复归和污泥生殖这两个层面来进行阐释。她醉后的表现,给大观园中有着很深洁癖的公子小姐们展示出了他们所极力回避也极其厌憎的人生的另一面。① 她的这些观点,为理解刘姥姥醉酒情节的意义提供了令人耳目一新的视角,颇具启发性。笔者在此尝试着更进一解,作为对欧教授上述解释的一个补充。

酒的力量,能让人们有勇气去挑战礼法秩序和思想权威。酒后的刘姥姥,以一介乡村老妪的身份来挑战高蹈出尘的贵族公子小姐,或者换个说法,以所谓肮脏来挑战所谓洁净。而当这些有洁癖者拒绝所谓肮脏的时候,肮脏其实离他们也并不遥远,甚至是他们的生活和自身身体的一部分。而鄙弃和逃避这种肮脏,不管对于"槛外人"的妙玉还是"槛内人"的宝玉来说,反而会成为他们心性上的一个污迹,妨碍了他们精神上真正的开悟和解脱。这正如《维摩诘经》"佛道品第八"这段话中所包含的道理:

> 若见无为入正位者,不能复发阿耨多罗三藐三菩提心。譬如高原陆地,不生莲华,卑湿淤泥乃生此华,如是见无为法入正位者,终不复能生于佛法,烦恼泥中,乃有众生起佛法耳。又如殖种于空,终不得生,粪壤之地,乃能滋茂,如是入无为正位者,不生佛法,起于我

---

① 欧丽娟:《大观红楼(2)》第七章,北京大学出版社 2017 年版,第 505、508、515 页。

见如须弥山,犹能发于阿耨多罗三藐三菩提心,生佛法矣。是故当知,一切烦恼,为如来种。譬如不下巨海,不能得无价宝珠,如是不入烦恼大海,则不能得一切智宝。①

从污泥之中才能生出美丽的莲花,从粪土之中才能长出繁茂的草木,从生活的烦恼之中,人才能获得真正的启迪和升华。如果妙玉和宝玉连这个道理都不懂,一味抗拒肮脏和烦恼,他们又如何能获得真正的开悟呢?

可见,曹雪芹笔下的一饮一食中无不蕴含着很深的哲理,值得我们去仔细地体会。那么,在"栊翠庵茶品梅花雪"这一段中,如果我们把目光聚焦在品茶这一行为上,是不是还会发现更多的文化内涵呢?

(三)"茶品梅花雪"的文化与佛学内涵

如上所言,《红楼梦》不仅写了各种美食,也写了饮酒饮茶。上一节探讨了美食和酒的问题,这里再来说一下饮茶的问题。虽然《红楼梦》中多次写到过饮茶,但最精彩的描写还要数第四十一回的"栊翠庵茶品梅花雪"。可以说,这一段描写,不仅写出了古代茶文化的精髓,而且表达了更深刻的思想意蕴。

这一段中,关于饮茶的描写,让人印象十分深刻的主要是如下三个方面:

1. 辨水能力之重要

小说中写妙玉给贾母等人泡茶,用的是"旧年蠲的雨水",这是妙玉自己说出来的,贾母等人当然吃不出这个水的味道。接下来,妙玉悄悄带着黛玉和宝钗去旁边的耳房内喝"梯己茶",宝玉也跟了来。妙玉亲自烧滚了水,给他们另泡了一壶茶。"宝玉细细吃了,果觉轻浮无比,赏赞不绝。"这时:

黛玉因问:"这也是旧年的雨水?"妙玉冷笑道:"你这么个

---

① 鸠摩罗什译,僧肇注:《维摩诘所说经》卷第五"佛道品第八",国家图书馆藏明刻本。

人,竟是大俗人,连水也尝不出来。这是五年前我在玄墓蟠香寺住着,收的梅花上的雪,共得了那一鬼脸青的花瓮一瓮,总舍不得吃,埋在地下,今年夏天才开了。我只吃过一回,这是第二回了。你怎么尝不出来?隔年蠲的雨水那有这样轻浮,如何吃得。"黛玉知他天性怪僻,不好多话,亦不好多坐,吃完茶,便约着宝钗走了出来。

我们看到,林黛玉也没吃出妙玉特意给她另泡的茶水的味道来,因此遭到了妙玉的嘲笑。这里以颇为高明的对比衬托手法写出了妙玉喝茶用水有多么地讲究,而且,她能辨别出雨水与雪水的不同味道来,味觉如此敏锐,这就令人感到颇有些不可思议了。但是,这一段情节却并非完全出自作者的夸张虚构,而是有着古代茶文化的真实历史作为其依据的。

饮茶首重用水。从唐代陆羽开始,一直到明清的饮茶人,都把水按优劣分出等次,据说陆羽把他所知天下的水分成二十等,第一等是庐山康王谷的泉水,第二等是无锡惠山寺的泉水,最末的第二十等是雪水。[①] 清代袁枚《随园食单》则说:"欲治好茶,先藏好水。水求中泠(即扬子江中南零水——引者)、惠泉。人家中何能置驿而办?然天泉水、雪水,力能藏之。"[②] 清人王士雄《随息居饮食谱》也说:"雨雪之水,皆名天泉,其质最清,其味最淡,杭人呼曰淡水,瀹茗最良。"[③]

从前人的论述来看,雨水和雪水似乎并非泡茶之最上等用水,但很显然,妙玉推崇雪水,是取其洁净和味淡,这正体现出妙玉过人的洁癖和与众不同的品味。

给水定等级的前提,是要能精细地区分出不同的水的味道,古人对此有很多带有神秘色彩的记载:如易牙(春秋时齐桓公的厨师)能分出齐国淄、渑二水水味之差别;[④] 茶圣陆羽在扬州驿遇到一位朋友,朋友请他烹茶,特意派人去取扬子江中南零水,取水人在船上不慎倾覆其半,以岸边

---

① 张又新:《煎茶水记》,《丛书集成初编》本第1476册,中华书局1991年版,第2、3页。
② 袁枚:《随园食单》之"茶酒单",收入王英志校点:《袁枚全集》(五),第95页。
③ 王士雄:《随息居饮食谱》"水饮类",天津科学技术出版社2003年版,第2页。
④ 许维遹:《吕氏春秋集释》卷十八"精谕",中华书局2009年版,第483页。

水补足之，竟被陆羽察觉。① 中唐李德裕令亲友在镇江取金山下扬子江中泠水，此人醉酒遗忘，醒时已至建业石头城下，遂取该处水，李饮之，觉其绐己也。②《警世通言》中"王安石三难苏学士"一篇中提到：王安石命苏轼帮他取长江三峡中峡水泡茶，苏轼经过三峡时困倦睡去，醒来已到下峡，遂取下峡之水。王安石泡茶时发觉。苏轼大惊，王安石解释说：上峡水性太急，下峡太缓。惟中峡缓急相半。用来烹茶，上峡味浓，下峡味淡，中峡浓淡之间。今见茶色半晌方见，故知是下峡。这个故事可能是根据李德裕故事虚构出来的。明人张岱《陶庵梦忆》卷三"闵老子茶"则记载了他自己精于辨水的故事，说他在南京著名茶叟闵汶水处饮茶，能辨出他所用水之味道：

> 余问："水何水？"曰："惠泉。"余又曰："莫绐余！惠泉走千里，水劳而圭角不动，③ 何也？"汶水曰："不复敢隐。其取惠水，必淘井，静夜候新泉至，旋汲之。山石磊磊藉瓮底，舟非风则勿行，故水之生磊，即寻常惠水，犹逊一头地，况他水耶！"又吐舌曰："奇，奇！"④

闵汶水用特殊方式汲取并贮存了著名的无锡惠泉水，用船运至南京，这水的味道就跟普通的惠泉水有了不同，而这一点不同，竟然被张岱给品出来了，这真是相当神奇的一种本领了，怪不得连闵汶水都要连连称"奇"了。所以，妙玉能分别出雨水跟雪水的细微差别，足见其味觉的灵敏与茶道上的精深造诣了。

除了水，饮茶者对茶味自然也应有很高的鉴别力。宋代彭乘辑撰的《墨客挥犀》载北宋蔡襄善别茶，后人莫及，以至于"议茶者莫敢对公发言"。⑤ 张岱《陶庵梦忆》卷三"闵老子茶"这一条也记载了张岱精于鉴

---

① 张又新：《煎茶水记》，《丛书集成初编》本第1476册，第2页。
② 《中朝故事》卷上，陶敏主编：《全唐五代笔记》第四册，三秦出版社2012年版，第3003页。
③ 指水远道取来，味道仍然生鲜清洌。下文的"生磊"也应是此意。闵汶水取水时，把石头放在水中，以石养水，让水保持原味和清澄。
④ 张岱：《陶庵梦忆 西湖梦寻》，中华书局2007年版，第38页。
⑤ 《墨客挥犀》卷四、卷八，中华书局2002年版，第325、371页。

别茶味的故事。因为《红楼梦》没有刻意表现这方面的内容，这里也就不再多谈了。

2. 以品茶能力定人之雅俗

古人很看重饮茶者对茶味的辨别能力，甚至以此来定人之雅俗。栊翠庵品茶这一段中，黛玉因为没喝出雨水与雪水的差别，竟然被妙玉嘲笑说她是个"大俗人"，这不得不令人深感意外。目无下尘、高洁脱俗的"世外仙姝"林黛玉，按说无论如何也不会是一个俗人，现在却成了个大俗人，原因就是她不懂喝茶，分辨不出水的味道来，这是不是有点太夸张了呢？其实，这一情节也不是空穴来风，而是有着一定的历史渊源的。

明人顾元庆所辑《云林遗事》记载了元代大画家倪瓒的一个故事，说此公素好饮茶，在惠山中，用核桃、松子肉和真粉（即绿豆淀粉），团成小块如石状，置茶中，名曰清泉白石茶。有一天，宋宗室赵行恕来访，倪瓒命童子供茶。行恕连啜如常，倪瓒怒曰：吾以子为王孙，故出此品，乃略不知风味，真俗物也。自是绝交。①倪瓒因为朋友不懂喝茶，便斥之为俗物，与之绝交。曹雪芹笔下的妙玉，不正跟此公如出一辙吗？

跟倪瓒故事相对应的，是张岱的一次亲身经历。《陶庵梦忆》卷三"闵老子茶"一条记载，他因为精于赏鉴茶味，受到茶道高手闵汶水的极口称道，二人也因此而订交，成了好朋友。②

由此可见，古代饮茶者把饮茶当成了跟听琴相类似的行为，通过这一行为来寻找同道和知音。明代许次纾的《茶疏》在"论客"条也专门说到，只有遇到了"素心同调，彼此畅适"的朋友，才可"酌水点汤"，一起品茶，而不能跟所谓"野性人"一起喝茶。③所以，我们看到妙玉客套地给贾母、刘姥姥等人上茶之后，便悄悄带着黛玉、宝钗单独另去品茶，这说明她对茶友是要严格甄选的，只有能入她法眼的人才有资格跟她同品好茶，可惜黛玉等人也跟她不在同一个层次上，妙玉对此大概是颇有

---

① 陶珽辑：《说郛续》卷二十一第三叶 A 面，中国国家图书馆藏明刻本。
② 张岱：《陶庵梦忆 西湖梦寻》，中华书局 2007 年版，第 38 页。
③ 宋一明译注：《茶经译注（外三种）》之《茶疏》，上海古籍出版社 2009 年版，第 142 页。

些失望的。

那么宝玉呢？他也未能幸免妙玉无情的嘲笑。原因就在于他表示他可以喝完一大海的茶，于是妙玉笑道："你虽吃的了，也没这些茶糟踏。岂不闻'一杯为品，二杯即是解渴的蠢物，三杯便是饮牛饮骡了'。你吃这一海便成什么？"因此妙玉执壶，只向海内斟了约有一杯。宝玉细细吃了，赏赞不绝。这里描写的是如何品茶的具体讲究，这在明人许次纾《茶疏》的"饮啜"条也有明确论述：

> 所以茶注欲小，小则再巡已终，宁使余芬剩馥，尚留叶中，犹堪饭后供啜嗽（应作"漱"——引者）之用，未遂弃之可也。若巨器屡巡，满中泻饮，待停少温，或求浓苦，何异农匠作劳，但需涓滴？何论品尝，何知风味乎？①

3. 茶器之讲究

历代茶经类著作对此都有论述。如陆羽《茶经》"四之器"的"碗"条云：

> 越州上，鼎州次、婺州次；岳州次，寿州、洪州次。或者以邢州处越州上，殊为不然。若邢瓷类银，越瓷类玉，邢不如越一也；若邢瓷类雪，则越瓷类冰，邢不如越二也；邢瓷白而茶色丹，越瓷青而茶色绿，邢不如越三也。……寿州瓷黄，茶色紫；洪州瓷褐，茶色黑；悉不宜茶。②

张岱《陶庵梦忆》卷三"闵老子茶"条记载，张岱在闵汶水的茶舍看到的茶器有"荆溪壶、成宣窑磁瓯十余种，皆精绝"，"灯下视茶色，与磁瓯无别"。荆溪壶就是后来著名的宜兴紫砂茶壶的前身，成窑、宣窑则是明代宣德、成化年间著名的景德镇官窑，烧制的瓷器以精美细腻而闻名。很显然，闵汶水对茶器是十分讲究的，这直接继承了陆羽的饮茶精神。

---

① 宋一明译注：《茶经译注（外三种）》之《茶疏》，第141页。
② 宋一明译注：《茶经译注（外三种）》之《茶经》，第27、28页。

《红楼梦》写妙玉的茶器同样令人印象深刻：她给贾母等人上茶用的是海棠花式雕漆填金云龙献寿的小茶盘、成窑五彩小盖钟、官窑脱胎填白盖碗，给黛玉和宝钗用的是瓟斝和点犀盉，给宝玉用的是九曲十环一百二十节蟠虬整雕竹根的一个大盉以及一只绿玉斗。其中"瓟斝"这件器物上镌着"晋王恺珍玩"，又有"宋元丰五年四月眉山苏轼见于秘府"一行小字，看起来，这竟是一件千年的"古玩奇珍"了。如果是真的，① 自然是价值连城了。至于那只"成窑五彩小盖钟"，据学者考证，这是明代成化年间江西景德镇的官窑所出瓷器，到清代已经是百金难求，到今天则已经价值千万以上。② 妙玉用这件瓷器来给客人泡茶，本就已经令人叹为观止了，更令人瞠目结舌的是，她竟然因为刘姥姥用过这杯子，嫌脏，打算弃之不用了。这自然表现出妙玉近乎严苛的洁癖，这一点前文已论，此处不再赘述。有学者把历史上曹家的真实情况跟小说所写的贾府加以对比之后指出，小说动则写贾府使用汝窑、定窑、官窑、成窑的瓷器，这显然是一种文学的夸张手法。故作者对妙玉所用茶器的描写，自然也是一种夸张。③ 但其中所反映的古代茶道重视茶器的文化传统则是完全真实的。

　　4. 茶禅一味与人物塑造

　　胡文彬在他的《〈红楼梦〉与中国文化论稿》中提出过一个问题：为什么《红楼梦》中唯一一次大型品茶活动会安排在栊翠庵？他给出的答案是：这跟中国古代的茶道起源于寺庙有着密切的关系。④ 这一答案没有

---

① 沈从文：《"瓟斝"和"点犀盉"——关于〈红楼梦〉注释一点商榷》指出："瓟斝"是明代以来南方士绅阶层中流行的一种仿古"葫芦器"或"匏器"，至清代，成为北京宫廷贵族好尚；"点犀盉"则为宋明以来流行的一种犀角杯，也是贵重器皿。小说中所说王恺珍玩、东坡鉴赏，只是一种讽刺打趣，不能当真。此外，两件器物的名称则用了谐音、会意手法，以讽刺妙玉的假风雅、假清高。沈先生还指出成窑五彩小盖钟不应是真的，应为康熙时代的仿制品。原文载《光明日报》1961 年 8 月 6 日，收入《沈从文说文物·器物篇》，重庆大学出版社 2014 年版。另，邓云乡《假古董》一文认为这两样器物其实就是曹雪芹故意妆点而成的"假古董"，见《红楼风俗谭》，中华书局 2015 年版。

② 邓云乡《假古董》一文考察了这种成窑五彩盖钟在明清时期的价格。见《红楼风俗谭》，第 476、477 页。侯会：《物欲〈红楼梦〉：清朝贵族生活》也论及这一问题，中华书局 2016 年版，第 80、81 页。

③ 侯会：《物欲〈红楼梦〉：清朝贵族生活》，第 76—84 页。沈从文和邓云乡都指出了曹雪芹写妙玉茶器之用意，参见前揭二位先生之文。

④ 胡文彬：《〈红楼梦〉与中国文化论稿》，中国书店 2005 年版，第 525 页。

错，但失之过简，这里结合相关领域学者的研究做进一步阐述。

茶真正引入佛门并发挥其不可替代之作用始于唐代，但并未与佛徒禅修在精神层面产生密切之互动，仍不免局限在茶的自然物性上，即"荡昏寐，饮之以茶"。随着茶事的不断发展，人们逐渐从精神层面来理解茶性及其功用。陆羽的《茶经》就是其中的重要一环。随着茶事在佛门的盛行和普遍，饮茶亦渐次由帮助禅修而成为禅门的一种重要规制。在这一过程中，茶与禅的关系进一步加深。其背后隐伏着两条历史脉络：一条脉络是茶道的日益精湛化和随之而来的人们饮茶方式的转变，尤其是宋代以来点茶法的出现和流行，体现的是茶在人们的日常生活中所具有的审美意向，代表了一种即世间而超世间的生活态度，展示了精神生活的深层追求，使之从日常生活的尘嚣和世俗琐事的嘈杂中摆脱出来。这也正是茶在北宗禅的影响下所呈现出来的意义，但还没有真正在宗教超越意义上与禅融合在一起。随着禅门的分化与思想的分流，茶逐渐在南宗禅这儿呈现出无上妙用。南宗禅更带有入世化倾向，既沿袭了禅门以茶作礼的习惯，更把一种纯粹宗教性的精神信仰融入日常生活的人伦日用之中。以一种超越性的眼光审视茶，超世间而即世间，打破了超世间与世间的绝对界限，使茶具备了形下与形上的双重意义。茶在禅门公案中的记载多见于马祖道一一系的禅僧语录，其中赵州从谂禅师开创的"吃茶去"公案成为这一系高僧接引开化众人的一种方式。[①]

可以说，饮茶参悟象征着南宗禅（尤其是马祖道一所创洪州宗）主张在日常生活的行住坐卧、待人接物中领悟禅理的主张。所谓"平常心是道"，所谓"饥来吃饭，困来即眠"，都是强调在日常生活的行住坐卧饮食之中去参禅悟道。这里所说的"平常心"，即平常生活中所具有的根本心，是与禅道和真理一体、须臾不相离的。日常生活中处处有禅，头头是道，物物全真。若能随顺心性，纯任本然，自然就可明心见性，参悟佛理的真谛。[②]

[①] 谷文国、汤月娥：《谁之禅？何种味？——对"禅茶一味"的哲学反思》，载《内蒙古师范大学学报》，2019年第4期。

[②] 方立天：《中国佛教哲学要义（下卷）》，宗教文化出版社2014年版，第822、823页。

饮茶以清促悟，令人凝神静虑，恬淡闲适，静谧平和，这在一定程度上跟禅境也是相通的。因此，到宋代就有僧人提出了著名的"茶禅一味"之说，但其基本含义则在中晚唐时期就已经形成了。①

由此，我们再来看栊翠庵品茶这一段情节，作者的用意就比较清楚了。妙玉作为一个出家人，看上去又是一个饮茶的高人，按说她应该对禅理和茶道都有十分精深的领悟。但从她招待众人饮茶时的种种表现来看，她有着强烈的执着心和分别心，既未得饮茶之真意，更未得禅理之真意。她修行多年，连佛教色空的基本教义都毫无领会；而且，她显然也缺乏佛教所主张的众生平等观念，宝玉开玩笑说出的那句"世法平等"，② 看来也并非作者的无心之言，而应该是在讽刺妙玉严重背离了佛法的基本精神。至此，我们再来看妙玉判词中所说的"欲洁何曾洁，云空未必空"这两句，其意思便昭然若揭了。曹雪芹用茶禅一味这一文化背景来反衬妙玉的为人，表现她的言行跟禅茶精神的矛盾。归根结底，则是通过饮茶这一行为来深刻揭示妙玉这个人物的精神世界，也表现作者对茶道禅理的一番精深领悟。

应该说，在中国的古典小说中，能把饮食描写的文学功能与哲理意蕴发展到如此高妙境地的，《红楼梦》乃是绝无仅有的了。

---

① 潘林荣：《"茶禅一味"考辨》，载《农业考古》1994年第2期。
② 《金刚经》第二十三品作"是法平等无有高下"，乃指诸法平等之义。

第六章　历史退化论、末世论与《红楼梦》中的末世图景

当代著名作家王蒙曾指出：从情思上来说，《红楼梦》全书有一种人生的悲剧意识，有一种社会的没落意识，还有一种宿命意识，最后又有一种超越意识。所谓社会的没落意识，在他看来，是指一个贵族家庭无可挽回地走向没落的必然的命运。[①]这一说法可以说相当敏锐地抓住了《红楼梦》所表达出来的一个重要的主题思想，具体说来，那就是历史退化论与末世论的思想。这一思想在中国文化中有着深厚的根基，曹雪芹显然受到了这一思想的很大影响，他也从自己的人生经历和诸多贵族家庭（包括他自己的家族）的历史中深切地领悟到了这一思想，并通过小说的艺术世界对之予以了全面而深入的表现。

第一节　历史退化论与末世论思想的渊源

"末世"是指一个朝代、家族以至天地的衰败时期。作为一个词语，它出现得比较早，比如《周易·系辞下》云："《易》之兴也，其当

[①] 见《作为小说的〈红楼梦〉》一文，收入王蒙：《双飞翼》，生活·读书·新知三联书店1996年版，第144、145页。

殷之末世，周之盛德邪?"①《史记·太史公自序》云："末世争利，维彼奔义。"②

但在中国古代，有关"末世论"的系统理论表述并不多。东汉民间宗教太平道的经书《太平经》曾宣扬末世论，抨击当世，预言天下将大乱，发生战争、瘟疫，死者相藉，改朝换代。甚至认为末世到来，天地也要大坏，回到混沌的状态，然后一切重新开始。③

历史退化论则在中国古代思想中很早就有过比较明确的表述。冯友兰《中国哲学史新编》第十一章第八节"《老子》的历史哲学及其理想社会"指出，《道德经》三十八章中有这么一段论述：

> 故失道而后德，失德而后仁，失仁而后义，失义而后礼。夫礼者，忠信之薄，而乱之首。

这表达的就是历史与社会发展的退化论：

> "无为"和"有为"、自然和伪，是《老子》区别社会中的善恶的标准。属于自然和无为的是善；属于伪和有为的是恶。它认为可悲的是历史的过程是一个从"无为"倒退到"有为"的过程，整个的社会，时时刻刻都在退化，在这个过程中，善的美的东西一步一步地失去，代之以恶的、丑的东西。④

《论语·泰伯》的后四则对尧、舜、禹极力称道，也隐含着历史退化论的思想，即上古时期的社会与圣人都是完美的，而后世则每况愈下，不如上古时期。

《庄子·应帝王》有"有虞氏（舜）不及泰氏（伏羲）"一段话，⑤冯友兰认为这段话的意思是指"社会越变越坏"，类似《老子》所

---

① 黄寿祺、张善文：《周易译注》（修订本），第537页。
② 司马迁：《史记》卷一百三十"太史公自序第七十"，中华书局1982年版，第3312页。
③ 参见冯友兰：《中国哲学史新编》第三十五章第四节"《太平经》的天地周期论"，人民出版社2007年版，第305页。经文原文见于杨寄林译注：《太平经》，中华书局2013年版，第3、11、15页。
④ 冯友兰：《中国哲学史新编》第十一章第八节，第250页。
⑤ 王先谦：《庄子集解》卷二，收入《诸子集成》第3册，上海书店1986年版，第48页。

讲的"失道而后德，失德而后仁"。①

这种思想在后代也仍有人加以表述。《列子·黄帝》言禽兽"太古之时，则与人同处，与人并行；帝王之时，始惊骇散乱矣；逮于末世，隐伏逃窜，以避患害"。②

冯友兰《中国哲学史新编》论北宋邵雍《皇极经世》的《观物内外篇》时说：

> ……但就我们这个天地的总的趋势看，社会有走下坡路的情况。这是因为这个天地的最好的时代已经过去了。它的坏时代已经逼近了，譬如下午的太阳虽仍然光辉夺目，但已经开始西斜了。又好比一朵盛开的花，虽仍颜色鲜艳，但已经开始衰谢了。他认为这种情况，从政治上看，是相当清楚的。

邵雍认为有四种政治，即皇、帝、王、伯（霸）。他说："用无为，则皇也。用恩信，则帝也。用公正，则王也。用知力，则伯也。霸以下则夷狄，夷狄而下是禽兽也。"③ 这四种政治中，无为而治的"皇"是最高的，最理想的，最完善的。以下三种，依次下降，到了用智力而治的"霸"，就无可再降了。再降下去就不成为政治了。邵雍的这个意思，就是老聃所说："失道而后德，失德而后仁，失仁而后义，失义而后礼。"邵雍认为：从秦汉以后，社会就走上了下坡路，其中间出现的朝代，虽然也有些比较好的，但充其量也不过是不完全的"王治"，总的说起来是一代不如一代。④

北宋理学家程颐的思想中也有历史退化论的成分，如：

> 若论天地之大运，举其大体而言，则有日衰削之理，如人生百年，虽赤子才生一日，便是减一日也。形体日自长，而数日自减不相害也。

> 圣王既不复作，有天下者，虽欲仿古之迹，亦私意妄为而已。

---

① 冯友兰：《中国哲学史新编》第十四章第六节"倒退的社会观"，第322页。
② 张湛：《列子注》卷二，收入《诸子集成》第三册，第27页。
③ 邵雍：《观物外篇》下之中，收入《邵雍集》，中华书局2010年版，第159页。末句见于道藏本。
④ 冯友兰：《中国哲学史新编》第五十一章第七节，第77、78页。

> 先王之世，以道治天下，后世只是以法把持天下。
>
> 三代之治，顺理者也。两汉以下，皆把持天下者也。①

《中国哲学史新编》第五十三章第七节"张载的政治社会思想"述及张载主张恢复三代宗法及宗子制度。宗子之法立长子为继承人，父亲既死，一切家产都归长子继承，不由众子均分，祭祀之事也归长子负责，这个长子就叫宗子。这样一个家就可以世世代代传下去，不至于分散。秦汉以前，诸侯及大小贵族，都是这样世袭的。汉初一段时间分封制和郡县制并行，后来因诸侯王国太难制，中央政权想了一个办法，准许诸侯王可以把其国分给众子，使大国变为小国，以分其力。一个地主的土地经过几代，子孙所分得的就越来越少了。一个地主的家，经过几代，就不成其为地主。一个位至卿相的大官，死后也不能维持他家的原来状况和地位。张载的《经学理窟·宗法》云：

> 宗子之法不立，则朝廷无世臣。且如公卿一日崛起于贫贱之中以至公相，宗法不立，既死遂族散，其家不传。……今骤得富贵者，止能为三四十年之计，造宅一区及其所有，既死则众子分裂，未几荡尽，则家遂不存，如此则家且不能保，又安能保国家！②

他指出了家族的历史中也同样存在着的历史退化趋势，这有助于我们理解《红楼梦》中贾府这样的大家族为什么难以避免败落命运的深层原因。此外，朱熹的思想中也包含了历史退化论的思想，这里就不必一一赘述了。

《红楼梦》第十五回《王凤姐弄权铁槛寺 秦鲸卿得趣馒头庵》中一段文字的脂批就提到了这一问题：

> 原来这铁槛寺原是宁荣二公当日修造，现今还是有香火地亩布施，以备京中老了人口，在此便宜寄放。其中阴阳两宅俱已预备妥

---

① 这四句话依次出自《程氏遗书》卷十八、《河南程氏经说》卷四、《程氏遗书》卷一、《程氏遗书》卷十一，《二程集》，中华书局2004年版，第200、1124、4、127页。

② 张载：《经学理窟》卷之一"宗法"，国家图书馆藏明嘉靖刻本。或见《张载集》，中华书局1978年版，第259页。

贴,(大凡创业之人,无有不为子孙深谋至细。奈后辈仗一时之荣显,犹为不足,另生枝叶,虽华丽过先,奈不常保,亦足可叹,争及先人之常保其朴哉!近世浮华子弟齐来着眼。)好为送灵人口寄居。不想如今后辈人口繁盛,其中贫富不一,或性情参商,(所谓"源远水则浊,枝繁果则稀"。余为天下痴心祖宗为子孙谋千年业者痛哭。)有那家业艰难安分的,便住在这里了;有那尚排场有钱势的,只说这里不方便,一定另外或村庄或尼庵寻个下处,为事毕宴退之所。(真真辜负祖宗体贴子孙之心。)①

其中"源远水则浊,枝繁果则稀"这一句,很明显,包含着大家族退化论的思想。

第二节 明清小说对退化论与末世论的表达

通过情节来表现退化论与末世论,早在明代的长篇小说中即已出现了。比如嘉靖本《三国志通俗演义》,写了东汉的衰微和覆亡,也写了魏蜀吴三国的兴起和覆灭。虽然后来的毛评本《三国演义》一开始表达的乃是"分久必合,合久必分"的历史循环论,但这一理论中所包含的从合到分的历史进程也必然含有历史退化论的成分。比《三国演义》要晚出的《水浒传》,则先写各路江湖好汉从四方云集于水泊梁山,完成梁山大聚义,随后对抗官军屡获大胜,实现招安后又征辽,建立了赫赫战功,达到了梁山事业的巅峰和极盛阶段。但此后出征方腊,梁山英雄即屡屡损兵折将,迅速走向瓦解和凋零。百回本第九十二回的散场诗云:"花开又被风吹落,月皎那堪云雾遮。"第九十四回又借费保之语提到梁山"挫动锐气,天数不久",②到小说最后一回,原来的一百零八位好汉就只剩下二十人了,可谓彻底风流云散。

---

① 《脂砚斋重评石头记》(庚辰本)影印本,第 309、310 页。括注内文字为脂批。
② 《诸名家先生批评忠义水浒传》,中华书局 1997 年版,第 1222、1236 页。

而在《水浒传》中的西门庆、潘金莲故事基础上引申扩展而成的《金瓶梅词话》，虽以单一家庭的盛衰为题材，却表现了跟《水浒传》极为类似的情节结构：小说先写西门庆发迹变泰，广置产业，娶进一妻六妾，又贿赂蔡京，进入官场，成为炙手可热的一方土豪。但当他人生臻于极盛之时，也迎来了他个人与家庭命运的转折点，最后落得个纵欲而亡、妻妾离散的结局。小说第九十六回写春梅游旧家池馆，就细致地描写了西门家宅的荒芜与财产的散失，充满了不胜今昔之感，这也表现了浓重的退化感和末世感。

进入清代，比《红楼梦》大概略早一些完成的《儒林外史》也表达了一种差不多类似的情怀和感受：小说以第三十六回的泰伯祠大祭为分界点，前面写各地士人漂泊聚集，碌碌营营，熙熙攘攘，倒也做出了一番追求功名、复兴礼乐的事业，此后则写他们逐渐流离飘零，当年仅有的一点功业也最终荒废殆尽了。第五十五回写盖宽和邻家老爹重游泰伯祠，目睹其破败景象，追忆当年大祭的盛况，不禁感慨唏嘘，也充满了盛时不再的末世感。

除此之外，明清小说中也颇见对退化论与末世论的直接表述。比如明末西周生的《醒世姻缘传》第二十六回《作孽众生填恶贯　轻狂物类凿良心》开头批评绣江县明水镇的世风日下：

> 风气淳淳不自由，中天浑噩至春秋。真诚日渐沦于伪，忠厚时侵变作偷。……
>
> 天下的风俗也只晓得是一定的厚薄，谁知要因时变坏。那薄恶的去处，这是再没有复转淳庞。且是那极敦厚之乡也就如那淋醋的一般，一淋薄如一淋。这明水镇的地方，若依了数十年先，或者不敢比得唐虞，断亦不亚西周的风景。不料那些前辈的老成渐渐的死去，那忠厚遗风渐渐的浇漓；那些浮薄轻儇的子弟渐渐生将出来，那些刻薄没良心的事体渐渐行将开去；习染成风，惯行成性，那还似旧日的半分明水！①

------

① 西周生：《醒世姻缘传》，上海古籍出版社1981年版，第378页。

这是从风俗的角度来谈退化论。有学者曾指出，对社会风气的这种批判由来已久，比如南宋思想家陈亮、明代中期文人唐顺之、明末思想家黄宗羲就都批评过当时社会人心以"机械变诈为事"，"廉耻敦朴之道丧"，"今天下之习日趋于轻浮变诈矣"。① 明末清初大儒顾炎武也极为关注历代风俗变迁，他在"周末风俗"一篇中曾云："如春秋时，犹尊礼重信，而七国则绝不言礼与信矣"，"不待始皇之并天下，而文武之道尽矣"。② 西周生通过叙述者之口所发的那一番议论与以上这些说法都有颇为同调之处。到《醒世姻缘传》第二十七回《祸患无突如之理　鬼神有先泄之机》中，他又从人的行为角度继续发挥前一回所表达的同一思想：

> 单说这明水地方，亡论那以先的风景，只从我太祖爷到天顺爷末年，这百年之内，在上的有那秉礼尚义的君子，在下又有那奉公守法的小人，在天也就有那风调雨顺、国泰民安的日子相报。只因安享富贵的久了，后边生出来的儿孙，一来也是秉赋了那浇漓的薄气，二来又离了忠厚的祖宗，耳染目濡，习就了那轻薄的态度，由刻薄而轻狂，由轻狂而恣肆，由恣肆则犯法违条，伤天害理，愈出愈奇，无所不至。③

这样的说法在清代吴敬梓的《儒林外史》第九回《娄公子捐金赎朋友　刘守备冒姓打船家》中又再一次出现了，其中娄府看坟人邹吉甫的一番话也是历史退化论的一个通俗版本：

> 邹吉甫道："再不要说起！而今人情薄了，这米做出来的酒汁都是薄的。小老还是听见我死鬼父亲说，在洪武爷手里过日子，各样都好；二斗米做酒，足有二十斤酒娘子。后来永乐爷掌了江山，不知怎样的，事事都改变了，二斗米只做的出十五六斤酒来。像我这酒，是扣着水下的，还是这般淡薄无味。"④

---

① 赵园：《制度·言论·心态——〈明清之际士大夫研究〉续编》，北京大学出版社 2006 年版，第 246、247 页。
② 顾炎武著，黄汝成集释：《日知录集释》，岳麓书社 1994 年版，第 467 页。
③ 西周生：《醒世姻缘传》，第 390 页。
④ 吴敬梓著，李汉秋辑校：《儒林外史汇校汇评本》（增订版），上海古籍出版社 2022 年版，第 118 页。

而《红楼梦》对末世论和退化论的表述比以上这些小说都更多，也更深入。

第一回提到贾雨村也是诗书仕宦之族，因他生于末世，父母祖宗根基已尽，人口衰丧，只剩得他一身一口。

第五回探春判词说："才自精明志自高，生于末世运偏消。"王熙凤的判词说："凡鸟偏从末世来，都知爱慕此生才。"

第五回中，宁荣二公之灵嘱咐警幻仙姑说："吾家自国朝定鼎以来，功名奕世，富贵传流，虽历百年，奈运终数尽，① 不可挽回者。故遗之子孙虽多，竟无可以继业。其中惟嫡孙宝玉一人，禀性乖张，性情怪谲，虽聪明灵慧，略可望成，无奈吾家运数合终，恐无人规引入正。……"这也是说贾家进入了末世。

第十三回秦可卿给王熙凤托梦，说贾家赫赫扬扬，已将百载，但"月满则亏，水满则溢"，终究难逃没落的命运，很快就要"树倒猢狲散"，进入衰落的末世了。

第二回在冷子兴说到"如今的这宁荣两门也都萧疏了，不比先时的光景"，贾雨村闻言感到惊讶疑惑处，甲戌本连续有三条脂批曰："记清此句，可知书中之荣府已是末世了。""作者之意原只写末世，此已是贾府之末世了。""此已是贾府之末世了。"②

第二回冷子兴和贾雨村谈论贾府家族史，则是退化论和末世论两者的结合：

> 冷子兴笑道："亏你是进士出身，原来不通！古人有云：'百足之虫，死而不僵。'如今虽说不及先年那样兴盛，较之平常仕宦之家，到底气象不同。如今生齿日繁，事务日盛，主仆上下，安富尊荣者尽多，运筹谋画者无一；其日用排场费用，又不能将就省俭，如今外面的架子虽未甚倒，内囊却也尽上来了。这还是小事。更有一件大

---

① 张君房编：《云笈七签》卷之二引《上清三天正法经》云："大劫终，则九天数尽，六天运穷，运穷则气激于三五，群妖凶横，因时而行，放毒灭民。此皆运穷数极，乘机而鼓，以至于此。"中华书局2003年版，第21页。

② 《脂砚斋重评石头记》（甲戌本）影印本，第50页。

事：谁知这样钟鸣鼎食之家，翰墨诗书之族，如今的儿孙，竟一代不如一代了！"

这段话可以跟第七十二回对看，这一回中，林之孝跟贾琏交谈，说起贾府家道艰难，说："俗语说，'一时比不得一时'，如今说不得先时的例了，少不得大家委屈些，该使八个的使六个，该使四个的便使两个。"这里，林之孝说贾府"一时比不得一时"，所表达的也正是贾府在退化没落之意。

第二回中，冷子兴还跟贾雨村谈到贾府的儿孙如何"一代不如一代"：贾敬一味好道，只爱烧丹炼汞，在都中城外和道士们胡羼，余者一概不放在心上。贾珍不肯读书，只一味高乐不了，把宁国府竟翻了过来，也没有人敢来管他。衔玉而生的贾宝玉，则被他父亲斥为"将来酒色之徒耳"，别人更视他为"天下无能第一，古今不肖无双"（此二句出自第三回）的最无用的子弟。儿孙"一代不如一代"，是家族生命力退化的征兆。可见，这时贾家家族的命运已经退化到了最低谷，也就是末世的阶段了。

第三节　《红楼梦》中的家族退化与末世图景

从上文对历史退化论的追溯来归纳历史退化的原因，主要不外乎以下两端：

第一，这是大自然和人类社会的普遍发展进程，否极泰来，盛极而衰，正如《红楼梦》中秦可卿给凤姐托梦时所说的——"月满则亏，水满则溢"，而且这一发展趋势不可阻挡，正如荣宁二公之灵对警幻仙子所说的——"运终数尽，不可挽回"。"运"和"数"的背后是难违的天命，正是上天注定世间万物必定盛极而衰，就跟人类个体的生命一样。

第二，人类社会的退化，王朝的退化，家族的退化，还有更具体的原因，那就是去圣久远，远离风俗淳朴的时代，远离天性敦厚的祖先，后辈不能继承前代的敦厚淳朴，越来越变得轻狂恣肆。但为什么人类必然朝着这一结局发展呢？是环境使然，还是人性使然，或者两者兼而有之？甚或是支配着大自然和生命历程的客观天命也在支配着人心、道德、风俗的发展变迁呢？《红楼梦》所表露的态度，似乎是认为既有天命，也有环境与人性等各方面原因在支配着这一不可阻挡的退化趋势。

曹雪芹在小说的前数回中就反复地表述了这种退化论与末世论的思想，并赋予贾府这样一个体现了退化论与末世论法则的个例以普遍性。从小说的写法而言，这算是一个牢笼全局的抽象"概述"，而此后小说的主体部分则通过大量细腻的"场景"来深刻地表现导致贾府退化、陷入末世窘境的难以缕述的具体原因，以及令人伤心惨目的具体表现——而这，才是《红楼梦》中退化论与末世论最有艺术价值的部分。所以，下面就要来看一看曹雪芹究竟是如何具体地描绘贾府的退化与末世情景的。

（一）经济方面：奢华过甚，不知节俭，不善经营

这从秦可卿葬礼、修建大观园、元妃省亲、史太君两宴大观园、日常玩乐享受等各个方面都表现出来。

贾府庞大的开销，终至于入不敷出、坐吃山空的境地，作者对此做了触目惊心的描写，其中有三个细节最令人印象深刻。这里只从这三个细节来谈一下：一个是王熙凤的金项圈，一个是贾母的金银器皿，一个是王夫人的人参。

先说王熙凤的金项圈和贾母的金银器皿。

第二十八回提到王熙凤让宝玉帮他记账，第一次提到金项圈四个。

第六十九回，尤二姐死了，贾琏找凤姐要银子办丧事。凤姐说家里近来艰难，昨儿她把两个金项圈当了三百银子，还剩二三十两，让贾琏拿去。

第七十二回贾琏跟鸳鸯说因老太太的生日，所有的几千两银子都花光了。几处房租地税也接不上。又要送南安府里的礼，又要预备娘娘的重阳节礼，还有几家红白大礼，至少还得二三千两银子用，一时难去支借。让鸳鸯暂且把老太太查不着的金银家伙偷着运出一箱子来，暂押千数两银子支腾过去。

同一回中，王熙凤跟旺儿媳妇谈论家计艰难。说前儿老太太生日，太太急了两个月，想不出法儿来，还是她提了一句，后楼上现有些没要紧的大铜锡家伙四五箱子，拿去弄了三百银子，才把太太遮羞礼儿搪过去了。她自己一个金自鸣钟卖了五百六十两银子。没有半个月，大事小事倒有十来件，白填在里头。今儿外头也短住了，不知是谁的主意，搜寻上老太太了。明儿再过一年，各人搜寻到头面衣服，可就好了。旺儿媳妇笑道："那一位太太奶奶的头面衣服折变了不够过一辈子的，只是不肯罢了。"凤姐道："不是我说没了能耐的话，要像这样，我竟不能了。昨晚上忽然作了一个梦，说来也可笑，梦见一个人，虽然面善，却又不知名姓，找我。问他作什么，他说娘娘打发他来要一百匹锦。我问他是那一位娘娘，他说的又不是咱们家的娘娘。我就不肯给他，他就上来夺。正夺着，就醒了。"凤姐这个梦充满了不祥的意味。我们可以认为这梦中的锦象征着财富，象征着富贵荣华，贾府的锦被人夺走，这意味着他们家族的荣华富贵快要到头了。

她们正聊的时候，夏太监打发人来借两百两银子，王熙凤叫平儿把她那两个金项圈拿出去，暂且押四百两银子。一时拿去，果然拿了四百两银子来。凤姐命与小太监一半，那一半命人与了旺儿媳妇，命她拿去办八月中秋的节。

第七十四回提到贾琏和鸳鸯借当的事，被邢夫人知道了，要找他挪借二百两银子，八月十五日节间使用。贾琏不答应，邢夫人就威胁说要把他们变卖老太太物品的事情说出去。凤姐没办法，只好又叫平儿把她的金项圈拿来，去暂押二百两银子来送去完事。

同是第七十四回，王夫人因为绣春囊的事来找凤姐。凤姐趁机劝王夫人裁减丫头，节省开支。这个建议在第七十二回中林之孝跟贾琏也提起过，贾琏没同意，这里凤姐又提。王夫人感叹探春姊妹等人过的日子比贾府以前的千金小姐们要差远了。

我们看第六十九回、七十二回、七十四回这几回频繁地提到贾府经济越来越拮据的窘况，其中作者反复写到王熙凤拿她的四个金项圈去当银子、贾琏拿贾母的物品去抵押银子，以及他们打算裁减人口以节省开支等情节，可见贾府的日子确实越过越艰难了。

我们再来看一下王夫人的人参这个细节。

第七十七回中提到凤姐病了，要配调经养荣丸，需用上等人参二两，找王夫人取时，只找到几枝簪挺粗细的。王夫人看了嫌不好，命再找去，只找了一大包须末出来。遣人去问凤姐有无，凤姐也没有。又让人向邢夫人那里问去，邢夫人也没了。王夫人只得来问贾母。贾母忙命鸳鸯取出一大包，皆有手指头粗细的，遂称二两与王夫人。王夫人出来交与周瑞家的拿去令小厮送与医生家去。

一时，周瑞家的又拿了进来说贾母那一包人参固然是上好的，但年代太陈了。这东西比别的不同，凭是怎样好的，只过一百年后，便自己就成了灰了。如今这个虽未成灰，然已成了朽糟烂木，也无性力的了。王夫人听了，低头不语，半日才说："这可没法了，只好去买二两来罢。"

一百年的人参变成灰，贾母的那些人参虽然没有变成灰，但也已成了朽糟烂木，这个话说得触目惊心，这个人参不就是贾府这个百年家族的象征吗？当年崇盛赫奕、钟鸣鼎食之大族，现在却快要没落腐朽了。曹雪芹通过这种不起眼的细节获得了惊人的艺术效果，真不愧是大手笔。

（二）道德方面：无可救药的全面堕落

第二回，冷子兴曾说起贾府这样钟鸣鼎食之家、翰墨诗书之族，如今的儿孙，竟一代不如一代了。贾雨村听了纳罕道："这样诗礼之家，岂有不善教育之理？别门不知，只说这宁、荣二宅，是最教子有方的。"那么贾府到底是如何来教育子弟的，其效果又如何呢？

1. 家教一代不如一代

在第四十五回中，赖嬷嬷一席话，说的就是贾府对子弟的教育一代不如一代。赖嬷嬷跟宝玉说：

> 不怕你嫌我，如今老爷不过这么管你一管，老太太就护在头里。当日老爷小时挨你爷爷的打，谁没看见的。老爷小时，何曾像你这么天不怕地不怕的。还有那大老爷，虽然淘气，也没像你这扎窝子的样

儿,也是天天打。还有东府里你珍哥儿的爷爷,那才是火上浇油的性子,说声恼了,什么儿子,竟是审贼!如今我眼里看着,耳朵里听着,那珍大爷管儿子倒也像当日老祖宗的规矩,只是管的到三不着两的。他自己也不管一管自己,这些兄弟侄儿怎么怨的不怕他?你心里明白,喜欢我说,不明白,嘴里不好意思,心里不知怎么骂我呢。

从赖嬷嬷这段话来看,贾府长辈对子弟最严厉的教育方式就是"天天打",就是实行家庭暴力式的体罚教育,贾政、贾赦和贾敬年少时都挨过他们父亲的打,小说直接写到的则有宝玉挨贾政的打,贾琏挨贾赦的打,贾瑞挨贾代儒的打。而且从赖嬷嬷的话来看,贾蓉也挨过贾珍的打。但看起来,这种教育方式并未收到多少成效,贾赦、贾珍、贾琏、贾蓉、贾瑞这些贾府的子孙们,要论个人才能,可以说文又不能文,武又不能武,要论个人品德,又都是腐化堕落,廉耻丧尽。其中的宝玉挨打,情况比较复杂,但贾政打他,也不是事出无因,宝玉个人也难辞其咎。但纵使贾政把他往死里打,甚至打得大家都有些不祥之感了,宝玉也并无半点悔改之意。而且,从赖嬷嬷的话以及小说的描写来看,贾赦、贾珍自己为人行事也不正派,子弟们根本就不怕他们,也不服他们管教。贾琏挨贾赦打这一件事在小说中特别耐人寻味:贾赦看中了石呆子的几把古扇,让贾琏去买来,但石呆子不卖,贾赦就骂贾琏没本事;结果贾雨村陷害了石呆子,把扇子夺来,送给了贾赦。贾赦就跟贾琏说人家怎么就能弄了来?贾琏反驳了一句,结果挨了一顿毒打。贾府的祖先打儿子,想必是要规训他们走正道,但贾赦打贾琏,却是因为贾琏不愿意用巧取豪夺的手段去坑害人。如果说贾府曾经有过富而好礼、谦恭待人的优良门风,到此就不仅澌灭殆尽,更走向仗势欺人、为非作歹的地步了。

贾府教育子弟的另一重要方式当然也是让他们读圣贤书。贾家本来是靠军功起家的贵族世家,子弟们靠世袭继承祖先的官位,不必像一般读书人那样通过寒窗苦读去博取功名,但走仕途经济之路总得肚子里有几分见识,口里也要有几分谈吐,也还要有点儿实际才干才行。但我们看小说对贾家子弟的描写，除了贾政从小酷爱读书，别的人没有一个愿意读书的，贾珍、贾琏、贾宝玉都是不爱读书的典型。第三回批宝玉的《西江月》词中就有"潦倒不通世务，愚顽怕读文章"这样的语句，第七十三回写过宝玉怕贾政第二天盘问他的书，只好连夜温习功课的情景——我们不必事后诸葛亮地来批判当年这种读书方式的弊端，其实从历史学界比较客观的研究来看，就算是八股取士制度，也未必是一无是处的抡才之道，对这个问题，这里无法深论。无论如何，在明清时代，如果要想培养出较高的道德文化水平与经邦济世的实际才干，读"四书""五经"还算是比较行之有效的办法。贾琏、贾珍、宝玉这些贵族子弟因为特殊的生活环境使然，没有任何读书的兴趣，更没有任何读书的动力。第七十五回贾赦称赞贾环的诗好时所说的一段话就十分明白地道出了这一点：

> 贾赦乃要诗瞧了一遍，连声赞好，道："这诗据我看甚是有骨气。想来咱们这样人家，原不比那起寒酸，定要'雪窗荧火'，一日蟾宫折桂，方得扬眉吐气。咱们的子弟都原该读些书，不过比别人略明白些，可以做得官时就跑不了一个官的。何必多费了工夫，反弄出书呆子来。所以我爱他这诗，竟不失咱们侯门的气概。"因回头吩咐人去取了自己的许多玩物来赏赐与他。因又拍着贾环的头，笑道："以后就这么做去，方是咱们的口气，将来这世袭的前程定跑不了你袭呢。"

第六十二回，连林黛玉都担心贾家如果不节省一点的话，必至后手不接，但宝玉却一点也不担心，说凭什么后手不接，也短不了咱们两个的。既然如此，他为什么还要努力读书、努力进取呢？

不读书、不进取，他们的谈吐、才干和道德水准又如何呢？宝玉厌恶走仕途经济之路，厌恶峨冠博带去会见那些为官做宰的俗人，被贾政打骂过，湘云、宝钗也都劝过他，但都无济于事。我们可以认为，宝玉是一个艺术家型的人物，崇尚天然率真的生活方式，天生厌恶这些世俗人情的事务。但小说第十六回写秦钟临终时跟宝玉说过一句话："以前你我见识自为高过世人，我今日才知自误了。以后还该立志功名，以荣耀显达为是。"说毕，便长叹一声，萧然长逝了。有学者认为这段文字不是曹雪芹的原稿，但这种看法不过是皮相之见。这道理其实很简单，不管贾宝玉的天性如何，作为一个贵族家庭的子孙，作为一个要承担家族未来命运的男性，他都不应该过于率性而为，放弃自己的社会义务和使命。曹雪芹写宝玉的天性与他的义务之间的格格不入，或者正是要表达他自己也有的一个困惑：在追求全身保真的道家理想时，如何跟儒家积极入世的追求保持一种平衡与和谐呢？贾宝玉是一个在文学艺术上有高超悟性和创造力的人，但这种能力在那个时代恰恰不是最重要的，那个时代和他的家族所需要的是处理实际事务的能力，但这种能力宝玉却一点都不具备，而且他也不屑于去培养这种能力。至于贾珍、贾琏这些人，他们也不读书，更不具备宝玉那种超凡脱俗、聪明灵慧的天性，所以小说写他们不学无术，庸俗不堪，实际才干也远不如年纪轻轻的王熙凤、薛宝钗和贾探春这些闺秀，而其口齿谈吐则连尤三姐都瞧不上，她觉得他弟兄两个竟全无一点别识别见，连口中一句响亮话都没有，不过是酒色二字而已（第六十五回）。

  曹雪芹对待读书的态度到底怎么样？这个问题本身也很值得好好探讨一下。但这里只能略提一下。贾政似乎是贾府长辈中唯一爱读书的人，但我们看不出他有多么精明强干和通达事理，他对宝玉的管教不可谓不严，但他除了对宝玉表现出不近人情的严厉之外，在读书方面无非也就是让他背诵"四书""五经"和八股文，但这些东西跟贾府的环境实在是格格不入，我们看到贾府家塾中的氛围，贾府长辈们的作为，贾家内部的人际关系，无不跟"四书""五经"所宣扬的教条、所传授的知识相违背，那么这些教条和知识还能不能引起年轻一辈的兴趣？在年轻一辈里，唯一认真读书，而且又对骑射有兴趣的人是贾兰，而且他的身边还有一位励志守节的母亲作为他的人生榜样，从李纨的判词来看，贾兰或许有一个比较美好的未来。从贾兰的身上，是不是寄托着作者对如何教育贵族子弟的一些看法呢？

  总之，贾府的退化和没落跟后代子孙的不成器有着密不可分的联系，而他们的不成器则又跟教育的失败大有干系。但教育为什么会一代不如一代，为什么会失去其维系一个家族乃至一个王朝持久繁盛的功能的呢？这个问题恐怕连曹雪芹也回答不了，更不是一部小说所能回答得了的。但曹雪芹的贡献在于他把这个重大的问题摆在了我们面前。

2. 子孙的荒淫腐化、道德败坏、为非作歹

这主要是通过贾珍、贾蓉、贾赦、贾琏、贾瑞、凤姐这些人的所作所为表现出来的，具体的情节这里不必一一细论。应该说，最能表现贾府子弟腐化堕落、道德败坏，而且最令人触目惊心的还是他们个人生活上的乱伦行为。

作者在第七回中借焦大的醉骂说："我要往祠堂里哭太爷去。那里承望到如今生下这些畜牲来！每日家偷狗戏鸡，爬灰的爬灰，养小叔子的养小叔子，我什么不知道？咱们'胳膊折了往袖子里藏'！"众小厮听他说出这些没天日的话来，唬得魂飞魄散，便把他捆起来，用土和马粪满满地填了他一嘴。焦大说的话"没天日"，但他的主子们所做的"爬灰的爬灰""养小叔子的养小叔子"这些违反人伦的事难道就有天日吗？焦大所提到的这些乱伦之事，大多发生在宁府，如第六十四回即曾明确提到了贾琏知道尤氏姐妹"与贾珍贾蓉等素有聚麀之诮"，于是他也参与进去，跟尤二姐勾搭。第六十六回则借柳湘莲之口说了一句令宝玉听了立刻"红了脸"的话"你们东府里（即宁府）除了那两个石头狮子干净，只怕连猫儿狗儿都不干净"，第五回秦可卿的判词中也有一句"漫言不肖皆荣出，造衅开端实在宁"——这指向的都是宁府贾珍贾蓉父子的乱伦行为。

乱伦行为是文明社会最大的禁忌，说出来连听者也要唬得魂飞魄散，曹雪芹在小说里怎么来写，也是一个问题。概而言之，作者用了明写和暗写两种手法来写贾府的乱伦事件。明写主要是写贾珍贾蓉父子、贾珍贾琏兄弟跟尤氏姐妹的暧昧关系，以及贾琏跟其父贾赦的侍妾之间的"不干不净"，暗写则主要是写贾珍跟秦可卿之间的乱伦事件。

明写的例子这里只举第六十三回的描写来谈一谈——贾蓉在他爷爷贾敬丧事期间调戏尤二姐、尤三姐和丫头们。小说对贾蓉污秽不堪的言行进行了十分细致的描写，这是小说在写焦大醉骂之后，又一次直接地、正面地来写贾府中的乱伦场景，并顺带借贾蓉之口提到了贾府的其他乱伦事件。令人诧异的是，贾蓉很坦然地调戏他母亲尤氏的两个姐妹，而且他明

知道他父亲贾珍跟尤二姐有暧昧关系，却仍然肆无忌惮地做出了令丫头们都看不过去的荒唐举动。他为什么敢这样做？一个原因是他自己话里说到了的，这种事在他们这种贵族大家族里是司空见惯的，谁家都少不了；另一个原因，窃以为跟贾珍本人与秦可卿的乱伦行为有关，而秦可卿正是贾蓉之妻，贾蓉目睹其父贾珍跟自己妻子的乱伦行为，于是对父子聚麀这种被人视为禽兽之行的事也就见怪不惊了——既然他父亲贾珍可以跟他共享他的妻子秦可卿，那他跟贾珍共享尤氏姐妹又有什么不可以的呢？

贾珍跟秦可卿的乱伦事件，正是小说中用暗笔大写特写的公公与儿媳之间的"爬灰"之事了。这一事件在曹雪芹的原稿中应该有具体的描写，但后来畸笏叟（以前学界认为是脂砚斋，恐非）让曹雪芹把这部分内容删去，所以我们已经难知其详。① 但我们从第十三回中所留下的畸笏叟等人的批语可以很清楚地看出作者仍然使用春秋笔法泄露了个中的隐情，比如戚蓼生序本《石头记》在贾珍说他要"尽我所有"为秦可卿办丧事一句之后有如下一段批语：

> "尽我所有"为媳妇，是非礼之谈，父母又将何以待之？故前此有恶奴酒后狂言，及今复见此语，含而不露，吾不能为贾珍隐讳。②

这话已经说得再明白不过了。贾珍跟秦可卿有染这一点基本上是学界共识，没有再进一步探讨的必要了。但在这一事件中，有一个很大的疑问，那就是：为什么作者要把秦可卿这样一个人物设置为贾珍乱伦的对象呢？

秦可卿是秦业从养生堂抱养的弃婴，来历不明。但她成年后，除了生的形容袅娜、性格风流之外，其为人处世在各方面都受到大家的赞赏和喜爱。比如第五回说贾母素知秦氏是个极妥当的人，生得袅娜纤巧，行事又温柔和平，乃重孙媳中第一个得意之人。能够入贾母法眼的人自然不是平庸之辈。同样是第五回，在宝玉梦游太虚幻境时，警幻把宝玉送至一香闺

---

① 俞平伯《红楼梦辨》（1923年初版）中卷第十一节"论秦可卿之死"对作者原稿中如何写秦可卿之死有详尽考辨。收入《俞平伯论红楼梦》。
② 见《戚蓼生序本石头记》，人民文学出版社2006年影印本，第441页。其他有关批语见甲戌本和庚辰本第十三回。

绣阁之中,却见里边早有一位女子在内,其鲜艳妩媚,有似宝钗,风流袅娜,则又如黛玉。这位女子就是乳名兼美字可卿者,据称她是警幻仙子的妹妹。这就明白告诉我们:秦可卿兼具《红楼梦》中两位最重要的女主人公黛玉、宝钗之美。到第十回,秦可卿的婆婆尤氏跟金寡妇说起秦可卿病了,忧心忡忡,说倘或她有个好歹,再要娶这么一个媳妇,这么个模样儿,这么个性情的人儿,打着灯笼也没地方找去。她的为人行事,哪个亲戚,哪个长辈不喜欢她?尤氏又说起秦可卿的性格:虽则见了人有说有笑,会行事儿,但心特细,心思又重,不拘听见个什么话儿,都要度量个三日五夜才罢。她的病就是打这个秉性上头思虑出来的。第十一回,则写到了她跟王熙凤这位女强人不同寻常的亲密关系,还有贾母对她的特别的关爱和牵挂。到第十三回写秦可卿托梦给凤姐,她的一番话也表现出很高的见识。她死后,合家人无不纳罕,那长一辈的想她素日孝顺,平一辈的想她素日和睦亲密,下一辈的想她素日慈爱,以及家中仆从老小想她素日怜贫惜贱、慈老爱幼之恩,莫不悲嚎痛哭。贾宝玉听到她的死讯,竟然悲痛得吐了一口血。

从这些对秦可卿的描述来看,她可以说是《红楼梦》中一个十分完美的女性,但正是这么一个人,跟她的公公贾珍发生了乱伦之事。作者这么写的意图到底是什么呢?

首先,笔者不相信秦氏跟贾珍的乱伦行径是秦氏勾引了贾珍,而应该反过来,是贾珍利用父辈的权威强迫他的儿媳秦氏跟他发生了这种关系,又迫使他儿子贾蓉不得不容忍他这种禽兽之行。人伦中最重要的孝道成了罪行的遮羞布和保护伞。

其次,贾珍竟然把他的魔爪伸向一个人格如此完美、心思又如此纤细柔弱的女性,造成了她沉重的精神负担,最终抑郁至死。作者对贾珍可耻的禽兽之欲的谴责就显得格外地严厉了。

再次,秦可卿之死,暴露了贾府富贵繁华的表象之下一大片被严密遮盖的恐怖黑影。当这个家族的子孙在道德上已经丧失了最基本的底线,家族的根基也就彻底动摇了。

男女之欲本身并不可怕,像宝玉、秦钟、司棋、智能儿这些人,都表现出了正常的人之欲望，作者也并不通通视为洪水猛兽。但贾珍、贾瑞、贾琏之流实现这种欲望的途径却触犯了文明社会最大的禁忌，从而成为最严重的道德败坏。而这种道德败坏也成了这个家族退化到末世的最为典型的表现。

3. 人际关系恶化，内部自杀自灭

第二十五回"魇魔法姊弟逢五鬼"，第三十二回"手足耽耽小动唇舌"，第五十五回"辱亲女愚妾争闲气 欺幼主刁奴蓄险心"，第五十九回"柳叶渚边嗔莺咤燕 绛云轩里召将飞符"，第六十回"茉莉粉替去蔷薇硝 玫瑰露引来茯苓霜"，第六十一回"投鼠忌器宝玉瞒赃 判冤决狱平儿行权"，第六十八回、六十九回王熙凤害死尤二姐，第七十四回"惑奸谗抄检大观园"——小说用了如此多的篇幅浓墨重彩表现了贾府人际关系的日趋恶化与重重叠叠的矛盾，可见，这一条在作者看来，是贾府衰落的重要原因。如第七十四回写到探春痛切而绝望的哭诉——

> 探春道："……你们别忙，自然连你们抄的日子有呢！你们今日早起不曾议论甄家，自己家里好好的抄家，果然今日真抄了。咱们也渐渐的来了。可知这样大族人家，若从外头杀来，一时是杀不死的，这是古人曾说的'百足之虫，死而不僵'，必须先从家里自杀自灭起来，才能一败涂地！"说着，不觉流下泪来。

还有第七十五回探春听到宝钗搬离了大观园后说的一段话：

> 探春冷笑道："正是呢，有叫人撵的，不如我先撵。亲戚们好，也不在必要死住着才好。咱们倒是一家子亲骨肉呢，一个个不像乌眼鸡似的，恨不得你吃了我，我吃了你！"

对贾府复杂的人际关系，有关的论述已经相当多了，这里不必再赘述了。只想强调一点，那就是：这种大家族内部复杂的人际矛盾乃是一个制度性的弊端，如果制度不变，这种矛盾关系自然也难以改变；[①] 不仅如

[①] 对这种家族复杂关系形成的制度原因，萨孟武在《〈红楼梦〉与中国旧家庭》（1977年初版于台北）一书的第一节"大家庭制度的流弊"中做了精辟论述，北京出版社2016年版，第16—27页。

此，而且还会代代相传，愈演愈烈，祸延子孙，直至将大家族彻底摧毁——《红楼梦》写贾府的败落正深刻地说明了这一点。

（三）生活能力与生命力的弱化

第五十一回写宝玉、麝月不会用戥子称银子，随手拿一块银子赏大夫。第五十七回写湘云和黛玉不认识当票。第六十一回柳家的斥骂司棋等人住在深宅大院，水来伸手，饭来张口，不知道外头买卖的行市——这说的何尝不是贾家大部分人的情形呢！贾府大部分人的生活在很大程度上已经跟外面广大的现实世界隔绝开来，于是渐渐丧失了跟外界打交道的能力，也丧失了独立生活的能力，对此不必一一细说。这里主要讨论一下如下两方面的问题。

1. 家族成员尤其是年轻一代生命力的萎弱与意志精神的弱化

这从秦可卿、黛玉、惜春、凤姐、李纨等人身上表现出来——小说开篇不久就写了秦氏之死，她的死当然是有着很特别的原因（详前文），另当别论；但黛玉是其中最具灵心慧性者，而其生命力也最孱弱；凤姐则是其中最具才干者，但也体弱多病，子嗣艰难，后来可能年纪轻轻就病死了；惜春则年纪尚幼就心如死灰，丧失了生活的热情和反抗的意志，最后应该是落了个独伴青灯古佛、了此一生的孤寂冷清结局（详见第七章）。

对于年轻一代生命力退化的表现，小说第七十六回"凸碧堂品笛感凄清 凹晶馆联诗悲寂寞"有一处直接的描写——抄检大观园之后的那个中秋之夜，贾母带着众人在大观园凸碧山庄赏月，贾母强颜欢笑，勉强支持到夜深时分，这时王夫人等人催促贾母回去歇息，说夜已四更了，风露也大，请老太太安歇罢。贾母道："那里就四更了？"王夫人笑道："实已四更，他们姊妹们熬不过，都去睡了。"贾母听说，细看了一看，果然都散了，只有探春在此。贾母笑道："也罢。你们也熬不惯，况且弱的弱，病的病，去了倒省心。只是三丫头可怜见的，尚还等着。你也去罢，我们散了。"但后来探春远嫁，这个贾府中意志与生命力都很顽强的女儿也最终远离了。

跟体魄、生命力的萎弱相比，更可怕的大概还要数精神与意志力的退化。这一点在宝玉身上有更多的表现——作者在这个人物身上寄寓着十分复杂的内涵，这里我们只从反思的这一面来谈。作为贾府最受宠爱的男性子孙，宝玉最大的爱好就是在内帏厮混，跟姐妹丫头们一起淘胭脂膏子、篦头发，还有各种精致的淘气，并做小伏低讨好她们，安抚她们的哀怨悲愁，做她们的闺中密友。他人生的最高理想乃是趁年少时就死掉，让女孩子们哭他的眼泪把他的尸首浮起来，送到鸦雀不到的无人去处，化灰化烟，从此不要再托生为人。如果活着，就跟黛玉、袭人这些人厮守在一起，在大观园中，一直到他老了，然后死去。他虽然对贾府和大观园之外更广大的天地和社会不乏接触和探索的兴趣，但并不想真正融入其中，去奋斗，去搏击。这一点，他连探春都不如。第五十五回探春即曾说过："我但凡是个男人，可以出得去，我必早走了，立一番事业，那时自有我一番道理。"而宝玉稍不如意，略遭挫折，就要参禅悟道，就会想起老庄和佛家那种退缩和消极的人生哲学，动不动就说要做和尚去，所以第三十一回黛玉嘲笑他说从今以后我记着你做和尚的遭数儿。他性格敏感，喜欢临风洒泪，对月伤怀，有一股浓重的感伤主义的情调，所以王熙凤和袭人都说他忒婆婆妈妈的了。他对美的事物，尤其对美的脆弱性有着过人的洞察，但他的审美观也多少有点过于文人化，甚至有点儿病态。如第五十一回提到宝玉在怡红院给晴雯煎药。晴雯说他弄得屋里有药气，宝玉道："药气比一切的花香果子香都雅。神仙采药烧药，再者高人逸士采药治药，是最妙的一件东西。这屋里我正想各色都齐了，就只少药香，如今恰好全了。"这种趣味听起来颇为清雅绝俗，但也不免令人觉得有些病态。

体魄和意志的退化，在贾府其他男性身上同样也有所表现。第七十五回写到贾珍等人因在贾敬丧期，不能玩乐，就组织了一帮世家子弟来家里射箭，贾赦、贾政听见，不知就里，反说这才是正理，文既误矣，武事当亦该习。两处遂也命贾环、贾琮、宝玉、贾兰等四人于饭后过来，跟着贾珍习射一回，方许回去。但贾珍等人志不在此，渐渐地，射箭变成了天天开赌局，狎娈童。小说里明明白白提过贾府的祖先是靠军功起家的，贾府的子孙所袭的也是将军等武职，但很显然，他们都已经彻底地丧失了祖先的尚武进取精神与强悍健壮的体魄，变成了只能贪图逸乐的孱弱之辈了。

2. 众人的不思进取、安富尊荣

第二回冷子兴说起贾府"如今生齿日繁，事务日盛，主仆上下，安富尊荣者尽多，运筹谋画者无一"，贾敬虽然袭了官，但一味好道，只爱烧丹炼汞，余者一概不在心上。一心想做神仙，最后却中丹毒而死。贾珍则不肯读书，只一味高乐不了，把宁国府竟翻了过来，也没有人敢来管他——第七十五回描写他召集众人借射箭为名聚赌、狎娈童。贾赦一大把年纪还想着纳妾，连贾母身边的侍女都不放过。

至于宝玉，他的绰号叫"富贵闲人"，这一名号最有概括性；他"顽劣异常，极恶读书，最喜在内帏厮混，外祖母又极溺爱，无人敢管"。湘云也笑他年纪也大了，即使不愿读书去考举人进士，也该常常会会那些为官做宰的人们，谈谈讲讲些仕途经济的学问，也好将来应酬世务，日后也有个朋友。没见他成年家只在女孩堆里搅些什么！第七十一回写宝玉劝探春，话说得更明白了：

> 宝玉道："谁都像三妹妹好多心。事事我常劝你，总别听那些俗话，想那些俗事，只管安富尊荣才是。比不得我们没这清福，该应浊闹的。"尤氏道："谁都像你，真是一心无挂碍，只知道和姊妹们顽笑，饿了吃，困了睡，再过几年，不过还是这样，一点后事也不虑。"宝玉笑道："我能够和姊妹们过一日是一日，死了就完了。什么后事不后事。"

再如第六十二回对宝玉态度的描写：

> 黛玉道："要这样才好，咱们家里也太花费了。我虽不管事，心里每常闲了，替你们一算计，出的多进的少，如今若不省俭，必致后手不接。"宝玉笑道："凭他怎么后手不接，也短不了咱们两个人的。"黛玉听了，转身就往厅上寻宝钗说笑去了。

但《红楼梦》中最典型的"富贵闲人"还不是宝玉，而是贾母。在小说中，贾母是日常生活的中心，而她生活的全部内容就是吃喝玩乐，她的儿孙辈的重要任务之一就是哄她老人家高兴。王熙凤最擅长于此，所以贾母也最喜欢她。第三十九回，贾母跟二进荣国府的刘姥姥说："我老了，都不中用了，眼也花，耳也聋，记性也没了。……不过嚼的动的吃两口，困了睡一觉，闷了时和这些孙子孙女儿顽笑一回就完了。"

第四十回以刘姥姥来对比贾母养尊处优、贪图安逸的生活——这一回，写贾母领着刘姥姥参观大观园。丫头提醒她不要走在苍苔上滑倒了，刘姥姥只顾和人说话，果然没留神踩滑了，咕咚一跤跌倒。但说话时，刘姥姥已爬了起来。贾母问他："可扭了腰了不曾？叫丫头们捶一捶。"刘姥姥道："那里说的我这么娇嫩了。那一天不跌两下子，都要捶起来，还了得呢。"刘姥姥和贾母年纪差不多，都七十多岁了，但她因为常年劳作，身板很硬朗，但贾母动不动就坐着竹躺椅由人抬着走，坐着的时候不是丫头们就是宝玉给她捶腿捶腰，每日的饮食也是极其精致，但也就只是尝一尝，跟刘姥姥的好胃口、好兴致根本无法相比。第四十一回写刘姥姥认酒杯的木料时说了一段话："怨不得姑娘不认得，你们在这金门绣户的，如何认得木头！我们成日家和树林子作街坊，困了枕着他睡，乏了靠着他坐，荒年间饿了还吃他，眼睛里天天见他，耳朵里天天听他，口儿里天天讲他，所以好歹真假，我是认得的。让我认一认。"刘姥姥的话说得轻描淡写，但听起来令人觉得有一股浓重的辛酸深藏在内。作者的意图或许也是要借此来说明这一点：贵族家庭的富贵安逸生活乃是以普通百姓的贫苦艰辛作为其前提的。

贾府的公子与小姐们跟艰辛的现实生活实在太隔阂了。第十五回写贾府众人给秦可卿送殡，宝玉随着送殡队伍来到乡村，凡庄农动用之物，皆不曾见过，他见到锹、镢、锄、犁等物，皆以为奇，不知道它们的用处和名字。小厮在旁一一地告诉了他，说明原委，宝玉听了，因点头叹道："怪道古人诗上说，'谁知盘中餐，粒粒皆辛苦'，正为此也。"当他离开的时候，对这一切流露出真诚的留恋和不舍，甚至恨不得跟着那位朴素大方的乡村女孩儿二丫头而去。

有学者曾指出曹雪芹有男耕女织的理想。① 这一说法虽然未必很有道理，但曹雪芹确实应该在思考贵族世家子孙的出路究竟在哪里这一问题。从小说的描写来看，贾府的贵族生活固然气派、优雅、精致，有时也充满了诗情画意，但也越来越远离土地和自然，远离最根本、最原初的生活世界，越来越缺少对人的体魄与意志的必要的磨炼，而与此相对应的，则是他们的精神与情感发展得越来越敏感和纤弱，个人心智的创造力越来越内倾，越来越细密，而人的整体生命力和对环境、对社会的适应能力却反而大大地变弱了。刘姥姥这个人物的安排，成为一个十分重要的对比，她显示出劳动者质朴、粗犷而又强健的生命力，代表着更接近土地和自然的健康的生活方式。她给贾府的人们带来了新鲜的乡野见闻，也带来了土得掉渣却受到所有人喜爱的乡村食物，她成为两种极端的生活方式之间的见证者与比较者。宝玉对刘姥姥讲述的故事格外地着迷，也对乡村的生活方式、劳动工具和劳动者表现出强烈的、本能的兴趣，这说明宝玉天性中热爱自然的倾向跟这种生活方式发生了共鸣。根据探佚学的考证，在小说散失的原稿中，王熙凤的女儿巧姐儿在贾家败落、经历了一番磨折屈辱之后，最终跳出火坑，成为板儿的妻子，② 贵族家庭的女儿最终跟庄农的儿子结合，摆脱了自己家族的罪恶带给她的厄运。这样一种安排是否蕴含某种寓意？作者是不是认为：贵族家庭最初也是起源于土地和乡野，最终仍然要回归它的本源，才能获得拯救？

（四）笼罩全书的末世氛围

《红楼梦》对贾府的末世氛围做了十分深入的描写，渲染出强烈的宿命感和一派孤寂、诡异、凄清的氛围，弥漫笼罩于全书。其中有三个场景尤其令人感到惊心动魄：第一个是第七十五回写贾母进餐的场景；第二个也是第七十五回，写宁国府中秋开夜宴的场景；第三个则是第七十六回的大观园中秋品笛、赏月、联诗的场景。

---

① 宋淇：《论冷月葬花魂》，收入《红楼梦识要——宋淇红学论集》，第 195 页。
② 梁归智：《刘姥姥救巧姐》，收入《〈红楼梦〉探佚》，北京师范大学出版社 2010 年版。

先看第一个场景：贾母用餐。

该场景安排在第七十五回，这一回紧接在抄检大观园之后，凤姐、李纨病倒了。同时，江南的甄家被查抄的消息传来，王夫人跟贾母正在说这个事儿，贾母听了不自在，就跟王夫人商量八月十五日赏月的事。王夫人笑道："都已预备下了。不知老太太拣那里好，只是园里空，夜晚风冷。"请注意王夫人不经意间说出的这句话：曾经那么热闹的大观园怎么突然变得空了，而且还很冷呢？① 直接原因当然是抄检之后，园中曾经的和谐、热闹氛围被彻底破坏了，一些人被赶出了大观园，宝钗也搬出园子去了。不管是从实际的情形和心理上的感觉来说，都让人觉得空落落、冷飕飕的了。大观园的辉煌就这样一去不复返了。这句话放在这里，其实是要为后面的第七十六回做铺垫。

接下来写贾母用餐。尤氏伺候贾母吃完，贾母让她也吃。尤氏看别人都吃完起身了，就笑道："剩我一个人，大排桌的不惯。"贾母就让鸳鸯、琥珀来陪尤氏吃。贾母笑道："看着多多的人吃饭，最有趣的。"她又叫尤氏的丫头银蝶也来同尤氏一块来吃，说等你们离了我，再立规矩去。贾母负手看着取乐。试想之前，贾母吃饭的场面何等有规矩，有尊严，人也多，场面也气派，但现在突然就连桌子都坐不满了。贾母一个老人家，最先感到了这种变化，尤其感到了这种变化带来的冷清气氛，她甚至已经开始怀念刚刚逝去还不远的热闹的往昔时光了。

这时贾母看到伺候添饭的人手内捧着一碗下人的米饭，要给尤氏，贾母责问她怎么拿这个饭来给尤氏，那人道："老太太的饭完了。今日添了一位姑娘，所以短了些。"鸳鸯道："如今都是可着头做帽子了，要一点儿富余也不能的。"王夫人忙回道："这一二年旱涝不定，田上的米都不能按数交的。这几样细米更艰难了，所以都可着吃的多少关去，生恐一时短了，买的不顺口。"在这里，"老太太的饭完了"这一句不经意间说出来的话，如同突然划破乌云的一道闪电，放射出一种诡异恐怖的亮光，令人感

---

① 可对比第二十三回："至二十二日，一齐进去，登时园内花招绣带，柳拂香风，不似前番那等寂寞了。"

到一激灵。这是为什么呢？因为这句话太像一句谶语了，太像一个朦胧的不祥之兆了，让人感到贾母这个老人家恐怕时日无多了。她会不会在一种家亡人散的困苦境遇中离开人世呢？

我们再来看第二个场景：宁国府中秋前夕的夜宴。

宁府因为贾敬刚去世不久，还在丧期内，按当时的礼制，不能过中秋节。于是贾珍安排宁府中人在八月十四晚上赏月，将近三更时分，贾珍酒已八分。大家正添衣饮茶，换盏更酌之际，忽听那边墙下有人长叹之声。大家明明听见，都悚然疑畏起来。贾珍忙厉声叱问："谁在那里？"连问几声，没有人答应。尤氏道："必是墙外边家里人也未可知。"贾珍道："胡说。这墙四面皆无下人的房子，况且那边又紧靠着祠堂，焉得有人。"一语未了，只听得一阵风声，竟过墙去了。恍惚闻得祠堂内隔扇开阖之声。只觉得风气森森，比先更觉凉飒起来，月色惨淡，也不似先明朗。众人都觉毛发倒竖。贾珍酒已醒了一半，只比别人撑持得住些，心下也十分疑畏，便大没兴头起来。勉强又坐了一会子，就归房安歇去了。次日到祠堂查看，并无怪异之迹。贾珍以为醉后自怪，也不提此事。

在这一段文字之前，小说写了贾珍天天请一帮纨绔子弟在天香楼射箭，后来不射箭了，改为每天开赌局，狎娈童。因此，此处这个场景显然是暗示贾家祖先的亡灵对贾珍这等不肖子孙表示了失望，发出了警告。这个场景诡异、阴森、恐怖，是一个明显的不祥之兆。但曹雪芹并没有像以往的史传文学与历史小说叙述祥瑞灾异事件那样来实写这一场景，而是写夜深之时，众人酒后疑神疑鬼，若有若无，在疑似之间，而且重在渲染氛围和感受，而并不造成过于凿实的痕迹，这可以说是一种遗形写神的高超技巧，运用到了出神入化之境。

我们再来看第三个场景：大观园中秋赏月、品笛、联诗。

到中秋之夜，贾珍来贾母这边陪同赏月。贾母说他昨日送来的西瓜看着好，打开却也罢了。贾珍笑道："西瓜往年都还可以，不知今年怎么就不好了。"贾政道："大约今年雨水太勤之故。"这几句关于西瓜的对话，似乎随意写来，全然不露丝毫痕迹，却令人想起《儒林外史》中邹吉甫关于酿酒的那段话，似乎暗示着贾府当晚的赏月也将要不如往年那么有兴致了。

众人赏月的地点安排在凸碧山庄。男客们陪着贾母入座象征着团圆的圆桌时，发现只坐了半壁，下面还有半壁余空，竟然坐不满了。贾母就说："常日倒还不觉人少，今日看来，还是咱们的人也甚少，算不得甚么。想当年过的日子，到今夜男女三四十个，何等热闹。今日就这样，太少了。待要再叫几个来，他们都是有父母的，家里去应景，不好来的。如今叫女孩们来坐那边罢。"于是令人向围屏后邢夫人等席上将迎春、探春、惜春三个请出来，才算是勉强坐满了。

跟前面的贾母用餐场景一样，她第一次发现他们的人丁竟然有点儿稀少了。尤其不妙的是，他们已经难以围坐成一个团圆的席面了。这难道不是一个很有象征意味的细节吗？但何以过去的中秋她没有这种感觉，这一次就有了呢？说到底，无非还是经过抄检大观园之后，贾母等人的心境被破坏了，园中的氛围也跟以往大不相同了。

进入第七十六回，贾赦、贾政等成年男客散去。贾母就把两席并而为一，大家团团围绕。贾母看时，宝钗、宝琴姊妹二人不在坐内，且李纨、凤姐二人又病着，少了四个人，便觉冷清了好些。贾母回想起往常的热闹，再一次感到了冷清，感叹天下事总难十全。说毕，不觉长叹一声，遂命拿大杯来斟热酒。

王夫人笑着劝慰贾母说今年毕竟自家骨肉团圆了，贾母笑道："正是为此，所以我才高兴拿大杯来吃酒。你们也换大杯才是。"邢夫人等只得换上大杯来。因夜深体乏，且不能胜酒，未免都有些倦意，无奈贾母兴犹未阑，只得陪饮。

这里，贾母的表现颇有些反常，她一个八十岁的老年人，反而比年轻一辈更有体力支撑到夜深。很显然，她是在尽力强颜欢笑，希望努力找回贾府当年热闹和谐的盛时氛围，找回过去的好兴致，然而她的晚辈们已经无法配合她这种勉为其难的努力了。其实，他们都知道，经过抄检大观园这样的内部倾轧之后，即使骨肉团圆，也只是表面上的团圆了。大家的内心深处都已经感到了彼此之间的裂痕无法弥补。而他们自家的分裂，也造成亲戚们的疏远，谁还能够在经历了抄检大观园这种大伤和气的事件之后再跟贾府的人坐在一起高高兴兴地来赏月呢?

贾母见月至中天,提议"不可不闻笛",因命人远远地吹笛。正说着闲话,猛不防只听那壁厢桂花树下,呜呜咽咽,悠悠扬扬,吹出笛声来。趁着这明月清风,天空地净,真令人烦心顿解,万虑齐除,都肃然危坐,默默相赏。听约两盏茶时,方才止住,大家称赞不已。于是遂又斟上暖酒来。这时鸳鸯来催贾母该歇息了,贾母道:"偏今儿高兴,你又来催。难道我醉了不成,偏到天亮!"因命再斟酒来。这里再一次加深了对贾母强颜欢笑、勉力支撑的无奈心情的刻画。但她越是想要做出这种无谓的努力,就越显得力不从心,可悲而又可怜了。

他们继续说笑饮酒。只听桂花阴里,呜呜咽咽,袅袅悠悠,又发出一缕笛音来,果真比先前越发凄凉。大家都寂然而坐。夜静月明,且笛声悲怨,贾母年老带酒之人,听此声音,不免有触于心,禁不住堕下泪来。众人彼此都不禁有凄凉寂寞之意,半日,方知贾母伤感,才忙转身赔笑,发语解释。又命暖酒,且住了笛。

笛声的凄凉、悲怨与寂寞正是众人心情的写照,否则即使笛音再悲,听者也可以感到很愉悦。但现在,笛声反而加深了他们内心的寂寞感受和这个场景的冷清凄凉。这是贾母始料未及的,她挖空心思,想带着儿孙们赏笛,结果反而招来更沉重的伤感意绪,彻底地背离了她努力寻欢作乐的意图。看来,有些事情她也已经无力回天了。

这时尤氏为了帮贾母解闷,提出要跟她讲笑话。贾母勉强笑道:"这样更好,快说来我听。"但尤氏的笑话也充满了残缺的意味,已经无法提起贾母的兴致了,她连勉强笑一笑的心情都已经没有了。尤氏正说着,只见贾母已朦胧双眼,似有睡去之态。尤氏方住了,忙和王夫人轻轻地请醒,说夜已四更了,风露也大,请老太太安歇罢。贾母道:"那里就四更了?"王夫人笑道:"实已四更,他们姊妹们熬不过,都去睡了。"贾母听说,细看了一看,果然都散了,只有探春在此。贾母跟她说"你也去罢,我们散了",说着,便起身,坐上竹椅小轿,众人随从出园去了。

曹雪芹真不愧是大手笔,他似乎很轻易就把这个场面写得如此触目惊心,令人过目难忘!贾母仿佛深深沉浸在她自己的落寞和凄凉里,她周围的人,她的晚辈们都已经悄悄地散去,她都没有察觉到。但她最终不得不从自己的感伤中清醒过来,直面无情的现实:她病弱的、彼此不睦的儿孙们,已经再也不可能给她营造出过去那种欢乐和谐的场面了。他们终究要从她的身边离去,只留下她这个还沉浸在过去回忆中的老人。

除了贾母,还有一个人,因为她的敏感,深深地感到这次中秋赏月的无限悲凉,这个人就是林黛玉。她听了贾母的感叹,不觉对景感怀,自去俯栏垂泪。宝玉近因晴雯病势甚重,诸务无心,也早去睡了。探春又因近日家事着恼,无暇游玩。所以只剩了湘云一人宽慰她,提议两人到山下的凹晶溪馆去联诗,她说:"你知道这山坡底下就是池沿,山坳里近水一个所在就是凹晶馆。可知当日盖这园子时就有学问。这山之高处,就叫凸碧;山之低洼近水处,就叫作凹晶。这'凸''凹'二字,历来用的人最少。如今直用作轩馆之名,更觉新鲜,不落窠臼。可知这两处一上一下,一明一暗,一高一矮,一山一水,竟是特因玩月而设此处。……"

这段话又值得特别注意:她们两个人为什么讨论起了凸碧山庄和凹晶溪馆这两个名字的由来呢?而且这一回的回目里边也特意强调了这两个地名,这又是为什么?窃以为,其实作者是在做一个隐藏极深的暗示,他利用了"凸""凹"这两个字的字形和"凸碧山庄""凹晶溪馆"这两个地方从高到低的地势来暗示我们:这个中秋之夜,是贾府从烈火烹油之盛走向彻底没落的一个重要的分水岭,从此以后,贾家就要无可挽回地走上下坡路了,这正如黛玉和湘云二人从高高的凸碧山庄走下来,来到了靠水的凹晶溪馆——从高耸之地来到了低洼之处。接下来,作者写她们联诗。这本来是清雅绝俗之举,但也被写得阴森诡异,神出鬼没的,一只仙鹤从池塘中飞起来,也被黛玉疑心是鬼,但湘云却借这个鹤联了一句:"寒塘渡鹤影。"林黛玉绞尽脑汁,对了一个绝对:"冷月葬花魂。"

然而这句诗又像一个不祥之谶,让人感到一阵透骨的凉意。连湘云也说:"诗固新奇,只是太颓丧了些。你现病着,不该作此过于清奇诡谲之语。"湘云的话到底是称赞还是莫名的担忧呢?一语未了,只见栏外山石后转出一个人来,笑道:"好诗,好诗,果然太悲凉了。不必再往下联……"二人不防,倒唬了一跳。细看时,不是别人,却是妙玉。妙玉说听见她两人联诗，有几句虽好，只是过于颓败凄楚，此亦关人之气数，所以出来止住她们。

妙玉在这个时候出现也真是够惊悚的了！这跟后文宝玉对着芙蓉花念他为晴雯写的诔文时黛玉突然从芙蓉花背后走出来一样令人恐怖。那么在这里，黛玉的这句诗又在暗示什么呢？妙玉其实已经说得很明白了：这种颓败凄楚的诗句关乎人的气数呵！既关乎黛玉个人的气数，也关乎贾府这一群人的气数，当然也关乎贾家整个家族的气数。这一轮中秋的"冷月"要葬掉的，难道真的只是"花魂"吗？

曹雪芹屡屡把尚未发生的故事放到前面来加以暗示，这个第七十六回其实就是一首提前奏响的贾府的挽歌了。

在末世论中，天地、世界是要毁灭后再重新开始的，但因为八十回后原稿的佚失，我们看不到"好一似食尽鸟投林，落了片白茫茫大地真干净"的彻底的毁灭了。不过作者在前八十回中已经交代了这一毁灭的先兆：一个是抄检大观园，一个是江南甄家的查抄，一个是第七十八回宝玉所预感到的大观园与贾家众人离散的结局——

晴雯死了，宝玉连她最后一面都没能见上。一个年轻热情的生命就这样被毁掉了。晴雯的兄嫂刻不容缓地把晴雯的尸骨送往城外的化人场上去焚化了，她就这样化成了灰，化成了烟，随风飘散了。宝玉怀着无限的悲戚回到大观园，他去找黛玉，黛玉不在；他来找宝钗，宝钗却已经搬走了，蘅芜院寂静无人，已经搬得空空落落的，正在清扫的婆子们把宝玉奚落了一番。这时，小说对宝玉的感受有一大段描写：

> 宝玉听了，怔了半天，因看着那院中的香藤异蔓，仍是翠翠青青，忽比昨日好似改作凄凉了一般，更又添了伤感。默默出来，又见门外的一条翠樾埭上也半日无人来往，不似当日各处房中丫鬟不约而来者络绎不绝。又俯身看那埭下之水，仍是溶溶脉脉的流将过去。心下因想："天地间竟有这样无情的事！"悲感一番，忽又想到去了司棋、入画、芳官等五个；死了晴雯；今又去了宝钗等一处，迎春虽尚未去，然连日也不见回来，且接连有媒人来求亲：大约园中之人不久

都要散的了。

鲜活的生命会化成灰和烟散去，相亲相爱的人们会产生嫌隙，最终分离，崇盛赫奕近百年的大家族也会烟消云散，变成一片茫茫白地——这确实是天地间最无情的事，但"天地不仁，以万物为刍狗"，大观园的流水依旧溶溶脉脉地流淌着，丝毫不以人世间的悲剧为意，或许这无情流水所象征的时间正是一切悲剧无可避免的真正根源：岁月的迁延会使道德沦丧，会让亲情浇薄，会令风俗败坏，还会让生命消亡。可以说，没有什么可以抵挡时间之流的侵蚀与磨灭了。

第四节 《红楼梦》中退化论与末世论的现实背景

唐文基、罗庆泗《乾隆传》第二章第三节①云：

> 八旗兵和满洲贵族是清政权的支柱。康熙中期之后，在和平环境中，八旗人口迅速增加。……与此同时，八旗官兵也逐渐丧失原有的尚武精神，日趋腐化。他们谋生无术，奢侈却花样翻新。……乾隆元年（1736），皇帝曾训斥旗人的懒与侈："八旗为国家根本，从前敦崇俭朴，习尚淳庞，风俗最为近古，迨承平日久，渐即侈靡，且生齿日繁，不务本计，但知坐耗财求，罔思节俭。如服官外省，奉差收税，即不守本分，恣意花消，亏竭国帑，及至干犯法纪，身罹罪戾。……而兵丁闲散人等，惟知鲜衣美食，荡费赀财，相习成风，全不知悔。旗人之贫乏，率由于此。……"②

从乾隆的上谕中，我们又分明看到了悠久的历史退化论和末世论的影子。从康熙中期开始，满洲贵族和普通旗人家族都共同经历了尚武精神的萎缩、骑射技能的丧失、道德水平的沦丧，以及进取心和生存能力的严重

---

① 唐文基、罗庆泗：《乾隆传》，人民出版社2015年版，第79页。
② 《大清高宗纯（乾隆）皇帝实录》卷十七，台北，台湾华文书局1968年影印本，第462页。

退化。① 曹雪芹在贾府这个艺术典型上不仅概括了现实中曹家的独特遭遇，也浓缩了当时旗人这一族群的共同命运。其中所表达的退化论和末世论思想也正是当时的旗人群体退化与衰落历程的真实反映。应该说，《红楼梦》所表现的贾府，不只代表着清代贵族世家的命运，也是中国古代历史上更多贵族世家命运的一个缩影。它既有着特殊的现实批判性，更具有一种超时空的、深刻而普遍的意义。

---

① 参见李治亭主编：《清史》，上海人民出版社2002年版，第1380—1391页。

第七章　青灯古佛忆红楼：
惜春作画的文学功能与主题内涵

曹雪芹的艺术构思十分缜密，《红楼梦》中大到谋篇布局和人物关系，小到一草一木的描写和一词一字的使用，都无不精心安排，周密设计，在小说的写作艺术上已臻于极致之境。对此，甲戌本第一回的脂批就曾明确指出来了：

> 事则实事，然亦叙得有间架、有曲折、有顺逆、有映带、有隐有见、有正有闰，以至草蛇灰线、空谷传声、一击两鸣、明修栈道、暗度陈仓、云龙雾雨、两山对峙、烘云托月、背面傅粉、千皴万染诸奇。书中之秘法，亦不复少。①

此外，甲戌本第二回、第十六回回前还有数条长批，从整体上指出作者的叙述手法如何高超。其他有关的具体分析则更多，不胜枚举。对于《红楼梦》叙事艺术上的高超手腕，庚辰本第十六回有一条出自畸笏叟之手的眉批也表示了由衷赞叹：

> 其千头万绪，合笋（榫）贯连，无一毫痕迹，如此等，是书多多，不能枚举。想兄在青埂峰上，经煅炼后，参透重关至恒河沙数。

---

① 《脂砚斋重评石头记》（甲戌本）影印本，第13、14页。

如否，余日万不能有此机括，有此笔力，恨不得面问果否。叹叹！①

过去一百年来，学界对《红楼梦》叙事艺术的研究也极多，此处难以备述。② 这里只想强调一点，那就是：对于这部叙事艺术极为复杂高超的小说来说，叙事层面上值得研究的问题仍有不少。本章即从惜春作画这一情节入手，来探讨一下作者设置这一情节的具体方式、后四十回这一情节将如何发展，以及这一情节在全书中有何意义等问题，以期增进对这部小说叙事艺术成就之理解。

第一节　《大观园行乐图》的设置及其结构功能

在所谓"贾府四艳"的元、迎、探、惜四姊妹之中，惜春是最不起眼的人物，她令人印象最深刻的，除了孤介清高的性格之外，似乎乏善可陈。但如此不起眼的一个人物，曹雪芹却让她承担了一个十分重要的任务——那就是画一幅所谓的《大观园行乐图》。

在小说的第四十回，因为刘姥姥一句闲话，贾母就给惜春安排了画大观园的任务。此后，第四十二、四十五、四十八、五十、五十二这些回中又多次提到惜春作画这件事。当然续书部分的第八十二回也提到了此事（这一回且暂置不论）。在上述相关的这六回中，最受人关注的自然是第四十二回：在这一回中，作者借薛宝钗之口，详尽地介绍了作画的各种准备工作和技术细节，让我们看到作者对于绘画艺术有着全面而深入的了解，这一点，从作者友人的一些描述中也可以得到充分印证。③

---

① 《脂砚斋重评石头记》庚辰本影印本，第 332、333 页。
② 这里只能举出其荦荦大端者，以见一斑。俞平伯：《红楼梦辨》《俞平伯论红楼梦》；何其芳：《论红楼梦》；周汝昌：《红楼艺术》《红楼梦与中华文化》；吴组缃：《〈红楼梦〉的艺术生命》；宋淇《红楼梦识要》；王蒙：《红楼启示录》及《双飞翼》；等等。
③ 比如敦敏的《题芹圃画石》云："傲骨如君世已奇，嶙峋更见此支离。醉余奋扫如椽笔，写出胸中块磊时。"可见曹雪芹曾经画过嶙峋怪石。敦敏的《赠芹圃》又云："寻诗人去留僧舍，卖画钱来付酒家。"张宜泉《题芹溪居士》题下小注云："……其人工诗善画。"其诗云："门外山川供绘画，堂前花鸟入吟讴。羹调未羡青莲宠，苑召难忘立本羞。"他的《伤芹溪居士》一诗题下小注亦云："其人素性放达，好饮，又善诗画，年未五旬而卒。"由此可知，曹雪芹一定善画。以上材料均见一粟编：《古典文学研究资料汇编·红楼梦资料汇编》第一册，中华书局 1963 年版，第 6、7、8 页。

不过，在这里真正应该引起我们特别注意的问题是：为什么作者要花如此多的笔墨来讲述惜春画大观园这件事儿呢？而且看起来，这件事受到了贾府地位最高的"老祖宗"贾母的高度重视，她一再亲自过问，反复督促进程；同时，这件事也引起了大观园中众姐妹的很大兴趣，众人积极参与，波及面很宽；那么作者为什么要如此郑重其事地来写这件事呢？

笔者注意到，在蒙古王府本《石头记》第五十回回末有一段总评，对惜春作画一事有如下评论：

> 最爱他中幅惜春作画一段，似与本文无涉，而前后文之景色人物，莫不筋动脉摇，而前后文之起伏照应，莫不穿插映带。文字之奇，难以言状。①

这段评语指出了惜春作画在全书中的两个作用：

第一，这件事是一个枢纽，使书中的景色和人物之间形成了有机的紧密的联系，这正如人体的关节一样，连接着全身的筋脉，只要关节一动，全身的筋脉就会动起来。大观园图要把园中的风景和人物都画上去，因此只要提到这幅画，就自然会要提到有关的人物和风景，或令人想起这些人物和风景，从而起到了牵一发而动全身的枢纽作用。

第二，这件事在小说的章法结构上造成了前后文的起伏照应和穿插映带。作画一事起源于第四十回刘姥姥的一句玩笑话，但后文中作画的事又多次被提起，这样一来，那些与此有关的往事，又会让人重新回想起来，而此后发生的事，只要跟这幅画发生联系，也会跟那些陈年往事形成对照和呼应。比如，众人大雪天烤鹿肉、联诗赏红梅的故事发生在第四十九和第五十回，因为贾母叫惜春把这些内容都添入画中，这就让它们跟第四十回刘姥姥游大观园的内容也产生了联系，形成了对比。很显然，评点者注意到了惜春作画一事在全书中的重要意义，实可谓目光如炬，独具慧眼。

但窃以为这一评语还未能揭示出此事在小说中的全部意义。通过翻检

---

① 《蒙古王府本石头记》第三册，书目文献出版社 1986 年版影印本，第 1945 页。

学界有关论著，笔者发现对这一问题的研究也相当少，最有代表性的论文要算王怀义的《论惜春的〈大观园行乐图〉创作》①一文了。

王文指出，在《牡丹亭》和《桃花扇》中，都出现了一幅画：前者是杜丽娘临终的写真，她把自己的容貌留在人世间，后来因为这幅画，她又活了过来，跟柳梦梅结成眷属。这幅画支撑了全剧叙述的展开，成为《牡丹亭》的"另一个灵魂"；后者则是剧中的重要道具——桃花扇，一把画了折枝桃花的扇子，这成为全剧得以成立的基础，也成为剧情展开的枢纽，并成为一种精神和灵魂的寄托。《红楼梦》中惜春所画的《大观园行乐图》，以大观园中的景物和人物为蓝本而创作，出现在小说的第四十回到第六十三回，这正是贾府由盛转衰的关键时期，它成为贾府和大观园盛世景象的记录，同时也暗示了它的衰败。

第四十回中，刘姥姥跟贾母聊天时，说起过年买年画一事，觉得画上的内容都是假的，哪里会有那么个真地方呢！结果到了大观园一看，觉得比画上还强十倍，想着能有人照着这园子画一张，带回去让乡亲们见识见识也好。没想到贾母说她有个小孙女儿就能画，于是她就给惜春派定了这么一个画大观园的任务，从此时时督促她的进度。就此情节，王怀义提出了两个观点，其第一个看法是认为这里再一次出现了《红楼梦》的主题之一，那就是真与假的复杂关系，具体表现为画境与现实之间的真假对立。他认为，这种真与假的对立在刘姥姥的话中被消解了，当画被视为不可企及的理想境界时，它被认为是假的，虚幻的；但当现实超越了画境这一理想状态时，真与假的区别就显得没有意义了。王怀义这一观点的后一半语焉不详，并没有把问题讲透彻，但他的这一思路还是很有启发性的。

王怀义的第二个看法是，对贾母而言，《大观园行乐图》有着重要的象征意义，是整个家族辉煌历史和富贵生活的缩影。对她来说，让眼前的繁华以绘画的形式表现出来，具有记录历史的意味。②他还把这一行为跟

---

① 《明清小说研究》2019年第1期。
② 胡晓明：《妙手丹青难留春——论惜春的形象刻画》一文中也提出过类似的观点，他说："在元妃省亲后贾家烈火烹油之盛时，将大观园画下来，只是一个偶然事件，而当家破人亡各奔东西之时，这就是珍贵的家族历史记录了。"该文载《湖北广播电视大学学报》2001年第1期。

元妃曾经打算撰写《大观园记》和《省亲颂》的计划相提并论。此外，贾母命惜春画这么一幅画，还出于娱乐的目的：在以后的寂寥岁月中，她可以借此时时回忆这一段往日时光。王怀义的这一观点同样是颇具启发性的，但他认为贾母命惜春作画还抱着一个娱乐的目的，并要借此画回忆过往，对这一点笔者就不敢苟同了。

此后，王文用了大量篇幅来讨论《大观园行乐图》的创作方式与内容选择，这方面的观点与本章要讨论的问题关系不大，这里就不再一一介绍了。但值得特别提一下的是论文的"结语"部分，讨论了这幅画的命运，猜想了如下几种可能性：它或者如一般的绘画作品一样，进入流通的领域，并频繁地变换其拥有者；或者在贾府被查抄的时候，被没收入宫；或者在惜春出家时被带走，也可能被她付之一炬。

关于《大观园行乐图》的命运，著名红学家梁归智也曾谈过他的看法，① 他指出第五十一回薛宝琴所写的十首《怀古诗》的第十首《梅花观怀古》乃是借杜丽娘的故事来暗示惜春的命运，他说：

> ……杜丽娘会画画，而贾惜春也是十二钗中的画家，杜丽娘画自己的肖像，贾惜春也画过大观园行乐图，但没有画完贾府就被抄家了。② 所以"不在梅边在柳边，个中谁拾画婵娟"这两句诗，应该是伏笔后二十八回的故事，③ 当年贾惜春没有画完的大观园行乐图，在家破人亡后偶然又被发现了，过去的荣华和今天的落魄构成了鲜明的对比，令人感慨万千。

相比于王怀义对《大观园行乐图》结局的猜测，笔者更认同梁归智的这一说法，虽然他的说法同样也只是一种猜测，但他这一猜测应该道破了曹雪芹安排惜春作画这一情节的一个重要目的。对此笔者后文还将加以申论，此处先不赘言。

在前贤今人对这一问题研究的基础上，笔者拟就此展开进一步讨

---

① 梁归智：《贾迎春、贾惜春结局之谜》，载《名作欣赏》2018年第9期。
② 关于惜春到底有没有画完她的《大观园行乐图》，学界有争论，或认为画完了，或认为没有画完。笔者认为讨论这一问题意义不大，故此处不再对有关的观点进行介绍和评述了。
③ 梁归智跟周汝昌一样，认为曹雪芹《红楼梦》原稿在八十回之后还有二十八回，而不是四十回。

论，以期对这一问题获得更全面深入的认识。

第二节　惜春作画、大观园图与惜春其人

首先，我们需要探讨一下惜春作画对于刻画她这一人物性格和形象的作用。

这个问题，其实已有学者做过研究，并指出：惜春主要是善画写意画，而这正是唐宋以来文人画的主流，它能淋漓尽致地抒写作者的胸臆，使作品充满诗意。惜春平日少言寡语，这暗合画家要心境清逸、不慕名利的寂寞之道。同时，独擅丹青就不须以更多的言语来表现她的形象了。这就用不写之写弥补了她言语偏少的缺憾。惜春能领悟绘画艺术，又能领悟禅的精神，最后归于禅而去了。她最后出家的结局，善画可以说是一个铺垫，也是她这一才能自然发展的结果。而画大观园，就成为作者刻画惜春形象的一个妙笔。[①] 这一说法也很有启发性，但把惜春善画跟她最后出家说成是具有因果联系的两个阶段，却有点把话说过头了。此外，画大观园为何成了刻画惜春形象的妙笔？这个问题也还是语焉不详。另有学者也指出，惜春擅长写意画，这比较切合她清高而孤介的个性。[②] 这一观点比较平实妥帖，但可惜没有解释具体理由。

一般说来，小说刻画人物性格与人物形象，比较直观的方式是通过人物自己的言行来加以实现。此外，通过人物的衣饰装扮、居所陈设和周围环境来加以烘托，则是一种转喻式或折射式的表现方式。曹雪芹在这两方面都是高手，尤其是第二种方式（转喻或折射式），他运用得尤其高明过人，这已经成为红学界的一个共识。比如，作者通过住所环境来烘托人物性格就向来为人所称道，在第二十三回，元妃命众姐妹搬进大观园去住，宝玉问黛玉打算住哪一处，林黛玉正心里盘算这件事，见宝玉问

[①] 胡晓明：《妙手丹青难留春——论惜春的形象刻画》，载《湖北广播电视大学学报》2001年第1期。
[②] 李希凡、李萌：《传神文笔足千秋——〈红楼梦〉人物论》，东方出版中心2017年版，第278页。

他,便笑道:"我心里想着潇湘馆好,爱那几竿竹子隐着一道曲栏,比别处更觉幽静。"宝玉听了拍手笑道:"正和我的主意一样,我也要叫你住这里呢。我就住怡红院,咱们两个又近,又都清幽。"林黛玉选择翠竹掩映、环境清幽的潇湘馆作为她的住处,自然就进一步表现了她孤傲高洁、目无下尘的独特性格,这位不食人间烟火的世外仙姝形象也入骨三分,跃然纸上。这种安排显然是出于作者的有意为之。但请注意的是:从情理来说,大观园千门万户,庭院深深,当初设计建造时自然不会特别考虑到黛玉的个人喜好而建这么一个潇湘馆,然后等她来住。所以曹雪芹的安排是:大观园建好了之后,让黛玉等人自己来挑选,这就可以很自然地借此机会来表现她们的个性了。还有一个更典型的例子是第四十回写探春的住所"秋爽斋"和宝钗的住所"蘅芜苑","蘅芜苑"的院子里有奇草仙藤,愈冷愈苍翠,异香扑鼻,屋内则一色玩器全无,跟雪洞一般,桌上一个土定瓶中供着几枝菊花,衾褥也十分朴素:在这里,不管是院落中的花草,还是屋内的陈设,都无不跟宝钗这个冷美人的冷艳外貌和理性气质高度契合,浑然一体。院落中的环境,宝钗也不能决定,但她可以选择;屋内的陈设,则是她自己的安排——两者都是她个性的投射,作者写来都令人觉得十分合理而自然。那么接下来,我们还需要重点讨论一下的乃是小说对探春住所"秋爽斋"的描写,这就跟我们要讨论的惜春的问题有着直接的关联了:

> 凤姐儿等来至探春房中,只见他娘儿们正说笑。探春素喜阔朗,这三间屋子并不曾隔断。当地放着一张花梨大理石大案,案上磊着各种名人法帖,并数十方宝砚,各色笔筒,笔海内插的笔如树林一般。那一边设着斗大的一个汝窑花囊,插着满满的一囊水晶球儿的白菊。西墙上当中挂着一大幅米襄阳"烟雨图",左右挂着一副对联,乃是颜鲁公墨迹,其词云:"烟霞闲骨格,泉石野生涯。"案上设着大鼎。左边紫檀架上放着一个大观窑的大盘,盘内盛着数十个娇黄玲珑大佛手。

回顾一下小说的第三回,描写探春的外貌,乃是"顾盼神飞,文彩精华，见之忘俗"，这相貌和气度都已经是相当非凡的了，她的性格则更令人难忘，前八十回的大量描写，生动地刻画出她才智精明、爽朗果决、心高志远、颇有大丈夫气概的鲜明性格。这种性格从她住处"秋爽斋"的名称和屋内的布置也能看出来：你看她"素喜阔朗"，三间屋子并不隔断，成为一个宽敞通透的厅堂，堂上摆设的家具和器物也无不"阔""大"，绝不似一般闺秀女子所喜好的精致秀气风格。这些都不必再细述了。这里需要我们特别注意的是，作者赋予了探春一项特殊的才艺，那就是她对书法艺术的热爱与擅长。众所周知，对于元、迎、探、惜姐妹四人，曹雪芹都分别给她们配置了一项特定的才能，那就是琴、棋、书、画，这从她们各自的贴身丫鬟分别叫作抱琴、司棋、侍书和入画就可以看出来。但曹雪芹真正着意加以表现的，其实主要只是探春的书法与惜春的绘画这两项。尤其是探春对书法的爱好与造诣，表现尤多，而且很显然，作者也利用这项才能更深入地刻画了探春的形象、性格和她的精神世界。

　　上面引文中的案上法帖和墙上字画这两句文字，都是在描写探春对书法的由衷爱好和不凡造诣，她虽然取益多师，但最爱的还是颜真卿书法，就连她墙上挂的"烟雨图"的作者米芾，其书法学的其实也是颜真卿诸家。另外还有第三十七回，探春给宝玉的书札中曾感谢宝玉"以鲜荔并真卿墨迹见赐"，更可见出探春对颜真卿书法的热爱，在贾府也是众人皆知的事情了。颜真卿的书法，举世闻名，其主要特点也尽人皆知，那就是端庄浑厚、雄健阔大；其为人则慷慨忠烈、光风霁月；这两方面都十分契合探春的为人。因此，从人物塑造方面来看，我们可以说，颜真卿的人格与书法都更好地烘托了探春这个人物的性格气质，也更深入地表现了她的精神世界。如果曹雪芹只通过常规的方式来刻画她，也已经很生动传神了，但加上这么一笔之后，这一人物的文化底蕴和文化人格就被刻画出来了——探春就不再只是一个普普通通的贵族小姐，而是有着很深的文化素养和丰富的精神生活的非同寻常的一位贵族小姐了，中国传统文化打在她身上的烙印也因此而凸显了出来。与此相似的情况也同样出现在惜春这个人物身上。

对于惜春，作者的直接描写并不多，第七十四回中，搜检大观园时她胆小怕事的言行，以及此后她驱逐丫头入画、杜绝宁国府的做法，算是浓墨重彩地刻画了她的"廉介孤独僻性"，以及她说话不知轻重，做事不留余地，多少有点偏激和决绝的个性。其次就是第七回，写她小小年纪就跟水月庵的小尼姑智能儿一起玩耍，还开玩笑说她将来也要剃了头去做姑子去，令人印象很深，此外其他的描写就不多了。在大观园众多的诗人姐妹中，她缺乏诗才；相比众姐妹以及丫鬟们的伶牙俐齿，她又少言寡语，内敛沉默。但是曹雪芹却赋予了她一种独特的才能，那就是善画，而且是善画写意画。第四十二回先是通过宝钗的话明白地说出了这一层意思，又通过宝玉说起家里边绘画材料中有一种"雪浪纸"，"雪浪纸"也是用来写字和画写意画的，还可以画南宗山水。推测起来，惜春不会画楼台和人物，但很可能会画山水。而大观园中除了楼台和人物，不就剩山水了吗？但可惜的是，曹雪芹并没有对惜春的绘画才能进行多少正面的、直接的描写，所以，前辈学者想到了从写意画这个角度来探讨作者如何利用这一因素来刻画惜春这一人物。

写意画，确实是传统文人画的重要一派。画法上，强调以简练疏放之笔墨来传写对象之神韵，表现画家自身的情感和意趣，重主观，重个性，重独创。而且，很有意思的是，古代写意派的画家中（一些山水画家也可以归入这一类），颇不乏性情疏狂古怪、难容于俗世甚至有着特殊癖性者，这里略举数例以概其余，比如沉迷于文学艺术、以"传神写照"著称、世称"三绝"（"才绝""画绝"和"痴绝"）的顾虎头（顾恺之），多才多艺、半生奉佛、成为南宗山水画祖师的王右丞（王维），有着过人洁癖、性情孤傲而书画双绝的米南宫（米芾）和倪云林（倪瓒），看破红尘、寄情山水、成为山水画派一座高峰的黄公望，放荡不羁、恃才傲物、诗画都达到了很高境界的唐伯虎，以及晚年发狂、自撰墓志铭、成为泼墨大写意画派创始人的徐青藤（徐渭），还有"蹈隐高踪，佯狂装哑，哭笑杯酒，游戏笔墨"的大画家八大山人（朱耷），等等。这些艺术造诣很高而又有着独特个性的人物，都以各类写意画法见长，他们所构成的人物谱，曹雪芹一定是非常熟悉的。不说别的，单是小说第二回作者借贾雨村之口所罗列出来的那个"正邪两赋"之人的名单中，就包括了上述的好几位画家（顾虎头、米南宫、倪云林、唐伯虎）。

那么，我们完全可以合理地推想，擅长写意画的惜春，很显然也应该是熟悉这些前代的大画家的。她学习他们的画法，崇仰他们的为人，无形中受到熏染，自然也是题中应有之义。而且，需要特别指出的一点是，上述的这些大画家中，也确实有不少人深受佛道二家思想的影响，比如王维、倪瓒、黄公望、徐渭和朱耷，其中王维是虔诚的居士，朱耷则是真正的僧人。在这个由众多大画家所构成的人物谱中，惜春自然没有资格厕身其中，她只能居于这个大家族中一个遥远的小角落，但这个大家族的荣光却反过来辉映了惜春这么一个虚构的人物，大大地加强了她本有的"廉介孤独僻性"，而且她对佛教的兴趣也似乎成为理所当然的事情了。可以说，这是曹雪芹赋予惜春擅长写意画这一特长所带来的一个必然的暗示效果。但他并没有刻意在善画写意画跟惜春的性格之间建立起明确的因果联系，而是让二者处于若有若无、若即若离的关系之中，这就需要我们在理解的时候把握好分寸了。

其次，写意画和山水画的艺术特质或许也跟惜春的性情、趣味之间存在着可以互相印证之处。

著名美学家宗白华在谈到中国画所表现的"最深心灵究竟是什么"时说：

> 它所表现的精神是一种"深沉静默地与这无限的自然，无限的太空浑然融化，体合为一"。它所启示的境界是静的，因为顺着自然法则运行的宇宙是虽动而静的，与自然精神合一的人生也是虽动而静的。

他又指出，中国人（当然也包括中国的画家）感到这宇宙的深处是无形无色的虚空，而这虚空却是万物的源泉，万物的根本，生生不已的创造力。老庄名之为"道"、为"自然"、为"虚无"，儒家名之为"天"。万象皆从空虚中来，向空虚中去。所以纸上的空白是中国画真正的画底。他又说：中国画的山水往往是一片荒寒，恍如原始的天地，不见人迹，没有作者，亦没有观者，纯然一块自然本体、自然生命。①

我们可以想见，沉浸于具备如此特质的艺术作品之中，惜春的性情与人格自然也是沉静超然的，她的心神在纯净的审美天地中流连，对现实生活中污浊的人事表现出近乎无情的决绝态度，也就让人不难理解了，这跟大观园中另外一位真正的艺术家型的人物（诗人）林黛玉的性格其实是十分相似的。此外，她的理智也会让她比一般人更能领悟到世间万物的虚无本质，正如她的判词所说的：

〔虚花悟〕将那三春看破，桃红柳绿待如何？把这韶华打灭，觅那清淡天和。说什么，天上夭桃盛，云中杏蕊多。到头来，谁把秋捱过？则看那，白杨村里人呜咽，青枫林下鬼吟哦。更兼着，连天衰草遮坟墓。……

第二十二回，惜春所编的灯谜是："前身色相总无成，不听菱歌听佛经。莫道此生沉黑海，性中自有大光明。"这说的岂不正是生性静默，然而心中却有着佛性光明的惜春自己吗？

明白了这一点，我们也就明白了惜春对待画《大观园行乐图》这一任务的基本态度——她其实是极不情愿和消极推诿的。她画不了工细楼台和草虫人物，这是她说明了的理由；她没说明的理由则是，《大观园行乐图》这样的世俗题材跟她的性情、心境和趣味根本不搭调！第五十回提到贾母又给她追加新任务，我们来看惜春的反应：

次日雪晴。饭后，贾母又亲嘱惜春："不管冷暖，你只画去，赶到年下，十分不能，便罢了。第一要紧把昨日琴儿和丫头、梅花，照模照样一笔别错，快快添上。"惜春听了，虽是为难，只得应了。一时众人都来看他如何画，惜春只是出神。

作者一再提到她对这个带有"命题作文"性质的绘画任务的"为难"态度，如果仅仅是技术上的困难，那么在第四十二回中，宝钗和宝玉早就

---

① 宗白华：《介绍两本关于中国画学的书并论中国的绘画》，收入《艺境》，北京大学出版社1987年版，第82、83页。

给她出了很好的主意,难题也得到了解决。但她仍然感到"为难",尽管贾母一再催促进度,她还是画得很慢,简直像是在消极怠工。这就让我们感到她内心深处对这件事的强烈抵触情绪。她既不喜欢违背自己的个性,去画这种毫无性灵抒发意味可言的"行乐图",也不愿违背自己的艺术理念,去为这种瞬息繁华的世俗生活场景枉抛心力。画这幅画乃是出于老祖母的慈命,她不能违抗,因此就只能勉力为之了。

第三节 《大观园行乐图》的主题内涵与情感意义

那么,这幅画到底有没有画完呢?从前八十回看不出任何有关的暗示。但我个人的看法是:这幅画应该画完了,至少也画完了大部分。之所以这么说,是考虑到作者如此安排的用意,他既要为贾家的盛衰安排一位见证人,也要为今昔盛衰之巨变安排一个截然分明的参照物。

有学者已经指出,这个见证人在贾府之外是刘姥姥。根据曹雪芹的安排,刘姥姥曾经三进荣国府,最后一次可能目睹了贾府的衰败,后来她还把沦落风尘的凤姐之女巧姐救出了火坑,跟板儿结为了夫妇。① 那么贾府内部的见证人安排谁最合适呢?很显然,这个人是将来会遁入空门的惜春,她的身份和归宿最适合成为这么一个"旁观者"和"冷眼人"。作者通过这幅大观园图把她跟刘姥姥联系在一起,就是要把这两个不同身份的见证人联系起来。刘姥姥这个见证人前两次进荣国府跟第三次进荣国府,将会形成一个强烈对比,巧姐的命运变化也会形成一个对比,这两个对比自然也会令人感慨嘘唏不已。而惜春这个见证人所形成的对比则会更令人感到伤心惨目甚至痛彻心扉。

贾府衰败后,在曹雪芹原稿中,我们至少应该可以找到两处确定无疑的今昔对比文字:第一处在脂评本的第十九回,写宝玉和茗烟年节下偷偷跑到袭人家做客,袭人母兄手忙脚乱,不知如何招待他这位贵客,小说

---

① 参见蔡义江:《刘姥姥与贾巧姐》,载《红楼梦研究集刊》1980 年第 3 期。

写道：

> 彼时他母兄已是忙另齐齐整整摆上一桌子果品来。袭人见总无可吃之物……

这句话后面，庚辰本和己卯本都有一段脂批云：

> 补明宝玉自幼何等娇贵。以此一句留与下部后数十回"寒冬噎酸齑，雪夜围破毡"等处对看，可为后生过分之戒。叹叹！①

第二处在脂评本的第二十六回，写宝玉一天午饭后，闲极无聊，顺着脚一径来至一个院门前，只见"凤尾森森，龙吟细细"。在这八个字后面，甲戌本、庚辰本也有一句脂批云：

> 与后文"落叶萧萧，寒烟漠漠"一对，可伤可叹！②

学界早已注意到这两条十分重要的批语，它们很明确地告诉我们：脂砚斋看到的八十回后的曹雪芹原稿写到了贾府衰败之后，宝玉在某种情形之下，重访潇湘馆，但此地人去楼空，黛玉已经香消玉殒，只剩下一派荒凉凄楚景象。③ 此后，宝玉更沦落到衣食难继、穷困不堪的地步，真是令人不胜今昔之感。

那么与此相应的，应该还有一个十分重要的今昔对比，乃是通过惜春来表现的。惜春的归宿是出家为尼，但她何时何种情况下出家，今已无从查考。有学者认为她应该是在贾府尚未被查抄和最终没落之前就已出家了，因为按照清代历史上抄家的惯例，被抄者的家人或被发卖，或被赐给他人，或被流放边地，不会再有出家的机会了。这么说，大体上符合一般的情况，但也并非没有例外，比如历史上曹家被查抄后，曹家在南京的家产和奴仆都被雍正下令赐给了继任江宁织造隋赫德，曹家人则全部迁回北

---

① 《脂砚斋重评石头记》（己卯本）影印本，第 398 页。《脂砚斋重评石头记》（庚辰本）影印本，第 410 页。
② 《脂砚斋重评石头记》（甲戌本）影印本，第 403 页。《脂砚斋重评石头记》（庚辰本）影印本，第 594 页。
③ 参见蔡义江：《曹雪芹笔下的林黛玉之死》，载《红楼梦学刊》1981 年第一辑。

京居住，并未被发卖，更未遭流放。① 不过，不管怎样，惜春出家是毫无疑问的，第五回中她的判词说得很清楚："可怜绣户侯门女，独卧青灯古佛旁。"既如此，那么，她出家的时候，随身带走的行囊中，大概就应该装着那一幅已经画完或者尚未完成的《大观园行乐图》吧。在此后独伴黄卷青灯的日子里，当她得知自己的家族彻底没落，亲人离散，"好一似食尽鸟投林，落了片白茫茫大地真干净"的时候，她是否会在青灯古佛之旁，默默展开那幅图画，回忆起家族过去的荣光和自己的往昔岁月呢？现实中的繁华逝去之后，如今只存在于她手中的这一幅长卷之上了，这是它们曾经存在过的痕迹和证明，多么轻微，多么脆弱，多么虚幻，她会不会因此更深地体悟到世事的无常与人生的虚无？她会不会对着图画上的那些楼台和人物黯然神伤，就跟宝玉重回大观园"对境悼颦儿"一样，默默悼念她那衰亡消逝的家族？

这幅画在八十回之后的结局究竟会是怎样，作者会利用这幅画来做些什么文章？对此各人有各人的猜测，但我认为，确定无疑的一点是，贾府没落之后，这幅画会被某个"个中人"看到，勾起他（她）对过去生活的回忆，从而让现实的情景跟贾府过去的繁华形成一个强烈的对比，造成"白头宫女在，闲坐说玄宗"的盛衰之叹与今昔之感；同时，小说也借此更深切地表达瞬息繁华、富贵荣华转眼成空的思想。这个对比正是小说第一回一僧一道劝那石头不要向往红尘中富贵而说的那一番话的形象化注解：

> 二仙师听毕，齐憨笑道："善哉，善哉！那红尘中有却有些乐事，但不能永远依恃；况又有'美中不足，好事多魔'八个字紧相连属，瞬息间则又乐极悲生，人非物换，究竟是到头一梦，万境归空，倒不如不去的好。"

也正如《金刚经》所云："一切有为法，如梦幻泡影，如露亦如电，应作如是观。"曹雪芹借贾府的盛衰，同样表达了这一思想，并对之进行了

---

① 参见故宫博物院明清档案部编：《关于江宁织造曹家档案史料》，第188页。

极富创造性的艺术表现：他让贾府的"烈火烹油、鲜花着锦之盛"转眼之间转化成了一幅图画上的颜色，转化成了历史的陈迹，让我们想起了中国文学中被不同时代的人们以不同的方式一再表达过的那些情感和主题，比如王羲之的《兰亭集序》所说的：

> 向之所欣，俯仰之间，已为陈迹，犹不能不以之兴怀，况修短随化，终期于尽！古人云："死生亦大矣。"岂不痛哉！①

又比如王勃的《滕王阁序》所云：

> 呜乎！胜地不常，盛筵难再；兰亭已矣，梓泽丘墟。②

还有唐代诗人刘希夷著名的《代悲白头翁》，更像是特意为大观园的凋零而作：

> 公子王孙芳树下，清歌妙舞落花前。光禄池台文锦绣，将军楼阁画神仙。一朝卧病无相识，三春行乐在谁边？婉转蛾眉能几时？须臾鹤发乱如丝。但看古来歌舞地，唯有黄昏鸟雀飞。③

惜春作画，在主题和情感层面上的意义大抵如上。但除了这两个方面，其实还有着章法结构上的意义。

第四节 《大观园行乐图》结构意义与艺术渊源

对于《红楼梦》结构上的复杂细密安排，学界的研究已经有不少了。但惜春作画这一情节的结构意义还并未被人注意到。笔者认为，这一情节是作者刻意设置的一个巧妙的"镜像结构"，这一结构在小说中并不是孤

---

① 严可均校辑：《全上古三代秦汉三国六朝文》之《全晋文》卷二十六，题为《三月三日兰亭诗序》，中华书局1958年版，第1609页。

② 王勃著，蒋清翊注：《王子安集注》卷八《秋日登洪府滕王阁饯别序》，上海古籍出版社1995年版，第235页。

③ 见《全唐诗》卷五十一，该诗收入宋之问卷，题作《有所思》，题下注云"一作刘希夷诗，题云《代悲白头翁》"，中华书局1960年版，第630页。又见《刘希夷诗注》，上海古籍出版社1997年版。

立的,而是有着若干个相似的结构同时并存的。

当代著名作家王蒙曾注意到,甄宝玉和贾宝玉这一对人物设置形成了一种"长廊效应":他们是一组几乎完全相同的人物,但甄宝玉基本隐在幕后,只在前八十回中被贾雨村和甄家的四个女人提起过两次;然后第五十六回中,宝玉做梦,却梦见甄宝玉也在做梦,而且梦见的还是他贾宝玉。王蒙对这些情节加以分析后认为:

> 他们互为映象,互相观照,一个连着一个,一个派生一个,就像两面镜子对照,会照出无穷长远的无穷镜子来,就像放一件物品在两面对照的镜子中,会映出无穷系列的无穷物体来。这种光学反射上的"长廊效应",正是由曹雪芹而石,由石而玉,由玉而贾宝玉,由贾宝玉而甄宝玉的根源,也可以说,这是一种自我观照上的"长廊效应",自我意识中的"长廊效应"。①

王蒙这一论断十分精辟。但在笔者看来,这个所谓的"长廊效应"其实更是一种"镜像结构",为什么这么说呢?

首先,从常理的角度来看,贾宝玉应该是活跃在我们视线中的"真宝玉",而隐在幕后、出现在他梦中的那个甄宝玉反倒应该是一个"假宝玉",是镜子中那个虚幻的影像。然而,根据第一回的脂砚斋批语所引述的"作者自云",此书是"真事隐去,假语存焉"。因此,我们需要反过来理解小说的这一"镜像结构",即镜子外面的是假的,镜子里边的反而是真的了。本来应该是真,现在却成了假,本来应该是假,现在却成了真,岂不正是"假作真时真亦假"了吗?

其次,从小说的具体描写来看,贾宝玉和甄宝玉又并没有多大的差别,可以说,甄宝玉就是贾宝玉,贾宝玉也就是甄宝玉,真中有假,假中有真,真假不二,无法截然分离开来,而这应该正是作者设置这一镜像结构所要表达的主要意思吧。

类似的结构设置,在小说中还有如下数处:

---

① 王蒙:《红楼启示录》,生活·读书·新知三联书店2005年版(初版于1991年),第137、138页。

第一回，无材补天的顽石入世历劫之后，重回青埂峰无稽崖，恢复了原形，它的身上却多了一篇字迹历历分明的文字，途经此处的空空道人从头一看，原来这就是石头入世历劫的一番经历，也就是所谓《石头记》的正文。他将此文传抄问世，又改名为《情僧录》。东鲁孔梅溪题曰《风月宝鉴》，曹雪芹修改润色之后又改题为《金陵十二钗》云云。我们可以认为，在这里，作者至少为《红楼梦》这部小说设置了三个"镜像"：石头上所刻写的那篇文字，空空道人所抄录的那个抄本，以及经曹雪芹修改润色而成的那个最终定本。作者在文本中设置这一系列"镜像"，一方面固然让文本自身的来历变得扑朔迷离，十分神秘，另一方面也造成摇曳多姿的效果。当然还有其他更深的含义，只能另文探讨，这里就不再多说了。

第五回，宝玉梦游太虚幻境，在"薄命司"中看到了宝钗、黛玉等十五个人物的命运簿册，上面都载有暗示她们人生轨迹的图画和判词，此后他又聆听了警幻仙子安排舞女演唱的《红楼梦》十二支曲子，再一次对她们中一部分人的身世、性格和命运进行了暗示。这种做法，相当于把此后小说中的一部分内容用含蓄的笔法先行披露，就像让一个人用镜面被磨损了的铜镜照了一下，显出了一个模糊不清的影子一般。同样的技巧，在第三十七回咏海棠诗、第三十八回咏菊花诗、第六十三回"寿怡红群芳开夜宴"、第七十回填柳絮词等处，也用到了，只不过，这些地方都不如第五回的写法那么有典型性罢了。

第十七回、十八回，"大观园试才题对额"，写众人游览至大观园正殿时，看到正面出现了一座玉石牌坊，众清客相公们认为这里应该题名为"蓬莱仙境"，这时小说如此写道："宝玉见了这个所在，心中忽有所动，寻思起来，倒像那里曾见过的一般，却一时想不起那年月日的事了。"很显然，在这里，作者是在暗示我们，这个牌坊和正殿让宝玉想起了他梦中到过的太虚幻境。这无异于指出：大观园乃是太虚幻境在人世间的一个投影、一个镜像。或者反过来，太虚幻境是大观园在人世之外时空中的投影和镜像。与此相关联的则是，经警幻仙子安排，从太虚幻境来到人世间的一干风流冤孽，跟大观园中众儿女之间，不也构成了一种类似的镜像结构吗？

第七十六回，"凹晶馆联诗悲寂寞"，写的是抄检大观园之后，贾府昔日和谐的氛围被破坏殆尽，中秋赏月，大家情绪不高，贾母强颜欢笑，场面十分冷清。湘云和黛玉两人中途离席，在凹晶溪馆联了一首五言长诗，记录了贾府最后一个残缺的团圆节日。这首诗的内容跟小说描述的中秋场面有同有异，互为镜像，成为贾府没落前夕的另一个历史记录。

第七十八回，"老学士闲征姽婳词"，则以不同的文体反复讲述了林四娘的故事：贾政口头的叙述，清客相公依贾政口述撰成的短序，宝玉的歌行，贾兰的七绝，贾环的五律。而林四娘的故事又是在影射未来林黛玉为她毕生的知己宝玉流尽眼泪、献出生命的结局，① 成为黛玉一生命运的一个镜像。

那么，最后还有一个笼罩全局的镜像结构，那就是惜春所画的《大观园行乐图》跟整个小说所描绘的大观园生活场景之间，显然也是互为镜像的，而且比上述的其他镜像结构都要更为巧妙。因为，这里互为镜像的双方，一是绘画的画面，一是文字所描绘的生活场景。虽然两者的载体不同，但内容高度一致。作者在他用文字所描绘的全部生活场景之中，又为这些场景本身安排了一个镜像，从而让两者之间的相互映照获得了一种特殊的美感和意义。最后，在小说所创造的艺术世界中，当文字描绘的繁华衰歇消逝之后，它们的影像还继续保留在那幅图画之中，被人凭吊缅怀，或许还会在另一个旁观者刘姥姥的口头被讲述着，成为一个真正的传说，就跟她曾给宝玉等人讲过的那些"古记"一样。这样一个结果，象征着一切人类历史的共同归宿，正如曹雪芹之后一百年，满族作家文康在他的《儿女英雄传》第三十八回借书中人物谈尔音之口唱出的那几句道情：

> 判官家，说帝王，征诛惨，揖让忙，暴秦炎汉糊涂账。六朝金粉空尘迹，五代干戈小戏场。李唐赵宋风吹浪。抵多少寺僧白雁，都成了纸上文章！②

---

① 曹雪芹构思中的黛玉结局，请参见蔡义江：《曹雪芹笔下的林黛玉之死》第二节"情节的梗概"，载《红楼梦学刊》1981年第1期。
② 文康：《儿女英雄传》，第798页。

人类轰轰烈烈的悲欢离合与欢笑悲忧，最后的归宿不过是一篇文字、一幅图画、一个传说、一场闲话。那些刻在石上的文字，留存在蛮荒的大自然中，历尽沧桑之后，不免连朝代年纪也失落无考，即使可考，也没有什么意义了；写在纸上的，未免更加脆弱，遭人修改润色，失去本来面目，也难免最终遗失损毁的命运；进入图画的，岁久年深之后，色彩漫漶，卷册毁坏，最后也难逃被毁灭的结局；进入人们的口头传说的，就更容易人言言殊，演变成真假难分的"古记"，随着传说者生命的凋零，也最终消失，连一丝丝有形的痕迹都无法留下了。这就是《红楼梦》中"色空"主题的盛大交响乐，惜春作画这段情节正是其中不可或缺的一个重要声部。

那么，在讨论完惜春作画这件事的意义之后，我们还需要追问一句：这样一种艺术技巧，是不是曹雪芹个人的天才创造呢？

笔者的回答是：不完全是。因为，它很可能有着艺术上的更早的源头。

首先，这个源头有可能就是绘画史上的一种特殊的题材——重屏画。关于这种画，美术史家巫鸿有过专门的研究，从他的有关论述来看，这种画的基本结构大致是：在一个屏风上，画着一幅人物画；这个人物的背景也是一个作为远景的屏风，而这个作为远景的屏风上，又画着这个人物的肖像。换言之，就是屏风画上还有一幅屏风画，而这两幅屏风画上的人物则是同一个人物。这样一来，作为远景的屏风画似乎就是作为主体的近景画的一个镜像，从而在画面中形成了一个典型的"镜像结构"。这种画的代表作有五代南唐画家周文矩的《重屏会棋图》、元代刘贯道的《消夏图》、明代佚名的《高士图》和清代姚文翰及佚名的两幅《是一是二图》。[①] 我们从曹家人和曹雪芹本人对于中国画的熟悉程度以及精深造诣来看，《红楼梦》之所以会采用一幅画来作为它所述内容的"镜像"，其艺术灵感极有可能是来自于绘画史上的重屏画。

---

① 参见巫鸿：《重屏：中国绘画中的媒材与再现》，文丹译，上海人民出版社 2009 年版，第 70、106、107、207—211 页。

其次，还有一个可能的来源，就是《红楼梦》之前的小说中，也出现过一种类似的"镜像式结构"。笔者曾对明清通俗小说中的"戏曲嵌入式结构"进行过研究，发现其中有一种十分典型的形式，可以称之为"自我映照的戏曲嵌入式结构"，亦即在小说中包含着一本戏，其剧情就是表现该小说的主要或部分内容。小说叙述者或者会概述这本戏的大意，或者会直接写出该剧的部分戏文。就此剧本内容与小说内容基本相同这一点而言，小说对"戏"的叙述就是一种重复叙事，作为文本外层的小说主体与其所包含的戏曲部分形成类似于"回"字形的结构形式，这很像一个人在照镜子，把自己的身影映现在镜中，从而造成了结构上彼此回环掩映、相辅相成的特殊美感。这类作品至少有明末清初董说的《西游补》、陈忱的《水浒后传》，以及清代前期随缘下士的《林兰香》。《红楼梦》之后，这一类作品也不少，但因它们不可能影响到《红楼梦》，这里就不再列举了。此外，除了小说，戏曲中类似的结构也屡见不鲜，都可以归入本节所讨论的"镜像式结构"中来。① 对这些小说和戏曲，曹雪芹理应都不陌生，如果说他可能从中受到启发，应该也不算是一种太离谱的猜测吧。

以上所论，主要是从现存的前八十回曹雪芹原稿入手，加上探佚学的合理成果，再加以适度推测所获得的结论，当然未必尽妥。在曹公完整的原稿中，相信他在八十回之后的章回中必定会对惜春作画这一故事有着惊心动魄的艺术安排吧！

---

① 参见李鹏飞：《论明清通俗小说的"戏曲嵌入式结构"》，载《文艺理论研究》2016年第4期。

第八章　赤条条来去无牵挂：
　　　　《红楼梦》中的孤独感

　　从情感层面来看的话，可以说，一部《红楼梦》，是以孤独起始，也是以孤独终了的（续书大抵如此，原稿更应该是如此）。对孤独感这一人类普遍的感受，《红楼梦》既有具体细致的文学表现，也有形而上的哲学思考。然而在红学史上，这一问题虽然时被提及，却大都是学者们在论述其他问题时顺带涉及，从未得到系统深入的论述。有学者已经敏锐地注意到，《红楼梦》中有数量众多的孤儿和孤女，尤其是存在一个庞大的孤女群体。她们围绕在贾宝玉的周围，成为他生命的重要组成部分。这是曹雪芹有意的安排，在古今中外的文学作品中也是独一无二的现象。①应该说，这一发现相当重要，在一定程度上可以解释弥漫于整部小说中的孤独感的成因。但这一发现的提出者则主要循此角度进一步来讨论《红楼梦》中女性群体的悲剧命运以及作者对家之虚妄的思考，而并未对这一现象更根底处的孤独感加以探讨，而这正是本章要集中讨论的核心问题。

---

① 见孔令彬：《〈红楼梦〉里孤女多》，载《红楼梦学刊》2010 年第三辑。

第一节　作者的孤独感

日本学者斯波六郎的《中国文学中的孤独感》一书对中国古代著名文人和诗人作品中的孤独感进行了研究。从他的研究我们看到，诗文所表现的大都是作者自己的孤独感。而《红楼梦》作为一部小说，它所表现的孤独感虽跟前代诗文有相通之处，但不同之处显然更多。大致说来，可以归为如下三类：一是作者自己的孤独感；二是小说人物的孤独感，人物自己感到了孤独，我们也能感觉到人物的孤独，如宝玉、黛玉、贾母等人即是；第三类则是小说表现了一个人物的孤独境遇，人物自身没有感觉到，但我们从这个人物身上能感觉到浓重的孤独感，如秦可卿、元春、湘云、迎春、探春、惜春、李纨、宝钗、尤二姐、尤三姐、凤姐、香菱、晴雯、妙玉等人即属此类。

这里先简单谈一下作者本人的孤独感。《红楼梦》作为小说，其作者并未直接在书中现身并抒发他的情感，但他为自己设置了一个替身：一块无材补天的顽石。顽石入世历劫之后，写出了一部巨著《石头记》，作者为之修改润色，抄布传世。很显然，这块顽石就是作者本人的自况，这一点是至为明白也毋庸怀疑的。因此，作者的孤独感就必须通过顽石来予以领会了。

顽石的孤独感一开篇就表现出来了：在作者改写而成的补天神话中，这块顽石被女娲遗弃在大荒山青埂峰下的茫茫旷野中，日夜悲号惭愧，承受着无尽的自卑和孤独！小说第十八回写了顽石回想那时的感受，说它"当初在大荒山中，青埂峰下，那等凄凉寂寞"——"那等凄凉寂寞"，是孤独的同义语。而且，大荒山这么一个所在，不正给人以地老天荒的孤独感吗？

顽石备尝"凄凉寂寞"之际，却因偶然机缘，入世历练一番，又重回大荒山青埂峰，身上却刻了历历分明的一篇文字，讲述了它在人世间的经历。然而这篇文字也遭到了不被人理解的命运，它的所谓修订者曹雪芹为之题写了一首绝句："满纸荒唐言，一把辛酸泪！都云作者痴，谁解其中味？"自己的泣血之作不被世人理解，曲高和寡，知音难觅，这难道不是一种深深的孤独感吗？

曹雪芹本是一个旷绝古今的文学天才，但不幸的命运让他的旷世高才得不到施展的舞台，就像一块本可补天之石被遗弃在荒野，经受着亘古的孤独。他把自己一生的见闻感受精心结撰成一部伟大的作品，借以表达他的孤愤，却又遭到缺少知音的命运。这种境遇，令人不由得想起唐代著名诗人陈子昂的名篇《登幽州台歌》："前不见古人，后不见来者。念天地之悠悠，独怆然而涕下。"这诗中所表达的独立苍茫的孤独感，不正是顽石和作者类似感受的先声吗？

第二节　贾宝玉的孤独感

如上所言，一方面，顽石是作者的自况；另一方面，顽石和作者又都跟小说的主人公贾宝玉有着十分紧密的联系。小说正文和脂批都曾把顽石跟贾宝玉混为一谈，① 而在程甲本《红楼梦》中，顽石则被直接说成是神瑛侍者的前身，神瑛侍者又是宝玉的前身。即使是在未经后人改动过的早期《石头记》抄本中，"顽石的幻相"通灵玉跟贾宝玉是截然分明的物与人，也被作者写成了两位一体的关系。同时，曹雪芹本人乃是贾宝玉的原型之一，这一点也已成为红学界的共识。故就此而言，顽石和作者的孤独感，必然都赋予了贾宝玉，或者也可以说，贾宝玉的孤独感也就是作者的孤独感了。

总的说来，贾宝玉是因为他独特的人格、思想、情感、领悟力和人生抉择不为人所理解，于是时时感受到强烈的孤独感，并进一步对人类根本

---

① 如小说第五回写到的《红楼梦》曲子的第二支《终身误》道："都道是金玉良姻，俺只念木石前盟。"甲戌本《石头记》第一回写绛珠仙子欲报神瑛侍者甘露灌溉之恩处，有一段朱笔眉批云："以顽石草木为偶，实历尽风月波澜，尝遍情缘滋味，至无可如何，始结此木石因果，以泄胸中悒郁。"见《脂砚斋重评石头记》（甲戌本）影印本，第18页。

性的孤独境遇有了十分深刻的体认。

他仿佛生来就是一个异类,注定是要被人误解的:他一岁时抓周,抓了脂粉钗环,他的父亲贾政就怒斥其"将来酒色之徒耳";七八岁时,他发表了一番"女儿是水作的骨肉"论,冷子兴也认定他"将来色鬼无疑了"。倒是贾雨村,认为他来历不凡,发表了一番著名的"正邪两赋"论,为宝玉奇特的性情提供了一番形而上的理由。在他看来,宝玉的聪俊灵秀和乖僻邪谬,皆超群绝伦,又是一个情痴情种,若无"致知格物之功,悟道参玄之力"(见第二回),是难以理解他的。庚辰本第十九回有一条脂批说:

> 听其囵囵不解之言,察其幽微感触之心,审其痴妄委婉之意,皆今古未见之人,亦是今古未见之文字。……恰恰只有一颦儿可对,令他人徒加评论,总未摸着他二人是何等脱胎、何等骨肉。余阅此书,亦爱其文字耳,实亦不能评出此二人终是何等人物。[①]

贾宝玉究竟是何等人物?从清代以来,论者纷纭。周汝昌在前人基础上,概括了宝玉的五大特点,如对别人一视同仁、推心置腹等等。他进而指出,宝玉一方面是在继承古哲先贤的优长,一方面却好像是已孕育着近乎近现代的新的社会思想,因此在他的时代里,一般人要想理解他是何人,自然十分困难。[②] 刘再复则从释、道、儒的角度深入分析了贾宝玉这一人物的思想文化内涵,指出他是一个至真、至善、至美的人,是一个带有佛之慈悲、道之逍遥、儒之仁厚的好人和精彩人,是曹雪芹所塑造的一个理想人格。[③]

这一理想型人物,其思想也惊世骇俗,难以为常人所理解、为世俗所接纳,故注定只能是一个孤独者。民国学者陈蜕就曾敏锐地指出过这一点,他在列举宝玉的诸多言论之后云:

> 真有遗世独立之概。其旨如此,而托之父母不喜、亲宾寡洽者之

[①] 《脂砚斋重评石头记》(庚辰本)影印本,第417页。
[②] 周汝昌:《红楼梦与中华文化》(增订本),第102、108页。
[③] 刘再复:《贾宝玉论》,生活·读书·新知三联书店2014年版,第69、31页。

口中,又自斥以"天下无能第一,古今不肖无双",意若曰:天下古今无能肖此玉者,有之,则亦父母不喜、亲宾寡洽耳。(《列〈石头记〉于子部说》)①

所谓"父母不喜、亲宾寡洽",非孤独而何?

如果我们把贾宝玉视为一个提前出现的"新人",那他应该属于未来的世纪。如果把他视为一个艺术世界中的理想人物,那么他不属于任何一个世纪。因此,他注定要为周围的人们所不解。小说第三回"批宝玉极恰"的那两首《西江月》,就是他不被世人所理解的明证了。此外,小说还通过旁人之口说过两段对他的典型评论,也可作为明证——第三回王夫人说他嘴头"一时有天无日,一时又疯疯傻傻",第六十六回兴儿跟尤二姐说起宝玉,也说他"成天家疯疯癫癫的,说的话人也不懂,干的事人也不知"。

之所以如此,乃是因为他的情感体验和精神世界跟一般人有着很大的不同,他的思想和价值观跟既定的道德伦理观念和价值观念也颇为不同。鲁迅先生说"悲凉之雾,遍被华林,然呼吸而领会之者,独宝玉而已"。② 王昆仑则指出:宝玉有着超过常人的敏悟和高度的情感要求,他永远是一个陷身女子重围中的孤独者、热闹环境中的寂寞人、痛苦的灵魂的流浪者。他有超越恋爱的内心纠纷之存在,对这世界、这人生,直觉地发生了强烈的震动,直接感觉到了这现实的"茫茫"大地"渺渺"人生之空虚。③

王蒙则更具体也更一针见血地指出宝玉心灵的强烈震动和痛苦的根源在于:在他本不必为生存和生计操劳的优渥处境中,他的悟性偏偏又使他过早地去思考生命与人生的种种难题。生老病死,聚散祸福,荣辱浮沉,使他常常感到人生的无常与心灵的痛苦。在感情世界与形而上的思考

---

① 一粟编:《古典文学研究资料汇编·红楼梦资料汇编》,第269、270页。
② 鲁迅:《中国小说史略》第二十四篇"清之人情小说",第201页。
③ 王昆仑:《红楼梦人物论》之《贾宝玉的直感生活》,北京出版社2004年版,第285—287页。此书初版于1948年。

中，他有着无限的孤独与悲哀，和黛玉以外的所有人保持着距离。①

可见，宝玉在一个本不应如此的处境和年龄里，对人生中消极与虚无的一面就已经深有领悟，不能释怀，且深感悲哀。这种心境是他周围的人所无法理解，也无法接受的，比如他动辄说去当和尚或死了化灰化烟，就被袭人和黛玉等人责怪，斥为"疯话"。黛玉也敏感生命之无常，但她不如宝玉那样，对死亡和虚无有着那么痛切的感受。就此而言，他们在生命的终极体验上也保持着一定的距离，最典型的例子就是第二十八回开头写宝玉无意中听黛玉吟诵《葬花词》后的内心感受：可以说，这是宝玉第一次领悟到人生苦短和生命终将消亡的残酷事实，此前他大概从未想过自己和黛玉等人终会老去，更没有意识到他们都终有一死。但此刻，因黛玉诗的触动，他突然领悟到了这一点，并意识到他们的肉体生命如此短暂和脆弱，还不如大观园中的楼台花柳那般经得起时间的消磨，当他们都化为乌有之后，"斯花斯园斯柳"却还会继续存在下去，成为别人的家园。这一觉悟瞬间击垮了他的意志，令他悲伤到了无法自持的地步。这一番内心的狂澜都因黛玉而起，然而黛玉又如何能领会到这一点呢？宝玉这种极强的直觉能力和领悟力，令他的内心世界有着他人所无法企及的急骤深微的变化，也让他成为一个不被人理解的精神上的孤独者。

类似的例子第五十八回还有一处：在一个万物生发的春日午后，众婆子们忙着料理园中花木，湘云、宝琴、香菱等人则坐在石上瞧她们忙碌取乐。此时，大病初愈的宝玉也拄杖而来，可他不仅未能感到众人所有的快乐，反而从一株杏树的绿暗红稀萌生出光阴易逝的伤感情怀，不禁对杏流泪叹息起来。他又认为偶然飞来的雀儿的啼鸣也是感叹杏树花期已逝的啼哭之声。可见，宝玉心中时刻"惦记"着这些跟生命本身相关的形而上与终极问题，一经触动，便忍不住要反复推求玩味，以致沉入哀伤的深渊不能自拔。这种动辄发作的"呆性"，正是宝玉与众不同的心灵状态的自然流露。他太容易于众人不经意之处窥见人生的另一面，从而萌生悲哀之情。这正如鲁迅在他的《墓碣文》中所说的："于浩歌狂热之际中寒；于

---

① 王蒙：《双飞翼》之《贾宝玉论》，第249页。

天上看见深渊。于一切眼中看见无所有……"著名学者王昆仑也曾说宝玉是热闹场中的寂寞人,对此他虽未予详论,但我们自然能想到元妃晋封、荣宁鼎沸之际,唯独宝玉视有如无,毫不介意,只担忧秦钟病重;而当贾母等人兴高采烈为凤姐过生日时,他却一个人悄然出城,祭奠金钏儿去了;当贾府上下一起欢度元宵、鼓乐喧天之时,他却离席回到冷清的大观园中探看丧母的袭人。他总能透过热闹喧嚣的表象看到生活那悲哀虚无的底色,这就跟一般沉湎满足于这一表象的人格格不入,产生了隔阂,成了一个人生感受上的孤独者。这种孤独的精神处境促使他做出了一些反常的举动,第三十五回傅试家的两个婆子议论宝玉时说道:

> 时常没人在跟前,就自哭自笑的;看见燕子,就和燕子说话;河里看见了鱼,就和鱼说话;见了星星月亮,不是长吁短叹,就是咕咕哝哝的。

这跟他对杏流泪同属反常之举。对他这种反常之举,我们究竟该如何理解呢?有学者曾指出,宝玉的心有无限的包容性,在他心中,天人无分,物我不二。① 这一说法颇有见地。但在此处,我更倾向于认为,宝玉是因为精神上的极度孤独,才会把这些无知无识的自然物当成他倾诉的对象。这不禁让人想起曹魏时代的著名诗人阮籍在他的《咏怀》其十四中所说的:"感物怀殷忧,悄悄令心悲。多言焉所告,繁辞将诉谁?"他的满腹隐忧,无处告语,这不正是一种根本意义上的人类的孤独感吗?

以上所论,乃是宝玉精神世界和生命体验中的孤独感,它产生于一个人深层次的、特殊微妙的情感思想无法跟人交流,更不能被人感知、理解和接受的困境。

除了精神上的孤独感,曹雪芹也表现了宝玉在现实人际关系中的孤独感。周汝昌曾指出,宝玉之为人,有这样一些特点:对自己不自视高贵;对别人,一视同仁,与人为善,推心置腹,倾心相待。② 刘再复则指

---

① 刘再复:《贾宝玉论》,第5、7页。
② 周汝昌:《红楼梦与中华文化》(增订本),第108页。

出,宝玉保持着至真至善、最美最纯的心灵,他爱一切人,宽恕一切人,接纳一切人,信赖一切人,以平等本真之心对待人。① 笔者则认为,宝玉待人接物,亦如《庄子·天下》篇所言,"人皆取先,己独取后","人皆取实,己独取虚","常宽容于物,不削于人,可谓至极"。② 但纵然如此,在贾府复杂的人际关系中,宝玉却表现得心劳力拙,左支右绌,一片为人、爱人的苦心孤诣竟常为人所不解,尤其被他所亲爱者不解,这不得不令他感到人与人之间深深的隔阂,也体会到强烈的个人的孤立感。③

贾宝玉第一次感受到这一点,是在小说的第二十二回宝钗生日看戏时,他试图调停于黛玉和湘云之间,不想调和不成,反"落了两处的贬谤"。他想起刚看过的《庄子》,深感自己一片苦心,未被两人领会,越想越无趣,不由得灰心丧气。袭人劝他随和一点,这样"大家彼此有趣"。接着是如下情节:

> 宝玉道:"什么是'大家彼此'!他们有'大家彼此',我是'赤条条来去无牵挂'。"谈及此句,不觉泪下。袭人见此光景,不肯再说。宝玉细想这句意味,不禁大哭起来,翻身起来至案,遂提笔立占一偈云:"你证我证,心证意证。是无有证,斯可云证。无可云证,是立足境。"写毕,自虽解悟,又恐人看此不解,因此亦填一支《寄生草》,也写在偈后。自己又念一遍,自觉无挂碍,中心自得,便上床睡了。

他填的这支《寄生草》曰:

> 无我原非你,从他不解伊。肆行无碍凭来去。茫茫着甚悲愁喜,纷纷说甚亲疏密。从前碌碌却因何,到如今回头试想真无趣!

---

① 刘再复:《贾宝玉论》,第5、6、7、12页。
② 王先谦:《庄子集解》,收入《诸子集成》3册,第221页。
③ 吴组缃《论贾宝玉的典型形象》一文第八节论及第七十九回香菱对宝玉的误解时指出:这里的描写显出贾宝玉在他的世俗社会里精神内心是多么孤独寂寞。香菱对他的误解,正可以代表一般世俗之见。载《北京大学学报(人文科学)》1956年第4期。

如此将偶发情势反复推究引申,从而把某一念头推向极致之境,是宝玉"一生之病"。① 当他把自己跟湘、黛之间的小纠纷予以推广扩大时,一种强烈的无力感和孤独感便油然而生了。

宝玉的孤独还来自他所感到的人心的隔阂。第三十一回"撕扇子作千金一笑"中,宝玉被晴雯顶撞,气得要把她打发出去,众人跪下求情:

> 宝玉忙把袭人扶起来,叹了一声,在床上坐下,叫众人起去,向袭人道:"叫我怎么样才好!这个心使碎了也没人知道。"说着不觉滴下泪来。袭人见宝玉流下泪来,自己也就哭了。

第五十七回"慧紫鹃情辞试忙玉"中,紫鹃拿话试探刚从"失心疯"中缓过来的宝玉,宝玉反应如下:

> 一面说,一面咬牙切齿的,又说道:"我只愿这会子立刻我死了,把心迸出来你们瞧见了,然后连皮带骨一概都化成一股灰——灰还有形迹,不如再化一股烟——烟还可凝聚,人还看见,须得一阵大乱风吹的四面八方都登时散了,这才好!"一面说,一面又滚下泪来。

此时此刻,他一定无比痛切地看到了横在人心之间的那道厚障壁,感到极度沮丧和绝望了吧。

即使是在灵犀相通的宝黛之间,也同样免不了有隔阂。尤其宝玉,他对黛玉用心极深,体贴入微,但他还是痛感黛玉不懂他的心意。如第二十八回写宝玉跟黛玉一番推心置腹:

> 宝玉叹道:"……如今谁承望姑娘人大心大,不把我放在眼里,倒把外四路的什么宝姐姐凤姐姐的放在心坎儿上,倒把我三日不理四日不见的。我又没个亲兄弟亲姊妹——虽然有两个,你难道不知道是和我隔母的?我也和你似的独出,只怕同我的心一样。谁知我是白操了这个心,弄的有冤无处诉!"说着不觉滴下眼泪来。

第二十九回,宝黛之间因为红麝串和老道士给宝玉提亲的事发生龃

---

① 第二十一回脂批说宝玉一生有三大病,这里借用其说法。见《脂砚斋重评石头记(庚辰本)》影印本,第467、468页。

龉，两人拌嘴后对坐流泪想心事：

> 原来那宝玉自幼生成有一种下流痴病，况从幼时和黛玉耳鬓厮磨，心情相对；及如今稍明时事，又看了那些邪书僻传，凡远亲近友之家所见的那些闺英闱秀，皆未有稍及林黛玉者，所以早存了一段心事，只不好说出来，故每每或喜或怒，变尽法子暗中试探。那林黛玉偏生也是个有些痴病的，也每用假情试探。因你也将真心真意瞒了起来，只用假意，我也将真心真意瞒了起来，只用假意，如此两假相逢，终有一真。其间琐琐碎碎，难保不有口角之争。
>
> 即如此刻，宝玉的心内想的是："别人不知我的心，还有可恕，难道你就不想我的心里眼里只有你！你不能为我烦恼，反来以这话奚落堵我。可见我心里一时一刻白有你，你竟心里没我。"心里这意思，只是口里说不出来。
>
> 那林黛玉心里想着："你心里自然有我，虽有'金玉相对'之说，你岂是重这邪说不重我的。我便时常提这'金玉'，你只管了然自若无闻的，方见得是待我重，而毫无此心了。如何我只一提'金玉'的事，你就着急，可知你心里时时有'金玉'，见我一提，你又怕我多心，故意着急，安心哄我。"
>
> 看来两个人原本是一个心，但都多生了枝叶，反弄成两个心了。那宝玉心中又想着："我不管怎么样都好，只要你随意，我便立刻因你死了也情愿。你知也罢，不知也罢，只由我的心，可见你方和我近，不和我远。"
>
> 那林黛玉心里又想着："你只管你，你好我自好，你何必为我而自失。殊不知你失我自失。可见是你不叫我近你，有意叫我远你了。"如此看来，却都是求近之心，反弄成疏远之意。如此之话，皆他二人素习所存私心，也难备述。

这一段奇文，把两人的内心独白以对话的形式表现出来，看上去颇不合乎情理，却极为形象地写出了宝黛之间情感交流的困境：两个彼此相爱的人，心有灵犀，高度默契，只要坐在一起，他们的心似乎就在无声地交谈。但纵使如此，他们也不可能全然懂得彼此的心意，仍不免发生参差误会。正如斯波六郎指出的：人一方面具有社会性，一方面也有着孤独性，有着人人殊异的性格。《左传》"襄公三十一年"云"人心之不同也，如其面焉"，就暗示着每个人都是各自孤独着的。① 如果借用现代诗人郑敏在其《寂寞》一诗中所说的，没有人能把别人、朋友甚至爱人"装在他的身躯里，/ 伴着他同 / 听那生命吩咐给他一人的话，/ 看那生命显示给他一人的颜容，/ 感着他的心所感觉的 / 恐怖、痛苦、憧憬和快乐"。曹雪芹同样也明白并深刻地展示了人类无望的隔阂与孤独境遇。

宝玉最深切地体会到了这一孤独感，并试图加以反抗。第三十一回说宝玉情性"只愿常聚"，"生怕一时散了添悲"。因此他很热衷参与大家的聚会，这自然是对孤独的一种反抗，但只是浅层次的。更深层次的反抗乃是他在情感上不断地付出与无尽的需求。正如王蒙所指出的：因为宝玉痛感生命的短暂、孤独、虚无，所以他迫切地需要感情，既需要感情的温暖获得，也需要感情的热情奉献。感情——爱的生活才是更加真实的生活、存在、寄托和体验。②

宝玉善于设身处地去理解别人的境遇和心事，也不吝于把他真诚的理解、同情和关爱给予他人，并乐在其中。他的感情是丰富、细腻而深沉的，书中说"他天分中生成一段痴情"，此即警幻仙子所说的"意淫"。"意淫"之意向来众说纷纭，难得确解。在笔者看来，至少有一个含义是确定无疑的，那就是：宝玉心中蕴藏着无限的情意，对每一个他所遇到的人（尤其是那些美丽少女），不管他们是高贵的，还是卑贱的，他都会献出一份真挚的情意，这让他得到了精神上无限的快意和满足。如第四十四回写他偶然得以在受了委屈的平儿前稍尽心意，竟然觉得是"今生意中不想之乐"，"歪在床上，心内怡然自得"，接着又为平儿的不幸潸然泪下。第六十二回也写了他对香菱的一番同样的关爱和同情。

以感情的付出与获得来抵抗人生的孤独感，这一方式本身也蕴含着一

---

① 〔日〕斯波六郎著，刘幸、李曌宇译：《中国文学中的孤独感》，北京师范大学出版社 2019 年版，第 4 页。
② 王蒙：《双飞翼》之《贾宝玉论》，第 255 页。

种孤独的况味。王蒙曾指出：宝玉对女孩子特别是林黛玉爱得太诚太实太有情，在一个没有爱情的世界上偏偏生活在而且是仅仅生活在爱情之中，显得不合时宜，也不合常理。①

宝玉的爱，一种是钟情，即对黛玉的爱，这是知己之爱、灵魂之爱，生死以之，热烈而深沉，这在第三十二回、第五十七回有着震撼人心的表现。但这种爱也孤独、痛苦、煎熬、压抑，甚至"可惊可畏"。袭人视之为"不才之事"，当她听到宝玉对黛玉的爱情表白，不由吓得魂飞魄散（第三十二回）。而黛玉自己呢，当她看到宝玉派晴雯送来的旧手帕，虽感到"神魂驰荡"，却又感到"可惧"。王夫人更为之忧心如焚，焦急流泪（第三十四回）。他这种爱也令人难以正视，当他以为黛玉要离去而急痛迷心、失魂丧魄时，贾母、薛姨妈竟认为这是一个"实心的傻孩子"对从小一起长大的妹妹有难分难舍之情。她们是不懂得这种爱，还是不愿意去直面这种爱，所以故意虚晃一枪呢？无论如何，这样一来，宝黛满怀炽热的爱就只能在伦理与礼制的河床中各自孤独地奔流着、激荡着，却无法汇合到一起。

宝玉的另一种爱，是泛爱，他跟秦钟、蒋玉菡等人的友情也可以包括在内。这种爱带有审美的性质，是对人类纯真、自然、灵秀的生命奇迹的热爱与欣赏。②但也正是这种爱，遭到了更深的误解和更严酷的摧残。就连对宝玉最疼爱、最纵容的老祖母也曾公开表达过她对这种情感颇为真诚的困惑：

> 贾母听了，笑道："……我也解不过来，也从未见过这样的孩子。别的淘气都是应该的，只他这种和丫头们好却是难懂。我为此也耽心，每每的冷眼查看他。只和丫头们闹，必是人大心大，知道男女的事了，所以爱亲近他们。既细细查试，究竟不是为此。岂不奇怪。想必原是个丫头错投了胎不成。"说着，大家笑了。

---

① 王蒙：《双飞翼》之《贾宝玉论》，第274页。
② 王蒙曾指出贾宝玉的爱情由三部分组成：一是专一的、灵肉一致的、知己型的爱；二是对一切女性的美丽与聪慧的欣赏即审美式的博爱；三是皮肉之爱。见王蒙：《红楼启示录》"五、《红楼梦》的语言与结构"之"再论贾宝玉"一节，第103页。

至于其他人就更无法理解这种感情了。王夫人无意中听到了宝玉跟金钏儿两人的亲昵话语，认为实在是无耻之尤，盛怒之下予以严惩，逼得金钏儿跳井自尽。贾政则不由分说地给宝玉扣上了一个"淫辱母婢"的罪名，对他大加笞挞。《庄子·田子方》篇说"中国之君子，明于礼义而陋于知人心"，中国传统的礼法制度与道德伦理观念固然抑制了人情的放纵与人性之恶的泛滥，但也扼杀了人心中一些美好、神圣的情感。

宝玉在付出爱的同时，也渴望着别人的领会和回报，这是他抵抗人生孤独感的重要方式，也几乎成了他人生的目的和意义。

第十九回袭人逗宝玉说她家人要给她赎身，她即将离开贾府。宝玉听了，赌气道"早知道都是要去的，我就不该弄了来，临了剩我一个孤鬼儿"。袭人见状，趁机劝宝玉改掉三个毛病，宝玉马上说道：

你说，那几件？我都依你。好姐姐，好亲姐姐，别说两三件，就是两三百件，我也依。只求你们同看着我，守着我，等我有一日化成了飞灰，——飞灰还不好，灰还有形有迹，还有知识。——等我化成一股轻烟，风一吹便散了的时候，你们也管不得我，我也顾不得你们了。那时凭我去，我也凭你们爱那里去就去了。

他害怕做一个"孤鬼儿"，希望袭人等人一直陪伴他，直到他"化灰化烟"。第三十六回他跟袭人讨论"文死谏、武死战"的问题时又说，他希望趁她们都在时死去，让她们哭他的眼泪流成大河，把他的尸首漂起来。第三十四回宝玉挨打后，宝钗前来探望，她的关爱之情令宝玉心中大畅，疼痛骤减，他甚至愿以自己的生命和一生的事业来换取她们的怜惜悲伤之情。由此看来，对宝玉而言，消除人生孤独与痛苦的灵丹妙药只有一个，那就是众人的爱！

但他很快就明白了他的想法是多么不切实际。第三十六回"识分定情悟梨香院"写他看到龄官和贾蔷之间那么亲密，自己反成了局外人，于是"深悟人生情缘，各有分定，只是每每暗伤'不知将来葬我洒泪者为谁'"。第五十八回写邢岫烟择了夫婿，宝玉十分感伤，第七十九回迎春即将出阁，宝玉更觉寂寥悲凄。第七十八回，他去祭奠晴雯，但扑了个空，黯然回到园中，却又见宝钗已去，更感孤独和凄凉，不禁叹息天地间竟有这样无情的事！此时，他唯一的希望就只剩下黛玉和袭人这几个人"只怕"还能与他"同死同归"的了。但是，八十回以后，无论是在续书中，还是在探佚学所能推知的原稿情节中，我们都看到：黛玉夭亡、袭人改嫁，都未能陪他到最后；其间又经历了惜春出家、探春远嫁、家族没落、亲人离散等一系列剧烈惨痛变故，最后只剩下宝钗和麝月与他相伴。但他"空对着，山中高士晶莹雪；终不忘，世外仙姝寂寞林"，黛玉之死造成的孤独和虚空，是没有任何人可以弥补得了的，于是他"悬崖撒手"，飘然遁入了茫茫大荒。宝玉试图以情来反抗人生孤独的努力也不得不归于彻底的失败了。

第三节　林黛玉的孤独感

如果说贾宝玉既是一个孤独者，也是一个孤独的反抗者，那么林黛玉就纯然只是一个孤独的诗人了。灵河岸边三生石畔和离恨天外的孤单前世，注定了她此世的孤僻性情，第三十一回即说她"天性喜散不喜聚"。她又"孤高自许，目无下尘"，① 身体柔弱，不耐烦剧，更喜欢独处。所以，即使生活在富贵繁华的荣国府大观园中，她也仍是"世外仙姝寂寞林"。

这位"世外仙姝"来到人世间，成了林黛玉之后，偏偏身世孤苦：五岁丧母，几年后又丧父。家族中人丁萧条，从此她长期寄居在外祖母身边，成了一个寄人篱下的孤女。这种孤苦的身世从此成了黛玉的一个情结，令她念兹在兹，无日或忘，动辄触景伤情，第四十五回她跟宝钗谈心的时候说：

黛玉道："你如何比我？你又有母亲，又有哥哥，这里又有买卖

---

① 何其芳在《论红楼梦》一文中指出：黛玉"父母早死，寄人篱下，因为不愿去讨得周围的人的欢心而陷于孤独"。见《百年红学经典论著辑要·何其芳卷》，第 26 页。此文完成于 1956 年，由人民文学出版社 1958 年出版。

地土，家里又仍旧有房有地。你不过是亲戚的情分，白住了这里，一应大小事情，又不沾他们一文半个，要走就走了。我是一无所有，吃穿用度，一草一纸，皆是和他们家的姑娘一样，那起小人岂有不多嫌的。"

第四十九回新姊妹们到来，"黛玉见了，先是欢喜，次后想起众人皆有亲眷，独自己孤单，无个亲眷，不免又去垂泪"。第五十七回宝钗在薛姨妈怀里撒娇，黛玉看了便禁不住伤心流泪。第六十七回"见土仪颦卿思故里"写她看到宝钗馈赠的苏州"土物"，不禁又为自己的孤苦而难过。

黛玉天性的孤僻与孤高，再加上孤苦的身世，使孤独感注定要成为她人生的主旋律。小说通过她的爱情，更多的则是通过她的诗来表达她的孤独感，她成了孤独感的反复咏叹者。王昆仑曾指出，在宝黛的爱情纠葛中，宝玉为了释怀，就不免要去胡混，发作他的各种"呆气"。而孤独又纤弱的黛玉就只有见花流泪，听曲惊心，一步步向着感伤诗人的意境中沉陷下去了。①

她第一次对孤独的咏叹就是著名的《葬花词》。此前还有一个前奏曲：第二十三回末尾写她无意中听到梨香院的小戏子们演唱《牡丹亭》"游园"一出的唱词"原来姹紫嫣红开遍，似这般都付与断井颓垣""你在幽闺自怜"等句，触动心事，不禁心痛神痴，眼中落泪。到第二十六回末尾写她跟宝玉拌嘴后去找他，晴雯没听出是她来了，不给她开门，她又听见宝钗在怡红院中跟宝玉说笑，于是伤心起来，想到自己"父母双亡，无依无靠"，寄人篱下，又以为宝玉有意冷淡她，于是孤独感油然而生，并在《葬花词》中汩汩流淌出来了。

这首诗的主题并不出乎传统的伤春感怀，并因春残花谢连类而及青春的短暂与生命的脆弱。一个十几岁的少女，因见花谢花飞而想到自己青春生命的凋亡，不免令人震惊，但这正说明她跟宝玉有着相同的敏感纤细性格，有着相近的精神世界。这首诗值得我们注意的乃是其中所浸透着的深重的孤独意绪，这在其他红楼中人的诗中是看不到的。

---

① 王昆仑：《红楼梦人物论》之《林黛玉的恋爱》，第 246 页。

"花谢花飞花满天，红消香断有谁怜？""柳丝榆荚自芳菲，不管桃飘与李飞"，这四句写落花凋零，无人怜惜料理，颇有苏轼《水龙吟·次韵章质夫杨花词》中所说的"也无人惜从教坠"的意味。这正是一个孤女无依无靠的孤独情怀的投射，让人不由联想到第七十回她在《唐多令》咏柳絮词中所说的"叹今生谁舍谁收？嫁与东风春不管，凭尔去，忍淹留"，同样表达了对孤独、漂泊的生命的沉重的悲叹。《葬花词》接下来数句："花开易见落难寻，阶前闷杀葬花人。独倚花锄泪暗洒，洒上空枝见血痕。杜鹃无语正黄昏，荷锄归去掩重门。青灯照壁人初睡，冷雨敲窗被未温"——落花纵使无人怜惜照料，还有她这个葬花人为它们抛洒一襟血泪，但葬花人自己归去后，却只有冷雨寒灯相伴，只有"可堪孤馆闭春寒"的孤独和凄寂。她在无眠之中仍感到忧愁的是：去哪里为这些洁净的灵魂找到一个归宿呢——"愿奴胁下生双翼，随花飞到天尽头。天尽头，何处有香丘？未若锦囊收艳骨，一抔净土掩风流。质本洁来还洁去，强于污淖陷渠沟"。她想到远离尘世的天边为它们寻找生命的最后归宿。在诗里，这些"质本洁来还洁去"的落花岂不正是林黛玉冰清玉洁的灵魂的象征吗？在这个人世间，她找不到自己的归处，她属于天外和仙界，不愿意沾染这个世上的一丝微尘，她是毫无沾滞，也无所依傍的。但她又终究不甘心带着一个孤独的灵魂而离去，所以发出了"尔今死去侬收葬，未卜侬身何日丧？侬今葬花人笑痴，他年葬侬知是谁"的伤心一问。这是在寻觅能以生命相托的人生伴侣呢，还是对究竟是否存在这样一个伴侣的焦灼叩问？"试看春残花渐落，便是红颜老死时。一朝春尽红颜老，花落人亡两不知"——死亡，就是坠入对一切都不会再有感知的状态，花与人从此两不相干，各自进入绝对、永恒的孤独隔绝状态之中去了。

《红楼梦》中一众贵族少年男女颇不乏富于诗才者，但一般说来，若非出于特定原因，他们很少主动吟咏；唯有贾宝玉和林黛玉，会出于个人抒情的需要而作诗，尤其黛玉，她作诗的数量是最多的，而且她最动人的诗篇都是为了个人抒情而作，比如《葬花词》《桃花行》《秋窗风雨夕》都属此类。她的绝大部分诗歌中都深藏着一个孤独的灵魂，比如第三十七回《咏白海棠》中的"娇羞默默同谁诉,倦倚西风夜已昏",第三十八回《咏菊》中的"满纸自怜题素怨,片言谁解诉秋心",《问菊》中的"孤标傲世偕谁隐,一样花开为底迟?圃露庭霜何寂寞,鸿归蛩病可相思?休言举世无谈者,解语何妨片语时",《菊梦》中的"醒时幽怨同谁诉,衰草寒烟无限情"等诗句,都表达了她孤高自许、欲诉无人的孤独意绪。第四十五回的《秋窗风雨夕》中,秋风秋雨之夜满怀愁绪、泪湿窗纱的不眠者,也正是一个孤独的离人。第七十回的《桃花行》中"闲苔院落门空掩,斜日栏杆人自凭""一声杜宇春归尽,寂寞帘栊空月痕",也表达了一腔落寞孤寂的情怀。第七十六回"凹晶馆联诗悲寂寞"中,黛玉跟湘云联诗时写出了"寒塘渡鹤影,冷月葬花魂"一组绝对,①虽然"诗魂"未必是作者原稿中文字,但正无妨我们借用来描绘黛玉孤独寂寞的诗意灵魂。

  黛玉的孤独感也来自她无望的爱。她带着还泪的使命来到人世间,这一前因注定了她跟宝玉的这份爱固然热烈、深沉,却也是痛苦的、孤独的、无望的,不会获得世俗的、人伦化的结果,只能是一种精神性的、神性之恋。第三十二回,当黛玉真正明白了宝玉对自己的一片真情,两人都有满腹的爱要倾诉,却又相对无言,只能发怔流泪。当那个时代的人们还不能正视爱的时候,爱的表达就成了一个禁忌,变得十分艰难。王昆仑曾指出:

> 从来《红楼梦》的读者都怕读宝玉黛玉这种情感淤塞和情感冲激的记录。然而在特殊环境的规定之下,他们的爱情只能是岩石重压下的激流,浓云包围中的暗月;具体说,他们只能有无声的渴望、过敏的猜疑和浪费的争吵,而不能有现代人的明朗通畅。②

  但他们并不是非要借助语言才能明白彼此的爱,问题的关键还在于,当黛玉确认了这份爱之后,同时也感到了这爱的无望的结局。第三十二回就写到了她对这种结局的预感:

> 况近日每觉神思恍惚,病已渐成,医者更云气弱血亏,恐致劳怯

---

① 列藏本、甲辰本、程甲本作"冷月葬诗魂",梦稿本、蒙府本、戚序本作"冷月葬花魂"。
② 王昆仑:《红楼梦人物论》之《林黛玉的恋爱》,第250、251页。

之症。你我虽为知己，但恐自不能久待；你纵为我知己，奈我薄命何！想到此间，不禁滚下泪来。待进去相见，自觉无味，便一面拭泪，一面抽身回去了。

第三十四回，宝玉以旧帕传情，黛玉体贴出宝玉领会了自己的一番苦意，但不知她这番苦意将来如何，不由得悲从中来，挥笔写下了三首题帕诗，让我们看到她在暗地里流下了多少绝望的泪水。第五十七回紫鹃劝黛玉趁着贾母还健在早拿主意，黛玉嗔怪紫鹃多管闲事，心中却很伤感，直泣了一夜。

黛玉的眼泪，曾为爱的烦恼而流，现在则为爱的无望与命运的无情而流。父母双亡，无人主张；病已渐成，时不我待：这就是她无法抗拒的命运，所以她感叹"奈我薄命何"。第三十五回也写了她自叹薄命："今日林黛玉之命薄，一并连孀母弱弟俱无。古人云'佳人命薄'，然我又非佳人，何命薄胜于双文哉！"第六十四回《五美吟》咏昭君云"红颜命薄古今同"，第七十回的《唐多令》则说到风中的柳絮"漂泊亦如人命薄"，无不流露出一种薄命意识，这成了她心中另一个牢不可破的情结。黛玉早就预感到，身世的孤苦、生命的孱弱，决定了她的爱情只能是一朵未结果实就要飘零的花瓣，但她只能独自承受这不幸的命运。她长期失眠，常彻夜流泪（第二十七回、五十七回、七十六回都写到了），该是在漫漫长夜中反复咀嚼上天赐给她的这枚命运的苦果吧。

最后黛玉也孤独地死去。根据蔡义江的研究，八十回后，贾府迭遭变故，宝玉为避祸或因他故仓皇远离，黛玉为之日夜担忧，以致泪尽夭亡。此后宝玉归来，曾到人去楼空的潇湘馆伤悼黛玉。① 第二十六回写潇湘馆"凤尾森森，龙吟细细"处，甲戌本上有朱笔夹批云："与后文'落叶萧萧，寒烟漠漠'一对，可伤可叹！"② 第七十九回写到紫菱洲"轩窗寂寞，屏帐翛然"处，庚辰本有一条墨笔夹批云："先为对竟（境）悼颦儿作引。"凡此皆可让人推想黛玉死时的孤独与死后的凄凉。第七十九回宝

---

① 蔡义江：《曹雪芹笔下的林黛玉之死》，载《红楼梦学刊》1981年第一辑，收入《追踪石头——蔡义江论红楼梦》。
② 《脂砚斋重评石头记》（甲戌本）影印本，第403页。

玉写了一篇悲愤沉痛的《芙蓉女儿诔》，庚辰本脂批认为此文"虽诔晴雯"，"而又实诔黛玉也"。①令人悚然心惊的是，当宝玉念出"红绡帐里，公子多情；黄土垄中，女儿薄命"时，黛玉正藏身芙蓉花中倾听。当他们讨论修改其中词句时，宝玉竟又对着黛玉说出"茜纱窗下，我本无缘；黄土垄中，卿何薄命"等语，黛玉听了，虽怵然变色，心中有无限的狐疑乱拟，外面却不肯露出，反连忙含笑点头称妙。黛玉这一番表现清楚地说明，此时她已默默接受了那一残酷的命运，接受了那即将到来的永恒孤独的终极归宿。这种心境，她连向宝玉也是无法诉说的，而且，纵说又有何益呢！

第四节　其他人的孤独感

《红楼梦》中所表现的孤独感是普遍的，不只限于宝玉和黛玉二人。其他主要人物也各有各的孤独，这里择要加以论述。先要说的是贾母。

按理说来，在《红楼梦》中，最不孤独也最不应感到孤独的人就是贾母了。关于贾母这个人物的特点，王昆仑和李希凡都有十分精彩的论述：贾母高居于贾府这个历史悠远、支系繁杂、规模庞大、人口众多的贵族家庭的宝塔塔尖上，多福多寿多儿孙。她年轻时见多识广，精明能干，老来又慈祥智慧，精通人情世故。她安富尊荣，喜欢玩乐，打牌、看戏、听故事、吃酒行令，她样样都爱。她几乎是贾府一切娱乐活动的核心，众人绕膝承欢，说笑逗趣，尊敬她，逢迎她，博她的欢心，希望得到她的宠爱。②在前八十回的大部分篇幅中，贾母都没有任何孤独感。她的孤独感是从第七十四回抄检大观园之后才产生的。

抄检大观园的过程中，入画、司棋等丫鬟被驱逐，探春打了王善保家的；抄检后，凤姐病倒，惜春跟尤氏翻脸，宝钗为避嫌疑，从园中搬

---

①《脂砚斋重评石头记》（庚辰本）影印本，第1938、1935页。
② 参见王昆仑：《红楼梦人物论》之《宗法家庭的宝塔顶——贾母》；李希凡、李萌：《传神文笔足千秋——〈红楼梦〉人物论》之《围绕着"老祖宗"——贾母论》。

走，邢夫人跟凤姐、探春等人的矛盾激化。总之，抄检之事极大地破坏了贾府表面上的和谐，使众多矛盾表面化，人际关系也变得紧张微妙起来。往日环绕贾母的其乐融融的氛围消失了，她感到了不安、无奈与落寞。第七十五回通过一次进餐写了她的这种感受：

> （贾母）又向尤氏道："我吃了，你就来吃了罢。"尤氏答应着，待贾母漱口洗手毕，贾母便下地和王夫人说闲话行食。尤氏告坐。探春宝琴二人也起来了，笑道："失陪，失陪。"尤氏笑道："剩我一个人，大排桌的不惯。"贾母笑道："鸳鸯琥珀来趁势也吃些，又作了陪客。"尤氏笑道："好，好，好，我正要说呢。"贾母笑道："看着多多的人吃饭，最有趣的。"又指银蝶道："这孩子也好，也来同你主子一块来吃，等你们离了我，再立规矩去。"

曾经秩序森严、众人围坐、侍者众多的进餐场面一下就变得如此冷清寥落，贾母第一次感到吃饭的人变少了。这顿饭，王熙凤、李纨、宝钗、宝玉、黛玉和迎、探、惜姐妹都没有来，只有王夫人和尤氏伺候贾母进餐，比平时确实冷清了不少。

次日的中秋之夜，贾母带着一众儿孙到大观园中的凸碧山庄赏月，入座时，贾母这桌由男性子孙陪坐，结果一个大圆桌只坐了半壁，还有半壁空着：

> 贾母笑道："常日倒还不觉人少，今日看来，还是咱们的人也甚少，算不得甚么。想当年过的日子，到今夜男女三四十个，何等热闹。今日就这样，太少了。待要再叫几个来，他们都是有父母的，家里去应景，不好来的。如今叫女孩们来坐那边罢。"于是令人向围屏后将迎春、探春、惜春三个请出来。贾琏、宝玉等一齐出坐，先尽他姊妹坐了，然后在下方依次坐定。

这情形想必不会是从这个中秋之夜才开始的，但贾母为何"常日"不觉人少，"今日"则觉得"人也甚少"了呢？很显然，这是因为她周围的人际氛围和她本人的心境变了。当环绕她的众儿孙同心同德、和睦亲爱时，即使人少，她也会感觉温暖安心，其乐融融；而当他们离心离德、彼此倾轧仇恨的时候,即使人多,也各自孤立,互不相干,自然就会令她觉得冷清孤单了。到二更天,贾赦带着子侄们离开,贾母把两席并为一席,再一次感叹人少,而且心情更低落,命人拿大杯来斟热酒。王夫人、邢夫人等夜深体乏,都有些倦意,无奈贾母兴犹未阑,只得勉强陪饮。贾母又命人吹笛助兴:

> 正说着闲话,猛不防只听那壁厢桂花树下,呜呜咽咽,悠悠扬扬,吹出笛声来。趁着这明月清风,天空地静,真令人烦心顿解,万虑齐除,都肃然危坐,默默相赏。听约两盏茶时,方才止住,大家称赞不已。……
>
> 一面戴上兜巾,披了斗篷,大家陪着又饮,说些笑话。只听桂花阴里,呜呜咽咽,袅袅悠悠,又发出一缕笛音来,果真比先越发凄凉。大家都寂然而坐。夜静月明,且笛声悲怨,贾母年老带酒之人,听此声音,不免有触于心,禁不住堕下泪来。众人此时都不禁有凄凉寂寞之意,半日,方知贾母伤感,才忙转身陪笑,发语解释。又命换暖酒,且住了笛。

此时此刻,贾母强颜欢笑,众人也只得勉力承欢,陪伴凑趣,无奈酒入愁肠,兼以笛声悲怨,反令人人都有凄凉寂寞之意,贾母竟至于堕泪!他们虽然相聚在一起,但彼此之间情感的纽带已经断了,每个人都感到自己是孤立的。爱热闹的贾母,其感受自然更强烈。曹雪芹用富于象征性的叙事笔触描绘出了这位可怜的老祖母如何一步步陷入了无可挽回的孤独深渊:先是子侄们离开,她感叹凤姐、宝钗等人未来,让人觉得冷清了不少,随后邢夫人、贾蓉之妻因故离去,最后几位姊妹也不知何时走了,宝玉则自始至终默无一言,好像根本就不在场一样,后来不知何时也走了,只剩下了探春一人:

> 正说到这里,只见贾母已朦胧双眼,似有睡去之态。尤氏方住了,忙和王夫人轻轻的请醒。贾母睁眼笑道:"我不困,白闭闭眼养神。你们只管说,我听着呢。"王夫人等笑道:"夜已四更了,风露也大,请老太太安歇罢。明日再赏十六,也不辜负这月色。"贾母道:

"那里就四更了?"王夫人笑道:"实已四更,他们姊妹们熬不过,都去睡了。"贾母听说,细看了一看,果然都散了,只有探春在此。贾母笑道:"也罢。你们也熬不惯,况且弱的弱,病的病,去了倒省心。只是三丫头可怜见的,尚还等着。你也去罢,我们散了。"说着,便起身,吃了一口清茶,便有预备下的竹椅小轿,便围着斗篷坐上,两个婆子搭起,众人围随出园去了。不在话下。

似乎就在她"朦胧之间",众人都轰然散尽,把她独自留在了空旷的山头。这段文字写得寂寥凄凉、恍然如梦,令人心恸神惊,感到一种大悲凉、大寂寞、大孤独。或许,也只有贾母,这位历经沧桑的老人,才会感受到这种沉重、无边的大孤独,她的孤独,也代表着这个大家族每一个人的共同感受吧。

其实,要说起来,这个富贵繁华的大家族中又有谁是不孤独的呢?只不过是他们很多人都不如宝玉和黛玉那样,对孤独感有着切肤之痛罢了。

我们再来看"贾家四艳"之首的元春。李希凡、李萌的《传神文笔足千秋——〈红楼梦〉人物论》中有一段论元春的文字正好说到了她的孤独:

> 贾元春在走向皇宫、走向妃座的漫漫岁月中,独自承受着内心的孤独、痛楚和辛酸!皇宫清规戒律禁锢了她少女的情怀,也隔绝了她人世间的天伦之乐,但为了家族和自己的安危,她只能小心翼翼,强颜承欢,伴随孤灯度过皇宫里的寂寞长夜。①

元春应该是在年纪很轻的时候(十五岁左右)就被选入宫中,从此待在"那不得见人的去处",苦熬度日。她省亲时,"园中香烟缭绕,花彩缤纷,处处灯光相映,时时细乐声喧,说不尽这太平气象,富贵风流"。但这种太平富贵气象更反衬出她的特殊身份所造成的她跟亲人之间的隔绝,也强化了她茕茕孑立的孤独感。她跟贾政说:

> 田舍之家,虽齑盐布帛,终能聚天伦之乐;今虽富贵已极,骨肉各方,然终无意趣!

---

① 李希凡、李萌:《传神文笔足千秋——〈红楼梦〉人物论》,第270页。

元春的结局前八十回没有写到，但她的判词和《恨无常》曲子预示她年仅二十岁就死去了。其具体原因红学界有很多猜测，有一种说法认为她在宫闱之争中失宠，被打入冷宫，最后凄凉死去。是否如此，不能确知，但她孤独死去的结局大概是确定无疑的。

四姐妹中，迎春的结局跟元春有点类似：她虽为贾赦之女，但幼年丧母，父亲贾赦和继母邢夫人并不怎么关心她，她是跟着贾母和王夫人长大的。婚姻大事上，因贾赦的草率，致使她所遇非人，遭受丈夫的虐待，而她的亲人们眼睁睁看着她受苦，竟不能出手解救，致使"金闺花柳质，一载赴黄粱"——这位可怜的"懦小姐"竟在众人的漠然坐视中死去，她在生命的最后时刻一定也感到了深深的孤独吧。

探春则原本是一位"才自精明志自高"的巾帼英才式人物，有着精明的管理才智和杀伐决断的魄力，甚至有着"政治家"的远见、谋略、智慧和文化底蕴，不仅周围的兄弟姐妹无人可及，就是贾府精明强干的"管家婆"王熙凤也不如她。① 然而，就是这么一位女中豪杰式的女性，也抗不过"生于末世运偏消"的命运，同样也遭到了孤独而终的结局：根据前八十回的诸多暗示，探春后来在某种现已不可知的境况下远嫁域外，抛下故国亲人，独自去了海角天涯，成了一位域外王妃。暗示她命运的《分骨肉》就是一首孤独远行者的悲歌：

> 一帆风雨路三千，把骨肉家园齐来抛闪。恐哭损残年，告爹娘，休把儿悬念。自古穷通皆有定，离合岂无缘？从今分两地，各自保平安。奴去也，莫牵连。

四姐妹中最小的惜春，则有可能是在特定情境下主动选择了一条孤独的人生之路：她也自幼丧母，父亲贾敬除了在城外道观中炼丹求仙外，余事一概不管，胞兄贾珍乃淫滥无耻之人，并不顾惜她这个妹妹，因此虽有如无。她从小为人偏僻孤介，喜欢跟尼姑辈交往，显示出一种天生的孤独个性。八十回后她出家为尼，这从《虚花悟》曲子和她的判词中可以很清

---

① 李希凡、李萌：《传神文笔足千秋——〈红楼梦〉人物论》，第218页。

楚地看出来：

> 勘破三春景不长，缁衣顿改昔年妆。可怜绣户侯门女，独卧青灯古佛旁。

这就是惜春的结局：一个"独卧青灯古佛旁"的女尼，她的余生也是孤独的！

在宝玉和迎、探、惜姐妹的姑表姨表姊妹中，跟他们关系极为密切的宝钗和湘云也值得一提。

宝钗容貌丰美，品格端方，稳重和平，且随分从时，人缘极好，她刚到贾府不久，就赢得了上自贾母、下至众丫鬟仆妇的喜爱。第二十二回中，贾母竟破格提议众人凑份子给宝钗过十五岁的生日。她大方合群，但也不惮默然独处。她父亲也已过世，但还有薛姨妈这个慈母相依，兄长薛蟠虽然是个"呆霸王"，也还比较看顾她这个妹妹。宝钗有她的不幸，第四十五回她跟黛玉说：

> 我虽有个哥哥，你也是知道的，只有个母亲比你略强些。咱们也算同病相怜。你也是个明白人，何必作"司马牛之叹"！

第三十四回她被薛蟠气哭了，满腹委屈气愤，但怕母亲不安，便强忍着回到园中，在房里整整哭了一夜。宝钗最悲苦的，应该还是第八十回后，她跟宝玉成了亲，可宝玉不能忘记黛玉，抛下她出家去了。第二十二回宝钗所制的"更香"谜中说：

> 朝罢谁携两袖烟，琴边衾里总无缘。晓筹不用鸡人报，五夜无烦侍女添。焦首朝朝还暮暮，煎心日日复年年。光阴荏苒须当惜，风雨阴晴任变迁。

这暗示了她日后将在痛苦的煎熬中度过一段漫长而孤独的岁月。

至于天生"英豪阔大宽宏量"的湘云，却"襁褓之间父母违"，父母早逝，成了孤女，依叔婶度日，凡事不能自主，这跟黛玉是一样的。她中秋之夜与黛玉联诗悲寂寞，写出了"寒塘渡鹤影"这样凄清幽独的诗句，令人不禁想起苏轼《定风波》中"时见幽人独往来，缥缈孤鸿影"

之句，看来"霁月光风"的湘云内心也深藏着一种孤独感。

在《红楼梦》中，跟惜春一样成为孤独女尼的还有芳官、龄官、鸳鸯、紫鹃等人（后二人是八十回后续书的安排，未必是曹公本意）。但更值得注意还是大观园中带发修行的小尼姑妙玉。用王昆仑的话来说，妙玉是一个大观园中的遁世者。她出生于官宦之家，自幼多病，狠心的父母竟把亲生的女儿送入空门。师父偏又带着她进京。还没有广求佛道，遍访名山，就梦一般地住进了贾府的名园，从此被"笼"在栊翠庵中了，和那些花鸟虫鱼一样，做了贵族园林中的一件点缀品了。① 《世难容》曲子中说她：

> 气质美如兰，才华阜比仙。天生成孤癖人皆罕。你道是啖肉食腥膻，视绮罗俗厌；却不知太高人愈妒，过洁世同嫌。可叹这，青灯古殿人将老；辜负了，红粉朱楼春色阑。到头来，依旧是风尘肮脏违心愿。好一似，无瑕白玉遭泥陷；又何须，王孙公子叹无缘。

妙玉有着美好的气质，过人的才华，但天性过分孤僻，为人也过于高洁。第四十一回"栊翠庵茶品梅花雪"中，宝玉不识绿玉斗，黛玉不知梅花雪，都遭到她无情的嘲笑，至于刘姥姥用过的成窑茶杯，她干脆就不打算要了！她喜欢庄子，自称畸人或槛外人。她超然物外，孤芳自赏，遭人妒嫌，曲高和寡。② 这样一个人，应该是主动选择并享受这孤独的修行之路的吧。其实不然！从第七十六回"凹晶馆联诗悲寂寞"中她替黛玉、湘云续写的诗句中，我们也分明感受到她内心的孤独：

> 箫增嫠妇泣，衾倩侍儿温。空帐悬文凤，闲屏掩彩鸳。露浓苔更滑，霜重竹难扪。犹步萦纡沼，还登寂历原。石奇神鬼搏，木怪虎狼蹲。……芳情只自遣，雅趣向谁言。……

至于妙玉的结局，红学界有人认为贾府败落后，她沦落为"流落在烟花巷"的风尘女子。李希凡不同意这种说法，他认为对于出家人来说，世

---

① 王昆仑：《红楼梦人物论》之《大观园中的遁世者》，第53页。
② 李希凡、李萌：《传神文笔足千秋——〈红楼梦〉人物论》之《"金玉之质，终遭泥陷"——论妙玉》，第288页。

俗生活就是肮脏的"风尘",妙玉后来可能不得不屈从于一桩违背她心愿的婚姻,^① 最后也只能郁郁寡欢,了此一生。

还有晴雯、香菱,身世也颇堪怜,香菱连父母故乡也不知,她们最后都孤苦无依地死去了。晴雯被逐出大观园后,寄居在一个远房姑舅哥哥家中,宝玉偷偷跑去探望她时,只见她一个人在芦席土炕上爬着,无人陪伴看顾。她死后,立即就被送到城外化人场上火化了,宝玉赶去送她,也扑了个空。香菱则四岁被拐卖,几经转手,落入薛蟠之手,又被夏金桂折磨致死,她的判词说:"根并荷花一茎香,平生遭际实堪伤。自从两地生孤木,致使香魂返故乡。"她短暂的一生真像是一根漂泊的"孤木",随波逐流,无处归依。

还有著名的"红楼二尤"——尤二姐、尤三姐,二人也都身世孤零,寄人篱下,任人摆布。尤二姐在无爱的孤独绝望中吞金自尽;尤三姐则痛失柳湘莲之爱,反倒无牵无挂,因情而悟,拔剑自刎,魂归太虚幻境。

最后要提一下遥相呼应、作为宝玉出家先行者的两个人物:一个是"神仙一流人品"的甄士隐,在极度的孤独处境下悟透人生,飘然远去。一个是"萍踪浪迹"的柳湘莲,目睹尤三姐自刎后,感情遭受重创,恍惚之中被一个道人数句话打破迷关,也独自飘然远逝了。

在一部小说中,集中出现了这么多的孤独者,在中国小说中是绝无仅有的,就算在世界小说中也极为罕见。这充分说明了一点,即曹雪芹看到了因为各种不同的原因所造成的人人殊异的孤独处境和孤独情怀,对人类根本性的孤独境遇也有着极为深刻的体察,并加以丰富而生动的表现,从而使《红楼梦》成了一部名副其实的孤独之书。这也是《红楼梦》这部伟大名著的一个重要艺术成就吧。

---

① 李希凡、李萌:《传神文笔足千秋——〈红楼梦〉人物论》之《"金玉之质,终遭泥陷"——论妙玉》,第294页。

第九章　莫失莫忘、不离不弃：
　　　　释"反认他乡是故乡"

　　《红楼梦》的主题中包含了十分自觉的反异化思想，这一问题已有不少学者进行过论述。尤其是刘再复，对此一再加以阐发。① 他从道家文化角度切入，指出书中最重要的人物贾宝玉是一个天生反物化、反异化的先觉者，他的行为言语、立身态度，全是摆脱"物役"的觉悟和对权力、财富、功名、八股等异化物的反叛与拒绝。② 这些观点自然是正确的。不过，《红楼梦》中反抗异化、追求本真的思想并不只是从贾宝玉一人身上体现出来，而且是贯穿在整部小说的众多人物身上以及大量的情节和细节之中，可以说是无所不在也无孔不入的。而且作者对之加以反复表达，实可谓"一篇之中三致意焉"。本章即拟从"反认他乡是故乡"这一句话的解释入手，来进一步讨论这部小说的反异化主题及其具体表现形式。

　　《红楼梦》第一回中，甄士隐为《好了歌》所作注解之结尾云：

　　　　乱烘烘你方唱罢我登场，（甲戌夹批：总收。甲戌眉批：总收古今亿兆痴人，共历幻场，此幻事扰扰纷纷，无日可了。）反认他乡是

---

① 可以参看刘再复《红楼梦悟》（生活·读书·新知三联书店 2006 年版）、《共悟红楼》（生活·读书·新知三联书店 2009 年版）与《贾宝玉论》（生活·读书·新知三联书店 2014 年版）诸书。
② 刘再复：《贾宝玉论》中篇"浑沌儿的赞歌——用道家文化视角看宝玉"，第 36、35 页。

故乡。(甲戌夹批：太虚幻境、青埂峰一并结住。) 甚荒唐，到头来都是为他人作嫁衣裳。①

对其中"反认他乡是故乡"这一句，中国艺术研究院红楼梦研究所联合校注的通行本《红楼梦》中做了如下的解释：这里把现实人生比作暂时寄居的他乡，而把超脱尘世的虚幻世界当作人生本源的故乡；因而说那些为功名利禄、娇妻美妾、儿女后事奔忙而忘掉人生本源的人是错将他乡当作故乡。②

第五回写贾宝玉梦入太虚幻境观金陵十二钗"正册"与"副册"云：

> 遂掷下这个，又去开了副册橱门，拿起一本册来，揭开看时，只见画着一株桂花，下面有一池沼，其中水涸泥干，莲枯藕败。后面书云："根并荷花一茎香，平生遭际实堪伤。自从两地生孤木，致使香魂返故乡。"宝玉看了仍不解。

这首诗是香菱的判词，暗示着她将来被夏金桂折磨致死的结局。唐志专的《"致使香魂返故乡"解析》指出香菱死后返回的不是苏州故乡（因为她根本不知道苏州是她的故乡），而是太虚幻境——她的灵魂故乡。③

以上两种对"反认他乡是故乡"，以及对"他乡"与"故乡"含义的解说自然是正确的。但是，"他乡"与"故乡"的含义在中国文学史与哲学史上经历了长期的演变和积淀之后，具备了十分丰富的意蕴，曹雪芹对之加以继承、概括与发展，并把它们融入了小说的内容、结构与主题之中。因此，了解这些含义的形成过程与具体内容，分析它们在《红楼梦》中的艺术表现形式，将有助于我们更深入地理解这部伟大作品的思想内涵。

---

① 《脂砚斋重评石头记》（甲戌本）影印本，第35页。
② 中国艺术研究院红楼梦研究所校注：《红楼梦》，人民文学出版社1996年版，第12页。
③ 《江海学刊》2003年第4期。

第一节　中国文学史上的"故乡""他乡"及其含义的演变

在中国古人的观念中，现实意义的"故乡"是一切有生之物肉体生命的起点，也应该是其终点和归宿。大诗人屈原的《哀郢》有句云"鸟飞返故乡兮，狐死必首丘"，曹操的《却东西门行》则化用其句云："冉冉老将至，何时返故乡。""狐死归首丘，故乡安可忘。"明清俗语又说："树高千丈，叶落归根。"都表达了一切生命对故乡的眷恋与皈依之情。那么，为何一切生命都会对故乡有着如此执着的依恋呢？

汉代的东方朔在《怨思》中云：

> 悲不反余之所居兮，恨离予之故乡。鸟兽惊而失群兮，犹高飞而哀鸣。狐死必首丘兮，夫人孰能不反其真情？①

三国魏嵇康所撰《高士传》曰：

> 商容有疾，老子问之，容曰："子过故乡而下车，知之乎？"老子曰："非谓不忘故耶。"②

所谓"夫人孰能不反其真情"与"不忘故"，指明了"故乡"是人之"真情"所流露与寄托之所在，人类对故乡都无不抱有一份真挚的情意，对故乡的向往和皈依代表着人类对"真情"的向往。这是较早把"故乡"跟"真情"联系在一起的说法。

但汉末的《古诗十九首》并不把现实世界中的故乡视为人类真正的故乡，而是把人生比喻成在他乡的短暂寄居，比如"人生天地间，忽如远行客""人生寄一世，奄忽若飙尘""人生忽如寄，寿无金石固"这样的诗句，便暗含着人类短暂的一生仿佛是从另一个永恒的世界寄居到这个尘世

---

① 严可均校辑：《全上古三代秦汉三国六朝文》之《全汉文》卷二十五，第262页。
② 欧阳询：《艺文类聚》卷第三十四，上海古籍出版社1965年版，第591页。

上来的这样一层含义。而从"仙人王子乔，难可与等期"① 这样的诗句中则又让我们隐约看到了那个永恒世界的影子。

"故乡"的含义进一步发生变化，跟人的生存状态发生密切联系，并开始具备哲学上的抽象意义，乃是到了魏晋时代。其中最著名的例证莫过于西晋名士张翰的"鲈鱼莼羹之思"的故事，据《世说新语·识鉴第七》载：

> 张季鹰辟齐王东曹掾，在洛见秋风起，因思吴中菰菜羹、鲈鱼脍，曰："人生贵得适意尔，何能羁宦数千里以要名爵！"遂命驾便归。俄而齐王败，时人皆谓为见机。②

在此，人生最适意的生活状态乃是跟故乡的美好生活（以美食为象征）联系在一起的，追求"名爵"的不适意的生活则跟都城洛阳的名利场联系在一起。"他乡"与"故乡"的对立关系已经隐含在这个为后世文人所熟悉的故事之中了："故乡"代表了一种非功利的"适意"生活，他乡则代表着相反的生活方式。

"故乡"含义的进一步哲学化则应跟陶渊明的名篇《归去来兮辞（并序）》和《归园田居》有着最重要的关系：

> ……质性自然，非矫厉所得。饥冻虽切，违己交病。尝从人事，皆口腹自役。于是怅然慷慨，深愧平生之志。
>
> 归去来兮，田园将芜胡不归？既自以心为形役，奚惆怅而独悲？悟已往之不谏，知来者之可追。实迷途其未远，觉今是而昨非。……引壶觞以自酌，眄庭柯以怡颜。倚南窗以寄傲，审容膝之易安。……云无心以出岫，鸟倦飞而知还。……归去来兮，请息交以绝游。世与我而相违，复驾言兮焉求？悦亲戚之情话，乐琴书以消忧。……寓形宇内复几时？曷不委心任去留？胡为乎遑遑欲何之？富贵非吾愿，帝乡不可期。怀良辰以孤往，或植杖而耘耔。登东皋以舒啸，临清流而

---

① 逯钦立辑校：《先秦汉魏晋南北朝诗》，中华书局 1983 年版，第 329、330、332 页。
② 刘义庆著，余嘉锡笺疏：《世说新语笺疏》，第 393 页。

赋诗。聊乘化以归尽，乐夫天命复奚疑！①

少无适俗韵，性本爱丘山。误落尘网中，一去三十年。羁鸟恋旧林，池鱼思故渊。开荒南野际，守拙归园田。……户庭无尘杂，虚室有余闲。久在樊笼里，复得返自然。②

我们可以看到，在陶渊明笔下，俗世、尘网、官场代表着"他乡"，是跟樊笼、迷途、违己、自以心为形役等诸多生活境遇与心灵状态相联系的，而丘山、田园、旧林、故渊则代表着"故乡"，也代表着"故乡"的生活方式与精神状态——顺从自然本性，崇尚心灵自由，不违己，不随人，不阿世，保持个体精神的独立与安宁，跟自然纯朴的事物怡然共处。在这里，陶渊明已经再明白不过地把"故乡"跟"自然"这一重要的哲学概念联系在一起了，这当然是魏晋玄学发展出来的一个重要思想成果。

进入唐代以后，一方面，唐人反复把"故乡"作为远离名利场、远离艰险世路的象征来使用，如孟郊《杂曲歌辞·出门行二首》其二："驱车旧忆太行险，始知游子悲故乡。"③ 白居易《续古诗十首》其六："贫贱多悔尤，客子中夜叹。归去复归去，故乡贫亦安。"④ 白居易《寓意诗五首》其二："富贵来不久，倏如瓦沟霜。权势去尤速，瞥若石火光。不如守贫贱，贫贱可久长。传语宦游子，且来归故乡。"⑤

另一方面，"故乡"的含义仍在继续变化，六朝时期这一词语所包含的地理空间层面上的意义日趋淡化，而渐渐成为纯粹文化和精神意义上的"故乡"。如白居易的《沃洲山禅院记》："大和二年春，有头陀僧白寂然来游兹山，见道猷、支、竺遗迹，泉石尽在，依依然如归故乡，恋不能去。"⑥ 权德舆《送建州赵使君序》："白昼美景，如归故乡。"⑦ 白居易《重题》："匡庐便是逃名地，司马仍为送老官。心泰身宁是归处，故乡何

---

① 袁行霈：《陶渊明集笺注》，第 460、461 页。
② 同上书，第 76 页。
③ 孟郊撰，华忱之校订：《孟东野诗集》，人民文学出版社 1959 年版，第 12 页。
④ 白居易撰，顾学颉校点：《白居易集》卷二，中华书局 1979 年版，第 29 页。
⑤ 同上书，第 37 页。
⑥ 同上书卷六十八，第 1440、1441 页。
⑦ 董诰等编：《全唐文》卷四百九十，中华书局 1983 年版，第 5008 页。

独在长安。""宦途自此心长别，世事从今口不言。岂止形骸同土木，兼将寿夭任乾坤。胸中壮气犹须遣，身外浮荣何足论。"① 白居易《初出城留别》："朝从紫禁归，暮出青门去。勿言城东陌，便是江南路。扬鞭簇车马，挥手辞亲故。我生本无乡，心安是归处。"② 苏轼《定风波》（常羡人间琢玉郎）下阕化用了白居易的这一诗句："万里归来颜愈少。微笑。笑时犹带岭梅香。试问岭南应不好？却道：此心安处是吾乡。"③ 到白居易和苏轼这儿，心灵的安宁就是"故乡"，或者说，只要"心泰身宁"，不管身在何处，就是回到了"故乡"。应该说，从陶渊明到白居易、苏轼，"故乡"的象征意义脱去了一些玄学色彩，具有了更鲜明的佛学意味。

还有一个方面的变化则是：唐代诗文中已经普遍出现了"他乡"跟"故国"（意同故乡）、"他乡"跟"故乡"的或晦或明的并列对举，比如王勃《滕王阁序》"关山难越，谁悲失路之人；萍水相逢，尽是他乡之客"，④ 李白的《客中作》"但使主人能醉客，不知何处是他乡"，⑤ 杜甫的《得舍弟消息》"乱后谁归得，他乡胜故乡"，杜甫的《上白帝城二首（其一）》"取醉他乡客，相逢故国人"，⑥ 王建的《武陵春日》"寻春何事却悲凉，春到他乡忆故乡"，⑦ 刘皂《渡桑干》"无端更渡桑干水，却望并州是故乡"，⑧ 许浑《韶州送窦司直北归》"客散他乡夜，人归故国秋"，⑨ 杜荀鹤《自江西归九华》"他乡终日忆吾乡，及到吾乡值乱荒"，⑩ 等等，都从情感层面上表达了"他乡"跟"故乡"的对立，有的甚至已经隐含着"反认他乡是故乡"这一层含义了（如《渡桑干》），但笔者尚未见到跟前面所提到的两层象征意义结合起来使用的例子。

---

① 《白居易集》卷十六，第 343 页。
② 同上书卷八，第 149 页。
③ 邹同庆、王宗堂：《苏轼词编年校注》，中华书局 2002 年版，第 579 页。
④ 王勃著，蒋清翊注：《王子安集注》卷八《秋日登洪府滕王阁饯别序》，上海古籍出版社 1995 年版，第 233 页。
⑤ 郁贤皓校注：《李太白全集校注》第六册，凤凰出版社 2015 年版，第 2702 页。
⑥ 杜甫著，仇兆鳌注：《杜诗详注》卷六、卷十五，中华书局 1979 年版，第 510、1273 页。
⑦ 尹占华校注：《王建诗集校注》卷六，巴蜀书社 2006 年版，第 271 页。
⑧ 《全唐诗》卷五百七十四此诗作贾岛诗，误，当为刘皂诗。
⑨ 许浑撰，罗时进笺证：《丁卯集笺证》，中华书局 2012 年版，第 231 页。
⑩ 《全唐诗》卷六百九十二，第 7976 页。

到明清两代，诗歌和戏曲中就比较频繁地出现跟"反认他乡是故乡"这一说法十分相近的表达了，这里只举几例明诗来说明一下，比如秦夔《别吟社诸公》"野夫又理西江棹，错认他乡是故乡"；① 祝允明《丙子重九戏题》"行年五十壮游肠，几把他乡作故乡"；② 梁辰鱼《山坡羊·代刘季招寄申椒居士》"为甚更长似岁长，萧郎，莫认他乡是故乡"；③ 张凤翼《红拂记》第三十四出"为只为雄心难下，把他乡作故乡，归兴已茫茫"，④ 李玉《一捧雪》第二十四出的下场集句诗"错认他乡作故乡"（当取自秦夔诗），⑤ 等等。入清后，在《红楼梦》问世之前与之后的诗歌中，类似的表达也有不少，这里就不再一一列举了。

第二节　老子、禅宗、心学思想与"故乡"的哲学意义

《老子》一书从宇宙起源论的角度指出"天下万物生于有，有生于无"（第四十章），又说"无，名天地之始。有，名万物之母"（第一章），而且世间万物都有向其本源回归的特性：

> 致虚极，守静笃。万物并作，吾以观复。夫物芸芸，各复归其根。归根曰静，是谓复命；复命曰常，知常曰明。不知常，妄作凶。知常容，容乃公，公乃王，王乃天，天乃道，道乃久，没身不殆。（第十六章）⑥

如果能够返归这个天地万物的本源并守住它，就可以"永垂不朽"了：

> 天下有始，以为天下母。既得其母，以知其子。既知其子，复守

---

① 秦夔：《五峰遗稿》卷十，明嘉靖元年刻本，收入《续修四库全书》集部第1330册。
② 祝允明：《怀星堂集》卷六，《文渊阁四库全书》本。
③ 梁辰鱼：《江东白苎》卷下，上海古籍出版社1985年版，第38页。
④ 毛晋编：《六十种曲》第3册，中华书局1958年版，《红拂记》之第74页。
⑤ 李玉：《李玉戏曲集》，上海古籍出版社2004年版，第84页。
⑥ 本书所引《老子》原文皆出自王弼注《道德经》，见《诸子集成》第3册。

其母，没身不殆。（第五十二章）

有学者指出：《老子》中所说的"根"和"母"都是指本原、本体、道、自然，是自然理性。老子认为人类的故乡和家园就是自然，对自然的爱就是对故乡的渴念，对精神家园的寻根。人类返回这一故乡的道路是：（1）致虚极。去欲望、去知识、去道德、去私念，摒弃非自然的欲望杂念，消除社会理性，恢复心灵的空明。（2）守静笃。所谓"归根曰静"，返回万物产生的根源处，恢复生命的自然本性。又所谓"含德之厚，比于赤子"（第五十五章），"专气致柔"如婴儿（第十章），赤子和婴儿正是人类的天真自然状态。（3）无为。弃绝外在的、人工的社会理性，无造作、无偏执、无骚扰、任其自发、合乎自然。做到了虚静无为，被社会理性污染得面目全非的人，才能真正成为自然人，回到自己的家园与故乡。①

禅宗作为一种中国化的佛教宗派，提倡见性成佛、即心即佛，认为人的本性是清净的，能以智慧观照，见此本性，所谓"见性成佛道"，禅宗最重要的经典六祖《坛经》云：

祖以袈裟遮围，不令人见。为说《金刚经》。至"应无所住而生其心"，惠能言下大悟——一切万法，不离自性。遂启祖言："何期自性本自清净；何期自性本不生灭；何期自性本自具足；何期自性本无动摇；何期自性能生万法。"祖知悟本性，谓惠能曰："不识本心，学法无益。若识自本心，见自本性，即名丈夫、天人师、佛。"②

六祖惠能又说：

若大乘人，若最上乘人，闻说《金刚经》，心开悟解，故知本性自有般若之智，自用智慧常观照故，不假文字。③

有学者指出：这种所谓的最上乘人其实从后来禅宗的修习方式来看

---

① 刘玉成：《寻找故乡的哲学——老子新论》，《中州学刊》1988年第4期。
② 惠能著，丁福保笺注：《坛经·行由第一》，上海古籍出版社2016年版，第27页。
③ 惠能著，丁福保笺注：《坛经·般若第二》，第62页。

就是发起大疑情的人，也就是真正对人生、生命和人的精神世界有着强烈反省意识的人，这种人在古代中国大都存在于士人之中。这种面向人心的反省意识之所以出现，恰在于人生有太多的困扰，而且主要是心灵的困扰。这种心灵的困扰不安乃是人类最大的病痛，世上的一切都是为了平息这个不安而来，从欲望的满足，到精神的滋养，都是追求心安的方式。①

明代心学的创立者王阳明则指出，《坛经》所云"于不思善不思恶时认本来面目"的"本来面目"就是他所反复阐说的"良知"。② 这种人人生而有之的"良知"（或曰"仁""明德"）跟禅宗所说的"本心""自性"从本质上来说并无不同，但"明德""良知"往往被个人的私欲所障蔽窒塞，故需要去除私欲，彰显良知：

> 故夫为大人之学者，亦惟去其私欲之蔽，以自明其明德，复其天地万物一体之本然而已耳。非能于本体之外而有所增益之也。……天命之性，粹然至善，其灵昭不昧者，此其至善之发见，是乃明德之本体，而即所谓良知也。（《大学问》）③

阳明心学泰州学派的后劲、晚明异端思想家李贽，也十分重视人的"本心"，他的著名的《童心说》即指出："童心者，真心也"，"绝假纯真，最初一念之本心也"，"失却童心便失却真心，失却真心，便失却真人"。而童心之所以会"失却"，乃是因为受"闻见""道理"的障蔽。他认为"六经、《语》《孟》乃道学之口实，假人之渊薮也，断断乎其不可以语于童心之言明矣"。④

总之，万物的本源或原初的状态，人类的赤子之心与清静无染的本心、自性和良知，都是万物跟人类的生命与精神的故乡。虽然中国古代的

---

① 李洪卫：《士的精神：故乡的反求与觉悟——禅宗特质与中国人文世界之一》，《教育文化论坛》2011年第4期。
② 王阳明：《传习录（中）》"答陆原静书"，《王阳明全集》（中），上海古籍出版社2011年版，第75页。"于不思善不思恶时认本来面目"一语出自《六祖坛经·行由第一》，原文为："惠能云：'不思善，不思恶，正与么时，那个是明上座本来面目。'惠明言下大悟。"
③ 《王阳明全集》（中），第1066、1067页。
④ 李贽：《焚书·续焚书》，中华书局2009年版，第98、99页。

哲人、高僧与思想家并没有直接将这些哲学范畴跟"故乡"联系起来，但到《红楼梦》中，它们之间的联系就变得十分明显了。

第三节 《红楼梦》中"他乡"与"故乡"的主题意义

在继承此前文学史、哲学史赋予"他乡"与"故乡"内涵的基础上，《红楼梦》通过其伟大的艺术创造赋予了它们更丰富、更深刻的含义，也进一步深化了小说的主题思想。

小说第一回中，跛足道人所唱的《好了歌》以及甄士隐对这首歌的注解先总论世人在对功名、钱财、美色、亲情的执迷之中远离、淡忘了"故乡"，羁留于"他乡"。在"反认他乡是故乡"这一句之后则云"甚荒唐，到头来都是为他人作嫁衣裳"，紧承上文的行文逻辑而来——到底是该为个人身心俱获自由与解脱的人生追求而生存呢，还是该为把自己跟他人、跟外物捆绑在一起的人生而生存？这也是跟"故乡"与"他乡"的对立相对应的两种人生状态。当茫茫大士、渺渺真人携带顽石并接引一干风流冤家离开"故乡"进入"他乡"之际，甄士隐则反向而行，经过两人的接引从"他乡"回返"故乡"。甄士隐生性淡泊功名，轻财好义，是神仙一流人品，但他不幸痛失爱女，又丧尽家财，也看透了人情，人生的种种羁绊都一一斩断了，获得了解脱，飘然而去。去往哪里？如果借用一百二十回本续书最后一回的那首歌里所唱的——"我所居兮，青埂之峰；我所游兮，鸿蒙太空"，那就是回归自由，回归故乡。在全书一开始就安排这样一个"他乡"与"故乡"的对立格局，这理所当然会成为全书内容与主题的重要纲领，需要我们从各个不同的角度来予以解释，从而更深入地理解作者的艺术意图。

在小说第一回所设置的"类神话"（非严格意义上的神话）性质的故事框架中，作者交代，无材补天的顽石幻形入世，从大荒山青埂峰无稽崖进入红尘人世中的"富贵场"与"温柔乡"，而神瑛侍者、绛珠仙子等一干人则从"灵河岸上三生石畔"或太虚幻境来到人世间的贾府和大观园。神瑛侍者投胎转世成为贾宝玉,宝玉"落草时"嘴里衔着一块五彩晶莹的美玉——这就是那块顽石的幻相。曹雪芹通过复杂的艺术处理让我们感到神瑛侍者与这块通灵玉分别象征着宝玉的肉体与心灵,二者休戚与共,难以截然分离。从小说第二十五回的一段文字可以看出这样的一种关系:

> 那僧道:"长官你那里知道那物的妙用。只因他如今被声色货利所迷,故不灵验了。你今且取他出来,待我们持颂持颂,只怕就好了。"……那和尚接了过来,擎在掌上,长叹一声道:"青埂峰一别,展眼已过十三载矣!人世光阴,如此迅速,尘缘满日,若似弹指!可羡你当时的那段好处:'天不拘兮地不羁,心头无喜亦无悲;却因锻炼通灵后,便向人间觅是非。'可叹你今日这番经历:'粉渍脂痕污宝光,绮栊昼夜困鸳鸯。沉酣一梦终须醒,冤孽偿清好散场!'"

顽石质本粗蠢,无知无识,也无喜无悲,然经女娲锻炼之后,却获得了灵性;遂脱去其原始朴拙之本形,变成五彩晶莹之幻相,离开诞育它的大荒广漠之地,进入人世间的温柔乡、富贵场,岂不正是从它的故乡来到了他乡!却不料它竟被这人世间的"声色货利所迷",丧失了原初的自在、安宁与灵性,踏上迷途,进入大梦。第十七回、十八回写了石头亲历元妃省亲的富贵繁华场面时曾暗自感到庆幸云:

> 此时自己回想当初在大荒山中,青埂峰下,那等凄凉寂寞;若不亏癞僧、跛道二人携来到此,又安能得见这般世面。

石头此时乐不思蜀,岂不正是"反认他乡是故乡"了吗?

到小说最后,通灵玉重归大荒山青埂峰无稽崖,又从"他乡"回到了"故乡"。这一安排虽只见于续书,但应该是符合曹雪芹原意的。然而,它重回青埂峰无稽崖的具体历程曹公将会如何安排呢?这一问题的答案现在恐怕已经无从知晓了。不过,从前八十回的两处脂批还是可以看出一点端倪:一处是己卯本第十七回、十八回写元妃省亲点戏时,点了一出《邯郸梦》中的"仙缘"一出,此下一句脂批云"伏甄宝玉送玉";另一处是第二十三回写宝玉离开贾政、王夫人住处,"刚至穿堂门前",此下一句脂批云"这便是凤姐扫雪拾玉之处,一丝不乱";①——如果结合第二十五回所写通灵玉灵性的失而复归来推断,那么八十回后原稿中通灵玉的"迷失"大概不止一次,但或被凤姐拾到了,或由"甄宝玉"(双关"真宝玉")给送回来了,但最后仍被茫茫大士、渺渺真人携回大荒山青埂峰,复还了此玉的原初本质。

再说神瑛侍者的幻形入世。他只是因为凡心偶动,故从仙界到人间来"造历幻缘",就像是一次乘兴而来的短暂旅行或生活体验一样。因而他在人世的时间虽然并不算长,却已深悟这世俗人生的拘束、短暂、无常和虚无,人类繁多的清规戒律令他不胜其烦,思想、情感、言语和行动动辄得咎也令他痛苦不已。于是他时时刻刻对这一世俗性的短暂存在状态充满了不安、反感、厌倦与否定,甚至迫切地想要提早结束这一次不合他心意的旅行,返归太虚幻境——他精神与灵魂的故乡:

> 宝玉忙笑道:"你说,那几件?我都依你。好姐姐,好亲姐姐,别说两三件,就是两三百件,我也依。只求你们同看着我,守着我,等我有一日化成了飞灰,——飞灰还不好,灰还有形有迹,还有知识。——等我化成一股轻烟,风一吹便散了的时候,你们也管不得我,我也顾不得你们了。那时凭我去,我也凭你们爱那里去就去了。"(第十九回)

> 可知那些死的都是沽名,并不知大义。比如我此时若果有造化,该死于此时的,趁你们在,我就死了,再能够你们哭我的眼泪流成大河,把我的尸首漂起来,送到那鸦雀不到的幽僻之处,随风化了,自此再不要托生为人,就是我死的得时了。(第三十六回)

> 原来是你愁这个,所以你是傻子。从此后再别愁了。我只告诉你一句丞话:活着,咱们一处活着;不活着,咱们一处化灰化烟,如

---

① 前批见《脂砚斋重评石头记》(己卯本)影印本,第385页;后批见《脂砚斋重评石头记》(庚辰本)影印本,第518页。

何?(第五十七回)

　　只听得他们三人口中不知是那个作歌曰:我所居兮,青埂之峰。我所游兮,鸿蒙太空。谁与我游兮,吾谁与从。渺渺茫茫兮,归彼大荒。①(第一百二十回)

真正自由的灵魂应该是"天不拘兮地不羁,心头无喜亦无悲"的状态,遨游于无何有之乡与广漠之野。于是,拥有无尽欲望、披着重重枷锁的肉体皮囊便成为宝玉深感厌弃之物——他曾说:"可知锦绣纱罗,也不过裹了我这根死木头,美酒羊羔,也不过填了我这粪窟泥沟。'富贵'二字,不料遭我涂毒了。"(第七回)——也正因如此,他才希望这泥做成的肉体凡胎化灰化烟,彻底消亡,使灵魂解脱出来,从此再不要受这肉体与俗世的拘束。在此,这个"自此再不要托生为人"的清静自由的主体跟原始宗教的不死的灵魂、老庄的主观自由、②道教的精气神灵、佛教的本心自性、理学的客观精神、心学的灵明良知都有一些关联,但又不能截然等同起来。这个自由灵魂的故乡是鸿蒙太空与旷莽大荒,一旦"溪壑分离,红尘游戏",为肉体与俗世所拘,就是离开故乡,来到了"他乡",但宝玉并未彻底忘却灵魂的自由与精神的故乡,这就是他一切痛苦的根源之所在了。

再说林黛玉的前身绛珠仙子,本是草木,偶被情牵,郁结缠绵,遂为报恩还泪而进入人世,却被赋予了飘零的身世、柔弱的身体、敏感的性格与痛苦的情感,于是她也发出了弃绝这短暂柔弱的肉体生命与这俗世他乡的咏叹:

　　愿奴胁下生双翼,随花飞到天尽头。天尽头,何处有香丘?未若锦囊收艳骨,一抔净土掩风流。质本洁来还洁去,强于污淖陷渠沟。尔今死去侬收葬,未卜侬身何日丧?侬今葬花人笑痴,他年葬侬知是谁?试看春残花渐落,便是红颜老死时。一朝春尽红颜老,花落人亡

---

① 第一百二十回非曹雪芹所著,本不应跟前八十回混为一谈,但因其中这首歌颇能说明宝玉与通灵玉应有的结局,故此加以引用。

② 这一说法是从冯友兰论庄子思想中的主观的意境、幸福化用而来,参见《中国哲学史新编》第十四章第三节、第五节。

第九章　莫失莫忘、不离不弃:释"反认他乡是故乡"　|　329

两不知！（第二十七回）

说着，看黛玉的《唐多令》："粉堕百花州，香残燕子楼。一团团逐对成球。飘泊亦如人命薄，空缱绻，说风流。　草木也知愁，韶华竟白头！叹今生谁舍谁收？嫁与东风春不管，凭尔去，忍淹留。"众人看了，俱点头感叹，说："太作悲了，好是固然好的。"（第七十回）

这些诗词，是她对自己从故乡到他乡的漂泊之旅的伤叹，表达了对故乡的无尽追怀，对自身清净本质的坚定持守，也暗示着她对自己的原初生命形态——草木之身（绛珠草）的潜在记忆。黛玉曾说她"不过是草木之人"（第二十八回）——从绛珠草到绛珠仙子，再到人世间的钟情女子林黛玉，从无知无识、无悲无喜的仙草变成了有情有识却充满忧愁痛苦体验的人类女性，她也一步步远离了她原初的生命故乡，来到了人类生命的他乡，但这他乡是污浊的，冷酷的，也是不自由的，曾经甘露滋润和灌愁海水浇灌过的灵魂则是无比洁净、不染尘滓、目无下尘的，因此，她也强烈地向往着"未若锦囊收艳骨，一抔净土掩风流"的终极归宿，渴望回归灵魂的净土。但"天尽头，何处有香丘"：这样一个美好、自由的去处究竟在哪里呢？她还完情债之后，还能够带着"心头无喜亦无悲"的清净灵魂回返灵河岸边三生石畔、回返到"草木有本心"的原初状态吗？林黛玉看不到这一归宿，故只能祈求"未若锦囊收艳骨，一抔净土掩风流"；而宝玉则希望自己死后，变成轻烟散去，从此再也不要托生为人。看来，在宝、黛二人的潜意识中，作为人的短暂肉体生命也正是他们原来的本真生命的他乡了。

在小说情节层面上，宝、黛等人将以不同的方式离开尘世他乡，回到他们所从来的太虚幻境——这个灵魂绝对自由清净的世界。在这里，我们不要以为曹雪芹是在肯定甚至赞美死亡，宣扬对生命的厌弃，那样就曲解了他的本意。应该说：这绝不是对死亡本身的赞美，而是对羁留于"他乡"的被异化的生命状态的否定，这种异化生命状态的终结正是对本真生命故乡的向往与回归。

如果一个人不知道自己已经远离故乡，就谈不上对故乡的思念与向往。《红楼梦》中有一大批"风流冤家"随着宝、黛入尘历劫，从仙境故乡堕入红尘他乡，但又有几人还对那一所来之处怀有冥冥之中的思念、从而做出返乡的努力呢？比如秦可卿，是秦业从养生堂抱来的，父母故乡一概不知；香菱从小被拐卖，也忘记了自己的故乡苏州；晴雯进贾府时也忘记了家乡父母；而贾府一族的故乡在南京，贾家人都是知道的，但除了贾母气急之下跟贾政发狠说要带着王夫人和宝玉回南京去之外，贾家人倒也不怎么思念南京这个故乡；凤姐只有在"一从二令三人木"之后，才"哭向金陵事更哀"——曹雪芹看似完全是从现实的层面来表现他们对故乡的遗忘或淡漠的，但很显然这些内容跟"反认他乡是故乡"这一主题也是有着直接的关联的。我们不妨注意一下，甄家、甄宝玉在南京而贾家、贾宝玉在京城这一对比式的结构安排，会发现甄（真）是跟故乡（南京）联系在一起，而贾（假）则是跟他乡（京城）联系在一起的。此外，秦可卿临终托梦给王熙凤，开口就说"我今日回去，你也不送我一程"，从第五回的内容看，秦可卿大概是警幻之妹，本是太虚幻境中的人物，她所说的"回去"，岂不正是要回归太虚幻境——她真正的故乡吗？还有，香菱的判词说她的"香魂"最后返回了"故乡"，有学者认为她是回到了太虚幻境这一故乡，这一看法也不无道理。

　　所谓"思还故里闾，欲归道无因"，现实意义上的返乡都不是那么轻易就能实现的，更何况精神故乡的回归呢！《红楼梦》反复写到做出返乡努力的人物主要是贾宝玉。他作为一个天生要发生大疑情的灵心慧性之人，对人生、对生命、对存在等问题发出了好多次终极的追问，他也为此经历了好几次精神上的参悟：第二十一回，他因为得罪袭人一干人，惹来烦恼，妄续《庄子》，却招来黛玉的讥笑；第二十二回，宝玉因欲调解黛玉跟湘云等人之间的小过节而不成，愤懑沮丧不已，遂写了一首四言的偈子，结果又遭黛玉诘问，才发现宝钗、黛玉竟然比自己对禅理还有着更深的领悟，顿觉十分羞惭；第二十七回、二十八回他听黛玉吟诵《葬花词》，不禁万分伤痛，顿悟人生生存之根本真相；第三十六回他目睹贾蔷与龄官之间的爱情，从此深悟人生情缘，各有分定；第七十四回、七十八回等回，从抄检大观园、晴雯之死、众丫鬟被逐诸事，他领悟到人事之无情，盛宴之必散；最后因为黛玉的夭亡，也因为跟宝钗的不幸福的婚姻，他悬崖撒手，出离红尘。这都是宝玉试图打破人生的执着、痴迷、束缚而在精神上所做出的不懈的努力，只有在真正领悟到这尘世幻缘之"幻"以后，他才能走上彻悟之途，走上回返故乡之路。

除宝玉之外，其实还有甄士隐、尤三姐、柳湘莲等人，也由执迷而走向了醒悟：甄士隐本是有慧根之人，经历一番磨难之后，世情的羁绊被一一解开，也认识到人生之虚妄，遂经点化，飘然而去；尤三姐的解脱则显得十分惨烈，她跟宝玉一样也是重情之人，把她全部的痴情钟于柳湘莲一人之身，此情遂成为其生活的全部意义之寄托，但当她看到自己情之所钟之人却因囿于世俗皮相之见而不能领会自己之真情时，其情顿时幻灭，所谓"来自情天，去由情地。前生误被情惑，今既耻情而觉，与君两无干涉"——在世人的眼中，"情"即不才，故可耻也；对她个人而言，迷情而不悟，事后回思，亦觉羞惭，这乃是十分真实的情感经验。从佛教哲学层面而言，痴情本空，亦由幻生，而她竟为此空幻之情所惑，焉能不觉得羞耻呢？天地之间，莫非有情，故曰"情天""情地"，又曰"情天情海幻情身"（第五回中秦可卿的判词），则此身皆属幻象，何况此"身"之"情"乎！此情无非一念，前念情生，后念情灭，终归虚无，故曰"始于情，终于悟"。① 三姐跟湘莲辞别之后，化作一阵香风，无影无踪地去了——她的归处乃是太虚幻境，这岂不是象征着她的灵魂摆脱了"情身"的束缚之后，回到了最初的出发之地？

但柳湘莲的解脱似乎有些令人觉得突兀，有学者就认为他被度脱这一段颇不可信。因为他本是一个萍踪浪迹之人，颇具游侠风范，焉能因为一尤三姐之死而有此决绝之举？然湘莲为人雄豪洒脱，本不过为世俗所拘，遂一心想娶一位人间绝色女子为妻，尤三姐既如此貌美，如此痴

---

① 第七十七回，宝玉乃道："从此休提起，全当他们三个死了，不过如此。况且死了的也曾有过，也没见我怎么样，此一理也。"这一句后的脂批云："宝玉至终一着全作如是想，所以始于情终于悟者。……"见《脂砚斋重评石头记》（庚辰本）影印本，第 1880 页。原文有误抄，此依朱一玄《红楼梦脂评校录》校正，齐鲁书社 1986 年版，第 547 页。

情,又如此刚烈,自己反为俗念所惑,失之交臂,岂不痛悔!他在精神上受此强烈刺激之时,又被道人数句冷语打破迷关,遂豁然顿悟:

> 湘莲警觉,似梦非梦,睁眼看时,那里有薛家小童,也非新室,竟是一座破庙,旁边坐着一个跏腿道士捕虱。湘莲便起身稽首相问:"此系何方?仙师仙名法号?"道士笑道:"连我也不知道此系何方,我系何人,不过暂来歇足而已。"柳湘莲听了,不觉冷然如寒冰侵骨,掣出那股雄剑,将万根烦恼丝一挥而尽,便随那道士,不知往那里去了。

我们不妨认为这位在关键时刻出现的"跏腿道士"就是渺渺真人。他极简略的几句话其实暗含甚深之禅理:世人不仅为肉身所羁,也被各种对名相的执念所缚,因而不能明心见性,返本归真,获得顿悟与解脱。湘莲请教道士仙名法号,可见其头脑毕竟不脱世间名相之羁縻,而仍为世法所拘,他之所以痛失尤三姐,不正是因为被世俗的道德名相和贞淫之类的分别心所误吗?道人一席话,刹那间剥去了他思想上重重捆绑的名教的铠甲,还他一个干干净净、无牵无挂、自由自在的本真之人!人生寄一世,不过是"暂来歇足"而已,他乡岂可久留,终要回返故乡!此外,渺渺真人本是迷途者的接引人,他来到人世间,只是一位匆匆过客,岂不也是"暂来歇足"而已吗?

小说第一回说到空空道人"因空见色,由色生情,传情入色,自色悟空",此正所谓"指点虚无是归路"也。"空"才是终极的归宿、永恒的故乡。"静极思动,无中生有"(第一回),动终归于静,有终归于无——离开,归来,离开;从静到动,又从动到静,从无到有,又从有到无,永远循环往复——有智慧亦有情的生命个体或许都会经历这一从故乡到他乡又重归故乡的精神历程吧。

在此,我们应该把空、解脱、悬崖撒手这些说法从文学与象征的意义上来理解:曹雪芹虽然让甄士隐、贾宝玉、柳湘莲这些人遵循佛道高人的指引获得了解脱,但通过这些人物的人生探索与最终结局,他所要表达的思想恐怕又是另外一回事:曹雪芹毕竟没有走上贾宝玉等人的道路,如果他走上宝玉等人的道路，那就应该"言语道断，心行处灭"，不仅不必呕心沥血来写《红楼梦》这么一部血泪之书，更不必感叹什么"都云作者痴，谁解其中味"了。曹雪芹应该是如宝玉一样对生命、对人生、对世界怀抱着大执着、大深情之人，也应该是一位崇尚自然本真生命状态的人。因此，贾宝玉的性格、思想与人生追求都应该代表着曹公自己的人生理想。① 但是这样的追求、这样的理想却被世俗之众视为异端、痴狂与"下流痴病"，如此，执着而深情者必然困惑彷徨，痛苦失望，在现实社会中既无所安放其身心，亦必痛感这社会人生之无情与冷酷。若能如同宝玉一样弃绝红尘人世，重归仙境故乡，那自然是最理想的结果，但这当然只能是艺术虚拟世界里的安排，而不可能是曹雪芹所能做出的现实的人生选择。因此，这样的安排与其说是王国维所说的宗教意义或美术意义上的解脱，② 还不如说是表达了作者对世界与人生的深深的困惑：为什么宝玉式的人格理想与人生道路在这个世界上无法存在下去，必要招致被摧残、被扼杀的命运？人类本真地、真诚地、不被异化地活着就这么地难以实现吗？对万物怀抱一腔深情，却不免遭到幻灭的痛苦；看破一切而获得彻底的解脱，却又不过是另一种形式的幻灭；那么，个人究竟该何以自处以及该如何进行选择呢？

曾有人指出："情"或"不情"，是曹雪芹心中的精神困扰——夏志清所言的悲剧性的两难窘境："一个人救赎的代价就是冷漠无情吗？究竟是自知完全无力拯救人类而忍受着、同情着更好一些，还是寻求个人的解脱，并自知由此而变成一块顽石，对周遭的痛苦呼号无动于衷更好一些呢？"——曹雪芹对"不情"之后的了悟似乎有着深切的怀疑。③

---

① 曹雪芹字梦阮，阮是指阮籍，在宝玉这个人物的性格中，就颇有阮籍的影子，比如宝玉听到秦可卿的死讯，只觉心中似戳了一刀的不忍，哇的一声，直奔出一口血来——这跟《晋书》卷四十九《阮籍传》说阮籍母死，籍"饮酒二斗，举声一号，吐血数升。及将葬，食一蒸肫，饮二斗酒，然后临诀，直言穷矣，举声一号，因又吐血数升，毁瘠骨立，殆致灭性"（中华书局 1974 年版，第 1361 页），颇为相似。《世说新语·任诞》亦载此事，但文字较简略。

② 王国维：《〈红楼梦〉评论》，《王国维文学论著三种》，商务印书馆 2001 年版，第 11 页。

③ 陈安安：《论〈红楼梦〉中的情》，北京大学 2002 年博士学位论文，藏北京大学图书馆学位论文阅览室。夏志清文原为英文，陈安安所引与笔者所见译本略有不同，参胡益民等译：《中国古典小说导论》第七章《红楼梦》，安徽文艺出版社 1988 年版，第 321 页。

在宝玉带到人世间的那块通灵玉上，茫茫大士和渺渺真人镌上了"莫失莫忘，仙寿恒昌"八个篆字；和尚（或即茫茫大士）送给宝钗的金锁上也刻着"不离不弃，芳龄永继"八个篆字：这两相对仗的四句话究竟是什么意思？以往大家都将这些话视为爱情的誓言，现在看来，恐非确解。在笔者看来，这应该是在提醒宝玉和宝钗这些从太虚幻境来到红尘人世之人，不要丧失、忘记本心，也不要离开、弃绝故我，如此，方能仙寿恒昌，芳龄永继。这是茫茫大士、渺渺真人对宝玉等人的嘱咐，是不是也是作者对自己和世人的嘱咐呢？

应该说，曹雪芹在小说中设置"故乡"与"他乡"的主题结构，就是要表达他对自身精神困惑的思考与回答。

经过前面的分析，我们可以认为，在《红楼梦》中，"故乡"的本义与象征意义应包含着：人生的起点，人的生命与精神的起点，人生的本真状态，精神与灵魂的清净、本真、自由的状态。而"故乡"与"他乡"的对立则代表着真与假、有与无、好与了、色与空、自然与社会、根本与枝末、醒悟与迷失的对立。

作者的态度自然是在告诉世人：我们不要"反认他乡是故乡"，只有回归"故乡"，人生才有意义，生命才能永恒。

第十章 "今古未有之一人"：贾宝玉的性格及其情感

《红楼梦》中究竟写了多少人物，从清代开始就曾有不少人进行过统计，但因各人所采用的统计标准不同，所得到的结果也颇不一致。根据红学家徐恭时以庚辰本为底本所做的统计，《红楼梦》描写了男性人物四百九十五人，女性人物四百八十人，其中有姓名称谓者七百三十二人。[①] 其中不少人物塑造得很成功，成为超越真实人物的永久性的艺术典型，这也是这部小说杰出的艺术成就之一。

对于《红楼梦》中人物的研究，也是过去一百年红学研究的重要课题。其中最具代表性的论著，以本人所见而言，可以举出王昆仑的《红楼梦人物论》、何其芳的《论红楼梦》、蒋和森的《红楼梦论稿》、李希凡和李萌的《传神文笔足千秋——〈红楼梦〉人物论》——这些是研究《红楼梦》人物的专著；还有周汝昌的《红楼梦与中华文化》和王蒙的《红楼启示录》中的一些章节，以及俞平伯、吴组缃等先生的一些论文，也都对《红楼梦》中的人物进行过专门研究，而他们的研究，又都无一例外地涉及了贾宝玉这一最重要的人物。刘再复的《贾宝玉论》则是专论贾宝玉这一人物的一本重要专著。这让我们充分认识到贾宝玉形象构成的复杂性

[①] 徐恭时：《〈红楼梦〉究竟写了多少人物》，《上海师范大学学报（社会科学版）》1982年第2期。

及其思想内涵的丰富性。

本章对贾宝玉的讨论，吸取了前辈学者的很多观点，同时也提出我个人的一些看法。

第一节　"正邪两赋"：赤子与痴人

贾宝玉是《红楼梦》的核心人物，是小说人物关系和情节结构的重要枢纽，也是《红楼梦》的精神和灵魂，这一点脂评已经明确地指出过了，① 现在也已成为学界的基本共识。鲁迅在《中国小说史略》中论及《红楼梦》时曾说过一句十分精辟的话："悲凉之雾，遍被华林，然呼吸而领会之者，独宝玉而已。"② 宋淇也深入论证了贾宝玉乃《红楼梦》中"诸艳之冠"这一观点。③ 因此，我们要理解《红楼梦》，首先就要理解贾宝玉这个人物形象的意义。要理解贾宝玉这一人物形象的意义，又要先理解他的性格、思想、情感和命运。

关于贾宝玉的性格，小说中通过很多其他人物之口进行过不少或抽象或具体、或间接或直接的评价，其中最引人注目的是第二回"冷子兴演说荣国府"时，说到宝玉衔玉而生这一件异事，贾雨村听了笑道："果然奇异。只怕这人来历不小。"接下来他便发表了那一番著名的"正邪两赋论"：

> 清明灵秀，天地之正气，仁者之所秉也；残忍乖僻，天地之邪气，恶者之所秉也。今当运隆祚永之朝，太平无为之世，清明灵秀之气所秉者，上至朝廷，下及草野，比比皆是。所余之秀气，漫无所归，遂为甘露，为和风，洽然溉及四海。彼残忍乖僻之邪气，不能荡

---

① 庚辰本第四十六回有一条脂批说："通部情案，皆必从石兄挂号，然各有各稿，穿插神妙。"第十七回、十八回回前总评则说"宝玉系诸艳之贯（冠）"。见《脂砚斋重评石头记》（庚辰本）影印本，第1068、346 页。
② 鲁迅：《中国小说史略》第二十四篇，第201 页。
③ 宋淇：《论贾宝玉为诸艳之冠》一文，初刊于香港《明报月刊》1970 年第6、7、8 期，收入《红楼梦识要——宋淇红学论集》。

溢于光天化日之中，遂凝结充塞于深沟大壑之内，偶因风荡，或被云摧，略有摇动感发之意，一丝半缕误而泄出者，偶值灵秀之气适过，正不容邪，邪复妒正，两不相下，亦如风水雷电，地中既遇，既不能消，又不能让，必至搏击掀发后始尽。故其气亦必赋人，发泄一尽始散。使男女偶秉此气而生者，在上则不能成仁人君子，下亦不能为大凶大恶。置之于万万人之中，其聪俊灵秀之气，则在万万人之上；其乖僻邪谬不近人情之态，又在万万人之下。若生于公侯富贵之家，则为情痴情种。若生于诗书清贫之族，则为逸士高人。纵再偶生于薄祚寒门，断不能为走卒健仆，甘遭庸人驱制驾驭，必为奇优名倡。如前代之许由、陶潜、阮籍、嵇康、刘伶、王谢二族、顾虎头、陈后主、唐明皇、宋徽宗……之流，此皆易地则同之人也。

后文当他们谈到甄宝玉、贾府四姊妹、贾琏和王熙凤等人时，贾雨村又说这些人"都只怕是那正邪两赋而来一路之人"。因为这些话涉及曹雪芹的人物观与人性观，故一直备受研究者重视，相关的探讨已经相当多了。在理论层面上，学者们将"正邪两赋论"的根源一直追溯到了先秦气论、汉代气化宇宙论、魏晋人伦品鉴观、医家疾病论、六朝道教终末论、宋明理学的气禀说与气运论之上去了。[①] 其中有些说法虽不免求之过深，有扩大化与泛化之嫌疑，但指出曹雪芹的这一番理论跟程颐、朱熹、吕坤的气禀说和气运论之间有一定的相承关系，应该还是不成问题的。但究竟该如何来理解曹雪芹这一理论的内涵及其意义，学者们的观点就颇有些不同了。周汝昌认为，曹雪芹心目中的"正邪两赋"之人大都是历史中在性格、气节、才情、文学、艺术上散发着最强烈光辉的一二流人物，所谓的"乖僻邪谬"都是表面上是贬义，实际上是敬仰、赞美和欣赏的。他把不同阶级、不同身份的人物平等排列在一起，视为本质上相同的一类人，跟朱熹等理学家所要维护的"封建秩序结构"一比，带有平等的

[①] 分别见周汝昌：《曹雪芹传》第十一章"正邪两赋"，百花文艺出版社2003年版（此书初版于1964年，增订本出版于1980年）；段江丽：《礼法与人情——明清家庭小说的家庭主题研究》第四章，中华书局2006年版；欧丽娟：《〈红楼梦〉"正邪两赋"说的历史渊源与思想内涵——以气论为中心的先天禀赋观》，《新亚学报》2017年第34卷。

意味，是对封建秩序的勇敢的怀疑和攻击。① 段江丽认为曹雪芹是以理学家的人性论来解释复杂的人性，以宝玉这一人物形象来探讨他所代表的那一类人的生命状态。② 欧丽娟则认为，跟传统的气禀论相比，"正邪两赋论"的创新之处在于：它主张原本对立互斥的正邪二气无法彼此影响、互相转化，在颉颃对抗之中杂糅变化，成为一种无法界定而丧失归属的矛盾统一体，二者纠缠不分，有待赋形为人才得以泯除化解而一体同消；在消解之前，则是以病态存在的，"正邪两赋"如贾宝玉者，代表着一种无法归类的"病态人格"和社会角度的"异常物"。③ 应该说，这些说法都颇有道理，不过，曹雪芹的本意究竟如何，则颇难揣测：若要说这一番理论代表着作者自己的看法，他又是通过贾雨村之口说出来的；贾雨村虽然说得"罕然厉色"，却又是在跟冷子兴饮酒闲聊时道出那一番高论的；他虽然列举了历史上一大批各方面"散发着最强烈光辉"的人物作为"正邪两赋"之人的代表，但又指出贾琏、凤姐等人也是"个中人"。那么，作者的本意究竟是什么呢？

笔者认为，曹雪芹提出这一"正邪两赋论"，代表着他对历史和现实中人的人格心理类型及其成因的一些思考：有一类人，不属于"大仁""大恶"之列，而属于这两大类之外的绝大多数人中的佼佼者，其聪明灵秀也好，乖僻邪谬也好，都比一般人要表现得更为突出，更为极端。而且，这两种品性还紧密结合在一起，又依其所处时代境遇之不同，表现出各不相同的、比较极端的矛盾性格。④ 在禀赋这种性格的人的精神与生命内部，这一对矛盾的力量彼此冲突争斗，搏击掀发，轰轰烈烈，直至将它们所寄托的个体肉身毁灭之后，这才"发泄一尽始散"。

而如果具体到历史与现实中的每个个人，以及曹雪芹笔下的每一个人物，即使他们都属"正邪两赋之人"，其具体表现自然也各不一样。至于

---

① 周汝昌：《曹雪芹传》第十一章"正邪两赋"，第72—74页。
② 段江丽：《礼法与人情——明清家庭小说的家庭主题研究》第四章，第117页。
③ 欧丽娟：《〈红楼梦〉"正邪两赋"说的历史渊源与思想内涵——以气论为中心的先天禀赋观》，《新亚学报》2017年第34卷。
④ 周汝昌：《红楼梦与中华文化》（增订本）也论及了这种人物身上包含了"矛盾"的两面和性格上的"双重性"，第131页。

他所列举的那一批"正邪两赋之人",应该也只是这一大类中的一个特殊小类,周汝昌将他们的特点概括为:薄利名,鄙流俗,重性情,爱艺术,不务正业,落拓不羁,敢触名教,佯狂避世——认为正是这些特点构成了他们"乖僻邪谬不近人情"的独特品格。曹雪芹赋予贾宝玉性格中的"痴狂""呆傻""意淫""天分高明,性情颖慧""虽然淘气异常,但其聪明乖觉处,百个不及他一个"这些独特之处,也正是属于"乖僻邪谬不近人情"这一范畴之内的。周汝昌认为我们或许可以称之为"诗人型"或"艺术家型"的人,这种人,以诗人之眼来观看世界人生,以诗人之心来感受悲欢忧乐,以诗人之笔来表现和抒写其所见所感。这种人感受能力极敏锐,领悟能力又极高强,他们多情敏感,触事移神,也比通常人承担着十倍百倍的喜悦和痛苦。①

从贾宝玉这一人物身上所具备的超时空的性格共性来看,周汝昌的这一概括是十分精辟的。曹雪芹在塑造这一人物的时候,既意识到了历史上一切与其同类者的共性,对这一共性进行了高度的概括,上升到了哲学思考的层次,同时也生动细腻地描写了这一共性在贾宝玉这一特定时代产儿身上的一些具体表现。

应该说,宝玉性格中最重要的特点,正是对人情和物情的深入体贴,但这个"人情",不是社会化的、世俗的"人情"(此"人情"乃"乖僻邪谬不近人情"的"人情",是人情世故),而是个人化的、自然的"人情";所谓"物情",则是人类之外的万物之情;这二者也不是截然分开的。我们不妨从"物情"入手来探讨一下这个问题。小说第三十五回写傅试家的两个婆子议论宝玉时说了这么一段话:

> 我前一回来,听见他家里许多人抱怨,千真万真的有些呆气。大雨淋的水鸡似的,他反告诉别人"下雨了,快避雨去罢"。你说可笑不可笑?时常没人在跟前,就自哭自笑的;看见燕子,就和燕子说话;河里看见了鱼,就和鱼说话;见了星星月亮,不是长吁短叹,就是咕咕哝哝的。

---

① 周汝昌:《红楼梦与中华文化》(增订本),第102、108页。

乍一看两婆子对宝玉的这一番评论，不免令人觉得他精神有些不太正常，那他究竟是不是这样的呢？让我们先来看一看小说中一段相关的具体描写：第五十八回，宝玉病后初愈，从沁芳桥一带堤上走来。看到一株大杏树，花已全落，叶稠阴翠，上面已结了豆子大小的许多小杏。宝玉因想道："能病了几天，竟把杏花辜负了！不觉已到'绿叶成荫子满枝'了！"因此仰望杏子不舍。又想起邢岫烟已择了夫婿一事，虽说是男女大事，不可不行，但未免又少了一个好女儿。不过两年，便也要"绿叶成荫子满枝"了。再过几日，这杏树子落枝空，再几年，岫烟未免乌发如银，红颜似槁了，因此不免伤心，只管对杏流泪叹息。正悲叹时，忽有一个雀儿飞来，落于枝上乱啼。宝玉又发了呆性，心下想道："这雀儿必定是杏花正开时他曾来过，今见无花空有子叶，故也乱啼。这声韵必是啼哭之声，可恨公冶长不在眼前，不能问他。但不知明年再发时，这个雀儿可还记得飞到这里来与杏花一会了？"

这段文字具体生动地刻画出了宝玉"看见燕子，就和燕子说话；河里看见了鱼，就和鱼说话"的这一番"呆气"。但这一种"呆气"，从其本质上来说，其实是一种天真敏感、主客观似乎尚未分离的心性与思维方式，表现出了一种稚子与儿童的天性，而这时宝玉已经成年，但仍然童心未泯，或者说赤子之心犹然炽烈。他是如此富于想象力，如此善于体察物情和人情，不仅能够站在他人的立场上来感受其痛苦悲伤，甚至还能移情于燕子、雀儿、鱼儿、星星、月亮这些动物或者无生命之物，把它们当成有情之物来和它们交流自己的情感和思想，这就是一种典型的赤子天性，也是很多文学家、艺术家身上的一个共性。① 对宝玉这一特点，脂批也曾特意予以指明："按警幻情讲（榜），宝玉系'情不情'，凡世间之无知无识，彼俱有一痴情去体贴。"② 应该说，这一评语乃是十分恰切的。

宝玉身上这种善体物情、人情的天性在小说中还有多处描写。众所周

---

① 王蒙也对这一段情节做了分析："既有点病态的想入非非，又想得深情细腻，可谓以情眼观之，无物不情。以灵眼观之，无物不灵。贾宝玉的眼睛，给了万物以生命。"见《红楼启示录》"六、情与政"之"贾宝玉的唯情主义"一节，第147页。
② 见《脂砚斋重评石头记》（甲戌本）影印本，第248页朱笔眉批。

知,小说第二十七回写了黛玉葬花这一段著名的情节,其实宝玉也有过此类举动。第二十三回写到他在桃树下看《西厢记》,风吹下落花来,他怕被践踏了,就兜了花瓣抖入池中,恰被黛玉看到,说不如葬入泥土中更干净,宝玉对此极表赞同。第六十二回又直接写了宝玉葬花:当时他跟香菱等人结束斗草游戏,众人散去。香菱见宝玉蹲在地下,将方才的夫妻蕙与并蒂菱用树枝儿抠了一个坑,先抓些落花来铺垫了,将这菱蕙安放好,又将些落花来掩了,方撮土掩埋平服。香菱拉他的手,笑道:"这又叫做什么?怪道人人说你惯会鬼鬼祟祟使人肉麻的事。"除葬花之外,他还有其他类似的表现:第四十三回写宝玉携茗烟来到水仙庵(他当时是为了祭奠金钏儿私自出城的),看到洛神像,并不跪拜,只管赏鉴。虽是泥塑的,却真有"翩若惊鸿,婉若游龙"之态,"荷出绿波,日映朝霞"之姿。宝玉不觉滴下泪来。第三十九回写刘姥姥讲了一个茗玉小姐显魂、雪下抽柴的故事,别人都明白是刘姥姥编的,唯独宝玉当了真,为之跌足叹息不说,还派茗烟去找这位小姐的庙,想要给她塑像。

葬花之举,虽说受了黛玉影响,但主要跟他以自己的洁癖和惜物之情来体贴花草等外物有关;见到洛神像而流泪,则是他把对金钏儿的愧疚与追念之情移诸艺术作品所致;而把明显虚构的故事当了真,更是一种赤子之心和艺术家心灵的典型流露。而归根结底,这又都是他善体人情与物情的必然结果。

宝玉以"痴情"去"体贴"世间无知无识之物的最特殊也最极端的表现见于第三十一回晴雯撕扇这一段故事。事情的起因是晴雯不小心跌折了宝玉的一把扇子,他当时正因别事心绪不佳,于是发了脾气,要赶走晴雯,但因众人求情而作罢。事后宝玉气消了,为了安慰晴雯,讨她的欢心,于是发表了一番奇特的"爱物论":

> 宝玉笑道:"既这么着,你也不许洗去,只洗洗手来拿果子来吃罢。"晴雯笑道:"我慌张的很,连扇子还跌折了,那里还配打发吃果子。倘或再打破了盘子,还更了不得呢。"宝玉笑道:"你爱打就打,这些东西原不过是借人所用,你爱这样,我爱那样,各自性情不

同。比如那扇子原是扇的，你要撕着玩也可以使得，只是不可生气时拿他出气。就如杯盘，原是盛东西的，你喜听那一声响，就故意的碎了也可以使得，只是别在生气时拿他出气。这就是爱物了。"晴雯听了，笑道："既这么说，你就拿了扇子来我撕。我最喜欢撕的。"宝玉听了，便笑着递与他。晴雯果然接过来，嗤的一声，撕了两半，接着嗤嗤又听几声。宝玉在旁笑着说："响的好，再撕响些！"

跟"正邪两赋论"一样，这一番"爱物论"也颇受人关注，相关的阐述也不少。比较早注意到这段情节的吴组缃认为，这段话中虽然流露出浓厚的贵公子气味，但主要的意思，却是尊重个性，尊重意志，即戴震所说的"使人各得其情，各遂其欲"。① 晚近论及这一问题的刘再复则认为，宝玉的意思是人是中心，人是主体，物应该人化，为人所用，人却不可物化，为物所役。② 此外还有一些其他的观点，此处不再赘述。③ 这些观点都有其道理，但都未注意到所谓"爱物"的侧重点是在谈人对物所应有的态度（当然，这也是宝玉个人的态度），那就是我们应该以欢喜或喜爱的态度来对待物，而不是以泄愤或厌恶的态度来对待物，哪怕它们只是一些无知无识的日用器物而已。这一主张有可能受到《传习录》中王阳明跟薛侃围绕人对花草之好恶态度的一段对话的影响：

> 曰："不作好恶，非是全无好恶，却是无知觉的人。谓之不作者，只是好恶一循于理，不去又着一分意思。如此，即是不曾好恶一般。"曰："去草如何是一循于理，不着意思？"曰："草有妨碍，理亦宜去，去之而已。偶未即去，亦不累心。若着了一分意思，即心体便有贻累，便有许多动气处。"曰："然则善恶全不在物？"曰："只

---

① 吴组缃：《论贾宝玉典型形象》，载《北京大学学报（人文科学）》，1956 年第 4 期，第 19 页。
② 刘再复：《贾宝玉论》中篇"浑沌儿的赞歌——用道家文化视角看宝玉"，第 35、36 页。
③ 可参看吕一：《"晴雯撕扇"中宝玉的"爱物观"》一文的有关论述，此文是作者选修笔者开设的"《红楼梦》研究"课程时所提交的论文，后经笔者推荐，收入《新红学百年与北京大学》一书，中国文史出版社 2022 年版。该文写作时，笔者为之提供了一些资料线索，如王阳明《传习录》中的一段语录。原文中对此有说明，收入《新红学百年与北京大学》一书时，限于体例删去。

在汝心。循理便是善，动气便是恶"。①

据此看来，王阳明主张人对外物不能抱有主观刻意的好恶之意，而应根据客观情状和自然之理表现出一种取舍的态度来，而不管是取还是舍，主体都不应该有所"着意"，否则便将贻累"心体"，"便有许多动气处"。这里"动气"一词的意思不妨理解得宽泛一些，但理应包括了生气动怒之意在内。王阳明显然是反对我们对外物"动气"，而应该保持平和心态的，宝玉说"只是不可生气时拿他出气"，应该正是这一主张的引申，但他对阳明之说也做了一些修正，认为：不管我们如何去使用"物"，都应该出于主体的一种喜爱之意，就算是毁坏它们，也算是物尽其用，并且是对"物"的一种"爱"了。这一番理论颇为曲折，甚至不免有些内在矛盾，但其出发点仍是对人情与物情的体贴：从人情角度，是以人为重；从物的角度，是对物的珍爱。具体到他跟晴雯之间的这一次纠纷，他乃是以这一番迂曲怪论来表示他对晴雯的歉意和宠爱，他本因晴雯毁坏了物品而动气，令人觉得他更重物而轻人，现在他郑重表示自己是重人而轻物的；而从对待物的角度来看，则认为我们对物自应采取珍爱的态度，这也是对物的一种尊重。

宝玉对物的珍爱，最终仍会要归结到人。他对物能采取如此珍重的态度，对人当然就更是如此了。他为人处事最令人动容处就是他对别人深切的同情心，这尤其体现在他特别能够站在那些不幸的年轻女性的立场上，体察她们的悲苦和隐痛，担忧她们受侮辱、受损害、受压迫的命运。小说一再地写到了他对鸳鸯、袭人、香菱、平儿、晴雯、芳官、龄官、彩霞、柳五儿、尤二姐、林黛玉等人的关爱与呵护，尤其是对于他所挚爱的黛玉的境遇、精神和情感世界，他尤能体贴入微，第二十七回、二十八回写了著名的黛玉葬花一段，宝玉听到黛玉吟咏《葬花词》，瞬间就被深深地打动了，不觉恸倒在山坡之上。小说对他此时的心理活动做了十分深刻的描写：他从对黛玉青春和生命的同情、怜惜上升到了对当时年轻女性群

---

① 《王阳明全集》卷一"语录一"，第33页。前引吕一《"晴雯撕扇"中宝玉的"爱物观"》一文对王阳明这一段话也有分析，可参看。

体的青春和生命的同情、怜惜之上，再深入到对人生、世事与生命本身的无常与脆弱的更深刻的领悟之上，这正是对宝玉善于联类而及、推己及人的深广同情心的最强有力的表现！

但宝玉的同情心也并不只表现在年轻女性身上。众所周知，宝玉有着强烈而执着的少女崇拜情结，讨厌男人和已婚女人，对大观园中那些势利的老婆子们，曾多次表达过他强烈的憎恨。但小说却令人意外地写到了他对那位从乡下来贾府打秋风的贫婆子刘姥姥的关心和同情。第三十九回、四十回、四十一回，刘姥姥二进荣国府，以凤姐、鸳鸯为首的一群人拿刘姥姥当"女篾片"，尽情取乐，以取悦贾母，连林黛玉也把刘姥姥比作"母蝗虫"，逗得众人捧腹大笑。众人在栊翠庵品茶，妙玉嫌刘姥姥脏，要把她用过的那只成窑五彩小盖盅扔掉，临走的时候，宝玉和妙玉赔笑道："那茶杯虽然脏了，白撂了岂不可惜？依我说，不如就给那贫婆子罢，他卖了也可以度日。你道可使得？"妙玉听了，想了一想，点头说道："这也罢了。幸而那杯子是我没吃过的，若是我吃过的，我就砸碎了也不能给他。你要给他，我也不管你，只交给你，快拿了去罢。"宝玉笑道："自然如此，你那里和他说话授受去，越发连你也脏了。只交与我就是了。"妙玉便命人拿来递与宝玉。宝玉便袖着那杯，递与贾母房中小丫头拿着，说："明日刘姥姥家去，给他带去罢。"这段情节看上去十分平常，却进一步刻画了宝玉善体人情、无微不至的独特性格，这在贾府众人围观刘姥姥的"表演"所爆发出来的喧嚣之中，放射出一道格外亮丽的光芒。曹雪芹也通过宝玉的这一番言行，表达了他对中国传统文化中怜贫惜老的仁爱精神的赞美！

"泛爱众而亲仁"，以至于"爱博而心劳"，在一个冷酷的环境里，在那些无情的或者自我中心主义的人看来，这也许就是一种呆子的行为，亦即所谓"呆性"吧。《红楼梦》写傅试家的两个婆子以及众人背后对宝玉的议论，不正说明了这一点吗？

"呆性"，或者说"乖僻邪谬不近人情"的另一个重要表现就是对率性自然、鄙弃功利的生存状态的欣赏和追求，这也是宝玉性格中一个十分突出的特点，跟历史上那些"正邪两赋"之人也是完全同调的。在第十回、十八回（"大观园试才题匾额"这一部分）中，宝玉当着贾政和众清客相公的面发表了一番他对"天然"之美的认识，认为即使是园林布置，也应该循自然之理，得自然之气，不应该依仗人力穿凿扭捏而成。他这一番话当然不只是谈他对园林之美的认识，更是谈他对人生的看法，是他努力遵循并践行的人生哲学。

宝玉最为众人所诟病、所不解的少女崇拜情结，其本质其实是：那个时代的年轻女性因无须跟现实社会有多少交涉而保住了她们的自然本性，而男性大都无可避免地要融入现实社会，从而在很大程度上失去了这一本性。宝玉最害怕少女出嫁之后，丧失这一美好本性。他也更害怕和抗拒自己的自然本性被扭曲、被破坏，因此，他向来"懒与士大夫诸男人接谈，又最厌峨冠礼服贺吊往还等事"，喜欢率性而为，不愿受世俗礼仪的约束；他喜欢"杂学旁搜"，不爱读正经书，说除了《四书》，别的书都是杜撰的，甚至将别的书都焚了，然而对于《四书》，他也未必真正喜欢去读；"更有时文八股一道，因平素深恶此道，原非圣贤之制撰，焉能阐发圣贤之微奥，不过作后人饵名钓禄之阶"，虽贾政"选了百十篇命他读的，不过偶因见其中或一二股内，或承起之中，有作的或精致、或流荡、或游戏、或悲感，稍能动性者，偶一读之，不过供一时之兴趣，究竟何曾成篇潜心玩索"（第七十三回）。他最厌恶的，就是走"仕途经济之路"，宝钗、湘云辈有时见机导劝，他立刻就跟她们翻了脸，说："好好的一个清净洁白女儿，也学的钓名沽誉，入了国贼禄鬼之流。这总是前人无故生事，立言竖辞，原为导后世的须眉浊物。不想我生不幸，亦且琼闺绣阁中亦染此风，真真有负天地钟灵毓秀之德！"独有林黛玉自幼不曾劝他去立身扬名，所以他深敬黛玉（第三十六回）。八股时文、科举制度与仕途经济之路，在他看来，都不过是培养"沽名钓誉"的"国贼禄鬼之流"的工具，会污染扭曲人的天然灵性。这种看法让我们想起明代异端思想家李贽著名的《童心说》所云："六经、《语》《孟》，乃道学之口实，假人之渊薮也，断断乎其不可以语于童心之言明矣。"[①] 有学者指出曹雪芹的思

---

① 李贽：《焚书·续焚书》之《焚书》卷三，第99页。

想渊源之一就是李贽思想，以及明末的重情与反理学思潮，这都是很有见地的看法。①

为了维护其自然本真天性，宝玉拒绝走仕途经济之路，这样一来，他就再也找不到其他能被他的家族和时代所认可的人生道路了，因而成了一个被宝钗所嘲讽的"富贵闲人"。他只愿成天在内帏厮混，跟那些清白的女儿厮守在一起，在极度愤激冲动的时候，他甚至恨不得立刻就死了，让她们哭他的眼泪流成大河，把他的尸首漂起来，送到那鸦雀不到的幽僻之处，随风化了，自此再不要托生为人，这就是死得得时，这就是有造化了。这一番奇谈怪论，跟儒家所鼓吹的人生"三不朽"（立德、立功、立言）的价值观之间有着多么巨大的鸿沟，也显得多么地离经叛道和惊世骇俗！② 吴组缃把宝玉的这种情感归结为虚无主义和感伤主义，认为这是一个人对现实感到无能为力时所容易产生的一种情绪。③ 当代作家王蒙则把他跟俄罗斯的多余人、加缪的局外人、易卜生笔下的孤独的智者、屠格涅夫笔下能说而不能行动的人物加以类比，但又认为他跟这些人物类型又都有所不同。④ 在我看来，跟《红楼梦》同时代的《儒林外史》中的杜少卿、庄绍光、虞博士这一批优秀的士人，更是贾宝玉的同路人，他们都厌恶八股科举，也都为了保持各自独立的人格、践行自己所信奉的人生哲学而拒绝融入主流的官僚社会，也拒绝跟世俗的文人群体同流合污。当然，他们也同样

---

① 冯其庸：《论红楼梦思想》第二章、第五章，黑龙江教育出版社2005年版；周汝昌：《红楼梦与中华文化》（增订本）第三章第三节。

② 何其芳在《论红楼梦》一文（1958年初版）的第四节中指出：贾宝玉完全否定他的阶级给他规定的道路，从他的生活中又再也找不到其他什么值得献出他的青春和生命，这种对于纯洁可爱的少女的欣赏和爱悦，特别是对于林黛玉的永不改变的爱情，正是他精神上的唯一的支柱。该文收入《百年红学经典论著辑要·何其芳卷》，第23页。王蒙《贾宝玉论》一文也指出：宝玉在茫茫人生苦海中唯一的慰藉便是众人的或各人的眼泪，是女孩子爱自己的真情。陶醉在这样的"情"中，结束痛苦的人生，这就是宝玉的"主义"，这就是宝玉的宗教，这就是宝玉的价值观。从封建正统的价值观念来看，这当然太离经叛道，但从反封建的观点、意识形态的观点来看，这又算得上什么反封建什么叛道，甚至可以说这又算得上什么思想？……它更多的是一种直觉，一种直接的感情反应，毋宁说这是一种艺术型浪漫型的情调。该文收入《双飞翼》，第254页。王蒙又在《红楼启示录》"五、《红楼梦》的语言与结构"之"再论贾宝玉"一节中对宝玉的这一段话做了深入分析，第103页。

③ 吴组缃：《论贾宝玉典型形象》第十节，载《北京大学学报（人文科学）》，1956年第4期，第22、23页。

④ 王蒙：《贾宝玉论》，收入《双飞翼》，第288页。

没有力量去改变他们所厌恶的那样一个现实，从而不可避免地成为那一时代的局外人和漂泊者。① 在同一时代的两部伟大作品中，出现这样一批处境、行为和思想都十分相似的人物形象，这难道只是一种偶然的巧合吗？

现在让我们再回过头来看一看小说第三回提到的《西江月》二词，其一曰：

无故寻愁觅恨，有时似傻如狂。纵然生得好皮囊，腹内原来草莽。
潦倒不通世务，愚顽怕读文章。行为偏僻性乖张，那管世人诽谤。

这首据称是"后人"所作的词，代表着一般人对宝玉的评价。我们再来看一看第十五回写北静王夸宝玉"名不虚传，果然如宝似玉"，第十九回写宝玉的奶母李嬷嬷说"那宝玉是个丈八的灯台——照见人家，照不见自家"，第二十二回写黛玉问宝玉"至贵者是宝，至坚者是玉，尔有何贵？尔有何坚"——透过这些说法的表面意义，我们是不是能够领悟到曹雪芹深藏不露地对宝玉这一人物的崇高的赞美呢？

不管学者们如何客观地分析宝玉性格中所存在着的种种缺陷，比如贵族公子哥儿的不求上进与不谙世务、纨绔子弟的无所事事与安富尊荣、男性的滥情不专一等等，我们也仍然被他身上那种对世界与人生的深切领悟，被他对外物与他人感同身受的体贴与同情，被他推己及人、民胞物与的人文主义情怀以及对自然本真生命状态的执着追求所深深地打动；同时也为他所遭受的误解与压制，为他面对残酷现实时的软弱与无力，为他真挚、热烈而深沉的爱情的破灭，感到深深的哀伤与遗憾。

第二节　宝黛之爱：不灭的真情

在宝玉的性格中，痴、狂、疯、傻这一特点乃是被以各种方式一再加以强调的。对此，周汝昌和王蒙曾分别从文化传统和精神情感两个角度进

---

① "漂泊者"这一说法借用自乐蘅军《世纪的漂泊者——论〈儒林外史〉群像》一文，收入《古典小说散论》(1976年初版)，台北，大安出版社2004年重版。

行了深入阐述，指出宝玉"痴"的一个重要表现在于情之深、情之至、思虑之深、悲哀之深、直觉与预感之深，还有他不顾一切的、令人动容的坦诚。如果用小说里的话来说就是"情痴""情种"，用脂批的话来说就是"圣之情者也"。① 而这一特点最典型的表现自然莫过于他对黛玉的爱情了，小说也正是通过对宝黛之爱的经典表现揭示出了挚爱真情的精神内涵与存在论意义。

应该说，在中国古典小说中，是几乎没有真正爱情的位置的，但《红楼梦》却是个很大的例外。② 这一说法也许会遭到强烈质疑：六朝志怪、唐人传奇、宋元明清的话本与拟话本中，不是经常表现男欢女爱、闺怨相思的内容吗？难道这些都不能算作爱情吗？如果以通常的标准来看，这些文学作品中写到的男女之情，自然都可以算爱情，但跟此处所说的"真正的爱情"却不完全是一码事。此处所谓"真正的爱情"，不是指一般作品中所写的那种身体发肤之亲、相思之情与情欲之爱，而是指小说在精神与心理的层面上对男女之爱进行细致入微的叙述和描写，表现出刻骨铭心的情感体验和崇高优美的精神境界。③ 相对于这一标准而言，古代文学作品中的爱情便绝大多数都显得过于直白浅露，过于直奔主题，也充满了太多实用主义与情欲至上主义的色彩。即使以表现爱情而闻名的蒲松龄，他笔下的男性们见到那些美丽多情的狐鬼花妖时，首先想到的便几乎都是要与之发生肌肤之亲与枕席之爱，像《婴宁》中的王子服，邂逅美丽纯洁、无忧无虑、天真烂漫的婴宁时，便"注目不移，竟忘顾忌"，被婴宁的婢女形容为"个儿郎目灼灼似贼"，婴宁一去，他便神魂丧失，害了相思，一病几死。等到久别重逢，他便急不可待地向她要求枕席之爱，表现得很有些急色的意味。笔者自然不是说小说就不能这样来表现男女之情，或者这

---

① 参看周汝昌：《红楼梦与中华文化》（增订本）中篇第二章"痴"，第118—120页。王蒙《贾宝玉论》，收入《双飞翼》，第273、274页。

② 张爱玲：《国语本〈海上花〉译后记》中指出："抛开《红楼梦》的好处不谈，它是第一部以爱情为主题的长篇小说，而我们是一个爱情荒芜的国家，它空前绝后的成功不会完全与这无关。"见《海上花落：国语海上花列传》，上海古籍出版社1995年版，第647页。

③ 王蒙《贾宝玉论》一文也指出：中国古典小说中几乎从没有出现过宝黛这种不同凡俗、超拔于凡俗的知音式的爱情。参见《双飞翼》，第260页。

样的表现就一定不美好，应该说，这也是生活真实的一部分，甚至很可能就代表着中国古代男性的普遍心态。但是如果小说都只如此来表现爱情，舍此别无他途，那这爱情岂不是也显得过于单调、过于浅薄、过于没有美感与层次感了吗？是不是也忽略了生活的另外一些内容甚至是更重要的内容呢？多亏有了《红楼梦》，中国古代小说便有了对于真正爱情的极为出色的描写。

《红楼梦》所表现的爱情的核心内容是贯穿始终的宝黛之爱，尤其是宝玉对黛玉的爱。对于宝黛之爱的曲折跌宕过程与深厚复杂内涵学界已经有了太多的论说，[①]这里都不必再重复了，而主要从一些侧面来认识曹雪芹对于爱情这一人类最美好情感的深刻体认与高超表现。

在小说一开始，宝黛之爱便被赋予了一个古代小说中屡见不鲜的因果前缘的框架，但其具体内容则别出心裁，跟其他小说大不一样——这是一个带有超验色彩的神话故事，亦即神瑛侍者与绛珠仙草的故事：为了报答灵河岸边、三生石畔神瑛侍者日以甘露灌溉之恩，绛珠仙子便追随他来到人间，打算以毕生的眼泪相还。这一奇特的故事向来被视为宝黛之爱的宿命论基础与先验性前提。因为这一基础在小说的开头便已经奠定了，因此自始至终神瑛与绛珠的故事便跟宝黛的爱情故事交相辉映，闪烁着动人的光彩，生发出无穷的意蕴。当人们看到小说描写现实中的宝玉对黛玉无微不至、生死以之的关爱与呵护时，便禁不住要想到这个美丽的神话故事，想到这是一位来自神界的神瑛侍者在倾心呵护一棵柔弱的、禁不起人间风霜侵袭的小草，便会有一种莫名的感动。宝玉对花草树木等无情之物的同情体贴，对他周围那些像花草般美丽柔弱的女性的关爱呵护，不正是神瑛侍者对绛珠仙草的爱在人世间的延伸吗？这种爱乃是发自天然的，出自宝玉的天性，包含着深切的尊重、同情与怜惜，除了要求自我牺牲与自我付出之外，也是无欲无求、无怨无悔的，因此被有的学者称为神性之爱，宝玉对于纯洁少女的无比尊崇也是这种爱的外在表现之一。在男女之

---

① 可参看何其芳：《论红楼梦》（1958年初版）第三节，专论宝黛之爱的叛逆性与悲剧性，收入《百年红学经典论著辑要·何其芳卷》；蒋和森：《红楼梦论稿》中《论〈红楼梦〉的爱情描写》一文（1959年初版），人民文学出版社1981年版；王蒙：《天情的体验——宝黛爱情散论》，收入《双飞翼》。

爱中，除了性爱之外，也会有这种神性之爱的流露，曹雪芹应该正是强烈地体会到了这种神性之爱的存在，便以其特殊的艺术形式来加以表现。在宝黛之爱中，既具有这种不含任何世俗杂质的神性之爱，更有刻骨铭心、缠绵不尽的只针对着"这一个"特定对象的至死不渝的爱，对于这种爱的来由，人们感到一种无可理喻的神秘感，便用宿命论的方式来加以解释。而反过来，当用宿命论的方式来对一种强烈的感情加以解释时，人们同时也就会将这种感情予以极大地强化。神瑛与绛珠在灵河岸边、三生石畔的前缘让他们在人世间一见面便觉得彼此有熟悉亲近感，而当他们后来听到贾母说起"不是冤家不聚头"这一句俗语之后，竟好似参禅一般，都不觉潸然泪下，一个在潇湘馆临风洒泪，一个在怡红院对月长吁（第二十九回）——当他们一旦从内心体会到那种宿命感，便证明这种爱情已经发展到了十分深沉的境地。而对宿命感的这一体认，也让他们的爱以更加猛烈的速度暗中发酵，直至孕育出自我牺牲的毁灭性的力量。而这与绛珠来到人世以泪报恩的神话结构便完全契合了。当爱发展到了自我牺牲、自我毁灭、报恩偿债的地步，也就达到了极致的巅峰体验的境地，从而彻底超越了世俗的情感，遗世而独立，孤独而寂寞，甚至那被爱者也无法彻底理解这种情怀。因此，林黛玉便在她自己的爱中成为真正的"世外仙姝寂寞林"，而贾宝玉也最终怀抱着之死靡他的爱情飘然遁世，寂然独处。

　　《红楼梦》对宝黛之爱的具体表现真正进入了人物精神世界的深处，显现出了爱情体验的精神特性，从而使这一基本的人类情感脱离了徒悦容貌与皮肤滥淫的低级趣味，具备了更为美好也更具超越性的内涵。宝黛之爱自然也不乏彼此外貌吸引的成分，在宝玉眼中，黛玉也有"倾国倾城貌"，且"病如西子胜三分"。但小说并未对此太多渲染，而是以特别浓重的笔墨描写了宝玉对黛玉整个精神人格的尊重，对她整个青春生命的怜爱，描写了宝玉对黛玉的爱在其内心深处所激发起来的更为深广的爱，描写了那真正的爱所激起的深沉的怜悯与忧伤。在小说的第二十七回末尾与第二十八回开头，写到了著名的黛玉葬花，黛玉吟咏《葬花词》以自伤自怜，宝玉无意中听到了，尤其是当他听到其中的"侬今葬花人笑痴，他年葬侬知是谁""一朝春尽红颜老，花落人亡两不知"等句时，"不觉恸倒山坡之上"，想到"林黛玉的花颜月貌，将来亦到无可寻觅之时，宁不心碎肠断！既黛玉终归无可寻觅之时，推之于他人，如宝钗、香菱、袭人等，亦可到无可寻觅之时矣。宝钗等终归无可寻觅之时，则自己又安在哉？且自身尚不知何在何往，则斯处、斯园、斯花、斯柳，又不知当属谁姓矣！——因此一而二，二而三，反复推求了去，真不知此时此际欲为何等蠢物，杳无所知，逃大造，出尘网，始可解释这段悲伤"。这一大段文字，在中国古代小说的爱情描写中乃是绝无仅有的。在此之前，不管是小说还是戏曲，描写女性的绝代姿容在男性心中所引发的感受几乎全部都是意乱情迷与情欲勃兴，几乎没有任何其他的情感体验，这既是单调的，也是不完全真实的。而曹雪芹在此通过宝玉的视角所表现出来的对于黛玉"花颜月貌"的情感体验却是全新的，也是令人深受震动的。当真正深挚的爱情来临时，被爱者在爱人心中所激起的大概更多的乃是疼爱与怜惜、温柔与忧伤，甚至还有强烈的痛惜之感，想到所爱者的容颜、青春与生命终将随着岁月的流逝而逝去，岂不令人心碎肠断？宝玉正是从黛玉的自伤自怜，想到黛玉这样一个自己所深爱的人也终将红颜老去、香消玉殒，这岂不是人世间最足令人伤痛之事！再由此进而联想到自己、他人、其他的事物，甚至整个世界都终有消失的那一天，不禁更感到深重的悲伤，更感到天地造化之无情——这正是对生命悲剧底蕴的最深切体认，也是人生最痛苦的一次觉醒。这是最深挚的爱所引起的最深重的痛苦，除非不再生而为人，变成无知无识之物，除非能逃出这世情之网的羁绊，逃到这宇宙造化之外，否则，这痛苦便不会消失。正是对黛玉的挚爱，唤起了宝玉心底的生命意识；正是对黛玉整个生命的痛惜，唤起了他对世间万有的怜悯之心。如果连自己如此深爱着的最宝贵的人都不能在这世上长存，如果连这个世界都有生死幻灭，那么人类所创造的其他一切，又怎能天长地久？其意义又在哪里呢？既然如此，他宝玉又怎么还会对那些世俗的功名利禄发生追逐的兴趣？他对黛玉的爱是跟其他的存在物、跟整个世界的存在紧密相连的，当没有了这样一种爱，或者失去了那个爱的对象，整个世界也就丧失了存在的意义，到此时，宝玉除了脱离红尘，还会有别的出路吗？这一点，小说通过第五十七回的"慧紫鹃情辞试忙玉"就已经做了充分的预示。曹雪芹正是在存在的根底处把握到了宝黛之爱最深刻的内涵，并予以了十分出色的表现，这样的描写即使是置于整个世界爱情文学的历史中，也是令人赞叹的。而且，这样的爱情描写，也是古代文学中爱情价值观念的一个重要变化，在公认的一些爱情戏（如《西厢记》《牡丹亭》）中，也未尝没有表现对女性之爱所引发的神圣感，但是同时也无不掺杂着猥亵与色情的强烈意味，只有当对被爱者的精神、人格和生命都有了尊重的时代，才会产生这种真挚、纯净而又神圣的爱。

作为一部深刻表现现实生活的小说，《红楼梦》也并没有把宝黛之爱表现成没有人间烟火气、没有人情味的空洞的爱，而是充满了现实日常生活的具体内容。这些具体内容的表现无须在此一一罗列，只要提及少数几个代表性段落就足以让人领略曹雪芹的高超写作艺术了。比如小说的第三十三回、第三十四回写宝玉挨打时以及挨打之后众人的反应，自然是大手笔，而其中特别重要的一笔则是宝玉向黛玉赠送两条旧手帕一段，令黛玉"神魂驰荡"，感情上激起了巨大的波澜。宝玉挨打，黛玉背地里哭得两眼都肿了，宝玉躺在床上，行动不便，不能去探望安慰，但心中十分牵挂，便派晴雯以送手帕为由去看黛玉。但送的又不是新手帕，而是两条旧手帕，这一做法的目的宝玉没有说明，而黛玉虽然立即就心领神会，却也无法说出来，其中的奥妙让即使聪明过人的晴雯也疑惑不解，也令很多读者感到困惑不已。曹雪芹在叙述这一段落时采用了颇为含蓄的笔法，如同诗歌中设置了一个难懂的意象或者象征物一般，让人颇费猜详。若要勉为其难地去说明这一段落所包含的全部意义，未免会求之过深，甚至南辕北辙，但其大致含义我们还是可以推想到的：对于黛玉的多愁善感与时时伤心垂泪，宝玉一直是深感痛惜的，有一次竟然还忘了情，抬起手来要给黛玉擦泪（第三十二回）。而现在宝玉挨了打，黛玉为之痛惜之心自然也不下于宝玉之痛惜黛玉，在这一点上他们都是深深地了解彼此、领会彼此深切的情意的。但在那个时代，在那样的环境中，这些都是只能藏在心里、无法明言，也无法彼此倾诉的。现在宝玉既痛惜黛玉之为己伤痛，又无法亲去安慰，便只得用两方旧手帕暗传情愫——手帕乃是能够用来擦泪之物,今送给黛玉,则为给黛玉擦泪之用无疑,这说明宝玉深知黛玉为己痛惜之深情也,而此帕既为宝玉之旧物,则自可代表宝玉本人,今黛玉以之擦泪,则正如宝玉亲手为其擦泪也,这表明了宝玉对黛玉之疼爱怜惜与无法言明的深沉爱意。黛玉既体会到此一番爱意,岂能不"神魂驰荡""五内沸然炙起"?她当即走笔在两方手帕上题了三首诗,都是跟洒泪与擦泪有关的内容,在一定程度上也揭示了宝玉所打的这一个哑谜的谜底。我们看到,曹雪芹在此表现宝黛之心灵相通,仍然是侧重表现两人在精神上对彼此爱情的深刻体认,表现出两个同样具备丰富心灵与灵心慧性的人物的爱情心理,表面上含蓄不露的文字,却暗含着深切感人的强烈激情。这样高超的表现手法,岂是一般凡庸俗手所能望其项背的?

  曹雪芹既善于通过一些重要的关口、重大的事件来表现宝黛之爱的山高海深、坚贞不渝,也很善于通过日常生活的平凡琐事来表现宝黛之爱的温馨与动人。应该说,这后一方面乃是需要更高超的技巧的,但同时也正是曹雪芹这位艺术大师所最为擅长的。小说第六十七回"见土仪颦卿思故里"这一部分就是通过平凡小事来表现宝玉对黛玉精神情感的深入理解与无微不至的关怀,①令人受到深深的感动,这也是古代小说中表现真挚爱情的极为温馨动人的文字。这一回写薛蟠从江南归来,给妹妹宝钗带回一大箱子各类礼物,宝钗打点分送给园中各姊妹以及宝玉等人,众人都收下礼物,表示谢意。唯有黛玉看见她家乡之物,反触物伤情,想起父母双亡,又无兄弟,寄居亲戚家中,哪里有人也给她带些土物?便不觉又伤起心来了。紫鹃正从旁委婉解劝,这时宝玉来了,看到黛玉如此,就知道黛玉看到家乡的土物,心中伤感,便故意说些玩笑话逗黛玉,以分其心,宝玉说话的口气与方式,是一个体谅的兄长对待相知很深的小妹妹般的方式,因为深知其心曲,怕她伤心,故曲意劝慰。见黛玉依然流泪,宝玉又走过去挨着黛玉坐下,将那些东西一件一件拿起来摆弄着细瞧,故意问这问那,一味地将些没要紧的话来厮混。黛玉见宝玉如此,自己心里倒过不

---

  ① 这一回有重大版本差异,这里以程甲本为准,此本应该更接近曹雪芹原稿的面貌,具体理由请参见冯其庸《论庚辰本》一书第四节的第三、四两小节的相关论证,该书初版于1978年,后收入《石头记脂本研究》,人民文学出版社1998年第1版,2016年第2版。

去，便提议去看宝钗。宝玉巴不得黛玉出去散散闷，解了悲痛，便道："宝姐姐送咱们东西，咱们原该谢谢去。"黛玉道："自家姊妹，这倒不必。只是到他那边，薛大哥回来了，必然告诉他些南边的古迹儿，我去听听，只当回了家乡一趟的。"说着，眼圈儿又红了。宝玉便站着等他。黛玉只得同他出来，往宝钗那里去了。这一大段文字十分细腻地写出了孤苦伶仃、多愁善感的黛玉对故乡的思念，令人产生深深的同情，而更令人感动的则是宝玉对黛玉心思的这种无比真挚的关切和体贴所体现出来的爱的温暖。宝黛二人从童年时就已经发生的爱的共鸣让他们彼此相知已极深，尤其是宝玉，对黛玉的百般怜爱让他对她心弦的每一丝颤动都能时时体察，准确把握，并立刻加以抚慰，可以说是真正做到了设身处地、无微不至的地步，而且宝玉的每一句话，每一个举动，都显得那样自然，那么真诚，没有一丝勉强和做作，仿佛他所面对的乃是另外一个自己，而黛玉自然也立即就领会到了宝玉这番关爱体贴之意。他们彼此之间的默契，是相爱相知之情已至极深处时的自然流露。曹雪芹用他的如椽巨笔，加以细入毫芒的精确描绘，让这样的日常生活场景也包含着深厚的爱的力量与浸润人心的温馨情意。

可以说，无论从哪个方面来看，宝黛之爱都是中国古代文学中最深沉、最真挚也最凄美的爱的诗篇，它以其最纯粹、最热烈也最忧伤的气质打动了历代无数读者的心灵，让人们在充满世俗卑微情感的生活中感受到真正伟大的爱的洗礼。而这，也应该是《红楼梦》这部伟大小说最为杰出的艺术成就之一了。

余论 《红楼梦》为什么说不尽？

《红楼梦》的意蕴和话题说不完，道不尽，这早已是学界的一个基本共识，对此已无须多说了。但为什么《红楼梦》会说不完，道不尽呢？这其中的道理究竟何在？这一问题却论述得并不那么充分，还大有进一步讨论的余地。

吕启祥在《老庄哲学与〈红楼梦〉的思辨魅力》中说：

> 《红楼梦》对存在的意义和生命的意义的探究没有终结，可以说永无止境，寄寓在书中的人生之谜具有永恒的魅力。几乎每一个人物，每一段故事，都能触发弦外之音、言外之意、象外之旨……许多情节和形象都有超乎感性具象的理性内容。许多读者对《红楼梦》的人物和故事早已经烂熟于胸，却还徜徉沉潜于那充满哲理的思辨之乡，这是一般小说作品很难达到的一种境界。……解得某个答案时，新的质疑、新的问题又随之提出。……《红楼梦》的确有那么一种说不清、道不尽的意蕴，引发人们对鸿蒙宇宙和变幻人生的理性思辨，把人引向高远，引向未知。①

她在《人生之谜和超验之美——体悟〈红楼梦〉》中则有更为精彩的阐述：

---

① 《红楼梦学刊》1993年第一辑。收入吕启祥：《〈红楼梦〉校读文存》，第252—253页。

艺术创作是对人生之谜的不懈探索，杰出的作品往往有一种神秘感，因其对人生的探索指向终极的存在，包含着超越日常经验的不可言说的神秘之美，亦即超越之美。超验是以经验为基础，又超越具体感性的经验世界，凭借心灵的契合而达到的一种体验和领悟。……《红楼梦》中精妙鲜活的经验世界已令人叹为观止，那惝恍迷离的超验之美更具无穷的魅力。小说中的经验世界本是作者以过来人的超越态度进行重构再造的，经验和超验的对应沟通生成一种说不清道不尽的意蕴，面对作品，心灵的体悟往往比科学的解读更接近它的原味。①

　　《红楼梦》确实提出了一些人生的终极之谜，一些不太容易获得确切谜底的谜：比如生命的起源，爱情的起源，艺术的起源，人生的意义和归宿，人生的无常与虚无，人类与自然，人类与时空，个人与他人，个人与社会，男性与女性，主观与客观，理想与现实，性格与命运，入世与出世，感性与理性，道德与情欲，审美与功利，以及人的性格的丰富性，思想情感的复杂性，人生抉择的艰巨性，命运的不可揣测性，万物盛衰的规律性，等等问题，无不带有根本性或终极性，都是人类文化史上长期被关注、被讨论的问题，也是一些很难获得确切结论的问题。

　　《红楼梦》的神秘之美则主要表现在其中所表达出来的强烈命运感，让人们感觉到神秘的命运之手无处不在，但又看不清她的真面目：癞僧跛道在神话、梦境和现实之间穿梭来往，总出现在书中人物人生的关键时刻，却又出言玄远，行为诡谲，令人难测；太虚幻境中的警幻仙子是人物命运的幕后总导演，但她也只是给出了一张草图、一条路线，那些复杂的内容与丰富的细节是由谁来设计安排的呢？在形而上世界与现实人生之间的过渡地带，仍然密布着造化创造生命的奥秘与现实社会播弄人生的奥秘，这同样是我们难以参透的神秘的难题。

　　人类为什么会有神秘的感受？天人之际，生死之际，时空的渺远处，变化莫测的命运，极致的情感体验，这些特殊的领域，都是神秘之光

---

① 《红楼梦学刊》1997年增刊。收入吕启祥：《〈红楼梦〉校读文存》，第287页。

容易闪现的所在——女娲炼石补天的创世时代、大荒山青埂峰无稽崖这种无以名状的荒远的场所、西方灵河岸边三生石畔这种存在于现实世界之外的奇幻地点、太虚幻境这种处在虚无缥缈之境的空灵境界，都在时空的渺远处，这是不是神秘感的重要来源？宝玉梦游太虚幻境、秦可卿托梦、凤姐入梦、柳湘莲的幻觉、甄士隐与柳湘莲的远隐，那些谶语式的对话和生活细节，都让人觉得充满了玄机，充满了隐情，笼罩着迷雾，这是存在于天人之际、生死之际的神秘情景。荣宁二公既能在太虚幻境嘱托警幻仙子警醒宝玉，也可以在一阵冷风中掠过宁府的中秋酒筵，令人毛骨悚然、倍感神秘；"凸碧堂品笛感凄清　凹晶馆联诗悲寂寞"等令人难忘的场景不也是天人感应的神秘意境？夜色中戛然一声飞起的白鹤引出了"寒塘渡鹤影，冷月葬花魂"这样凄楚悲凉的诗句；突然从芙蓉花影里走出的黛玉吓得小丫头大喊晴雯显魂来了，宝黛这两个灵心慧性的人物对《芙蓉女儿诔》文辞的推敲，都令人觉得真是鬼使神差，命运神秘的脸容如白驹过隙。薛宝钗胎里带来热毒，她用来抑制这热毒的"琐碎死人"的冷香丸；黛玉身上散发出的令人"醉魂酥骨"的香气；还有那些来历不明的金锁、金麒麟、风月宝鉴等物件，都具有颇为神秘的意味。最后还有情感世界里的神秘体验：为什么极致的爱会令人发生"不是冤家不聚头"的宿孽前缘式的或"前盟"般的感受？为什么极致的悲伤之情最终会导向形而上的追问，导向宗教情怀与宗教皈依？极致的情感体验、审美体验所带来的极致超越感是宗教情感产生的根源吗？

　　吕启祥还指出：曹雪芹是以"今日之我"回顾"昨日之我"，是在更高一层的人生阶梯上俯视过去。故而《红楼梦》有一种悠远的历史感、纵深感，也给人以浓厚的彻悟感、宿命感。在《红楼梦》的艺术世界里，处处皆是的征兆、预感、谶言、隐喻、象征等，无不溯源于对昨日的经验世界的反观与超越，产生出超乎经验世界的深邃感、神秘美，或曰超验之美。对于超验之美的体验，其不确定性和开放性，远胜于经验世界的一切，这就注定了我们只能处于不断体验、不断寻找、不断探求的过程中，凭借作品留下的印迹，去参悟那不可穷尽的大大小小的人生之谜与人性之谜。《红楼梦》中设谜之多早已是出了名的。值得关注的是小说的人物和故事本身就留有某些疑窦、空白、隐意,即用经验世界的逻辑和情理难以解释和参透的地方,这才是费心猜度耐人寻味的谜团。这样的谜团,可以举出一大串,甚至可以说无处不在。①

王蒙《伟大的混沌》则指出:《红楼梦》呈现出一种伟大的混沌状态:在题材、思想、结构上都呈现出一种混沌。这是一个伟大的小说家在他的人生经验里、在他的艺术世界里的迷失。因为他的经验太丰富了,他的体会太丰富了,他写了那么多人,那么多事,他走失在自己的人生经验里,走失在自己的艺术世界里。他的艺术世界就像一个海一样,就像一个森林一样,谁走进去都要迷失。读者阅读《红》的时候也常常有一种迷失感,迷失在它的艺术世界里。迷失以后做出的每一个判断都可能是正确的,但有些解释又是永远不能得到满足的。②《作为小说的〈红楼梦〉》则指出《红楼梦》具有一种本体性,表现了这个宇宙、社会、人生的本身以及它的本原和本质。"正因为具有这样一种本体性,所以《红楼梦》显得那么丰富,那么具备普遍意义,显得永远可以解释,永远可以发挥,显得那么令人信服。"③

这些说法都很有道理,极富启发性。从石头的角度来看,小说所写的乃是它自己的亲身经历,但这当然是作者对自己的人生阅历的高度浓缩,这里边有回忆,有依恋,但更有反思和领悟,对人生的整个历程和全部内容,尤其是对人生的种种困境,对人生的本质或意义,都有深入的思考,形而下与形而上的思考都兼容并包。应该说,作者是以其全部的知识素养与人生经验所赋予的深邃思想、高远视野在反观人生、思考人生,反观过往,也思考过往,把个体的人生和命运、家族的历史和命运放到人类生命与人类历史的长河之中来加以审视,把个人的人生追求、思想、情感、命运放到整个人类思想、文化发展的长河之中来加以表现,加以审视。或者也可以说,他是运用了自己所获得的对古代历史、思想成果的深

---

① 吕启祥:《人生之谜和超验之美——体悟〈红楼梦〉》,《〈红楼梦〉校读文存》,第292、296、297页。
② 王蒙:《双飞翼》,第308—313、317、318页。
③ 同上书,第130、142页。

邃理解来思考个人与家族的命运,于是获得了强烈的历史感、宿命感、沧桑感、深邃感、复杂感与虚无感,把很多历史上所未能解决的人生之谜与社会之谜予以呈现,予以揭示,也表达了他自己深深的困惑、愤懑、无奈与绝望。

《红楼梦》在大量生动鲜活、浑然天成的生活场景、故事情节与人物形象中都包含着很深的哲理,蕴含着引发读者进行形而上思考的契机,这一点也是其十分独特的成就。比如对于家族没落的思考,既有对具体的物质生活层面的痛苦教训的归纳总结,也有从一般的哲学的层面对贵族世家难逃没落结局的普遍命运的思考。又比如其他小说中也不乏成功的典型人物,但大都只能成为单纯的文学人物,不如《红楼梦》中的人物形象,往往能引发人们的哲理思考,这大概是因为《红楼梦》中有些人物不仅具备人性的深度,也具备文化与思想的深度,贾宝玉、林黛玉、薛宝钗、探春、湘云、妙玉这些人就是这样的人物,而且他们身上的文化与思想的深度并没有走向概念化,而是跟鲜活的、复杂的人性,跟具体的现实生活是紧密融合在一起的。而那些具备很深人性深度的人物即使未被赋予文化、思想的内涵,也成为经得起反复探索的人物类型,比如凤姐、秦可卿、尤三姐这样的人物,也是令人迷惑难解的深度复杂人性的表现者(就像卡门、海伦、小满儿……)。比如秦可卿:擅风情,秉月貌,背负着乱伦和贪淫的罪名;但她为人孝顺、慈爱、和睦亲密、怜贫惜贱、慈老爱幼——那么作者对她究竟持一种怎样的态度?她的风情与贪淫,是不是代表着极度反礼教、反道德的自由主义倾向?因此她才得到了宝玉潜意识深处的好感?再比如尤三姐:史湘云与她本质上属于同一类型的人物,都具有豪迈不羁的性格,却一正一邪。但其邪却只是言语行为的邪,在看似淫邪无耻中又尽显泼辣洒脱、敢作敢为的英风豪气,因此其邪反而将珍、琏辈压倒。归根结底,其邪并不是一般意义上的邪,反而成为正大、磊落、泼辣的另一种表现,从而反衬出珍、琏辈的猥琐、拘谨、软弱、阴暗来。另外,最重要的是:尤三姐刚烈坚贞,放浪形骸之外,属于言放荡而行谨慎的人,属于真正专一执着于情的人,颇有些魏晋名士阮籍、嵇康等人的风采。曹雪芹在十分短小的篇幅中写出这么一个复杂的人物来,而且又写得如此生动传神、光彩照人，令人难以测度，难以品评，委实是如椽巨笔，大匠运斤，入乎神境矣！

如前所言，《红楼梦》提出了不少人生的终极之谜，尤其对人生的两难窘境和一些终极困境做了全面而深刻的揭示，例如：

重情主义、审美主义的人生追求与功利性的人生追求、重欲重本能需要的人生追求之间的矛盾，与社会道德规范、人性的痼疾劣性、人际关系的复杂性之间的矛盾——人与人之间平等互爱的、非功利的和谐关系究竟能否实现？民胞物与的理想情怀是不是必然为这功利化的世界所不容？

自我解脱、了悟的人生追求与入世救世的人生追求之间的矛盾，亦即独善与兼济、超越与和同之间的矛盾，儒的用世与佛、道的出世之间的矛盾，也就是夏志清所指出的矛盾——究竟是自知完全无力拯救人类而忍受着、同情着更好一些，还是寻求个人的解脱，并自知由此而变成一块顽石，对周遭的痛苦呼号无动于衷更好一些呢？[①] 这也是刘小枫所指出的"拯救与逍遥"之间的矛盾。[②]

保持自然纯真生活状态、精神状态的人生追求与人生无可避免地被社会化的过程之间的矛盾，亦即情与礼、自然与名教之间的矛盾；黛玉、宝玉、妙玉等人追求性灵的、自由的人格与宝钗等人追求理智的、社会的人格之间的矛盾；个人主体性张扬的人生追求与家族、社会利益需求之间的矛盾；个人内在精神生活、生命感觉微妙难言这一困境与渴求知音知己这一愿望之间的矛盾；深刻的孤独感与想要逃避这种孤独感之间的矛盾。

人生追求的无限与个体生命短暂之间的矛盾，亦即有与无、色与空、情与幻之间的矛盾；有情的个体生命与无情的时空、无情的社会历史理性之间的矛盾。

个人自由意志与不可抗拒的命运之间的矛盾：荣宁二公、秦可卿、凤姐、探春等人无法阻挡贾家的没落；宝玉也无法阻止大观园女儿们被侮辱与被损害的悲剧命运。

---

① 夏志清著，胡益民等译：《中国古典小说导论》第七章《红楼梦》，第321页。
② 刘小枫：《拯救与逍遥》（修订版）之"三 走出劫难的世界与返回恶的深渊"，上海三联书店2001年版。

爱而不得与所得非所爱之间的矛盾，亦即"空对着，山中高士晶莹雪；终不忘，世外仙姝寂寞林"的矛盾；仁民爱物、民胞物与和身份等级制度之间的矛盾；追求权势富贵与重凡常的人伦亲情之间的矛盾；等等。

可以说，《红楼梦》既以具体的生活内容，也以复杂的思辨形式，提出了诸多的疑难问题——这些问题所代表的困境，常常不是一个时代的困境，而是永远难以磨灭的人类生存困境和人性困境。① 它们长久地引发人们的思考，而这些思考也不可能获得最终的结论。每一个人，每一个时代，对这些问题都会提出不同的看法，给出不同的答案。因此，问题永远新鲜，也永难终结。其他小说在这些方面虽然也有所表现，但要论其复杂与丰富，全面与深刻，生动与鲜明，都远不如《红楼梦》。这大概正是《红楼梦》说不尽也参不透的最重要的一个原因了。

---

① 刘再复：《〈红楼梦〉的存在论阅读——在上海图书馆的演讲》，收入《贾宝玉论》，第103页。

附　录

读《红楼梦》札记（六则）

（一）

（《红楼梦》第十二回）"王熙凤毒设相思局"一事或有所本。意大利薄伽丘《十日谈》（成于1349—1353之间，正当中国之元末）之第八日所叙之故事中，有书生爱上一寡妇，但寡妇另有所爱，颇厌书生之纠缠，乃骗其大雪天前来幽会，却将其关在屋外院落中苦等一夜，书生几乎冻杀，遂设计报复，让寡妇赤身裸体在野外骄阳中暴晒了一日，还遭蚊虫百般叮咬。此寡妇所设"相思局"与王熙凤所设"相思局"，在情节与细节上均颇相似。《十日谈》中这一故事后为巴尔扎克《都兰趣话》第一卷之"斥夫记"所袭取，并增加女主人公丈夫从楼上泼下一缸冷水浇中前来幽会之情郎等细节。曹雪芹当然不可能读过十九世纪的《都兰趣话》，也应该不大可能读过十四世纪的《十日谈》，但《十日谈》中的故事在明中期以后随着西方来华传教士传入中国却不无可能。此一事虽不能确考，但亦可为治比较文学或文化交流史者提供一个小谈资。

（二）

（《红楼梦》第十六回）此回后半叙"秦鲸卿夭逝黄泉路"，结尾写到宝玉跟秦钟的"最后告别",众鬼判正要拘秦钟之魂而去,听见宝玉到了,忙将秦魂放还,秦钟微开双目,见宝玉在侧,乃勉强叹道:"怎么不肯早来?再迟一步也不能见了。"宝玉忙携手垂泪道:"有什么话留下两句。"秦钟道:"并无别话。以前你我见识自为高过世人,我今日才知自误了。以后还该立志功名,以荣耀显达为是。"说毕,便长叹一声,萧然长逝了。这一结尾颇遭后世红学家诟病,有某权威《红楼》版本专家曾加以考证,以为非曹雪芹原笔,乃后人所改窜也。版本学方面的理由暂且不论,令众人生疑的另一理由乃是以为秦钟的临终遗言颇不合曹公反对"仕途经济"之思想,而宝玉正是此一思想的代言人,秦钟作为宝玉知己,岂可临终反对宝玉,道出此等话语?这一理由看似十分有力,然实不足一驳:对于宝玉所厌恶的"仕途经济",作者曹公之态度究竟如何?是亦如宝玉一般不遗余力地加以反对呢,还是如小说开篇之"作者自云"一般,抱着颇为复杂的心态?这一点本身就是很难断定的,况且作者之态度与小说中人物之态度本不必完全一致,此其一也。"仕途经济"、立志功名、荣耀显达这些世俗的价值观,在曹公生活的时代,本是一般人都认可的人生成功的最高标准,秦钟临终以此劝勉宝玉,正所谓"人之将死,其言也善",正合其宜,否则,秦钟应该对宝玉说些什么呢?难道让他劝宝玉要及时行乐、纵情声色犬马,彻底放弃学业功名,走上反抗叛逆的道路,才是合情合理的吗?世间岂有此理哉!此其二也。秦钟之言,乃秦钟此时此地心境之真实流露,包含着他对自己短暂一生的真诚忏悔,对自己为女色所惑,不能自拔,终至毁性伤命之结局的由衷悔恨,这种悔恨是完全合情合理,也是十分真实可信的,是完全符合人物的思想逻辑与一般心理的,试想一想,如果秦钟生前果然立志功名、砥砺德行,他如何会少年夭亡、这么早就奔赴黄泉路?或许有人会说:奔向仕途是宝玉和秦钟都不愿意选择的人生道路,但他们舍此又看不到其他的出路,只能让自己寄情声色,秦钟也因此而丧失了卿卿性命。但比起对于即将逝去的生命的无比留恋,对仕途经济的厌恶以及沉溺于声色所带来的欢娱又算得了什么呢?如果给秦钟重新选择人生道路的机会,他会做出怎样的选择?那答案岂不是一目了然的吗?版本学家们虽然努力要去证明这一段文字在版本上存在问题，但是在无法找到所谓曹公原笔的情况下，我们不妨从一般创作的道理与一般的人情事理出发来考虑一下：这个结尾曹雪芹如果不这么处理，他又该如何处理？其实仔细想一想，无非存在两种可能性：第一种可能性，这一段文字是曹公原笔，那么版本学家的考证就只是捕风捉影、无端生疑，做了一番无用功；第二种可能性，这一段不是曹公原笔，是后人改窜过的，但如果是这样的话，就会面临着更多的疑问，除了我在上文提到的几点质疑之外，还有更大的一个疑问则在于，如果改窜者反对那些带有叛逆色彩的言论，他为什么只改动这一处秦钟的遗言，而对宝玉在其他地方发表的那些反对仕途经济的言论则不加任何篡改。还有宝玉振振有词地反对"文死谏、武死战"的那一番言论，难道就符合那个时代的正统思想、不需要篡改一下吗？

（三）

《红楼梦》第七十六回"凸碧堂品笛感凄清　凹晶馆联诗悲寂寞"的回目中出现了两个很奇特的堂馆名——凸碧堂与凹晶馆。作者不但在回目中对之加以特别标示，又在正文中通过黛玉与湘云的谈话特意说明这两个名称的由来。那么，这两个名称中是不是隐藏着什么玄机呢？窃以为，个中奥妙应该就蕴含在"凸""凹"这两个字的字形之中：不管是字形还是意义，这两个会意字都表现出鲜明的高与低的对照。这应该暗示着贾府逐步由盛而衰、由高峰坠入低谷的巨大转折。第七十六回描写了两场中秋夜宴，都氤氲着诡异阴森、衰飒悲凉之气，众人强颜说笑，勉力承欢，跟以前各次宴会的欢乐喧哗形成了强烈对比。从季节而言，中秋之后，秋意转深，渐入寒冬，万物凋零，也是大自然朝向衰亡的转折。在黛玉与湘云联诗时，二人也是从高高的凸碧堂走向低洼处的凹晶馆，是否也预示着她们的人生轨迹从此也要向低落处延伸了呢？

（四）

　　元春对林黛玉之态度在小说之第十七、十八、十九回或已露端倪：第十七、十八回写到大观园试才题对额与元妃省亲二事，当元妃省亲时，贾政将宝玉等人所题对联、题额交给元春定夺，其中怡红院的匾额本为"红香绿玉"，却被元妃改成"怡红快绿"，替换掉的正是"香玉"二字。到第十九回，宝玉为了给黛玉消乏，特意杜撰了"扬州黛山林子洞一群耗子精"的"圈套故事"，拐着弯儿调笑黛玉，说她是"香玉"。把这两处情节放在一起来考虑的话，可以得出元妃并不看重这个"香玉"的结论，而这个"香玉"当然就是指黛玉无疑了。如果结合小说其他相关情节来全面考虑的话，这一点更是确凿无疑。不管小说在八十回以后会如何安排黛玉的结局，至少我们可以看到曹雪芹曾经有过让元妃干预宝黛之婚恋的意图，至于最终这一意图是否真正付诸实施，那就不得而知了。如果随着小说自身内在逻辑的发展，这一意图最终无法实现，也无伤大雅，因为这一意图毕竟隐藏在小说深处，一般人都不会看出来，即使看出来，作者也未必就会承认这是他有意设置的一个机关——这就是曹雪芹的高明之处。推及其他方面，我们也会看到作者自身态度的诸多难以捉摸之处，如果鲁莽的读者一定要说曹公的原意如何如何，恐怕就多半要失之武断了。

（五）

　　在宝、黛之间，曹公自己的态度是否有所轩轾？答曰：有，而且十分明显。虽然这一对青梅竹马的恋人乃是彼此真正的知己，而且林黛玉也是小说中的上上人物，但在曹雪芹的笔下，或者在曹雪芹的创作意图中，林黛玉的人格仍然不及宝玉。这从二人对待刘姥姥的不同态度中就可以看出来。林黛玉自己过着寄人篱下、仰人鼻息的生活，但她对待来贾府打秋风、当篾片的刘姥姥时,仍然无法掩饰她那喜欢嘲弄人的、尖刻的性格,她讥讽刘姥姥是一只母蝗虫,并建议惜春画一幅《携蝗大嚼图》,逗得众人捧腹大笑。而宝玉则以他宝贵的同情心在关心着刘姥姥这个乡村贫婆子的生活,当妙玉要把刘姥姥喝过茶的杯子扔掉时,宝玉连忙要过来,打算送给刘姥姥拿去卖钱度日。在这里,曹雪芹也更深刻地写出了妙玉这个"欲洁何曾洁,云空未必空"的佛家修行者的令人齿寒的自私与冷漠。虽然这三人的名号中都有一个"玉",但至贵至坚者仍然非宝玉莫属。这一点,曹雪芹在小说中是反复明确表述过了的。虽然作者一再让宝玉表白他自己只是一块浊玉而已,然而口中衔着一块五彩晶莹的玉而降生人世的不也是他贾宝玉吗?因此,在《红楼梦》中,拥有真正赤诚晶莹的灵魂与善良高洁人格的人物其实就是他宝玉一人而已。这是曹雪芹倾尽全力所塑造的中心人物,在这一人物身上,曹雪芹寄寓了中国传统文化中最重要的仁爱、同情与平等精神。从这一意义上而言,贾宝玉正是《红楼梦》这部小说的精神与灵魂。但也正是这样一个美好的人物,最终却"悬崖撒手",飘然远去,以这一方式表达了他对污浊尘世(这是以贾家内部的争斗来加以表现的)的彻底的绝望,这也正是这部小说悲剧性的最重要内涵之一。

(六)

小说所创造的特定叙事情境对于诗歌的感染力会造成巨大的激发扩大效应。在小说产生之前,中国古代诗歌已经发展到十分成熟的地步,其存在形式主要是:独立存在,或存在于一定语境之中,有些特殊性质的诗歌往往会用在宴会歌舞的场合,或者跟舞蹈相配合而演唱。在戏曲出现之后,戏曲的唱词其实就是诗歌的一种变体,是跟叙事、歌舞结合在一起,相辅而行的。早期跟舞蹈配合的乐府诗的唱诵效果如何,没有太多的材料可以说明。在戏曲史上,因为剧本的流传,至少我们可以看到一定故事情境中的唱词的表达效果,可以感到其抒情性比单纯独立存在的诗歌要大大加强了。而且往往故事本身越感人，其中唱词的效果也越好。如果剧本本身的故事性很弱，则全剧更接近诗歌的性质，其唱词的感染力反而减弱，这是因为失去了叙事背景的烘托与激化的缘故。这些情况让我们看到，叙事性的语境跟包含于其中的诗歌之间有一种颇为微妙而又紧密的联系。让我们再来看一看叙事性更强的小说中所包含的诗歌的表达效果究竟会如何？先从一个比较特殊的例子入手来略做考察：毛评本《三国演义》的第一百零四回写诸葛亮临终时令左右扶上小车，出寨遍观诸营，但觉秋风吹面，遍体生寒，不觉长叹一声："再不能临阵讨贼矣。悠悠苍天，曷此其极！"这真是英雄末路，无力回天，连从前能够呼风唤雨的诸葛先生，也无法抗拒命运的残酷安排了。这一场景已经要令无数读者百感交集、热泪盈眶了，而毛评本的评点则又适逢其时地引出了杜甫《蜀相》一诗中的名句——"出师未捷身先死，长使英雄泪满襟"，顿时让人感到被一股巨大的悲凉虚无之感洞彻肺腑，泪不禁潸然而下矣。如果单是读《蜀相》一诗，恐怕是绝不会产生如此巨大的感发力量的。这就是因为小说赋予诗歌一个巨大的触发性的情境，并将这一情境本身所具备的感染力也叠加到了诗歌之上，使其感染力一下大大增强。而反过来，诗歌也同样将其感染力加诸小说之上，加强了小说叙事的抒情力量。这样的例子在唐人小说、宋元话本、明清长篇小说之中可以说俯拾即是，尤其是《红楼梦》，堪为最典型的例子，其中的《葬花词》《秋窗风雨夕》《芙蓉女儿诔》这些诗赋，如果单独拿出来欣赏，其感染力是绝对不如其在小说情境中的感染力之强的。像《葬花词》，原来是唐伯虎的一首诗，曹雪芹拿来做了一番改写之后，变成了林黛玉的作品，这一点俞平伯早就指出过了。唐伯虎的原诗也未必不佳，却没有什么名气；一旦进入小说，变成黛玉的诗之后，立刻感动了无数的读者，这同样是因为小说的人物形象与故事情节共同造成了一个激发式的语境，从而大大加强了诗歌的感染力。这其实也说明了一个欣赏诗歌的重要原理：那就是必须将一首诗放到具体的写作情境之中来加以解说，其深层的感发力才会被充分地释放出来。如果只是解释一下字词典故，串讲一下大意，欣赏就并不能深入，也不能动人。这也可以解释古代白话小说为什么喜欢在一段叙事之后插入诗词性套语，而这套语也总是能发生很大的感染力和说服力的原因：故事发展到一定地步之后，便自然形成某种浓烈的抒情氛围，诗词性套语的插入便成为水到渠成的事情了。我们甚至可以认为，套语乃是被叙事的发展进程自然而然催生出来的抒情或抒情性的议论了。

经典不可回避，以《红楼梦》观生命哲学
——访北京大学中国语言文学系长聘副教授李鹏飞

《红楼梦》是不可绕过的经典，凝缩了极为深厚的文学艺术和思想哲理意蕴，仍有待我们不断地进行深入研究。这一伟大的经典之作，也在呼唤我们每个人与之相遇，并激活我们自身的人生体验与生命感悟。

您一直深耕于中国古代文学尤其是古代小说的研究，从研究志趣的发展历程来看，您是何时以及如何逐渐转向《红楼梦》研究的？

李鹏飞：说起来，我对《红楼梦》的研究算是起步比较晚的了。

我在北大中文系跟随葛晓音老师做本科和硕士学位论文时，主要关注的是魏晋南北朝隋唐诗歌。选定硕士论文题目之前，因为一些特殊的原因，葛老师建议我转向古代小说的研究。我原本就一直很喜爱小说，经过认真考虑之后，我接受了她这个建议。在导师的进一步建议和安排下，我大致确定研究魏晋南北朝隋唐文言小说，随即开始大量地阅读这一时期的小说作品以及相关的重要研究论著。我的硕士和博士学位论文都是研究魏晋隋唐文言小说的。博士学位论文《唐代非写实小说之类型研究》的第一部分主要研究唐代的谐隐精怪小说，当时我已经发现这种小说类型的特殊写作技巧对后来的长篇小说如《西游记》《红楼梦》是产生了很大影响的，所以在论文里也提了一笔。

从六朝志怪、唐人传奇到宋元话本、明清小说，中国古代小说的历史一共也就一千多年，比诗文的历史要短得多。另外，古代小说的发展前后紧密相承，脉络一线贯通。教学和研究两方面，都要求我们的研究也必须

尽量做到一气贯穿。于是留校工作这些年来，我的研究重心也逐渐从文言小说转向了明清白话小说，当然，文言小说的研究也仍在继续做，并没有放弃。

在中国古代小说中，集大成者当然首推《红楼梦》，这是不应该也不可能绕开的重要经典。再说，北大原本就是新红学的发源地、百年红学的一个重要根据地，但在近几十年来，北大中文系却很少有人专门来研究它，这方面的课程也很少。这对于北大中文系而言，无论如何都是一个遗憾。于是我决定弥补一下这个遗憾。当然，最重要的原因还是我个人非常喜欢这部作品，每次读来都有所感悟。这样几层原因综合在一起，我就开始准备进入《红楼梦》的研究。

收集资料是研究的前提和基础，从十几年前开始，我就有意识地着手收集有关《红楼梦》的基本资料：一方面，陆续将甲戌本、庚辰本、己卯本、蒙古王府本、甲辰本、程甲乙本等清代《红楼梦》抄本、刻本的影印本收集齐全，另一方面，则有计划地收集阅读重要的红学研究著作，了解前人的研究成果。老一辈学者胡适、俞平伯、周汝昌、冯其庸、李希凡、赵冈、宋淇、蔡义江、郑庆山、林冠夫等先生的红学研究著作都写得十分精彩，我把它们放在案头，有计划地进行翻阅，慢慢做一些研究上的准备。但当时我并没有写过这方面的论文，而是在做其他的研究。当时曾有前辈学者提醒我说红学是个无底洞，一旦掉进去，极有可能难以自拔，甚至遭受没顶之灾，要想清楚再进入。还有某知名学者也提出告诫，说"红学"作为一代显学，将不可避免地成为一门"俗学"。为此我也有过一些犹豫，但我仍然觉得自己迟早是要来研究《红楼梦》的。只是没想到，从2003年、2004年开始，这个准备期一下就拖了整整十年。

正式开始研究《红楼梦》的机缘直到2013年才到来。当时，中文系的刘勇强教授、潘建国教授和我要筹划一个三人笔谈，总题目叫"中国古代小说经典再发现"。既然打算对经典做一番重新发现，那自然要从最经典的作品入手。我们经过商量，决定选择《红楼梦》作为第一个讨论的对象。我们各自从不同角度入手写成三篇文章，形成一组笔谈，发表在《文史知识》上。我写的那篇便是《不灭的真情：说"宝黛之爱"》，这是我写的第一篇关于《红楼梦》的文章。

从此以后,《红楼梦》就成为我的研究重心之一。2013年起,相关的论文已经完成了八篇,目前正准备再写出五六篇,组成一部专著或一部专题论文集。

《不灭的真情:说"宝黛之爱"》这篇文章不仅是您研究的起始,也被您选为代表性研究选段,您可以讲讲这篇文章对您的重要意义吗?

李鹏飞:这篇文章发表后引起了一些关注,也得到学界同行、学生、读者的一些鼓励。2017年我第一次开"《红楼梦》研究"这门课程,有一位大一新生课间跟我说,她在高中订阅的《文史知识》上看到我这篇文章,读后非常喜欢,后来考进北大中文系,看到我开了这门课,立刻就选修了。其实,这种纯感性风格的文章在今天很多专业研究者眼中,根本不算正儿八经的学术论文。但读者对这篇小文的肯定,让我很受鼓舞,坚定了继续研究《红楼梦》的信心。

宝黛之爱是很多读者眼中《红楼梦》的核心主题,一直备受关注,很多人都写文章进行过讨论,似乎已经很难再谈出什么新名堂了。但我觉得,对宝黛之爱还可以从思想哲理层面再做进一步阐发。比如在《不灭的真情:说"宝黛之爱"》中,我谈到了第二十七回末至第二十八回开篇的那段情节,写宝玉看到黛玉葬花吟诗之后的心灵震动,他触事移神,见景伤情,从落花的飘零想到黛玉的绝代容颜也终将消逝,不禁感到"心碎肠断"。他进而又想到宝钗、袭人、晴雯这些美丽可爱的女孩子们,乃至大观园和世间的万事万物,到有一天也都终将消失,到无可寻觅之时。这在他的情感世界里,像一个连锁反应引起了巨大的裂变。这种悲伤乃至震动是怎样一种性质的情感变化,以往似乎没见人专门谈过。我就尝试从这个角度加以阐述,我认为这是宝玉对人生的第一次重要的领悟,第一次真正深刻而痛苦的生命的觉醒。这种痛苦之深之切,除非"逃大造,出尘网",才能消除,才能解脱,也就是说,除非他逃离这个宇宙、这个世界、这个人生,这种悲伤才能消除殆尽。我认为,他的这种领悟其实已经深深地触及生命的最根底处了。宝玉所领悟的,乃是生命的本质真相,只不过普通人可能没有领悟或不如他领悟得这么深、这么痛切罢了。

这样深刻的人生感悟是由爱情触发的。张爱玲曾说中国是一个爱情荒芜的国度,但《红楼梦》是一个例外。宝黛之爱是一种真正的纯精神性的爱的体验。中国的古典小说、古代诗歌里都罕见这样的爱情描写。

这篇文章中有很多我个人的情感体悟,有点像文学随感,这种研究路数其实是很有争议的。这种对作品的感性认知究竟能不能算研究呢?

我记得著名红学家蒋和森写过一本《红楼梦论稿》,以美文的形式谈论《红楼》人物,行文十分优美,饱含情感和诗意。他曾在某次重版后记中提到:有位读者给他来信,讲起自己"文革"中被抄家,流落在外,人生困顿,又遇重大挫折,产生了轻生的念头,但无意中随身携带了这本书,翻到了《林黛玉论》这一篇,一读之下,深受感动,竟然打消了自杀的念头。看来,感性的东西倒是最能动人的,也是最能让人们的心灵产生强烈共鸣。但这种研究路数或许是一个个例,一个变数吧,后来也越来越少了。我其实一直在思考文学研究到底应该是什么样子这个问题,也一直在探索不一样的论述方式。像宝黛之爱这种在人的内心引起巨大波澜的经典段落,引发的瞬间的触动感悟,或许更适合以一种感性的形式予以表达吧。我努力将这种感觉表达出来,希望它能够比常规的论文更贴近人心。

开始《红楼梦》研究后,您阅读它的习惯是怎样的?和最初阅读《红楼梦》时相比,体验会有什么变化?

李鹏飞:记得有家出版社曾做过一个调查:"你最读不下去的名著是什么?"结果《红楼梦》榜上有名。我第一次读《红楼梦》,大概是在初二那一年的暑假,当时感觉这部小说的语言特别凝练精美,尤其是一些诗词歌赋(比如甄士隐对《好了歌》的注解),很是优美动人,就背了下来。但觉得故事情节实在是很难吸引我,因此读到第五回就读不下去了。所以说来惭愧,我是后来直到上大学读了中文系后,才把这部小说完整地读了第一遍,也才开始有所感悟。此后随着年龄增长,读的次数也越多,也愈发感觉到这部作品的伟大。我想,读《红楼梦》还是需要一些人生经验、人情世故的阅历与积累，青少年时代读不下去也是正常的。

到现在，我也不知道自己读《红楼梦》读过多少遍，因为研究和教学的需要，一直在反复翻看。我把人民文学出版社出版的《红楼梦》放在案头手边，有时候看书写论文累了，想换换脑子，放松一下，就会随便翻开一页，读上一段。我收集的各个清代抄本、刻本的影印本就放在办公室和家里随手可以拿取的地方。如果一段时间在做《红楼梦》的相关研究或者是思考某个问题的话，就会频繁地重看原著，有时候需要从头至尾细读，有时候则需要反复研读某些相关章回段落。

看的次数越多，就会发现更多以前未曾注意到的一些细节问题，引发我往更广、更深和更细的方面思考，这样一来，一些以前没有留意的问题就凸显出来了。

《红楼梦》确实是这样一本书，即便我们早已非常熟悉它的情节，熟悉其中人物的故事，但每次随便翻开哪一页我们都能读下去，而且每次都会读得津津有味，难以放手。在更熟悉文本，并对红学研究史有了更多了解之后，我也越来越理解、越来越热爱这部小说。这大概就是经典的魅力吧。

新红学发轫后，对曹雪芹家世研究、小说版本的研究比较多，您相对偏重将《红楼梦》作为一部文学作品来进行研究，那么该如何去研究它的文学成就呢？

李鹏飞：的确，新红学一百年，它的两大支柱最初是"曹学"和"版本学"，后来又有了研究八十回后曹雪芹原稿情节的"探佚学"。从文学批评角度来研究《红楼梦》的路数长期以来反而不占主导地位。但是前辈学者也曾有过一些尝试，比如红学元老俞平伯，他的《红楼梦辨》是以考证为主的，但其中也不乏精彩的文学性研究。又比如周汝昌，他的成名作是《红楼梦新证》，也偏于考证一路，但他后来也写了《红楼梦与中华文化》《红楼艺术》这样从文化、艺术、思想角度来研究《红楼梦》的重要著作。

大概从上世纪七八十年代开始，余英时、周策纵等越来越多的学者都指出：我们应该认识到，《红楼梦》归根结底是一部文学作品，学界应该更多地从文学的、美学的、思想的、艺术的角度来深入地研究它。

我个人的看法是，曹学、版本学等方面的研究，包括作者家世生平、小说版本演变、脂批、探佚等很多方面，很多问题其实并没有真正得到解决，有的问题甚至还是根本性问题。但同时，也应该大大加强对《红楼梦》的文学艺术成就和哲理意蕴的研究。

众所周知，无论从哪个角度，要想进入红学研究，大概都离不开红学的三大板块：一是《红楼梦》的文本，这包括各个不同的版本，尤其是早期的三大抄本（甲戌本、己卯本、庚辰本）；二是脂批；三是红学史，尤其是红学研究的重要成果，更需要全面掌握。

从文学批评的角度研究《红楼梦》，也离不开上述红学三大板块的支撑。应该说，对于这样一部艺术手法十分独特、内容也极其复杂深刻的小说而言，从文学艺术的角度来研究它，门槛其实并不低。这既要求一个人在文学阅读、文学批评方面有丰厚的积累，也需要一个人对文学艺术本身有比较好的领悟力，否则很容易陷入偏执和误解，走上研究的歧路。从文学艺术角度来研究《红楼梦》，最近几十年来，可以说是渐趋热门，但真正精彩的研究其实并不多见，大概就与此有关吧。

正因为如此，我从开始做红学研究以来，也一直觉得如履薄冰，如临深渊。生怕自己的愚钝和浅陋亵渎了小说崇高的思想艺术境界，也误解了作者曹雪芹的伟大心灵。

《红楼梦》研究在您的研究中处于怎样的位置？研究经典如何发现新的问题？

李鹏飞：我个人目前越来越认为研究经典是非常必要的。曾几何时，学界曾流传过一个"搁置经典"的口号，号召大家暂时搁置经典，把目光转移到文学史上更多的其他作品上去。这种说法的提出，是考虑到经典作品已有太多的研究积累，不太容易再出新意，而经典之外的大量作品又相对遭到忽视，研究得很不充分。这种局面对整个文学史的全面深入研究确实很不利。因此，这一口号的提出自有其一定的合理性。但我这些年一直在反思这个口号,我觉得,我们固然应该重视经典之外的作品的研究,但无论如何,任何时候、任何情况下我们都不应该再搁置经典的阅读和研究了。

因为,经典虽然历来备受研究者关注,研究成果也汗牛充栋,但作为经典,其研究潜力是不那么容易被穷尽的,它也需要一代又一代的研究者以自己的生命和智慧不断去激活它,丰富它,使它永远保持着生生不息的活泼的状态。如果我们几代人不去碰它们,不去阅读、研究、传播它们,它们就会成为僵死的、毫无意义的故纸堆。它们并不会自动跟我们的人生、跟我们的时代发生关联,更不可能自动进入文学和文化再生与创新的生命过程。总之,这一切都离不开研究者持续的积极参与和推动。

此外,从研究的角度来说,我发现,目前来看,经典文本中的问题很难说就真的都研究完了。每一代人,也包括每一个人,由于种种原因,在人生经验、知识结构和眼光见识方面总是难免存在着这样那样的特殊性,这种特殊性在某种意义上,也是一种局限性。在这种局限性制约下,这一代人以为问题都研究完了,下一代人未必也会如此认为。这个人认为问题都说完了、说透了,另一个人未必也如此认为。比如《红楼梦》,经过新红学一百年来的研究积累,各方面问题的研究成果都不计其数,浩如烟海,真令人有望洋兴叹之感。但我个人觉得,这部小说庞大复杂的艺术体系仍有许多值得我们去深入探索的领域,其情感、思想、美学等方面有待研究的问题也还是有不少。

而且,我认为,对于一个学者来说,经典研究还是应该成为他整个学术研究体系中的一个重要组成部分。这就像研究诗歌的学者,他不一定要一辈子专门研究陶渊明、王维、李白、杜甫和苏轼,但他至少应该以他们中的一位或几位作为他研究的一个根据地;而研究小说的人,同样也应该以一部或几部经典名著作为自己研究的一个根据地。这种研究,是应该不计功利的,不要计较有多少论著产生,阅读、研究和传播这些经典本身就是最大的意义之所在。

我自己想明白这些道理后,也向我的研究生们强调将经典作为研究立足点的重要性。的确,年轻学生急着要出文章,而研究经典需要文火慢炖的功夫，可能难以一下就找到研究的问题点，但若想长期从事学术研究的话，经典是绕不开也绝对不应该绕开的。我建议他们保持对经典文本的持续阅读和对其研究进展的持续关注，如果有所发现，就写论文，没有发现，就当作一种学术上的积累来对待，等到将来有一天当他们突然想回归经典并重点去研究它时，其实已经做好了充分的准备。

我的建议引起了学生们的重视，他们组织了一个读书会，专门研读《红楼梦》。读书会上一位硕士生发现了元杂剧中的度脱剧与《红楼梦》有些关系，她检索了一番，发现没人研究过这个问题，于是写成了文章，后来发在了《红楼梦学刊》上。我经常用这个例子鼓励后面的学生，告诉他们，在老一辈学者已经反复耕耘过的土地上，他们未必不能有新的收获。

我自己发现问题也是通过这样的方式，在反复阅读的过程中，时不时就会有一些新的想法、新的问题冒出来。我写过一篇文章《释"反认他乡是故乡"》。《红楼梦》我之前读了那么多次，也没怎么注意过这句话，后来有一天突然发现，它一定意义上把《红楼梦》的主题思想的一个侧面用很简明形象的方式讲出来了，包含了一种"反异化"的思想主张在内。可以说，这句话的意义十分重大，怎么强调都不为过。那么，这句话有没有出处，它是曹雪芹原创的还是他化用了别人的诗句呢？我脑子里模糊地觉得在文学史上，尤其是魏晋隋唐诗歌中有类似的说法，但一时也想不起是哪首诗。同时，根据我对中国思想史的粗浅了解，我觉得它和魏晋玄学、禅宗的思想也许还有一定的联系。我查阅人民文学出版社出版的红研所注释本《红楼梦》，上面也没注这句话的出处。我检索期刊论文，发现也只有一篇文章简要地谈了谈如何理解这句话的内涵，也没说它的出处。可以说，大家都没太注意它的来历，也没意识到它的重要性，是不是这句话太明白易懂，反而被人忽略了呢？如此重要的一句话，在研究上却留下了一个空白。于是我开始全面查找资料，进行研究。我发现"故乡"和"他乡"这组对立的概念其实很早就在诗歌中使用过了，并在文学史上经过长期演变，逐渐由很具体的意思转化为比较抽象的意义，"故乡"作为远离名利场的心灵精神安居的象征之地，而"他乡"作为远离生命本真、原初阶段的异化状态的象征。明清诗歌戏曲中已经比较频繁地出现与此十分相近的表达了，比如秦夔《别吟社诸公》中的"野夫又理西江棹，错认他乡是故乡"等等。

曹雪芹将这句诗借用来放在《红楼梦》主题思想的大结构里，从而跟小说的具体情境，跟《红楼梦》整体的艺术世界有机地结合起来了。这就比单独的一句诗具有了更深厚的意蕴。所谓"反认他乡是故乡"，其实表达了一种深层的生命意识，认为人应该反抗异化，自然地生存。小说通过大量的细节和情节安排反复表达了这样一个思想，比如宝钗的金锁上写的"莫失莫忘，仙寿恒昌"和"不离不弃，芳龄永继"这几句话，以往人们都是从爱情誓言的角度来理解的，但是，"莫失莫忘、不离不弃"的爱情誓言和"仙寿恒昌、芳龄永继"究竟有什么关系呢？其实没什么关系，对不对？所以，这话其实是很令人费解的。现在联系"反认他乡是故乡"这一句话来重新解释这几句话的意思，我认为它们表面上看，是爱情的誓言，实际上是在提倡人们要保持与生俱来的本真状态，不要忘记、丢失自己的本心，如此才能进入生命的永恒状态。

连"反认他乡是故乡"这样重要的命题之前都会被研究界所忽略，可以说，这种经典之作仍有很多问题有待我们去发现、去研究。《红楼梦》也确实说不尽、说不完。

无论是"反认他乡是故乡""末世图景"还是"惜春作画的意义"，您似乎都比较关注《红楼梦》整部书的生命哲学、思想情感意蕴。请问是什么原因让您选择了这样的研究视角呢？

李鹏飞：这样一部伟大的作品，它的核心部分可能恰恰还是在思想和艺术方面。如前所说，以前的研究在这些方面留下的空间还是比较大的。比如，《红楼梦》里的人物形象，都不仅仅是一个艺术形象，其背后往往还有很深的思想意蕴，比如贾宝玉这一形象身上就有很深厚的思想内涵，它和中国传统的儒释道思想之间有很深的关联。刘再复写了一本《贾宝玉论》，分别从儒释道三个角度来阐发贾宝玉这一人物身上所蕴含的思想意蕴，十分精彩。《红楼梦》这部小说确实有哲理思想深度，这是我从这一角度来研究的原因之一。

另一个重要原因是，生命意识、情感体验这些问题往往与我们切身相关，也引发我自己很深的感触，也就更容易激发我的研究兴趣。对我来说，比较理想的研究课题是：研究对象和我自身的生命体验、人生困惑息息相关，读这样的作品，虽然不一定能消除或解决我的困惑，但发现古人也曾经面临同样的问题，面对同样的困境，然后再看看他们是如何面对这些困境和思考这些问题的，这本身就是对我们心灵的一种安慰。我想，人文学科的研究如果能够引发我们对人生普遍问题的思考，能够对我们的情感与思想困惑有所启示，这会赋予人文研究更重大的意义。我觉得，文学研究无论如何应当包含这样一个层面。

最近我在考虑的一个"红学"问题也和生命意识有关，这就是《红楼梦》里的孤独感。鲁迅曾在他的《中国小说史略》中说，看《红楼梦》，感到"悲凉之雾，遍被华林，然呼吸而领会之者，独宝玉而已"，这从贾宝玉的角度揭示了这种个人体验上的孤独感。我在阅读时也感觉整个小说中都浸透着一种浓重的孤独感。日本著名汉学家斯波六郎有一本著作叫《中国文学中的孤独感》，他论述了中国古代诗歌的一些名篇中所表达出来的孤独感，但没有讨论中国古典小说中的孤独感。我感觉，中国的文学传统里长期以来就有着关于孤独的强烈感受和出色表达，而曹雪芹则通过小说这一形式对其做了一种更具体生动、更具哲学意味也更复杂深刻的表达。《红楼梦》已经上升到生命存在状态这样的高度来思考孤独的问题，他让我们看到，即使是倾心相爱的人之间，即使是彼此视对方为真正知己的宝黛之间，也不免仍存彼此心灵孤立隔绝的感受。

您觉得应该如何评价《红楼梦》的艺术成就和文学位置？我们又应该如何去研究它呢？

李鹏飞：之前已经有很多著名学者对《红楼梦》做过各种各样的评价，比如对中国和西方文学都有很深研究的夏志清，就曾把中国古典小说和欧美小说作比较研究。他认为《红楼梦》在表现社会生活的深度、广度两个方面都大大地超过了西方的经典小说，比如巴尔扎克和狄更斯的小说。另外，还有学者也把《红楼梦》和《战争与和平》《堂吉诃德》相提并论。

我记得有一所美国大学的文学教授曾搞过一个"世界前100部伟大小说"的排行榜，前十名中有《战争与和平》《堂吉诃德》《安娜·卡列尼娜》这些著名的长篇小说，这些书我也大都读过，它们也确实当得起"伟大"这一崇高的评价。《红楼梦》也榜上有名，不过排名靠后一些。我觉得《红楼梦》的艺术成就其实是完全可以与它们平起平坐的。为什么这么说呢？

《红楼梦》的复杂性和深刻性已经达到了无以复加的地步。作者把复杂精密的艺术技巧、复杂深刻的情感和思想意蕴、深广而全面的社会生活面、博大精深的中国古典文化，这些内容都很完美地融合在一部小说里。我看过的外国小说中，俄苏小说以生活面广阔、情感丰富细腻、思想深邃广博见长，但《红楼梦》在这些方面完全可以与之相媲美，甚至有过之而无不及；西方现代小说则有着十分复杂的叙事技巧，复杂的精神、情感和意识世界，比如《追忆逝水年华》《尤利西斯》等等，而《红楼梦》完全凭着古典的叙事技巧构筑出了同样极为复杂的叙事艺术大殿。我不知道是否存在一部西方小说，它完美地融合了古希腊罗马和文艺复兴以来西方古典文化和叙事艺术的精髓？《红楼梦》一书，蕴含着中国古典文化的诸多方面，被称为"中国古代历史文化的全息图像"，蕴含着深刻复杂的古典文化内涵和十分高超的叙事艺术。随着时间的推移，我越来越觉得它确实是神乎其技矣。一个人的文学智慧、艺术智慧能够达到如此高的高度，确实令人叹为观止。俄罗斯人曾经把托尔斯泰称为他们民族的"文学之神"，我认为，曹雪芹也是中国文学史上当之无愧的"文学之神"了。

不过，另一方面，在研究的过程中，我也总是提醒自己要保持客观和冷静。红学研究不能无限地拔高研究对象，对《红楼梦》的缺憾与疏失，我们也要理性地进行研究和批评。我们不能把它看作一部从天而降、空穴来风的独创之作，从而过分夸大它的独创性。把它放在中国小说史、文学史的脉络里去看它的成就，会更理性、更公正一些。应该说，正是中国文学传统的长期发展，才孕育产生了这部集大成的经典之作——《红楼梦》。

有学者号召给红学降温，我觉得确实应该给不理性的研究降温，减少一些学派之争和"意气用事"，少一些不必要的、无意义的争吵。不过，话又说回来，早在清朝后期就有了文人为争"宝黛优劣"而互挥老拳的逸闻，红学一直这样热闹，这样激动人心，这也正好反映了《红楼梦》独特的艺术魅力吧。

红学经过这么多年的发展，前辈大家们确实留下了许多十分重要的成果。但《红楼梦》实在是太丰富、太复杂了，从任何一个角度来研究它，都不免会有盲区。当下，越来越多不同专业、不同学科背景的学者都在加入红学研究的行列，我觉得这是红学研究生态变得越来越健康的一个趋势。文学领域的研究者，在具体感性方面或许更敏锐一些，那就把它抓住并传达出来；哲学专业的研究者则擅长从中国传统哲学与思想的角度入手，来阐发小说深邃的思想和美学意蕴；历史研究者则凭借他们对清代历史的熟悉，可以继续推进作者家世生平的研究。总之，如果不同学科的学者各尽其能，共同努力，应该还可以将《红楼梦》的研究再大大向前推进一步。

（采访、撰稿：王钰琳）

后　记

　　这本小书的问世要算是一个意外。我原本在写一本关于《儒林外史》的书，已经完成了一半了，还有一本关于明清长篇小说研究的书稿，也整理了将近一半，却都被半道杀出的《红楼梦》给截断了。

　　《红楼梦》自然是我热爱的一部伟大之作，曹雪芹也是我所崇敬的伟大作家，他们都留下了那么多不解之谜，每一个都对我充满了无穷的诱惑。但我总满怀犹豫，生怕自己太驽钝，会猜错那些艺术和人生的谜底。

　　仿佛是命运的安排，我个人生活的轨迹绕来绕去，却跟当年的作者在空间上愈发地重叠到了一起。从燕园搬到蔚秀园，又从蔚秀园搬到了大有庄西面的燕秀园。这些地方，曹雪芹的祖父曹寅和曹雪芹自己都曾留下过足迹。曹雪芹搬出北京城之后，先后在蓝靛厂、大有庄、白家疃和西山脚下住过。

　　当我穿过大有庄的那些街区，或踟蹰于西山崎岖的小径上时，总忍不住会要去想：曹雪芹当年曾踩过哪一片土地？走过哪一条道路？他曾站在哪一块石头上眺望过山下的平原？我曾有幸踏过他那已被时间的泥土深掩的脚印吗？

　　这些念头仿佛一道魔咒、一个梦魇，把我深深地迷惑了。原本痴迷于文本的我，竟然对那些考证作者身世的文字发生了很深的兴趣。那些复杂的争论更像一张妖魅的密网，把我牢牢地缠住，想要脱身而不得了。

《红楼梦》未完，被人视为世间的憾事，多少人，包括我自己，都梦想着有朝一日，能在世界某一处藏书楼或图书馆尘封的角落，找到那些迷失的书页，哪怕只是零篇碎简，或片言只语，也都是无比珍贵的。

　　书的残缺，当然是遗憾的，而曹雪芹人生的残缺，不也同样令人感到遗憾吗？这么伟大的一位文学天才，这世界为他留下的痕迹竟然如此稀少，少到了令人不可思议的地步。

　　当我反复阅读有限的文献，想从字里行间再找到哪怕一丝丝多余的含义时，我理解了红学家们那难以遏制的过度解说的冲动。也不由得对作者当年的亲人和朋友，脂砚斋、畸笏叟、敦敏、敦诚、张宜泉这些人，产生了很深的不满。他们留下的文字其实也不算少了，却没有人为他写下一篇小传。倒是也有几首诗题赠他，怀念他，意思却又那么隐晦而信息稀少。

　　《红楼梦》和曹雪芹，真的是留下了太多的谜、太多的缺憾！而红学史，也同样如此，纠缠，惝恍，迷乱，疑窦丛生。

　　为了破解谜底，很多人踏上了探索之路，有的进入了岔路和歧途，有的人则遇到了断崖，不得不停下了脚步。

　　那个已然残缺的《梦》，是最庞大的一个迷宫，无数的暗径、杂草和藤蔓，通向的不只是断崖，可能也是一个幻觉。

　　我犹疑着，踏出了第一步，或只为重温前人的煎熬、跋涉和迷失。

　　我深知，没有青埂峰和石兄，甚至也没有谜底。

　　最后，感谢北大中文系和方李邦琴北京大学人文学科文库出版基金对这本小书的资助，也感谢责编徐迈女士为之付出的辛劳。

　　这些浅薄粗糙的文字，也未必有多少意义，就算是向曹雪芹、向《红楼梦》以及向无数的红学前辈表达的一份菲薄的敬意吧！

2024 年 1 月 9 日于北大燕秀园寓所

"北大中国文学研究丛书" 已出目录

陈平原　主编

《无法终结的现代性——中国文学的当代境遇》/ 陈晓明　著

《杜诗艺术与辨体》/ 葛晓音　著

《清代科举文人官年与实年考论》/ 张　剑　著

《清初京城诗坛研究》/ 白一瑾　著

《文体协商：翻译中的语言、文类与社会》/ 张丽华　著

《中唐古诗的尚奇之风》/ 葛晓音　著

《生产者的诗学——鲁迅杂文研究》/ 李国华　著

《叩问石兄：曹雪芹与〈红楼梦〉新论》/ 李鹏飞　著